[长篇反腐小说]

后院

高和 著

线装书局

目 录

第一章 每个位子后面都有一群竞争者/001

  人人都说当官好,其实,现今社会,当了官就像在缸沿上跑马,稍不留神就马失前蹄,一失足成千古恨。没办法,社会发展到了这个程度,诱惑太多,就像一个大泥潭,当官的也都是凡人,有几个能出污泥而不染的?

第二章 表面没人围观,暗里有人盯着/029

  常委大院里边住的人素质到底不一样,一排警车停在那儿,硬是没有人出来围观,确实有定力,跟一般老百姓不一样。然而,表面上看没人围观,其实每个窗户后面都有人在盯着。

第三章 舆论和刀子一样能杀人/049

  常委大院里有多少占着茅坑不拉屎的?为什么?不就是为了占住那几个在岗工资,占住那一栋常委楼嘛。

第四章 秘密的背后是麻烦/071

　　常委大院里住的不管是在职还是不在职的，哪一家都是马蜂窝。前任怎么干，你也怎么干，千万别捅了马蜂窝。

第五章 特殊的要求多了也就不特殊了/097

　　别的事都有商量的余地，唯独这件事情绝对不能管。政协主席给他前妻安排个工作根本没问题，他自己都不管，我们插进去那不是添乱找着挨骂吗？往小里说是影响邻里关系，往大里说就是破坏班子团结。

第六章 影响班子团结的事情不能办/117

　　人这一生大部分话是不能说出来的，说出来的话都是自己认为能说的。还有许多话是对一部分人不能说，对另外一部分人才能说的。作为领导干部，管好自己的亲属也是分内的责任。影响了大院的安定团结，就间接地影响了领导班子的团结。

第七章 个人观点不代表整体立场/140

　　别老想着搞特权，嘴上喊着实践三个代表、全心全意为人民服务，没给人民服什么务，全让人民为他们服务了。

第八章 领导不敢办的事最难办/162

一方是正义和法律，另一方是道义和伦理，确实是一个两难选择。但是，事情可以由没有道义责任，更没有伦理关系的人来做。

第九章 没人挑头反对，有人背后挑碴/180

这个院里的人哪，表面上都得装个有修养、讲文明的样儿，特顾面子。上面定了的事情，即便心里不高兴，谁也不会出面挑头反对。可是他们会挑碴儿，对东面不满意了，他不会直接说东面的事，非得在西面或者南面挑点毛病说事儿。

第十章 恐惧是一种自我保护/197

人一当官就异化了，就好像被一个无形的架子撑了起来，一旦离婚，撑着他的架子就不完美了。而且，他怕离婚又扯出他根本不敢让人知道的隐秘，所以，他是绝对不会同意的。

第十一章 办错事比办不成事更糟糕/213

冷静，镇定，压力不要太大，千万不能因为急于破案出现误判或者造成冤假错案，那就比没有破案更糟。

第十二章 敏感时期请保持沉默/222

官场上的事、常委大院的事，都复杂得很，牵涉到领导班子或者邻里关系方面的事不是我们能搞清楚的。

第十三章 没有关系可以去建立关系/246

没有关系就不能建立关系吗？这就是我现在就要跑一趟的原因，未雨绸缪。打官司就像下棋，走一步看几步才行。我们干这一行的，跟做生意没啥区别，靠的就是关系，特别要跟法官有关系。什么时候我说不定还要动用你姐夫呢！所以现在我也得跟你搞好关系。

第十四章 有不同看法是正常的/267

武警战士在常委大院大门口站岗，象征意义大于实际意义，象征什么呢？象征这个大院里住着不同于普通老百姓的特殊人群。利用手中的权力，让纳税人供养的武警战士看家护院，人民群众能信任这些深居高墙大院之内的干部是人民公仆吗？

第十五章 别让求你办事的人反咬一口 /296

　　党政干部真不能跟这些私营老板有任何交道，他们跟党政干部交往，没有一个不是想拉人下水，从中牟利的。

第十六章 有什么想法、看法，闷在心里 /335

　　住在常委大院里的人们长期磨炼出来一种功夫，就是有什么想法、看法，闷在心里，不当众表达出来。

第十七章 团结的结果是各得其所 /371

　　按照年龄，如果在这个时候他能够再提一级，等于搭上了末班车，如果漏了这班车，那他就再也没有提升的希望了。多年的从政经验让他懂得，组织上最讨厌的事情就是领导班子党政不和，遇到这种问题，往往是同时调离，谁也别想提升，结果就是两败俱伤。而那些哥俩好式的领导班子，不管是真好还是假装的，只要能让上级认为这个领导班子团结，肯定能够加分，结果往往也是各得其所、皆大欢喜。

第十八章 升迁不全是好事/392

　　遇到升迁不要高兴得太早，提拔你、重用你不一定是好事儿，多想想，人家凭什么提拔你。

第十九章 一顿饭就是一层关系/419

　　住在常委大院里的人，如果谁到谁家吃饭，就无异于告诉别人他们的关系不一般，这是官场的大忌，即便真的关系不一般，也不能让别人看出来，除非是有意让别人知道。

第二十章 前任干得好，你也得干好/444

　　有一句话是这样说的：提职升官既要跑又要送、又跑又送、提拔重用，光跑不送、原地不动，不跑不送、要你没用。

每个位子后面都有一群竞争者

1

薄暮时分,鼠目驾车行驶在公路上,从右边的岔道突然冲出一台出租车,将他挤到了逆行线上,他如果想回到顺行道,有两个选择:硬撞或者忍让。他选择了后者。跟出租车硬撞不值得,他们要钱不要命,鼠目却把命看得比什么都重要。出租车跑了,鼠目朝出租车的背影骂道:"找死啊,王八蛋。"然后狠狠鸣了三声喇叭。

鼠目回到了正常行驶路线,刚刚走了不到五十米,一个交警把他拦住了,给他敬了个礼之后,严肃地命令他出示驾驶证。

鼠目在将驾驶证递给他的同时向他请教自己怎么了。

"横跨双黄线逆向行驶,在市区鸣喇叭。"

"我是被逼的,那台出租车硬从右边挤我,你说我应该让他还是撞他?我鸣喇叭是因为他违章我才骂他。"

"什么出租车?在哪儿?"

"跑了。"

"那没办法,我看到的是你违章,没看见你说的出租车。"

你他妈的瞎了,鼠目在心里骂他,嘴上却说:"你没看见我看见了,车号是0691,不信你查查。"

这时候已经有路人围拢过来充当看客。小警察对看客们说:"请让一让,不要影响执行公务,"又对鼠目说,"你记住车号我们会查的。"

边说边掏出罚单在上面写写画画："横跨双黄线逆向行驶再加上市区鸣喇叭，罚款两百块，扣四分，请你到城区交警支队接受处罚。"

鼠目心里暗叫倒霉，掏出了记者证："你这种做法是错误的，我主动让行避免了交通事故，你不但不表扬，还要处罚我，对违章的出租车我检举揭发了，你却放任不管，我非得让你上报纸曝光不可。"

鼠目振振有词，警察迟疑了，看看他扬起来的小本子，接过去翻了翻："你是记者？"

鼠目是报社记者，而且是个非常喜欢自己职业的记者，探听、调查别人干的事情，然后把别人干的事情写出来让大伙知道就能挣钱，这让他着迷。他近乎狂热地从事着自己的职业，既挣了稿费，又有了不大不小的名气。

"对呀，《海阳日报》，看过没有？我的笔名是鼠目。"

小警察愕然："您就是鼠目？"显然，这个小警察也知道鼠目这个名头。鼠目得意地点点头。

小警察乐了："你眼睛那么大，人长得也挺精神，怎么起那么个笔名？我们队长说是鼠目寸光的意思，对不对？"

鼠目解释："我的名字叫李寸光，一寸光阴一寸金。我爸给我起这个名字的时候就说，寸光寸光，一寸光阴一寸金。我刚开始当记者，在报上发表文章就用"寸光"这个笔名。可是，别人都以为寸光就是鼠目寸光，尤其是我们报社那帮老记，不把我叫寸光，齐心协力把我叫鼠目，我一气之下索性把自己的笔名改成了鼠目。鼠目怎么了？鼠目有夜视功能，能看清坏人在夜幕的掩盖下都干了啥，鼠目怎么了？这个笔名更有冲击力，读者一看到鼠目这个署名就忍不住想知道鼠目看到什么了，你说对不对？"

警察把驾驶证还给了他，还给他敬了个礼："对，您写的文章我就爱看。对不起，您可以走了。"

鼠目正要离开，警察又叫住了他："我今天不处罚您并不是因为您是记者，而是因为您写的那篇报道，就是《马路上的二十四小时》，那篇文章写得太好了，把我们交警的酸甜苦辣告诉了社会，让社会对我们的工作增加了理解和支持，我们队好几个哥们儿看了那篇文章都掉泪了。"

"真的？这说明我没白辛苦，谢谢你了。"警察的话让鼠目得意极了，心情爽到恨不得在大马路上放声号叫的地步，小警察又冲他敬了个礼，对围观的看客们说："散了散了，别堵塞交通。"围观者陆续散去，警察骑上摩托车跑了。可以走了，鼠目反而不急于走了，倚在汽车的引擎盖上掏出手机开始打电话。

2

公安局刑警队，赵吉乐值班，正在守着电脑上网。电话接线员小刘对赵吉乐喊："赵吉乐，电话，你听不听？"

"接过来吧，什么人？"

"不清楚，说是要报案，口气挺硬的。"

赵吉乐接起电话："你好，刑警队，请问我能为你做什么？"

对方说："我要报案。"

赵吉乐连忙对小刘示意监听、录音，然后对话筒说："请讲。"

"我举报一个叫赵吉乐的家伙，这个人在家里混吃混喝不交钱，经常夜不归宿……"

赵吉乐顿时明白了，喊道："舅舅，你好赖也是大四十的人了，什么时候才能活得有点创意，你没正事我挂了，我值班呢，没时间听你瞎掰。"

鼠目哈哈大笑："你小子耳朵挺灵啊，我没别的事，就是问问你妈最近身体怎么样？"

"我妈还那个样儿，你要真关心我妈回去看看不就行了？你又不是坐着神舟五号在太空溜达下不来。"

"我不是不愿意看你爸那张冰棍儿脸吗?"

"你爸才是冰棍儿脸呢,不对,这话不能说,你爸是我姥爷。那你打电话直接找你姐姐,别打电话找我。"

"你缺弦啊,我直接打电话问你妈,你妈能说她身体不好吗?所以我才打电话问你。"

"你放心吧,我妈好着呢,我妈要是不好了,敢不告诉你吗?你可是她唯一的娘家人。好了,没别的事我挂了。"

"别急,我刚才还遇到了一件事。"

"什么事?"

"一个小交警把我截了,说我违章,要罚款扣分呢……"

赵吉乐连忙打断了他:"对不起,我帮不了你,交警队我没熟人,交警见到我们刑警就嫉妒得要命,我们找他们办事更麻烦,能不罚的也得罚。"

"看你吓得,真没劲,谁说要找你帮忙了?我是谁,那个小交警一听到我的名字,立马把我放了。"

"哈哈哈,你是个屁,让人家把你放了?你肯定说你是市委书记的小舅子。"

"你再说这个话我真生气了,我好赖也是海阳市的名记,一知道我就是大名鼎鼎的鼠目,那个小交警崇拜得热泪盈眶,一个劲儿给我道歉呢。"

"哈哈哈,舅舅,古往今来的名妓都是女的。"

"滚开,我说的是记者的记,不是妓女的妓。"

"是不是人家听你是记者怕你给人家在报纸上造谣才放了你一马?感觉特好是不是?按捺不住激动的心情是不是?这才想着给我打电话显摆是不是?好了,我没时间陪你聊天,我上班呢,挂了。"

赵吉乐挂了电话,小刘嘻嘻笑着说:"吉乐,你们家怎么尽是名人?你爸是市委书记,你妈是海阳大学著名教授,你舅舅是《海阳日报》名记。我家要是有你那么多名人,广林子敢对我指手画脚我踢他屁股。"

"唉，说来惭愧，就我没名堂，当这么个小警察，整天还得受广林子的气，命苦啊。"

"打是亲，骂是爱，广林子那都是装的，故意让人说他不畏高干子弟。不过我要是你啊，怎么说也得弄个科长、处长干干，老跟我这样的小市民平起平坐真委屈你了。"

"骂人不带脏字是不是？你刚才说什么来着？要踢广林子的屁股？明天我告诉广林子，让他把屁股撅给你，我看你怎么踢，先用左腿还是先用右腿。"

"我两条腿一起踢。"

"那叫蹦，不叫踢。行了，不跟你胡扯了，我迷糊一会儿，下半夜换你。"说着，赵吉乐躺倒在长条椅上，片刻就发出了响亮的鼾声。

3

号称"常委大院"的紫苑路三号大院，门口有武警战士执勤，花草树木掩映的院子里错落有致地散落着一些旧式别墅和新式小楼，每幢小楼都是二层，大部分小楼都黑沉沉的，只有少数几幢房子的窗口透过窗帘的缝隙泄出淡淡的灯光。曲折蜿蜒勉强能通过两辆汽车的水泥马路将每幢别墅连接起来，路灯的光晕照在地面上，整个大院显得静谧、阴沉。

这里最早是日本人建造起来的日侨居住区，抗战胜利后成了国民党接收大员们的住宅区，解放后苏联专家大批涌入就又改建成了专家大院，苏联专家撤离后，就成了海阳市委市政府的领导住宅区。如今，市委市政府的领导们绝大部分仍然住在这里。

"常委大院"里住的当然不都是常委，也有一些副市级以上的现任和前任领导。不过，常委们全都住在这里，所以叫它"常委大院"也算名副其实。

市委书记赵宽的家在一幢独立的二层小楼里，小楼是旧式建筑，装修过了，仍然能看出历史的沧桑和昔日的气派。赵宽是一个学者型的市委书记，正戴着老花镜看报。八年前，海阳市主管市政和城建的副市长因贪污受贿数额巨大被枪毙，这个案子曾经震动了全国。赵宽当时是海阳大学城市管理学院的副院长，由省委直接选调，在市人大以全体通过的表决结果接任了海阳市主管市政和城建的副市长，仕途一帆风顺，干了两年副市长便升任市长，三年前正式担任了市委书记。赵宽眉头紧锁，面色严峻，显然对报纸上的某篇文章很不满意。他哗啦啦抖动着报纸朝书房喊了一声："寸心！"

书房内传出了轻咳声，李寸心答应："干吗？"

"你过来。"

"我忙着呢，你有什么话就说，我能听得见。"

赵宽的妻子李寸心正在电脑前忙碌，赵宽拿着报纸来到书房："你能不能抽时间跟寸光谈谈？他越来越不像话了。你看看，今天他在报纸上写了些啥。"

李寸心摇头："我不跟他谈，我自己的事情都顾不过来，哪有时间跟他谈报纸？文责自负，有问题找他们报社处理他，再不行连他们报社一起处理，你以为他还是中学生呢？能听我的？你上次不是跟人家谈了一次吗？结果如何？人家根本不登你的门了。"说归说，李寸心还是拿起报纸漫不经心地扫了一眼，"是不是《农民工的权益谁来保护》这篇文章？这没什么不对啊，我们城市建设这些年之所以能发展这么快，靠的不就是那些吃苦耐劳却收入微薄的农民工吗？鲁迅说中国的脊梁吃的是草，挤出的是奶，放在现在看，农民工不正是这种人吗？保护他们的合法权益确实轮不着寸光，那是你们市委市政府应该做好的文章，你们做得不好人家才做的，人家这是替你们埋单呢。"

赵宽解释："你是不了解情况，市委市政府为了保护农民工的合法权益做了多少工作？他在文章里却说，某些领导为了创造政绩，追求招商引资的规模和数字,对投资商的照顾无微不至,对投资者权益的保护有过之无不及,而对劳动者的合法权益漠视、冷视甚至视而不见。这种说法以偏赅全,是对市委市政府为农民工所做的工作漠视、冷视,甚至视而不见。"

李寸心不同意丈夫的说法:"市委市政府保护农民工的合法权益到底做得怎么样,要靠事实说话,百分之六十的农民工子女失学,百分之九十的农民工没有劳动保险,百分之三十五的农民工被欠薪,欠薪金额达到了八千七百多万,这还仅仅是我们市,放到全国这将是一个多么可怕又多么令人心寒的数字。千万别忘了,我们搞的是社会主义的市场经济,不是回到旧社会,如果我们的市场经济跟旧社会资本家、地主残酷剥削劳苦大众一模一样,还要共产党干什么?共产党领导中国人民流血牺牲闹革命不等于白干了吗?这些数字足以说明你们市委市政府的工作有重大缺陷。还有,今年以来,农民工为了追讨工资已经发生了五起自杀事件,十五起农民工集体上访事件,应该引起你们这些号称人民公仆的官员们重视了。"

赵宽愣了:"你是不是已经看过这篇文章了?"

"我哪有时间看报纸,刚才你不是拿给我看了吗?"

赵宽由衷地感叹:"李寸心是永远的才女,你刚才不就扫了一眼吗?真是过目不忘啊。"

"你啊,现在是用市委书记的眼光看世界,我跟我那个让你心烦的弟弟仍然用老百姓的眼光看世界,角度、立场不同,看到的东西当然也就不同。"说完,李寸心咳嗽了两声。

赵宽赶忙说:"好好好,我不跟你讨论这个问题了,你还是休息休息吧,吃过晚饭到现在就没离开过电脑,就好像你已经改嫁了似的。"

李寸心乜斜他一眼:"胡说八道什么?我改嫁也得经过你批准啊!"

赵宽嘻嘻一笑:"我没胡说八道,你整天守着电脑,好像电脑就是你丈夫。"

"你要是不当那个官,我还有必要整天守着这台电脑吗?两个人的事现在都得我一个人来干,我不守着电脑你来守?"

"算了,我不跟你讨论这个永远没有结论的话题,现在的问题是你该吃药了,吃过药就该睡觉了,你怎么又咳嗽了,没事吧?"

李寸心解释:"咳嗽是人正常的生理反应,任何一种可吸入颗粒物都能导致人咳嗽,我的肺部又没什么毛病,没事。"

"你别发表议论了,这又不是你们大学的课堂,起来,吃药。"

李寸心不满地说:"你扔下专业不干了,跑到官场上混,算你混得不赖,我可是还有课题要做,最后的结论部分得抓紧,下个月国家课题考评组就要来了。"

赵宽无奈:"好好好,你做课题,我去给你拿药端水,伺候你。"

"不敢麻烦大书记,还是让梨花弄吧!"

"梨花还是个半大孩子,吉乐像她那么大的时候还在咱们跟前撒娇呢,刚才看电视坐在沙发上就睡着了,我让她回房间睡了,我来弄吧。"说着,赵宽来到卧室拿药倒水。

赵宽离开后,李寸心停下了手头的工作,长叹一声,陷入沉思中,脸上露出了忧伤。

4

鼠目拉开车门,钻进车里发动了汽车,车子正要驶上快车道,他却感觉车里似乎并不止他一个人,他朝后视镜扫了一眼,一张苍白的脸映现在镜子里,霎时间他的汗毛竖了起来,浑身发麻,腿也抖了起来,就像遭到了电击。他本能地踩下刹车,连离合器都忘了踩,车子熄火了。他强迫自己回过头去,于是鼠目看见了她。

鼠目一向自诩为唯物主义者,那是在没有遇见灵异古怪的情况下,今天的情况太诡异了,鼠目有生以来头一次遇见这么恐怖的事情:一个面色苍白身着黑裙的女人幽灵一般地出现在他车子的后座上。天已经黑透了,车里非常阴暗,更增加了女人的神秘和恐怖。唯物主义也帮不了鼠目,鼠目吓得目瞪口呆,浑身发抖,冷汗瞬间就布满了额头。鼠目不知道该不该跟她说话,他小时候听奶奶说过,如果跟鬼魂搭话,就再也摆脱不了。而且,通过说话,鬼魂还能把人的灵魂吸走,就像小孩子吸吮果冻。他奶奶还说,鬼魂怕男人,男人头上有三把火,男人遇见鬼时在头顶上扒拉几下,脑袋上面就能冒出火星子来,鬼就吓跑了。过去他奶奶讲述的种种故事鼠目成人后一律当成荒诞无稽的笑话,今天一瞬间都涌现到他的脑海里,他希望眼前的一切都只是幻觉。鼠目用手连连揉搓自己的头发,希望自己的头上能真的冒出三把火来把这个女鬼驱走。

"您是记者吗?"

鼠目没有幻觉,脑袋也没能扒拉出火来,他不敢说话,怕她吸食自己的灵魂,她却说话了,标准的普通话,声音稍稍喑哑,女中音,挺性感,像眼下正走红的那个歌星。恐怖和慌乱像迷雾遇上了清风消散得无影无踪,这个女人的声音真有魅力,鼠目冷静下来,恢复了自制能力,反问她:"你是谁?我开的不是出租车。"

"我杀人了。"

鼠目的头皮再次麻了,身子也僵了,俗话说"毒蛇口中芯,黄蜂尾上针,砒霜掺芒硝,毒不过妇人心",能杀人的女人比男人更加凶狠毒辣。她坐在鼠目的后面,鼠目看不到她的手和下半身,不知道她是否随身携带了凶器,更不知道如果她携带着凶器那凶器是什么种类,手枪?匕首?或者干脆就是一只灌好了毒液的注射器?鼠目不知道她钻到自己的车里想干什么,刚刚恢复的思维判断能力像是被一把利刃割断了。

"我杀了人。"

她重复了一遍,像是对鼠目说,又像是自言自语。

"你、你、你想干什么?"

鼠目终于问了出来，不管她是不是杀了人，也不管她杀了什么人，都跟鼠目没关系，鼠目最关心的是她找到自己头上要干什么，她总不至于连他也想杀吧？

"我想跟你谈谈。"

"谈什么？我不认识你。"

"我姓张，叫张大美，弓长张，大小的大，美丑的美。"

她说出了自己的名字，这个名字有些俗，却格外实在，一听就是文化不高的普通老百姓家的孩子才会用的名字。李寸光犹豫该不该将自己的姓名也告诉她，趁机跟她套套近乎，获得她的好感，却听她说："我知道你叫鼠目，刚才听你跟警察说的，我没有恶意，就是想跟你聊聊。"

这时候鼠目已经确定她跟鬼怪冤魂那些东西不是同类，听口气也不像是要他性命的杀手，确定并没有危险之后，随之而起的是记者难以抑制的好奇心，鼠目开始盘问她："你真杀了人吗？开玩笑吧！"

"我真杀了人，一个该杀的人。"

她的口气森冷，面无表情，李寸光的身上又开始发冷，他确定她没有开玩笑，他面对的真是一个杀人的凶手，而且是女凶手。

"你、你为什么找我？我跟你、你这事儿没、没、没关系呀。"鼠目尽量克服恐惧，这是鼠目有生以来头一次面对自称杀了人的凶手，尽管这是一个美丽的凶手，鼠目仍然无法因为她的美丽而把话说得顺溜一些。

她仍然面无表情，或者说表情呆滞，甚至说话的时候嘴唇也没有掀动，她的声音似乎是直接从胸腔里发出来的："你刚才对警察说你是记者，我看到你有记者证，你真是记者吧？"

鼠目犹豫了，把握不定该不该承认自己就是记者，因为他不知道这个女凶手对记者的感情趋向是什么，如果她喜欢记者，那就比较好办，如果她仇恨记者，后果就很难预料。女人怔怔地盯着鼠目，眼睛像无底的深潭，鼠目不敢骗她，也不敢不骗她，因为他把握不准如果骗了她或者没骗她将会发生什么事情，只好含糊其辞地告诉她："就算是吧。"

"你能腾出时间跟我谈谈吗？"

鼠目犹豫不决，实在拿不准这个自称杀了人的美女到底想干什么，于是口气尽量缓和地开始向她做思想工作："我觉得吧，忏悔应该去找牧师，投案应该去找警察，打官司应该去找律师，述说衷肠应该去找亲人，我好像帮不了您什么忙吧。"

鼠目说完这段话之后，心中惴惴不安，死死地盯着对方，深怕对方突然凶性发作对他出手，他甚至想打开车门逃跑，然后打电话报警。她的眼里却突然涌出了泪水，泪水像清泉漫过白玉，从她脸上缓缓流下，她的表情仍然冷漠呆滞，可是，她这石头一样僵硬的表情和滚滚流淌的热泪形成的强烈反差震撼了鼠目，漂亮女人因忧愁、哀伤而流泪时的凄美如同一把锥子，刺得鼠目心灵抽搐、颤抖。那一瞬间鼠目认定，在她身上肯定发生了人间罕见的悲剧。此时，鼠目的胸腔里除了怜香惜玉的感情再也没了别的东西，凶手这个概念远离鼠目的大脑，鼠目眼前面对的只是一个可怜的悲剧主角。

"你别哭了，我听你说，你别哭啊，你哭还怎么说话？"鼠目劝说着，从面板上的纸盒里抽了几张面巾纸递给她，她接过了面巾纸，鼠目看到了她的手，那是一双跟她面容一样苍白却又美得惊人的手，手指修长圆润，指甲修剪得非常整洁，手背上没有一条鼓起的青筋，在手指和手背连接的关节处有小小的让人心动的肉窝。鼠目难以想象这样美的手会沾上鲜血。

她用面巾纸擦拭着泪水，她擦拭的动作让鼠目知道她没有化妆，化过妆的女人不会用面巾纸像擦桌子一样在脸上抹。

"我刚才听你说你是记者，就想跟你聊聊我的事情，我不知道你愿不愿意听，怕你不理睬我，也怕那些看热闹的人围过来，就没经过你同意上了你的车，你不生我的气吧？"

鼠目说："生气倒没有，就是把我吓得够戗。你如果觉得跟我聊聊能轻松一些，我愿意奉陪，不过你要是真的杀了人，我劝你还是到公安局自

首比较好一些。"

张大美长长叹了一口气:"自首也罢,不自首也罢,我知道自己都难逃一死,我就是不甘心,所以我想找你聊聊。"

"那就聊吧,我洗耳恭听。"鼠目对她说。

她倒挺体谅别人,提醒鼠目:"你的车老停在这儿,别让警察再抓你违章停车。"

她提醒了鼠目,鼠目发动了车,征求她的意见:"我们找个适合谈话的地方好吗?"

她连连点头:"好,你觉着合适就行。"

鼠目说:"那就到红月亮咖啡厅。"鼠目知道,红月亮咖啡厅是大众消费,生意好,人多,附近就是公安分局,相对而言有较高的安全保障。虽然鼠目已经不再害怕,可他终究面对的是一个杀人犯,尽管她很漂亮,鼠目却不能不提防在谈话的过程中她突然凶性发作,让自己成为她的牺牲品。

5

市长钱向阳瘦小面黑,此时缩在自家的沙发里看报纸,从后面看还以为沙发是空的。貌不惊人的钱市长脾气却挺大,他边看报纸边骂:"这个鼠目,又在利用党报反党了,什么狗屁文章。市政府出面为八百多个农民工讨回欠薪七千多万他为什么不写?市政府为农民工子女设了民办小学专项扶持资金解决了一千多名农民工子女读书难的事情他为什么不写?还在质问农民工的利益谁来维护,他以为靠他这一篇破文章就能维护得了农民工的利益?什么东西嘛,市政府为了创造政绩,追求高速发展的经济数字,对投资商的利益保护无微不至,对农民工的利益漠视让人寒心,这是什么话,真是戴着墨镜看天气,在他眼里普天下都是阴云密布。不行,再这样下去绝对不行。"说着扔下报纸,拿起电话就要拨。

市长夫人陶仁贤脸上贴着面膜纸,就像剩菜盘子上蒙了一层保鲜膜,满脑袋夹着卷发器,看上去活像科幻动画片里头上装着天线的机器人,她怀里抱着一只宠物犬凑了过来:"宝宝,乖啊,看看,爸爸又生气了,快去劝一劝啊。"边说边把狗从怀里放到了电话机上,狗一爪子拍到电话插簧上,刚刚接通的电话断了。

钱向阳一把将狗拨拉到地上,厌烦地说:"你干什么?什么爸爸妈妈的,我又不是狗。"

"怎么了?谁招你惹你了?拿宝宝撒什么气。"说着,陶仁贤从地上抱起狗,"乖宝宝,不哭啊,妈妈抱。"

钱向阳厌烦地瞪了她一眼:"你干什么呢?脸弄得跟鬼似的,整天抱着一只破狗,宝宝妈妈的,你过家家呢还是有神经病?简直是人狗不分了。"

陶仁贤也不高兴了:"你犯什么神经?谁招你你找谁去,拿我撒什么气?"

钱向阳接着拨电话,电话通了:"喂,赵书记吗?休息了吧,这么晚了打扰你,不好意思啊。"

"没关系,刚刚躺下。"

"今天的报纸你看了吗?"

"看了,你是说鼠目那篇文章吧?"

"对对对,你有什么看法?"

"文章列举的事实部分属实,但是观点有些偏颇,对市委市政府解决农民工问题的态度和采取的措施了解不够,只见树木不见森林,以偏赅全,总体上看是负面的。"

"赵书记,我问你一句话,你别多心,鼠目写这些文章你事先知道不知道?"

"我以党性和人格向你老钱保证,他写的任何一篇文章在发表前我都不知道,说实话,你老钱能主动问我这件事我反而高兴,我刚刚还在跟李寸心说呢，就怕你心里有看法不说出来，我连个解释的机会都没有。这样吧，我明天直接找他们社长跟主编谈一下，今后对这类批评性的文章一定要认真把关，起码要保证事实的完整性，不能给市委和政府的工作带来被动。另外，从明天开始，组织新闻机构对市委市政府关于解决农民工问题的方针和具体措施进行一次深入采访，整体报道，争取消除这篇文章带来的消极作用。"

钱向阳的气消了，绷紧的脸恢复了柔和，口气也缓和了许多："那就好，那就好，我抽时间也找你们家寸光谈谈，沟通沟通。"

赵宽说："那就最好不过了，鼠目，哦，就是李寸光，你不了解，文人墨客的脾气重得很，顺毛驴，说件事你别笑话，上次他发了那篇《政绩工程何时了》的文章后，我跟他谈崩了，他至今不登我家的门，你跟他谈可能反而比我跟他谈的效果好。你明天给劳动局、劳动执法大队、教育局、社保局那些和保障农民工利益关系密切的部门打个招呼，让他们做做准备，我让宣传部安排报社、电台和电视台作一次全面的采访报道。"

钱向阳说："好好好，这件事情我安排政府那边全面配合，你休息吧，打扰你了。对了，李寸心最近身体怎么样？好长时间也没见她出来活动了，想去看看她。但一来工作忙，二来也怕打搅她，她跟你我可不一样，人家可是大名鼎鼎的城市规划专家啊。代问她好啊。"

钱向阳放下电话，一转眼看到陶仁贤目不转睛地看他跟赵宽通话，小狗傻乎乎地蹲在地上仰着脑袋做观众，哭笑不得地说："你死盯着我干吗？"

陶仁贤乜斜他一眼："德行，在外头憋了气就知道回家拿老婆当撒气筒，我说你今天怎么好像在外头摔了一跤又啃了一嘴狗屎似的，鼻子不是鼻子脸不是脸，原来又让人家给收拾了，活该。"

钱向阳心情好了，也不跟她一般见识："行了，春风吹，战鼓擂，当今世界谁怕谁，除了你谁也没收拾我，我可是要睡觉了。"

陶仁贤问："是不是鼠目又在报纸上攻击你了？含沙射影，放屁崩沙子，什么东西。你可得提高警惕，这里头说不定有什么政治阴谋呢，你别忘了，鼠目可是赵老大的小舅子。"

钱向阳说："是他小舅子又能怎么样？他赵宽总不至于把我这个市长放翻了让他自己去当吧？再说了，他小舅子这篇文章把市委和市政府连锅端了，也没给他姐夫留面子。你别瞎猜想，刚才我正面跟赵书记谈了，他说鼠目的文章跟他没有任何关系，这一点我还是相信的。"

陶仁贤嘱咐："害人之心不可有，防人之心不可无，他能承认说鼠目的文章就是他授意写的吗？他是市委书记，当然看不上你这市长的位子，别人呢？现在什么地方不是狼多肉少，哪个位置不是一群红眼狼盯着，你这个人啊，就是不知道防人。"

钱向阳说："我最要紧防的就是你，你看看你那个样子，整天破马张飞，招摇过市，哪里有一点市长老婆的样子？你知道人家都把你叫什么吗？"

"把我叫什么？叫市长夫人。"

钱向阳说："那是当你的面，背后人家都把你叫手扶拖拉机，到处乱窜，窜到哪儿都是噪声，还污染空气，恨不得把市长夫人那几个字刻在脸上挂在鼻子上，什么事都大包大揽，好像海阳市是你们家的，其实啥正经事也办不成，破车好揽载。还有，今后你少把那些乱七八糟的人往家里领，门岗都烦了，说整个大院里就你招的闲人多。"

让钱向阳这么训斥，陶仁贤不但不生气，反而得意扬扬："我就这样儿，气死他们，老公不带长，放屁都不响，怎么了？我就是市长夫人，名副其实，如假包换。来找我的人多，说明我人缘好，联系群众，怎么了？违反哪条党纪国法了？总比那个孙国强的老婆强，你没看她那副德行，穿金戴银，开了一台高级轿车，染了一脑袋黄毛冒充外国人，那副样子哪像个领导干部的老婆，活像孙国强包养的二奶。听说她那一台车就值五十多万，她哪来那么多钱？我敢断定，那两口子要是没偷腥吃黑食，我就不是我妈养的。"

钱向阳说："你跟她比什么？你怎么不跟人家李大姐比？你看看人

家,老公是市委书记,自己又是著名学者,见了人谦恭有礼,从来不抛头露面,穿得也是朴朴素素,谁见了人家不尊敬?你再看看你,打扮得活像戏台上的媒婆,自己还觉得美,我看你比孙国强的老婆也好不了多少。"

"哼,可惜呀可惜。"

"可惜什么?"

陶仁贤说:"李大姐人是不错,要人有人,要才有才,我承认我是没法跟她比,我一来可惜你没那个命,命中注定你只能娶我这个没品位又俗气的陶仁贤做老婆;二来可惜好人命不长,坏人祸千年,李大姐再好也过不了这个年了。"

钱向阳急了,恨不得扑过去捂她的嘴:"你胡说什么?这话要是传出去我饶不了你,人家赵书记也饶不了你。你呀你,就凭你这张漏勺嘴,还是一张破漏勺,迟早得给我惹来大麻烦。"

陶仁贤不以为意地说:"那种话我能到外头乱说吗?其实我们医院好多人都知道,李大姐得的是不治之症,这种事情就跟丈夫搞破鞋的女人一样,最后一个知道的总是当事人自己。唉,想想也心寒,李大姐多好的人,一家子和和美美的多好,可惜啊,老天爷不长眼睛。想来想去,人活着不就那么回事吗?爱官也好,贪财也罢,好色也罢,到头来还不都得变成一股青烟?所以啊,我现在别的都不图,就图一个字:快乐。这比啥都实惠。"

钱向阳说:"快乐是两个字,数都数不清还快乐呢。再说了,你的那个快乐能不能把层次往高提一点?哦,整天摸麻将牌,逛大街,脸抹得像个猴屁股,嘴抹得像是刚刚吃了死孩子肉,这就是你的快乐啊?"

陶仁贤说:"我也知道我的趣味没你的高,我也想没事泡桑拿,进美容院,去按摩房,开了高级轿车去兜风,再不然到国外旅游度假,可是你能供得起吗?你倒是高雅得很,打高尔夫,进高级酒店,动不动还桑拿一把,我也想去,可是咱不是市长,没人请啊。"

钱向阳解释:"你以为整天干那些事我高兴啊?我躲都躲不及,推也推不开,今天这个领导来了,明天那个上级来了,上项目,要政策,招商引资,哪一家来了都是祖宗,各方神仙都得陪,我这个市长连三陪小姐都不如,三陪小姐陪完了还能挣钱,我是白陪。可是,不陪行吗?不陪啥都别想干成,没办法,这就是国情,你也不是没看见,每天我回到家累成什么德行,告诉你,那都是当三陪累的。"

陶仁贤说:"我也没说不让你陪,我说了也没用,可是你也别贬低我,什么层次往高提,什么嘴抹得像刚刚吃了死孩子肉,你吃过死孩子肉啊?我也想高雅,想体面,可是高雅跟体面都是得付费的,你要是百万富翁,我的快乐层次保险比谁提得都快。"

钱向阳让陶仁贤说得有些气馁,缓和了语气说:"老婆啊,说归说,其实我还是挺赞赏你这一点的,虽然说你俗了点,可是你不贪,从根子上说还是个本分人,这一点就最让我放心。我的工资也不低了,每个月一分不少地交给你,你自己也有自己的工资收入,将来老了咱们都有退休金、医疗保险。儿子也结婚成家了,咱们没有什么后顾之忧嘛,别那么抠,该花就花点,我没意见。就是别到处显摆你那个市长夫人的身份了,你不说谁还能不知道你是市长夫人?海阳市有几个市长?有几个市长夫人?不就你一个嘛,不说别人也知道,自己一说反而不值钱了。还有,你要是不会打扮,干脆就别打扮,素面朝天,本色一点反而更好。"

陶仁贤说:"哦,你希望我跟大街上的老大妈似的,你脸上就光彩了?好赖我也是个工作人员,好赖我也是个白领,整天仰着一张黄脸我自己都没信心。外国人年纪越大才越打扮,那天我在街上看到一个六十多岁满头白发的外国老太太,呵,穿一身大红的套裙,一头白白的跟雪一样的头发,老嘴画得红红的,老脸抹得白白的,看上去还真挺有风度。"

"好了好了,你爱打扮就打扮,只是千万别太超前了,上次孙子回来,让你糊的那个鬼脸给吓得直哭,到现在都不敢到家里来。你还是早点休息吧,别蹦了,再蹦你那条狗就得让你弄成神经病了。"说着,钱向阳转身回卧室睡觉去了。

6

红月亮咖啡厅,灯光暗淡,音乐缥缈,环境雅致,客人却挺多,鼠目领着自称杀了人的张大美进来之后,找了个较为僻静的位置,坐下后鼠目四面张望了一番,见人挺多的,这才放下了心。

"你想喝点什么?"鼠目想尽量摆出点绅士风度,可惜有点心神不定,不断东张西望,不像绅士倒像正在拐骗妇女的人贩子。

"一杯白开水足够了。"

鼠目替她要了白开水,给自己要了生啤酒,他认为酒能壮胆。张大美坐在鼠目的对面,两只手捧着水杯,好像天冷取暖。灯光下可以看清楚,张大美名副其实,长得确实非常美,唯一不足的是脑袋上染了一头黄毛,显得有些俗艳。好在她的皮肤非常白,所以染了黄头发还不至于像别的黄种女人那样,黄脸配上黄头发,两种黄色混杂在一起乱糟糟、脏兮兮,好像刚刚经受了沙尘暴的包米秧子。

鼠目试探着引导她谈话:"我觉得你挺面熟的,好像在哪儿见过你,你真的做了那件事情?"

张大美没说话,点了点头,她点头的动作所表达的肯定比语言更让鼠目相信她确实杀了人。

"那你找我准备做什么呢?我不是律师。"

"我知道你不是律师,你是记者。我找你只是想说说我自己的事儿,我不甘心就这样死,更不甘心成为那个恶棍流氓的陪葬品。"

"那你就说吧,我能为你做什么?只要我能做到,又不犯法,我一定替你做。"想了想鼠目又补充了一句:"我收入不多,没有多少积蓄,你要是需要钱的话,我可能拿不出多少来。"

张大美看看鼠目,两只手无意识地转动着杯子:"我也说不清想让你帮我什么，也许我什么也不用你帮，就是想找你谈谈，说说我的事儿，我实在憋闷，想找个不认识的人说说心里话而已。"

鼠目忽然明白了，问道："你是不是想让我通过报纸，把你的事报道出去，争取舆论对你的支持？你的事儿能不能通过报纸公开报道呢？"

张大美长出一口气，轻轻啜了一口水，眼睛又泪汪汪的，似乎杯子里面的水一被她喝下去就立刻化成了泪："我这一辈子真是倒霉透了，我过去从来不相信命运，如今我相信了，我相信环环相报，我相信一切都是命定的。"

她没有回答鼠目的问题，鼠目只好再次追问："你的事儿我能不能报道呢？"

"随便你，马上就要死的人还在乎什么。"

鼠目拿出了纸笔，开始准备记录，见她瞥了自己一眼，鼠目停下动作，以为她不同意自己记录，她却没有反对的意思。

"你真的杀了人？"鼠目鼓足勇气问她。

她点点头："我杀了他，杀了那个畜生，那个天底下最无耻、最肮脏、最可杀的，猪狗不如的东西。"

鼠目在她的眼睛里看到了凶光，凶光或者说仇恨之火在她的眼睛里闪现片刻就消失了，忧郁和哀伤又回到了她的眼里，她看上去与其说是杀人犯，不如说是刚刚告别丈夫遗体的寡妇。

"他，就是你说的让你杀了的人是谁？你是怎么杀的他？"鼠目小心翼翼却又明确地问她。这是鼠目必须弄清楚的问题，也是鼠目采访的开始。

"孙国强你听说过吗？"

"你说的是哪个孙国强？总不会是市委常委、常务副市长孙国强吧？"

张大美肯定地点点头："就是他，我杀的就是那个王八蛋孙国强。"

"什么？"鼠目差点跳起来，啤酒溅到了他手上，这是重大新闻，足以在海阳市掀起滔天巨浪，甚至在全省、全国产生轰动效应。随即他又冷静下来："不可能吧？你是不是跟我开玩笑呢？"

张大美冷然道:"我从来不开玩笑,这是真的,我杀了他,用刀子在他身上捅了十几个窟窿,到处都是血,乌黑肮脏的血。"

鼠目上上下下地看看她:"你身上怎么一点儿血都没有沾上呢?"

张大美冷然一笑:"我洗干净了,又换了衣服,谁会穿着沾了一身血的衣服上街呢?"

她那镇定决然的态度不由鼠目不相信她,鼠目急切地问:"这件事情公安局知道不?"

她摇摇头:"我刚刚办完这件事。"

说这句话的时候,她的表情静若止水,透出令人心悸的冷酷。

"你是不是觉得我很冷酷?雷锋说过,对待敌人要像秋风扫落叶一样残酷无情,你要是了解孙国强是一个什么样的人,你就不会觉得我冷酷了。"

"你为什么要杀他?"

"他毁了我的生活,毁了我的一切。我杀他就是不让他这样的坏人再毁别人,他实在太坏了,是个十恶不赦的坏人。"

鼠目意识到,他接触到了一个最合读者口味的新闻事件,这个新闻素材是他记者生涯里迄今为止最具有轰动效应的。一个地级市的市委常委、常务副市长居然让一个女人杀了,光是这件事情本身就能引发读者无尽的猜想,激发读者无法抑制的好奇心,勾起读者难以抑制的阅读欲望。

"你在什么时间、什么地点杀的他?"

"刚才不久,我也没看几点钟,就在我们家,我杀死了那个畜生。满地都是血,黑色的血,一看那个畜生的心就是黑的。"

鼠目有些紧张了,又有些激动,追问道:"你跟他什么关系?为什么要杀他?"

"我是他老婆,他是我丈夫。"

"什么?"鼠目这一回真的蹦了起来,压低了声音:"你是孙国强的老婆?你杀了你丈夫?"想了想拍了额头一巴掌,"对了,我说怎么看着你面熟呢，我肯定是在常委大院里见过你的，对了，你头发的颜色变了，所以我一下没认出来你。你们家住在紫苑路三号大院十三幢对不对？"

"对呀，你怎么知道？你去过？"

"我就是……"鼠目差点说出自己跟那个常委大院的关系，话到嘴边又强咽了下去，对于他那种人来说，咽下想说出口的话简直比咽下一口痰还难受，所以憋得他直眨巴眼睛，"我到那里采访过，可能就是在那里见过你一两面，你真是孙国强的老婆啊？我简直不敢相信你能杀了他，你真的把他给杀了？到底为什么？"

"他太坏了，把我亏得太惨了。我这些年辛辛苦苦跑买卖、办公司、搞业务挣的钱，让他一夜之间都给赌光了，最可恨的是，他还是带着包养的二奶到澳门赌博输光的。"

张大美端杯喝水，鼠目连忙给她的水杯里添满水。

张大美喝了一口水接着往下说："都说当官就有权，有权就有钱，为什么？靠的不就是贪污受贿吗？不贪污受贿当官能挣多少钱？从他当处长开始，我就怕他贪污腐败，最终闹得妻离子散、家破人亡，那样的例子简直太多了，多得吓人，有时候想一想我都睡不着觉。人人都说当官好，其实，现今社会，当了官就像在缸沿上跑马，稍不留神就马失前蹄，一失足成千古恨。没办法，社会发展到了这个程度，诱惑太多，社会就像一个大泥潭，当官的也都是凡人，有几个能出污泥而不染的？我想，如果家里有钱，他肯定就不会为了钱而贪污受贿，家里有了钱，他也就不会搞腐败了，难道当官的不贪污不受贿家里就不能有钱吗？为了能让他当个让家里人放心的官，从他被提拔当了处长开始，我就辞职跑买卖。倒服装、贩光盘、炒股票，啥能赚钱干啥，好不容易积攒了一些钱，我就开始办公司，经商做买卖。说实话，我办公司做买卖当然比别人的路子多一些，事情好办一些，因为他终究是副市长嘛。可是，我敢对天起誓，我绝对没有干过一桩违法乱纪的事儿，我的钱每一分都是干干净净的。别的不说，就常委大院里那些领导的家属，哪一个敢说从来没有坐过公家的小轿车？我就敢说,孙国强的车我一次都没有坐过,顺风车都没搭过。我倒不是跟谁别劲儿,我就是想证明一点,当官的家属也并不都是一人得道鸡犬升天的家畜,我也能挣钱,我老公一不贪污、二不受贿,我们家照样能过上富日子。辛辛苦苦干了这么多年,我们家也有钱了,心里还踏踏实实,因为对谁我都能说清楚我们家每一分钱的来历。儿子送到美国上学,花的是我们自己的钱。我买了一台好车,花的是我们自己的钱。孙国强的卡里我随时保证有十万块零花钱,就是怕他觉得缺钱动歪念头,怕别人贿赂他的时候他抵挡不了诱惑。我做得够到位了吧?可是他呢?去年年底对我说微软公司要在海阳搞软件开发基地,吸引投资,组建有限责任公司,很快就能上市,原始股东的投入一本万利。他的话我能怀疑吗?在他的鼓动下我把所有的资产包括我那台轿车都变卖成现金,投到了那个所谓的微软海阳有限责任公司。不是我傻,你想想,微软公司啊,国际数一数二的大公司,他孙国强是海阳市的常务副市长,我又是他的老婆,这种事情能有假吗?谁知道这根本就是一个圈套,哪里有什么微软公司到海阳市投资软件开发分公司的事儿?哪里有什么微软海阳有限责任公司?一切都是骗局。"

鼠目听呆了,忍不住笑了起来:"你是说,孙国强通过这种方式把你的钱都骗走了?这怎么可能?骗子都是骗别人的钱,哪有自己骗自己家钱的?况且还是那么大个领导。孙国强我也认识,怎么想我也不敢相信他会做那种事情,这简直是《天方夜谭》上的故事。"

张大美生气了:"难道你认为我在说谎吗?"

她一生气,眼睛里立刻有了戾气,鼠目胆怯了,连忙说:"没、没、没有,我不是说你说谎,我是说这件事情太离谱了,真让人难以置信。"

"这件事说出去谁也觉得难以置信,可是确实就发生了。我经商这么多年,商务活动也不是一点不懂,如果换作别人,没有签订正式合同,没有对对方的资信进行调查核实,我绝对不会轻易把钱付过去的。可是孙国强是我丈夫啊,我把钱交给他跟放在我手里没有什么不同啊,所以我就犯了一个天大的错误。钱支付到了孙国强指定的账号上之后就没有音信,我催了几次，要跟大股东见见面，要考察一下注册进展情况，要开股东会议，孙国强都以各种各样的理由敷衍推诿过去了。有一天我到工商局给我的公司年审，工商局的局长我挺熟悉的，我顺便问起了那个所谓微软公司在海阳市组建有限责任公司的事儿，才知道根本就没有那回事。回家我就追问孙国强，他还强词夺理，说我不相信他，埋怨我不该到处打听这件事情。你知道我投入了多少钱吗？四百三十多万，那是我这么多年经商积攒下来的全部家当啊。我当然不能就这么不了了之，在我苦苦追逼之下，他才不得不承认，他到香港招商引资的时候，顺便到澳门旅游，香港办事处主任请他到赌场考察，顺便玩玩，结果赌输了。越是输越想捞，越想捞越是输，最后输得一塌糊涂，他哪有那么多钱还赌债？没钱人家就扣人，香港办事处只好挪用公款把他赎了回来。办事处的窟窿没人替他堵，堵不上他就只有身败名裂进监狱了。他就把家里的钱骗出来堵办事处的窟窿。知道了事情的真相，我顿时就傻了，辛苦半辈子挣来的钱一眨眼工夫就化作乌有，火烧了还能留点灰烬，这算什么？连个影子都没留下。"

张大美喝了一口水，长叹一声，不再说话，视而不见地看着鼠目，好像在透过一堵玻璃墙观街景，眼里流露出来的幽怨和哀伤让鼠目傻了、痴了。

"后来呢？"

"我大病了一场，这种事情你没遇到过你就感受不到那种万分伤心、万念俱灰的痛苦。要是真的遇上骗子了，我还可以报案，还有一分公安局破案抓坏人的希望，可是现在我连报案都没法报，真是无可奈何窝囊到家了。病好了以后，我也想通了，不就是四百多万块钱吗？钱那个东西没了还可以挣，只要我的公司存在，只要我的客户和贸易渠道还在，四百万没了我还可以再挣四百万。痛定思痛，我总觉得事情不是那么单纯，想把那件事情彻底搞清楚。既然要查当然就要从源头查起，我就先到公安局出入境管理处查他们的出入境记录。凭我的背景和关系，查这点事情当然不费什么事儿。让我万万没想到的是，那次去香港孙国强还带了一个女人，这个女人引起了我的注意，因为孙国强那次去香港的代表团名单我看过，都是男的，怎么突然冒出来一个女的？想查清那个女的身份背景也不是什么难事，没过多久我就查清楚了，那个女的是居然是长期跟孙国强鬼混在一起的二奶，还给他生了个孩子。谁都会犯错误，有些错误是可以原谅的，有些错误是绝对不能原谅的。孙国强到澳门那种鬼地方神魂颠倒，再加上驻港办事处主任那种坏东西奉迎怂恿，一时糊涂把家底败光了我都能容忍，可是我不能容忍他拿着我辛辛苦苦赚来的钱包二奶，用自己老婆赚来的钱给包养的二奶花天酒地地挥霍，这还是个男人吗？还是个人吗？今天我回家的时候，发现枕头上有女人的长头发，我追问他，他还骗我说那是我自己的头发，你看，我的头发是染成黄色的，那根头发是黑色的，事情很明白，他居然把坏女人带到了常委大院，带到了我的家里，带到了我的床上，我忍无可忍，就杀了他。"

听着张大美讲述着她那残酷却又凄凉的故事，鼠目绷紧了面孔，忍不住说了一声："该杀，那种人确实该杀。"

张大美对他的话却没有反应，陷入了深深的沉思当中，或者说她已经陷入了那种神游天外的恍惚状态，根本忘却了自己跟周围世界的存在。

鼠目心底涌上了难以抑制的同情和惆怅，字斟句酌地问她："那你现在准备怎么办？我看，这件事情的责任也不完全在你，如果……如果主动投案自首，可能还能从轻处理……你看是不是……实在不行我陪你去也可以……"

张大美对他的话却置若罔闻，眼神茫然而散乱地瞪视着他，鼠目知道，她实际上并没有看他，她在看着已经清楚显现出结果的未来。这件事情太严重了，不管怎么说那是一桩即将震动全市甚至全国的命案，鼠目犹豫不决，想来想去还是决定去报案："你坐一会儿，我去方便一下好吗？"

张大美仍然没有反应，鼠目又叮嘱道："你千万别走开，我去去就来，回来我还得听你继续讲呢。"

张大美无所谓地微微点头，鼠目便离开座位，来到了卫生间。

7

公安局刑警队值班室，赵吉乐挺在长条椅上酣睡，值班员小刘坐在电话值班台前喊他："赵吉乐，醒醒，赵吉乐，醒醒，让我去撒泡尿。"

赵吉乐让他叫醒了，说："才几点你就想换班？"

小刘解释："谁要换班了？我就是想撒泡尿。不行，憋不住了。"

赵吉乐伸了个懒腰："你憋尿了？那就多憋一会儿，锻炼锻炼有好处，你没听人说，好酒量比不上大尿脬，把尿脬练大了什么样的酒桌都敢上，你就再忍忍吧。"

小刘真的憋急了，摘下耳机说了声："你爱起不起，我可真要撒尿去了。"正要走，电话响了，小刘无奈地坐回座位接通电话："赵吉乐，你的电话。"

"少来那一套，看看都什么时候了，谁能来电话找我？"

"真是你的电话，他说他是你舅舅。"

"他啊，那我就更不接了，就说我还没睡醒呢。"

小刘对着话筒："对不起，赵吉乐说他还没睡醒呢。"

鼠目在电话那边说："你没告诉他我是他舅舅？"

"告诉了，他说那就更不接了。"

鼠目急了："我要报案，开什么玩笑？你们领导呢？接你们领导。"

小刘捂着话筒对赵吉乐说："急眼了，说他要报案，还要找领导。你快接吧，我听着不像开玩笑。"

赵吉乐无奈地接通电话："喂，我是刑警队，你是哪一位？"

鼠目赶忙说："吉乐吗？你听着，严肃地听着，我绝对没有跟你开玩笑，我现在在红月亮咖啡厅，你知道不知道？"

"我知道不知道什么？知不知道你在不在红月亮咖啡厅还是知不知道红月亮咖啡厅在什么地方？"

"我是问你知不知道红月亮咖啡厅在什么地方。"

赵吉乐给小刘打了个手势，小刘打开墙上城区平面图的电子屏幕，然后在键盘上输入了红月亮咖啡厅的字样，电子屏幕显示出了红月亮咖啡厅所在的街区，然后拉近、放大，赵吉乐按照上面的地址念："知道，在长清大街18号，你在那儿干什么？"

鼠目又问："我现在告诉你一件极为重大的案子，你注意听着，孙国强你认识不？"

"孙国强？你说的哪个孙国强？哦，常务副市长啊，认识，怎么了？"

"对，就是他，他被杀了。"

"什么？孙国强被杀了？你喝多了吧？没事赶紧回家睡觉去，别在外面混了。"

听到赵吉乐和鼠目的话，小刘忘了上厕所的事，紧张地关注着赵吉乐。

赵吉乐朝小刘故作轻松地笑笑："没事，你去尿你的，我舅舅，可能喝多了。"

鼠目急了："告诉你，我清醒得很，我这是正式报案，没跟你开玩笑，你如果再这个样子就叫你们领导接电话，我以下说的话每一句我都承担法律责任。"

赵吉乐点点头，示意小刘监听、录音。小刘连忙戴上耳机，扳动开关，开始录音。

赵吉乐对鼠目说："你贵姓？"

"你浑蛋，我姓什么你不知道吗？"

"从现在开始，你说的每一句话都将录音，我们开始进入报案程序，请你如实回答我的每一个问题。"

鼠目无奈："好好好，我姓李，叫李寸光，是《海阳日报》的记者，笔名鼠目，我要报案。据我所知，海阳市常务副市长孙国强今天傍晚被人用刀子捅死在家中，凶手现在就跟我在一起，是他妻子张大美，你听清了没有？"

赵吉乐傻眼了，忍不住又追问了一句："你真的没开玩笑？"

"这种玩笑谁敢乱开？他妻子想要投案自首，又不知道该怎么做，就委托我向你们投案，我们就在红月亮咖啡厅等你们。"

电话挂断了，赵吉乐看看小刘，小刘说："得马上给广林子说一声。"广林子是刑警队队长，长了一脸麻子，刑警们背后都把他叫广林子，广林子就是把麻子这两个字拆开变成三个字。

赵吉乐连忙打电话："队长吗？我是小赵啊，对不起打搅你休息了。刚才接到报案，说是副市长孙国强被杀，凶手现在就在红月亮咖啡厅，你说该怎么办？"

广林子一听，连忙说："你说该怎么办？傻瓜啊你？通知值班人员赶紧出发，我从家里直接过去，在红月亮咖啡厅会面。"

赵吉乐放下电话，按响了电铃，在休息室值班待命的警察们匆匆跑出来集合，赵吉乐传达了广林子的命令："出发，红月亮咖啡厅。"

8

红月亮咖啡厅，鼠目陪着张大美呆坐，心神不定，左顾右盼。张大美捧着水杯啜吸着，姿态优雅，忽然对鼠目说："你不用着急，警察到这里至少得十五分钟。"

鼠目尴尬透了，又非常紧张，语无伦次地反问："什么警察？警察怎么了？"

"你刚才不是已经报案了吗？没关系，反正我也没准备逃跑，谢谢你告诉他们我要投案自首。"

鼠目不打自招："你怎么知道我报案了？"

"我也去卫生间，偶然听到的。我想喝点酒，行不行？"

鼠目连忙说："行啊，当然行了。"说着挥手招来服务生，"给这位女

士加个杯子。"

服务生拿来酒杯,给杯里斟满酒,张大美说:"来,干一杯,谢谢你听我说话,憋在心里的话说出来舒服多了。"

鼠目端起杯,迟疑片刻说:"我祝你能有一个好结果。"

"谢谢,我的结果已经来了。"说完,张大美一口喝干了杯里的啤酒。

鼠目顺着她的视线看去,几辆警车闪烁着警灯,却没有开警报器,风驰电掣地驶来,猛然在咖啡厅门前刹住,赵吉乐跟几个警察冲进大门,左右看了一眼,然后就朝他们走来。

张大美说:"没想到他们的效率这么高,我以为还得过一阵儿呢。"

表面没人围观，暗里有人盯着

1

紫苑路三号大院，夜深人静，路灯在路面、草坪上投下了影影绰绰的各种图案。每幢别墅的门前都有一盏门灯，既可以给晚归的人照亮，又可以让人清楚地看到门牌号码。人们都已经入睡，别墅黑黢黢的，更显得大院静谧、幽深。

几辆警车驶了进来，没有亮警灯，更没有鸣笛，但是马达的轰鸣仍然打破了大院的宁静。警车停在了一幢别墅前面，车门被摔得乒乒乓乓乱响，一帮警察从车里钻了出来，张大美也被押解出来。

鼠目的车停在警车后面，下车后跟赵吉乐站在一起。队长广林子尽量压低声音下达命令："你们两个到后面看着，你们两个在前门守着，技术处的和赵吉乐小组跟我进去。"附近有几幢别墅小楼亮起了灯光，但是灯光一闪很快又都熄灭了，显然警察的行动已经惊动了住在这个院里的人。

广林子来到张大美跟前问她："你有钥匙吗？家里估计还会有什么人？"

张大美顺从地从包里找出钥匙交给了广林子："家里除了死人没有活人了。"

广林子瞪了她一眼，又压低声音对警察们吩咐："谁也不许大声喧哗，不要惊动这里的住户，你们别忘了这里住的都是什么人物。你们几个拉个警戒线，不许闲杂人等靠近。"

一个年纪较大的警察四处观望着说："再小声汽车的声音也得把住户

惊醒了，不过这里边住的人素质到底不一样，这么多警车停在这儿，硬是没有人出来围观，确实有定力，跟一般老百姓到底不一样。"

广林子训他："你懂个屁，表面上看没人围观，我敢保证，每个窗户后面都有人盯着我们，五分钟以后局长就别想睡觉了，他的电话非得让领导们给打爆了不可。好了，别说废话了，行动。"说着用钥匙打开了大门，赵吉乐跟几个警察带着相应的现场勘察器材小心翼翼地进入了别墅。

鼠目跟在他们后面也欲进入，广林子拦住了他："你干什么？"

鼠目讨好地笑笑："我想看看现场。"

广林子说："你老老实实在这儿待着，不准离开，你作为重要证人，一会儿要跟我们回局里做笔录。"然后对另外一个警察吩咐："看着他点，不准他进入现场，也不准他离开。"

鼠目无奈地掏出一支烟点着，张大美说："给我一支烟。"

鼠目用眼神请示那个负责看管他们的警察，警察挥挥手，表示可以，鼠目就递给张大美一支烟，然后帮她点着了。

2

市长钱向阳家，钱向阳跟陶仁贤背靠背缩在被子里熟睡，陶仁贤的脸上仍然贴着面膜纸，小狗趴在他们脚下的地毯上蜷缩成一团，耳朵贴着地面酣睡。屋子里回响着男人、女人和狗各自发出却又搅成一团的鼾声。猛然间，小狗醒了过来，蹿到窗前跳上窗台朝外面张望，大声狂吠起来。

钱向阳被吵醒，喃喃抱怨："真他妈的倒霉，回到家里连个安生觉都睡不成，好好的家养那么个破玩意儿，别叫了，再叫明天把你送到火锅店去。"

小狗根本不听市长的指示跟恐吓，仍然对着外面狂吠不止。陶仁贤也醒了，爬起来下床。"好宝宝，怎么了？半夜三更把爸爸吵得睡不成觉，小心哪天他趁我不在家报复你，好乖乖，来跟妈妈睡觉去。"说着来到窗前，顺着窗户朝外头望了一眼，紧接着大惊小怪地喊了起来："老王，老王，别睡了，快起来，快起来，你看外面怎么了？"

钱向阳不耐烦地嘟囔："你们这狗娘俩到底要干什么？折腾人啊？再闹我明天真地把你的狗儿子送到火锅店里去。"

陶仁贤说："你敢把我的小宝宝送到火锅店里，我就把你送到屠宰场去，你快起来看看，到底怎么了，孙国强家怎么来了那么多警车？"

钱向阳一下清醒了："什么？警车？怎么回事儿？"说着爬起来来到窗前，看到外面的情景不由愣住了，"这是干什么？怎么回事？出什么事情了？"

陶仁贤却已经三把两脚地穿好了内衣裤，又套上了厚厚的棉睡衣，踢踢踏踏地朝楼下跑去。

钱向阳急忙喊她："你干吗？老老实实在家待着。"

陶仁贤说："我去看看怎么回事，回来好向你汇报。"

钱向阳喊她："陶仁贤，陶仁贤，你给我回来。"

陶仁贤却已经拉开家门跑了出去，楼下传来了关门的响声。

钱向阳无奈地骂道："真是手扶拖拉机，到处乱窜，啥事都怕把她给落下。"接着拿起电话拨了起来，"林局长吗？你们大批警察开到我们院里干吗来了？出什么事了？好好，你尽快弄清楚给我回个电话。"

3

守在外面的警察突然看到一个裹着厚厚睡衣，脑袋上缠满卷发器，脸上贴着面膜纸的怪物冲了过来，吓了一跳，差点把枪拔出来，压低声音冲

着陶仁贤严肃地呵斥："干什么的？站住？"

陶仁贤根本不理会警察的警告，冲到跟前首先自报家门："我是钱市长的夫人，出啥事了？怎么回事？"

警察不知道该怎么对付这位市长夫人，只好让她冲进了警戒线。陶仁贤一转眼看到了鼠目跟张大美，就凑过去追问："李寸光，你怎么在这里？怎么了？出什么事了？这不是张大美吗？半夜三更的，警察到你家干吗？是不是家里进去小偷了？唉，现在社会治安越来越不行了，连常委大院都进来贼了，说出去还不成了天大的笑话？李寸光，这一次我可事先警告你，你要是把这件事情登出去，对咱们海阳市的影响就太坏了，不准你胡写乱登。"

鼠目看看陶仁贤哭笑不得："你真是陶大姐吗？你怎么这副样子就出来了？也不怕吓着别人。"

陶仁贤这才想到自己脸上还糊着面膜纸，连忙揭下脸上的面膜，露出了那张相貌端正精心保养却仍然难掩岁月沧桑的中年妇女的脸。她又转过去追问张大美："大美妹子，丢什么了？你们家可是有钱人家，小偷进你们家可是没找错门，肯定大有收获，你怎么还敢报案？人家不是说，现在当官的家里丢了东西都不敢报案吗？"

张大美对她置之不理，警察这时候回过神来，连忙拦在她跟张大美中间："对不起，请你离开，不准跟犯罪嫌疑人说话。"

陶仁贤愣了："什么？犯罪嫌疑人？谁是犯罪嫌疑人？我是钱市长的老婆，她认识的，不信你问她。"忽然又想起了鼠目，"对了，他也认识我，他是赵书记的小舅子，叫李寸光，报社记者。寸光，你告诉他我是谁。"

鼠目啼笑皆非："陶大姐，你省省吧，回家睡觉去，半夜三更把钱市长一个人扔家里算怎么回事儿？快回去吧，别影响人家警察同志办案。"

警察再次出面干预："请你离开，再不然我要追究你妨碍公务的责任了。"

陶仁贤:"哎哟哟,我的好警察同志,我是钱市长的老婆,怎么能妨碍你们执行公务?我这是在帮你们哪,你们需要什么我帮忙的吗?我是这里的老住户了,情况熟悉,需要我帮忙你们尽管说。你刚才说谁是犯罪嫌疑人?"

这时候赵吉乐跑了出来,脸色非常难看:"快,广林子让把她带进去。"

警察朝鼠目扬扬下巴问:"他呢?"

赵吉乐想了一下:"连他一起带进来。"

警察带着张大美和鼠目进入别墅。陶仁贤也想跟着进去,却被警察拦住了。

4

赵宽家,李寸心从电脑桌前起身,前后左右扭了几下腰身,活动活动胳膊腿,正要准备朝卧室走,这时候也听到了外面的异响。她透过窗户朝外面看,接着喊赵宽:"老赵,你睡了吗?"

赵宽回答:"躺下了,还没睡着,怎么了?"

"你快起来看看,外面怎么停了这么多警车?是不是出什么事了。"

赵宽套上睡衣过来朝外面看:"那是孙国强家,会不会他们家失窃了?"

李寸心说:"不太像,要是失窃不会来那么多警车,哎,那是什么东西?"

赵宽顺着她指的方向看去,半晌失笑:"啥叫什么东西,那是钱市长的老婆,嘿,钱市长的老婆可真是个人物,整天弄只狗追着把钱市长叫爸爸,气得钱市长鼻青脸肿却又无可奈何,简直都快崩溃了。这个女人,哪儿有点事都漏不了她,真是个手扶拖拉机。"

李寸心问:"什么手扶拖拉机?"

"是那帮秘书给她起的绰号,也不知道怎么就传开了,说她就像农

民的手扶拖拉机，没头没脑到处乱窜，窜到哪儿哪儿就一片震耳欲聋的噪声，别人求她办什么事她都痛快得很，其实啥事也办不成，这就叫破车好揽载。"

李寸心说："你们那帮秘书真坏，就这么编派你们市长的夫人，想不想混了。"

赵宽嘿嘿一笑："钱市长自己也知道，摊上那么个老婆，他能怎么着？哎，我看那个人像吉乐嘛，他怎么也来了？他不是刑警队的吗？好像还有你弟弟，怎么回事？出什么事了？我打电话问问。"

李寸心扒着他的肩膀仔细看："就是他们，好像孙国强的爱人也在场，他们都进去了。"

赵宽拨通电话："喂，林局长吗？我赵宽啊，还没休息吗？你们刑警队的车怎么停了我们一院子？出什么事了吗？就在孙副市长家外面，好好好，我等你的电话。"

放下电话，赵宽又对李寸心说："公安局林局长也不太清楚出了什么事情，他问清楚了给我回电话，你休息去吧。"

李寸心说："你也休息吧，这个大院里还能出什么事，即便出了什么事，你市委书记也不会破案，睡吧。"

"好好好，你睡我也睡，天塌不下来。"

5

孙国强家客厅，广林子脸色非常难看，问张大美："你说你把你丈夫孙国强杀了？"

张大美站在广林子对面，点点头："是啊。"

"在什么地方杀的？"

"就在家里，楼上卧室。"

赵吉乐插了一句:"这是什么地方?"

张大美回答:"我家呀,这我还不知道?"

广林子接着问:"你说你在家里把你丈夫孙国强杀害了?"

张大美有些不耐烦了:"你问了多少遍了?对对对,就是我杀了他。"

"那么,尸体呢?"

"就在楼上啊,血淋淋的,到处都是血。"

"那好,你跟我们上来看看。"

张大美露出了恐惧的神情,往后退缩:"我不去。"

广林子显然非常生气,对赵吉乐几个警察下命令:"把她弄上来。"

几个警察便挟持着张大美上楼,鼠目试探着也想跟上去看看,广林子瞪了他一眼,却没说什么,他就跟在后面上了楼。楼上非常整洁,根本没有任何杀人的痕迹,鼠目愣了。

广林子对张大美说:"你给我们指一下,尸体在什么地方,你说的血淋淋的血又在什么地方?"

张大美显然也有些蒙,翻来覆去就一句话:"对呀,我是杀了他。"

"尸体呢?"

"就在这儿,卧室里。"

"这就是卧室吗?"

"是啊。"

"那尸体呢?"

"就在这儿,卧室里,你还让我给你说几遍?"

广林子忍不住骂了一声:"神经病。"

赵吉乐也说:"队长,我看她好像真有点儿不对劲。"

这时候,队长广林子的手机响了,广林子对赵吉乐说:"我就说嘛,表面上看家家平静,实际上每个窗户后面都有人在盯着我们,这阵局长的电话肯定都快被领导们打爆了,这不,局长追我了。"

接通电话,广林子开始汇报:"林局长,是,是这么回事,我们刑

警队接到报案,说是孙国强副市长被杀,而且杀害孙国强的就是他的爱人,犯罪嫌疑人我们已经控制了,她自己也供认不讳,我们正在现场。尸体啊,尸体跟凶器都还没有找到,我们正在突击审问,好好好,我们等你。"

　　放下电话,广林子对赵吉乐说:"林局长马上就到,"转脸又问张大美,"你用什么手段杀的人?"

　　鼠目抢答:"是用刀子捅的,捅了十几刀呢。"

　　广林子说:"我没问你,你怎么进来了?出去。"

　　旁边的警察立刻把鼠目推了出去,广林子又问:"你是怎么杀害孙副市长的?"

　　张大美回答:"用刀子,我捅了他十几刀,到处是血,把我吓坏了。"

　　"在什么地方捅的?"

　　"楼上卧室。"

　　"这不就是楼上卧室吗?"

　　"对呀,这就是楼上卧室。"

　　"那尸体跟刀子呢?"

　　"对呀,尸体跟刀子呢?"

　　"我问你呢。"

　　"我知道你是问我呢。"

　　广林子显然已经被这样的对话方式折磨得无可奈何、神经疲惫,对赵吉乐摆摆手,让他接着问。

　　赵吉乐问张大美:"你是说你杀了孙国强副市长?"

　　"对呀,我杀了他。"

　　"时间地点?"

　　"今天下午,就在我家楼上的卧室里。"

　　"用什么手段杀害的?"

　　"用刀子,我捅了他十几刀,到处都是血,黑色的血,真吓人。"

"那尸体跟刀子呢?"

"就在楼上卧室里。"

"这不就是楼上卧室吗?"

"对呀,这就是楼上卧室。"

"那尸体跟凶器呢?"

"就在楼上卧室里。"

"这不就是楼上卧室吗?"

"对呀……"

广林子在一旁捂住了耳朵。

6

紫苑路三号大院,公安局林局长慌慌忙忙地从车上下来,广林子带着赵吉乐等人在台阶前迎接。

林局长一下车便先问:"怎么回事?谁报的案?"

广林子抢上一步回答:"今天晚上小赵值班,接到报社记者李寸光的电话……"

林局长打断了他,问赵吉乐:"你说,怎么回事?"

赵吉乐回答:"我接到电话,对了,那个报社记者是我舅舅,电话里说孙国强副市长被杀了,我还以为他喝多了跟我开玩笑,他说没开玩笑,杀孙国强的是他的爱人,就在他身边,委托他投案自首。接到电话后我就向队长汇报了。我们赶到红月亮咖啡厅的时候,果然他们都在那里,我们现场询问了情况之后,跟我舅舅说的情况完全一致,然后我们就赶到了这里。"

这时候陶仁贤凑了过来:"谋害亲夫,在旧社会可是要骑木驴的。"

林局长正要训斥她,注目一看是陶仁贤,连忙换了一副面孔:"哦,陶大姐啊，实在对不起，打扰你们休息了。"

陶仁贤说："没关系，没关系，你们也是工作嘛，有什么需要我帮忙的没有？"

林局长回答："暂时还没有，需要您帮忙的时候我们一定请您，您还是回去休息吧。"

陶仁贤说："没事，我不困，我们家老钱也没睡，他躲在窗户后面看着呢，"说着用手指他们家的窗户，"你看，那一扇窗户后面，窗帘半拉开的。"

林局长哭笑不得，这时候他的手机响了，林局长接听，眼睛看着陶仁贤忍俊不禁，连声答应："是，是，好，好。"

陶仁贤问："谁来的电话？是不是我们家老钱？"

"对，钱市长来电话让你马上回家，说你要是不回家就让我派人把你拖上去。"

"不会吧？他敢，你也不敢。"

林局长强忍着笑对赵吉乐说："小赵，把陶大姐送回家去，这是命令。"

赵吉乐过来半拖半劝地拖着陶仁贤回家去了。

广林子苦笑着摇摇头："这个手扶拖拉机，从一开始就在这儿趁热闹，真没辙。"

林局长问："犯罪现场确定就在这儿吗？"

广林子为难地说："据犯罪嫌疑人说就在这儿，可是一没凶器，二没尸体，到底怎么回事还不好说。"

林局长说："走，上去看看。"

7

赵宽家,赵宽对李寸心说:"这怎么可能,刚才林局长来电话说,孙国强她爱人投案自首,说是她把孙国强给杀了,不可能啊,孙国强前天就到山区慰问去了,到现在还没回来,怎么可能让她给杀了呢?"

"会不会有什么误会?可能搞差了吧。"

"到底怎么回事要由公安局调查,咱们说这些都是瞎猜。不过我可听说你那个宝贝弟弟又给卷进去了。"

李寸心大惊:"什么?他也参与谋杀案了?"

"不是,是他报的案,他说人家孙国强老婆找他自首,他替人家打电话报案。"

李寸心疑惑:"这都是什么乱七八糟的,把我都弄糊涂了。怎么孙国强他老婆杀了孙国强要找我弟弟自首?他怎么又替人家打电话报案?你得问问清楚。"

"现在问也问不清楚,到底怎么回事等着公安局的结论吧。你去休息,我等着消息,有什么情况我随时向你报告还不行吗?走吧走吧,寸光绝对不会有什么事的。"赵宽边说边将李寸心推回卧室,让她躺到了床上,又帮她盖好被子。坐了片刻,赵宽回到了外面,透过窗户看着外面的情况。

8

赵吉乐对陶仁贤连推带劝:"陶阿姨,这么晚了,天又这么冷,您就回家歇着吧,钱市长也是心疼您怕您冻着。"

陶仁贤说:"吉乐,你别推我,我回去还不行吗?你给我说说,到底是怎么回事儿?孙国强在不在屋里?真让他老婆给害死了?"

"没事,啥事没有,您先回家,明天我专门过来给您作专题汇报还不成吗?"

赵吉乐年轻力壮,陶仁贤挣扎不过他,只好半推半就地回到自家门前。赵吉乐把陶仁贤推进了她家,替她拉上门,然后长吁一口气,摇摇头急忙回了现场。

陶仁贤一进家门便大呼小叫:"老钱啊老钱,可不得了了,你猜猜出啥事了?"

"不就是孙国强他老婆说她把孙国强杀了吗?"

陶仁贤有些失望:"你知道了啊?"

"我当然知道了,林局长打电话过来已经说过了。"

"我的老天啊,到底是为啥啊?会不会是孙国强在外头有了外遇,让他老婆知道了,一气之下做出来的?再不然就是他老婆有了外遇,谋害亲夫,跟潘金莲一样?"

"胡说八道,人家孙国强活得好好的,三天前人家到乡下慰问去了,现在还没回来,她杀谁?到哪儿杀去?"

"哪有自己说自己是杀人犯的?对了,你现在给孙国强打个电话,如果他接了,就证明没事,告诉公安局一声,别让他们瞎折腾了。"

钱向阳不耐烦地说:"你以为就你聪明,电话早就打过了,不但我打了,公安局林局长也打了。"

"怎么?孙国强接电话了?他没死?"

"没接,电话不通,他没开机。"

"那就是他死了,没死他为啥不开机?你们不是有规定,市领导的手机二十四小时不准关机吗?"

"那就不允许人家手机没电了?说不定山区没信号,你别瞎嚷嚷了,本来没事,叫你这么一嚷嚷都成事了。你看看你,真不愧是手扶拖拉机,这个大院住了多少家?你见谁半夜三更地跑出去看热闹了?就你一个,丢人现眼。我也真服你了,我就闹不懂,你是过于迟钝还是过于好事。"

"你们这些当官的也真够冷漠，堂堂的常务副市长被人杀了，你们坐在家里无动于衷，我出去关心一下有什么不可以？难道你让我跟你一样冷漠才好吗？真是的，难怪人家都说，人一当官就变坏，当官不坏才奇怪。"

"你这是什么乱七八糟的？从哪儿听来的？我这是冷漠吗？这个大院的所有人都冷漠，就你一个不冷漠，热情洋溢？哼，你那也不是热心，纯粹是小市民的猎奇心理，街头巷尾传老婆舌的家属老大妈。算我求你了，今后改改，稳当点，有点风度成不成？"

陶仁贤哼了一声："我没风度，孙国强他老婆多有风度，整天打扮得像交际花，好嘛，谋杀亲夫，来，宝宝，跟妈妈睡觉去，管他谁死谁活呢。"

钱向阳仍然守在窗户跟前，点着一支烟，盯着外面的动静，沉思起来。这时候，电话响了，钱向阳接起电话："哦，赵书记啊，我没睡，这个时候谁能睡得着？对呀，据我了解，孙国强三天前就下乡了，今天临下班前我还问了一下办公室，他们没回来呢，怎么可能让他老婆给杀了呢？"

赵宽在电话那边说："这件事情有些奇怪，我的意见是给公安局的同志们打个招呼，让他们尽快搞清楚事情的真相。一定要保密，在事情没有调查清楚之前，任何人不得外传……"

"赵书记，我刚才看见李寸光也在那儿，不知道他又在扮演什么角色，有他在保密工作可能不太好做了。"

"他也是有单位有组织的人，他写了文章报纸不发还不是白写，刚好明天我要找他们报社社长和主编谈那篇文章的事，顺便把这件事情也安排一下。好了，就这样吧，你休息吧，有什么事咱们随时联系。"

"好好好，你也休息吧。"

放下电话，钱向阳摇头叹息："出了这么大的事，再加上你那个小舅子在里头掺和，谁能睡得着。"

9

副市长孙国强家，公安局林局长来到二楼卧室，看了一圈没看出什么名堂，对广林子吩咐："把孙副市长的爱人叫进来，我跟她谈谈，注意态度。"

广林子带着张大美来了，张大美头发有些散乱，眼神涣散，神情漠然，显得疲惫不堪。广林子转身欲离去，林局长拦住了他："你留下，再叫一个人进来做笔录。"

广林子招招手，一个女警察拿着记录本进来坐下。

见鼠目靠在门边上朝屋内窥测，林局长问："这是谁？"

广林子回答："报社的记者，就是他报的案。"

"报社记者是怎么回事？他跟来干什么？案子没查清之前不能见报。"

广林子过去把鼠目关在了门外，然后才对林局长解释："他是赵吉乐的舅舅。"

"赵吉乐的舅舅怎么了？那也不能报道，让他离开。"

"赵吉乐的舅舅就是赵书记的小舅子，这个案子就是他报的。"

林局长恍然大悟："哦，那他就是重要证人，打个招呼别让他走了，一会儿我要跟他谈谈。"

广林子连忙出去，鼠目还在过道里抽烟转悠，广林子对鼠目说："李记者，请你不要离开，过一阵我们局长想跟你谈谈。"

鼠目说："我到楼下客厅坐着等。"

广林子答应了，然后回到了屋里。林局长已经开始向张大美问话了："你坐下，别紧张好不好？"

"我没紧张，就是有点困。"

"好，谈完了你就可以休息了。你投案自首了？"

"对呀，是那个记者让我投案自首的。"

"你自首什么？"

"我杀人了。"

"你杀谁了?"

"我杀了我丈夫。"

"你丈夫是谁,你什么时候,在什么地点杀的?"

"我丈夫是孙国强,下午在家里杀的。"

"你怎么杀的他?"

"我用刀子,在他身上捅啊捅,到处都是血,黑色的血,真恐怖。"

林局长看看广林子,广林子摇摇头,咧咧嘴。林局长瞪了他一眼,接着问:"你既然在家里杀了他,那你把他的尸体弄到哪儿去了?"

"尸体就在卧室,到处都是血。"

"这不就是你家的卧室吗?"

"对呀,这里就是卧室。"

"那你丈夫,就是孙国强的尸体呢?"

"尸体就在我家的卧室呀。"

"这不就是你家的卧室吗?"

"对呀,这里就是我家的卧室。"

"那尸体在哪儿呢?"

"尸体就在我家的卧室里。"

林局长显然有些蒙,再次看了看广林子,广林子插进来问:"刀子呢?杀人用的刀子你放到哪儿去了?"

"就扔在我家的卧室里。"

"这不是就是你家的卧室吗?"

"对呀,这就是我家的卧室啊。"

"那刀子呢?"

"刀子就在我家的卧室里啊。"

林局长问:"你过去有没有什么病?比如神经衰弱、精神恍惚、头疼头晕等。"

"我从来没得过什么病,我很清醒,也很正常。"

"你杀了人,能主动投案自首是好的,但是你得彻底交代才行,你不能光说你杀了人,杀了人总得有个作案动机吧?对了,我还忘了问你,你为什么要杀孙国强?"

"我恨他就杀了他。"

"你为什么恨他?"

"因为我要杀他,所以我恨他。"

广林子这时说:"算了,局长,这些话我都问过了,翻过来倒过去就那么几句车轱辘话,还挺有逻辑,我估计这个人脑子有问题。"

林局长仔细打量着张大美,见张大美已经昏昏欲睡,林局长说:"技术处来人了没有?"

广林子回答:"来了,法医小牛和现场勘验技术员大马都来了,啥线索都没找到。"

"让小牛过来给她检查一下。"

"好……"

广林子起身刚要出门,赵吉乐惊慌失措地推门闯进来,门撞在广林子的脑门子上,广林子捂着脑袋骂他:"你他妈要撞死我呀?着火了还是爆炸了?慌什么?"

"局长,广、广……队长,孙、孙……孙副市长来了。"

林局长跟广林子同时惊起:"什么?你说什么?孙副市长来了?"

话刚出口,门口出现了一个人,脸色阴沉沉的活像一具僵尸。林局长跟广林子异口同声地问:"孙副市长,你、你还活着啊?"

10

孙国强家外面的警车纷纷离去,只剩下了林局长的座车跟广林子的车,还有鼠目那台桑塔纳。室内,孙国强跟林局长、广林子坐在客厅里,鼠目也没有离开,缩在角落的沙发里,饶有兴趣地看着眼前的这一幕。

孙国强的脸色极为难看,质问林局长:"到底怎么回事?半夜三更在我家闹哄什么?"

林局长解释:"今天晚上十点多钟的时候,我们刑警队接到这位记者报案,说是你爱人把你给杀了。然后我们就到红月亮咖啡厅,当场作了询问,你爱人供认不讳,我们就到这里来了,结果……"

"什么供认不讳?我这不活得好好的吗?真是乱弹琴。"

林局长也极为尴尬:"这件事情确实有点……不过还请孙副市长谅解,我们能再问问你爱人吗?"

孙国强不耐烦地说:"问吧问吧,看看她还杀了谁。"说完一转眼又看到了鼠目,"是你啊,怎么什么事都有你?"

鼠目答道:"不是什么事都有我,而是你爱人硬把我拉扯到这件事里来的,今天晚上我的车让交警堵住了,我跟交警交涉的时候她就偷偷钻进了我的车里,差点没把我吓死。我问她要干吗,她说她把你杀了,还说尸体就在你家的卧室里,于是我只能报案,不信你问你老婆自己。"

"你过去认识我老婆?"

"我哪里认识她,我在大院里可能见到过,有点印象,所以我当时也觉得她面熟,后来还是她告诉我她是你老婆。"

林局长试探着问:"孙副市长,是不是把你爱人请下来问问清楚到底是怎么回事,我们也好写结案报告。"

孙国强气道:"写什么结案报告?根本就没有任何案子。"

鼠目插话说:"没有任何案子这些警察半夜三更跑到大院里来,明天各位市领导问起来,他们也得有个交代吧?总不能说没事跑到常委大院玩捉迷藏来了。"

林局长却说:"实在对不起孙副市长,要是你确实不愿意就算了。"

孙国强说:"你们不嫌麻烦你们就问嘛,我辛辛苦苦上山下乡慰问考察,你们半夜三更到我家闹了个天翻地覆,我正好也想搞清楚到底是怎么回事呢。"

林局长指示广林子:"你去把孙副市长的夫人请下来。"

片刻,广林子带着张大美下楼,林局长问张大美:"张大美同志,报假案是要承担责任的,半夜三更我们动员了这么多警力,在大院里造成了很不好的影响,到底是怎么回事,你应该给我们一个解释。"

张大美有点茫然:"怎么了?我不是投案自首了吗?"

广林子已经实在憋不住气了,态度严肃近乎发火地质问:"你别再跟我们开玩笑了,我们虽然只是普通警察,却也不是任人摆弄的木偶,你这个玩笑开得太过火了,你说你把你老公杀了,这人是谁?"

"这是孙国强啊。"

"孙国强是谁?"

"是我丈夫啊。"

"你不是把你丈夫杀了吗?"

鼠目在一旁作证:"对,你亲口说的,你把你丈夫杀了,用刀子,捅了十几刀,到处都是血,黑色的血……"

林局长拦住了他:"没让你问,你别插嘴。"鼠目尴尬地住嘴。

张大美又说:"对呀,我是说了,没错啊。"

广林子问:"那这个人是谁?"

"是孙国强啊。"

"你不是把他杀了吗?"

"是啊,我是把他杀了。"

"那他怎么还活着呢？"

"对啊，他怎么还活着呢？"

"我在问你呢。"

"我在问你呢，你说我把他杀了，他怎么还活着呢？"

广林子急了："我什么时候说你把他杀了？是你自己说的。"

"对呀，我是说我把他杀了，没错啊。"

"那他怎么还活着呢？"

"对啊，我正要问你，那他怎么还活着呢？"

广林子几乎崩溃："我的天啊，这到底是唱的哪一出啊？"

林局长问孙国强："孙副市长，你爱人精神……精神是不是有什么问题？"

张大美抢先回答："你精神才有问题呢，你没问题半夜三更怎么跑到我家来了？"

孙国强也对林局长说："没有啊，过去她从来没有这方面的毛病。"

鼠目问："那她过去受过什么刺激没有？情绪上有没有不正常的表现？"

孙国强显然对鼠目挺反感，瞪了他一眼："她没跟你说吗？"

鼠目连忙解释："您别误会，我确实是跟她偶遇，而且是她钻到我的车里的，听到她把您给杀害了，我能不报案吗……"

林局长说："孙副市长，我说句话您别不高兴，我觉得您爱人精神方面好像有点问题，刚才我正想让我们的法医给她检查一下，您就回来了。我看，你还是赶紧带着你爱人到医院看看吧，就算没有啥病，检查检查也没坏处。"

听了林局长的话，大家都看张大美，张大美若无其事，冷漠地坐在那里。

孙国强问她："大美，我是谁？"

张大美乜斜了他一眼："孙国强，孙大副市长。"

"对呀，那你怎么说你把我杀了呢？"

"对呀，我就是把你杀了。"

"我这不活得好好的吗？"

"对呀，你活得好好的。"

"那你怎么说把我杀了呢？"

"对呀，我就是把你杀了。"

孙国强蒙了，不知道这种对话方式该怎么延续下去。

众人默然，谁也不好再说什么。

孙国强只好说："好了，我没死，她也没杀人，请大家回去休息吧，给大家添麻烦了。"

广林子说："孙副市长，我们走了，回去后我们还得写个出警报告，到时候还得麻烦你签个名。"

"好，到时候你找我就成了。"

林局长又提议："孙副市长，我派个人帮你送她到医院吧，小赵，你……"

孙国强急忙拦住："算了算了，不用，同志们都很辛苦了，我自己去就行了。"

林局长看看孙国强，知道他是不愿意外人参与这件事情，尤其不希望带个警察陪自己到医院给爱人看病，说了声："那也好，你有什么事随时给我打电话。"然后带着警察离开，一会儿，楼下传来了警车离去的声音。

孙国强对鼠目说："李记者，你也走吧，时间很晚了。"

"孙副市长，我看咱们还是把她送到医院去看看吧，不管什么病，早看总比晚看强，我看你爱人精神方面的问题挺严重，我有车，方便，咱俩带她到精神病院去看看，用不着再麻烦别人了。"

见孙国强犹豫，鼠目接着说："你别犹豫了，拖延下去万一问题严重了你后悔都来不及。就咱们俩带她去，我保证严守秘密，请你相信我。"

孙国强答应了，于是两人搀扶着张大美离家，张大美顺从地跟着走，表情却极为冷漠、呆痴，似乎到什么地方去都无所谓。

舆论和刀子一样能杀人

1

天边露出了晨曦，紫苑路三号大院像一个沉睡一夜的人正在逐渐清醒。寂静的小路上有人跑步，大门边的哨位上，武警战士正在换岗。

钱向阳家，陶仁贤手忙脚乱地准备早餐，钱向阳坐在卫生间里看报，陶仁贤准备好早餐，推开卫生间的门叫他："快点，看报到办公室看去，堂堂大市长坐在马桶上用功，说出去也不怕人笑话。"

钱向阳用脚把门踢上："你干吗你，尊重点别人行不？"

"有什么了不起，就你身上那点东西啥没见过，真是的，越老毛病越多。"

钱向阳无奈地收起报纸，从卫生间出来，坐到餐桌旁准备吃早餐："你也是的，起来这么早干吗？"

"干吗，伺候你，我怎么也不能让全市人民抱怨我不给市长吃早饭。"

"你放心，全市人民谁也不会关心市长是不是吃了早饭。我说了多少次了，雇个人，雇个人，你就是不雇。"

"钱明一家子一个礼拜才回来一趟，平常家里就你跟我两个人，雇个人连吃带住还得开工钱，值得吗？再说了，家里男主人跟小保姆闹出来的花花事还少吗？我可不想你晚节不保。现在不都讲究从源头上消除腐败吗？这就是我的预防机制。"

"又来了，我都这么大一把年纪了，还能出啥事，即便有那个心也没那个力了。"

"对我是没那个心也没那个力了，对别人可说不上，这方面我懂，别忘了，我在医院工作。"

"你不就是个收费的吗？又不是医生，冒充什么内行。"

"你快吃，吃了赶快走，我还得睡个回笼觉呢。"

"你今天不上班了？"

"上什么班，休息了。"

"你那个班也真是，三天打鱼两天晒网，想去就去，不想去就不去，我要是你们院长早就让你下岗了。"

钱向阳还没吃完，陶仁贤就急匆匆地开始收拾碗筷，边收拾边唠唠叨叨地说："院长自己下岗也不敢让我下岗，这就是当市长老婆的好处。"

"你干什么呢，我还没吃完你急着收拾东西干吗？"

陶仁贤嘻嘻哈哈地又把碗筷放回原处："我以为你不吃了呢。"

钱向阳急匆匆地喝着稀饭："那你也得自觉点，人家当面不说，背后肯定要议论你市长老婆不自觉，想上班就上，不想上班就不来，还白拿工资。让我说，你要上班就正正经经地上，不然就干脆办个提前退休把位置让给别人，需要一份工作的人有的是，别占着茅坑不拉屎。"

"你懂什么？这个茅坑还真得占着，一离开这个茅坑工资就得少一半。别说我了，就你们那个政府大院里有多少占着茅坑不拉屎的货？前边楼那个老白毛，从副书记转到人大当副主任，又从人大转到政协当副主席，现在又当了老龄办的主任，还兼着什么老年基金会的主席，市里哪个茅坑他没蹲过？十年前就过六十岁的生日，现在问起来还是六十五，我看他起码有七十五岁了。为什么？不就是为了占住那几个在岗工资，占住那一栋常委楼嘛。"

"这个话你可别胡说，谁也没规定只有常委才能住在这个院里，副市级以上领导同志在职的不在职的住在这个院里的有好几十，常委只有那么几个人,那些不是常委的同志听你这么说,肯定反感。人家要是找我闹着要搬家,你给人家解决房子去。"

"反感就反感,事实就是事实,人民群众不都把这紫苑路三号大院叫常委大院吗?如果不是常委大院,为什么门口要放武警站岗,别的居民小区怎么不放武警站岗?你们这些当官的啊,就是口是心非,嘴上说一套,心里想一套,实际做的又是另一套。"

钱向阳吃好了,放下碗筷起身穿衣服,叮嘱陶仁贤:"那也只是老百姓随便那么一说,这里面住的大部分同志都不是常委嘛。我上班去了,中午不回来。你千万记住,昨天晚上的事不要出去跟别人议论,就当啥事也没发生。其实也就是啥事都没发生,事实证明,孙副市长活得好好的,没有任何人杀他。记住了,过去就过去了,千万别乱说。昨天晚上赵书记还专门来电话说这件事情要保密。"

陶仁贤不屑地撇撇嘴:"我给谁乱说去?别忘了,昨天晚上赵宽的小舅子,那个专门写文章气你的记者也在现场,有了他今明两天你就等着看报纸吧。再说了,昨天晚上来了那么一大帮人,哪个人下巴上没长嘴?你还能把所有人的嘴缝上?就知道给自己的老婆念紧箍咒,看你那点出息。"

"谁的嘴在下巴上长着?又胡咧咧了。别人怎么说我管不了,起码我得管你,管好自己的亲属是党中央交给我们每一个领导干部的责任。"

"我还用得着你管吗?我表现够好的了,既不利用你的职权贪污受贿,又没在外面开公司挣大钱,老老实实上班挣工资,不就是爱凑个热闹吗?这也算问题的话,那你就报告党中央把我开除、让我下岗,我都没意见。"

钱向阳笑了:"你还真把自己当个人物了,党中央哪顾得上管你,党中央把你交给我管了。我给你说真的,昨天晚上的事情非同小可,你千万别到大院里外乱说,孙国强如果知道是你到处传闲话,我今后还怎么跟人家共事。你不看别的,就看人家跟咱们是街坊邻居,也不能拿人家家里的事当瓜子嗑。"

陶仁贤抱起狗送钱向阳："好了好了，我保证不说还不成吗？"

钱向阳说："唉，你这个人啊，啥都可以，说得过去，就是豁嘴骡子卖个驴价钱，吃亏就吃在嘴上了。"

陶仁贤朝门外推他："快去上班吧，市长也不能迟到早退。"

钱向阳拉开车门上车的时候，陶仁贤捏着狗爪子上下摇晃："宝宝，给爸爸说再见。"

钱向阳气得摇头，车里的司机看到这一幕咧着嘴笑，钱向阳鼓着脸说司机："笑什么，有什么好笑的。"

司机说："我笑嫂子真幽默，乐天派，保险能长寿。"

陶仁贤见钱向阳的车子离去，立刻回家，桌上的残羹剩饭和碗筷也不收拾，穿上外套牵着狗，絮絮叨叨地出了门："宝宝，走，妈妈带你遛弯儿去。"出了门，陶仁贤便兴致勃勃地朝那些在院子里锻炼身体的人凑了过去。

2

医院，孙国强跟鼠目坐在医生值班室外面的长凳上。两个人眼睛发红，精神委靡，显然，他们熬了一夜。

鼠目问孙国强："孙副市长，你饿不饿？我出去买点吃的。"

"不饿，你要是饿了你去吧，谢谢你了，让你跟着熬夜。哦，对了，你一夜没回家，给家里打招呼了没有？"

"没关系，我反正就一个人，自己到哪儿家就到哪儿。"

"怎么回事？离婚了？"

"对，离了。"

"我看你也有四十了，怎么没再结婚？"

鼠目解释:"谈倒也谈过几个,高不成低不就,再加上工作忙,也就拖了下来了。说来也怪,结婚娶媳妇这种事情好像也有一个临界点,过了那个临界点反而不着急了。"

"那也得结婚成个家才好……"

鼠目问:"结婚真就那么好吗?就说你吧,你老婆做梦都想着杀了你,真可怕,你怎么得罪你老婆了?相比之下我这样倒好,起码睡着了不用担心别人害我。"

"两口子的事一句两句话说不清,我爱人可能精神上有点问题,倒也不是我得罪她什么了。"

鼠目提醒:"今后你睡觉还真得小心点,说不定她什么时候犯病了真把你给处理了,人家有精神病,不承担法律责任,你白白送命,真不值得。"

孙国强让他说得心惊胆战,皱着眉头自言自语:"那还不至于吧?她怎么着也不会真的动手吧?"

鼠目坏坏一笑:"那可说不定,要是真出了那件事,你得同意我写一篇报道。"

"要是我真的死了,你写啥我也管不了了。"

两人正说着,护士出来叫他们:"你们进来。"

鼠目跟在孙国强后面一起来到了医生值班室。

孙国强急不可耐地问:"大夫,我爱人……"

医生告诉他:"哦,根据临床症状判断,你爱人可能有过比较长期的精神忧郁症,只不过你们都没有发现而已。她平时挺正常,如果碰上特别让她难以承受的刺激,会爆发短暂性的狂躁。这种狂躁有时候会让她做出非常极端的事情,如果她并没有真正做出她想做的事情,由于受幻觉或者臆想的支配,也会认为自己已经做过了,这有点像梦游或者短暂性精神失常。给你们打个比较通俗的比喻,你们会用电脑吧?"

孙国强回答:"我不会。"

鼠目说:"我会。"

医生解释："你在操作电脑的时候，有时候电脑的某个系统发生冲突，程序就会发生混乱，这个时候你就得关机，然后重新开机，电脑就又恢复正常了，可是也有可能导致计算机系统整个崩溃，你懂了没有？"

鼠目让医生说得似懂非懂，孙国强反而听懂了："你是说我爱人的病休息一下有可能好，也有可能发展成真正的精神病？"

医生回答："你虽然不懂电脑，却很有悟性。你爱人的病绝对不能掉以轻心，如果能让她从目前的程序紊乱中清醒恢复过来，那一切就过去了，恢复正常后她对自己所做的一切不会有任何记忆，就像梦游者对梦游中做的事情不会有任何记忆，最多只是以为自己做了个梦而已。如果不能恢复正常，她就会深深陷入到自己的幻觉或臆想中，导致整个精神系统的崩溃，那时候问题就大了，有可能发展成真正意义上的精神分裂症。"

孙国强问："那我该怎么办？"

"我昨天晚上给她注射了镇静剂，从昨天晚上的情况看，她的睡眠很稳定，一会儿我再给她注射一针，让她多睡一段时间，最好能住院观察。"

"我一切听医生的。"

鼠目提醒："孙副市长，我看还是斟酌一下比较好。他们是精神病院，你爱人醒过来一看自己住到了精神病院里，弄不好没有精神病也闹出精神病了。"

孙国强用眼睛询问医生，医生说："哦，您是孙副市长啊，我说看着面熟呢，这位同志说得也有道理，你爱人醒过来之后看到自己住到了精神病院，到底会有什么反应，谁也说不清楚。"

孙国强问："那怎么办？"

"你先把你爱人带回去也可以，我给开一些镇静药，按时服药，注意观察，千万不要让她受刺激，如果一切正常就不用住院了，如果有什么异常反应，要及时送回来才好。另外，她的身边不能离人，一定要随时随地有人陪伴，因为她得这种病有可能会因为臆想或者狂躁而自残或者伤害别人。她的脑子就跟计算机一样，到底什么时候发生系统冲突，什么时候发生死机，谁也不敢保证。"

"那好吧，我还是先把她带回去。"说完，孙国强和鼠目起身准备离开。

鼠目对医生说："我看你最好别当医生了。"

"你什么意思？"

"你去修理电脑可能比修理人脑更合适。"

3

陶仁贤牵着小狗在大院的小路上到处乱转，碰到人就跟人热情地打招呼，正在锻炼的人也跟她亲热地回应着，可就是没人跟她提昨天晚上的事，好像大家真的都不知道昨天晚上发生了什么事似的。走着走着她就觉得挺失落、挺无聊，好像一个人满心欢喜地跑到舞厅找乐子，结果谁也不跟她跳。

陶仁贤正在无聊惆怅，一眼看见了在路边树丛里打太极拳的政协主席周文魁，便凑了过去："周主席，今天不上班啊？"

周主席继续打他的太极拳，边打边说："我们那个班，有事就去，没事不去也没人找。怎么，你也出来遛弯儿啊？你怎么也不上班？"

"我那个班跟你那个班差不了多少，只要去就有事，不去也没人找。"

周主席带了几分嘲弄说："哦，你跟我这个当主席的待遇一样嘛，好好好，咱们都是闲人，闲人就是活神仙。"

"我哪儿能跟您比呢，您对海阳市的贡献谁人不知谁人不晓？即便您整天在家睡大觉，看他谁敢放半个屁。我这是昨天晚上闹哄了一夜没睡好，今天起来头晕脑涨，就请了假，算是病休吧。"

周主席朝四周看看，这才问："昨天晚上怎么回事？那么多警车跑到孙国强家门口干吗？"

陶仁贤就好像内急跑了一整天才找到公共厕所，恨不得一下子把自己肚里那点东西全部放空倒光："哎呀周主席，你不问我也得向你汇报一下。可了不得了，昨天晚上我正搂着狗宝宝睡觉，宝宝多灵敏，外面稍微有点动静马上就醒了，它一醒也就把我叫起来了，我爬起来一看……"

她叙述的过程中，陆陆续续有买菜回来的保姆和晨起锻炼的老人、妇女围拢过来听她绘声绘色地描述："孙国强他们家楼下来了十几台警车……"

旁边一个妇女纠正她："没那么多，我数了，一共才四台警车。还有一台桑塔纳，不是警车，没有挂警车标志，牌照也不是公安局的。"

陶仁贤有些尴尬，咽了一口唾沫接着说："可能我刚刚爬起来迷里迷糊没看清楚，你数得那么清楚你来讲，到底出了什么事？"

那个插话的女人嗫嚅着说："我光数车了，没下楼，不知道出啥事了，是不是他们家被偷了？丢了些啥？"

陶仁贤乜斜她一眼："被偷了倒好了，也用不着我下楼去帮忙了。孙国强被他老婆杀了。"

围拢来听她讲话的人大为惊诧，异口同声地喊了出来："哇，怎么可能。"

陶仁贤见自己的话产生了轰动效应，更加来劲了，连比画带说，活像一个很长时间受到冷落的过气演员终于又回到了舞台中心："我一看那么多警车开到了孙副市长家，不管三七二十一，一溜烟就跑下楼过去看。"

周主席也听得直发愣，忘了打拳，全神贯注地听陶仁贤宣讲。

陶仁贤说："你们也别觉得我好事，我是想，咱们这个大院既没有居委会管，又没有物业公司服务，有个什么事情也没人出面张罗，啥事情都往机关事务处推，机关事务处能管啥？除了送送煤气罐，修修下水道，碰上这种事情，警察同志万一需要找熟悉咱们大院的人了解情况都找不着。我在跟前，有什么事警察同志需要帮忙了，我不是可以代表咱们大院做些工作吗？"

旁边有人赞成:"这倒是,陶大姐是个热心人,这谁都承认。"

陶仁贤得意极了:"唉,没办法,我这个人就是见不得别人有难处。在我们单位,有个同事老公出了工伤,几万块钱的抚恤金单位拖着不给,我陪着那个同事整整跑了两天,从劳动局一直找到赵书记那儿,总算把抚恤金拿到手了。"

周主席插话:"你也真能绕弯子,直接找你们家钱市长不就得了?"

陶仁贤说:"这你就不知道了,我们家老钱就这一点不好,能办不能办的事我一出面他就烦,好像我是阶级敌人,还说什么家属不准参政,我这是参政吗?我想参政能参得上吗?参政议政是周主席的事,轮不到我,我那是主持公道……"

旁边有人提醒她:"陶大姐,咱别研究参政不参政了,你快说说,孙国强后来怎么样了?真让他老婆杀了?"

"对,到婆家去走着走着怎么拐到娘家去了,嗨,都是你们插嘴把我给带走了,我接着说……"陶仁贤开始眉飞色舞、口沫横飞地讲述昨天夜里她看到、听到的一切,早就把钱向阳嘱咐的话扔到了脑后。

4

孙国强对鼠目说:"李记者,我向你提一个要求,希望你能答应我。"

"你说出来听听,只要我答应了的我绝对会履行承诺。"

"我爱人的事情绝对不能见报,那样会对她造成极大的刺激,她已经是病人了,我不希望她再受到任何伤害。"

鼠目有些迟疑,想了一想才说:"我答应你,你爱人的事情我绝对不见报,但是别人的事情我可不能保持缄默。"

孙国强敏感地看了他一眼,然后说:"你抽个时间详细把你跟我爱人见面的情况给我说说,我想知道她病得到底有多严重。"

鼠目爽快地答应了："这没问题，什么时候都成，我这几天就准备搬到你们大院去住，以后见面的机会多着呢。"

孙国强诧异："你搬到我们大院去住？"

"对呀，我姐姐身体一直不太好，家里也没人照顾，我反正也是一个人，搬过去了互相之间可以有个照应。"

"你姐姐？你姐姐家住在我们大院？谁？"

"我姐姐叫李寸心，我姐夫叫赵宽。"

孙国强大惊："赵书记是你姐夫？我过去怎么不知道，不，我过去怎么没在大院里见过你？"

"我很少去他们家，都是大人了，各有各的生活，除了逢年过节去看看姐姐，我基本上不去。再说了，进你们那个大院也太麻烦，门岗管得严，又是登记又是通报的，我不习惯。"

孙国强若有所思。

鼠目接着说："孙副市长，你什么时候要找我谈就打我手机，这是我的名片。"

孙国强走神了，鼠目又说了一遍他才反应过来，接过鼠目的名片说："好好好，我尽快抽时间找你谈谈。"态度客气了许多。

两个人来到了观察室，张大美还在熟睡，鼠目问孙国强："孙副市长，怎么办？不行就让她在这儿睡着，我帮你找个人照顾她。"

孙国强反对："不行，我还有个会，把她放到这儿我不放心，你们当记者的也很忙，这样吧，咱们还是先把她接回家，让她在家里休息，家里条件也好一些。"

鼠目点点头："也好，我去找个手推车来。"

"不用了，咱们两个大男人还弄不了她？来，我背，你在后面扶着点。"说着，孙国强就把张大美从床上背了起来，让鼠目在后面扶着。

出了医院大门，孙国强吩咐鼠目："麻烦你把车开过来。"

鼠目就急急忙忙地跑过去开车，把车停到了孙国强跟前，又下车把后门打开，两个人半抱半塞地将张大美弄到后座上。孙国强也坐到了后座，将张大美的脑袋扶在自己的腿上枕着。张大美注射的镇静剂还在发挥作用，睡得像个死人，任由他们折腾。鼠目坐到了驾驶座上，开车朝紫苑路三号大院驶去。

5

大院内，陶仁贤还在向围绕着她的人作宣讲报告，有人问："陶大姐，照你说原来孙副市长没事啊，那他爱人怎么说把他杀了呢？"

陶仁贤自己也说不清楚，揪着周主席追问："主席，你当过公安局局长，你给分析分析，到底是怎么回事？孙国强他老婆会不会是精神病？或者有意造谣？"

周主席耸耸肩膀："唉，我连自己都管不了自己，哪儿还能管那么多？"说着，扭头走了。

陶仁贤说："老滑头，光听不说，真是官场这口大锅里炸出来的老油条。"

旁边一中年妇女插嘴："你也别怪周主席了，家家都有难唱的曲，谁家的锅底都是黑的，你知道他最近为啥不上班去了？"

陶仁贤急忙问："为啥？他刚才还说没事就可以不去。"

"什么没事就可以不去，他是不敢去，最近他大老婆天天到他班上找他，把他办公室都占了，他去了也没地方待，只好藏在家里。"

"活该，谁让他喜新厌旧，像这样的人就该折腾折腾。哎，他大老婆去闹没人管啊？"

"谁管？谁管谁黏包。他老婆把办公室占领了，市政协的人打电话把'110'叫去了，'110'傻乎乎的不知道怎么回事，把人家带回去交给派出所处理。派出所处理完了，周主席的大老婆直接就跑到林局长家让林局长给她当老公，还让林局长掏钱供她儿子上大学。林局长懵懵懂懂还

不明白出了什么事儿,大老婆就说了:'你们公安局不是爱管闲事吗?要管就管到底,这两个问题不解决,老娘就住到你们家了。'林局长一问是'110'出面管人家的家务事,气坏了,把'110'狠狠地臭骂了一通,让'110'赔情道歉,罚的钱扣'110'奖金加倍偿还,'110'多好的警察,让这件事闹得灰头土脸的。这种事儿,连公安局都管不了,谁还能管?也怪周主席,离婚了后事也得处理好,不能光顾了眼前这一窝,前一房妻子儿女就啥也不管了,好赖也是结发夫妻,生下来的儿子好赖也是你的亲骨肉,不能翻脸无情。前段日子大老婆单位裁员,大老婆下岗了,儿子考上大学交不起学费,人家不折腾你找谁去?"

陶仁贤感叹:"他那个大老婆我过去看着挺老实一个人,没想到真的闹起来也不是善茬子。"

中年妇女说:"再老实的人逼急了也得拼命,兔子急了还咬人呢。他大老婆过去就是吃了太老实的亏,让周主席骗着离了婚,把好好一个窝让给了第三者,现在后悔也晚了,只能闹,不断地闹,让他也过不消停。"

陶仁贤憧憬道:"我估摸着他大老婆在办公室找不到他,这几天就得追到大院来,嘿,到时候又有热闹看了。"

旁边又一个妇女说:"哼,用不着等着看他大老婆给大院里添热闹,他那个后老婆生的小儿子就够热闹了,这几年把老头子折腾得够受……"说完觉得不妥,急忙撤离。

陶仁贤马上追了上去:"怎么了?他小儿子怎么了?"

妇女悄声说:"你真的不知道啊?他小儿子好上这个了。"说着用手比画了个吸毒的动作。

陶仁贤傻乎乎地学着人家的动作追问:"吹喇叭?什么意思嘛,话说得不清不楚的,就像大便拉半截夹半截,难受不?"

旁边的人都让她逗笑了,嘻嘻嘿嘿地催那个说话的妇女:"对,把话说明白,别拉半截夹半截让陶大姐难受。"

说话的人只好再说明白一些:"吃粉,吸毒,这都不明白。"

陶仁贤大吃一惊:"那可了不得,在咱们大院里吸毒,那问题可就严重了,我可听说过,吸毒可费钱了,一克就好几百,没钱根本抽不起。吸毒的人为了弄钱吸毒,啥事都干得出来,连娘老子都敢杀了卖钱。完了完了,今后咱们大院没有消停日子过了。大家都得提高警惕,把门户看紧了,咱们大院要是也出了盗窃案,那可就成了大新闻了。"

众人让她这么一煽动,都有些紧张不安,好像随时家里都会进去窃贼。有几个人唠叨着开始撤退:"对呀,今后还真得小心,我得回去看看我家的窗户关严了没有。"

人群正要散去,鼠目的桑塔纳驶了过来,大家便立足不动地观望。

陶仁贤马上告诉大家:"昨天晚上就是这台车,唯一没有挂公安牌照的车,我记得清清楚楚。"

车内孙国强看到外面那么多人定定立着看他们这台车,立刻明白是怎么回事,气恼地对鼠目说:"手扶拖拉机又开始乱突突了,哪儿都少不了她,典型的是非精、长舌妇。"

鼠目见孙国强如此愤怒,好奇地问:"什么手扶拖拉机?"

孙国强气哼哼地说:"还有谁,市长夫人嘛。这个老娘们,大院里就她的是非最多,我真想不透,钱市长怎么能容忍这个娘们。"

鼠目说:"不容忍能怎么样?你不也得容忍自己的老婆想象着杀你吗?"

孙国强瞪了他一眼,不吭声了。

别人都在远远地观望,只有陶仁贤毫不识趣地跟了过来,见车停在了孙国强家门口,马上跑过去搭话:"怎么了?没事吧?要不要我帮忙?"

孙国强"哼"了一声说:"没事,谢谢了,你忙你的吧。"话说得客气,口气却冷得像冰。

鼠目跟这些人不熟,便也省去了跟他们打招呼说话的麻烦,帮着孙国强往外扶张大美,陶仁贤过来帮忙,边帮着往外面搀扶张大美,边对鼠目说:"我认得你,你是赵书记的小舅子,报社的记者,净写破文章给领导填堵。"

鼠目呵呵笑了,陶仁贤这话非常唐突,鼠目却没有觉得自己被冒犯了，反而觉得这个市长夫人挺逗，直率中有几分可爱，便反问她:"钱市长骂我了，对不对？"

陶仁贤急忙撇清:"没有，工作上的事他从来不在家里说。"

"那你怎么知道我净写文章，还是破文章给领导填堵。"

"那是你姐夫说的，昨天他还打电话过来，说要……"说到这儿，陶仁贤猛然醒悟自己正在泄露领导机密，连忙住口不往下说了。

"说要干吗？是不是要找我们报社领导处分我？"

"你怎么知道的？处分倒没有，就是说今后你写的文章要严格把关，谨慎处理。唉，这也是为你好，怕你犯错误嘛。"

鼠目笑眯眯地说:"陶大姐，我发现你这个人挺好的，热情，没有心机，对人坦诚。"

陶仁贤一下子高兴了起来:"对呀，我就是这么个人，我们家老钱老看不上我，骂我是狗肉上不了台面，还说我是豁嘴骡子卖了个驴价钱，吃亏就吃亏在嘴上了，你说可气不可气？"

"他那不是看不上你，要是看不上你还能跟你过这么多年？那是对你的缺点错误进行批评帮助，因为你是家里人，所以话就说得糙一些，要是对外人他肯定不会那么说。"

陶仁贤很赞同:"你这就说对了，别看我们家老钱在家里老数落我，可是对我却还真就是一心一意的，这么多年了，在外面从来就没有过让人家议论的事儿。从当处长、副市长一直到当了市长，从来没有那些花花草草的事儿，每个月的工资一分钱不少全都交给我。哪像有些领导，吃着碗里的，看着锅里的，养小蜜、包二奶，那样的人能不贪污受贿吗？这方面我们家老钱我从来都放心得很。不过，他长那么难看，除了我勉强能凑合，可能也没哪个女的能看得上他。"

她这话说得鼠目哈哈大笑，孙国强却直皱眉头，不好公开表示反感，只好阴了脸沉默不语。

鼠目说:"你们家钱市长人确实不错，政府大院的上上下下都说钱市长是领导干部里的模范丈夫、现代好男人。"

陶仁贤连忙谦虚:"模范丈夫他可够不上,跟你姐夫赵书记比他可差多了,赵书记对你姐姐那份关心爱护那可是从心里冒出来的,我们这个年龄的人一眼就能看得出来。对了,你姐姐最近身体还好吧?你让她多出来锻炼锻炼,我陪她,老在屋子里头糗着,好人也得糗出病来。"

鼠目说:"我姐姐最近一段时间身体还不错,能坚持工作,没事,我回头告诉她,就说你要陪她锻炼身体。"

三个人边说边将张大美抬到了楼上卧室,把张大美安顿好之后,鼠目便告辞:"孙副市长,没什么事我就走了,你说的事我一定做到,你放心。"

陶仁贤却还不走,在屋里东逛西走地参观起来,一边参观还一边啧啧有声地发表评论:"孙副市长,一看你们家就是有文化、有档次的人家,看看这墙上的画,还有屋顶这吊灯,真艺术。还有这橱柜,摆在这儿看上去就像电视里的外国人家。这幅画不好,怎么把一个光屁股女人挂那么高?太流氓了,哈哈哈哈……"

孙国强尴尬地解释:"我哪儿有时间弄这些事儿,这些事都是大美弄的。"

陶仁贤"哼"了一声,撇撇嘴:"我才不信呢,你们家张大美自己就是女人,想看照照镜子啥看不着,非得挂别的女人的光屁股看,还是你们这些老爷们爱看。"

鼠目临下楼时站住脚,在一旁听见陶仁贤的评论,忍不住偷偷地笑,看到孙国强已经露出了明显的不耐烦,赶紧拉着陶仁贤下楼:"陶大姐,孙副市长昨天晚上熬了一夜没睡觉,医生让她爱人好好休息,你要是爱串门,你们两家这么近,改日来串门,聊个够。"

陶仁贤也不是一点儿没有感觉的人,也察觉到自己不太受欢迎,只好跟着鼠目下楼。孙国强也没往下送,对着鼠目喊了一声:"李记者,今后有时间过来玩啊,我还要照顾大美,就不送你们了。"

陶仁贤受到冷落挺不高兴,出了门"哼"了一声:"有什么了不起,架架哄哄的，好像他比市长、书记还牛。"

鼠目劝慰她："陶大姐，您应该理解他，老婆病成那样，他又一夜没睡，心情肯定不好，怎么说他也是钱市长的助手、下级，怎么会对您牛呢。"

陶仁贤抓紧时机问他："哎，到底怎么回事？他老婆病了？什么病？是不是神经病？"

"倒也不是神经病，没那么严重，医生说就是受了点刺激，加上长期休息不好，可能发了癔症，休息一下就会好。"

陶仁贤边走边说："走，兄弟，到家里坐坐去，咱们好好聊聊。"

鼠目逗她："陶大姐，你家我可不敢去，你刚才不是说我净写惹钱市长生气的文章吗？钱市长碰上了，还不得把我轰出来。"

"没事，俗话说有理不打上门的，当官不打送礼的。再说了，我们家老钱生气归生气，也不至于把你赶出来，他要是气量那么窄，就不配当市长。"

"我跟你开玩笑呢，我哪能吓得都不敢到你们家去了，要是那样我还能写文章气你们家钱市长吗？改日我一定登门拜访，今天我真得回去好好睡一觉了，昨天一夜没睡，现在你看，我连眼睛都睁不开了。"说着，鼠目做了个眯缝眼让陶仁贤看。

陶仁贤被鼠目逗得呵呵直笑："好了，我不耽误你睡觉了，真的，有时间到家里来玩，我们家不像有的人家，门槛高，除了送礼的谁都不能去。我们家没门槛，谁来都欢迎，你要是会打麻将就更好了，我们打麻将经常三缺一。这个院里的人啊，都有毛病，任谁跟谁都熟悉得像地瓜跟红薯一锅煮出来似的，可是谁也不上谁家串门，几步路的事儿宁可打电话，也不串门。有时候想起来啊，还是住在大杂院那会儿好，谁跟谁家都像亲戚，到别人家串个门就像上自己家的热炕头。现在啊，人跟人越来越远了。"

鼠目上车，从车窗里探出头来说："陶大姐，你放心，等我搬过来住了，没事我就上你们家打麻将去，不过你得准备好烟好茶，别让我觉得市长家里穷抠唆。"

陶仁贤满心欢喜："好说好说，好烟好茶大姐专门给你留着。"

6

公安局刑警队，赵吉乐趴在桌子上打盹儿，队友小刘见他趴在桌上睡觉就拍打着他："醒醒，回家睡去，刑警队成你的卧室了。"

赵吉乐急忙坐起来，睡眼蒙眬地问："队长呢？"

另一个警察从外面进来，拿赵吉乐逗趣儿："听说你们昨天晚上破了一个大案子，凶手要杀孙副市长，让你们及时制止了？这阵儿队长可能正在局长那里接受嘉奖呢。"

赵吉乐不耐烦道："滚开，少拿这事当笑话。"

广林子正从外面进来，问："谁笑话谁呢？"

小刘说："谁也没笑话谁。"

赵吉乐问广林子："队长，局长怎么说？"

"局长没说啥啊，就问了问过程，让我们写个出警报告。"

"我还以为局长剐你了呢。"

"剐我干吗？凭什么？我们没做错什么啊。局长刚开始倒想埋怨我几句，我一句话他就不吱声了。"

"你说啥了？"

"我说，局长您当时一听说不也马上赶到现场去了吗？"

赵吉乐拍了大腿一巴掌："对呀，我担心什么，昨天你不也到现场去了吗？"

"我跟局长不一样，我的部下是笨蛋，你看看你那样儿，红眼咯吱的，回家睡觉去吧，睡醒了把报告写出来交给我。"

"说来说去还是我，行啊，算我倒霉，小刘，你走不走？我带你一段。"赵吉乐问。

小刘看广林子，广林子说："都走都走，眼不见心不烦。"

小刘吐吐舌头,跟着赵吉乐走了。

7

鼠目来到赵宽家门前,把车停好之后敲了敲门。

赵宽家的保姆梨花前来开门,见到鼠目,高兴地朝楼上喊:"阿姨,舅舅回来了。"

李寸心闻声从楼上下来,站在楼梯上问:"是寸光吗?"

鼠目进门就朝楼上走:"是我,姐姐你好吗?"

"好着呢,你怎么这么长时间没回家来了?吃饭了没有?"

"这段时间特忙,还得抽空应付女朋友,一直没顾得上回来。"

李寸心欣喜地问他:"你有女朋友了?怎么不带回来让我看看。"

"已经是过去时了,处了几天,没感觉。"

"你离婚已经五年了,会不会得了婚姻恐惧症?不行就找心理医生看看去。"

"你别瞎想了,还没碰上呢,碰上了我会主动占领的。我的事你就别操心了,现在这样也挺好,钻石王老五,正流行。"

"你是不是还想着她呢?有心理障碍。"

"人家现在早就开始给美国人传宗接代了,中美合资的杂种都不知道造出来几个了,我想她干吗?我是没碰到能让我怦然心动的那种。胡乱抓一个结婚,跟和电线杆结婚也没啥区别。要真是碰上了,你看我这个人还会客气吗?保证奋不顾身、冲锋陷阵,不获全胜誓不罢休。"

李寸心跟着鼠目来到楼上:"说得也是,没有感情的婚姻就是不道德的婚姻嘛,可是什么时候才能碰到那种让你怦然心动的呢?你要是就这样耗着,已经过了四十了,等耗成老头子,即便人家能让你怦然心动,你也没办法让人家怦然心动了。"

"姐姐,你能不能换个话题?从进门就说这事,你们两口子真有意思,一个见了我就是报纸文章的党性原则,一个见了我就是娶老婆成家,能不能说点别的?"

"你又胡赖了,今天的话题可是你提起来的。"

"没关系,你要是愿意聊我就陪你聊,可是现在不行,我太困了,昨天一夜没睡,我得睡觉了。"

"昨天晚上我看见你了,听你姐夫说孙国强他老婆把孙国强杀了,结果警察来了孙国强还活着,还说是你报的案,到底怎么回事?你怎么也掺和进去了?"

"这事我到现在还纳闷儿呢,孙国强他老婆说得明明白白、有鼻子有眼,结果全都是子虚乌有,还得我陪孙国强把他老婆送到康复医院看病,守了一夜才回来。我困了,睡了。"

"你睡吧,还睡你原来的那间屋,梨花把被子床单都拆洗过了。"

鼠目推门而入,见房间里整洁舒适,满意地点点头:"不错,替我谢谢梨花,等我高兴了带她吃意大利馅儿饼去。"

李寸心进屋帮他拉开被褥,鼠目说:"你不用管了,我自己来。姐姐,我想搬回家来住一段时间。"

李寸心很高兴:"好啊,又不是没地方住,什么时候搬?"

鼠目已经钻进了被窝:"这不已经搬过来了吗?单身汉,走到哪儿哪儿就是家。好了,我要正式入睡了。"

"好吧,你正式入睡,我正式告辞。"说着,李寸心从屋里出来,轻轻地拉上了门。

8

赵宽家,楼下传来摩托车的声音,李寸心下去开门,赵吉乐抱着头盔进来:"妈,我有钥匙,没钥匙让梨花开嘛,你楼上楼下来回跑啥。"

"作为母亲,还有什么事能比得上给回家的儿子开门更开心?梨花到急救培训班上课去了。"

赵吉乐把钥匙交给李寸心:"那好,今后我就不带钥匙了,每次回家你都来给我开门。"

李寸心推开他递过来的钥匙:"你以为钥匙就是开门用的啊?钥匙还是一种感觉,一种有家的感觉,所以啊,每次你爸爸出差都要带着家里的钥匙,你爸爸说,对于出门在外的人来说,家里的钥匙就是护身符。"

"好老妈,你跟我爸真不愧知识分子,说道就是多,我是没出息的粗人,对我来说,钥匙就是开门的工具而已。你刚才说梨花上急救培训班上课去了,她上课去了谁买菜做饭?"

"是你爸爸给她报的班,你爸爸说我身体不好,如果有什么事情,免得梨花啥也不懂耽误事。"

"还是我爸老谋深算,花一份钱雇个保姆还搭个护士。"

"梨花还挺喜欢学的,买菜改到中午了,她没有睡午觉的习惯,我中午休息了她就去买菜,这个时间买菜更便宜。"说着,李寸心跟在赵吉乐后面上了楼。

赵吉乐问:"我舅舅干吗来了?"

李寸心反问:"你怎么知道他来了?"

"他那台破车停在外面我还能不知道,他在哪儿?我正要找他算账呢。"

"他又怎么得罪你了?你找他算什么账?你舅舅也真是的,昨天才得罪了你爸爸,今天又得罪了你,我看你们爷俩恨不得把他吃了。"

"他得罪我也是昨天,害得我在队里丢尽了脸。舅舅,舅舅……"

李寸心急忙拦住他:"喊什么,他睡了,有什么事等他睡醒了再说。"

"他倒能睡得着,那也好,我也睡,等我睡醒了再找他。对了,妈,如果他比我先醒,你一定要扣住他,别让他跑了,然后马上叫醒我。"

"怎么了?出什么事了?"

"昨天晚上的事你还不知道？"

"知道啊，听说孙国强他老婆说把他杀了，后来又没杀，事情搞清楚不就完了吗？你舅舅怎么了？"

"就是他报的案。报案也行，打'110'啊，偏要找我，也怪我太轻信他了，带着大队人马跑过来，结果屁事没有，闹得队里的人都灰头土脸的，队长还逼着我写报告，实际上就是写检查。"说到这儿，赵吉乐猛地拍了一把额头："对呀，舅舅不是记者吗？我不抓他抓谁？"

李寸心有些着忙："你要抓你舅舅？他犯什么罪了？"

赵吉乐解释："不是往公安局抓他，我是抓他替我写报告，谁让他没搞清楚状况就乱报案。"边说边打了个哈欠，"不行了，困死我了，我也得睡了。"说着，钻进自己的卧室，倒头便睡。

李寸心过去给他把被子拉好，出门来又轻轻把门关上，摇摇头哭笑不得，自言自语："今天都犯什么毛病了，一大早都跑回来睡觉来了。"

9

孙国强家里非常凌乱，孙国强的心情更加烦乱，他在客厅里转来转去，活像一只困在笼子里的老狼。转了一阵儿，跑到楼上朝卧室了看了看，张大美仍然熟睡着，他只好回到客厅，坐在沙发上点燃了一支烟，脸色极为阴沉地沉思默想着。

电话响了，孙国强接起来一听，立刻紧张起来："咱们不是说好了不往家里打电话吗？哦，你也听说了，传得真他妈的快。没那回事儿，我老婆犯癔症胡说八道，公安局那帮人稀里糊涂跑来折腾了一夜，我刚刚从医院回来，下午就上班去，没事，有事打我手机。什么，手机打不通？对了，手机没电了，本来准备回来就充上，碰到这件事就给忘了，没事，我马上换一块电池。好了，就这样吧，记住了，今后绝对不能给我家里打电话。"

拜拜。"

放下电话，孙国强气狠狠地在烟灰缸里按灭刚刚抽了半截的烟，起身来到楼上卧室，狠狠地摇晃张大美："你醒醒，你给我醒醒。"张大美活像一团稀泥，任他怎么摇晃就是不醒，孙国强从桌头柜上端起一杯凉水，泼到了张大美的脸上。

张大美激灵一下醒了过来，睡眼惺忪地看着孙国强发愣，晃晃脑袋，半晌才问他："是你啊，你不是上山下乡去了吗？啥时候回来的？"

"我昨天晚上就回来了，你起来，我有话问你。"

张大美又倒在了枕头上："有什么话待会儿再说，我困。"

孙国强把她强行拉了起来："你给我起来，我有话跟你说。"

张大美无奈地坐了起来："几点了？干吗？"

孙国强问："昨天晚上你都干了些什么？你给那个记者，就是赵书记的小舅子说了些啥？"

张大美茫然地看着孙国强："你说什么啊，乱七八糟的，什么记者，什么赵书记的小舅子？神经病。"

孙国强看着她茫然的神态，自己也有些茫然，拿不准她这样子是真的还是装出来的，也把握不住自己还要不要把话说得更明白一些。犹豫片刻，他还是忍不住要问个明白："你昨天晚上对那个记者说你把我杀了，用刀子捅的，然后那个记者就报了案，公安局刑警队半夜三更跑到这个大院里闹了个天翻地覆，你难道就那么恨我？你这是在用另一种方式杀我，用舆论杀人，你到底为什么要这么干？"

张大美无辜地瞠视着他："你说啥呢？你要干吗？你是喝多了还是疯了？无聊。"说完拉过被子蒙上了脑袋。

孙国强有些蒙，呆呆地看着张大美，用拳头在自己的脑袋上狠狠砸了两下："疯了，真的疯了，不是她疯了就是我疯了。"

张大美却已经再次沉入了睡乡。

秘密的背后是麻烦

1

鼠目睡醒了，躺在床上发呆，夕阳的余晖透过窗帘的缝隙，像一柄扇形的利刃将房间一分为二。他知道，是他姐姐在他睡着的时候进来替他拉上了窗帘。鼠目起身找了一圈，没找到烟灰缸，随手拿过一个茶杯，回身钻进被窝，点着一支烟抽了起来，烟灰就弹在茶杯里。昨天晚上经历的一切经过一场睡眠好像变成了梦境，他却知道这绝对不是梦。无意中，他知道了市委常委、常务副市长孙国强的秘密，这对他意味着什么，他无法作出准确的评估，所以激动中又有紧张。他不知道下一步自己应该做些什么，但是他却知道自己绝对不会什么也不做，把昨天晚上的一切当成一场梦。

手机响了，鼠目爬起来拿过手机接听："哦，主编啊，我没事，昨天晚上没睡觉，今天补了补。"

电话那头的主编说："我告诉你一件事，今天市委赵书记把我跟社长召去了，你猜他召见我们干吗？"

鼠目顿时彻底清醒了，一骨碌翻身坐起："他找你们干吗？肯定跟我有关。"

"你怎么知道？"

"这还用猜吗？跟我无关你给我打电话干吗？他又要干预新闻自由吗？"

"你千万别提新闻自由这几个字，我一听这几个字就反胃，新闻自由这几个字太虚伪，你给我说说，到底什么地方有新闻自由？美国？"

"美国自由个屁,这我懂,哪家美国新闻媒体都得看财团的脸色,财团就是他们的衣食父母嘛,他们都是不同利益集团的喉舌和代言人而已,美国人自己也知道他们的新闻自由是假的。我说的新闻自由是狭义的,特指我们报社的发稿权和自主权。"

"赵书记没有干预我们什么,他充分肯定了我们在宣传党和国家方针政策、正确引导新闻导向和实施舆论监督方面发挥的良好作用。"

"受到市委书记的表扬和肯定这是好事啊,怎么?您老人家是不是太激动了给我报喜啊?"

"我给你报什么喜,赵书记指示我们专门组织一个报道组,专题采访市委市政府在保护农民工权益方面做的工作和采取的措施,点名要你参加这个报道组呢。"

"他什么意思?"

"什么意思人家没有明说,我们也不敢深究,估计你写的那篇《农民工的权益谁来保护》引起了重视,你明天赶紧来上班,参加这个报道组的采访工作。"

鼠目还要问问明白,主编已经挂了电话。

鼠目开始思索,不管怎么回事,他敢肯定的是,市委市政府对他写的那篇文章肯定有不同意见,不然也不会郑重其事地由官方出面组织专题报道。既然由官方出面组织专题报道,肯定就会由官方严格把关,而且必定是正面报道为主,谁也不会傻到请人写文章骂自己。

想通了这一点,鼠目马上给主编回电话:"主编,实在对不起,我不能参加那个报道组。"

"怎么了?这是市委书记亲自点将,你要是不去我们怎么交代?"

"不麻烦你给他交代,我给他说。"

"县官不如现管,你还是先给我交代一下,什么理由?"

"看在你是我老大哥的分上我可以先给你透个底,你绝对要替我保密,你要是听我说完之后,肯定能支持我。"

"寸光，你别忽悠我啊，我胆小。"

"昨天晚上在紫苑路三号大院发生什么事了你知道吗？"

"听说了，常委大院发生谋杀案，警察去了一堆，结果啥事没有。"

"到底是主编，高度概括，言简意赅。你知道这个案子是怎么回事吗？"

"知道，不就是孙副市长的爱人有精神病，胡说八道闹了一场虚惊吗？"

"嘿嘿嘿，你只知其一，不知其二，你想一想，即便孙副市长的爱人真的有精神病，她为啥不说把别人杀了，非说杀了自己的丈夫呢？是什么事情让她对孙副市长、自己的丈夫恨之入骨呢？"

主编默不作声，静静地听他讲。

鼠目得意扬扬地一笑："告诉你吧，其中的秘密整个海阳市只有三个人知道。"

"哪三个人？"

"鄙人，还有孙国强和她爱人。"

"是吗，你准备怎么样？"

"我准备深入采访一下，一旦得到证实之后，马上出一篇让海阳市甚至全国轰动的东西，标题我都想好了，就叫《发生在常委大院的谋杀》，或者就叫《梦幻谋杀》。"

"你要吓死我还是要害死我？告诉你，就凭你这个标题，我就不敢发你的稿。我们是搞新闻的，不是网络杂志，你那个标题就像胡编乱造出来的侦探小说。难怪赵书记叮嘱我们，对你的稿子要严格把关呢。"

"赵宽真的这么说了？什么时候说的？"

"他倒没这么说，我是这么理解的，你千万别找他问这件事情，你要是找他问，我就很难做人了。"

鼠目趁机提条件："你是我老哥，其实你不说我也知道，赵宽就是想让你们压我的稿子，仗着他是我姐夫，假私济公，我还没办法告他。这件事我已经知道了，我也相信你不会屈从于赵宽的压力。我刚才说的新闻线索多棒，全世界的记者碰到这样的新闻线索都得打破脑袋抢，你就给我创造点条件，如果有重大收获，我保证你是我的第一读者。"

主编叹息一声："牛不喝水也不能强按头，你硬不干谁能逼着你干？逼着你去采访即便去了保证也是应付差事，行啊，你就干你说的那件事吧，但是有一个条件，稿子不能在别的媒体上发，必须在《海阳日报》上发。"

"主编大人，我知道你的如意算盘，我的稿子如果只能在《海阳日报》上发，你就能控制我是不是？行，我答应你，不经过你老人家的同意我在任何报纸上也不发。"

"人言为信，咱们是君子协定，我也不用你给我写什么书面保证、书面承诺之类的东西了，到时候如果你的稿子我通不过，你又拿给别的报纸发表，别怪我翻脸不认人。另外，稿子的标题别搞得那么俗气，像街头小报上的市井小说。"

"行，我都答应你，只要你别逼我参加那个什么采访组就成，给我点时间，我保证让你大吃一惊。"

"我希望你别让我大吃一惊才好。"

挂了电话，鼠目对着手机嘟囔："主编大人啊主编大人，我答应你不在报纸上发表，可没答应你不在网络上发表，到时候你要是卡我，可别怪我毁约啊。"

鼠目正在得意，门被敲得哐哐乱响，赵吉乐在外面喊他："舅舅，舅舅，你出来，我听见你在屋里打电话了，你给我出来。"

鼠目无奈地摇摇头："完了，麻烦来了。"然后猛然拉开门，一把将赵吉乐拽进屋里，"嚷嚷啥，有话进来说。"

2

傍晚时分，正是下班时间，不时有车驶进大院，站岗的武警战士不时向进来的车辆敬礼，然后挥手让行。许多别墅的窗口亮起了灯火，有的家里传出了煎炒烹炸的响声,有的家里传出了电视音响的动静,大院只有这个时候才显得有点儿人气。

赵宽将车停在了家门前,下车吩咐司机:"明天早点过来,比平常早半个小时吧,咱们上班前绕道去环城路上看看。"司机答应了一声,驾车离去。

梨花打开门,边接过赵宽手里的提包边说:"叔叔回来了?"

"梨花给叔叔准备了什么好吃的?"

"我把馒头蒸好了,菜还没炒,阿姨说她炒菜。"

"怎么让你阿姨炒菜?她身体不好。"

"哥哥跟舅舅都回来了,阿姨就要炒菜。"

"哦,他们都回来了?"

"早上就都回来了,一回来两个人都睡了,睡到这会儿刚刚起来,舅舅跟哥哥在屋里说话呢。"

"他们一天都没上班?"

"没有,说是昨天晚上都忙了一晚上。"

赵宽脱下外衣,让梨花接了过去。来到厨房,赵宽对正在忙碌的李寸心说:"你呀,真是的,怎么还亲自动起手来了?注意身体,要我帮忙吗?"

李寸心说:"我这也算是活动活动、锻炼锻炼,整天坐着对身体同样不好。不用你帮忙了,你跟梨花收拾桌子准备吃饭。"

赵宽仰着脑袋朝楼上示意:"吉乐跟寸光都在?听梨花说他们一天都没上班?"

"可不是嘛,寸光昨天晚上跟着孙国强陪他爱人去看病,在医院里熬了一晚上,早上才把人家送回来。吉乐就更不用说了,你都看见了,昨天晚上也在孙国强家忙,今天回来轮休的。"

赵宽沉吟:"不太好,实在不太好。"

"怎么了?什么不太好。"

"孙国强家出了那么点事,咱们家寸光、吉乐都参与进去了,弄不好会让人多心猜忌。吉乐还好说，他是警察，有人报案他到现场调查合情合理，寸光怎么也搅和进去了？"

李寸心将切好的菜倒进锅里，边搅动着边说："我也说不清楚，听吉乐说好像是寸光报的案，你们白天一天还没弄清楚是怎么回事吗？"

"我今天开了一天的常委会，传达中纪委《关于领导干部行为规范的征求意见稿》，讨论我们市贯彻落实的具体措施，没顾得上详细过问这件事。孙国强上午没来开会，下午才来，会上也不好问，具体情况我安排公安局写个报告，报告还没拿上来。我真想不通，寸光怎么跟这件事牵扯上了，他可千万别干什么傻事，中纪委《关于领导干部行为规范的征求意见稿》上，把领导干部管好自己的亲属作为重要内容明确提了出来，市委常委会就此也专门做了研究，准备对我们市领导干部，尤其是常委们的亲属子女的情况作一次摸排，这个时候可千万不能出问题。"

"我觉得寸光、吉乐都没啥问题，都是挺好的孩子，正直、善良、敬业，没有坏毛病，这方面我很放心。"

"但愿如此。"

李寸心嘱咐："你有事饭桌上也不准提，饭后你们谈什么我也不管。"

"你放心，我保证饭桌上的安定团结。"

说完，赵宽正要离开，李寸心突然提到："对了，今天寸光说他要搬回来住一段时间。"

一听这话，赵宽又返身回来："什么？他要搬回来住一段时间？"

"是啊，你不同意吗？"

"不是，这是他姐姐家，有地方住就行了，我有什么同意不同意的。我奇怪的是，过去我请他回来住他都不回来，今天怎么突然又要回来住了？是不是有什么事儿？"

"能有什么事，可能知道我身体不好，想陪陪我呗。告诉你啊老赵，不管你心里有什么疑问，都不能表现出来，免得让他多心，好像你不赞成他回来住似的。"

赵宽连忙说:"那当然,那当然,这一点你放心。再说了,寸光也不是那种小肚鸡肠的人,也不会往那方面想。"

李寸心盛好菜,吩咐赵宽:"你去洗洗手,把饭桌铺好。"又吩咐在一旁打下手的梨花:"梨花,叫他们下来吃饭。"

梨花冲楼上吆喝:"吉乐哥哥,舅舅,下来吃饭喽。"

3

房间里,赵吉乐正在朝鼠目发作:"你要报案可以打'110',干吗非得找我?这下可好,半夜三更到常委大院闹了个鸡飞狗跳,结果啥事没有,闹得我在队里灰头土脸的,你得负责。"

"我负什么责?你不是老对我说,我是当记者的,遇到什么案子线索直接告诉你,好让你有个立功的机会吗?你说说,昨天晚上我报案有什么错?难道国家法律规定有案子只能报'110',不能找刑警队?"

"这么说你反倒有理了?那不行,不管怎么说你在队里给我造成了不利影响,你得替我消除负面影响,不然你找一个女朋友我就给你闹黄一个。"

鼠目好笑道:"你真有那个本事?"

"不信你就试试,只要你找女朋友,我就派我们抓的小姐当着你女朋友的面向你要生活费、抚养费,看你怎么办。"

"我相信你能做得出来,你说吧,让我怎么给你消除影响?"

"简单,你帮我把出警报告写了就成了,口气诚恳点,带点检讨的意思又不是真正的检讨。"

"你也真有意思,说了半天就是想让我写个报告嘛,你直说呀,好,我答应你。"

这时候梨花在楼下喊他们吃饭,赵吉乐朝楼下喊:"我们马上下来,你们先吃。"然后又对鼠目说:"倒不是我写不了,主要是这件事情闹得广

林子挺被动，你是记者，妙笔生花，能把我们局长写高兴了，广林子压力小了，我不也就压力小了嘛。"

鼠目穿上衣服往外走："好好好，我帮你写，明天早上给你，保证让你按时交差。"

4

孙国强家，孙国强一个人呆坐在客厅里，灯也没开，黑暗中，他的脸被外面折射进来的路灯灯光映得青白，显得僵硬、阴森。房间里非常寂静，墙上的挂钟滴答滴答的走动声使房间显得更加冷清、寂寞。孙国强的手机响了，他看了看来电显示，厌烦地关掉了手机。

这时候，张大美从楼上下来了，身穿一袭白色睡衣，脸色苍白，活像一个幽灵，站在楼梯的拐角呆呆望着客厅里的孙国强。

沉思默想中的孙国强让张大美吓了一跳："你、你……醒了？"

张大美问："怎么灯也不开？几点了？"

"七点多钟了，你饿了没有？我给你做点吃的。"

"你吃了没有？没吃我去做。"

"算了，你也没吃我也没吃，干脆出去吃点算了，顺便也散散步，活动活动。"

"那也好，我去穿衣服。"

片刻，张大美穿上外衣下了楼。孙国强跟着她出门，两个人有意无意地拉开了距离，活像两个偶然走到一起的陌生人，路灯在他们之间投射出浓重的黑影。

张大美问孙国强："你是不是问过我一些什么事？我怎么想不起来了。"

孙国强犹豫片刻，矢口否认："没有啊，我没问过你什么。"

"我怎么睡了这么久？一定发生过什么事了，出什么事了？"

"到目前为止还没出什么事，以后就难说了。"

"是啊，以后就难说了，人眼前的路都是黑的，没有路灯给你照亮，也看不清前面是平坦的大路还是万丈深渊。"

"大美，你非常恨我，是不是？"

张大美没有直接回答，过了一阵儿才说："我不恨你。"

"那就好。"

"我憎恶你。"

"嗯，这比恨更糟糕。"

天已经黑了，狭窄却平坦的路面上有影影绰绰的树荫。两个人走在小径上，活像在黑暗的洞穴里穿行。孙国强欲挽张大美的胳膊："你冷不冷？"

张大美摆脱了他的手："你还在乎我冷不冷吗？"

孙国强沉默片刻，叹息一声："我已经无数次向你道歉了，难道你准备这一生都不原谅我吗？"

"我现在没想那么远的事情，倒是你，让我原谅你什么？哪一方面的事情你需要我原谅？"

"我做的所有错事都需要你原谅。"

"孙国强，你不觉得你很虚伪吗？你是不是觉得我是可以任由你蒙骗的傻子？"

"那是你想象的，我绝对没有蒙骗你的意思。"

张大美冷笑："现在你还说这种话，本身就是一种蒙骗。算了，你还是自己弄点吃的吧，我想自己走走。"说完扔下孙国强管自朝前走去。

孙国强站在原地，犹豫着是不是应该跟上去，张大美却已经拐过一条弯道，身影隐没在树木投在路面的阴影里。孙国强叹了口气，在衣袋里摸索着，掏出一包香烟抽出一支叼在嘴上，正要点燃，却听到张大美在前面惊呼起来："啊呀，你要干吗？"

孙国强连忙扔掉香烟朝张大美呼叫的方向跑了过去，转过拐角才看见张大美惊慌地将双臂抱在前胸，两眼直直地盯着前方。

"怎么了？怎么了？"孙国强跑到张大美跟前，只见在路边的阴影里有一个男子默不作声地站在那儿，黑黢黢地看上去阴森恐怖。孙国强并不是个勇敢的人，可这里终究是常委大院，门口就有武警站岗，况且张大美眼睁睁在一旁看着，所以他也就鼓足了勇气战战兢兢地发问："什么人？你要干什么？"

那人闷闷地说："孙叔叔，是我，润发。"

孙国强这才凑过去看了看："啊呀，是润发呀，这个时候不回家吃饭，站这儿干吗？把你阿姨吓一跳。"

"没事，待一会儿。"

孙国强对张大美说："没事，这是润发，政协周主席的儿子。"

张大美捂着胸口："啊呀，这孩子真吓人，刚才闷不做声地蹲在路牙子上，我刚过来他就猛地站起来，真把我吓坏了。"

孙国强拉着她就走，边走边对润发说："润发，回去吃饭吧，别待在这儿黑黢黢的吓唬人。"

润发"嗯"了一声，却没有回家，又原地蹲在了那里，在阴影下黑糊糊的活像路边蹲了一条大狗。

走了几步，孙国强悄声对张大美说："我听说那小子吸毒，看样子是真的。"

张大美惊问："真的？"

"你没看他又蹲那儿了？我听公安局的人讲过，毒瘾犯了的人，没着没落，只有那么蜷成一团蹲在地上才能熬一阵儿。你走在路上，看到这种蜷成一团蹲在马路边上的人就离他们远点，这种人犯毒瘾的时候，为了弄钱买毒品，连他亲爹妈都敢抢。这小子真不成器，原来叫阿宝，后来非把名字改成润发，说是要跟香港的一个什么明星同名。"

张大美嘿嘿笑了："是周润发。他吸毒周主席知道不？"

"谁知道他知道不，即便知道了又能怎么样？戒又戒不了，抽又抽不起，只能听天由命。"

"他在大院里会不会胡来？"

"难说，得给门卫打个招呼，让他们严密注意。"

"门卫是看大门的，大门里面的事情人家怎么管？我说啊，咱们这大院表面上看挺安全，有武警站岗，住的又都是有头有脸的领导干部，实际上还不如人家那些管理好的居民小区。"

"那不会，怎么说也有正规的武警站岗，家家又知根知底，一般的坏人也不敢到这个大院来捣乱，除非他不要命了。"

"那是坏人不了解情况，光看门口有武警就吓住了，要是知道内部情况，在这个大院里作案比普通的居民小区更方便。普通的居民小区还有居委会，有物业公司的保安，还有居民治安联防队。咱们这个院子有什么？实际上咱们这个大院是个治安空白，大门的武警看着挺威风，人家也不是管治安的，更不是管破案的，除了让外人觉得这里面住的都是特权阶层以外，没有别的用……"

孙国强打断她的议论："好了好了，这种事情也不是你我说了算的，咱也管不了，你还是想想吃啥吧，我请客。"

刚才的惊吓和议论转移了张大美的情绪指向，她的心情好了一些，回应孙国强："到外面街上吃点孙家大馅饺子吧，小强在家的时候就爱吃他们家的饺子。"

"又想儿子了？等放假了让他回来一趟，或者干脆你去一趟。"

张大美口气生冷："钱呢？不管是儿子回来还是我去，都得有钱。"

提到钱，孙国强尴尬了，不再吱声。这时候，后面有人跟上来叫孙国强："孙叔叔，孙叔叔。"

孙国强和张大美停下步子回头一看，追上来的是润发。孙国强奇怪地问他："有事吗？"

润发嗫嚅道："您、您……有没有钱，借、借我一点。"

孙国强问："你借钱干什么？"

润发一旦张开嘴就好像有了几分勇气，话说得也顺溜了，甚至有几分

硬气:"你有没有?借不借?不借就算了。"

孙国强犹豫片刻,问他:"你要多少?"

"多点少点都行,二三百块就够了。"

孙国强想了想,从兜里拿出钱包,数了二百块钱给了他。

润发接过来说:"谢谢孙叔叔,我有了钱一定会还给你。"

"没关系,别乱花就行。"

润发立刻有了精神,扭头便跑。

张大美质问孙国强:"他借钱肯定是要去吸毒,你怎么能借给他?"

孙国强耸耸肩膀:"我知道他借钱干什么,这种人你不借给他就是仇人,借给他也别指望他还,省得他琢磨你。"

"你借给他钱不是等于鼓励、支持他吸毒吗?"

"不借给他,他该吸照样吸,说不定想什么招弄钱呢,他亲爹都管不了,我能管得了吗?就当周济要饭的了。"

"要真是要饭的我一点儿也没得说,可是他拿着钱是要去吸毒啊,你这是帮他还是害他?你这个人做出来的事总是不地道。"说完扔下孙国强管自朝前快步走去。

孙国强急忙追了上去:"你又生气了,你说那么大个人张嘴了我能怎么样?算了,别因为别人的事生气,那种人无可救药,你替他着什么急?大美,大美……"

张大美疾步快走,孙国强跟在后面唠唠叨叨地解释,张大美冲他说:"你别跟着我,让我一个人清静清静。"

孙国强也有几分气恼,停下步子,看着张大美的背影,迟疑片刻,最终还是跟了上去。两个人默默地朝外面走,狭窄却平坦的路面上投下了长长的阴影,就像两个人拖着两条沉重、巨大的尾巴。

5

钱向阳怀里抱着孙子，对孙子说："孙子啊，你真可怜，碰上了这么个不着调的奶奶，回家连口热饭都吃不上，好可怜啊。赶快再长大点，爷爷带你去吃麦当劳、肯德基，什么好吃吃什么。"

陶仁贤的儿子钱明在另外一个房间叫喊："妈，你要的饭什么时候能到？再不来我可出去吃了。"

陶仁贤看看表："会不会说话？什么叫要的饭，应该说叫的饭，该到了啊……"

这时候，电话响了，陶仁贤说："儿子，你接一下电话，我忙着呢。"

钱明拿着书本进来问："你忙啥啊，抱狗也算忙？"边说边接起电话："喂，哪一位？对对对，是我们家要的饭，好好好，我出去接。"

放下电话，钱明对钱向阳说："爸，你们是不是也应该改革一下了，就这么个破大院，好像住着什么了不起的大人物似的，又不是党中央国务院所在地，还弄武警站岗，出来进去真不方便，人家送饭的都不让进，还得我出去接。"说完，急匆匆地出门接送饭的去了。

钱向阳说："你别说，儿子说得还真有道理，让我说啊，这个大院的管理模式真得改一下了。"

陶仁贤说："要改让别人改去，你可千万别招惹这个麻烦。这个大院里住的不管是在职还是不在职的，哪一家都是马蜂窝。我前几天到吴大姐家打牌，他们住的是普通居民小区，归居委会管，雇了物业公司，门口也有站岗的，是物业公司的保安，院里还有宣传廊、板报，居民还组织了治安联防队，老大妈老大爷们带着红袖标到处巡逻，生气勃勃，热热闹闹，真比咱们这个大院好。你看看咱们这个大院，冷冷清清，死气沉沉，住在这里有时候真觉得从心里往外头冷。"

"请物业公司要花钱，住在这个院里你花什么钱了？占了便宜还卖乖。"

"对呀,要真是让院里的住户们自己花钱请物业公司,还不得闹翻天?所以啊,你就老老实实,前任怎么干你也怎么干,千万别捅马蜂窝。"

过了一会儿,钱明提着大包小包的快餐盒回来了,后面还跟着饭馆的送饭小工。

"老妈,你都订了些什么?要八十五块钱,我没带钱,你给人家把账结了。"

"好好好,我给钱,我本来就没指望你掏钱。"说着掏出钱给小工:"给你个整数八十,零头就算了啊,我跟你们老板挺熟悉的。"小工无奈地拿着八十元钱走了。

陶仁贤对钱明说:"听说你们要回来,我还不得多订点,也没啥,就是一条清蒸桂鱼,你媳妇爱吃的,一个红烧肉,你爱吃的,还有蚝油生菜、醋熘土豆丝、清炖排骨汤,主要就贵在清蒸桂鱼上了,你媳妇没来,白花钱了。"

钱向阳说:"她没来咱们吃嘛,吃到肚里就不算白花钱。"又问钱明:"你媳妇干吗去了?"

"她们一个同事今天晚上结婚,她不去不行。"

陶仁贤问:"那你怎么不跟着吃酒席去?跑回来吃我要的外卖。"

"我跟她们同事又不熟,都去谁管孩子?再说了,两个人去就得送两份钱,我还是省省吧。"

钱向阳说:"我看啊,还是最后面这条理由最充分,现在吃喜酒要送多少贺礼?"

"那也得看关系远近亲疏,一般的一个人两百块,这是底线,再少就拿不出手了。"

"好嘛,两个人就得四百块,你们两口子一个月的工资够吃几回喜酒的?"

"吃上个五六回倒没问题,要是天天吃就受不了了。"

陶仁贤从钱向阳手中接过孙子:"听你这口气你们两口子挣得还真不

少啊。好了,不管她了,人家吃酒席,我们也吃,有什么话坐到桌上边吃边说,我也有点饿了。"

一家三口坐到了饭桌上,陶仁贤把孙子放到童车上,张罗着给每个人盛饭。

钱明在饭桌上问:"爸,我听说昨天晚上大院里出事了,怎么回事?"

"让你妈说,你妈最清楚,她自始至终全程跟踪,你没见昨天晚上你妈那个劲儿,就好像屁股里装上了原子弹,能量无比。"

陶仁贤一边嚼着饭菜一边说:"昨天晚上的事情真的怪极了,公安局的来了一大帮,连公安局的林局长都来了,还有赵书记的儿子、小舅子,都在现场,说孙国强他老婆把孙国强杀了。正闹腾着呢,孙国强回来了,你没见公安局那帮人的脸,一个个真跟瘪茄子一模一样,笑死人了。"

"赵书记他儿子在刑警队,参与破案倒没啥不对的,他小舅子凑什么热闹?会不会跟赵书记有什么关系?如果他们背后真有赵书记的影子,这件事情就复杂了,带有政治意味了。"

钱向阳听到他儿子这么说,刚刚夹住的一块红烧肉从筷头上溜了下来,眉头紧蹙,陷入沉思。显然,钱明的话让他受到了震动。

6

赵宽家的晚饭已经吃过,他们家历来的习惯是主人们吃过饭便上楼,各干各的事,只有保姆梨花在客厅留守。今天的情形有些不同,也许是人很长时间没有聚这么齐了,所以吃过饭后谁也没有马上上楼,都聚集在客厅里看电视。

赵宽问鼠目:"听你姐姐说你要搬回家来住?这样也挺好,你姐姐身体不好,你在家里可以多陪陪她。"

"我已经搬回来了,我的想法也正是这样。"

赵吉乐问:"舅舅,你该不会是欠了谁的账,跑到这儿躲债的吧?"

李寸心说:"你净胡说。"

"咱们这院里躲债最好了,门口有武警站岗,讨债的谁也不敢到我们这个大院里逼债。"

赵宽说:"又胡说了,人家武警战士是替你挡债主的吗?"

鼠目苦笑:"你们这是干吗?好像我真的是躲债来了。姐夫,武警战士确实不是替人挡债主的,可也不是替你们看家护院的吧?咱们这个大院,不对,是你们这个大院,长年累月由武警站岗,确实太不像话了,说轻了是特权,说重了也是一种腐败。"

赵宽表示赞同:"你提的意见有道理,让我说啊,这个大院也应该实行社区化管理,我也提过几次,可是总有人说这个大院是市委市政府的后院,必须保证绝对安全,不然发生问题造成政治影响就太大了。让我说啊,一直让人家武警战士给我们站岗,造成的政治影响才更恶劣。"

李寸心也说:"你们这些在职的和退下来的书记、市长、常委们不是都号称是人民的公仆吗?让武警给你们看大门,哪里还配叫人民公仆。我看就应该实行社区化管理,割断机关事务管理局跟这个大院的关系,别什么事都让事务管理局办。让机关事务管理局管这个大院不就是为了不花钱白占便宜吗?普通老百姓的生活小区能自己花钱雇物业公司,我们为什么就不能?收入比老百姓多,比老百姓稳定,还啥钱都不想花,那不真成了官老爷了。"

赵宽说:"嗯,有道理。我到红光小区看过,人家那里管理得真不错,既有居委会进行社区管理,又有物业公司提供卫生、保安服务,井井有条,生气勃勃,卫生、治安、环境都很好。我们这个大院居委会管不了,连个基层政权组织都没有,思想教育、政治宣传、治安管理等,实际上都处于空白状态。我同意你们的意见,这个大院也应该走社区化管理的路子,市委市政府的后院不能成为市政管理的空白,不能成为精神文明建设的空白,更不能成为特区。"

等赵宽说完，鼠目立马问："你的这个意见能不能见报？"

赵宽马上拒绝："我在家里说的随便一句话你就见报，今后在你面前我还敢说话吗？"

"这就叫舆论监督，对市委书记更应该一直监督到家里。"

"市委书记也应该有自己的私人空间，市委书记的个人隐私也是受法律保护的。寸光，说到这儿我问你一句，你对我们市的新闻舆论工作有什么看法呢？"

"总体上讲还可以吧，没有过多的、生硬的控制，但是也没有失控，基本上做到了张弛有度。"

听到这里，赵宽面带喜色，能受到这个多多少少有点桀骜不驯的小舅子正面评价，赵宽多少有些宽慰。

"但是……"

赵宽哈哈一笑："我就知道你后面有这个但是，我就想听你这但是后面的话。"

赵吉乐说："未必吧？刚才舅舅吹捧你的时候，你脸上那副得意扬扬的表情，我看得清楚。妈，你看见了没有？"

"我没看见，你是幻觉吧？我还从来没在你爸爸脸上看见过你说的那种扬扬得意的表情呢。"

鼠目接着说："但是，我认为你作为市委领导，对待舆论监督，尤其是对市委市政府工作的批评意见，还是缺乏大度和宽容，更别说'有则改之，无则加勉'的谦逊态度了，这也是一种缺乏自信和对新闻媒体缺乏信任的表现。"

"哦，你说具体点。"

"记者的采访过程跟你们作为市领导的工作过程肯定是有差距的，看问题的视点角度肯定也是有差别的，写文章的人跟看文章的人之间对文章本身的理解和评价肯定也有相当的差异……"

"这还是道理，我想听事实，中央电视台的《焦点访谈》不是一开

087

始就说用事实说话吗？你也用事实说话。"

"我正要说到事实呢，就让你打断了。打断别人说话不是好习惯，作为市委书记，这就更不是一个好习惯。"

李寸心在旁边说："就是，打断别人说话确实是个坏毛病。"

赵吉乐也插话："爸，我记着你过去不这样啊，我要是跟别人抢着说话，肯定得挨你的骂。"

"好好好，我接受批评。梨花，去把我的好茶沏上一壶，给他们润润喉咙，寸光，你接着说。"

梨花对电视上演的节目恋恋不舍，答应着却没有动窝，李寸心起身去沏茶，梨花眼睛盯着电视屏幕，勉强起身："阿姨，我去。"

李寸心说："你看吧，我去，顺便活动活动。"

梨花就又坐了下来，自始至终眼睛没有离开电视机。

鼠目接着刚才的话题说："好，我就说具体事实。我知道我前天发的那篇文章《谁来保护农民工的权益》你们看了很不满意，我也承认市委市政府为农民工做了很多事情，但是，你们做了工作，有了一点进步，难道别人就批评不得了吗？难道你们的工作就真做到了尽善尽美、无可挑剔了吗？难道我的那篇文章真的就是鸡蛋里挑骨头，专门要跟市委市政府为难吗？"

"那倒不是，我从来也没有那么看待你的文章。"

"可是你的反应却跟你说的话是两回事。你们为什么立刻要组织全市的新闻媒体开展所谓的专题采访、专题报道？你为什么专门指名让我参加这个采访报道组？你的目的不就是想让我再写一篇为你们评功摆好的文章，让我自己打自己的嘴巴吗？还有，你是不是指示我们主编今后对我的文章要严格把关，谨慎处理？"

赵宽有些尴尬："你错误地理解了我的意图。我希望你也能听听我对你文章的看法。你的文章对事实把握不够全面，或者说没有抓到事实的本质，这样得出的结论往往会有偏颇。另外，说话不留余地，有的地方还很尖刻，这样就显得你的文章有一种居高临下、咄咄逼人的味道，即便你的批评是善意的、建设性的，批评的对象也很难接受。这样就背离了你写文章的目的，你写文章的目的是什么？难道就是让批评对象生一肚子气，然后对你产生强烈的反感吗？我点名让你参加农民工问题的采访目的就是想让你能够更好地全面把握事实，深入认识农民工问题的深刻性和复杂性，从而对市委市政府的努力有一个比较全面的认识，如果能有一份理解当然就更好了。在这方面我建议你读一读你爸爸、我的老师生前写的一些批驳不同学术见解和批评有些城市建设中搞浮夸、搞虚假繁荣的文章，你看看老人家是怎么样使用事实材料，怎么样运用语言的，那才是大家风范，那才是与人为善、于事有益的方法和态度。"

"你别拿我爸爸来压我，一个人有一个人的性格，写出来的东西也自有他自己的风格，我爸爸的学识风范我比不上，可是我宁愿做我自己。"

"你爸爸既是我的老师也是我的岳父，我一向把你当成我的小弟弟……"

赵吉乐哈哈大笑："老爸，有话好好说，你别骂人好不好？"

赵宽莫名其妙："骂人？我骂谁了？"

"你刚才说一向把舅舅当成你的小弟弟……哈哈哈，笑死我了，这还不是骂人？舅舅是你的小弟弟，哈哈哈……"

赵宽仍然莫名其妙，鼠目却已明白，忍住笑骂赵吉乐："你有病吧？别胡说八道没大没小。"

李寸心端着茶壶过来："喝茶，这茶真好，开水一冲下去芳香就冒了出来。什么事让你们这么高兴？"

梨花急忙起身接过茶壶："阿姨，我来吧。刚才吉乐哥哥说叔叔骂舅舅，他就使劲笑，我也没听到叔叔骂舅舅。"接过茶壶给每人沏了一杯茶。

李寸心盯着在座的三个男人，三个男人都摆出一本正经的样子，吉乐拼命要忍住笑，憋得非常艰难。

鼠目对李寸心解释："刚才吉乐讲了个笑话，没啥。"然后一本正经地对赵宽说："书记姐夫，我正式通知你，明天的采访小组我不能参加，我

有我的计划安排。"

"你不愿意我也没办法,我总不能派吉乐拿着枪押着你去,不过我还是希望你能参加,这对你也是一个锻炼的机会。"

李寸心劝鼠目:"寸光,还有一些事你姐夫不好说得过于直白,你跟你姐夫如果没有这种很近的亲属关系,写的文章有些毛病倒也没关系。关键是你写的东西有些人往往要跟你姐夫的态度联系起来……"鼠目张嘴要辩解,李寸心拦住他接着往下说,"我知道你肯定会说你写的文章跟你姐夫没有任何关系,我也知道没有任何关系,你是独立的、有责任感和事业心的记者,可是别人也会这么看、这么理解吗?我觉得还是应该注意一些,你跟你姐夫这种亲戚关系是客观存在,不要因为你的文章在市委和市政府领导之间引起不必要的矛盾和误解。"

赵宽问鼠目:"哎,我问你,你听谁说我指示你们主编对你的文章要严格把关,谨慎处理?"

"难道没有这事吗?"

"我本来想叮嘱一下的,后来想一想,那样做不好,对你对我还有对你们报社都不好,就没提。是不是你们主编自己这样领会我的意思?"

鼠目想起了陶仁贤那副样子,忍不住笑了,赵宽跟李寸心奇怪地问:"你笑什么?"

鼠目回答:"今天早上我从医院回来,碰到钱市长的老婆,她一见面就讨伐我,质问我为什么老写破文章给市领导填堵,然后警告我说我姐夫要找报社领导,让报社领导今后对我的文章严格把关,谨慎处理。"

赵宽说:"你也真有意思,手扶拖拉机的话你也能信,不过我还真有过这个念头。"

"你别说人家是手扶拖拉机,我觉得钱市长老婆那个人表面上看有些俗,实际上活得挺本色,是啥样就啥样,心直口快,比那种老公当了领导干部便扭捏作态,把傲慢当清高的浅薄女人要好得多。我看见她就想起了过去学校家属区那里的居委会老大妈。真的,如果咱们这里成立居民委员会，这个大院里她是最合适的居委会主任。"

赵宽微微点头："让你这么一说，我倒觉得老钱的老伴还真是这种人，心直口快，为人热心肠。"

"还有笑话呢，我帮孙国强送他爱人回家，她也跟着进去了，看到人家墙上挂着一幅意大利画家乔尔乔内画的睡着的维纳斯，她就笑着说孙国强太流氓了，在墙上挂光屁股女人，把孙国强弄得下不来台，只好说那都是他老婆弄的。一般人到了这时候也就打住不说了，她却好，接着说了一句话，让孙国强更难堪了。"

屋内的几个人异口同声地问："她说什么？"

"她说，我才不信呢，你们家张大美自己就是女人，想看照照镜子啥看不着，非得挂别的女人的光屁股看，还是你们这些老爷们爱看。她说完这句话孙国强差点没晕过去，我赶紧把她拉走了。"

屋内的人一起哈哈大笑起来。

7

市长钱向阳的家，一家人聚在客厅看电视。陶仁贤抱着她的小孙子，不时在孩子的脸上亲一口，又抓起孩子的小手放嘴里轻轻啃咬，不小心咬重了，孩子哭了起来。

钱向阳心疼地指责她："你养狗养得自己都快变成狗了，有那么咬人的吗？"

陶仁贤抓过孩子的小手往自己脸上打："哎哟我的小宝宝，对不起啊，奶奶把你咬疼了，打，使劲打，打死这个坏奶奶，打呀打，打死这个坏奶奶……"

钱明在一旁制止："妈，你不能教他打人，更不能教他打你，从小给他养成暴力倾向，也让他不懂得尊老爱幼。"

陶仁贤不满地说:"滚开,你要是有点暴力倾向倒好了,你看看你媳妇,几点了,还不回来,还要不要孩子老公了?"

钱向阳说:"你这话是什么意思?难道让钱明对他媳妇施加暴力吗?再说了,年轻人参加婚礼,热闹热闹也没什么不好,回来晚了今天晚上就不回去了,家里又不是没地方住。钱明,别听你妈的。"

钱明笑呵呵地说:"爸,我妈的意思是嫌你缺乏暴力倾向,我的遗传基因不好。"

陶仁贤说:"你个坏小子,别以为我听不懂,拐着弯儿骂我欠揍是不?"

"老妈你才能拐弯儿,想不到的弯儿你都能拐到,你怎么……"

话还没说完,房子的门被敲得砰砰乱响,不但敲门,还连续不断地按门铃。小狗扑了过去,朝着门狂吠不止。

陶仁贤说:"谁呀,抢劫也没这样的。钱明,去开门啊,待着干吗。"

钱明过去打开门,他妻子丽娜一头闯了进来,一脚把门踢上,气喘吁吁地靠在门上抚着胸膛:"妈呀,吓死我了,吓死我了。"

钱明问:"什么事?怎么了?"

钱向阳跟陶仁贤也过来关切地问:"怎么了?出啥事了?"

丽娜来到客厅抓起一杯水咕嘟嘟灌下去才说:"我的妈呀,刚才真把我吓死了。我坐出租车到了大院门口,看大门的武警不让出租车进来,我想反正也到了,这个大院里应该是全市最安全的大院了,就自己往回走。走到那棵大槐树下面,觉得树上好像有动静,我抬头一看,我的妈呀,树上有三个人鬼鬼祟祟地不知道在干什么。他们发现我看见他们了,居然有一个人掏出了刀子,我赶紧跑,哎呀我的妈呀,吓死我了。"

钱明半信半疑:"不可能吧,你是不是看错了?这么晚了爬到树上干吗?还一次就上去了三个。再说了,这么黑你怎么能看见人家手上拿刀子了呢?"

钱向阳也问:"你在婚宴上喝酒了没有?"

"人家结婚我们贺喜,哪能一点儿都不喝呢,可是我也就喝了一小杯红酒啊,平时我跟钱明在家吃饭一顿喝上两三杯都一点儿没事,不信你问钱明。"

钱向阳问:"你果真看清楚了?"

"你们在屋里有灯光觉得外头黑,其实外头不黑,有月亮还有路灯,什么都看得清清楚楚的。爸,快报警吧。"

"报什么警?怎么报?就说我们大院里有三个人在树上趴着,手里还有刀子?"

"对呀,就这么报。"

"人家警察来了,结果啥也没有,跟昨天晚上一样,白折腾半晚上,警察还不得说我们这个院子成了疯人院了。"

陶仁贤说:"那也不能就这么不闻不问啊,对了,我想起来了,赵书记家的吉乐回来了,他是警察,让他出来看看。"

钱向阳赞同:"这倒行,即便没啥事他也是这院儿里头的人,不会有什么影响。"

陶仁贤便给赵宽家打电话:"喂,赵书记家吗?我是钱市长的夫人……"

她这么一作自我介绍,钱向阳、钱明都开始咧嘴皱眉头,丽娜也笑吟吟地觉得有趣。

陶仁贤也不理会他们的表情,管自说话:"不,我不找赵书记,我找你们家赵吉乐,对,"然后捂了话筒对家里人说,"赵书记,他去找了。"

钱向阳说:"你怎么介绍自己呢?你直接说你是手扶拖拉机更好,名气更大。"

陶仁贤踹了他一脚:"孩子都在呢,别胡说。"

8

赵吉乐放下电话后穿上外衣就走,李寸心问:"干吗去?"

"钱市长老婆打电话过来,说她儿媳妇刚才回家的时候看见那棵大槐树上有三个人,还带着刀子,我过去看看。"

李寸心担心地叮嘱:"你小心点儿,注意安全。"

赵吉乐把手枪插进怀里:"没事,老妈,别忘了,我那四年公安大学不是白念的。"

鼠目也起身穿外衣:"我跟你去,相互有个照应。"

"你还是上楼帮我写那个报告吧,这个差事交给你了,你只要帮了我这个忙,改天我请你。"说着,赵吉乐打开门出去了。

鼠目犹豫片刻,还是上楼帮着赵吉乐写报告去了。

9

陶仁贤把孩子递给丽娜,然后匆匆忙忙地穿外衣。

钱向阳问:"你又要干什么?"

"我得出去看看,有什么需要帮忙的没有。"

"黑灯瞎火的你一个老娘们出去能干吗?反而给人家添乱。老老实实在家待着吧。"

"这话像一个市长说的吗?我报了警,人家赵吉乐二话没说就要过来。我在家里躲在窗户后面看着人家,这像话吗?赵吉乐也是一个人,万一遇到点事,跟前连个通风报信的人都没有,你看看你哪像个老爷们。"

钱明说:"妈,你别去了,我去不一样吗?"

陶仁贤到底是母亲,护犊子,这方面人跟牛没有本质区别,陶仁贤一听钱明要去,怕儿子遇到不测,马上制止:"你老老实实在家待着陪你媳妇,看看把你媳妇吓成啥了,安慰安慰她,晚上就在家住,别回去了。我去看看就回来,我一个老娘们家家的,即便遇上坏人也不能把我怎么样,再说还有赵吉乐带着手枪保护我呢。"

钱明穿上外衣:"我跟你一起去,没事,万一赵吉乐需要帮手,我怎么说也比你强。"

"不行,用不着,你老老实实家里待着。"说完,陶仁贤便急匆匆地出去了。

钱明见陶仁贤真的去了,赶紧也跟了出去。陶仁贤瞪了他一眼,没有再驱赶他。

外面果然并不太黑,清冷的月光洒在地面上,在所有景物朝天的那一面都镀上了一层薄薄的银色。路灯的光照射着路面,却让灯影外的世界显得幽深、黑暗。陶仁贤跟钱明小心翼翼地相互搀扶着来到了路的拐角处,不远的地方,那棵老槐树活像一把参天的巨伞黑森森地笼罩在上空,给地上投下了浓浓的黑影。陶仁贤母子俩不敢靠近,躲在距他们家房子不远处睁大双眼极力想看清楚老槐树周围的情况。

老槐树下面果然影影绰绰的有人在活动,不过看来看去好像只有一个人。

钱明悄声问他妈:"丽娜不是说有三个人吗?怎么只有一个人?"

陶仁贤说:"别的人会不会还在树上?"

只见树下那个人仰了头朝树上看着,然后爬到了树上。树的枝丫、叶片遮住了月亮和路灯的光,黑森森的让人什么也看不见,只听到那个人爬到树上之后树枝和树叶被擦碰得哗啦啦直响。片刻,那个人的身影在老槐树伸向围墙的那根枝干上出现了。接着,那个人像只猴子,顺着枝干爬上了围墙,然后跳到了围墙外面。又等了一阵儿没什么动静,陶仁贤忍不住埋怨起赵吉乐来:"这个赵吉乐,报了警他这个时候还不来,等他来了人早就跑没影了。"

钱明说:"不用等他来,现在人就跑没影了,我过去看看怎么回事,这帮家伙在干什么呢。"

陶仁贤急忙拽他,他却已经蹿了过去,陶仁贤无奈只好跟过去,一边走一边叮嘱他:"小心点,丽娜说那帮人有刀子。这个赵吉乐算什么警察,向他报案简直就是对牛弹琴,这么长时间了,生个孩子都长大了,他连个影子也不见。如果不敢来就明说,害得我们半夜三更的在这里折腾……"

陶仁贤唠唠叨叨地来到大槐树下面,猛然间,一个人"嘭"的一声跳到了他们跟前。陶仁贤母子俩吓坏了,陶仁贤更是"妈呀"一声怪叫,一屁股坐到了地上。钱明到底是男人,虽然吓了一跳,却还能挣扎着喝问人家:"谁、谁……"问出来的声音就跟前列腺患者的尿一样,一滴一滴往外挤,就是连不成线。

"我,陶阿姨啊,你们这是干吗呢?"

陶仁贤弄清从树上跳下来的是赵吉乐,抚着胸口骂:"你这个倒霉孩子,吓死我了,你干吗呢?"

"你不是告诉我这棵树上有人带着刀子吗?我过来看看。"

"那刚才顺着树干爬到墙外面的也是你了?"

"对呀,是我。"

钱明问:"你发现什么没有?"

赵吉乐回答:"你爱人没瞎说,刚才这树上是有人待过,我在树枝上看到了人鞋上的泥土,我又到墙外边看了看,那几个人是从外面爬墙进来的,墙外面有他们的脚印。"

钱明又问:"他们是干吗的?小偷来踩点子?"

赵吉乐回答:"不好说,可能是也可能不是,不管是干吗的,他们都不敢在这个院里胡来。我估摸可能是过路的贼,进来一看我们这个大院看守得严密,不好下手,就走了。没事,你们放心回去休息吧,再有什么事给我打电话,别忘了,好赖咱们院里还有一个刑警呢。你们回去休息吧,我也要回去睡觉了,明天还得上班呢。"

特殊的要求多了也就不特殊了

1

紫苑路三号大院随着晨曦逐渐清醒过来。赵宽家，赵吉乐早早起床，梳洗过后从餐桌上抓了两片面包狼吞虎咽地吃着，手里拿着鼠目帮他写好的报告看，看完后显然很满意，把报告折好揣进兜里，又喝了一杯牛奶便匆匆忙忙出门，骑上摩托车疾驶而去。

赵宽来到餐厅问梨花："谁这么早就走了？"

"吉乐哥，吃了两片面包就跑了。"

赵宽自言自语："今天太阳怎么从西边出来了，他这么早干吗去了？"

"人家是当警察的，忙嘛。"

鼠目也从楼上下来，赵宽又吃了一惊："今天太阳真是从西边出来的，最懒的两个起得最早。你今天有什么安排？"

"没什么事，昨天白天睡了一天，今天醒得早。姐夫，我倒真的佩服你了。"

"噢，我还有让你佩服的地方？说出来听听，我什么地方让你佩服了。"

"昨天晚上吉乐出去你居然一言不发，等我们回来你竟然已经睡觉了，行，大将风度。"

"他是警察嘛，这是他应该做的事情，如果连这点小事他都处理不好还当什么警察？公安大学也白上了。今天一大早他怎么就跑了？是不是发现什么问题了？你今天也起这么早，肯定也有问题。"

"我能有什么问题,我吃好了,你的车也来了,该走了。"

"你今天要是没什么事,就在家待着,好好陪陪你姐。"说着,赵宽出门乘车离去。

2

大院门口,一中年妇女正在吵闹,武警战士束手无策,只能尽力将妇女拦在距大门五六米远的地方,不让她堵住大门,影响交通。经过门口,赵宽让司机停车:"停停,怎么回事?"

司机劝道:"别停了,这件事你保险处理不了。"

"什么事我保险处理不了?"

"刚才我进来的时候就已经问过了,这个女人是政协周主席的前妻,来找周主席闹事的,前段时间一直在政协闹,闹得周主席不敢上班,她就又追到家里来了。"

"她闹什么?不管为什么,这样太不像话了嘛,影响多坏。"

"她跟周主席离婚十来年了,前不久又下岗了,孩子高考考上了,就找周主席要学费,周主席的经济命脉全被他现在的老婆控制着,根本拿不出钱来,前妻就天天找他闹,清官难断家务事,谁也管不了。"

赵宽摇摇头:"你说得有道理,这种事情我确实处理不了,到机关找个人过来劝劝,堵到这里闹像什么样子,周主席呢?"

"周主席早就藏到不知道哪个老鼠洞里去了,碰上这种事儿,不藏怎么办?"

3

陶仁贤刚刚送走钱明一家，听到大院门口吵吵嚷嚷，便疾步跑到大院门前看热闹。听到围观的人群中有人在哭喊，她便奋力朝人群中挤去，边挤边打听："怎么回事？哎，出啥事了？"

挤进人群，终于可以目睹免费的剧目，陶仁贤便兴致勃勃地旁观起来。

人群中政协主席周文魁的前妻扯着嗓子叫骂："周文魁你个老乌龟王八蛋，挨铡刀的陈世美，娶了小老婆连自己的亲生儿子都不管不顾了啊？你还是不是人？你就是躲到老鼠洞里我也要把你掏出来，让你见见阳光。臭不要脸的，人模狗样的，还伪装共产党的干部，我今天把你干的见不得人的事都揭出来让普天下的老百姓评评理，让海阳市的所有人都知道你周文魁是个什么东西。"

接着，周文魁的前妻又转向围观的人群开始讲演："各位父老乡亲们，你们评评这个理，我是周文魁的大老婆，十年前周文魁骗着跟我离了婚，连儿子都不要，我辛辛苦苦把儿子拉扯大了，儿子也有出息，今年考上了大学。现在上大学学费多贵，让我们孤儿寡母怎么办？我个人沿街乞讨都不会求到你周文魁门口，可是你自己的儿子你总应该管吧？你一个当政协主席的大官总不会连自己儿子的学费都交不起吧？老天爷啊，你可怜可怜我们孤儿寡母吧……"

围观的人们听了她的控诉纷纷摇头叹息，同情、怜悯之意溢于言表，陶仁贤更是感动得热泪盈眶，冲上前去拉扯人家："有什么事慢慢说，别在这里吵吵闹闹的，影响多不好，也解决不了问题，走走，跟我进去，到我家坐坐，消消气，喝口水，咱们慢慢商量个办法。"说着，拉了人家就朝院里走，守卫的武警想拦阻，陶仁贤朝人家瞪眼睛："干吗，我就住这院里，我是钱市长的大老婆……呸呸呸，你看看你把我都搅糊涂了，钱市长只有一个老婆就是我，你们怎么都不认识了？"

武警战士忍着笑，不敢阻拦她，只好让她把周文魁的前妻领进了大院。

4

赵吉乐来到队长广林子的办公室外面,边敲门边喊:"报告!"听到广林子在里面喊"进来",便推门而入。

广林子正在匆匆忙忙地吃早餐,一包豆奶,两根油条。赵吉乐见了说:"队长这么艰苦?"

"你以为我跟你一样能天天吃牛奶喝面包?"

"我从来没有吃牛奶喝面包,我都是喝牛奶吃面包。"

"说吧,什么事?"

"队长,昨天晚上紫苑路三号院又出问题了。"

广林子脸马上抽搐起来,活像牙疼:"吉乐,我什么时候得罪你了?"

"我没跟你开玩笑,真的有问题。"

"吉乐啊,我现在一听紫苑路三号院这几个字就神经紧张,你可把我害苦了,林局长虽然没当面说什么,可是局里别的人见了我都笑眯眯地问我:'杀害孙副市长的凶手抓到了没有?'臊得我恨不得把这张脸揣到裤裆里。"

赵吉乐嘿嘿一乐,心里想:你那张脸本来就对不起人民群众,揣到哪儿都比搁在现在这地方强,嘴上却劝慰他:"这有什么?缉毒处蹲坑一个多礼拜,都以为这回一定能捕一条大毒鲨,好容易等到人都聚齐了,结果围住了几个聚在一起看黄片的下岗工人。缉毒处的王处长还不死心,只要是搜到的白色粉末都要尝尝,结果吃了一嘴洗衣粉,满嘴冒白沫,活像刚刚捕到岸上的螃蟹。你不是每次见了人家也老问肥皂粉好吃不好吃吗?"

"你小子想干吗?什么时候批准你给我讲大道理了?说,怎么回事。"

赵吉乐故意做出胆战心惊的样子说:"臣不敢。"

"朕准你言者无罪,说吧。"

"谢陛下。情况是这样的,昨天晚上臣接到钱市长老婆手扶拖拉机报案……"

"什么乱七八糟的,手扶拖拉机怎么回事?"

"噢,臣没说清楚,手扶拖拉机是钱市长老婆的匪号。手扶拖拉机说她儿媳妇回家经过院里那棵大槐树的时候,觉得树上有动静,就朝上看了一眼,结果吓坏了。"

广林子被吸引住了:"怎么了?树上有恐龙?"

"倒不是恐龙,是有三个人。"

"她儿媳妇回家是几点?"

"大概有十点来钟吧。"

"十点来钟那几个人爬到树上干吗?"

"我当时也是这么想,更严重的事,那几个人里有一个看见了钱市长的儿媳妇,就掏出刀子朝她晃悠,吓唬她……"

"后来呢?"

"后来她儿媳妇就跑回家了,再后来我就接到了报案。"

"你出警了吗?"

"这时候我想起了您老人家的教导,不管什么时候我们都是警察,警察没有上下班之分,群众的要求不管什么时候都是对我们警察的命令,所以我当时就到现场去勘察了一下……"

"你为什么不向领导汇报?我教导你们要有高度的组织性、纪律性,遇到任何问题都要及时向组织、向领导请示汇报,不准擅自行动,你怎么就没记住?"

"您的教导我一条也不敢忘记。主要是怕报告您,您带一帮人过去,如果再啥事没有,劳师动众,惊动大院里的首长,我就没办法向您交差了,您还不得让我上断头台啊!"

"嗯,这么做也有道理,后来呢?"

"等我赶到的时候,树上早就没人了,尽管这样我还是认真勘察了现场,发现树上确实待过人,那几个人是顺着伸出院墙的树干爬进大院

里的。"

广林子开始紧张:"是不是小偷踩点?这可得加强防备,常委大院让人偷了,我们的麻烦就大了,丢人不说,破案的压力也大。"

赵吉乐从兜里掏出一个塑料袋:"我判断不见得是小偷踩点,那个大院门口有武警站岗,哪有那么大胆的小偷敢给武警添麻烦?你看看这东西,是我从树干上刮下来的。"

广林子接过塑料袋仔细观察:"这是什么?会不会是白粉?爬到常委大院的树顶上吸毒倒真是够有创意的。"

"所以嘛,我急着找您老人家批示一下,把这东西送到技术检验室看看到底是什么东西。"

"说了这么多你不就是要送技术检验吗?单子填好了没有?"

"填好了。"

"真希望是毒品,这样缉毒处就有忙乎的了,我们的压力就小了。"

"您老人家别忘了,福不双降,祸不单行,前天刚刚出了孙国强凶杀案,今天这事弄不好还是我们的。"

广林子在单子上草草签字:"快送过去,急件,不管是谁的事,我们刑警队都不能掉以轻心,说实话,什么缉毒处、治安处、特行处、派出所,就咱们公安局那点事,哪一桩也跟我们刑警队脱不开干系。"

5

紫苑路三号院,鼠目穿了运动服出来在外面踢腿伸腰地做锻炼身体状,面朝着孙国强家,眼睛盯着孙国强家的门口。过了一阵儿,来了一辆小轿车将孙国强接走了,鼠目就边踢腿扭腰边朝孙国强家靠了过去。这时候,陶仁贤带着哭哭啼啼的周主席前妻走了过来。鼠目连忙扭头朝回走,企图避开陶仁贤,陶仁贤却已经看见了他:"哎,哎,大记者,你一大早干吗呢？"

鼠目无奈只好装了笑脸打招呼："陶大姐你早，这位是……"

陶仁贤说："刚好碰到你，我倒有主意了，这就是被周文魁抛弃的大老婆，十年前让周文魁给下岗了，现在又让单位给下岗了，儿子考上大学没钱交学费，找周文魁，周文魁躲着不见面。她可是现代秦香莲，你在报纸上给报道报道，为民喊冤、为民请愿，总比你老写那些让领导添堵的文章好。"

"噢，这位是周主席的前妻啊？我倒真有个好主意可以解决她的困难。"

陶仁贤马上来了精神："什么好主意？快说出来听听。"

鼠目看看周文魁的前妻，对陶仁贤说："这位大姐的事情还真的不能见报，前几天我给你们家钱市长添堵，那是工作上的事儿，添堵也不丢人。可是这是人家周主席的家务事，属于个人隐私，我要是给拿到报纸上大肆渲染，人家可是能到法院告我的。再说了，真要是那么闹起来，对这位大姐也不好，你这么吵吵闹闹倒也没啥，周主席惹不起躲一躲也就过去了。你想想，你们离婚十年了，人家真的不答理你，到哪儿你也找不回道理来。即便真有什么问题，好好协商一下，总会有解决的办法。如果真的闹到报纸上，周主席非得跟你破罐子破摔不可，非得恨你一辈子不可，你愿意闹成那样吗？"

鼠目这么一说，周文魁的前妻果然连连点头："登报纸就算了，给他留个改过自新的机会。我就是气不过，我辛辛苦苦把孩子拉扯大，现在我下岗了，实在没能力了，孩子上大学他不管谁管？实在不行我真得到法院告他去。"

鼠目又替人家分析："你到法院也告不赢，法律规定父母对儿女履行抚养义务的法定年龄是十八岁，你儿子今年多大了？参加高考至少也有十八九岁了，人家不给钱法律也没办法，你儿子已经超过了父母抚养的年限了。"

陶仁贤急了:"照你这么说就没办法了?"

鼠目回答陶仁贤:"办法当然有,就在眼前摆着。"然后又对周主席的前妻说:"这位陶大姐是钱市长的爱人,你不是下岗了吗?让他们家钱市长给你安排个工作,还用得着你这样低三下四、生气憋火地找周文魁吗?"

鼠目这么一说,周文魁的前妻就眼巴巴地看陶仁贤,陶仁贤眨巴着眼睛不知道该怎么回话,磕磕巴巴地说:"我们家老钱、老钱……倒是应该帮这个忙,实在不行真得找找他?我就怕……"

鼠目连忙说:"怕什么怕?谁不知道你陶大姐在钱市长面前是说一不二的人,帮助这位大姐找个工作对于你们钱市长来说那还不是喝口凉水的事儿。这个大院里谁不知道你陶大姐是古道热肠、急公好义、大公无私、助人为乐……"

陶仁贤让他捧得高兴,拉了周文魁的前妻就走:"别听他的,就是嘴上的功夫,这件事我还真得帮忙,我就不信这么大的海阳市就没有你们孤儿寡母的活路。"

目送着陶仁贤跟周文魁的前妻去了钱向阳家,鼠目急忙来到孙国强家按响了门铃。过了一阵儿,张大美在里面问:"谁呀?"

"我。"

"你是谁?"

"我就是那天晚上开车送你的那个记者,李寸光,笔名鼠目。"

张大美开了门,满面迷茫地打量着鼠目:"你找谁?"

鼠目有点蒙,仔细看着张大美,拿不准她这茫然不相识的表情是真的还是装出来的。

"你真不认识我了?"

"对不起,我真想不起来在什么地方见过你,可是我也觉得你有点面熟……"

鼠目急切地介绍自己:"你难道真的忘了?那天晚上,在市府大道,你上了我的车，然后我就跟你到红月亮咖啡厅……"

"你胡说什么？我什么时候坐过你的车？我也从来没听说过什么红月亮咖啡厅，你到底要干什么？"

"你别多心，我也住在这个院里，那天晚上你身体不好，我跟孙副市长送你到医院看病，然后我又跟他一起把你接了回来，我今天来就是想看看你的身体好一些了没有，没有别的意思。"

"你也住在这个院里？你是谁家的？"

"我是李寸心的弟弟，赵宽是我姐夫，我在报社工作，这是我工作证，你看看。"说着把自己的记者证掏出来递给了张大美。

张大美恍然大悟："我说嘛，怎么看着你挺面熟，原来你也住在这个院里，可能我们见过面。对不起，你有什么事吗？"

鼠目面对这个说不清是真不认识自己还是假装不记得自己的女人真有些无可奈何，只好说："没什么事，就是想看看你今天身体好些了没有。"

张大美做出了送客的姿态："你看到了，我很好，一切正常，谢谢你了。"

鼠目问："如果你有时间的话，我能不能跟你谈谈？"

张大美拒绝："对不起，我没有时间，再说现在也不是谈话的时候。"

鼠目还不死心，又追问了一遍："你真不记得我了？"

"对不起，我真的不知道你在说什么，如果你没有别的事，我就不请你进来了，谢谢，再见。"说着，张大美关上了门。

鼠目怅然若失，呆立在孙国强家门前，脑子里乱成一团，他实在难以相信，张大美居然真的对他一点印象也没有了。他现在面临的最现实的问题就是，张大美那天晚上说的一切，有多少是臆想导致的胡言乱语。

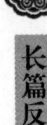

6

公安局刑警队,广林子从他的办公室出来,对着部下招呼:"吃饭了。"部下们纷纷放下手头的工作,赵吉乐说:"小刘,吃饭去,我请客。"

小刘问:"到食堂请还是到饭馆请?"

"你只要敢去,我就到饭馆请。"

广林子吩咐:"中午谁也不准离开,到外面吃饭算脱岗。"

赵吉乐说:"看,不是我不想请,而是队长不给我这个机会,还是在食堂凑合一下吧。"

小刘说:"算了,我从来不指望你请我,走吧,吃饭。吃饭不积极,思想有问题,下班最后走,业务不成熟。"

正在这时候,电话响了,小刘无奈地自嘲:"看样我还是得最后走了。"接了电话,小刘兴奋地叫:"赵吉乐,你的电话。"然后连忙把电话交给赵吉乐,跑了。

赵吉乐嘿嘿一笑:"看来还是我的业务不成熟。"说着接过电话:"喂,哪一位?哦,确定吗?好,谢谢了,鉴定报告随后我过去拿。"

放下电话,赵吉乐对广林子汇报:"队长,化验结果出来了,是海洛因。"

广林子惊问:"什么?真是海洛因!"

"对,看来昨天晚上在我们大院的树上耍猴的可不是一般的小偷,也不是单纯的吸毒分子,他们把那棵大树当成毒品交易市场了。"

"你能断定吗?"

"基本上能断定,如果是吸毒的,绝对不会把粉撒到外面,粉就是他们的命,一克都要一百多块,他们哪能那么轻易就撒到树上呢。只有倒腾粉的人,看样的时候才会不小心把粉撒到外头。"

广林子神色凝重,嘴里发出了吸溜吸溜的声音,就好像突然犯了牙龈炎:"这他妈的,麻烦大了,毒贩子要是把常委大院当成了贩毒市场,传出去就成了全国大新闻了。这他妈的,这帮家伙也真会找地方,谁能想到毒贩子会到常委大院里开展业务呢。"

赵吉乐问:"要不要马上通报给缉毒处?"

"你说呢?"

赵吉乐分析:"现在还说不清毒贩子是偶然在大院里交易一次,还是那里已经成了毒贩子固定的交易场所。如果现在贸然给缉毒处他们发通报,他们肯定要开始布控调查。如果到后来又是白忙一场,还惊动了大院里的领导就更了不得,缉毒处肯定也饶不了我们。再加上前天晚上那档子事儿,我们刑警队可能就得换领导了。"

广林子说:"去你的,别吓唬我。不过你说得也有道理,我们不能再像上次那样二虎地往常委大院里闯了。这样,你发挥优势,就近从侧面调查一下,看看到底是什么性质的买卖,把情况搞清楚。缉毒处那边还是得给人家打个招呼,得有点策略,不要把话说得太明太死。算了,我来给缉毒处说,你今天就先回去找钱市长家的拖拉机进一步了解一下情况,需要的话就再找他儿媳妇问问,他儿媳妇是什么机?"

"人家儿媳妇什么机也不是。"

"噢,我以为他老婆是手扶拖拉机,儿媳妇起码也得弄个小四轮什么的。"

赵吉乐问:"队长,这是你的建议吗?需不需要我转告一声?"

"你省省吧,赶紧去干你的事,有什么情况及时通知我。"

7

鼠目开着车去了康复中心,下车后急匆匆地来到门诊室,探头探脑地朝里头看。

门外排队的病号们纷纷抗议:"排队,按号看病。"

叫号的护士把他朝外面推:"去去去,没见人家都排队吗?等着叫

号,叫到你了再进来。"

鼠目嬉皮笑脸地跟人家解释:"各位别紧张,我不是看病的,我是来找人的。"

叫号的护士问他:"你找谁?"

"我找医生。"

"医院里除了病人就是医生,医生多了,你找哪一个?"

鼠目一眼看到了那天晚上为张大美治病的医生,就指指人家:"我就找那一位。"

护士问医生:"胡大夫,外面有人找,见不见?"

胡大夫说:"让他进来。"护士便挥手把鼠目放了进去。

胡大夫见到鼠目怔了一怔:"是你呀,干吗?今天是修人脑还是修电脑。"

"胡大夫,我久仰您的大名,不管是修人脑还是修电脑都是一流的。那天晚上匆匆忙忙没机会跟您认识,我今天来找您既不修人脑也不修电脑,是孙副市长指派我来向您请教问题的。"

"噢,孙副市长的爱人回去以后情况怎么样?有什么问题吗?"

"跟您说的一样,睡了一觉以后基本上恢复正常了,您放心,那天晚上多亏碰到了您这么一位医术高明的医生,孙副市长还让我专门向您道谢呢。"

"那你还有什么问题?"

鼠目说:"是这样,我想请教一下,像孙副市长爱人那种病,清醒过来以后真的就对她发病时候的所有事情都记不住了吗?"

"这种情况很复杂,因人而异,有的人清醒过来以后还会记得,不过他自己弄不清到底是梦境还是现实。也有的人清醒过来以后什么也记不得了。"

鼠目又问:"那您判断孙副市长的爱人到底是哪种情况?"

"这种事情没办法判断,也许她还记得一部分,也许她一点也不记得了,也许她认为自己记忆中的东西都不过是梦境,所以也不会有意去记忆过去的事情,谁会那么傻,没事把做过的梦都背下来呢?你见过他爱人醒过来以后的情形吗?"

"见了,好像她什么都不记得了。"

胡大夫分析:"这就好,这是好现象,如果她对经历过的事情还有记忆,不管是作为梦境记忆,还是当做事实记忆,都不是好现象。只有根本啥也不记得才说明经过休息她已经彻底摆脱了臆想,就像电脑删除了垃圾程序,运行起来才能更加稳定、快速,你明白不?"

"您这深入浅出的解释我再不明白就该当您的病人了。我现在要请教的是,她在患病的时候说过的话,到底有没有可信度?也就是说会不会全都是臆想出来的幻觉?"

"那倒不一定,其中肯定有幻觉、臆想的成分,但是也可能有相当一部分是现实生活在她的脑海里形成的记忆反射,这就跟作家写小说编剧本一样,真真假假都有,不管真还是假,都是生活体验的反映。所以啊,她在患病期间说过的话不可能都是幻想,即便是幻想也是生活现实的感受和体验。比方说,她说她杀了丈夫,尽管实际上没有杀,可是也足以证明她非常仇恨她的丈夫,甚至真的对她丈夫动过杀机,如果她很爱她丈夫,再神经也不会想到杀她丈夫。"

"那有没有什么办法来判断她当时说的那些话,哪些是真的,哪些是她的幻觉臆想呢?"

"当然有了,反向调查啊,逆向推理啊。比方说,她说她杀了她丈夫,实际上她丈夫还活得好好的,这就证明她是在臆想,再比如,她如果说她丈夫有了外遇,我这是打比方啊,那么,这到底是臆想还是幻觉,你就调查一下,如果她丈夫并没有外遇,就证明她是在说胡话,如果她丈夫果真有外遇,那她说的就是实话。"

鼠目在心里对这位胡大夫的话下了定义:废话,白说。

胡大夫反过来问他:"你是什么人?为什么对他们的事这么关心?"

"噢,对不起!我想起别的事了,有点走神。您问我?我是他们家

的朋友，老朋友了。谢谢您，您的知识非常渊博。今天就先到这儿吧，打扰了，如果我有新的问题再来请教您，您可别烦我。"

胡大夫欠欠身子送客："没关系，有什么问题尽管来，不管是修电脑还是修人脑，只要有活儿我都接。"

鼠目告辞出来，站在医院的门口愣了一阵儿才到停车场取他的车。

8

陶仁贤在家里准备好了一桌饭菜，得意扬扬地看着自己的劳动成果，忽然想起了什么，又跑到橱柜里翻出一瓶酒摆到了桌上。听到外面的汽车响声，陶仁贤急忙迎了出去，接过钱向阳的提包，挤出一脸媚笑："下班了？今天还挺准时的。"

钱向阳愣住了，站在门口怔怔地看她："你、你怎么了？今天是不是爆发太阳黑子了？这大院里的人都有点错乱。"

"不管太阳爆发黑子还是白子，我都没错乱，一切正常。快，进屋擦把脸吃饭。"

钱向阳满腹狐疑地跟着陶仁贤进到家里，看到桌上的酒菜，停下脚步问陶仁贤："今天钱明他们又回来吗？"

"没有哇，没说要回来。"

"那你整这么一桌好吃好喝的准备干吗？"

"什么叫准备干吗？吃呗，他们不回来我们就不吃饭了？快去洗洗手，吃饭。"

钱向阳洗过手来到饭桌前坐下，陶仁贤殷勤地给他盛饭、倒酒、夹菜。钱向阳吃喝了一阵儿，问她："你今天肯定有什么事情，说吧。"

"我能有什么事？吃你的。"

钱向阳放下手里的筷子："我吃得差不多了，有什么事你就说，不说我吃啥心里也不踏实。"

陶仁贤给他把酒杯斟满,自己也斟了一杯酒,然后端起酒杯说:"来,来,我陪你干一杯,干了我还真有事给你说呢。"

钱向阳干掉了杯中酒:"跟你过了半辈子,就你那么点道行我早就滚瓜烂熟了。"

陶仁贤在自己的酒杯上轻轻抿了一口,然后说:"我不说就不说,说出来你就一定得帮忙。我想请你帮一个人安排个工作,这一回绝对不是为我自己家的亲戚,是要帮助一个下岗工人。有一对孤儿寡母,儿子考上大学了没钱交学费,当妈的又下岗了,没有收入,你说该不该帮?"

钱向阳沉吟道:"全市下岗工人那么多,有很多下岗职工比她还困难,我虽然是市长,也没那么大的本事给每一个人都安排工作,她可以通过市里的"四五零"工程,"四五零"工程就是专门帮助四十岁到五十岁的下岗职工再就业的劳务服务中心,她可以到那去办理再就业登记,只要有合适的岗位人家一定会给她安排的。"

"你说的道理我都懂,这个人情况比较特殊,你帮也得帮,不帮也得帮。"

"你让我办的事都特殊,没有不特殊的,可惜都特殊也就不特殊了。你说说,我听听这个人特殊在什么地方。"

"这个人是周主席的大老婆。"

钱向阳刚刚喝了一口酒,听了这话差点儿把酒喷出来:"什么?周主席还有大老婆?那不犯了重婚罪吗?你净胡说八道。"

陶仁贤解释:"是离婚了的大老婆。"

"那叫前妻,什么大老婆,净胡说八道。哎,你怎么跟她联系上了?"

"今天一大早她就到大院门口堵周文魁,把大门的武警不让她进来,闹闹哄哄围了一大堆人看热闹,我看影响太坏了,就把她领到家里来劝了一上午。"

钱向阳问:"我早上上班怎么没看见?"

"那是武警知道正是你们上班时间,把她给远远地赶开了,你又坐在车里,当然就看不见了。这个女人也真可怜,十多年前跟周文魁离了婚,一直就没有再嫁,辛辛苦苦把她跟周文魁的儿子拉扯大了。周文魁真不是东西,连自己的儿子都不要了。孩子挺争气,考上了重点大学,可是学费高,周文魁的大老婆下岗了,孩子交不起学费,周文魁竟然不管,你说可恨不可恨?我就想到了你,不管怎么说你还是个市长,再困难给她找个工作还是没问题的是不是?这个忙你说应不应该帮?"

钱向阳冷笑:"我说今天情况怎么不对呢,过去我下班周文魁现在的老婆遇到我客气得很,今天见了我不但不跟我打招呼,还乜斜了我一眼,狠狠地'哼'了一声,看那表情恨不得朝我脸上吐口痰。我还以为今天太阳爆发黑子人的脑子受影响都短路了呢,原来是你给我找的麻烦。"

"什么,周文魁的小老婆竟然敢对你那样?反了她了,明天让我碰上再说,我不让她哭都哭不出来我就不是你老婆。"

"行了行了,你还是少给我惹事吧,在外面我跟老周是同事,在大院里我跟老周是邻居,人家离婚十多年的老婆来闹事,你给领到家里瞎掺和,人家能不生气吗?别的事都有商量的余地,唯独这件事情绝对不能管。老周是政协主席,他给他大老婆,呸,什么大老婆,让你把我都给搅和进去了,他要是给他前妻安排个工作根本没问题,他自己都不管,我们插进去那不是添乱找着挨骂吗?往小里说是影响邻里关系,往大里说就是破坏班子团结,这种事情不但我不能管,你也给我避得远远的。"

"我让你帮着办的事你从来就没顺顺当当给办过,我已经给人家说了,你一定会帮忙,你们这些男人啊,我算看透了,没有一个好东西。"

"我怎么不是好东西了?我又没有大老婆小老婆。"

"那是你没胆,你以为你不想啊?我也告诉你,我就不信离了臭狗屎就种不成老包米了,既然你怕事,我不怕,我明天就到大街上募捐去。"

钱向阳哈哈大笑:"你募捐去?好啊,我倒真想看看你能募来多少钱。你要是真的能靠募捐帮助周文魁的儿子上了大学,我还真就佩服你了。"

说着起身离开了饭桌,"好啊,我钱向阳的老婆要献爱心了,到大街上募捐去,哈哈哈,可笑,可笑,实在是可笑……"

陶仁贤对着他的后背嚷嚷:"你别以为我说着玩呢,我说到做到。"

9

赵宽家,一家人已经吃过饭了,正围在客厅里看电视。鼠目有些心神不定,赵宽看出来了,问他:"你有什么事吗?"

"我没啥事,吉乐怎么还不回来?"

李寸心说:"别管他,干警察的能在家吃几顿热乎饭?如果没吃回来再给他热,这个时候八成已经吃过了。"

赵宽转了一个话题:"给你们通报一个消息,今天市委常委会上我提出了对大院管理进行改革的建议,大家一致同意。委托机关事务管理局拿出改革方案,在方案没拿出来之前,先把武警撤了。"

鼠目说:"这就对了,我早就说了,你们又不是中央首长,更不是党中央国务院,让武警给你们这些地市一级的干部看家护院简直是笑话。"

李寸心提出:"武警撤了没错,可是这大院也不能就这么敞开大门随便进吧?我们倒没啥,这个大院里住的不是我们一家,尤其是那些退下来的老同志,不事先做做工作会不会有意见?"

赵宽说:"武警撤了先由机关事务局安排个人看大门过渡一下,今后还是要走社区化管理的路子,院子的治安和管理逐步过渡到由居委会和物业公司负责,这是大院管理改革的总体思路,具体的实施方案很快就能拿出来。常委们一致认为,我们住的家属院由武警站岗违背了立党为公、执政为民的宗旨,跟我们的公仆身份不相称,是特权思想的表现,我想老同志也一定会支持我们这样做的。如果哪位老同志有意见,我可以一家一家地登门拜访做工作。"

鼠目赞同道："姐夫，你还行，基本上能归到闻过则喜、有错必纠的圈儿里。我没想到你们那帮常委还挺有觉悟嘛。"

赵宽说："你以为就你有觉悟？现在难的是，将来真的要挑选物业公司，有没有物业公司敢来接这个摊子？即便有物业公司敢来接这个摊子，每家每户该交多少物业管理费，愿不愿意交？"

鼠目答道："你的头一个顾虑可以打消，现在全市有那么多物业公司，竞争那么激烈，谁能拿到常委大院的物业管理权谁就等于替自己的物业公司拿到了最佳信誉证书，也是不花钱的最佳广告，到时候各家物业公司肯定得打破脑袋来抢这块肥肉。倒是你们这个院里的人过去免费的午餐吃惯了，现在要自己掏钱买服务，可能会有困难。如果真有几家不交物业管理费，你既不敢停电也不敢停水，也不敢不给人家打扫卫生。所以啊，你们一定要选一个好的居民委员会主任出来协调做这些事儿，你这个市委书记不可能一家家挨门挨户替物业公司收管理费去吧？"

李寸心说："寸光，你也别把这个大院里的人看得觉悟那么低。也许刚开始会有一些人有意见，可是人都有从众心理和对环境的调适本能。如果大部分人能接受由物业公司来管理大院，少数人也不会公开对抗。如果物业公司的服务果真比机关事务管理局管得好，那么绝大多数居民就会逐步适应掏钱买服务的模式。还有一个最重要的原因你没有估计到，那就是对城市居民实行社区化管理，强化居委会和街道办事处这些基层组织的服务职能已经成了大势所趋，这个大院里的人没有生活在真空里，对这些不可能没感受，所以我觉得阻力不会有你想象的那么大。"

赵宽对鼠目说："你姐姐分析得非常有道理，今天的常委会就是证明，我都没有想到大家对我的这个提议反应这么热烈，而且一致表示坚决支持，这就是我们对常委大院管理进行改革的最有力的保证。"

这时候有人敲门，李寸心起身开门，鼠目和梨花同时起身："我去开。"

李寸心制止了他们："你们坐着别动，我去开。"

进来的是赵吉乐，赵宽训斥他："你又不是没钥匙，敲什么门？"

赵吉乐说:"这是我妈规定的,说她要享受当妈的给儿子开门的乐趣,我这个当儿子的不能连老妈得到这么一点儿乐趣都剥夺吧?"

赵宽忽然悟到了什么,神色沉重起来,不再吱声了。

李寸心问赵吉乐:"你怎么没骑摩托车?吃饭了没有?"

"摩托车让小刘借去了,我吃过了。哎,我没骑摩托车你怎么知道敲门的是我?"

"别说你没骑摩托车,就是你连鞋都脱了,我也知道是你回来了。"

鼠目说:"这有科学道理,哺乳动物辨认子女有四个渠道,视觉、听觉、嗅觉和感觉。我们人类进化的过程中嗅觉和感觉都退化了,主要靠视觉和听觉,可能你妈有点返祖,嗅觉和感觉比一般人敏感。"

赵吉乐说:"你妈才返祖呢,对了,你妈是我姥姥,这话我收回。"

鼠目过来拉他:"行了,我跟你开个玩笑,走,我跟你商量点事儿。"

"什么事鬼鬼祟祟的,好话不背人,背人没好话,有什么话就在这儿说,我就不相信你的事比市委常委会议的保密程度还高。"

"你还真说对了,我的事儿市委常委会都不知道,保密程度超过了市委常委会议。"

赵吉乐对这个舅舅不太买账:"你能不能让我喝口水、喘口气?刚才我是挤公共汽车回来的,在车上又捡了一个小毛贼,送到派出所才回来,口干舌燥,你让我松弛一下好不好?"

"好好好,你喝水,我等你喝够了再跟你说。"

李寸心说:"你们就在这儿谈吧,我们给你们让地方。梨花,给你吉乐哥哥和舅舅沏一杯茶。老赵,你跟我上来看看我的数学模型,帮我想想还有什么问题,下个礼拜专家验收组就要到了。"

梨花给他们端来茶水后识趣地离开了,客厅里就剩下鼠目跟赵吉乐。赵吉乐问鼠目:"说吧,又有什么重要案情要告诉我了?"

"你还真说对了,你想不想知道那天晚上在你们赶到红月亮咖啡厅之前,张大美,就是孙国强的老婆给我说了些什么?"

赵吉乐对这个话题过敏，一提到孙国强跟他老婆，马上制止鼠目："舅舅啊，你饶了我好不？这件事情已经过去了，你怎么还没过去？在我们去之前，她不就是告诉你，她把她老公孙国强杀了，还捅了好几刀，到处都是血，这话我现在听了就觉得憋气。"

"那你知道她为什么要杀孙国强吗？"

"你是不是跟那个张大美一样犯了魔怔？她啥也不为，因为她根本就没杀孙国强。"

"她表面上看确实没有杀孙国强，实际上却杀了孙国强，她在心里杀了他，在意识里杀了他。"

"我是警察，以事实为依据，以法律为准绳，用证据说话，依法办案，从来不办那种在想象、意识中杀人的案子。好了，舅舅，你让我睡觉去行不行？那种想象、意识中杀人的事儿，还是你自己琢磨吧，写成报告文学还是写成小说，都能换钱。"

鼠目生气了："你是不是觉得我是傻瓜蛋、脑子缺弦？就冲你这种麻木冷漠的态度，我断定你永远当不了一个好警察，充其量不过就是顺路捡个小偷的低档警察，那个让你捡了的小偷也必定是小偷里最愚蠢、最倒霉的一个。"说完，鼠目怒气冲冲地上楼回到了自己的房间。

影响班子团结的事情不能办

1

清晨，紫苑路三号大院门口摆了一块大牌子，上面写着：献爱心捐资助学，你的每一分钱都能成就一位大学生的人生梦想。下面还有小字写着说明：一个可怜的孩子，父亲是一个负心汉，十年前抛弃了他们母子。经过十年寒窗，他终于考上了大学，可是，跟他相依为命的母亲又下岗失业，面对昂贵的学费，母子俩陷入了绝望之中。让我们每一个有爱心和良知的善良的人都行动起来，一万块钱不嫌多，一分钱也不嫌少，用我们的实际行动来支撑起这对母子的生活信心。

牌子前面放着一个纸箱子，上面用毛笔写了四个大大的字：爱心捐款。陶仁贤站在那里正在对围观的人做说服工作："各位同志、大哥、大姐、大爷、大妈，请把你们的爱心奉献出来，用我们的爱心点燃这对母子的希望之火……"鼠目穿着运动服从这里经过，看到这情景，好奇地问："陶大姐，您这是干吗呢？"

"你还不清楚，周文魁作的孽，我在帮他的大老婆跟儿子募捐呢。"

"你不是说让你们家钱市长帮他们找工作吗？怎么，钱市长不肯帮忙？"

"《国际歌》唱得好，从来就没有什么救世主，一切全靠我们自己。"

"好，陶大姐，我支持你，我捐一百块。"说着就要掏钱，却没掏出来，"对不起，陶大姐，不好意思，我没穿外衣，钱包没带，我认捐一百块，一会儿给你送过来行不行？"

"行啊,怎么不行,我代表这对母子先谢谢你了。"

钱向阳的车过来,他看到了站在大院门口正在募捐的陶仁贤,急忙叫司机停车,下车后二话不说抢过那块牌子,钻进车里吩咐司机:"快走。"司机急忙把车开跑了。

车子开上了公路,司机好奇地问:"钱市长,怎么回事?"

钱向阳心烦意乱:"别问了,这回我可把周主席得罪到根子上了,等着老周来兴师问罪吧。"

陶仁贤反应过来时车已经跑远了,愣了一阵儿,她哭笑不得地拎起捐款箱,唠唠叨叨地往回走:"偷偷摸摸趁人不防抢牌子,哪像个市长。不就是块牌子吗?我再写,有本事你今天别上班,就在家等着抢我的牌子。"

走到离家不远的地方,一个女人手叉着腰堵住了她的去路:"哎哟,市长夫人一大早这么辛苦地干吗呢?让我看看这手里拿的是什么东西,爱心捐款,捐了多少钱了?这倒是一条快速致富的路子,是不是接着要上银行存钱了?存活期还是定期的?"

陶仁贤哪里是吃亏的人,马上回嘴:"哎哟,是主席夫人啊,对了,是主席的二夫人,我这是帮周主席给他大老婆和他儿子捐款去了,你是不是也要捐一点儿?"

堵住她去路的正是政协主席周文魁的现任妻子吴敏。

"说得好听,帮人家捐款,谁知道你是捐款还是趁火打劫、借机发财。真是名副其实的手扶拖拉机,到处乱突突,什么事都怕把你漏了。你以为你是谁?你凭什么干预别人家的事?你有本事就把她们接到你们家里供起来,那才真算你有爱心。"

陶仁贤也翻脸了:"你这是怎么说话呢?你把人家老公抢了,总不能让全世界的人都跟你一样缺德,眼看着人家孤儿寡母没有活路吧?你别说,真把我惹急眼了,我就把那娘俩接到我们家里来,让他们找周文魁更方便。"

"那好啊,你就接来吧,不然你鼻子下面长的就不是嘴。我怕什么,明媒正娶,名正言顺。"

陶仁贤也知道自己不可能真的把周文魁的前妻跟儿子接到自己家里来,刚才的话说得太满,这会儿让对方用话挤对得下不来台,憋得脸红脖子粗,也就不管不顾,什么痛快说什么了:"呸,臭不要脸,什么明媒正娶,名正言顺,说到头来就是个小老婆,捡人茶根子的货。你破坏了人家的家庭,报应就在眼前,你那个拖油瓶的儿子抽大烟,你还在人面前装什么洋葱,跟你这样的人我根本不值得说话。"

"你、你……你是个什么东西,你也不撒泡尿照照,别人为啥都管你叫手扶拖拉机?什么是手扶拖拉机?谁都能开谁都能上的破货,装什么官太太……"

"我怎么破了,什么地方破了?你今天不说个明白我就撕破你的……"

两个女人吵架到这个份儿上就已经不会再顾及"道理"两个字了,情绪激动,口沫横飞,距离也越来越近,脸贴着脸,嘴对着嘴,再近就不是吵架而是接吻了。放在一般场合,吵架到了这个份儿上就该动手撕扯起来了,可是,陶仁贤跟吴敏仍然坚持君子动口不动手的传统,因为她们都知道,真动手打起来了,人脑子打成猪脑子也没人来拉架。

两个女人在这儿吵得热闹,没有一个人凑过来劝架,这也是常委大院的特点,即便有人闹翻天了,也不会有人就近围观。当然,听到的人谁也不会省下这场热闹,有的躲得远远观望,有的躲在窗户后面偷看,就是不出面劝架。这里面的道理不言而喻:都在一个大院里住着,都是领导干部或者领导干部的家属,对这种事情劝也不是,不劝也不是,索性躲得远远地装聋作哑。这种微妙的局势也正是陶仁贤和吴敏这两个女人保持动口不动手的低程度冲突的决定性因素,因为她们自己也知道,如果真的打起来了,八成没人会出面拉架,大不了有人给门岗的武警打电话,让武警战士来拉架,八成武警战士也不会出面给他们拉架,因为门岗有严格规定:不准参与大院内的任何事务。在这种情况下,陶仁贤跟周文魁的老婆两个人的局面都挺尴尬,两个人谁也不会退让,却谁也不敢轻易让战争升级,只好你来我往地干吵，吵得口干舌燥，有时候连词儿都想不出来，只能反复骂着同一句话，她们自己也不清楚要吵骂到什么时候才能歇一会儿。

两个人正无法下台的时候，终于有人出面劝架了："陶姨，周婶，暂停，打住，谁也不准再说了。"两个女人听话地暂停，扭头一看劝架的只不过是赵吉乐，便又开始继续战斗："臭不要脸……""小老婆、二茬货……""拖拉机没带拖斗……"

显然，赵吉乐的分量在这两个女人眼里太轻，根本不足以制止这场马拉松式的争吵。赵吉乐大喝一声："都给我住嘴，谁再吵谁就是妨碍公务。陶姨，你跟我走，我有话问你。周婶，你不准再纠缠了，我要调查案子。"

两个女人都愣住了，赵吉乐穿了一身警服，谁也弄不清赵吉乐这是为了劝架还是真的有什么公务。赵吉乐也不等他们明白，拉了陶仁贤就走。吴敏马上宣告："看看，什么募捐，明明是诈骗，市长家的手扶拖拉机让公安局的人带走了……"

陶仁贤听她这么一喊，顿时不干了，挣脱赵吉乐返身扑了回去："你再胡说八道我跟你同归于尽，你这是造谣诬蔑，我要告你毁谤罪……"赵吉乐返过身来拉她，陶仁贤便朝赵吉乐发火："你干吗你，你怎么光拉我不管她，你听听她说啥呢，你再拉偏架我跟你翻脸了。"

赵吉乐只好对周文魁的老婆吴敏厉声呵斥："住嘴，我在执行公务，告诉你们，别看你们都是领导老婆，我可不吃这一套，你们再吵我就拘留你们，让政协主席跟市长到拘留所给你们送饭去。"

赵吉乐的话音刚落，旁边就有人起哄："好，政协主席和市长的老婆在常委大院里破口大骂、大打出手，市委书记的儿子把政协主席跟市长的老婆都拘留了，真是让老百姓看了哈哈大笑的好新闻。"

起哄的是鼠目，他不常在常委大院住，当然不明白这个大院里的人一些行为规则，听到有人吵架就凑过来看热闹，如果符合条件还打算做做和事老，刚好碰上赵吉乐出面劝架，就在旁边起哄。

赵吉乐抓紧时机对陶仁贤说:"陶姨,我真的找你调查案子,你别吵了,堂堂市长夫人跟人家在大院里这么吵,失身份、丢面子。"说完也不管三七二十一,拉了陶仁贤就走。

陶仁贤一个妇道人家,吵架嘴上的劲头足,体力却不是赵吉乐的对手,加上也想就坡下驴,只好半推半就地跟赵吉乐回家了。好在吴敏也算识相,没有再纠缠谩骂,这一场市领导老婆之间的战斗总算结束了。

2

赵吉乐拉着陶仁贤回到了他们家,陶仁贤挣脱了赵吉乐的手:"你松手,我不再跟她吵了,啥事?"

"你先喝口水,你嘴角都出白沫子了,喝口水润润嗓子我再跟你说。"

这时候有人敲门,赵吉了过去开门,一看是鼠目,便问他:"你干吗?不上班在院儿里乱窜啥?"

"我来看看陶大姐,你不是也没上班吗?你凭什么管我?"

"我现在就是上班,我找陶姨有事谈。"

"我现在也是上班,我找陶大姐也有事谈。"

赵吉乐把他朝门外推:"你等等吧,排队,我跟陶姨谈完以后你想谈什么就谈什么,想谈多久就谈多久。"

"凭什么你先谈?你等我谈完了你再谈。"

"凭我是警察,凭我在履行公务,你赶快走吧,别耽误我的正经事。"说着,赵吉乐把鼠目推出去关上了门。

赵吉乐回过头来,陶仁贤愣怔怔地看着他问:"吉乐,你们甥舅俩这是干什么?"

"我舅舅那个人就是那么个德行,当记者的职业病,好事,你可得小心,说不定哪句话让他抓住了明天就给你上报。陶阿姨,刚才我听你说

周主席家的老儿子怎么回事儿，抽大烟？"

陶仁贤这才明白他为什么急着把自己拉回家，原来是要追究这句话。陶仁贤不是糊涂人，她知道，吵架归吵架，正式向警察作证那就是另外一回事儿了，便谨慎地反问："你问这事干吗？"

"也不干吗，你怎么知道他儿子抽大烟？"

"嗨，我也不太清楚，就是大院里的人都这么说，我吵架急眼了就骂了出来，谁知道是不是真的。"

"陶姨，你别有什么顾虑，我这就是一般性的调查，如果真有那么回事儿，我们也得有个准备。你也知道，吸毒的人毒瘾犯了的时候，为了钱啥事都干得出来。你今天又跟她妈吵了一架，万一他对你有什么不利，我们也好事先有个准备。"

"我真的是听别人说的，你也不想一想，吸毒那种事都是背人干的，别说我了，就是他亲爹亲妈也不见得能看见。对了，你亲眼看看周文魁的儿子就知道了，那种人脸色、精神都怪得很，跟正常人不一样。"

"我上了几年大学，回来后分到公安局忙得脚后跟打后脑勺，在这院里待的时间太少，还真没见过周主席小儿子几面。周主席的这个小儿子是怎么回事儿？是他亲生的吗？"

陶仁贤撇撇嘴："既不是亲生的也不是带来的，是私生的。他离婚才十来年，小儿子已经有二十岁了，而且他那个小老婆跟他结婚前并没有跟过别人，别人都说这个小老婆是周文魁原来的老相好，孩子也是他们俩的。他那个私生儿子跟他长得活像一个模子里套出来的。他当初也不知道怎么骗着跟原配离了婚才把这个小的娶进家里。也正是因为这事，他那个大老婆，哦，现在都叫前妻，才觉得吃了大亏，见天找他来闹。"

赵吉乐问："你估计周主席知不知道他小儿子吸毒的事？"

"难说，也可能知道只是没办法，不然周文魁怎么也不至于眼看着自己的大儿子上大学一分钱也不出吧？会不会把钱都供小儿子吸毒了？"

"不至于吧？如果他知道他儿子吸毒，为啥不把他儿子送到戒毒所去，反而掏钱供他吸？这太不可能了。"

"有什么不可能？送到戒毒所，满世界的人都知道海阳市政协主席的儿子吸毒，他那张老脸往哪儿放？"

赵吉乐不置可否，接着问话："陶阿姨，你儿媳妇那天晚上看清楚树上那几个人的长相没有？"

"没有，绝对没有，我专门问过了，一来她在明处，人家在树荫里，二来她当时吓得屁滚尿流，只顾逃跑了，哪顾得上看人家的脸。"

"她在什么地方上班？我直接找她问问情况行不？"

"行啊，那有什么不行的。我懂，为公安机关提供线索是每个公民的义务。你要是不方便，我干脆打个电话把她叫回来，你就到我们家问，也省得到她单位去让别人议论。"

"那也好，你跟她约个时间，越快越好，她来了你就给我打电话，我过来跟她谈。没别的事我就走了。陶阿姨，你别再跟人家吵架了，都是市领导的家属，这么吵吵闹闹的影响不好，也影响钱叔叔跟周伯伯的关系。"

陶仁贤解释道："不是我跟她吵，是她向我挑衅。昨天我就是把周文魁的大老婆领到家里喝了点水，劝了劝，结果我们家老钱下班的时候，她就鼻子不是鼻子、脸不是脸地呲得我们家老钱，害得我挨老钱的埋怨。我没找她的麻烦她倒来找我麻烦了，周文魁的大儿子考上大学没钱上，我帮着募捐有什么不对？现在讲究的不就是奉献爱心、捐资助学吗？她堵在路上骂我，我能饶得了她吗？对了，你这阵儿要没事，帮我重写个牌子。"

赵吉乐问："写什么牌子？"

"我昨天半夜没睡觉，好容易写了个募捐牌子，咱们募捐总得让别人知道为啥募是不是？牌子上就写了募捐的原因，结果我们家老钱上班路过看见了，把我的牌子抢跑了。来，你再帮陶阿姨重写一块，也算你献爱心了。"

赵吉乐哈哈大笑，对陶仁贤说："陶阿姨，你倒真是个热心人，我还忙着查案子呢,过几天专门抽时间帮你好好写一块大牌子,我走了,你儿媳妇回来了你赶快打电话告诉我。"

3

鼠目围着孙国强家溜达,踌躇不决该不该再次登门拜访。张大美说过的那些话就像斯芬克斯的谜语,让他在魅惑、神秘的迷宫中流连忘返。他想找到这个谜语的答案,就像想在迷宫中找到通向外面的大门,却连一条通道都找不到。他实在难以相信那天晚上张大美冷静、清晰地叙述的事实会是她的幻觉、臆想。然而,他再次和张大美会面的时候,张大美矢口否认曾经和他有过任何接触,表情和口气都告诉他那不是假装出来的。

赵吉乐从陶仁贤家中出来,见鼠目垂头低脑地转悠,就跟在他后面想看看他在干吗。鼠目来到孙国强家门前,欲按门铃,迟疑片刻没有按,回头又开始绕着人家转圈。

赵吉乐凑上前拍了鼠目一巴掌:"舅舅,干吗呢?"

鼠目惊了一跳,对赵吉乐发火:"你管我干吗呢。"

"还生我的气呢?你到底有什么事?我发现你不对劲。"

"我昨天晚上想告诉你,你没兴趣。今天你想知道,我也没兴趣了。"

"我是你外甥,更是一名警察,我想可能有好多你解决不了的问题我会有办法,你要是爱生气就继续生吧,等到什么时候不生气了,想找我帮忙了就来找我。"说完,赵吉乐转身就走。

鼠目追了上去:"我跟你生什么气,你猜她那天晚上除了说她杀了孙国强以外,还跟我说了什么?"

"说什么了?报案的时候、我们调查的时候,你可什么都没说啊。"

"人这一生大部分话是不能说出来的,说出来的话都是自己认为能说的。还有许多话是对一部分人不能说,对另外一部分人才能说的。"

"你的意思是说,那天晚上你只把张大美说的一部分话告诉了我们,还有一部分没告诉我们?"

"对,张大美那天晚上对我详细地说了她为什么要杀孙国强,就是你们警察常说的作案动机。"

"她实际上没有杀孙国强,哪还有什么作案动机?"

"错,她虽然没有杀孙国强,可是她有杀孙国强的强烈欲望,这是经过医生证明过了的。那么,你知道她为什么会产生杀害孙国强的强烈欲望吗?"

赵吉乐猜测:"孙国强在外面养二奶?这是最普通不过的故事。"

"你只说对了一部分,你知道他们家原来有多少钱吗?"

"不知道,不过看着好像挺有钱的,她老婆过去出来进去都开一台红色宝马跑车,光是那部车就得五十多万人民币。"

"他们家过去有五百多万元的资产。"

赵吉乐惊讶道:"我禽,孙国强是个大贪官啊。"

"又错,孙国强根本不是贪官。"

赵吉乐问:"那他们家哪儿来那么多钱?"

"我再问你一个问题,你见过丈夫骗妻子的钱吗?"

赵吉乐说:"见过,我身边就有一个。我们队长广林子,你见过的。表面上看绝对是他老婆驯服的工具,每个月工资一个子儿不少全都交给老婆,奖金都不留。可是他也从来不缺钱花,哪儿来的?都是从老婆那儿骗回来的。他每次外面吃过饭,回家从来不说吃过了,他老婆一问,他就愁眉苦脸地说胃不舒服,不吃了。他老婆就开始想方设法让他吃点东西,他啥也不吃,倒头便睡。每一次醒过来之后,他老婆都得给他留钱,或者让他买点好吃的,或者让他到医院看病,慢慢他就把交给老婆的钱都骗回来了。"

鼠目嗤笑:"那能骗回来几个钱?"

"你别说,真的挺顶用,架不住积少成多。现在的上班族,特别是我们警察，在外面吃比在家吃的次数多得多。我们队老潘学广林子的办法试了试，他还没有广林子的骗术娴熟，一个月就骗回来四百多块。现在我们公安局好多结了婚老婆管得严的主儿都学会这一招了，说这叫明修栈道，暗度陈仓。"

鼠目说："你们局所有骗老婆钱的人骗的钱加起来也没有孙国强一个人骗的多。你猜猜，孙国强家现在有多少钱？"

"我没法猜，你就直说了吧，什么时候学会了猜猜猜的，像个女人。"

"如果没有孙国强的工资，他们家几乎连日子都没得过了。你最近见到过他老婆开那部车了吗？没有吧？为什么？因为钱都让孙国强骗光了。"

赵吉乐不相信："真的？孙国强骗他老婆的钱？不可能吧，他老婆的钱不就是他的钱吗，还用得着骗？"

"这就是我要告诉你的事，你不感兴趣就算了，反正这也不算刑事犯罪，跟你没什么关系。"说完，鼠目就往前走。

这一回轮到赵吉乐着急了，跟在鼠目后面追问："到底怎么回事儿，舅舅你告诉我，给我说说。"

"告诉你你不就知道张大美为什么想杀孙国强了吗？你不是对这事烦透了吗？多一事不如少一事，你就别问了。"

赵吉乐急了："拿一把是不是？你再不说我就真把这事扔到脑后了。"

鼠目终究是记者，自己知道点事儿就想让别人都知道，这是记者的通病，他本身就让这件扑朔迷离的事情憋得好像胸膛里钻进去一只耗子，难抓难挠却又掏不出来，这时候哪里还忍得住，拽了赵吉乐就走："这不是说话的地方，走，找个没人的地方我从头到尾给你说一遍。你也帮我想想办法，怎么才能弄清这件事情的真相。"

"那就还到红月亮咖啡厅去，那里有气氛，我们警察破案讲究的是现场重现，到那个地方更有利于你回忆往事。"

鼠目同意："那好，我去开车。"

4

海阳大学会议室，李寸心正在向国家课题评审组汇报。李寸心的脸色不好，这段时间她确实太疲劳了。与会的人们谁也不会想到，医生已经给这位学者判了死缓，缓期时间只有三个月。李寸心最担心的就是在她没有完成课题总结报告之前她的病情恶化，每一天的每一分、每一秒她都在跟死神抢时间，所以每天她的工作时间都在十个小时以上。丈夫赵宽跟她学的是同一个专业，从事的也是同一个专题，如果赵宽没有从政走上仕途，这个课题肯定由他们夫妻两人共同担纲完成。现在却只能由她一个人带着几个研究生组成的课题组来完成了。虽然这个拼搏的过程非常艰苦，非常紧张，但是终于完成了，而且正在接受国家级课题评审组的评审，李寸心非常欣慰，精神振奋，状态极佳，不知道的人谁也不会相信她已经是肝癌晚期了。

李寸心汇报："各位领导、专家，我们建立的这个城市发展数学模型是以现代数控论和模糊数论以及现代大型计算机技术为技术支持，以科学发展、建设和谐人文环境以及可持续发展的战略思想为指导，利用优选法采集了国内外一百座城市的发展数据，其中国际化大都市十个，大型城市三十个，中型城市三十个，小型城市三十个。所以，我们相信，无论是技术手段、指导思想还是采用的数据资料都是比较充足、超前的。"

在座的课题评审组成员纷纷点头认可。李寸心看到他们的反应微微一笑，接着往下讲："我们国家现在正在经历一个城市化的发展过程，这个过程随着经济、文化的高速发展，进程已经越来越快。在城市化进程中，如何正确地开发利用城市资源，准确地把握城市发展的未来规模，科学的论证、预测城市能源、交通、住房、教育、社会福利等方面的软硬件需求，从而对城市化的速度、节奏、措施做到有效控制、科学管理，实现可持续发展，是我们国家每一座城市的管理者必须解答的课题。我们这套数学模型,或者说城市发展远期预测程序,就是为了解决这个问题而设计的。需要特别指出的事,这套数学模型并不是我们突然产生的灵感,更不是拍一下脑袋冒出来的冲动。事实上,这个课题从提出到完成已经经历了十多年。十年前,我们海阳市曾经对地下管网进行了一次大规模的改造。我们这个专业当时接受了地下管网改造综合利用项目的评估和研究。我们的设想是,如果对地下管网的改造实行综合利用,将所有架空电路和燃气管线等公用设施统一归并到地下管网的管道中,不但可以美化城市,使城市实现净空化,更重要的是为城市化过程中人口增加、面积扩张带来的能源输送、循环和排放量增加提供了一劳永逸的解决办法,同时也大大提高了城市能源和排放设施的可靠性,大大降低了城市管线网络系统的维护保障费用,提高了设施的抢修检修效率。具体地说,我们就是要结合对城市地下管网的改造,形成以给排水管网为骨干的综合体系,所有能源输送、下水排放的管线都以这个骨干支撑点统一布局。可惜的是,当时我们的方案没有被采纳,原因是如果按照我们的方案,地下管网改造工程的投资要增加百分之二十。结果如何呢?接下来的五年,随着城市人口的增加和经济建设的发展,我们重新开挖、铺设的管网系统就耗资五个亿,是当初地下管网改造工程资金的一点五倍。为了节省百分之二十的费用,仅仅五年就多花了一点五倍的资金,这种状况如果再发展下去,城市的能源供应、排放系统的投入将会是一个无底洞,谁也说不清到底要花多少资金人力在这方面。而且,城市上空也将密布蜘蛛网一样的线路,影响城市美观不说,安全隐患也会大大增加。"

讲到这里,李寸心的一个学生端过一杯水让她喝口水,喘喘气。

评审组组长王老插话问道:"听说后来你们海阳市还是采纳了你们的方案,实施了地下管网综合利用工程,而且效果不错。"

李寸心说:"实践是检验真理的唯一标准,人们对事物的认识总要有一个过程。五年前海阳市下决心实施了我们当初确定的城市地下管网综合利用工程,目前看来效果还不错。当然,也有不同的看法,前段时间我们《海阳日报》还有人发表文章提出批评，质问市委市政府'政绩工程何时了'。文章里把地下管网综合利用工程也作为政绩工程批了一通。"

评审组组长王老说："我敢断定写这篇文章的人看问题的眼光有问题，缺乏专业知识。政绩工程是要摆在面上让人看的，地下管网工程看不见摸不着，跟政绩工程可是沾不上边。"

"谢谢，我一定把您的意见和看法转告给这位作者，这篇文章的作者是我弟弟。"

评审组的人哈哈大笑："有意思，弟弟批姐姐，有意思。"

"他倒不是批我，他是批我爱人，当初地下管网综合开发利用工程就是我爱人担任分管市政建设的副市长那时候推动实施的。"

王老问："这就更有意思了，你爱人怎么说？"

"我爱人气得骂娘，别的也没怎么样。"

评审组哄堂大笑："你们海阳市还有这么一出小舅子批姐夫，姐夫骂娘的喜剧，有意思，有意思。"

王老开玩笑："当时姐夫骂的是谁的娘？"

李寸心苦笑："谁的娘都骂，现在说起来有意思，当时也确实挺烦恼的。还是说我们的正题吧，我们这套系统，只要将城市未来时段发展的人口、规模以及其他相关数据输入进去，它就能自动进行数学模型分析，提供出相应的交通、能源等基础设施需求的相关数据和资金额度，甚至能够绘制出未来时段城市的规划图表，为城市管理者提供准确、科学的决策依据。"说到这里，李寸心突然脸色大变，捂住肝部痛苦不堪，然后用讲桌的角紧紧抵住腹部，剧烈喘息。

与会人员大惊，纷纷起来惊问："李教授，您怎么了？"

李寸心的两个学生兼助手上来搀扶李寸心："李老师，你怎么了？赶紧上医院吧。"

"没事，把我的包拿过来，吃点药就好了。"

学生拿过她的包，李寸心颤抖着从包里掏出药服下。

评审组组长王老说:"李教授,今天先到这儿吧,等你身体好一些我们再继续。"

李寸心反对:"那怎么行?你们的时间很宝贵,不可能在我们这儿耽误很长时间。这样吧,我要讲的已经基本上讲完了,下面请我的助手给大家演示一下这套系统的运用,各位专家可以随机抽取国内任何一座城市作为模板,然后提出你们的时段发展目标,由我们这套程序完成运算并提供数学结论。"

王老说:"好好好,就这样,您先回去休息吧。"

李寸心下台坐到了评审组后面:"没关系,我在这儿坐坐就好了,你们有什么问题我在现场随时解答。"

5

红月亮咖啡厅,鼠目已经将那天晚上张大美的谈话内容告诉了赵吉乐。赵吉乐大惊:"这是真的?孙国强真会那么损,骗老婆的钱还赌债?"

"是不是真的你自己判断,我相信这是真的。"

赵吉乐问:"会不会是张大美犯病的时候胡说八道?"

"我相信不会,我专门到给张大美治病的医生那里咨询过,医生告诉我,她在发病时候说的话,有一部分可能是臆想,也有一部分可能是现实在她脑海里的折射,不管是不是臆想,都是她生活体验的折射。没有经历过的事情基本上不存在臆想的可能。"

赵吉乐说:"这个我懂,可是臆想终究是臆想,尽管是现实生活的体验,可也并不代表就真的发生过。真实跟生活体验产生的联想、臆想、幻觉不是一回事。"

"对,这就是我为什么要找你的原因。我想查一查到底是怎么回事,搞清事情的真相。"

"你想让我做什么？这件事不归刑警管，好像应该交给检察院。"

"我知道不归你们管，你们也管不了。我只是想让你利用警察的身份，到有关部门查一下孙国强的出入境记录，只要他在那个时段真到香港去过，起码可以从侧面证明他的确有机会到境外赌场赌博。"

赵吉乐建议："就怕引起他的注意，你可别忘了，他是市委常委、常务副市长。实在不行你干脆写一封举报信寄到检察院或者纪委，让他们查去，你是记者，不是检察官，也不是纪委书记。"

鼠目问："难道你一点好奇心都没有？"

"好奇心当然有，如果你想尽快满足自己的好奇心，有一个最简单直接的办法。"

"什么办法？"

"我们办案子的时候，往往会直接找当事人调查询问，你不会找张大美直接问问？到底是怎么回事，看看她怎么说。"

"我找过她，她根本不认识我了。"

"她是真的不认识你了，还是假装不认识你了？"

"这我就说不清了，看当时的表情好像不是装的。"

赵吉乐分析："表演是人类的天分，我们审案子的时候，有的人说起假话比真的还像，那表情做得比国家一级演员还高明。你别管她是不是认识你，你就把她给你说过的话重新给她说一遍，看看她有什么反应，然后再确定下一步该怎么做。"

"你的意思是让我直接找张大美谈，把她跟我交往的过程正面揭开？"

"对呀，不这么做还有什么办法。"

鼠目迟疑不决："这么做会不会有什么副作用，甚至给这个案子造成严重后果？"

赵吉乐说："能有什么副作用？一个可能是你这么一说她想起来了，那就说明她不认识你是真的忘了。另一个可能就是你怎么说她就是否认，那就说明她是假装不认识你，反而证明她说的是真事，现在想法变了，要替

孙国强隐瞒。即便她要替孙国强隐瞒，不承认说过那件事，那也晚了。这种事情除非没人查，只要查，没有查不出来的。孙国强到香港的活动日程，驻港办事处的往来账目，澳门赌场的监视录像，银行里张大美的资金往来记载，这些都是难以抹去的痕迹。只要你能确定张大美说的是事实，报告了纪检监察部门，人家有的是办法查清楚。"

鼠目下了决心："那好，我就直接找她，她要是说不认识我，我就把那天晚上她跟我说话的过程原原本本地给她复述一遍，看她怎么解释。"

赵吉乐说："你也别太着急，咱们先易后难，能办的、好办的事先办。我下午抽时间到公安局出入境管理处跑一趟，查证一下孙国强的出入境记录，如果人家根本就没有出过境，那就说明张大美说的一切都是精神病发作的狂想，你也就没必要找她了。如果孙国强在她说的那段时间的确到香港去过，那就八成有这件事情，你再找她心里也有底了。"

"好，到底是警察，办这种事情就是比我强。"

赵吉乐问："这件事你给我爸说了没有？"

"我给他说什么？给他说还不如我直接到检察院举报呢。万一他安排别人查这件事情，查来查去没事，今后他还怎么跟孙国强共事？孙国强能饶得了他？"

"这就对了，我老爸身份特殊，这件事情最好绕开他。"说到这儿，赵吉乐看看表，"都十二点多了，饿了。"

鼠目说："中午我请客，说吧，想吃什么？"

"水煮活鱼吧。"

"那就水煮活鱼，水煮活鱼只有天府酒家做得地道。"

"那就上天府酒家。"

鼠目叫来服务生结账，两个人出门朝天府酒家走去。

6

赵宽办公室,赵宽正在看文件,办公室门突然被撞开,政协周主席闯了进来。赵宽的秘书紧跟其后,慌乱地对赵宽说:"赵书记,周主席……"

赵宽愣住了,看着满面怒气的周文魁问:"怎么了老周?"

周文魁对赵宽的秘书说:"去去,该干啥干啥去,我跟赵书记个别谈谈。"

秘书看着赵宽,赵宽说:"没事,你去吧。"

秘书退出,轻轻带上了门。

赵宽招呼周文魁:"主席,什么事?来,坐下谈。"

周文魁不坐,张口说:"你是书记,我今天来求你评评理,说个公道话。"

赵宽给他沏茶倒水:"主席,总不会是我什么地方冒犯您了吧?来来,坐下说。"

周文魁在沙发上坐了下来,赵宽坐到了他侧面的沙发上。

周文魁说:"我就想问问他钱向阳到底想干什么,我是政协主席,他是市长,我们政协有什么事情得罪他了,他尽可以来找我,不愿意找我找书记也行啊!他怎么能那么做?让他老婆在大街上臭我。"

赵宽问:"到底怎么回事?"

"你真的不知道?"

"你看你老周说的,我要是知道,这么问你不是装糊涂吗?什么事?"

周文魁看看赵宽,叹息了一声说:"赵书记,我的家庭情况你也知道,十年前我离婚了,然后跟现在的老婆结了婚。可是当初离婚的要求并不是我提出来的,是我老婆提出来的。当然,是我先做了对不起她的事,那时候我还年轻,经受不住感情上的诱惑,跟现在的妻子产生了感情,这是我不对,组织上当时还给了我一个警告处分。过了这么多年了,前一窝后一窝,哪一窝照顾不到都是麻烦,哪一窝照顾到了也是麻烦,这种事你没体会,说了你也不会理解。现在有什么办法?只能尽量维持。"

赵宽端起水杯递给他:"老周啊,喝口水,这些事我都知道,这跟钱市长有什么关系?他又怎么了?"

周文魁又叹息了一声,眼睛里居然涌出了泪水:"虽然离婚了,时过境迁、痛定思痛,我承认我对不起她,心里也常常觉得愧疚,毕竟我们一起过了将近十年,还有一个儿子,所以我过去每个月的工资都要周济他们一些。我前妻有时候也觉得后悔,一后悔就觉得吃亏生气,有时候也来找我闹,这些我都能理解,能办的事我尽量办,办不了的我就躲一躲,就这样熬了十多年。最近我前妻下岗了,我大儿子考上了大学,现在大学的学费太高了,前妻负担不了,自然要找我解决。可是我也遇到了难事,手头确实拿不出那么多现钱。赵书记,你想想,我虽然跟前妻离婚了,可儿子终究是我的,我跟她妈一样疼他爱他,他的学费我能不管吗?我正在想办法筹措,可是我前妻等不及,天天到处找我,我就像游击队遇上了日本鬼子大部队,只能敌进我退,惹不起就躲一躲,说出来不怕你笑话,前些日子我都不敢上班……"

赵宽说:"老周啊,咱们都是一个班子里的领导干部,有什么困难你直接说,作为这个班子的班长,能做到的我一定会去做。"

周文魁又开始激愤起来:"赵书记,我今天来找你就是让你给我主持公道,我要求你把钱向阳也找来,我当面请教他,他到底想干什么,为什么要参与我的家务事,为什么要当众采取那种方式污辱我。"

赵宽问:"到现在你也没告诉我钱市长到底做了什么。到底是怎么回事?"

周文魁回答道:"看来你真的不知道。这两天我前妻到大院来找我,我现在的老婆告诉门岗不让进,结果我前妻就在大院门口堵我。赵书记啊,夫妻十几年,不管离婚是什么原因,也不管离婚时闹得多么凶,可是那终究是人生的一个组成部分,看到我前妻站在大院门口像个乞丐一样,我的心里确实难过,可是我有什么办法?前一窝后一窝,手心手背都是肉,唯一的办法就是躲,同时积极想办法筹措钱把孩子的学费问题先解决了。可是钱向阳他老婆居然把我的前妻领进大院到他们家商量对付我的办法。今天一大早,你上班的时候没碰到吗?"

"前几天你前妻到大门口找你我倒是看见了,当时我正要上班,就没好出面管。今天一大早我家李寸心要回学校参加课题评审,我走得早一点,先送她到海阳大学,我出大院的时候没看到什么不正常啊!"

周文魁说:"这就对了,你确实不知道情况。今天一大早钱向阳的老婆居然在大院门口摆上了摊子,竖着大牌子,说要给我的儿子上大学募捐,牌子上骂我是一个负心汉,十年前抛弃了他们母子,经过十年寒窗,儿子终于考上了大学,可是,跟他相依为命的母亲又下岗失业,面对昂贵的学费,母子两人陷入了绝望之中。说是要为他们募捐,一万块钱不算多,一块钱也不嫌少,招来一大堆人看热闹。嗨,要不是我看她是个妇女,男不跟女斗,鸡不跟狗斗,我非得揪住她说个明白不可。"

"周主席,你说了这么多,我还是没听明白这跟钱市长有什么关系。"

"怎么没关系,那是他老婆,没有他的支持,起码是默许,他老婆敢那么干?他这是要干什么嘛,太不像话了。"

赵宽劝道:"老周啊,你在大院里住了那么长时间,难道还不了解钱向阳那个老婆?钱向阳哪能管得了。你没听政府那边的秘书都把钱市长老婆叫手扶拖拉机,什么叫手扶拖拉机?没有方向盘,到处乱窜突突乱叫,到哪儿都是噪声污染、空气污染。我敢保证,这件事情钱市长绝对不知道,即便知道了也绝对不会不管。钱市长跟你共事这么多年了,你想想,别说你跟他没什么矛盾,就是你跟他关系不好,他是那种人吗?你肯定是误会了。我在这里表态,我肯定老钱跟这件事情没关系,如果真的是老钱跟你过不去,我建议召开班子生活会,让老钱在会上作检讨。"

周文魁问:"赵书记,你的意思是我多心了?"

"肯定是你多心了。这件事情肯定跟老钱没关系,而且老钱知道了肯定得跟他老婆吵架。"

"也许你说得有道理,可是这件事情确实让人太难堪了,真是掉进下水道，摔不死、淹不死也得让臭气熏死。"

"尽管老钱跟这件事情没关系，也不能说老钱一点儿责任都没有。作为领导干部，管好自己的亲属也是分内的责任。老钱他老婆这种做法是非常错误的，影响了大院的安定团结，间接地也影响了领导班子的团结。这件事情我要找老钱谈谈，你放心，我让老钱给你道歉。"

"唉，有你赵书记这么一说，我的心里好受多了，道歉倒不必要，就是让老钱约束一下他老婆，不能再这么胡来了。我们家的事我们自己解决，她少掺和。"

赵宽问："你自己解决？你怎么解决？能解决你早就解决了，还能闹成今天这个样子？"

周文魁摇头叹息，神色黯然，一看就知道有难言之隐。

赵宽说："我看啊，当务之急是缓解你的家庭矛盾，孩子上学的钱有没有着落？按照你们家的收入状况，这应该没什么问题啊！"

周文魁问："如果我说我确实拿不出这一笔学费，你能相信吗？"

"这有什么不相信的，家家都有难念的经啊。差多少？不行我先给你拿一些。"

"不了，谢谢您。孩子上学的钱我正在张罗，已经有眉目了，就不麻烦你了。"

赵宽又问："那你前妻的工作怎么办？你前妻原来是干什么的？"

"我前妻原来是供销社的会计，后来供销社改制，改成了商业集团，把她下放到百货商场当会计。现在百货商场垮了，他们这些职工就都下岗了。说起来我这个前妻也可怜，四十多岁往五十岁奔的人了，这个时候下岗，哪儿还有单位要她？一辈子除了记账、打算盘啥也不会干，我也不知道今后她这日子咋混。唉，不说了，不说了，说起来我晚上都睡不着觉。"

赵宽说："这件事情我处理，我就不相信这么大的一个海阳市就安排不了一个会计。你前妻叫什么名字？你给我写下来，这种事情你不好出面，我出面，随便找个公司，让他们安排个会计，我想这还算不上什么错误吧。"

周文魁连忙找出纸笔，写下前妻的名字交给赵宽："要是能这样，我就太感谢赵书记了，真的太感谢赵书记了。"

"你别感谢我，我是有目的的，我的目的就是能让你轻装上阵，别再让人追得不敢上班，影响政协的工作。"

周文魁老脸微红，羞赧地说："让书记见笑了，今后不会了，绝对不会了。"

"那就这样定了，你心里别对老钱有什么想法，更别因为这件事影响了班子团结。"

"我也就是找你书记说说心里话，实际上我也就是那么一股气，冷静下来想想，我也不相信老钱真会那么无聊。好了，不耽误书记的时间了，我回去了。"

赵宽说："这可不是耽误我的时间，我倒觉得班子成员之间能经常这样谈一谈挺好，比在会议上一本正经地发言更贴近生活。"

周文魁走了，赵宽拿起电话拨通了钱向阳："老钱吗？忙不忙？"

"再忙也得先听书记有什么指示。有什么事吗？"

赵宽哈哈大笑："你要是不忙，或者虽然忙仍然能在百忙中接见我片刻，我就登门拜访一下。"

"那好啊，我刚才到环城公路现场看了看，正在回办公室的路上，二十分钟以后我在办公室恭候书记大驾光临。"

7

夜已深了，紫苑路三号大院在夜幕下进入了梦乡。钱向阳家却还非常热闹，钱向阳正在跟陶仁贤吵架："你就是个是非精，你今天那是干什么？"

陶仁贤脸上照旧敷了"保鲜膜"，强词夺理还振振有词："我做错什么了?你们这些当领导的整天不是在台上讲,要有爱心,要助人为乐,要为人民服务吗?敢情那都是假的,是说给别人听的。"

"你那叫助人为乐?你那是唯恐天下不乱。你那是献爱心?纯粹是破坏安定团结。告诉你吧,今天赵书记都找我谈了,闹得我很被动。"

陶仁贤总算认真了:"真的?赵书记找你谈什么了?"

"还能谈什么?让我约束自己的亲属,不要在领导干部之间制造矛盾。"

"肯定是周文魁那个小老婆告状去了。不过今天我也没饶她,什么东西,昨天我听她对你不客气就憋了一肚子气,今天还在我面前挑衅,让我把她骂了个狗血喷头……"

"你这是骂人家还是骂你自己呢?什么叫狗血喷头,你是狗啊?"

"我要是狗倒好了,最好是疯狗,我就狠狠咬她一口,让她得狂犬病,我还用不着承担责任。"

"嘿嘿,你可真行,你干吗跟人家那么大仇恨?人家也没抱你家孩子跳井,真有意思。我郑重警告你,今后你不准再参与人家的家务事。赵书记说得有道理,别说我跟老周是同事,就是冲着咱们是邻居,也得维护好邻里团结。"

陶仁贤还不依不饶:"哼,周文魁的小老婆倒会恶人先告状,你会告我就不会告啊?我明天就找赵书记去,我也会告状,谁鼻子下面长的不是嘴。"

"你自己不要脸,也得顾顾别人的脸吧?市长的老婆跟政协主席的老婆在大院里大打出手,这已经够上新闻头版头条了。你再找赵书记,除了招人笑话还能有什么作用?告诉你吧,人家周文魁老婆根本就没找赵书记,是周文魁让你折腾得受不了了,到赵书记那诉苦去了。你这个女人啊!真是成事不足、败事有余。"

"你看你那个窝囊样儿,看看人家周文魁,就那么个破货小老婆人家都能维护到赵书记那儿去,你呢?就知道回到家里跟老婆耍横,真是灶坑里的狗，就会朝家里汪汪，也不知道你那个市长是怎么当的。"

钱向阳说："你闹吧，闹来闹去闹得我灰头土脸你就高兴了。我能跟周文魁比吗？他还有几年混头？老脸一抹当然啥都不怕。我呢？赵书记马上就要调到省里当主管组织工作的副书记，我如果老老实实、平平安安的，就能接任市委书记，接任了市委书记也不图再往上提拔了，起码过了六十岁还能到人大政协干到六十五岁，给你多挣几年工资。这个时候你跟赵书记炸刺，闹出乱子来，到头来吃亏的还是咱们自己。"

陶仁贤愣住了，揭下脸上的"保鲜膜"问道："你说的是真的？"

"什么真的假的，你要是想让我多给你挣几年工资，退下来能闹个副省级待遇，你就老老实实在家待着装鳖。你要是想让我到此为止，混到六十岁退休回家，你明天就找赵书记闹去。老娘们就是头发长见识短，睡觉，把你那狗抱到外头去。"

陶仁贤乖了，她也知道这是关系到他们家老钱进退得失的关键时期，这个敏感时期稳定压倒一切对他们家来说是最有实际意义的基本原则，这个时候万万不能出事，如果这个时候因为她闹出事来，他们家老钱很有可能就再也没机会进步了。如果那样，他们家老钱后半辈子都得埋怨她，她自己也得后悔半辈子。她听话地把狗抱到了外面，嘴里安慰着狗："宝宝，今天晚上你自己睡吧，妈妈要跟爸爸说事儿，你就委屈委屈吧。"说着趁狗不注意，连忙关上了卧室的门。狗委屈地在外面抓门吼叫着。

陶仁贤脱了衣服对钱向阳说："好了，别生气了，明天我不找赵书记还不行吗？装鳖谁不会，那就装呗。"

钱向阳说："明天你上班去，别老在家待着，这个大院是个是非之地，眼不见心不烦，你也少在大院里招惹是非。"

"好好好，我明天上班去。"

个人观点不代表整体立场

1

今天紫苑路三号院的住户们出门的时候发现大门门岗没了,过去威风凛凛站得笔直的武警换成了一个笑嘻嘻的小老头儿。人们对门岗的变化似乎毫不在意,或者说即便在意也不会当众表现出来。人们匆匆忙忙地出门,上班的上班,买菜的卖菜,锻炼身体的锻炼身体,表面上看,门岗的变化对他们的生活没有任何影响。

鼠目晨练跑步过来,看到门岗换成了看大门的老头儿,过去向老头儿打招呼:"大爷,我是住这院里的,你认准了,别每次我回来都让我下车通报啊。"

老头儿连连点头:"认准了,没问题,我这个人在机关看了一辈子大门,别的本事没有,认人是一绝。"

鼠目问:"今后武警再不来了?"

老头儿回答:"武警还来不来我可就不知道了。"

鼠目又问:"您是哪个单位的?"

"我是市政府机关管理局的,在这儿也是暂时的,下一步换谁现在还没定呢。"

这时候有车要进门,在拦车杠前面打喇叭要求放行,老头儿急忙过去问人家找谁,车里的人回答了以后,老头儿便拨打对方要找的人家电话,请示主人让不让客人进去,直到主人同意了才抬杆放行。这时候又有车进来，老头儿却立刻抬杆放行，鼠目奇怪地问小老头："这台车你怎么不盘问？"

老头儿回答："看看车牌不就知道了，这是人大陈主任的车。"

"市领导的车你都认识吗？"

"不敢说都认识，也差不多，即便碰上不认识的车，还认识通行证嘛，凡是有机关大院通行证的都可以放行。"

"我也有台车，没有通行证，你可别拦我。"

"你不是住这院里吗？你出去的时候让我瞅一眼，下次就知道了。"

"好咧。谢谢你，大爷。"

跟门岗道别之后，鼠目跑到了孙国强家外面，开始原地做起早操来。

2

孙国强从家里出来，正要上车，看到了不远处正在做早操的鼠目。他没有马上上车，盯着鼠目观察，脸上的神色阴晴不定，犹豫了片刻才钻进车里。

陶仁贤穿戴整齐，提了提包出门，看到鼠目便跟他打招呼："老鼠兄弟，没上班啊？"

鼠目哭笑不得："好我的陶大姐，谁是老鼠？"

陶仁贤回答："你不是有个笔名叫什么老鼠、耗子的嘛。"

"既不是老鼠也不是耗子，是鼠目，鼠目寸光的鼠目。"

"你看我就没记错嘛，反正是跟老鼠有关。"

鼠目问："陶大姐，这么一大早您干吗去？"

"干吗，上班呀。谁能能像你们当记者的这么自由，想上班就上班，不想上班就不去。拜拜了，有时间到家里坐啊！"说完姗姗离去。

鼠目看着陶仁贤的背影，摇头苦笑："老鼠兄弟，老鼠兄弟，有创意，真

有创意。"

　　这时候,张大美也从家里出来,穿着运动衣运动鞋,手里捏了一把剑,在自家门前的庭院里目不斜视地开始舞剑。

3

　　赵吉乐穿着警服来到周文魁家敲门,周文魁的爱人吴敏开门:"哦,你啊,什么事?"

　　赵吉乐说:"没什么事,昨天看见你跟陶阿姨吵架挺生气的,今天过来看看您。周伯伯上班了?"

　　"上班了,我没事,这个大院里住的人谁怕谁呀。昨天我们家老周找你爸爸了,你爸爸为我们主持公道,批评了钱向阳。昨天晚上下班的时候,钱向阳碰到我们家老周,还给老周道歉了呢。"

　　"是吗?钱市长还真大度,其实这件事情肯定跟钱市长没关系。"

　　"我后来想一想,肯定也是这么回事儿,就是他们家那台手扶拖拉机横冲直撞乱突突。"

　　赵吉乐问:"你们家润发呢?上班了?"

　　"他上什么班,没人要,这阵儿还睡懒觉呢。"

　　"是吗?他不上班就靠你们养着?"

　　"有什么办法,他不像你大学毕业有出息,他连中学都没上完就不上了,给他找了几个工作都不好好干,不是让人家辞了就是他把人家辞了。唉,说起来愁死人了。"

　　赵吉乐说:"我昨天听陶阿姨说你们家润发抽大烟,真的吗?要是真的可得抓紧戒了,戒毒所有我的哥们儿,我给他们说说,让他们帮助照顾着没问题。"

　　"那个手扶拖拉机的话你也相信?没那回事,别听她瞎咧咧。"

"没有就好，吸毒那种事，能害得人家破人亡，可不敢掉以轻心。"

这时候，润发从楼上下来，精神不振，面色青黄，一看见赵吉乐穿了一身警服坐在那里，转身就跑。

吴敏跟在后面喊："润发，润发，见了人怎么不打招呼？这是你赵叔叔的儿子，又不是不认识，躲什么？"

润发在楼上死不吭声，赵吉乐起身告辞："别叫他了，可能他没洗脸刷牙不好意思见人，我走了，阿姨你今后有什么事需要我帮忙尽管说。"

赵吉乐从周文魁家出来，心里便已经明白了，从刚才润发的脸色和表现看，他吸毒是确定无疑的事实。走了几步之后，他掏出手机向广林子汇报："队长，现在基本可以确定周主席的儿子确实在吸毒。我见到他了，脸色青黄，刚刚起床就无精打采的，而且一见到我转身就跑，几乎是本能反应。对了，我是穿警服到他们家的。"

广林子说："好，这件事情先不要着急，你反正住在大院里，利用你的有利条件密切观察，如果他吸毒，肯定要跟外面的毒贩子联系，如果发现这方面的情况，你及时告诉我，我再跟缉毒处通报，看看他们怎么办。"

赵吉乐问："那我怎么办？就这么整天在大院里晾着？"

"晾着怎么了？不是让你休息，是让你工作，蹲坑监视，懂不懂？别人去了引人注意，别人也不愿意去，只有你这个宝贝能用在那种地方。"

"行吧，算我命苦，没想到住在这个大院里还得受这份罪。"

广林子哈哈大笑："算了吧，心满意足吧你，我想住那里也得有那个福气。多好，大门口有武警站岗，什么卫生费、物业管理费、治安管理费一概用不着交，每个月能省多少钱？"

"武警已经撤了，今后这点好处可能也不会有了，你也别羡慕了。"

"是吗？这就对了，别老想着搞特权，嘴上喊着实践三个代表、全心全意为人民服务，没给人民服什么务，全让人民为他们服务了。"

"你这话需不需要我向市委书记赵宽同志传达？"

"随你便，不过得加上一句：纯属个人观点，不代表本局立场。好

了，闲话少说，你要把目的很好地隐藏起来，对外就说身体不好公休呢。不论发现什么情况，随时汇报，需要支援立刻报告……"

广林子没有说完，赵吉乐却挂断了手机。他看见了鼠目。

4

鼠目聚精会神地欣赏张大美舞剑。张大美是受过这方面专门训练的，身姿曼妙、动作协调，一招一式张弛有度、节奏鲜明。这时候活动开了，张大美面带桃花，秀发飘逸，鼠目看得目醉神迷，忍不住连连鼓掌，惊动了张大美。

张大美停下来："哦，你呀。"

鼠目问："你认识我了？没错，就是我。"

"前两天你不是到我们家来找过我吗？我还记得，你是《海阳日报》的记者，叫什么来着，对了，李寸光，笔名鼠目。"

鼠目听她这么说又有些失望，再次提醒她："不对，我们以前就认识，还在一起喝过酒呢。"

张大美愕然："是吗？我怎么没有印象。"

"前几天晚上，在红月亮咖啡厅，你真的想不起来了？"

"是吗？我怎么一点儿印象也没有？"

"你难道不想知道是怎么回事吗？你什么时候有时间我想找你谈谈。"

"一会儿我要到公司去一趟，下午吧，你看怎么样？"

鼠目连忙说："好，一言为定，下午我到你家来找你。"

"随便，不过得到三点钟以后，我要睡午觉。"说完，张大美便转身回了家。

鼠目也转身往回走，赵吉乐凑了过来："舅舅，联络上了？有什么想法？"

"昨天你不是已经查清楚了吗？孙国强确实在张大美说的那个时段带着人到香港去了，出境名单里确实有一个女人，这足以从侧面证实张大美不是胡言乱语。今天下午我准备向她揭开这个盖子，看看她怎么解释她那天晚上说的话。"

"这就对了，这叫正面突破。不过你也得有充分的思想准备，也可能让人家赶出来。"

"赶就赶出来，当记者的脸皮不厚就别想抓住独家新闻。"

"抓住独家了你也发表不了。"

鼠目问："你不上班在这儿溜达什么？"

"我公休，这两天身体不太舒服。"

"别给我来这套，你壮得跟牛犊子似的，休什么？身体不舒服昨天中午一条鱼全都让你吃了，要是身体舒服，可能就得连我也吃了。"

"我胃口再好也不会吃你，我嫌臭。"

"滚开，你更臭。"

"好好好，滚开就滚开，但愿你别有什么事再麻烦我。"说完，赵吉乐真的扬长而去了。

鼠目站在原地沉思片刻，也回家了。

5

中午，孙国强带着三个人回家，一个四十多岁的中年人穿着讲究，看上去像老板，另外两个人穿着工装。

张大美奇怪地问："你平时中午不是不回来吗？我没做饭。他们来干什么？"

孙国强拍了拍中年人的肩膀："这是我从小在一起长大的哥们儿杜斌。"

杜斌朝张大美点头问好："嫂子你好。"

张大美也冲他点点头:"我好像没见过你,你怎么叫毒品?"

杜斌嘿嘿一笑:"我叫杜斌,不叫毒品。我小时候跟孙哥一起玩,过去一直在南边做生意,回来时间不长,所以没跟嫂子见过面。"

孙国强说:"家里的电路不太好,杜斌现在是大老板了,手下有工人,今天帮我们把电路整一整。你吃了没有?"

"我在公司吃过了才回来的。"

"我也吃过了,你休息你的,我们很快就完。"

张大美有几分疑惑地上楼休息去了。

孙国强问杜斌:"杜斌,今天听我老婆一说,我也觉得你的名字怪怪的,过去还真没这种感觉。"

杜斌回答:"过去中国哪有毒品?所以你也不会联想到那儿。孙哥,你在家里装这玩意儿监视谁啊?总不会是为了监视嫂子吧?"

"少废话,问那么多干吗?我装了自己玩不行吗?抓紧时间。"

杜斌便吩咐工人开始拉线路安装。

孙国强问杜斌:"我听别人都把你叫老板,你是干吗的老板?"

"当着你孙哥的面我是有啥说啥,我这个老板没有什么固定的业务,总之一句话,什么来钱干什么。"

"总不至于走私贩毒吧?"

杜斌咧咧嘴:"那倒不至于,我是有毒的不吃,犯法的不干。"

"这就对了,君子爱财取之有道嘛。"

杜斌哈哈笑了:"孙哥,从小跟在你屁股后面打架混闹,只有你我这种自小一起长大的哥们儿才可信。"

孙国强感叹道:"小时候的事儿现在想起来真跟一场梦一样。你在外面闯荡了这么多年,现在回来了,有什么需要帮忙的尽管说。"

"小时候咱们在一起混的那一帮里,现在最出息的就是你孙哥了,今后我还真少不了麻烦你,谁让你是大市长呢。"

孙国强强调:"是常务副市长。"

"按孙哥你的条件,当市长还不是迟早的事儿,如果你相信我,今后有任何不好自己出面办的事儿,吩咐下来老弟一句话,水里火里要是眉头皱一皱我就不姓杜。"

"这我知道,你从小就特仗义。"

两人说着话,工人便在楼上的走廊、楼梯还有客厅等部位都装上了探头。装好之后工人对杜斌说:"老板,装好了。"杜斌就请孙国强试用。

孙国强打开电视机,又打开了探头开关,电视机上便出现了室内的图像。孙国强转换了几个画面之后,满意地点点头:"不错,就这样了,多少钱?"

杜斌说:"干吗孙哥?骂我是不是?如果你再提钱字,我马上让他们拆了,然后咱们这半辈子的交情就到此为止了。"

孙国强哈哈一笑:"你看你,还是老毛病,好,好,不提钱字,今后有什么事尽管来找我,只要不违反法律,该办的我一定会帮忙。"

"我也一样,有什么事情不管违法还是合法,只要你孙哥一句话。"

孙国强问:"不提钱字,吃顿饭总没问题吧?"

杜斌谢绝:"今天不是吃饭的时候,我看嫂子有点不对劲,改日吧,改日我请你跟嫂子一起吃海鲜。今天就到这儿,还有这俩人也不方便。"

杜斌带着工人告辞了,孙国强到楼上的卧室看了看,张大美已经入睡,便悄悄下楼,打开监控摄像,然后出门上车离去。

6

周文魁的儿子周润发出门,朝大街走去,赵吉乐在不远处跟踪。周润发上了公共汽车,赵吉乐没上车,拦了一辆出租跟在公共汽车的后面。

出租车司机问:"先生上哪儿?"

"跟上前头那辆公共汽车。"

司机点点头,没再多问。

公共汽车走了几站路之后,在商业集中的中山大道停靠,周润发下了车。赵吉乐连忙让出租车停车,下车后跟了上去。周润发在中山大道闲溜,东瞅西看,摇摇晃晃地走着。赵吉乐在街对面的橱窗附近观察他。

周润发溜着溜着,转弯走进了僻静的小巷之中。小巷里有擦皮鞋的摊子,周润发凑过去坐在了擦皮鞋的小凳子上。

擦皮鞋的问:"先生,您擦鞋?"

周润发愁眉苦脸:"擦你妈的蛋。"

擦皮鞋的笑笑:"又断顿了?"

周润发气哼哼地说:"不断顿我他妈的跑你这个破地方干吗。"

"这好办,钱呢?"

"钱也好办,料呢?"

"料谁敢带在身上,你只要把钱准备好,晚上还是老地方,我给你送过去。"

"晚上?那现在呢?"

擦皮鞋的摊摊手:"那我可没办法了。"

周润发无奈:"好吧,那就晚上,老地方。"

"唉,你们这些好这一口的有时候真的挺可怜,来,我这还有一根烟,加料的,你先顶顶,晚上我一准儿去。说好了,要绝对保证安全,不然你今后就再没得用了。"

周润发接过他递来的烟,迫不及待地点燃,拼命吸了起来。

赵吉乐在巷子的转角处打电话:"队长,那小子接头了,上家是畅家巷里一个擦皮鞋的。"

广林子问:"他们交易了没有?"

"看样子没有,可能是没带钱,也可能是没带货。这小子抽烟呢,抽得很凶,肯定是带料的。"

"你盯着,我马上派人过去接替你,人没到之前如果他们分手,你别管一号目标,就是那个润发,死盯擦皮鞋的,擦皮鞋的定为二号目标。"

"是,没事我挂了。"挂了电话之后,赵吉乐看到润发已经朝转角这边走来,连忙钻进一家小店,等到润发过去之后,又急忙出来回到街角,看到那个擦皮鞋的仍在那儿等生意,这才松了一口气。

7

孙国强家,张大美起床后正在洗脸,听到敲门声,便下楼开门,来人是鼠目。

张大美说:"你来了,请进,先坐一会儿,我马上就好。"

鼠目便坐在客厅的沙发上。

张大美在楼上喊:"你要是没事儿,先看看电视吧。"

鼠目便打开电视胡乱按着遥控器,蓦地画面上出现了张大美家的客厅,鼠目看到了自己的坐在沙发上的样子,呆若木鸡。这时候张大美从楼上下来了,鼠目急忙关掉电视,正襟危坐,忐忑不安。

张大美问:"你喝什么?"

鼠目回答:"谢谢,我啥也不想喝。"

张大美看着他的样子挺好笑:"你那么紧张干吗?"

"我不太习惯在别人家里谈事,今天下午你真的没什么事吗?"

"没关系,你说吧,想跟我谈什么?"

"也没什么重要事,就是想看看你最近身体怎么样。"

张大美奇怪了,怔怔地看了他一阵儿:"我?身体最近怎么样?好着呢,向来就这个样儿。我记得你是记者,不是医生啊!"

"那就好,那就好。我提个建议你看好不好,外面天气这么好,坐在家里谈话就是对老天爷的恩赐不恭敬,咱们换个地方好不好?"

张大美看着鼠目,眼里流露出了好奇的神情,想了想说:"好啊,对

老天爷的恩赐谁也不敢不恭敬，你说吧，到哪儿？"

鼠目提议："到江滨茶楼怎么样？喝茶、观景、聊天、享受阳光，多惬意。"

"可以啊，反正我下午已经把时间安排给了你，你稍等，我上去换件衣服。"

"我去开车，过来接你。"

"你还有车啊？停哪儿了？"

"就在这院里，马上就过来。"

"好吧，你快点，别让我在门口等你。"

鼠目连忙起身："很快很快，你还没换好衣服我就能过来。"说着就离开了张大美家。

出得门来，鼠目长吁一口气："我的妈啊，感谢老天爷，这哪里是家，纯粹是台湾特务联络站嘛。"

8

鼠目开着他那辆老式桑塔纳，张大美坐在他身边，不住地抽鼻子。鼠目问道："怎么了？车里有味道吗？"

张大美回答："是有一股味道，我好像在什么地方闻到过。"

"你肯定闻到过，你看那个香水瓶，我加的是茉莉香型，你没有印象吗？"

"我怎么会有印象？我又没坐过你的车。"

"你没坐过我的车，怎么会闻到这个味道就感到熟悉呢？"

"不会吧，这种茉莉香型的香水总不会只有你有吧。"

"茉莉香型的香水很多，放到我车里的却只有这一瓶，这一瓶的味道跟我车里的味道混合起来，就成了独一无二的味道了。"

张大美若有所思，又用力地抽了抽鼻子："有道理，可是我还是不相信我坐过你的车。"

"我要跟你谈的就是你坐我车的事，还要给你讲一个丈夫骗妻子的钱，妻子谋杀丈夫的故事。"

张大美惊讶："你说的什么话，你这个人怎么神神秘秘的，身上有鬼气。"

"说实话，真正有鬼气的是你们家，我这个人向来光明正大，有什么事自己知道了还不算，还得写出来让大家都知道。你注意了没有？我们，不，应该是你们大院的门岗已经换成了看门的老头，不再是武警战士了。"

张大美问："我看到了，这有什么？跟你说的话有什么关系？"

"这预示着一个重大问题，那就是市委市政府已经认识到了，常委大院应该跟老百姓的居住社区一样，不再享受特权待遇，这就是我的结论，明天关于这个问题的文章就见报了，作者就是鄙人。"

"这也没什么不对，我的问题是，你凭什么说我们家有鬼气？"

"因为我是人，才能感到你们家有鬼气。"

张大美气恼："你这是什么话，难道我就不是人了？你再胡说八道就停车，我回家。"

"我的故事还没讲，你舍得不听那么好听的故事吗？你不想知道自己什么时候坐过我的车吗？"

"我什么也不想听，你停车，我回家。"

"好了，我道歉，我说话反动，不应该说你们家有鬼气，还不是你先说我有鬼气的。好了好了，像你这么美丽的女人不应该生气，也不应该大笑，生气和大笑都是对不起老天爷。"

张大美是女人，女人最抗不住的就是别人称赞自己漂亮、美丽，张大美口气软了，追问道："我不美丽，不过你说我不应该大笑也不应该生气，大笑跟生气为什么就对不起老天爷了？"

鼠目解释:"据科学研究,人大笑的时候,在脸上可以形成五至七条皱纹,额头上三至四条,嘴唇边上两至四条,经常大笑这些皱纹就会逐步固定下来,影响人的形象。生气就更要不得了,生气是容貌的杀手,人生气的时候脸部肌肉紧张,形成更加细密的褶皱,这些褶皱人肉眼看不清楚,但是对容貌的破坏极大,经常生气会导致面部肌肉粗糙,面部皮肤粗糙,还会导致眼球外张,逐步成为蛤蟆眼。你想,老天爷对你这么好,给了你这么漂亮的容貌,你不珍惜,动不动生气,破坏老天爷的作品,不就是对不起老天爷吗?"

张大美扑哧一声笑了,却又连忙忍住:"你这个人啊,真是油嘴滑舌,油腔滑调,真不愧是当记者的。"

鼠目把车停靠在路边:"从现在开始我不油嘴滑舌,也不油腔滑调了,我要严肃认真地给你讲个故事,到了,下车吧。"

两个人下车,鼠目把车停好,又反复检查了两遍,打开防盗器才领头往江堤上走。

张大美说:"你挺细心的,那么谨慎,车锁了还要检查两遍。"

"我是有教训的,还是谨慎点好。"说着,两人来到江堤上的江滨茶楼,入内选了一个靠窗的座位坐下。窗外江面宽阔,江水滔滔,蓝天白云,江鸥盘旋,顿时让人神清气爽,心旷神怡。

张大美没有入座,扶着栏杆眺望着江水、蓝天,感叹:"今天不管你跟我谈什么,我都要感谢你带我来这里。"

鼠目问:"你喝什么茶?"

"随便,你喝什么我就喝什么。"

"那就来最便宜的。"

张大美笑了:"你这个人真有意思,哪有这么公开要最便宜的?也不怕让人笑话。小姐,把你们的报价单拿过来我看看。"然后指点着说,"要这种武夷山大红袍。"

鼠目故作惊讶:"我的妈呀,这一壶茶就得我半个月的工资。"

"这么好的景色,又有你这么好的谈友,理应来一壶好茶,没关系,我埋单。"

"你骂人,我还不至于连这一壶茶钱都不值,这么好的景色,这么好的天气,这么美丽的女子陪我聊天,我再连一壶茶钱都不出,那就是我对不起老天爷了。"

服务员去泡茶了,鼠目又说:"说实话,今天我也该请你喝一壶好茶,那天晚上在红月亮咖啡厅,你刚开始喝的白开水,后来又跟我抢着喝廉价啤酒,现在想起来我都脸红,怎么能让你喝白开水、廉价啤酒呢。"

张大美目瞪口呆:"你这是瞎编的还是真事?我听你说过好几次红月亮咖啡厅了,你是不是瞎编逗我玩呢?"

鼠目正色作答:"不管我是油腔滑调,还是油嘴滑舌,那都是说话的外在形式,我以人格保证,从你上车开始,我说的每一句话都是真实可靠,有据可查的。"

张大美看着他郑重其事的神情,怔住了。

9

赵吉乐跟在擦皮鞋的后面,擦皮鞋的提着他的家什在小巷子里头七折八弯地走着,然后来到了大街上,看样子在等车。

赵吉乐的电话响了,他急忙接听:"我在中山大道……"抬头四周看了看,"明目眼镜店这里,你快点,那小子可能要坐车。"

擦皮鞋的却没坐车,等了一阵儿又开始往回走,赵吉乐急忙钻进了明目眼镜店,脸朝内,通过店里的镜子监视着擦皮鞋的。赵吉乐看到了前来接应自己的同伴,急忙冲了出去,对同伴说:"同志,对个火。"

同伴给他点烟,赵吉乐示意:"就那个擦皮鞋的,挺贼,扯着我转悠了半天也没动真格的。"

同伴说:"广林子说了,这里的目标交给我,让你立刻返回大院,看润发是不是回去了,如果没回去,想办法闹清楚他在什么地方。"

赵吉乐嘱咐:"那你可得放灵醒点,别让这小子脱套了。"

"没问题,小张也来了,双保险。"

"那我就走了,我跟了半下午,再跟这小子就有可能惊了。"说完,招手拦了一辆出租匆匆离去。

10

江滨茶楼,服务员开始给他们沏茶。又有服务员端来了一些瓜子、云片糕、酥麻糖之类的茶点。鼠目问服务员:"这些东西我们没要啊。"

"我们老板说了,先生的费用全免,是我们老板请客。"

鼠目愣了:"你们老板?请客?为什么?"

一个西装革履、油头粉面的瘦子过来打招呼:"您好,我是这里的经理,请多多关照。"说着递上名片,给了鼠目和张大美一人一张。

鼠目接过名片看了看,仍然不认识人家:"对不起,我这记性……"

经理说:"不是您记性不好,是您确实没见过我,可是我却见过您。那天晚上您让交警堵住了要罚款,我也在旁边看热闹,这才知道您就是著名记者鼠目。去年一伙台湾人要低价收购我们,我们不同意,台湾人收买了市旅游局的局长,旅游局就借口说要维护江滨整体风貌,要把我们茶楼拆除变卖。后来您写了一篇《国营茶楼为江滨增色》的文章,替我们说了公平话,市政府出面干预,还查处了市旅游局领导的贪污腐败问题,才把我们这个茶楼保了下来。我们至今还属于国有企业,也是全市服务行业唯一一家保留下来的国有资产了,如果茶楼让台湾人低价收购了,不但国有资产流失,我们大部分人都面临着下岗回家的命运。现在您看,我们的茶楼经过改革整顿,效益大增,还成了海阳市的著名景点之一,这一切都要感谢您。您是我们请都请不来的客人，能招待您我们太荣幸了。"

鼠目让经理吹捧得满面红光，在张大美面前有了大大的面子，腰杆挺得更直了，嘴上却连连谦虚："没什么，我不过就是个靠写字谋生的穷记者，主持公道，伸张正义是我的义务。你们千万不要感谢我，该交的钱还是得交，不然我不成了假公济私嘛。"

经理说："那不成，要是我收你的钱，下一次竞争经理的时候我们的员工就该投我的反对票了。就这样定了，这事没商量。"说完又对服务员说："你们好好照顾鼠目记者，让他看看我们国营服务行业也有优质服务，服务好了说不定鼠目记者还能写稿子表扬你们，让你们的大名出现在《海阳日报》上呢。鼠目记者，您自便，我不打扰您了。"经理点头哈腰地告辞，服务员边为他们沏茶边抿着嘴乐。

鼠目对服务员说："小姐，你别乐了，我知道你在笑我的名字。我的真名叫李寸光，一寸光阴一寸金懂不懂？鼠目只是我的笔名。"

对着这位著名大记者，服务员不敢乱搭腔，只是连连点头。

鼠目又吩咐道："你去照顾别的人吧，我们自己来。"

服务员知道这是人家要说话让她回避，便姿态优雅地鞠了一躬离开，让他们可以随意说话。

张大美在鼠目跟茶楼经理交谈的过程中一直没有说话，这时候才说："你的名气还挺大的嘛，可以算作名记了。"

"名记不敢当，《海阳日报》这种地方报纸能出什么名记，我就是干的时间久一些，写的东西多一些，名字在报纸上出现的频率高一点，没啥了不起。你要是干这一行肯定比我还强。"

"好了，我们就别互相吹捧了，你不是要讲故事吗？讲吧。"

鼠目便说："刚才这位经理也说了，那天晚上我让交警给堵住了要罚款，就是那天晚上他认得我的，我也是那天晚上认得你的，你信不信？"

"真的？我怎么会一点印象都没有？这真让人难以置信。"

"那我就从头说起。"

"那我就洗耳恭听。"

鼠目说:"那天晚上,这个茶楼经理刚刚也说过,我开车有点犯规,有个警察把我堵住了,要处罚。我好容易把警察对付走了,开车刚刚走了没几步,就发现车里好像还有一个人,我朝后视镜看了一眼,果然后面坐了一个女人,真把我吓坏了。"

"真的?那个女人是谁?"

鼠目盯着她的脸,想看明白她到底是真的不知道还是假装的,跟前几次一样,他从张大美的脸上没有找到答案,只好继续往下说:"我停下车,也不敢跟她说话,当时天已经黑透了,我真以为自己遇上鬼了。我小时候奶奶告诉我,要是碰上鬼千万别吱声,一张口说话鬼就把人的魂吸走了。我当时僵在那里,不知道该怎么办才好。这时候那个女的倒说话了,你猜猜她说的第一句话是什么?"

张大美听得入神,想了想说:"她想搭你的车?"

"她说,她杀人了。"

"不会吧,她杀人了找你干吗?"

"对呀,她杀人了找我干吗?当时我就告诉她了,她没理我的茬,告诉我说她杀的是她丈夫。"

张大美问:"即便她杀的是她丈夫,找你干吗?你跟她过去是不是认识?"

"我过去要是认识她,我能那么害怕吗?我当时也想不通她告诉我这些干吗,结果她说她刚才听我告诉警察说我是记者,就坐到了我的车上,想跟我聊聊。你刚才下车的时候不是问我为什么那么谨慎,车都锁了为什么还要反复检查,我就是那一回吓出来的毛病,每次停车不检查两遍心里就不安稳。"鼠目说话的过程中一直紧紧盯着张大美的脸,观察她的反应。

张大美拈了一块芝麻糖放到嘴里品尝着,说:"你别老盯着我看好不好?我脸上的皮肤都让你盯得发紧。"

"我对你说话看着别处,就像这样,"说着,鼠目做了个动作,夸张地把眼睛看着一旁,"你又该说我轻蔑你了,别人看着还以为我不是跟你置气就是向你求爱呢。"

张大美又让他给说笑了："你这个人真有趣，行了行了，你愿意咋样就咋样，继续讲你的故事吧。"

鼠目便接着往下讲："我当时也挺害怕的，如果她真是个杀人犯，而且是个杀了自己丈夫的杀人犯，我不知道她找我的真实目的是什么，也不知道如果我违逆了她的意志她会不会对我也行凶，所以我只好答应了她。为了安全起见，征得她的同意之后，我跟她一起到了红月亮咖啡厅，那里人多一些，地段也繁华，附近就是公安分局，万一她凶性发作，紧急避险的成功率更高。"

张大美说："你是胡诌吧？你说过几次跟我在红月亮咖啡厅聊过天，你是不是跟所有的女人都在红月亮咖啡厅聊过天？"

鼠目不回答，按照自己的思路继续讲："后来，那个女人告诉我，她丈夫包养了一个女人，还跟那个女人生了一个孩子。趁到香港出差的机会，带着那个女人到澳门赌博，输了四百多万，用公款顶账，回来后把她辛辛苦苦挣的钱都骗去填赌账窟窿了。考虑到自己跟丈夫已经有了孩子，考虑到自己的家庭，再加上她丈夫痛心疾首地承认错误，请求她原谅，她默默地咽下了这颗苦果。可是，那天下午她回家却在枕头上发现了另外一个女人的头发，她丈夫居然把属于她的最后一块精神净土也给玷污了，这让她怒不可遏，于是……哎，你怎么了？是不是哪里不舒服？"

张大美泪流满面，神色凄婉，浑身颤抖，显然经受了强烈的刺激和打击。

11

周文魁家，润发神色阴晴不定，犹豫片刻，对吴敏说："妈，给我点钱。"

吴敏问："又要钱干吗？前两天才给了你三百，都干吗用了？"

"我有用，急用。"

"不行，你爸爸虽然是政协主席，可也是工薪阶层，把我挣的加上每个月也不过三四千块，哪够你这么挥霍？就算是百万富翁像你这么花钱也受不了。"

"我真的有急用，你们就我一个儿子，留着钱准备带到棺材里去啊？现在死了连棺材都没有，你们想带到骨灰盒里去啊？"

吴敏气得怒骂："放屁，你这话是人说的吗？你说，你要钱干吗？给你的钱都花到哪儿去了？"

"我在外面交朋友、应酬，能不花钱吗？还有，我这么大的人了，身上没有钱出去谁看得起？"

"你有本事自己去挣，这么大的人了，还整天伸手向父母要钱，这个大院里你掰着手指头数数，有没有第二个。"

"我也想挣，跟你要钱不就是为了挣钱吗？挣钱不得有本钱，没本钱挣个屁。"

"你别跟我说这些了，那天我跟钱向阳他老婆吵架，他老婆公开说你抽大烟吸毒，我跟你爸爸这张老脸让你当成鞋底子了。"

润发暴怒，冲到厨房拿起菜刀作势要朝外面冲，吴敏急忙拦住他："你要干吗？不要命了？"

"我去把她全家都给灭了，你让开，让开，不然我连你一起灭，大家都死了就都干净了，省得你跟着他们怀疑我。"

吴敏抱着他瘫软到地上："润发啊，妈求求你了，千万不能啊！妈这一辈子就你这么一个儿子，你要是有个三长两短，妈活着还有什么意思啊！你别闹了，妈求求你了。"

"那你给我钱。"

这时候，周文魁下班在外面开锁，周文魁老婆急忙起来对儿子说："快，你爸爸回来了，别让他看见你这个样子。"

"狗屁爸爸，窝囊样儿，现在哪个当官的家里没有几百上千万，还用得着过这种紧巴日子？没用的窝囊废。"骂归骂，润发还是把菜刀放到了桌上。

吴敏急忙从身上掏出钱包，正要数出几张给他，他却一把将钱包里的钞票全部抢了过去，然后一溜烟地跑到了楼上。

12

江滨茶楼，鼠目关切地对张大美说："你要是不舒服，我们就回去吧，要不要送你去医院看看？"

张大美摇摇头："算了，我不想回家，也不想在这儿待着，我们出去走走吧。"

"好，那我们就出去走走。"说罢，鼠目叫来服务员埋单。

服务员连忙谢绝："我们经理说了，谁收您的钱就扣谁的奖金。"

鼠目说："那就算了，我可不是舍不得花钱，是怕你们扣奖金。"

从茶楼出来，两个人沿着江岸漫步。黄昏时分，城市已经开始睁开夜眼，斑斑点点的灯光映照在江面上，五彩缤纷，斑斓多姿。

面对良辰美景，张大美却神色黯然，默默无语，片刻才幽幽地说："你刚才说的哪些是真的，哪些是你杜撰出来的？"

"事实是残酷的，可是我们每个人都得面对事实。"

"难道我那天晚上真的做了那样的事情？我为什么会一点儿都想不起来呢？"

"也许你当时处于一种非正常状态，比如说梦游。我现在要问的是，刚才我说的那些，也就是你告诉我的那些事情，哪些是真的，哪些是假的。"

张大美喃喃自语："噩梦，噩梦，一个让人恨不得去死的噩梦。"

13

赵吉乐躲在花丛中监视周文魁家,夜幕降临,寒风飕飕,赵吉乐衣着单薄,被冻得瑟瑟发抖。他紧抱双臂,喃喃咒骂:"这个王八蛋,要干吗快干啊!冻死老子了,饿死人了。"这时候,赵吉乐的手机来了信息,他打开手机,信息是广林子发过来的:"密切关注目标,擦皮鞋的身份已经查清,就是一个毒贩子。今晚他们有可能行动,缉毒处派人过去配合你。"

赵吉乐关掉手机,喃喃自语:"他妈的,缉毒处派人有什么用,还不如肯德基派个送外卖的更解决我的实际问题。"想了想赶紧给广林子返回一条信息:"带吃的过来,我已经饿瘪了。"

14

鼠目对张大美说:"有什么事咱们慢慢说,时间不早了,该吃点东西了。"

张大美漠然道:"随便你。"

"那就先找个地方吃饭,你对湘菜有没有兴趣?我知道一家湘菜馆,剁椒鱼头做得地道。"

"我无所谓。"

坐进汽车之后,鼠目发动着汽车,张大美问鼠目:"你今天给我说这些,目的是什么?"

鼠目反问:"那么,你承认我说的都是真的了?"

"孙国强那些事情是真的,可是我无法确定到底是不是像你说的那样,孙国强那些事情是我告诉你的。还有,我真的说我把孙国强杀了吗?"

鼠目:"这很好证明,那天晚上我向公安局报了案,刑警队带着你回家勘察现场,结果既没找到尸体也没找到凶器。后来你爱人就回来了,公安局估计你精神上有毛病，我就跟孙国强带着你到康复医院就诊。医生说你是长期患有忧郁症，因为受了刺激导致的臆想和幻觉，给你打了大剂量的镇静剂，天亮的时候是我跟孙国强把你送回家的。"

张大美若有所思："难怪那天我醒过来孙国强逼着问我给赵书记的小舅子、那个记者说什么了。哦，我明白了，你就是赵书记的小舅子，难怪你能方便地进出我们大院呢。"

"这就已经证明你确实给我说过那些事情了。如果你还不相信，可以到康复医院找医生查病历，再不行也可以到公安局刑警队查查，他们有报案和出警记录。"

张大美明白，用不着调查，自己确实在神志不清的情况下，碰到鼠目给他讲过那些话，不然孙国强也不会在她刚刚清醒过来的时候就气急败坏地追问她给鼠目说过些什么。

"这些事情你给别人说过没有？"张大美问鼠目。

鼠目犹豫片刻，认为在这个时候还是撒谎比较好，就肯定地摇摇头："没有，我绝对没有对任何人说过。"撒过谎，又补充了一句，"不过你是不是在那种状态下，除了我还给别人说过我就不清楚了。"他这样说是为了给自己留一条后路，万一赵吉乐把这件事情告诉了别人，他可以推说张大美自己也告诉过别人，反正张大美自己也弄不清自己到底告诉过几个人。

张大美冷冷地问："你现在打算怎么样？"

"这个问题应该是我问你，你打算怎么样？"

张大美没有吱声，扭过脸看着窗外的街景，鼠目瞥了她一眼，她白玉般的脸上挂了一行清泪，显得楚楚可怜。鼠目的心颤抖了，男人对女人怜悯很容易转变成爱意，女人对男人崇拜很容易变成爱慕。鼠目不是个不懂世事的傻小子，从第一次见到张大美的时候，他便已经因她的凄美和遭遇而开始牵肠挂肚。就在这一瞬间，他忽然惊醒了，他知道，自己爱上了这个叫张大美，实际上也确实很美的女人。他在心底长长叹息了一声，他知道，自己在最不适当的时间爱上了最不适合爱的人。

领导不敢办的事最难办

1

政协主席周文魁来到江滨茶楼,服务员迎上去问:"先生喝茶吗?请问几位?"

周文魁回答:"我等人。"然后找了一张比较背静的桌子坐了下来。

片刻,周文魁的前妻上楼,四处张望着,看到他便走了过来。

周文魁起身迎接:"来了?坐吧。"

前妻坐到了他的对面,周文魁招手叫来服务员:"上两杯茶吧,要茉莉花的。"

前妻拒绝道:"我喝一杯白开水就行了。"

"我记得你以前不是就爱喝茉莉花茶吗?"

"那是以前,现在我只喝白开水。"

周文魁对服务员说:"还是来两杯茉莉花茶吧。"

服务员走了,周文魁从包里拿出一个牛皮档案袋递给前妻:"这是四万块,足够小文四年大学的开销了。"

前妻愣了:"你不是说你没钱吗?这钱是哪儿来的?"

"你就别管了,是我借的。"

"不可能,我知道你的为人,让你张口向人借钱比让你吃屎还难,而且一借就是这么多。你老实说,这钱是哪儿来的?"

"再难也比让你跟在屁股后面、堵在脸前面折腾好受。其实你大可不必那样，小文上大学需要学费，你打个电话告诉我就成了，有必要闹得沸沸扬扬、满城风雨吗？你别忘了，小文是我的儿子。"

"你的儿子早在十年前就让你抛弃了，还有我。"

"咱们别提这件事好不好？事情已经过去这么多年了，后悔也来不及了。"

"你后悔什么？现在你多好，小老婆搂着，小儿子领着，政协主席当着，要风有风、要雨有雨……"

周文魁叹道："我后悔的是这一辈子根本就不应该结婚，不管是跟你还是跟她。好了，钱也给你了，你好好准备小文上学的事吧，再有什么问题给我打电话，别再直接找我了，算我求你了，不是顾我的脸面，是顾你自己的脸面。好了，我走了。"

前妻说："你等等。"

周文魁站下："还有什么事？"

"我的工作安排了，在海阳酒店收款记账，谢谢你了。"

"别谢我，那是赵书记安排的。"

前妻问："我听说你的小儿子吸毒，有没有这回事？你可得抓紧给他戒了。"

周文魁说："天要下雨，娘要嫁人。唉，儿孙自有儿孙福，父母何必做马牛。他吸不吸毒我都懒得管了，"扭头叫服务员，"服务员，埋单。"

服务员过来说："先生，一共二十块。"

周文魁掏出钱付账，然后走了出去。

2

周文魁回到家里，正好碰到润发鬼鬼祟祟地从楼上下来。润发看到周文魁，也不搭话，顺着墙边想溜到门口出去。

周文魁喊住了他："站住，天都黑了干吗去？"

"出去办点事,你不也刚刚才回来吗?"

"你有什么事可办?老老实实在家待着,哪儿也不准去。"

"这是家,不是监狱,你也不是监狱长,我有事就得出去。"

"你整天不务正业,无所事事,天一黑就来精神往外跑,我看你就不像个好人。哪儿也不准去。"

"你管不着我。"

"我是你爸,我就得管你。"

"我没爸,我是私生子。"

"胡说八道,我是你爸,你妈是你妈,你怎么是私生子了?"

"谁不知道,你跟我妈没结婚就偷偷生下了我,那时候你有老婆孩子,你说我不是私生子是什么?你也不会是为了要我这个私生子才跟我妈鬼混吧?我是你不小心留下的罪证。别装出一本正经的样子,恶心。"

周文魁气得跳起来,挥舞着拖鞋扑了过去:"你个畜生,我打死你。"

润发奋起反抗,可是由于吸毒体力太差,虽然年轻却也不是周文魁的对手,招架不住连连败退,身上、头上已经挨了好几下。这时候,他突然倒地,手脚抽搐,口吐白沫。

周文魁顿时吓坏了,连忙叫他老婆:"你快来看看,这是怎么了。"

吴敏看到这个情景手忙脚乱,指挥周文魁:"快呀,打'120'叫急救车啊!你把他怎么了?怎么弄成了这个样子?你就是看不上我们娘儿俩,就是千方百计想把我们娘儿俩都逼死、害死,你好和你的大老婆破镜重圆是不是?润发要是有个三长两短,我跟你没完,我要一把火烧了你这个狗窝。润发,润发,你醒醒,醒醒啊!别吓唬妈。"

周文魁跑去给"120"打电话,润发却乘机翻身坐起,推开他母亲一溜烟地跑了。

周文魁跟他老婆都愣了,吴敏还要追出去,周文魁叹息着说:"算了,随他去吧,这个人已经无可救药了。"

吴敏号啕大哭起来:"我的老天爷啊!你这是要我的命啊……"

3

　　餐馆里,鼠目埋头大吃,狼吞虎咽,胃口极佳。张大美坐在他的对面,脸上愁云密布,用筷子数着米粒,一点胃口也没有。鼠目抬头见张大美没有吃什么,就劝慰她:"吃吧,人是铁,饭是钢,一顿不吃饿得慌。天大的事情也得吃饱了才能办。"

　　张大美问他:"你到底想干什么?"

　　"我是记者,我的义务就是知道真相,并告诉读者,这你应该明白。同样,我也要问你,你到底想干什么?"

　　"我想杀了他,已经杀过了。"

　　"我懂了,你的意思是说,孙国强在你心中已经死了?"

　　张大美点点头。

　　鼠目说:"可是他还活着,他的罪行还没有得到应有的制裁。挪用巨额公款、重婚,都是要受法律制裁的。如果在你的心中他已经死了,你长期跟一个死人生活在一起可能也不会舒服吧。"

　　张大美问:"那你说我应该怎么做?举报他?揭发他?跟他离婚?"

　　鼠目连连点头:"对呀,这些都是你应该做的。"

　　"我已经没有那个力气了。"

　　"你是不是还爱着他,不忍心?"

　　"你会爱一个死人,而且是一个死得很难看的人吗?这跟爱无关,我说过了,我已经没有力气了。"

　　"没有力气是什么意思?"

　　"因为我也死了。"

　　"你跟他同归于尽了,是吗?可笑啊可笑,为一个背叛你、诈骗你的人殉葬,真傻。"

　　"那你说我能怎么做?他是我孩子的父亲,我难道要让我的孩子有一

个把他父亲送进监狱的母亲吗？"

"嗯，一方是正义和法律，另一方是道义和伦理，确实是一个两难选择。但是，我对孙国强却没有道义责任，更没有伦理关系，这件事我来做。"

"你准备怎么做？举报？在报纸上公开这件事情？"

"还没想好，不过在报纸上公开报道现在还不可能，像他这一级的干部，犯罪事实得经过司法机关的认定，起码也得立案受审，否则一般的新闻媒体是不会报道的。"

"如果他主动投案自首，你估计能不能从轻处理？"

"肯定能，主动投案自首可以减轻刑罚，坦白从宽，抗拒从严嘛，这是我们国家法律规定的基本原则之一。可是，他的犯罪事实是挪用公款参与赌博，况且还有重婚罪，想免除刑罚肯定是不可能的，只是多判几年和少判几年的区别。"

张大美埋头不语，做出了进食的样子，实际上只是在用筷子艰难地往嘴里填送米粒，鼠目则继续狼吞虎咽。

张大美问："你会不会直接把这件事情告诉你姐夫？"

鼠目断然道："不会，绝对不会，我不希望他参与到这件事情里头去，我也从来不跟他说我的采访计划。"

"这么说，你把今天跟我的谈话当做一次采访吗？"

"可以这么说，更准确地说应该是对你上一次的谈话作一次复核。"

张大美又不吭声了，也不再进食，专注地看着鼠目吃喝。

鼠目抬头问她："你怎么不吃了？"

"我现在的情况换作你，你还能有这么一副好胃口吗？"

"这倒也是，如果我举报他了，你会怎么做？"

"我什么也不会做。我只是希望你在举报之前能给我一个机会。"

"什么机会？"

"我想做两件事：一是跟他离婚，那样就免得他进了监狱之后我再跟他离婚，别人说我寡恩薄义。二是给我一点时间，让我劝他自首。"

"我得考虑考虑，我现在能回答你的就是，你跟他离婚我坚决支持，如果这方面需要我做什么，我会全力以赴的。我现在要提醒你的是，八成你会徒劳无功，因为我相信孙国强不是一个会主动投案自首的人。"

"那也只好听天由命了，该做的我还是会去做的。"

鼠目追问张大美："你什么时候提出离婚要求？"

"尽快吧，你为什么对这件事情这么关心？"

"很简单，如果你跟他离婚了，我就可以向你求婚了。"

张大美瞠目结舌："你对一个有夫之妇说这种话，不是冒犯也是轻蔑，我认为你对我很不尊重。"

"正因为我很尊重你，我才这么直言不讳。你不应该说自己是一个有夫之妇，你只不过是跟一个男人有着法律关系的女人而已，而且这种法律关系很快就要解除了。夫妇，什么是夫妇？除了那张证明一男一女之间法律关系的纸以外，更重要的感情、责任、义务和忠诚，你跟孙国强之间还有这些夫妇之间必不可少的要素吗？除了那张证明你之间法律关系的纸，你们还能算夫妻吗？你们不但不是夫妻，还是仇敌。"

张大美怔怔地看着他，竭力做出不高兴的样子说："你历来对女士说话都是这么口无遮拦、随心所欲吗？"

鼠目坦然自若地盯着张大美的眼睛说："那倒不是，我说话还是有分寸的，今天的话只不过是说出一个你也承认却不敢说出来的事实而已。"

"对不起，对此我毫无思想准备，我想我该回家了。"

"那也好，你从今天起就应该对这件事情有思想准备了。"说完，对服务员招呼："服务员，埋单。"

两个人从餐馆出来，坐进车里之后，一时都默默无语，气氛反倒有些尴尬。鼠目发动汽车，张大美眼睛看着窗外，不敢朝鼠目看。鼠目瞟了她一眼，故作轻松地说："你别紧张嘛，对你来说这是好事，有男人爱慕你，愿意嫁给你，你应该高兴。当然，答不答应是另一回事，总不至于因为有人爱你你反而不高兴吧?"

张大美扑哧笑了:"你想嫁给我?"

"你要是不愿意让我嫁给你,还有一个好办法。"

张大美好奇地问:"还有什么办法?"

"你嫁给我。"

4

赵吉乐跟过来增援的缉毒警察一起蹲守。赵吉乐狼吞虎咽地吃着汉堡包,喝着矿泉水,缉毒警察拿了一个夜视仪监视着远处的老槐树。

赵吉乐抱怨道:"真他妈的把我饿惨了,你再晚来一会儿我就昏过去了。这么多年没尝过挨饿的滋味了,挨饿的承受力越来越差了。"

缉毒警察目不转睛,赵吉乐凑过去:"你们缉毒处到底不一样,比我们刑警队的装备强多了,夜视仪,够现代化的,听说美国大兵就有这玩意儿,来,让我看看。"

缉毒警察把夜视仪交给了赵吉乐:"工作性质不同,装备也就不同嘛。你们刑警都是案子发了以后再破案,后发制人。我们缉毒警察讲究的是事先控制,线索追踪,要求在发案之前就破案,所以往往有一些特殊行动,装备也就比你们多了一些。"

赵吉乐用夜视仪看着远处:"行了吧,哪有没发案先破案的?"

缉毒警察解释道:"如果毒贩子已经把货发出去了,毒品已经开始泛滥了,我们再破案那就晚了,即便案子破了,也不知道有多少人已经受到了毒品的危害,所以我们的原则是尽量事先控制案犯,在他正在作案的时候下手。"

"你说得有点道理,这小子蹲在那干吗呢?这么半天了他也真能捺得住劲。"

"他捺什么劲？他是在等送货的呢。就是不知道这小子买点料自己用，还是以卖养吸，既买也卖。"说着，缉毒警察用对讲机跟别人联系，"目标一直在等待，你们那边情况怎么样？"

对方报告："还在兜圈子，我们密切监控，有情况随时跟你们联系。"

这时候，鼠目的汽车开进了大院，灯光划破了夜空，照亮了花丛，赵吉乐急忙跟缉毒警察俯下身去。汽车过去了，赵吉乐用夜视仪看去，汽车停在了孙国强家门前，鼠目下车，殷勤地替张大美开车门。

赵吉乐疑惑地自言自语："他还真行，这么容易就挂上了。"

5

张大美下车说："谢谢你了，进来坐坐吧？"

鼠目谢绝道："不了，我怕让你们家的监控摄像拍下来。"

"你说啥呢，什么监控摄像？"

"你真的不知道？我还以为你知道，你们家装了摄像监控，今天下午我来找你的时候偶然发现的，我还以为你们家是为了防盗呢。"

"不可能，我怎么不知道？"

"你打开电视，用 AV 频道看看就明白了。还有，如果看不见你就打开录像机，看看是不是录上了。你真的不知道？那这里头就有文章了。"

张大美顾不上再跟他说什么，扭头跑回家里。

6

张大美回到家里，顾不上换鞋脱外衣，立刻打开电视，不停按着遥控器。片刻，电视机画面上果然显示出了客厅的画面。张大美脸色大变，然后又打开录像机，倒带重放，画面上出现了下午鼠目到她家里坐在客厅等她的画面。张大美怒火中烧，摔掉了遥控器，拔掉了电视机电缆，又把所有视频设备的线路拽得一塌糊涂。

这时候，孙国强像一个幽灵，静悄悄地从楼上下来，在一旁看着张大美。张大美猛然回头被孙国强吓了一跳："你像个鬼似的站在那里干吗？"

孙国强嘿嘿冷笑："咱们家确实有鬼，不过那不是我。"

张大美冷然质问："孙国强，家里的摄像头是谁装的？"

"你的反侦查能力很强啊，中午刚装下午你就发现了，我也没必要瞒你，是我装的。"

"你到底想干什么？你要监视谁？监视我吗？"

"你没做亏心事就别怕别人监视你。"

"我没做什么亏心事，起码迄今为止没有做过任何亏心事，倒是你，还有什么资格说这种话？我看见你就恶心。"

"我还没说恶心你呢，江滨茶楼够浪漫啊，你跟赵宽的小舅子、那个记者干吗去了？"

"我跟他在研究该不该把你送进监狱。"

孙国强脸色大变："你把我的事告诉他了？"

"要想人不知，除非己莫为，我奉劝你好自为之吧！要想自己还有后半生，最好主动到该去的地方把一切都说清楚，别把心思放在装摄像头上。如果说在这之前我对你还有一丝怜悯，那么，从现在开始，你在我的心里一文不值，你太卑鄙了，跟你挪用公款、骗我的钱，在外面养姘头、生私生子相比，你今天的所作所为更下作、更无耻。我劝你离开这座房子，不然我就离开。"

"我凭什么离开？这是我的家，户主、房主都是我。"

"那好，你就当你的户主、房主吧，我永远也不想再看到你那副卑鄙无耻的嘴脸。"说完，张大美冲到了楼上。

孙国强坐到沙发上，点燃一支烟吸了起来，脸色阴沉，神情沮丧，他蓦然醒悟，自己又做了一件蠢事。

片刻，张大美提着一个旅行箱从楼上下来，孙国强见她果真要走，这才急了，连忙起身拦截："你干吗？这么晚了你上哪儿去？"

张大美甩开他："滚开，脏东西。"

孙国强拉扯她："你不准走，你到底想干什么？"

"你放心，我绝对不会出面控告你，但是你也绝对不会有好下场，因为你的路已经走到头了，等待你的只有一扇大门，那就是监狱的大门。"

孙国强突然跪了下来："大美，你别走，有话好商量，我向你承认，一切都是我的错，我彻底错了，我对不起你，你给我一个改过的机会好不好？"

"晚了，如果说在今天之前我还有所顾忌，对你还有所怜悯，那么，真正错了的是我，我不该对你这样下流卑鄙的小人心软。让开，你真让我恶心。"

张大美冲出了屋子，让她没有想到的是鼠目还在外面等着她，见她出来，鼠目迎上前去接过她的旅行箱放进了汽车的后座，然后搀扶张大美上车："我送你，不论到哪儿。"

张大美上了车，鼠目立刻发动汽车起步。

孙国强追了出来，看到眼前这一幕，恨得咬牙切齿，骂了一声："王八蛋，混账。"

7

赵吉乐远远看着发生在孙国强家门前的事情，喃喃自语："什么毛病，送到了怎么又给接走了？"

缉毒警察说："你干什么呢？机器不是让你用来观景的，快盯着目标。"

赵吉乐把镜头转向了大槐树，润发像个乞丐，蜷缩着坐在大树下面，正在拼命抽烟，烟头的光亮在大树下的阴影里一闪一闪。

这时候，对讲机传来了声音："注意，目标向三号大院靠近，有可能跟你们的目标接头，密切关注目标动态。"

缉毒警察回应道："目标没有行动，仍然在大树下面抽烟。"

8

鼠目开车，张大美坐在身边啜泣。鼠目劝慰："别哭了，这一步是迟早的事儿。你看过易卜生的话剧《娜拉》吗？也有翻译成《玩偶之家》的。"

张大美回答："没看过，听说过，好像是一个女人离家出走的故事。"

"你知道娜拉，就是那个女人为什么出走吗？"

"不知道，这跟我有什么关系？"

"你跟娜拉有共同点，都离家出走了。现在也面临着一个共同的问题，那就是到哪里去？也就是说今后怎么办。"

张大美沉默，因为这个问题她还没有想好。

鼠目问："那你眼下准备到哪儿去？"

张大美依然沉默。

鼠目提议："先找个地方住下来好不好？"

张大美这才说："那就找个旅店吧。"

"你再没有房子了吗？"

"连车都卖了，哪里还有房子？"

"你要是不嫌弃的话，就先住到我家去，房钱就省下来了。"

张大美看了看他，有些迟疑。

鼠目又说："我不敢保证我每件事情都做得对，可是我敢保证我是一个正人君子，而且，我现在也不在家住，我住在我姐姐家。"

"那好吧，谢谢了。"

9

赵吉乐跟缉毒警察仍然在蹲坑,监视着润发的动静。这时候,对讲机又传来了消息:"目标已经到达常委大院,请密切关注。"

片刻,润发居然开始爬树,爬到了那棵大槐树的中间,在枝杈中隐藏了起来。赵吉乐哑然失笑:"这帮浑蛋倒真会找地方。"

缉毒警察说:"什么叫灯下黑?这就叫灯下黑,谁能想到,谁敢想象,毒贩子把常委大院当成了交易市场。"

说话间,就见两个黑影从墙外的树枝上攀爬过来。赵吉乐急忙报告:"目标已经会合,正在进行交易,请示下一步行动。"

10

公安局林局长办公室,缉毒处王处长和广林子正在向林局长汇报案情:"估计毒贩是要在大院的槐树上进行交易,我们请求采取行动立即拘捕。"

林局长说:"这帮人怎么想到跑到那儿办这种事去了?得慎重从事。"

广林子说:"根据我们掌握的情况,政协周主席的儿子吸毒,因而跟这帮人有交情。现在不知道的是,他们仅仅是给周主席的儿子送货,还是借机在那里从事大笔交易。"

林局长问:"怎么又牵扯上周主席的儿子了?更得慎重了。老王,你的意见呢?"

缉毒处王处长说:"按照我们一般的做法,应该在他们交易正在进行的时候实施抓捕,做到人赃俱获,不然取证定案有一定的难度。"

林局长说:"这么说非得在那个大院里实施抓捕了?可别像上一次抓

什么杀人犯一样，非说孙副市长让他老婆杀了，兴师动众地闹腾了半夜，结果是个假案，至今大院里的人见了我还拿我开玩笑呢。"

广林子说："上一回闹了那么一出我真怕了，影响确实太大了。"

王处长也有些犹豫："这种事情谁也不敢说有百分之百的把握。如果他们并没有在那儿交易，仅仅是在那儿讨价还价，或者人家周主席的儿子根本就不是吸毒者，那我们就被动了。"

林局长问广林子："你们说人家周主席的儿子吸毒，有什么确凿的证据没有？"

广林子也开始怀疑自己了："这倒没有，是赵吉乐说的。"

林局长又问："他这么说的根据是什么？"

广林子回答："上一回钱市长的家里报案，说她家儿媳妇晚上回家看到院里那棵大槐树上有三个人，那三个人看见她发现了，就掏刀子恐吓她。赵吉乐到现场勘察的时候，发现树枝上有散落的白色粉状物，然后我们就送到技术分析室化验，结论是三级海洛因……"

林局长问："三级是什么意思？"

王处长解释道："三级就是掺杂了面粉的低纯度海洛因，这一般是毒贩子终端销售的货，他们的行话叫料，流向市场的海洛因一般也都是这种，掺假主要是多蒙那些吸毒者的钱。"

林局长骂道："他妈的，贩毒的也有假冒伪劣，后来呢？"

这时候，王处长手里的对讲机传来汇报声："一号报告，他们已经在树上会面，请示，是否采取行动。"王处长看着林局长，林局长摆摆手，王处长便回复："继续监视，没有命令不准行动。"

广林子说："根据掌握的情况分析，那天晚上在树上肯定是毒贩子在做交易。那天周主席的老婆跟钱市长的老婆在大院里吵架骂仗，赵吉乐去劝架的时候，听到钱市长的老婆说周主席的儿子抽大烟，抽大烟这种说法是老百姓对吸毒的称呼，其实现在的吸毒者已经不抽大烟了，一般都是吸食海洛因。于是赵吉乐专门去看了看周主席的儿子，根据他的气色、面容和种种表现，我们判断他就是吸毒者。"

林局长说："又是赵吉乐，上一回不就是他闹出来的笑话吗？这一回他仅仅凭看了人家一眼就说人家在吸毒，人家要是有病，比如说黄疸型肝炎、肺结核，还有好多种病症气色都不好，难道都怀疑人家吸毒？"

广林子有些尴尬，看看王处长，意思是说，你是行家，你来说。王处长也挺滑头，对他的暗示假作不见，硬是不吱声，装闷葫芦。

林局长想了想说："这样吧，今天晚上对周主席的儿子先不要采取行动，对那两个人严密监控，如果确实需要抓捕，也要等他们离开大院以后再行动，最好是能通过这两个人钓出他们的上家。"

王处长听了林局长的话之后眉头微皱，显得有难言之隐。

林局长察觉了，问他："老王有什么问题吗？"

王处长说："就怕他们离开交易现场之后，即便抓捕也难拿到证据。"

林局长说："这就是你们的事了，有本事就给我交一份圆满的答卷。"

两个人只好告辞出来，出得门来，王处长摇摇头："这活不好干。"

广林子说："活该，谁让你不帮我说话。唉，咱们局座啥都好，就是太惧上，一提起常委大院就犯病。"

王处长问："犯什么病？"

"头晕、腿软、舌头短。出了孙国强那桩事以后，病情加重了。"

"我看你在局座面前也有这个症状。"

"去个屁，你的症状更严重。"

王处长笑笑："我那是下级服从上级，尊重领导。"说完，用对讲机给蹲守的警察下达命令："听好了，不准在现场实施抓捕，对那个叫润发的暂时不要动，密切监控另外两个，随时报告他们的情况。"

听到这个指示，缉毒警察愕然："处座，你说放了他们？"

"谁说放了？让你们密切监控，看看他们从哪儿取货，谁给他们供货，放长线钓大鱼，懂了吗？"

"是，懂了。"

"记住,一定要给我盯死了,要是把线断了我砸你的饭碗。"

缉毒警察对赵吉乐:"我们这一行最讲究的就是人赃俱获,现在不让抓,看来常委大院真的不一般,这帮家伙真挑了个好地方。"

赵吉乐问:"这跟常委大院有什么关系?"

"要不是在常委大院里,通常情况下我们早就动手掏鸟了,还不是怕我们动手有动静惊吓了领导。"

"也不一定,你没听你们处长说要追查他们的供货上家吗?"

缉毒警察密切观察的那几个人,对赵吉乐说:"你来看看,这几个家伙好像吵起来了。"

赵吉乐连忙凑到了夜视仪跟前。

11

大槐树上,润发愤愤不平:"你们他妈的真没劲,怎么又涨了?我这五百块钱就闹这么一小捏捏,蒙我呢还是宰我呢?"

擦皮鞋的说:"你别这么说,现在抓得紧,走货越来越难,都是流水,谁也不敢存货,物以稀为贵么嘛。"

旁边的毒贩子说:"少啰唆,就这个价,要还是不要?说实话,就凭你这几个破钱,我都不值当跑这一趟。"

润发骂道:"你他妈说话客气点,别忘了这是啥地方。"

毒贩子说:"什么地方?哎呀我的妈呀,吓死我了,你他妈以为你是谁?少他妈在我面前充高干子弟,你是什么东西?活死人一个。离开我们你一天都活不下去,快说话,就这个价,要还是不要?不要我们马上走人。"

擦皮鞋的从中调和:"都别激动嘛,润发,别生气。"又对毒贩子说:"华哥,你也别生气,生意再小它也是生意不是?今天晚上就算你过来逛了一趟。这样吧,看在我的面上,润发最近手头确实有点紧,咱们也不能眼看着老客户为难断顿吧？你就让一步，对你来说不就是多赚几个少赚几个的事吗？对润发来说可就是能不能活下去的事了。"

毒贩子说："这件事倒不是没有商量头，可是我最讨厌的就是这小子动不动跟我耍公子哥儿脾气。官场上的人认你是主席公子，我们在道上混的认你老大贵姓？别说你了，就是你老子亲自来了，想要货也得拿钱来，一分也不能少。黑天半夜天寒地冻的，我不能白跑，价钱降下来了，别的方面补偿补偿也行。"

润发的毒瘾已经遏制不住了，开始瑟瑟发抖，鼻涕眼泪一起往下流："你说，你快说呀，怎么补偿。"

擦皮鞋的朝毒贩子挤挤眼睛："华哥，您带没带烟？先给润发一根，让他熬过这一阵儿有事就好商量了。"

毒贩子从兜里掏出一盒烟，挑挑拣拣地掏出一支递给润发："给，先顶一阵儿。"

润发彻底软了，双手接过烟，连连道谢，迫不及待地点燃，拼命吸了起来。

毒贩子说："我倒发现这地方真是个好地方，安静，安全，就是这树上待着不得劲，要是能有间房子就更好了。"

擦皮鞋的说："华哥，您这就找对人了，润发家就在这院里，两层小楼，房子有的是，今后在他们家安排见面，既安全又舒服，您说对不对？"

润发正在过瘾，人家说啥他都点头应承："对，没问题。"

毒贩子说："这还差不多，像个兄弟的样儿。这样吧，今后你从我这儿拿货，我给你打八折，今天晚上你五百块钱我给你两捏，怎么样？"

擦皮鞋的说："华哥真够意思，那可就是打六折了，还不赶快谢谢华哥。"

润发含糊地说："谢谢华哥。"

毒贩子说："那就说好了，你在家里想办法给我们弄一间房子，今后就到你们家会面。"

润发已经过完瘾，头脑也有些清醒了："要是让我爸我妈发现不就全完了？"

毒贩子说："他们发现啥？我们跟你都是同学朋友，没事来找你聊天玩，他们能知道啥？再说了，他们白天都得上班，整个家还不都是你一个的？没事。给，这是今天晚上的货，咱们一言为定啊。"

润发急忙接过两个小塑料袋："谢谢华哥。"

擦皮鞋的说："那就一言为定，别忘了给钱啊。"

润发连忙掏出钱来，数也不数都给了毒贩子。毒贩子却非常认真地数着，还用手指捏着检查是不是假币，确定无疑了才装进了兜里："什么时候你爸你妈上班了之后，你给我发个信息，我就过来陪你玩，也算认认门，你说好不好？"

润发说："好吧。"

毒贩子对擦皮鞋的说："我们走。"

两个人又顺着树干爬出了围墙。

12

赵吉乐有些着急："他们散伙了，动不动手？"

缉毒警察连忙请示："他们已经分手了，二号目标两人正在离开，一号目标还没动窝，动不动手？"

王处长指示："不要轻举妄动，有人监控二号目标，你们继续监控一号目标。"

赵吉乐说："看，这小子也走了。"

远远地可以看到，润发从树上爬下来回家了。

缉毒警察报告："一号目标已经回家。"

王处长吩咐："你继续监视，赵吉乐可以休息了。"

赵吉乐得意了:"哥们儿,辛苦了,我真得回去睡一会儿了,你说,几点来替换你?"

"心不苦命苦,你就别管我了,你今天整整跟了一天,我才来多大会儿,你好好休息吧。"

"哥们儿,真够意思,就凭你这句话,来,我给你找个地方,不冷,还舒服。"

"什么地方?观察方便不?"

"好地方,走。"

缉毒警察半信半疑地跟着他走,赵吉乐把他领到了自己家。

缉毒警察问:"这是什么地方?"

"我家。"

"这不合适吧?别惊扰了你老爸老妈,再说了,这个位置也不好观察啊。"

"你别管,跟我上来就成了。"说着,赵吉乐悄悄用钥匙打开门,把缉毒警察让了进去,然后领着缉毒警察上楼,来到鼠目占据的房间:"你朝窗户外头看看,视野怎么样?"

缉毒警察朝窗户外头看了看:"这个角度位置很好,正对这那家门口。"

"我给你泡壶茶,你边喝着边盯着,我真得睡一会儿了,下半夜我换你。"

缉毒警察非常感激:"你就睡个整觉吧,今天晚上都交给我了,明天白天你再接手。"

"那可不成,广林子知道了非得骂死我,说我欺负人,说不定还得扣我奖金呢。好了,别客气了,天下警察是一家,刑警、毒警更是哥兄弟,我去给你泡茶去。"说着,赵吉乐下楼泡茶去了。

缉毒警察哭笑不得地摇摇头:"毒警,毒警,你可真会给我们起名字。"

没人挑头反对，
有人背后挑碴

1

钱向阳跟陶仁贤已经躺到了床上，陶仁贤掐了钱向阳一把："你说啊，到底怎么回事？赵宽说我干吗？"

钱向阳说："你就是狗肚子存不住二两酥油。书记提了你一句你看你激动的，是不是也要心潮起伏、夜不能寐，欣然命笔写上一段什么？"

"你给我说说嘛，是不是赵宽又拿我说事，找你麻烦了？"

"那倒不是，这几天门岗换了你见着了吧？"

"见着了啊，不就是武警撤了，换成了一个看大门的老头儿吗？让我说早就应该这样了，咱们这是居家过日子的地方，又不是军事要地，更不是国家机关，大门口老笔挺笔挺地站着武警，出来进去有时候真的不得劲。"

"赵宽没看错，这方面你还真是他的知音。这只是大院管理改革的第一步，今后还要逐步实行社区化管理，那个时候就得由这个院里的居民组成居民委员会……"

陶仁贤插话："我们向来不是归紫苑路街道办事处管吗？怎么又要成立居委会了？"

钱向阳解释："名义上我们归紫苑路居街道办事处管，可是人家哪敢管、哪能管到这个院里？过去门口有武警站岗，内务由机关事务管理局一手操办，街道办事处根本就插不进手来。前段时间机关事务管理局跟街道办事处协商这个大院的管理问题，人家根本就不愿意接手，说我们这个大院里都是特殊居民，怕难缠，伺候不了我们，建议我们组建一个自治性的社区管理委员会，实行居民委员会的管理职能和服务职能，也就是说让我们自己管理自己。"

"那哪儿成，这个大院里的人都是让别人伺候惯了的，机关事务管理局不管了，那卫生、绿化、治安、宣传，还有计划生育、灭蚊灭鼠、公共设施维修这些事谁来干？"

"人家说了，建议我们走社区化管理的路子，进行招标，请物业公司给我们提供服务。"

"那倒也好，听说有的小区物业公司管得可好了，保安站岗巡逻，卫生、绿化搞得可美了。"

"那是要花钱的，你愿意花钱雇物业公司啊？"

"该花就花呗，别人能花得起咱们也花得起，别人花不起咱们也花不起。"

"难怪赵宽看上你了，还真没看错。"

"说了半天，你还没告诉我他说我啥了。"

"他说啊，要是咱们大院组建居民委员会或者社区管理委员会，主任这个人选你最适合，他就投票选你。说到这儿我倒想起来了，过去你不是搞过社会主义大院吗？"

"社会主义大院跟现在的社区管理不一样，社会主义大院不用居民掏钱，现在干啥都得掏钱。对了，他没说为什么我最适合？"

"说了，人家说你热心，有文化，还有组织能力，反正就是你最合适。"

"他给你说这些干吗？"

"那还用问，他想让你干呗。"

"别胡扯了，他一个市委书记还能管到这个大院的居委会来？你愿不愿意让我干？"

"我当然不愿意让你干了，明摆着这是麻烦事。就说请物业公司吧，到时候大院里的人家就都得交物业费，这些人都是白吃白用惯了的，猛然间让他们掏钱，谁能痛快？万一物业公司服务不好，住户不交物业费，中间

就得居委会协调，到时候麻烦事还不都落到居委会主任的头上。"

陶仁贤一下子从床上坐了起来："你说得也不全对，你在这个大院里住了这么长时间，对这个大院里的人行事做派还不了解？这个院里的人哪，表面上都得装个有修养、讲文明的样儿，特顾面子。上面定了的事情，即便心里不高兴，谁也不会出面挑头反对。就拿这几天来说吧，没有武警站岗了，肯定有人心里不舒服，可是谁也不流露出来。所以啊，要是真的实行社区化管理，物业公司请来了，让他们交管理费，谁也不会挑头不交。可是他们会挑碴儿，对东面不满意了，他不会直接说东面的事，非得在西面或者南面挑点毛病说事儿，要是真让我管，我还真能治住他们。"

钱向阳劝道："你真想当那个芝麻官啊？你千万别给自己，也别给家里找麻烦。我已经回绝老赵了，我说你有工作，脱不开身。"

"那他怎么说？"

"他也没说啥。"

陶仁贤钻进了被窝，思摸着说："这个赵宽真的挺有意思，前两天还为我跟周文魁家的事找你麻烦，今天怎么又表扬起我来了？那你怎么不问问他，你不是说我们家陶仁贤惹是生非吗？"

"人家可没那么说，那是我说的。赵宽说，那件事情你的出发点和用心还是好的，就是做法欠妥，影响了邻里关系，对班子建设也有副作用，让我约束约束你。"

"难怪人家能当书记，你只能当市长，人家说得就是比你有道理。说我惹是生非，你不惹是生非，可是你没正义感，没有同情心。"

"怎么说着说着又批判起我来了？不跟你说了，睡觉睡觉。"说着，钱向阳拉灭了灯。

陶仁贤的狗在外面抓挠着卧室的门，陶仁贤起身想放狗进来，看看钱向阳，又打消了念头，用被子捂住了脑袋。

2

这里是"新闻小区",鼠目的家就在这里。这片房子原来是公房,海阳市新闻媒体单位的工作人员房子大都分在这里,百姓们就习惯地把这里称为"新闻小区",并不是这个小区的人特别能制造新闻。后来推行房改,成立社区,就用"新闻小区"作了这里的正式名称。

鼠目把张大美接到了自己家里,手忙脚乱地收拾着房间,对张大美不好意思地解释:"没想到您会来住,有点乱,你稍微等一等,马上就好。"张大美动手帮他收拾房间,鼠目乘机扔下手里的抹布,连忙来到卧室,匆匆忙忙地换床单、被套和枕巾。张大美收拾完外间,跟进卧室看了看,卧室放着一张单人床,床头前扔着鞋袜,脏衣服堆在床旁边的椅子上。墙上贴着一些汽车、摩托车的图片。

鼠目不好意思地自我解嘲:"单身汉的房间就这样,看出来了吧?这里缺少一个女主人。"

张大美问:"你一直单身?"

"那倒也不是,结过婚,人家嫌我鼻子不够高,皮肤不够白,汗毛不够长,光会说中国话,就跟我拜拜了,嫁了一个美国人,自己把自己出口了。"

"有多长时间了?"

"五六年了,现在人家可能连混血儿都制造出一堆了。"

"时间也不短了,你怎么没有再成个家?是不是有什么别的原因?"

"也没什么特别的原因,没有遇上值得嫁的人吧。我相信缘分,缘分没到。"

张大美欲言又止,然后把他的脏袜子、脏衣服集中起来拿到了外面的走廊上。

鼠目说:"你就先委屈一下,缺什么明天再说,我去烧点开水。"

"我来吧。"

"还是我来,你不熟。"

鼠目烧好开水,才想起来问张大美:"你喝什么?可乐、啤酒我这儿都有。"

"既然有开水就泡点茶吧。"

"好,我去泡。"

鼠目给张大美泡了一杯茶,也给自己泡了一杯,两个人坐在沙发上沉默了,一时都不知道该说什么了。鼠目油条一点儿,还是他先找到了话头:"我这里你可以长期住下去,我姐姐家房间多,老盼着我去住,那边我也可以长期住下。"

张大美把茶杯捧在手里,像是在暖手,突然问鼠目:"你说你曾经跟孙国强把我送到康复医院看病,我记得康复医院是精神病院啊。"

"到那儿看病的也不见得都是精神病,现在的医院嘛,只要能挣钱,啥病都敢治,也不管自己到底能不能治。"

张大美追问:"医生说没说我的病是怎么回事?"

"说了,你过去长期有忧郁症,最近可能受到了什么刺激,所以变成了暂时性的轻度癔症,有点像梦游,在这种状态下容易产生幻觉和臆想,好好休息一下就没事了。"

"我说呢,你说我告诉你杀人了,又说我跟你在一起喝咖啡,我怎么一点儿印象都没有。我除了你说的那些话之外,还说什么没有?"

鼠目坏坏一笑:"别的倒没说啥,就是说想把孙国强蹬了,再找一个像我这样的。"

张大美笑骂:"滚开,一听就是胡编的。"

"哎呀,我的妈呀,你可算笑出来了。"

张大美说:"你刚才在路上问我今后怎么办,其实也没什么办的,路都已经摊在了面前,只能顺着走下去。第一,我不能出面揭发举报孙国强,原因我已经说过了。第二,我要和他离婚,不说他骗光了我辛辛苦苦挣的钱,就凭他包养二奶,而且还生了一个孩子,我就已经不可能再跟他过下去了。这就是我今后的路子。"

鼠目说:"我再替你补充两点:第三,你对他恨之入骨,做梦都想杀了他,他对你也是充满戒心,甚至在家里安装监控摄像,这种极端对立的感情还怎么在一个屋檐下生活?第四,你跟他离了,就彻底解脱了自己,重新面对人生,如果把我的因素考虑进去,就等于你再一次得到了青春,你应该感到庆幸,多好的事儿。"

张大美瞪了他一眼,摇摇头:"我真搞不懂你这个人,你怎么能这么轻飘飘地说出这么严肃的话题?你说话的这种方式和态度,没有让我感受到你对我的诚意,只觉得你天生就是一个胡说八道、口无遮拦、随心所欲,对自己的话从来就没有负过责任的人。"

"我的天哪,你怎么这样看我?说明你不了解我。我是记者,我认为该说的话我就说。我二十岁那一年就已经发过誓,我要是真的爱上一个女人,我就要直截了当地告诉她,你说这有什么?又不是什么罪过,连错误都够不上,有什么不敢说的?你难道真的不知道自己很美吗?在这个时候我对你说这种你认为很不尊重的话,还有一个作用,那就是能增加你的自信,让你更加有信心面对即将到来的美好的新生活。"

"比我年轻漂亮的女人有的是。"

"可是只有你那么强烈地刺激了我。"

"我怎么刺激了?"

"黑天半夜的,你突然毫无声息地出现在我的车上,当时我还以为遇上幽灵了,要不是我的神经系统坚强完美,可能当时就尿出来了。你遇见我的第一句话就是告诉我,你杀人了。我再一次让你吓了个半死。要是你,遇到这种情况,受到的刺激还不够强烈吗?应该说是震撼,那天晚上你给我的感觉我这一生再也无法磨灭了。"

张大美提醒道:"别忘了,我已经是有孩子的中年妇女了,你说的这种刺激啊、震撼啊,好像跟爱情婚姻无关。"

"表面上看起来无关,也可能正是这种强烈的刺激唤醒了我神经系统

和感情盲区。"

"什么神经系统感情盲区,你又瞎编呢?"

"你懂不懂电脑?"

"懂一点儿,会上网,能打字。"

"懂一点儿就好,你知道,电脑有一些程序在使用的时候必须要输入密码或者其他引导程序激活才行,我被前妻抛弃以后,可能就像电脑遇到了非法操作,导致系统死机一样,对男女之情麻木了。过去也没少结识异性,不是觉得这不行就是觉得那不行,总之,就是没有那种心跳的感觉,原因就是那方面的程序没有激活。那天晚上突然被你激活了,这可能就是缘分吧。不然,那么多的人,为什么你就偏偏要上我的车,而且稀里糊涂把最保密的隐私都告诉我了呢?你想想是不是这么回事儿?"

张大美摇摇头:"那天晚上连我自己也说不清到底是怎么回事,所以只能由你说由你解释了。我现在很清醒,我知道我已经是中年妇女,有一个儿子,而且在目前这种形势下,也不适合谈这种事情。"

"我那天晚上听你说你儿子在国外,你儿子多大了?"

张大美脸上露出了柔情:"今年十五岁了,他初中还没毕业我们就把他送出去了。"

"肯定是学习太差劲,在国内混不下去了,跑到国外混文凭,当留学垃圾去了。"

张大美很不高兴:"你怎么这么说?"

"难道不是吗?据我所知,很多家长就是因为自己的孩子在国内学习比不过别人,又要争面子,就把孩子小小的送出去,既能避免孩子在同学中因为学习不好而丧失自信,又能给自己脸上贴一层金。其实垃圾到哪儿都是垃圾,所以国外把这种小留学生叫留学垃圾。"

张大美真的生气了:"我不想跟你讨论我儿子的问题,我儿子也不是垃圾。当着一个母亲的面说人家的孩子是垃圾的人自己才是垃圾。"

鼠目却好像没有听到张大美的话,管自掰着手指头算账:"十五岁,比我小二十五岁,根据年龄我给他当爸爸够资格了。"

张大美愤怒了:"没有别的事情您请吧,我要休息了。"俗话说,老公都是别人的好,孩子都是自己的好,鼠目这样贬低张大美的儿子,犯了大忌,难怪张大美要认真生气。

鼠目意识到自己犯了一个小错误,连忙解释开脱自己:"你别生气嘛,看来你太不习惯听别人说真话了,我并没有污蔑贬低你儿子的意思,垃圾本身没有罪过,罪过应该由制造垃圾的人承担。我的意思是,你们再有钱,也不应该把孩子那么小就送出去,这是对孩子极不负责任的一种做法。我要是能给你儿子当父亲,我就绝对不让他离开我那么远,我要亲自把他培养成一个有用之才。把教育孩子的责任交给别人,能放心吗?"

"也可能你说得有道理,不管你本意是什么,我现在都要休息了。"

鼠目知道自己真的惹恼了张大美,讪讪地告辞:"对不起,我这个人说话从来就是这样,直言不讳,不合中国国情,所以我四十多岁了混到今天还是个记者,你休息吧,我不打搅您了。水我已经给你烧好了,你洗澡的时候最好把电源插头拔了再洗,避免触电。再见,我走了。对了,这是钥匙,给你留一把,你出来进去的方便。"说着把房门钥匙交给了张大美。

他这体贴入微的关心又让张大美有些感动,张大美送他到门口:"对不起,我心情不好,可能你说得有道理,不管怎么说,我都应该谢谢你。"

3

孙国强家,孙国强恼怒地冲着电话那头的人发火:"杜斌,你带来的那俩人什么破水平?装那个破东西还没用就让人家发现了,搞得我很被动。"

杜斌说:"没事,我派人过去给你重装一下,这一次搞隐蔽点。"

"重装什么,已经让人家发现了,重装也没用了,算了,这事也不

怪你。"孙国强扔下电话，躺在床上抽烟，烟头明灭闪动，把他的脸映照得阴森变形，活像恐怖片里的幽灵。突然，他从床上跳起来，拨通了电话，想了想，按下了电话，一会儿又拿出手机重新拨打。

电话通了，孙国强说："臧主任吗？我是孙国强，怎么这么半天才接电话？"

臧主任是海阳市驻香港办事处的主任，也就是他带了孙国强到澳门豪赌，结果孙国强忘乎所以输了四百多万人民币。

臧主任说："我的好孙市长，你看看现在几点了。"

"你他妈还睡得着觉，这边出事了。"

"怎么了？严重吗？"

"那件事情现在已经露出去了。"

"露到哪儿去了？"

"这你就别管了，我问你，你那边的账抹平了没有？"

"你放心，我是通过香港一家公司走的账，正常往来款，啥事没有。"

"不行，人家顺着资金往来路线一查，你啥也说不清楚，到时候你跟我一起完蛋。要把账彻底销毁，不留任何痕迹。"

"孙市长，销毁财务账目是犯法的。"

"故意销毁才是犯法，你别故意销毁，制造点意外事故不就成了？我算让你这个王八蛋毁了，好好的你他妈领我跑赌场里干吗去了？这件事情你办不好我先把你送进去。"

"您放心，我马上就办，保证一点痕迹不留。另外，您也别太紧张了，挪用公款的是我，又不是您，您自己掏钱把窟窿补上了，这跟贪污受贿是有本质区别的，即便查出来，你也不过就是不该到赌场赌博，我可是挪用公款，真正倒霉的是我。"

"你明白就行，马上按我说的，把屁股给我擦得干干净净的。"说完，孙国强挂断电话，躺到床上，又点燃了一支烟，旁边的烟灰缸里烟头几乎溢了出来。

4

鼠目出门下楼，开了车回家。进大院门的时候看门的老头儿果然记住了他的车牌号，见到他的车二话不说抬起栏杆放行，鼠目朝他挥挥手表示感谢。车子停到了楼下，天已经很晚了，鼠目蹑手蹑脚地上楼，来到自己的房间开门进去，冷不防见到房里有一个人正拿着夜视仪朝外面窥探，吓了一跳："你是谁？要干吗？"

对方也吓了一跳，反问道："你是谁？要干吗？"

"我是这间房子的主人，你是谁？小偷？"

"我是警察，你是不是赵吉乐的舅舅？我在执行任务，打扰你了，对不起。"

"啊！吓了我一跳，我还以为进来贼了呢。你忙你的，我没事，没事。"说着退了出来，然后来到赵吉乐的房间，推开门闯入。赵吉乐正睡得香甜，鼠目把他从被窝里拽起来："去去去，回你的屋睡去。"

赵吉乐被从梦境从惊醒，稀里糊涂听话地朝外头走，走到门口才明白过来，懵头懵脑地问："这就是我的屋子啊，三更半夜的你闹啥。"

"临时换房了，你陪你的同事，我睡这间屋了。"

赵吉乐问："你不是领着孙国强的老婆跑了吗？怎么又回来了？我以为你不回来了。"

"屁话，我是那种勾引良家妇女私奔的人吗？快去吧，我困了，要睡觉，你总不能自己睡得舒舒服服，让我陪你那位鬼鬼祟祟的同事吧？"说着三把两把脱了衣服，钻进了赵吉乐的被窝。

赵吉乐无奈地叹息："有你这么一个舅舅是我人生最大的不幸。"然后披上外衣，来到了鼠目的房间，对缉毒警察说："哥们儿，你睡一会儿吧。"

缉毒警察说："没关系，说好了下半夜换班。"

"那我就接着睡。"说着，赵吉乐爬到鼠目的床上，拉开被子倒头便睡，片刻就响起了鼾声。

5

赵宽家,赵宽洗漱已毕下楼吃饭,他并不知道昨天晚上家里发生了什么。这时候,李寸心也从楼上下来,两人吃早餐的时候,赵宽说:"寸心,你今天去不去医院?要是去我抽时间陪你。"

"再过几天吧,等课题评审结论出来了我再去,那时候我心里就没牵挂了,可以安心住院治病了。现在即便我住院了也待不住,更难受。"

赵宽问:"最近一段时间你觉得怎么样?"

"说来也怪,可能是前段时间赶得太急了,这段时间松懈下来,身体倒觉得好了,昨天我称了一下,体重还增加了。"

"那就好,医生说了,抓紧时间做肝移植手术,你还是大有治愈的可能的。"

"肝移植?那得多少钱啊。"

"咱们家总动员,没问题,这方面你就别操心了。"

"那肝脏来源呢?谁能好好地把肝脏割下来给别人?"

赵宽解释:"我问过医生,他说,肝脏具有免疫特惠器官的性质,供、受者的选择配型不如其他器官移植那么严格,因此肝脏移植的临床效果还是很不错的,而且活体肝脏和死亡器官捐献的都可以用,器官来源也比较广泛。实在不行我把自己的肝割下一块给你,既省钱又省事,我的肝脏要是不行,还有寸光、吉乐,他们跟你都有血缘关系,估计成功的可能性更大,你就放心吧。关键是你要抓紧时间。"

经他这么一说,李寸心的心情顿时好了起来:"你都快成专家了,我表个态,我尽快抓紧,但是活体肝脏我一律不要,不管是你的还是别人的,这是我的底线。"

"这是为什么?活体肝脏移植成功率更高。"

"我绝对不相信,把肝脏割下来一块的人还能跟正常的人一样,这就是我的理由。"

"好了,我们不讨论这个问题了,这个问题应该由医生决定。我今天催催课题评审组的老爷们,请他们快点,王老跟我有过一面之缘,我跟他说说,应该没问题。"

"你别胡来,你绝对不能出面参与这件事,你出面副作用就大了,明明是正大光明的项目评审,让你一掺和就成了地方官员出面干预。人家可是国家级专家评审组,也不见得买你的账,反过来闹个弄巧成拙,我的心血就白费了。"

赵宽匆匆忙忙吃完早餐,然后起身问梨花:"这两天你舅舅跟吉乐哥哥在家里干什么呢?"

梨花答道:"他们都没在家待着,一大早就都走了,晚上什么时候回来我也不知道。"

"我上去看看,说不定他们晚上根本就没回来。"说着,赵宽上楼,推开赵吉乐的屋子,却见鼠目正睡得香甜,愣住了,想推醒他问问怎么回事,想了一想,又没问。

赵宽又来到鼠目的房间推开门,赵吉乐坐在窗口眺望着外面,旁边放着夜视仪。赵宽奇怪地问:"你这是干什么?"一转眼看到床上睡了一个人,又问:"这是谁?"

赵吉乐急忙竖起一个指头:"嘘……"然后把赵宽推出门来,"小点儿声,别把人家吵醒了,这是我的同事,昨天晚上我们执行任务太晚了,就近到咱家来睡了。"

"你一起来不下去吃饭,坐在窗户前面发什么愣?"

"我等着他醒来了领他一起下去吃,免得他在市委书记家里拘束。"

"那你怎么不在自己的房间睡,跑到你舅舅的房间干吗?"

"我舅舅昨天晚上可能喝多了,进错了房间,我回来得晚,他已经把我的房间占了,我只好和同事睡在他的房间了。不信你把他叫起来问问。"

"这有什么可问的,让他睡吧。你今天上不上班?"

"昨天晚上我们忙到下半夜，今天队长让我们休息一天，好了，你的问题有完没完了？你再不走就迟到了。"说着，赵吉乐回到房间，把门关严了。

赵宽站在门口发愣，他总觉得有点什么不对，可是赵吉乐的解释又合情合理，找不出什么逻辑上的破绽，想了想，赵宽决定不再管闲事，下楼穿上外衣上班去了。

6

鼠目驾车来到新闻小区的自家门前，正要上楼，看看表又犹豫了，在楼下转来转去，他是怕上去早了影响张大美休息。太阳已经高高挂在了头上，鼠目抬头眯着眼睛看了看太阳，又看看腕上的手表，做了几个深呼吸，这才上楼。到了楼上，他敲敲门，没有应答。他又敲了敲门，仍然没有应答。他感到情形有些不对，匆匆忙忙拿出钥匙开门，开门的时候，他的手不由自主地抖了起来。门开了，他冲了进去，连连喊着："张大美，张大美。"没有人答应，他来到卧室，也没有人。这时候他才发现，房间已经打扫过了，在卧室的床头柜上留了一张纸条："你好，我走了。谢谢你对我做的一切。昨夜我几乎彻夜未眠，思来想去，我发现自己犯了一个错误，那个家应该是属于我的，而不是他的，没有资格在那个家里的应该是他而不是我，所以，我走了，我要占领本该属于我的家。"

鼠目一屁股坐到了床上，松了一口气，喃喃说道："不管你占领什么地方，总得活着才能占领，只要你活着就好，吓死我了，我真怕你在我的屋里寻短见。"

7

孙国强家，张大美指挥着一个工人更换他们家的门锁，防盗门、大门的锁都换了之后，张大美用钥匙试着开了开，满意地付钱给工人。然后，张大美把孙国强的衣物和平时使用的一些东西收拾起来，装进一个大旅行箱里，把旅行箱搬到了大门外面，就扔在大门外面，回到家里锁上了大门和防盗门。

8

赵吉乐仍然跟那个缉毒警察在家里蹲守。旁边扔着牛奶纸盒跟吃剩的面包、鸡蛋。

缉毒警察说："吉乐，你妈这人真不错，对人那么客气，搞得我都有点不好意思了。"

"也不看看你是谁，开玩笑，你可是我的同事啊，能不对你客气吗？"

"我看你妈一点也不像官太太，倒像大学教授。"

"好眼力，我妈本来就是海阳大学的教授。"

"你小子真了不得，有一个市委书记的爸爸，一个大学教授的妈妈，昨天晚上吓唬我的那个人是谁？"

"我舅舅，我妈他们那一辈就他没出息，四十大几的人了，也就混了一个老记，连老婆都没看住，跑到美国嫁了个美国鬼子。"

这时候，对讲机响了，广林子问："有什么新情况没有？"

赵吉乐汇报："没有什么新情况，那小子一直在家待着没露面。"

广林子说："你一个人监视就行了，让缉毒处的回来算了，别两个人都在那儿耗着。"

赵吉乐回答："是，"然后对缉毒警察说，"让你回去呢，我留下。"

缉毒警察收拾器材，赵吉乐问他："夜视仪你也带走？"

"当然，留给你处长该骂死我了。再说了，大白天也用不着。"

缉毒警察下楼，赵吉乐送他，李寸心听到动静也过来送："慢走啊，你们真是太辛苦了，昨天晚上忙了一夜，今天早餐也没有吃好，今后有时间来家里玩啊！"

缉毒警察说："谢谢你了阿姨，给你添麻烦了。"

赵吉乐送他出来："别说客气话了，应该的，都是为工作嘛。"

缉毒警察嘱咐道："你还是得小心点，这个案子局里让我们联合侦办，看样子挺重视，说不定背后还有什么别的目的，千万别露了。"

"你放心吧，没问题，我一会儿下楼就近监视。"

缉毒警察走了，李寸心问赵吉乐："吉乐，你们干吗呢？是不是咱们大院里发生什么案子了？"

"没啥大事，政协周主席的儿子吸毒，把贩毒的勾引到院里那棵大槐树上买料，队里让我盯着点。"

"那孩子吸毒啊？怎么不送到戒毒所去？"

"可能家里人不知道吧，也可能家里人知道管不了，也可能不想掏那笔钱。你别管这些事了，我出去转转。"说着，赵吉乐出门，装作散步的样子朝周文魁家附近走去。

9

赵吉乐经过孙国强的家，看到了大门外面的旅行箱，好奇地过去拎了拎，张大美把大门拉开一道缝隙，隔着防盗门对赵吉乐说："那是我的东西，你别动，也甭管。"

赵吉乐问："你放在这儿干吗？别来个过路的给捞走了。"

"没事，我盯着呢。"

赵吉乐耸耸肩，摇摇头，莫名其妙地走了。他刚走，鼠目就开着车来了，停下车来到门前按门铃，张大美仍然不开防盗门，只打开大门隔着防盗门跟他说话："看到我留的纸条了？"

"看到了，就是不太明白你是什么意思，有没有需要我做的事情？"

"有，我今天不能出门了，你帮我找一个好律师。"

鼠目马上明白了她的意思，兴高采烈地答应一声："没问题，你等我的电话。"然后驾车离开，给张大美找律师去了。

10

中午下班时分，孙国强乘车回家，车停在通往他家的小径路口。孙国强下了车对司机吩咐："下午两点钟过来接我。"司机答应着离去。孙国强来到门口，看到大门口的旅行箱愣住了，自言自语地说："这是干什么？"然后掏出钥匙开门，门却怎么也打不开，过了一阵儿才明白，门锁让人家给换了。想到可能发生的事情，孙国强又急又恼，开始拼命按门铃。

张大美拉开大门，隔着防盗门跟他对话："孙国强，你要干什么？"

孙国强不敢大声，悄声气恼地问："应该是我问你，你要干什么？"

"我要让你滚蛋，永远不许你再进这个门。"

"这是我的家，你凭什么不让我进门？户主是我，房主也是我。"

"你还有脸提户主、房主吗？你到底是哪个女人的户主、房主？"

孙国强软了下来："大美，有什么话好商量，你先让我进去，这么把我堵在外面让别人看着像什么样子嘛。"

"你嫌不像样子，就赶快离开这里。你的东西我都已经收拾好了，都在那个箱子里，缺什么打电话过来，我给你送过去。"

"大美，你这是要我身败名裂、家破人亡吗？你别把事情做得太绝了。"

"这里还是你的家吗?如果这里是你的家,那个女人跟她的孩子又是你的什么?你到底有几个家?"

孙国强急了,连拉带推地想弄开大门,当然不可能弄开,只好继续软语相求:"大美,看在你跟我夫妻一场,看在我们的孩子分儿上,你就原谅我这一回,有什么话不好说,非得采取这种方式?"

"你做那些事情的时候,想到过我跟孩子吗?我可以告诉你,我既不会检举揭发你,也不会到你的那个家里去闹,我只想永远不再见到你,这个要求不过分吧?"

"你先开开门,什么事情都好说嘛。"

张大美返身锁上大门,不再答理他了。孙国强拼命按门铃,张大美置之不理,后来索性掐断了门铃。门铃不响了,孙国强无奈,只好拖着那只大皮箱离开。路上遇到相识的人,人家纷纷跟他打招呼:"孙副市长出差去啊?""怎么不叫车,自己拖着个箱子。"孙国强苦恼不堪,勉强应付着认识的人,拖着皮箱出了大院。

赵吉乐看到孙国强拖着大旅行箱蹒跚而来,大感愕然,连忙过来帮忙:"孙副市长,你出差啊?怎么没有车呢?来,我帮你拿。"

孙国强谢绝了:"没事,我自己拿。"

赵吉乐又说:"那我帮你叫辆车。"

孙国强确实已经累了,气喘吁吁,只好说:"那好吧,你替我叫一台出租过来。"

赵吉乐跑到大院外面找出租车,这时候,润发从家里出来,晃晃悠悠地走出了大院。

恐惧是一种自我保护

1

润发又来找那个擦皮鞋的,擦皮鞋的乜斜着他:"你怎么又来了?昨天刚刚拿的料又没了?"

润发骂道:"去你妈的,五百块钱买那么一捏捏够干吗的?"

"那没办法,就是这个价格,你也不是不知道,华哥还专门让你了那么一块,够意思了。"

"够什么意思?狗屁,还不是想把我们家当成你们的据点,我想明白了,这件事情太便宜你们。"

擦皮鞋的有些着急:"你小子这就不地道了,说好的事情怎么说变就变了?"

"你们卖料的价钱不是也说变就变吗?"

"那是随市场变化的,进货价格高了我们能不涨价吗?亏本的买卖谁做?"

"狗屁,还市场、进货呢,你真把你们当成生意人了?告诉你,我一句话就能让你们都掉脑袋。"

"好了好了,我知道你是当官的公子哥儿,我惹不起你,你今后也别来找我。"

"不找你我找谁?说吧,怎么办?"

"什么怎么办?"

"我的料啊，给不给？"

"给啊，当然给，有买卖为啥不做？我们不就靠这个吃饭嘛。一手钱一手货，就这么简单，没钱你别来找我，找我也没用。你要是想告我，那就去告，我也拦不住，不过到时候就怕连你老子都得牵扯进去。再说了，你告人总得有证据吧？你告我什么？证据呢？"

润发软了："老哥，我不也是急得吗？给我根烟抽抽。"

擦皮鞋的乜斜他一眼，拿出一根烟递给了他。

润发抽了两口就把烟扔了："什么玩意儿，白条啊！"

"加料的没有了，想要就拿钱来，还是那话，没钱你今后别来找我，除非让我们在你家安个点。"

润发狠狠地瞪着他，擦皮鞋的坦然自若，根本没把他放在眼里，他只好起身离去。

在他们交谈的过程中，缉毒警察一直在远处监视着，见到润发离去，马上拨赵吉乐的电话："吉乐吗？你在干什么？一号目标又跟擦皮鞋的接触了，你在哪儿？"

赵吉乐惊讶："我在大院里啊！这小子什么时候溜出去的？"

"我以为你在什么地方盯着呢，他正在离开，好像没有什么交易，你赶快过来。"

"好好，我马上过去。你帮我盯着点，别告诉广林子。"

"我不能跟他，我得盯这个擦皮鞋的，你就快过来吧。"

2

鼠目一上午跑了两个律师事务所，两个事务所听到有生意找上门一开始倒也热情接待，一听是离婚案子，就有些失望的样子，因为离婚案子代理费用低，除非连带着有经济纠纷，可以按照经济纠纷的标准收费。人家向他打听当事人的情况，他不知道该不该说实话，支支吾吾。人家猜疑地看他，眼神满是惊叹号和问号，接着好像受了他的传染，说话也开始支支吾吾，不过意思却能让他明白，那就是这种案子人家没办法接。鼠目意识到，他接受的是一个无法完成的任务，因为，他根本没办法给人家说到底是谁要离婚，人家当然也不会接这种莫名其妙的案子。

鼠目为难了，就这样回去不好向张大美交差，不回去又请不到张大美要的律师，硬着头皮又跑了两家律师事务所，仍然没有收获，只好先吃午饭。午饭吃完了，也想清楚了，这种事情还是明明白白地告诉张大美离婚案最好由当事人自己出面请律师。

鼠目来到张大美家门前，看到大门外的旅行箱已经没有了，弄不清是让孙国强拿走了，还是张大美改了主意，又不打算驱逐孙国强了，心里不由得就忐忑不安起来，连忙按门铃。他并不知道门铃的线路已经让张大美扯断了，按了一阵儿听不见门铃响，不知道出了什么事情，就开始敲门。防盗门是高档的不锈钢厚板制成的，他的手砸上去根本就没有多大动静，张大美在楼上午睡当然听不见，鼠目的手都快敲肿了，张大美也没任何反应。倒把邻居敲出来了，附近几家的窗口、门口都有人朝这边好奇地观望，鼠目弄不清是自己敲门声音太小张大美听不见，还是张大美根本就不在家，敲了一阵儿又想到给张大美打电话，可是却没有张大美或者她家的电话号码，只好回到自己的车里，抽了一支烟，压抑着烦乱心情，静下心来想主意跟张大美联络。忽然想到，姐夫赵宽家里肯定会有孙国强家的电话，便回赵宽家找孙国强家的电话号码。

他打开家门，来到客厅，家里的常用电话号码本就压在电话下面，这他是知道的。鼠目猜对了，孙国强家的电话作为主要联络电话，印在常用电话号码本的第一页上，他连忙给孙国强家里打电话。电话响了好一阵儿才有人接，一听是张大美的声音，鼠目长长吐出一口气："我的妈啊！总算找到你了。"

张大美说:"叫什么呢?我有那么老吗?我一直在家,哪儿也没去。"

鼠目先问他最关心的问题:"你家门口的旅行箱怎么没了?会不会让小偷拽跑了?"

"让孙国强拿走了,我让你办的事怎么样了?"

"我正要向你汇报呢,有点问题,我当面向你汇报还是就在电话里说?"

"你现在在你姐夫家是不是?"

"对呀,你怎么知道?"

"我看电话显示的号码是他们家的,那你就过来说吧,我现在就去给你开门。"

鼠目扔下电话就跑,出门的时候带了一下门,门却没有带严,他走后,一阵穿堂风把门推开了。

3

赵吉乐接到缉毒警察的电话通知,匆匆忙忙地骑着摩托车出门去找润发。赵吉乐刚走不久,润发却摇摇晃晃地回到了大院。他看上去好像百无聊赖,实际上心急如焚,他现在最需要的就是钱,购买毒品的钱。前天刚刚从他母亲那儿连蒙带抢地闹了五百块钱,结果两天就抽光了,还没过足瘾。今天早上他看见她母亲出门买菜之前,坐在沙发上清理一块两块的零钱,就知道他母亲手头也没几个钱了,这个时候再向他母亲要钱,等于刮锅底,啥也别想得到。

他漫无目的、心烦意乱地在大院里转悠了一阵儿,实在难以忍受毒瘾的折磨,只好蹲到了的马路牙子上,蜷缩着身躯,点燃香烟拼命地吸了起来。路的对面就是赵宽家,这时候他看到了赵宽家敞开的大门,好奇心加上朦胧的欲念驱动着他的双腿,他朝赵宽家走去,来到门前犹豫了片刻，便踅了进去。房子里静悄悄地，似乎没有人。他在客厅翻腾了一阵儿，谁家也不会把现金放在客厅里，他自然一无所获。他便又朝楼上摸去，这个时候他的脑海里除了钱，可以让他购买毒品、满足毒瘾的钱以外，其他任何足以束缚他、制止他的念头都已经烟消云散。他来到楼上，楼上有三间卧室，他首先进入了第一间卧室，那是鼠目的房间，鼠目只不过是临时住在这里，当然不会有什么值钱的东西放在这里，润发翻腾了一阵儿没有找到现金，看到了放在桌上的笔记本电脑，便毫不迟疑地抱着笔记本电脑来到了外面。没有偷到钱他很不甘心，看到别的房间，就把笔记本电脑放到了走廊的地板上，又来到了赵吉乐的卧室，在枕头下面找到了一些零票，又看到了桌上的存钱盒，存钱盒做成了保险柜的样式，里面的零钱已经装满了，润发连盒带钱一起塞进了怀里。从赵吉乐的房间出来，润发看到走廊最里面还有一间卧室，润发看着那间卧室，犹豫不决，最终还是摆脱不了诱惑，轻轻来到卧室跟前，推开了房门。

李寸心还在午睡，她这个年纪的人觉比较轻，她又长期经受病魔的折磨，睡觉的时候稍有响动便会惊醒。润发进房间的时候尽管非常小心，可还是惊醒了李寸心，她看到了润发，本能地坐了起来愣住了，润发也愣了，两个人瞠目而对，僵持在那里。

李寸心反应过来了，也明白他想干什么，学者的单纯让她问出了一句这个时候最不应该问的话："你是周主席家的孩子吧？有什么事吗？"

润发见李寸心认识自己，脑子里唯一的念头就是不能让她说出去，恐惧和慌乱让他的大脑像沸腾的粥锅，他完全丧失了理智，突然扑了过去，用被子紧紧地蒙住了李寸心的头。李寸心挣扎着，润发拼命地按着她。片刻之后，李寸心停止了挣扎，润发便匆匆忙忙地跑出来，抱起放在地上的笔记本电脑逃之夭夭了。

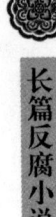

4

鼠目来到张大美家门前,张大美在门前等着他:"你来了?吃过了没有?"

"吃过了,你呢?"

"也吃过了。"

鼠目进到客厅,夸张地做出忐忑不安的样子:"你把监控器关掉没有?我可不想让你那位法律关系人把我拍进去,立此存照。"

张大美忙着给他泡茶,听到他这么说,便说:"你有也害怕的事啊?"

"这个世界上谁敢说他没有害怕的事?害怕、恐惧是人类进化过程中获得的自我保护机能。只有两种人啥也不怕。"

"哪两种人?"

"一种是死人,一种是还没有出生的人。"

"少说了一种,还有一种是精神病人。"

"精神病人也有害怕的东西。"

"精神病人害怕什么?"

"害怕医生手里的电棍。"说到这儿,鼠目问:"哎,跟你有法律关系的那个人取走旅行箱的时候,表情一定很难看吧?"

"现在他的任何表情都没有好看的。"

"你真行,比易卜生笔下的娜拉强多了。"

"你别再提娜拉,我跟她不是一回事儿,我从来不靠别人养活,我是自食其力的劳动妇女,她只是结婚前依附着父亲,结婚后依附丈夫的资产阶级小女人,我倒想知道,她离开那个家之后,靠什么生活。"

"对,所以我说你比她强嘛。你不是说没看过《娜拉》那部剧吗?"

"剧我是没看过,昨天晚上你走了以后,我看到你的书架上有一本易卜生戏剧集,里面就有《娜拉》这部戏,我看了一下,短短的没什么意思。

好了，别说什么娜拉、易卜生了，跟我们没关系，说说吧，我托你的事情办得怎么样了？"

"不太好办，关键是人家问案子当事人的情况，我不知道该怎么说。"

张大美想了想说："难为你了，确实不太好说。"

"还有个为难的地方，我就怕万一说出来是你要跟孙国强离婚，影响造出去了，结果人家一听孙国强，不敢给你代理。"

"看来我的事情还真不是那么好办。"

"现在离婚挺简单的，只要双方同意，写个离婚协议，街道办事处就能办。"

张大美问："你觉得孙国强能同意吗？"

"应该会同意吧，他没有理由不同意啊！"

张大美摇头："他肯定不会同意，人一当官就异化了，就好像被一个无形的架子撑了起来，一旦离婚，撑着他的架子就不完美了。而且他怕我跟他离婚扯出他根本不敢让人知道的隐秘，所以，他是绝对不会同意的。"

鼠目提议："你还是先跟他协商，如果实在不行，再走上法庭这一步，你可以把协商离婚和判决离婚的利弊跟他分析一下嘛。"

"这也需要律师出面对他谈，我现在根本就不愿意再见到他。另外，离婚协议书我也希望能有懂法律的律师撰写，这样更加严密。"

"那只好这样了。"

张大美又问："你难道没有认识的律师吗？"

鼠目想了想说："有倒有几个认识的，正因为认识我才不愿意让他们参与到这里面来。"

"你联系一下，我直接跟他们谈。"

"联系什么，我带你直接去。"

"这对你没什么负面影响吧？"

"怕啥，大不了算我见义勇为吧。"

"那你去开车，我换件衣服。"

鼠目便起身出去把车开了过来，停在孙国强家门外等着。片刻，张大美换了一件淡蓝色的澳毛套裙出来。

鼠目夸赞："真美。"

张大美心里对这样的赞美非常受用，嘴上却说："你就会油嘴滑舌，开车吧。"

鼠目便挂挡起步，开车离开了大院。

5

梨花提了一篮子蔬菜从市场回来，看到自家的大门敞着就觉得有些奇怪，急忙进去，看到房子里凌乱不堪大吃一惊，连连喊着："阿姨，阿姨，这是怎么了？"没有听到回答，她便扔下手里的篮子连滚带爬地跑到楼上。几间卧室的门也都敞着，梨花首先跑到了李寸心的卧室，李寸心以一种极不自然的姿势躺在床上，被子凌乱地扔在她的身上，房间里也是一片狼藉。梨花惊慌地叫着："阿姨，阿姨，你怎么了？家里出了什么事？"李寸心没有反应，梨花过去推了推她，她仍然没有反应，梨花这才知道大事不好，连忙通知"120"过来救人，然后拨通了赵宽的电话："叔叔，阿姨出事了，我、我……"说着号啕大哭起来。

赵宽在电话里安慰她："梨花你别紧张，我马上回去，你阿姨是犯病了还是出了别的什么事？"

梨花哽咽着说："我也不知道，昏迷不醒，我怎么叫她也不答应。"

"给'120'打电话了吗？"

"打了，马上就来。"

"那就好，你千万别紧张，我马上就赶回去。"

挂了电话，梨花冷静下来，来到床前呼唤着李寸心，李寸心仍然毫无知觉，梨花便脱下外衣，爬到床上开始给李寸心做人工呼吸。

6

赵吉乐驾着摩托车正在满大街找润发,这时候,手机响了,他把车靠在路边停下来,接听电话,来电话的是赵宽,这让他非常奇怪:"老爸,你给我打电话可真难得啊!"

"我没时间跟你说废话,你不管正在干什么,马上给我回家,你妈妈出事了。"

赵吉乐着急了,连连问道:"我妈怎么了?出什么事了?"

"我还说不清,你赶快回去,我现在就走,谁先到谁负责照顾她。"说完,赵宽就挂了电话。

赵吉乐扭转车头,风驰电掣地朝家里奔去。

7

鼠目驾驶汽车行驶在街上,看到"120"急救车呼啸着擦肩而过,对张大美说:"唉,又有一个苦命人在生死边缘挣扎了。"

"这很正常,生老病死,迎来送往。"

"你说得很有哲理,看透了,人这一生不就是四个字吗?"

"哪四个字?"

"就是你刚才说的,迎来送往,产房负责迎来,殡仪馆负责送往。"

"让你这么一说人生太灰暗了,哪有那么简单,在产房跟殡仪馆之间会发生多少事啊!"

"发生多少事也逃不掉'迎来送往'四个字,任何一件事都要经历发生、高潮、结束这么几个过程,事情发生了,就是迎来,结束了,就

是送往。"

"你这是高度抽象、高度概括,生活不会像你说得那么干瘪,任何一件事也不会像你说得这么简单。"

这时候,有警车呼啸着跟他们的车擦肩而过。张大美扭头看着警车驶去的方向,对鼠目说:"警车跟刚才的'120'急救车去的是一个方向,不知道发生了什么事情。"

"可能是凶杀,但愿别再让警察碰上那种假案子,忙活半天结果让人给捉弄了,真可怜。"

张大美问:"你是说我吗?"

"你是不知道,那天晚上警察来了一大摊,公安局长亲临现场,大家都在追问你孙国强的尸体和杀的凶器在哪里,结果孙国强回来了,当时警察的表情真是没法形容。"

"反正那天晚上我啥也不知道,随你说吧。"

鼠目说:"到了。"说着,把车停到了一座楼前,"你跟我一起去,还是我先去,跟他联系一下你再来?"

"既然一起来的,就一起去吧!来回折腾什么。"

两个人从车上下来,进入楼内,等电梯,电梯旁有楼层单位铭牌,鼠目指着铭牌对张大美说:"八楼,第一律师事务所。"

电梯到了,鼠目让张大美先进,然后自己也跟着上了电梯。

8

赵吉乐驾着摩托车冲到了自家门前,门前不但有急救车,还有警车。赵吉乐跳下摩托车,顾不得支好车子,随手将摩托车放倒在地上就朝家里冲去。客厅、楼上都是警察在勘察现场,赵吉乐问:"怎么了,出什么事了?我妈怎么样?"

广林子迎了过来:"你别急,你妈经过抢救已经清醒过来了,根据初步勘察,好像你们家进来贼了。"

赵吉乐连忙跑上楼,冲进李寸心的卧室:"妈,妈,你怎么了?出什么事了?"

护士堵住了他:"你别进去,正在抢救。"

赵吉乐忙问:"护士小姐,我是我妈的儿子,她怎么样了?有没有危险?"

护士笑了:"我知道你是你妈的儿子,我也是我妈的女儿,你放心,你妈没有生命危险,多亏了你们家的小保姆,及时给她做了人工呼吸,现在正在输氧,人已经清醒过来,呼吸也已经正常了。"

赵吉乐放心了,浑身瘫软地坐到了走廊的地板上。

这时候,赵宽也到了,广林子给他介绍着情况:"赵书记,根据勘察,我们初步断定,你们家遭到了盗窃,至于您爱人到底是受到了窃贼的攻击还是因为惊吓而导致昏迷我们还不清楚,不过由于抢救及时,现在人已经没有危险了。"

赵宽到底不像赵吉乐那么毛躁,向广林子请示:"我可以上去看看吗?"

广林子说:"可以,就是尽量不要触摸家具跟其他的物体,便于我们搜集痕迹。"

赵宽点点头,小心翼翼地上楼。

赵吉乐看到赵宽上楼,站起来迎过去:"爸,你别着急,护士说我妈已经清醒过来了,没事了。"

医生出来向赵宽汇报:"赵书记,根据我的诊断,您夫人是窒息导致的昏迷,如果不是你们家的保姆及时施行人工呼吸急救,现在的情况就很难说了,即便人能活下来,也可能因为长时间缺氧而导致大脑组织损伤,甚至可能成为植物人。现在没什么大问题了,只要静养一段时间,就能恢复过来。不过她的肝部……"

赵宽打断了医生的话:"哦,我知道了,谢谢您了,我可以进去看看

她吗?"

医生想了想说:"可以,但是不要跟她说话,我只给你五分钟的时间,然后就要送到医院去做进一步的诊断治疗。"

赵宽连忙来到屋里,赵吉乐跟在后面。李寸心带着氧气呼吸面罩,面色憔悴,见到赵宽想说什么,赵宽连忙制止了她,握着她的手说:"没事了,没事了,你放心,不管发生了什么事,我和吉乐都会陪在你的身边。"

李寸心点点头,又指指旁边的梨花,赵宽说:"我都知道,都知道了,梨花多亏你了,不然你阿姨就完了,太谢谢你了。"

梨花看到赵宽跟赵吉乐都回来了,精神一松,忍不住又哭了起来。

赵宽劝慰着她:"梨花,你是个好孩子,没事了,没事了……"

赵吉乐也感谢梨花道:"梨花,你一直把我叫哥哥,你今天救了我妈的命,今后我就是你的亲哥哥……"

医生进来打断了赵吉乐,对赵宽说:"赵书记,我们要送病人到医院去做进一步的检查治疗。"

赵宽急忙让开:"好好好,谢谢你们。"

医生和护士们将李寸心小心翼翼地抬到了外面的担架上,然后朝楼下抬去,赵宽、赵吉乐跟梨花在一旁帮着抬起了担架。

9

润发躲在自家的窗后,偷偷看着赵宽家门前的急救车和警车,惴惴不安。过了一阵儿,他睡倒在床上,用被子蒙住了脑袋。睡了一会儿,他又忍不住爬了起来,来到窗前偷偷看着窗外赵宽家门前。看到李寸心被医生护士抬了出来,他紧紧贴着玻璃朝外窥视,想看清楚李寸心的情况,可是距离太远,李寸心的情况到底如何,他却看不清楚,焦躁地踢翻了桌前的椅子,躺回到床上。外面,救护车载着李寸心呼啸而去,润发用被子紧紧蒙住了自己的脑袋。

10

第一律师事务所，鼠目陪着张大美进来，负责接待的女孩起身相迎："请问先生找谁？"

"我们找陈律师。"

"请问有预约吗？"

"我找他还需要什么预约，好了，不为难你，你去通报一声，就说海阳日报社的鼠目找他。"

女孩看看鼠目："您就是鼠目啊？请稍等，他在呢。"

张大美好笑："你还真的挺有名气啊！到哪儿都有人知道你。"

鼠目非常得意："你以为光是跟你有法律关系的那个人有名气啊？"

"咱们别提他好不好？"

"怎么能不提他？咱们来不就是为了提他吗？"

张大美辩不过鼠目，叹息了一声说："男人伶牙俐齿算不算优点？"

"算吧，女人伶牙俐齿可就是缺点了。"

女孩子出来说："先生您请……"她还没说完，陈律师却从她后面抢到前面，伸手跟鼠目相握："寸光啊！来之前怎么也不打个招呼，我好到楼下迎接啊！"

"免了，我这人一向喜欢轻车简从，最多跟你一样，带个女助手。"

陈律师朝张大美上下打量："这位就是您说的女助手吧？"

鼠目说："这我可担当不起，人家是来寻求法律援助的。"

陈律师便欲跟张大美握手寒暄，手却被鼠目握着抽不出来，张大美的手已经伸出来了，陈律师的手却抽不出来，闹得张大美跟陈律师挺尴尬，只好相互点点头，通报了姓名，算是打了招呼。

鼠目仍然没有松开陈律师的手，见他们打过招呼了，便很自然地将握

手改成了拉手，拉着陈律师朝里面走："你这儿有没有密室？这个案子可是要严格保密的。"

陈律师跟他开玩笑开惯了，以为他又在耍笑嬉闹，便说："我们这里是律师事务所，又不是FBI，哪里有什么密室，也用不着密室啊！"

鼠目扒着他的耳朵说："这位是跟孙国强副市长有法律关系的女人，要离婚。"

陈律师愣了一下，朝张大美深深地盯了一眼。

张大美虽然没有听到鼠目说了些什么，但是陈律师的表情却已经告诉了她，鼠目把事情抖给了这位陈律师。鼠目没有经过她同意便把她的事情抖给了这位并不熟识的陈律师，这让张大美感到不快，可是转念想想，自己来这里就是要谈跟孙国强离婚的事儿，也用不着遮着掩着，便朝陈律师点点头，证实了鼠目的话。

陈律师连忙说："这样吧，咱们到我的办公室坐下再谈。"

三个人来到了陈律师的办公室，这是一间小小的用玻璃隔离出来的屋子，让人想到鱼缸。屋子里有办公桌、简易沙发、书橱和电脑，用得着的样样不缺，用不着的东西一样也找不到。屋子的外面是一个大房间，摆了一些办公桌，办公桌之间都用半人高的隔板隔开，透过陈律师房间的玻璃墙可以把外面的情况看得清清楚楚，外面的人透过玻璃墙想必也能把陈律师的办公室看得清清楚楚。

陈律师在门口对外面的某个人吩咐："去泡一壶好茶来，谁来找我都不见。"

鼠目告诉张大美："陈律师是第一律师事务所的主要合伙人，所以他有一间单独的办公室。外面的那些人都是资历比较浅、身份比较低的律师、见习律师和助手之类的。这个人有个毛病，跟女同志握手的热情特高，握上了就会忘掉撒手，所以刚才我才有意不让他跟你握手。"

张大美并不关心这间玻璃鱼缸内外的等级差别，也不关心这位陈律师是不是有鼠目说的那个毛病，她关心的是这位陈律师能不能、敢不敢代理她的这桩一旦公开便会成为海阳市特大新闻的离婚案件，还有，就是他有没有能力帮助自己从法律上获得自由。所以，当陈律师关好房门回到自己的座位上之后，张大美便直截了当地问他："陈律师是哪个大学毕业的？当了几年律师了？"

陈律师知道她这么问的意思，微微一笑："我是中国人民大学法学院毕业的，本科毕业以后跟着龙教授专攻民事法，学历算是硕士吧。龙教授你知道吧？就是那个老在中央电视台《今日说法》节目当嘉宾的法学专家，他是我读硕士的导师。我在读本科第二年的时候就已经考取了律师资格证书，我就是靠当兼职律师自己供自己读完了本科和硕士，算起来当律师时间不长，大概有十年吧。"

这时候，一个端庄娴静的女孩端了茶具进来，朝鼠目微微一笑："李记者来了？"然后又朝张大美点点头，"你好。"

鼠目连忙介绍："这是小郑，陈律师的助手，见习律师。"又对小郑介绍："这是我的朋友张大美，女企业家。"

女孩朝张大美笑笑，然后便开始为他们斟茶。陈律师接过茶壶："好了好了，我们自己来，我不接电话，也不接待客人。"

女孩出去的时候小心翼翼地把门给带严了。

张大美说："这个女孩不错。"

陈律师说："是不错，现在能说说你的事吗？"

张大美看看鼠目，鼠目连忙起身："好好好，我回避。"

张大美笑了："你干吗？我不是让你回避，我是问你，你说还是我说？"

鼠目说："你主讲，我补充。"正在这时候，鼠目的手机响了，鼠目接听："喂，李寸光。"

电话是赵宽来的："寸光啊！有一件事你听了别着急啊！你现在在什么地方？"

鼠目含糊其辞："我在外面，没事，你说好了。"然后捂着受话器悄声对张大美说："我姐夫。"

赵宽说:"你姐姐今天中午出了点儿事,现在送到了第一医院观察室,你如果有时间就过来看看。"

鼠目急了:"出什么事了?"

"现在情况还不清楚,不过人没有什么危险了,你放心,有时间就过来看看。"

"好好好,我马上过去。"挂断电话,鼠目对张大美跟陈律师说:"对不起,只能你们谈了,我姐姐出了点儿事,住院了,我得马上过去看看。"

张大美关心地问:"不要紧吧?"

"说不清,不知道是我姐夫怕我着急有意轻描淡写,还是真的不要紧,我想要是真的不要紧他不会给我打电话的,你们谈,我走了。"

张大美送鼠目出来,满脸的关切:"别着急,不会有什么事的,你开车慢点。"

鼠目看到她这从心里流露出来的关切和说话语中流露出的赤裸裸的温情,说话也不由自主地变得柔柔的:"没关系,我会小心的,你等着我的电话,没有我的电话不要离开。"说完,急匆匆地跑了。

办错事比办不成事更糟糕

1

赵宽家,广林子正在向林局长汇报情况:"经过现场勘验,可以断定在午后两点三十分左右,犯罪嫌疑人进入赵书记的家,具体目的还不敢断定,不排除盗窃的可能。他先是在客厅翻腾了一阵儿,后来就来到了楼上,楼上三间卧室他都进入了,具体丢失了什么东西现在还不能确定,得等主人回来以后再查证。赵书记的爱人经过医生抢救已经没有生命危险,据医生判断,她是受到了外力作用导致的窒息,从现场情况判断,犯罪嫌疑人使用枕头、棉被之类的东西捂住了她的头部,她昏迷过去以后,犯罪嫌疑人便仓皇逃跑了。"

林局长面色严峻:"这个案子必须尽快侦破,案犯竟然跑到常委大院里作案,竟然对市委书记的妻子下了毒手,这个案子不破我们不但没办法向赵书记交代,也没办法向广大市民交代,人民群众会问我们:连市委书记的家都没有安全可言了,老百姓又哪儿来安全可言?这是案犯在向我们宣战,是在踢我们的屁股、抽我们的耳光。赵吉乐呢?"

广林子回答:"赵吉乐到医院陪她母亲去了。"

"跟他联系一下,如果医院能脱开身,让他回来一下,看看他能不能提供一些情况,让他清点一下家里到底丢了什么东西,也好尽快对案子定性,确定侦破目标。还有,对现场的勘验一定要反复进行,不放过蛛丝马迹。对了,赵书记的妻子清醒了没有?"

"人倒是清醒了,医生不让我们跟她接触说话,估计她应该能提供案犯的重要情况,我猜想,她肯定看到了案犯,不然案犯没有必要对她下手。"

"你这是按照盗窃的思路作出的判断,这个案子不能排除其他因素,比如政治谋杀、挟嫌报复、制造混乱等。对案子的性质千万不要过早地下结论。还是那句毛主席说过的老话:一切结论都产生于调查研究之后,一切判断都要靠证据说话。"

"我现在给赵吉乐打电话,局长,你说还是我说?"

林局长想了想:"我说吧。"

于是广林子给赵吉乐打了电话,通了之后就把话筒交给了林局长。林局长说:"喂,吉乐吗?我是林家龙,你妈妈情况怎么样?"

"好一些了,没有生命危险,人已经清醒了,医生说还要进一步观察,做全面的身体检查。"

"那就好,那就好,赵书记在吗?"

"我爸爸说还有个重要的会议必须参加,已经走了,您找他吗?"

"不不,我就找你。是这样,你妈妈那里还有别人照顾吗?"

"我舅舅跟梨花在。"

"如果你能抽出时间来,能不能回家来一趟?有些事情需要你们家的人在场协助一下。"

"好,我现在就回去。"

"不要勉强。"

"没勉强,我是警察,我懂,我马上回去。"

"那好,我在这儿等你。"

挂断电话,林局长又对广林子说:"走,到楼上看看。"

广林子就带了林局长朝楼上走去。

2

润发用报纸把笔记本电脑包了好几层,然后把笔记本电脑装进了提包,鬼鬼祟祟地下楼。他母亲吴敏正在门口远远看着赵宽家,见润发出来,便问他:"你又干吗去?手里拿的什么东西?"

"我去给朋友还书去。"

吴敏看着赵宽家的方向说:"真了不得了,贼都偷到市委书记家来了,看看,好好的武警站岗非要撤,这下撤出毛病来了吧?今后这个大院谁还敢住。"

润发哪里还有心思跟他妈研究大院的治安问题,绕过他妈,急匆匆地朝外面走去。出大门的时候,润发刚好碰上赵吉乐,赵吉乐见他要出去,连忙问他:"润发,你上哪儿去?"

"出去给朋友还书。你们家怎么了?来那么多警察。"

赵吉乐含糊其辞地应付他:"可能有小偷不长眼跑到我家来了。"

润发也不再说什么,出了大门,晃晃悠悠地朝大街上走去。

赵吉乐看着他的背影,一边跟上去一边给广林子挂电话:"队长,一号目标出现,现在这要上街,我盯不盯?"

"你现在在哪儿?"

"我就在大门口通向大街的路上。"

"现在哪儿还顾得上他,他也跑不了,我安排别人盯他,你赶快回家来,局长等着你呢。"

赵吉乐只好眼睁睁看着润发离开了大院,摇摇头无奈地朝家里赶去。

第一律师事务所,张大美对陈律师说:"对不起,我接着说?"

陈律师问:"你跟鼠目认识很久了吗?"

张大美含糊其辞:"噢,他姐姐跟我们住一个大院。"

"哦,我看你们挺熟的。"

张大美没有接他的话茬儿:"我们还是说我的事吧。我和孙国强的离婚案子你愿不愿意接?"

"你这个想法跟他正面提到过没有?"

"有啊,我已经跟他分居了。"

"分居多久了?"

"时间不长。"

"他的态度怎么样?"

"他不会同意离婚的,所以我才来找你,你觉得代理这个案子有什么困难没有?"

陈律师起身斟茶,没有马上回答张大美,张大美把这看成了拒绝,起身说:"那好吧,谢谢你了。"

陈律师见她起身要走,连忙挽留:"你先坐,请不要误会,我没说不接你这个案子,我只是在想一个问题。"

张大美回到了座位上,问道:"什么问题?"

"我在想,根据新《婚姻法》,如果双方当事人任何一方能够举证对方对婚姻有不忠行为,那么不但肯定能够胜诉,而且还可以要求对方予以物质、精神赔偿。"

"我只是想离婚,即便我有任何证据我也不会拿出来,如果你愿意代理这个案子,我请你最好还是事先想好。第一,孙国强是市委常委、常务副市长,你敢不敢面对他。第二,我没有任何关于他的其他证据,我唯一有的就是跟他离婚的决心。第三,我跟他离婚的要求有三项:一是房产归我，二是存款归我，三是孩子归我。你能做到吗？"

陈律师蒙了，张张嘴想说什么，却什么也没有说出来。张大美娴静地坐在他的对面，等着他的回答。陈律师迷惑不解地看着张大美，问道："你认为我能不能做到？"

"我不知道你能不能做到，但是我可以提供给你一种方法。"

"什么方法？说来听听。"

"你拿着我的委托代理合同书找他，直截了当地把我的离婚条件告诉他，如果他拒绝，你就说，那只好通过法律解决问题，但是，一旦上了法庭，我们就不得不把要求离婚的真正理由和所有证据交给法庭。"

陈律师来了兴趣，半开玩笑地说："我的代理费很高啊！"

"再高我也不在乎，并不是我有钱，而是我敢肯定代理费会由孙国强出。"

"我敢肯定，你握有逼孙国强屈服的撒手锏，你们这桩离婚案的背后肯定有故事。"

"其实，我需要的只是一个适合替我出面和孙国强对话的人。"

"好吧，我就来当这个人。"

"谢谢，我现在就跟你签代理委托书。"

4

赵吉乐回到家帮警察清点自己家里的物品："明面上看，好像并没有丢什么东西，我的屋里只丢了一个存钱盒，里面都是平时兜里剩下的钢镚儿，加起来也没多少钱。我舅舅的屋里丢了什么东西不太清楚，好像笔记本电脑没了，不知道是丢了还是他带走了。我妈妈的房间可能也没丢什么大东西，会不会丢一些现金、信用卡之类的东西我也说不清楚。"

广林子说："真笨，家里丢没丢东西都弄不明白，马上打电话问问你舅舅，他的笔记本电脑带走没有？"

赵吉乐便给李寸光打电话。

5

大院门卫，警察正在向看大门的老头儿了解人员进出情况。

看大门的老头儿说："凡是进出这个大院的人，除了住户，外来人员拜访谁都得经过住户家里人同意，登记以后才能进入，我敢肯定，今天没有可疑的人进来。这是登记本，你们看看，中午那段时间正是人员进出的高峰时间，除了两家送外卖的，再没有任何生人进来。会不会是跳墙进来的？"

大院的围墙下面，有警察牵着警犬搜索，也有警察在地面、墙头仔细寻找着出入的痕迹。

6

赵宽家里，广林子愁眉苦脸，显然迄今为止他们没有得到任何有价值的线索，甚至连案件的性质都没有办法确定。林局长在客厅里转来转去，突然停下步子问赵吉乐："你舅舅刚才肯定他出去没有带笔记本电脑吗？"

"肯定。"

"初步可以确定为入室行窃，先按照这个方向侦查。吉乐，你跟我还有你们队长到医院去一趟，看看能不能跟你妈妈谈一谈。"

"是。"

广林子问："这里怎么办？"

"留一两个人看守现场，等他们家有人回来了再撤，其他人现在就可以撤了，你跟我们一起到医院去。"

7

医院，鼠目在走廊里跟张大美通电话，张大美告诉她陈律师已经接手了这个案子，她已经跟陈律师签了代理委托书。

鼠目听了说："那就好，我现在走不开，不能过去接你，对不起了。"

张大美问："你姐姐怎么样？我现在想过去看看她，方便吗？"

"来了医生也不让见，改日吧。"

"那好吧，代我问你姐姐好，祝她早日康复。"

"谢谢，有事来电话。"

这时候，林局长带着广林子、赵吉乐来了，赵吉乐给林局长和鼠目作相互介绍："这是我们林局长，这是我舅舅李寸光。"

林局长跟鼠目握手："实在对不起，让你受损失了，我们的治安防范工作没有做好。"

"没关系，这怪不得你们，给你们添麻烦了。"

"你姐姐情况怎么样？"

"好多了。"

"我们能跟她谈谈吗？"

"这得给大夫说。"

林局长问赵吉乐："医生在哪儿？"

"在值班室吧，我去找。"片刻，赵吉乐便跟医生一起过来，介绍道："这是我们局长，这位就是我妈的主治大夫。"

医生问："局长有什么事吗？"

"我们想跟病人谈谈，有一些很急迫的问题想向病人核实一下。"

医生想了想说："好吧，只是不要说刺激病人的话，时间不要超过十分钟。"

"十分钟足够了，谢谢你啊！"然后便跟赵吉乐还有广林子进了病房。病房里只有梨花，梨花看到他们进来，便知趣地退了出去。

赵吉乐冲过去握着李寸心的手问:"妈,怎么样?"

李寸心仍然戴着氧气面罩,微微点头,微微一笑,用动作和表情让赵吉乐放心。

赵吉乐介绍:"这是我们林局长,这是我们队长,他们想问问你案犯的情况,你能说话吗?"

李寸心自己动手把面罩摘了下来:"能说,你们问吧。"声音微弱,但很清晰。

林局长说:"对不起,我们的治安防范工作没有做好,让您受惊了。"

李寸心说:"这不怨你们,小偷小摸嘛,难免的。"

广林子有些着急,插嘴问道:"李教授,你认不认识小偷?"

林局长瞪了他一眼,赵吉乐听他这么问,想笑,却没敢笑。

林局长说:"他的意思是问您看没看清楚案犯的长相。"

李寸心犹豫片刻,然后肯定地摇摇头:"我当时正在午睡,没看到人。"

林局长和广林子听到这个回答,失望地相互看了一眼。因为她这么一说,那就没办法问了。

赵吉乐问:"妈,这几天你感没感到有什么可疑的人接近过咱们家?"

"没有啊,肯定没有。"

赵吉乐又问:"那咱们家丢什么东西没有?"问过了之后才想到这是废话。

果然李寸心反问:"你们发现家里丢什么了没有?"

"我的存钱盒丢了,还有舅舅的笔记本电脑丢了,别的还丢什么了,我也说不清,得等你回去一清点一下才能知道。"

"我估计也不会再丢什么东西了,现在谁家会把现金放在家里,存折和信用卡没有密码和身份证取不出来,他偷去也没用。咱们家的这些东西都放在我房间的保险柜里,保险柜没撬开吧?"

广林子说:"我们勘察过了,保险柜没有动过的痕迹。"

"那就不会再丢什么值钱的东西了。"

林局长只好告辞："那就先这样了，您放心，我们一定会抓紧破案，尽快把案犯绳之以法，给你和赵书记一个交代。"

"没关系，也没丢什么特别重要的东西，小偷能抓住更好，抓不住慢慢来，你们也别有什么压力。"

几个人出来，面面相觑，林局长想说什么，看了看赵吉乐把话又咽了下去。广林子把李寸光叫到一旁详细查问他的笔记本电脑的型号、新旧程度，有没有什么特征等。

这时候，赵宽也来了，林局长赶紧迎上去惴惴不安地检讨："赵书记，实在对不起，我向你检讨，发生了这样的事情我们有责任，我们一定抓紧破案……"

赵宽说："这不能怪你们，你们辛苦了，抓紧破案比什么都重要。案子有什么进展没有？"

"暂时还没有，不过初步可以确定，只是一般的盗窃案。现在还需要你们家里人配合一下，认真清点一下家里除了我们现在掌握的以外，还有没有丢失其他东西。"

"这得问李寸心，家里的事情我不太管，每个月的工资一交，她怎么处理怎么花的我从来不知道，连她把钱藏到哪儿了，藏了多少我都不知道。哎，吉乐，你知道你妈把钱放到哪儿了吗？"

赵吉乐摇摇头："你都不知道，我哪能知道？"

林局长说："刚才我们已经问过您爱人了，她说没丢失什么重要的东西。"

"哦，她能说话了？你们忙你们的吧，压力不要太大了，冷静，镇定，千万不能因为急于破案出现误判或者造成冤假错案，那就比没有破案更糟。好了，我得过去看看我老伴了。"说完，赵宽又对赵吉乐跟鼠目吩咐道："你们跟梨花都回去吧！这里有我就行了，让梨花给你妈妈熬点稀饭送过来。"

敏感时期
请保持沉默

1

孙国强办公室，有人敲门，孙国强应声："进来！"

秘书推门而入："孙副市长，有一个第一律师事务所的律师要见您。"

"律师？不见，就说我忙着呢，正在开会。"

"那好吧。"说完，秘书转身欲离去。

孙国强叫住他问："他没说什么事吗？"

"他没有说，不过他说有重要的事情找您，希望您务必抽时间跟他谈谈。"

孙国强沉吟片刻，勉强道："那好吧，你让他进来。"

秘书出去，片刻，领着第一律师事务所的陈律师进来。

陈律师向孙国强问好："您好，孙副市长，我是第一律师事务所的律师陈近南。"说着，掏出名片毕恭毕敬地递了过去。

孙国强接过他的名片，并没有看，随手放在了桌上，然后问他："你找我有什么事？我很忙，不能给你很长时间。"

他的举动略显傲慢，陈律师也不再跟他寒暄，从皮包里掏出一张纸，直截了当地说："我也很忙，可是不得不来拜会您。您请先看看这个，这是复印件。"

孙国强接过他递过去的纸看了看，表情有些僵，脸绷得活像刚刚浆过的被单，对在一旁沏茶倒水的秘书说："这里没事了，你忙你的去吧。"

秘书识趣地放下手里的茶杯，连忙退了出去。孙国强这才问陈律师："这是什么意思？"

"这份代理协议书上已经写得很明白了，您妻子张大美全权委托我代理她要求跟您离婚的相关事宜。"

"她什么意思？"

"要求跟您协议离婚，孩子、房子、存款都归她。"说着，陈律师又将一张纸递了过去："这是我根据她的要求拟定的代表她完整意思表达的离婚协议书，请您看看。"

孙国强从椅子上弹了起来："什么？简直是异想天开。"对离婚协议书扫了一眼便退给了陈律师，"对不起，这不可能。"

"请您说得明确一点，是不同意这其中的条款，还是根本不同意跟她离婚。"

"现在还不到谈这个问题的时候，我想问的是，她为什么不直接跟我谈？"

陈律师微微一笑："这个问题我也问过她了，她说就是因为不愿意见到您才委托我来代理这件事情的。"

"我告诉你一件事情，张大美，就是你的代理人精神有问题，这里，"说着，用手指点了点脑袋，"有严重的问题，狂想症，经常产生幻想幻觉，已经发展成了精神分裂症。根据我对法律的了解，精神病人没有民事能力，也没有权利履行法律责任。"

"这我倒没发现，她到底有没有精神分裂症，这得经过专业鉴定，如果您提出这方面的诉求，在没有专业病理结论之前，我还得履行代理人的义务。"

"那你就履行好了，这是你的事情。对不起，我很忙，你可以走了。"

陈律师起身对孙国强说："孙副市长，我的当事人要求我转告给您一句话，如果您不同意她的离婚要求或者离婚条件的话。"

"你说吧，直截了当地说，不要老用倒装句。"

"她说,如果他拒绝,'他'就是指您,那只好通过法律解决问题,一旦上了法庭,她就不得不把要求离婚的真正理由和所有证据交给法庭。这基本上是她的原话。"

孙国强怒火中烧,看了看陈律师强自忍耐下去,冷冷地说:"好了,你说的我都知道了,就这样吧。"

"张大美还让我转告你,当我把她的离婚诉求告诉您之后,可以给您三天的时间考虑,如果您仍然坚持自己的意见,或者没有正面答复我们的要求,我们将直接向法院起诉。"

孙国强冷然如冰地对陈律师说:"你告诉她,我等着。"

2

公安局林局长办公室,刑警队长广林子捧了一碗泡面狼吞虎咽,林局长的面前也放了一个吃空了的泡面碗。

林局长说:"刚才政法委张书记、钱市长和省厅张厅长都来过电话了,询问赵书记家案子的进展情况,指示我们尽快破案,压力大呀!"

广林子边吃边说:"这是正常的,市委书记家被盗,夫人又差点被害,全国都是稀罕事儿,领导们要是不过问才是怪事,说不定您还有机会跟省委书记对话呢。"

林局长催促道:"你快吃,赶紧把侦破方向定下来。"

广林子说:"根据我们现场勘察的情况来看,案犯不是老手,在现场留下了很多痕迹,脚印、指纹到处都是,再跟赵家遗失物品对照,可以初步排除政治谋杀或者挟嫌报复。我的想法是,第一,组织警力密集排查,开展大范围的调查,重点放在大院内部,因为根据门卫的证词,没有发现外部进入的可疑人员……"

林局长摇头:"不能百分之百采信门卫的说法,案犯有没有可能从围墙潜入呢？门卫有没有可能怕承担责任隐瞒事实呢？所以，侦查范围不能局限于大院内部，大院里住的都是领导，相互之间都比较熟悉，作案的可能性不大。"

广林子分析："领导们作案的可能性是不大，可是他们的亲属子女呢？还有他们亲属子女的朋友和其他社会关系人呢？我们对大院围墙四周一百米范围内进行了认真的勘察，没有发现近期翻墙进入的迹象，所以基本上可以排除翻墙进入的可能性。"

林局长点点头："嗯，你接着说你的方案。"

广林子继续说："第二，安排专人负责监控电子城二手货交易市场，发动电子城的从业人员和治安小组时刻关注近期二手笔记本电脑的交易情况，案犯偷笔记本电脑目的是换钱，很可能在二手货市场进行交易。第三，采取侦查手段，对所有进入侦查视野的嫌疑人进行痕迹比对，我们采集的脚印、指纹都已经跟赵家人的作过了比对，排除他们家人的痕迹以外，剩下的可疑指纹都是一个人的，根据痕迹鉴定，这个人男性，身高一米七正负一厘米，体形偏瘦，走路为内八字，还采集到了他的毛发，可以作出血型、DNA测定，有了这些，我对尽快破案有信心。"

林局长又想到一个问题："为什么他们家的门窗都没有撬痕？"

"我正要说到这一点，根据案犯的足迹走向可以判定，案犯是从大门正常进入的，这有两个可能，一个是案犯有他们家的钥匙，另一个可能就是他们家没有关门。"

"我倾向于第二个可能。你问过他们家那个保姆没有？会不会是她出去买菜的时候忘了关门？还有，他们保姆的社会关系也要进行调查。"

"这些工作我们都做了，他们家保姆说，她从来没有不锁门的习惯，而且她也养成了一个习惯，每次锁门之后都要推一推确认一下。那天她去买菜，离开的时候，锁上门之后还专门推了一下，基本上可以排除保姆出去忘了锁门的因素。她家的保姆叫梨花，是赵书记老家的远房亲戚，跟赵书记一家很亲近，跟赵书记爱人的感情非常好，赵书记家没有女孩，梨花在

他们家实际上有点儿像养女。所以那天出事之后梨花才会那样实施口对口的人工呼吸。由于跟他们家人的关系很好，所以梨花跟外面的人基本上没有什么联系，在本地也没有来往密切的朋友。梨花的因素基本可以排除。不过……"说到这里，广林子欲言又止。

林局长说："有什么话你就说，当着我的面有什么不好说的？凡是跟案情有关的，什么话都能说。"

"我之所以说把侦破重点放到大院内部，还有一个原因……"

"什么原因？"

"那天我们找赵书记的爱人了解情况的时候你也在场，你注意到一个细节没有？"

"什么细节？"

"我问她是不是认识那个小偷，当时赵书记的爱人没有马上回答，而是犹豫了一下才说没有见到。"

"对啊，你这么一说我也想起来了，当时我还以为她是身体衰弱，说话不得劲呢。"

"她当时说话的声音是不大，可是说话一点儿障碍也没有。而且，她的那种犹豫绝对不是因为说话不得劲造成的，而是思维转换的时候才有的犹豫。"

林局长从椅子上站了起来，离开办公桌在地上转悠着说："你的意思是说，她有意隐瞒了事实，实际上她可能见到了，甚至认识案犯？"

广林子坚定地点头："我宁可这么认为。"

"不不不，这不符合逻辑，太不符合逻辑了。家里丢失了东西，自己又险些遭到杀害，她没有任何理由替案犯隐瞒什么。"

"从另一个角度考虑，其实非常符合逻辑。比方说，她认识案犯，所以案犯才要杀人灭口，而她却考虑到种种因素，很可能是某些跟她或者她们家有关的利害关系，最终决定还是不说为好。"

"你分析得有道理，可是这里面有什么利害关系逼得她要替案犯隐瞒呢?"

"这就说不清了,官场上的事、常委大院的事,都复杂得很,也许牵涉到领导班子或者邻里关系方面的什么事,反正这方面的事不是我们能搞清楚的。所以啊,我还是认为应该把侦破注意力集中在大院内部。"

林局长同意:"好吧,就按你的方案办。对了,那个贩毒案子你们交给缉毒处,不要再参与了,集中精力搞这个案子。唉!这个案子不破我们寝食难安啊!"

3

医院,李寸心正在跟医生交涉:"我真的有要紧事情要出院。"

医生说:"您也是著名专家,应该懂得尊重专家的意见,我现在是以专家的身份在跟你说话,您虽然前几天受的伤害已经没有大碍,可是你的身体状况非常不好,根据我们的检查结果,你必须住院治疗。而且,赵书记也有交代,您要出院,必须征得家属的同意,不然我们要承担责任的。"

"我知道,我就是有点家务事必须马上处理,我并不是要出院,也不办出院手续,我只是回家看看,很快就会回来的。"见医生迟疑不决,李寸心又说:"我保证晚上就回来,白天照样接受治疗。"说着就起身穿衣服。

医生见她态度非常坚决,只好说:"你把家里安排好了尽快回来啊!"

李寸心急忙回答:"我保证,我保证。"然后对梨花说:"梨花,来,扶阿姨一把,咱们回家看看。"

梨花说:"不行,叔叔跟吉乐哥哥都说了,一定要他们同意你才能出院,我这就给他们打电话去。"

李寸心说:"你这个孩子,没听我给医生说啊?我这不是出院,我这只是回家看看,有些事情安排一下,晚上就又回来了嘛。"

梨花犹豫不决,看到李寸心从床上坐了起来要自己下地,只好帮着李寸心穿衣、穿鞋，然后扶着她从病房出来。

4

钱向阳家，陶仁贤正在给钱向阳做饭，边做边抱怨："你中午一般不回家吃嘛，今天我请假要去看看赵书记家李阿姨，你就跑回来了，害得我啥也没准备。"

"看赵书记老婆用得着请一天假吗？你就是不想上班。"

"我今天多亏没上班，我上班了谁给你做饭。你今天中午怎么回来了？是不是有什么事？"

"能有什么事，今天到环城公路看了看，回办公室太晚了，食堂肯定也下班了，顺路回家随便吃点，还能好好睡个午觉。你说去看赵书记的爱人，去了没有？"

"去倒是去了，没看着。"

"怎么回事？人家不让进？"

"不是吹牛，整个海阳市还没有我进不去的地方。再说了，第一医院跟我们医院有联系，都是搞医的，哪能不让我进呢。"

钱向阳咧嘴："哎哟哟，你也算搞医的？到底怎么回事儿。"

"人家出院了。"

"哦，那说明恢复得不错。"

"我一会儿吃过饭了再过去看看，哎，你看看我地上放的那些东西，送给李阿姨行不行？"

钱向阳过去看了看："你也真行，这不都是别人送来的嘛，什么王八精、燕窝膏、蜜蜂奶的，乱七八糟一大堆，包装好看，瓤子都是骗人的，拿过去也不怕人笑话。"

"有现成的东西就省得买了嘛，你也别说得那么难听，什么王八精、蜜蜂奶，那叫鳖精、蜂王浆，都是最流行的保健品。"

"让我说啊，送这些中看不中用的东西，还真不如到市场买点新鲜水果好。"

"水果能值几个钱，看病人送东西也就是个意思，太便宜了拿不出手。"

"你这东西更便宜，一分钱用不着花。"

"我就够好了，去年周文魁那个老东西感冒住了几天院，家里收的慰问品多得天天往街前面的那个小卖部送，一盒冰糖燕窝商店卖八十多块，她送到那边五十块钱就卖了，就那样贱卖，还足足变现了两千五百多块呢！"

说话间，陶仁贤把饭做好了，端到桌上，一个炒鸡蛋，一个拍黄瓜，一盘切成片的火腿肠，还有一碗方便面。

钱向阳摇摇头，无奈地说："真麻烦你了，早知道你费了半天劲不过如此，我还不如干脆在外头吃一口算了。"

"这跟在外头吃可不一样，起码卫生能保证。来，把火腿肠泡到碗里，中午嘛，随便吃点，再说你事先也没通知我，晚上我给你弄点儿好的。"

钱向阳开始吃饭："好了，就这样我也就满意了，我也不指望你给我弄什么好的，只要你能天天上班，别在大院里晃悠惹是生非我就谢天谢地了。"

陶仁贤抱着她的爱犬坐到钱向阳的对面，从碟子里抓了两块火腿肠喂狗，然后对钱向阳说："你说说，多吓人，小偷都偷到咱们大院里来了，要不是他们家那个保姆，赵宽的老婆就把命丢了。武警才撤走几天，就出了这么大的事儿，大院里的人都说这是对赵宽的报应，谁让他撤武警，还要搞什么管理改革，请物业公司让大家花钱买服务。这下可好，还没改革呢，自己家倒先让人家给改了。还有人说，赵宽家丢了好几百万，不敢报案，硬说没丢什么东西，赵宽的老婆明明看见小偷了，硬是不敢说出来，为什么？就怕小偷抓住了漏了他们家的底细。"

钱向阳问："你都听谁说的？动动你自己的脑袋，你也相信那些？好几百万，他们怎么知道的？跟小偷是亲戚还是他们就是小偷？再说了，谁会把那么多现金放到家里？小偷想偷也偷不着。跟着瞎咧咧。你明天赶紧上班去，别跟大院里那些人起哄。"

陶仁贤委屈了："在你眼里我就是啥也不是、啥也不懂的家属老娘们。我怎么会跟着他们起哄呢？我这是给你转达民情民意。说实话，我不但没有跟着他们说，反过来还替赵宽解脱呢！我告诉他们，改革大院的管理，逐步把大院管理推向市场化是市委常委的决定。我还说，赵书记绝对不是贪官，不然她们家就赵吉乐一个儿子，不会连台汽车都买不起，出来进去跨着一台破屁驴子噼里啪啦地招人烦。我还说事情没有调查清楚之前说这些话不……"

钱向阳打断了她："好了，别说了，正面、反面，好人、坏人咱都不当，现在是什么时候？敏感时期，最好的办法就是沉默，根本别往那些人跟前凑。那些人都是什么人？都是背后瞎咧咧，当面赔笑脸的货，你只要往他们跟前一凑，老赵要是真的追查谣言、追究造谣诽谤者的法律责任，他们铁定得往你头上推，到时候连我都会非常被动。就算老赵不追查谁在背后造谣生事，知道你跟他们凑在一起对我们之间的关系也不好。"

陶仁贤问："那我下午还去不去看李寸心了？"

钱向阳吃完了饭，把饭碗往前一推："去呀，当然得去。别说她是赵书记的爱人，就算是平常的邻居，家里出了那么大的事情也得去看看。我已经到医院去过了，那是带有公务性质的慰问，你再到他们家看李寸心，这是代表咱们跟他们的私交。再说了，李寸心那个人也确实是个好人。"

"哼，老婆都是别人的好，你们这些男人啊！没一个好东西。"

钱向阳起身往楼上卧室走，站在楼梯上回过头来对陶仁贤吩咐："记住了，在李寸心面前绝对不能提大院里那些人胡说八道的话。"

陶仁贤收拾着桌上的碗筷，气呼呼地摔摔打打："我知道，在你眼里我就是一钱不值。"

"一钱不值我每个月的工资还一分不少都交给你？"说完，钱向阳上楼午睡去了。

5

孙国强来到康复医院，直接找到院长办公室，推门而入。院长正在办公，看到有人不敲门就进来，非常不高兴，正要发作，认出了孙国强，急忙起身迎接："啊呀呀，孙副市长啊！您怎么来了？"

孙国强做出愁眉苦脸的样子："唉，遇上难题了，特来向你求助啊！"

"哦，孙副市长有什么事只管说，只要我能做到的一定尽力而为。"

"你就让我这么站着？"

院长这才想到忘了让座，急忙请孙国强坐下，又跑到门口对秘书喊："快去泡些好茶来，孙副市长来了。"语气里充满了自豪跟炫耀。

孙国强坐在沙发上，看着院长张罗，微微一笑。

院长回到办公桌前正要坐下，忽然感到自己坐在办公桌后面迎接常务副市长大为不敬，就坐到了孙国强身边的沙发上："孙副市长有什么指示？"

"哪里有什么指示，我是求援来了。"

"什么事？您尽管说。"

"是这么回事，我爱人精神方面有问题，前段时间曾经到你们医院来医治过。你们大夫诊断她是长期忧郁症导致的狂想症，产生了幻觉臆想。说来也够丢人的，她居然对人说她把我杀了，闹得公安局半夜三更跑到常委大院里破案，影响非常恶劣……"

"哦，这件事情我听说了，那天晚上是我们医院的胡大夫值班。最近情况怎么样？"

"还能怎么样？更严重了。还开始动手打人，连家里的窗户、房门都锁上了不让我进去，我真怕再这样发展下去发生严重的暴力伤害事故，伤了别人或者伤了她自己都了不得，所以我今天就来求您，看看有什么办法没有。"

"这样吧，我先把她的病历调过来看看，然后再说。"说着，院长对

231

正在手忙脚乱地给孙国强沏茶的秘书吩咐:"这儿的事你先放一放,你到门诊病案室去一趟,把孙副市长爱人的病历找过来,再让胡大夫来一趟。"

秘书答应着急匆匆跑了,院长起身接手给孙国强斟好茶,奉上一杯,然后坐下来接着说:"根据您说的症状,很可能您爱人已经发展到了精神分裂的程度,请原谅我实话实说,精神病患者到了这个程度,唯一的办法就是住院,实行强制性治疗。"

孙国强装作很不忍心的样子说:"那会不会很遭罪?"

"肯定要遭一些罪,当然,那只是对我们这样的正常人而言,对于精神病患者来说,他们的感受倒不会像我们正常人这样难受吧。"

"唉,这也是没办法的事情,我很后悔,当初你们那位医生建议她住院治疗,我担心她遭罪,就没同意。如果当初态度坚决一些,住院了,现在也可能不会发展到这个程度。"

"这是肯定的,病情越轻、治疗越早,效果当然越好。"

这时,秘书带着胡大夫,拿着病历来了。

孙国强起身跟胡大夫握手道:"那天晚上给您添麻烦了,刚才我还跟院长说呢,如果当时要是听了您的意见,让我爱人住院治疗,也不会有今天。"

胡大夫惊愕地说:"病情又发展了吗?怎么这么快,按说不应该啊!"

院长接过秘书送过来的病历认真地看了起来,看过之后问胡大夫:"那天晚上是你接诊的,刚才我看了一下病历,根据你的诊断,是长期忧郁症经受强烈刺激之后导致的幻觉臆想,这位是孙副市长……"

胡大夫插话道:"我认识,电视上、还有那一次来给他爱人看病,认识。"

院长接着往下讲:"他爱人的病情发生了激变,出现了狂躁症状,有暴力倾向,而且把家里的门、窗都封锁了,看来情况很严重,你的意见呢?"

胡大夫说:"精神病的发展很难说,有的人一辈子也不会发展,而且会慢慢好起来,有的人一夜之间就会发展成严重的精神分裂症。这有什么说的,住院嘛,诊断以后才能下结论。"

院长说:"我看也是。"

孙国强暗暗松了一口气,然后做出很为难的样子说:"现在她这种状况非常难,或者说根本不可能让她来住院。"

胡大夫说:"对于精神病人,特别是这种有暴力侵害症状的重症病人,根据国家规定和精神病治疗的惯例,经过病人家属要求,可以采取强制措施。"

孙国强又说:"院长,我能不能看看你们的重症监护区?"

院长说:"没问题,您是市领导,欢迎您亲临检查指导我们的工作。"

孙国强站起来说:"那好吧,我们过去看看。"

院长连忙起身。

胡大夫又问:"我是不是也要跟着去?"

院长说:"不必了,你忙你的去吧。"

胡大夫便向孙国强告辞,孙国强握着他的手说:"我爱人住进来以后,还请胡大夫多多关照,给您添麻烦了。"

院长说:"胡大夫是门诊医生,住院病人不归他管。"然后吩咐秘书:"给孙副市长拿一件衣服过来。"说着,自己也从柜子里拿出白大褂穿了起来。

秘书很快就拿来了一件崭新的白大褂,帮孙国强穿了起来,然后几个人便朝重症监护区走去。

6

赵宽家里,李寸心坐在客厅沙发上沉思默想。有人敲门,梨花过去开门,进来的是陶仁贤。梨花连忙向李寸心报告:"阿姨,陶阿姨来了。"

李寸心赶忙出来迎接:"都挺忙的,我也好了,还麻烦你,快请进来坐。"

陶仁贤把带的礼品交给梨花,梨花接过来朝李寸心看,李寸心客气道:"你看你,来看看就行了,还破费,不好意思。"然后对梨花说:"放下吧，陶阿姨不是外人，她拿的东西我敢吃。"

李寸心这么一说，陶仁贤非常高兴，扶着李寸心朝客厅走，边走边唠叨："他李阿姨啊！不是我当面说你，咱们这个大院，呼呼隆隆住了几十家人，哪一家也都是有头有脸的领导干部。可是啊，现任的、前任的市级领导里头，要论老婆，没人能跟你比，要人才有人才，有文化有文化，要身份有身份，对人从来都是客客气气、和蔼可亲，一点儿官太太、大教授的架子都没有，那个小偷真是丧尽天良，竟然对你这么好的人下手，天地不容。"

李寸心把她让到沙发上坐下，然后说："她陶阿姨，你这么一说我都不好意思了。没啥，小偷可能也是一时急了，已经过去了，我好好的也没怎么样，没事。"

"我们老钱说了，他已经催了公安局好几次，限期破案，到时候破不了案，就让局长辞职。"

"没必要那么逼公安局，这件事情说到底还是怪我们自己不小心。俗话说，篱笆扎得紧，野狗不能进，我们家也不知道谁，人走了大门敞着，那不等于开门揖盗吗？反倒是我们给公安局的同志添麻烦了，他们本身压力就够大了，钱市长再那么逼他们，他们怎么受得了。"

"事情出在你们家，赵书记不好出面催他们，我们家老钱出面说是应该的，你就别管了。这还了得，都偷到常委大院市委书记家来了，这个案子要是不破，别说公安局局长，我们老钱都没办法给人代会交代。唉，早知道会发生这种事情，武警要是不撤就好了，有武警在那一站，小偷哪敢沾边。"

"这件事跟撤武警没有必然联系。武警站岗只能管大门，象征意义大于实际意义，更重要的还是我们要搞好小区建设，抓紧大院的精神文明建设，建立起群防群治的群众集体治安防范体制，那才是解决治安管理的管本措施。"

"对对对，你说得对，我们家老钱也是这个意思。我就说嘛，那些人说什么小偷进大院偷东西,就是因为你们家赵书记决定撤了武警站岗,还说……"说到这里意识到自己又要成为大喇叭、破漏勺,连忙刹车:"算了,不说了,你别往心里去,那都是他们胡说八道,就当放了个屁。"

李寸心让她逗笑了:"他陶阿姨,你说话挺有趣的。其实大家说什么都是正常的,大院里出了这样的事情,又刚好碰上正在搞大院管理改革,哪能没有议论呢?没关系,议论是正常的。等事情搞清楚了之后,那些议论也就自然而然地消失了,谣言止于智者,传闻绝于事实嘛。"

"你这两句话说得真好,对对对,谣言就要制止,传闻不是事实……"

李寸心纠正并且给她解释道:"是谣言止于智者,传闻绝于事实。意思是说,有智慧的人不会轻易相信谣言,更不会传播谣言。不真实的传闻在事实面前就没有存在的位置了。像你陶阿姨,不相信谣言,不跟着别人传播谣言,你就属于智者。"

陶仁贤最受不得别人吹捧,尤其是李寸心这种在她心目里既有知识又有身份的人称赞她,她更是受宠若惊,在沙发上坐立不安:"他李阿姨,你到底是有文化有知识的人,说出来的话真让人爱听,谣言止于智者,传闻绝于事实,这话我记住了,今后他们再传播谣言,我就用这两句话教育他们。哼,什么人嘛,说那些话都丧良心。有的人说,你们家让小偷偷了好几百万,说你明明看见小偷了,也不敢说,怕小偷抓住了漏了你们家的底子,还有人说……"说到这儿,陶仁贤又意识到自己有成了大漏勺,连忙住嘴,"不管他们说什么,我跟我们家老钱都不会相信,这些人就是没事嚼舌头。我虽然不敢说自己就是你说的那种智者,可是稍微想想就知道他们都是胡说八道,你们家要真的有几百万,还能让吉乐整天骑一台破摩托车到处跑?再说了,现在谁家还会把现金放在家里?小偷怎么可能偷几百万?你说是不是?"

李寸心笑笑:"怎么说那是人家的事,我们也不能把人家的嘴堵住,让事实说话吧。"

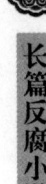

7

公安局刑警队,广林子在听一个警察汇报:"在常委大院里摸排调查收获不大,案发的时候,大院里正是午睡时间,外面几乎没有人,没有谁见到有陌生人。"

广林子说:"这就进一步证实了我们的判断,案犯很可能就是大院里的人。"

警察问:"队长,痕迹鉴定怎么样了?"

"没有确定嫌疑人,没有痕迹比对对象,痕迹鉴定出来也没什么用处,现在我们还是要把主要精力放在确定嫌疑人身上。"

警察提出:"据大院里的人反映,政协周主席的儿子可能吸毒,会不会因为缺乏毒资而作案?"

广林子说:"这不是可能,是肯定,吸毒的人没钱买毒品的时候没有不敢干的事情,这家伙可以作为一个嫌疑对象,但是一定要谨慎,局长一听到大院里的人就头晕、腿软、舌头短,不爱招惹他们。"

这时候,又一个警察冲进来,气喘吁吁地向广林子报告:"队长,队长,有情况。"

广林子说:"慌什么,有什么话快说。"

"电子城二手货市场找到了赵吉乐他舅舅的笔记本电脑了。"

"真的?太好了,走,看看去。"

几个人匆匆忙忙地跑了。

8

康复医院,孙国强跟院长来到了重症监护区,他们经过了一道铁门,又进入了一个过道之后,来到了一座小院里,里面是一间间排列整齐的房间，房间的窗户上都钉着铁栅栏。

院长介绍道："过去我们医院叫海阳市精神病院，老百姓更简单，就把我们叫疯人院。这对病人和病人家属都造成了很大的困扰，对我们医院本身也有很大的负面影响。前几年赵书记建议我们改成了海阳市康复医院，这才好多了。医疗条件也大大改善，这个重症监护区是专门为重度带有暴力倾向的病人设计的，为了防止他们自残，房子专门搞成了平房，每个房间内的墙上都有人造橡胶防撞涂层，很安全。"

孙国强凑到一个窗口朝里面窥视，里面的墙壁是蔚蓝色的，房间里只有一张床，一个病人背朝窗口在床上呆坐，可能感到有人窥视，那个病人突然回过身来朝孙国强龇牙咧嘴，还用双手用力拍打着自己的胸脯，嘴里还发出"咻咻"的吼声。孙国强有些害怕，正要离开，那人却朝孙国强吐了一口，孙国强急忙躲开了。

"这是个狂想症病人，他老是想象自己是一只非洲大猩猩，而且是一只正在保护幼崽的雌猩猩，所以只要有人靠近，他便做出这种样子恐吓来人。"

别的窗口也有病人朝外窥视，其中一个窗口扒着一个女病人，见到孙国强他们几个，便大声宣布："动物园又来新的了，又来新的了，一、二、三、四、五，五只，五只。"

孙国强一行正好是五个人，听她这么喊，孙国强摇头苦笑，蓦然心里想到，在我们看来，他们是病人，也许在他们眼里，我们才是病人。就像这个人，在她的眼里我们不过是动物园里新来的动物而已。想到这些，心情不由就有些灰灰的。

在最靠里面的房间里，有一个病人被绑在床上，呼呼吼叫着、挣扎着。

孙国强问陪同他们的护理医生："这个人是怎么回事？"

手里拿着防身电棍的医生说："这个病人正在发作期，具有很强的暴力倾向，如果没有别人供他施暴，他就残害自己的身体，这是没有办法的事情，只好控制他的行动。"

院长解释道："住在这里的病人都是病情非常严重，而且具有暴力倾向，随时可能伤害别人或者他自己的人。通过使用镇静剂、电击，还有心理诱导等方式，他们的病情可以缓解，如果缓解了就可以转到普通病房去。"

想到张大美将被送到这里来，孙国强心里抽搐起来，转念一想，不把她送到这里，很可能就得把自己送到监狱里，就对院长说："这里安全程度怎么样？"

"这里不允许任何人探视病人，每间房子的门都是铁的，院子也是铁门，从来没有发生过病人逃跑或者受到伤害的事故，我们医院还是全省精神病治疗的先进单位呢！"

"看来只好这样了，把我爱人送进来治疗一个阶段，希望你们能治好她。"

"那我们什么时候去接你爱人？"

孙国强问："病人自己不明白事，要是别人来把他们领走了怎么办？"

"那怎么可能？不可能，即便我们认为可以出院或者应该转院治疗的病人，没有病人直系亲属的同意并到场签字，我们不会办理任何转院或者出院手续的。这既是为病人负责，也是为我们负责，不然出个问题我们没办法交代。"

"那如果病人自己说她没病，或者说她已经好了呢？"

院长笑了："我们这里面的病人没有一个承认自己有病的，要是明白自己有病，那他就不是病人了。到底有没有病，病情到怎么样，由我们作出判断，而不是病人或者他们的家属。"

孙国强放心了："那就好。可是还有一个问题，我住在紫苑路三号院里……"

"我知道，知道，常委大院。"

"也不都是常委，老百姓习惯那么叫而已。如果你们到大院里接病人，兴师动众，邻居们看到了不好，今后我爱人出院了生活也会受到很大的影响。而且一说孙国强的老婆是个疯子，对我也不好，请你理解。"

"能理解，能理解。我们这里确实有相当一部分病人的亲属不愿意让别人知道家里有精神病人。对病人及其亲属的情况保密这也是我们的职业道德要求。其实，精神病人应该跟其他病人一样，受到社会的关爱和帮助，而不是歧视，所以我们……"

孙国强哪里有心思听他为精神病人的生存现状讲大道理，打断了他说："这样吧，我想办法把她调出来，然后通知你们，你们安排人到我指定的地点接病人，你看这样好不好？"

"好，可以，我们能理解，能理解。"

孙国强告辞："那好吧，就这样，你们随时等我的消息。"

9

李寸心还在跟陶仁贤聊天，这时候又有人敲门，梨花开门，进来的是国家课题考评组的组长王老，还有李寸心的两个学生。

"老师，评审组的评审结论出来了。"一个女学生急不可耐地向李寸心报告。

李寸心到了这个时候也有些紧张，堵着王老追问："是吗？结论怎么样？"

王老说："你总得让我们坐下来再说话啊！想不到你李寸心也有心急的时候。"

李寸心连忙把他们往客厅里让："快请进，王老亲自驾临寒舍，我能不紧张吗？"

梨花知道来的客人非同一般，不等吩咐便已经将茶水一一送到了客人面前。

王老问："这位就是你的救命恩人吗？"

李寸心说："对呀，这一次多亏了梨花，要不然我就见不着王老跟你们了。"

大家纷纷夸赞梨花,梨花不好意思了,连忙躲了出去。

这时候,李寸心才想起来要介绍陶仁贤:"我介绍一下,这位是钱市长的爱人,陶仁贤。"又对陶仁贤介绍:"这位是我们研究项目国家课题组评审组长王老,王老可是国宝级的老专家啊!"

陶仁贤急忙跟王老握手,王老风趣地说:"你别听她的,让她那么一说,我不成了大熊猫了。"

陶仁贤知道人家要谈正事,而且人家谈的事她也听不懂,更插不上话,便告辞,李寸心也不挽留,送她出门,回来却见两个学生笑得前仰后合,莫名其妙地问:"你们笑什么?什么事那么高兴?"

男学生说:"不是高兴,是好笑,李老师,你刚才说钱市长的爱人叫什么?"

"陶仁贤啊!"

"怎么叫这么个名字?讨人嫌,她这个人真的讨人嫌吗?"

"你别故意那么念,人家叫陶仁贤,陶渊明的陶,仁义的仁,贤惠的贤。"

王老说:"这三个字单独看意思都挺好,联系在一起就容易产生歧义,刚开始我还以为你叫她的外号,或者说别的什么人讨嫌呢!"

女学生说:"我们李老师可从来不会叫人家的外号。"

李寸心说:"是吗?我们叫惯了倒不觉得有什么可笑的。别研究人家的名字了,王老,还是赶紧给我揭谜吧。"

王老说:"好好好,现在对于李教授来说,除了她的课题评审结论,任何话都是废话。课题组对海阳大学的城市规划数学模型建设课题的评审,经过了报告评价、现场考核、应用操作等环节的细致考核,经过认真讨论,课题评审组认为,你们建立的这个城市发展数学模型,或者叫做城市规划数据程序,采集的样本普遍,数据真实、充分、可靠,运算模式科学先进,在软硬件方面均达到了国际先进水平,填补了国内的一项空白。由于充分考虑到了中国的国情，因而实际应用适应性强，具有极大的普及推广价值，因此，同意进入实际应用。同时，评审组成员还建议，把这个课题成果列为向国家科委申报科技进步奖的项目。这就是我们的评审意见，怎么样？李教授有没有不同意见啊？"

李寸心非常激动，面色绯红，连连说："太好了，太好了，感谢评审组的专家们对我们工作的肯定和支持。我们还要进一步提高完善，还有很多工作要做。"

王老说："评审组的意见是中肯的，也是实事求是的，本来这个意见应该我们回到北京以后再书面通知你们，考虑到你的身体状况，所以课题评审组推举我来登门报喜，先口头给你通报一下评审结论，回到北京以后，我们会尽快把书面的评审结论给你们寄来，同时抄报国家科委。"

李寸心长期辛勤劳动付出的心血终于有了理想的结果，心情非常激动，对课题评审组的专家们也非常感激，可是作为高级知识分子的她，却不知道该怎么来表达自己的心情，嘴里一个劲说的只有两个字：谢谢。

还是李寸心的学生提醒："李老师，评审组的专家明天就要回去了，我们是不是应该表示一下？"

李寸心这才说："应该，应该，对了，你这一说我才想起来，赵宽对这个项目也非常重视，一再告诉我，为了避嫌，在专家组评审的过程中他就不出面了，评审完以后，不管结果怎么样，他都要拜会一下各位专家，为各位专家举办一个招待会，我这就告诉他。"说着就给赵宽打电话。

赵宽听说项目通过了专家评审组的验收，自然也非常高兴。

李寸心说："明天专家组就要回北京了。"

赵宽马上说："今天晚上我给各位专家饯行，也庆祝你们的课题顺利通过国家考评组的验收，你们课题组的同志都要参加。"

市委书记如此热情，王老也非常开心，李寸心告诉赵宽："老赵啊！王老就在我旁边，你跟王老说两句。"

王老接过电话："赵书记，你太客气了，不要麻烦你了。"

赵宽说:"王老啊!说起来我还是您的学生呢,我当年在北京钢院上学的时候,专门跑到清华园阶梯教室听您讲过课。为了听您讲课,还跟清华的学生抢座位打过架呢。听说你们来了,我早就应该尽尽地主之谊,可是你们评审的课题又是寸心他们搞的,我这个市委书记得避嫌啊!王老千万不要挑我的理,你们马上就要走了,您老怎么也得给我一个当面聆听教诲的机会啊!"

王老让赵宽捧得高兴,哈哈大笑着答应了。

10

孙国强给张大美打电话:"大美啊,你好。"

张大美问:"什么事?"

"你有什么事情不能跟我当面说,非得派那么个律师呢?"

"我们没有什么可说的了,你要是有话可以直接对我的律师讲,或者到法庭上对审判员讲。"

"这样吧,我们最后再谈一次好不好?如果你觉得确实没必要再跟我谈,那我也没办法,请你冷静下来想一想,你真能轻轻松松地跟我离婚吗?"

"你要怎么样?还有什么好谈的?你自己做出来的事你自己明白,我不想跟你谈。"

"这样,我向你保证,我们最后再面对面地谈一次,就你跟我两个人,如果你仍然不愿意原谅我,我保证立刻在你写的离婚协议书上签字,这总行了吧?"

张大美犹豫了,孙国强静静地等着,没有催促她,他知道,这个时候如果催促她反而容易让她反感、猜疑。

果然,片刻之后,张大美同意了:"好吧,你说在哪里见面?"

"晚上七点钟,在江滨茶楼。"

"好，我去。"

孙国强挂断电话，在地上转了一圈，似乎有些犹豫，最终还是拨通了康复医院的电话："院长吗？我是孙国强啊，我已经跟病人约好了，晚上七点钟江滨茶楼，我们在那里会面。好的，你们做好准备。"

11

江滨茶楼外面，康复医院的救护车停在那里，孙国强过来对院长说："她可能一会儿就到，你们在这儿等着，我约她到茶楼会面，然后我把她领下来，你们看到她发作就动手。"

院长说："你放心吧孙副市长，我们就在这儿等着，你自己也小心一点儿。"

孙国强点点头，来到茶楼，在窗口找了个座位等着张大美。服务员过来招呼他："请问先生喝点什么？"

"我等人。"

服务员退下，连忙来到经理室报告："经理，来了一个客人。"

经理说："我们这天天来客人，怎么了？"

"刚才来的客人挺面熟的，我一想就想起来了，是市常务副市长，姓孙的那个，经常在电视上露脸。"

"就他一个人？"

"嗯，他说他等人。"

"等谁？"

"不知道。"

"给他上一壶好茶，他要问就说免费招待的。"

服务员答应着刚要离去，经理却又叫住了她："算了，人家说不上有什么事，也许根本就不愿意让别人认出来，你假装不认识他，注意着点，人

家不招呼你你别往跟前凑，千万别打扰人家。"

服务员答应着去了。孙国强看着楼下，服务员在不远处盯着他，时刻准备着为孙国强提供服务。这时候，张大美走了进来，东张西望地找孙国强，孙国强见到她，连忙迎了过去："你来了？咱们到外面谈吧，这里说话不方便。"

张大美四周看看，人确实挺多的，就跟着孙国强离开了茶楼。服务员见孙国强领着张大美走了，连忙跑去向经理汇报："经理，孙副市长没埋单就走了。"

"他不是等人吗？"

"人来啦，一个女的，长得真漂亮，好像挺面熟的。"

经理不解地问："废话，领导等的女人能不漂亮吗？哎，他等人，人来了他反而走了，这是什么意思？"

"我想起来了，那个女的跟那个记者前两天到我们这来过，你还免费招待他们了呢。"

"是吗？这个女的路子这么野，不是大记者就是大市长跟她会面，他们往哪儿走了？"

"那就不知道了，刚刚下楼。"

经理也是个好事的人，急三火四地跟了下去。

孙国强和张大美没有走远，沿着江边慢慢散步，张大美说："你要说什么就说吧。"

孙国强先问："你难道就一点也不给我留余地吗？"

"不是我不给你留余地，而是你不给自己留余地，也不给我留余地，我已经给你留余地了，这你应该明白。"

"你给我留什么余地？你做事太绝了，你这是想让我家破人亡、净身出户，你想想，我能坐以待毙吗？"

"你这是威胁吗？你说这个话的时候难道真的以为别人是可以任你蒙骗的傻瓜，是可以任你吓唬的白痴吗？你不是还有一个外室，一个二奶吗？

孩子最近怎么样？会叫爸爸了吧？"

"你真是精神病，你说的这些事都是你自己幻想出来的，我劝你赶紧住进精神病院算了，你要是不愿意去我送你去。"

"这就是你要对我说的话吗？对不起，我要走了。"

孙国强拉住她："你不能走，话还没说完呢！既然你不愿意治病，我得对你负责，我送你去。"

张大美极力想挣脱他，孙国强扭住她不放，张大美只好拼命挣扎，并且开始叫骂："你要干什么？你个臭流氓，你放开我，我不跟你看什么病，你自己才有病，你得的是腐败病。"

孙国强紧紧扭住张大美，张大美挣扎不开，也开始意识到情形不对，便用提包摔打孙国强，企图摆脱他的控制。

这时候，康复医院的救护车驶了过来，院长亲自带领几个医护人员从车上下来，冲过来就扭住了张大美，张大美马上就明白发生了什么事情，拼命挣扎，咒骂着："孙国强，你这个浑蛋，你这个卑鄙下流的小人，我跟你拼了。"

院长看到眼前的情景，对医护人员说："典型的狂躁性精神分裂，快，用约束带。"

几个医护人员扑了过去，非常熟练地扭住了张大美，把她绑在了担架上，又用毛巾塞住她的嘴，然后就把她推上了汽车。

孙国强过来对院长说："你看到了吧？这就是她精神病发作时候的样子。"

院长说："我都看到了，这是典型的狂躁性精神病，非常危险。孙副市长，还请您跟我们去一趟，有些住院手续还需要你办理一下。"

"这没问题，我跟你们去。"说着，孙国强爬上了救护车的驾驶室。救护车咆哮着一溜烟地开走了。

滨江茶楼的经理目睹了这一幕，目瞪口呆，过了一阵儿才摸着脑袋回茶楼去了。

没有关系可以去建立关系

1

这是一个万里无云的好天气，晨霭像薄薄的面纱遮挡着紫苑路三号大院的花草树木，太阳用五颜六色的光芒慢慢撩开了大地的面纱。该上班的都已经上班去了，晨练的人也都回家了，大院里非常清静。李寸心在梨花的陪伴下在大院里散步。

有人经过，跟李寸心打招呼："李阿姨，出来散步啊？""李大姐，身体好一些了？"

李寸心一一回应着，态度温和热情，可以看出她的心情非常好。耗费心血历经数年完成的课题终于得到了圆满成功，作为一个学者，还能有什么比这更让她高兴呢？

梨花劝她回去："阿姨，今天你走得时间够长了，昨天晚上又没有回医院，违反医院纪律，咱们早点回家，收拾收拾回医院吧！就这人家大夫还不知道怎么处理你呢！"

李寸心说："没事，医生啊，总是愿意把病情说得严重一些，好让病人听话治疗。昨天晚上你也知道，要给王爷爷他们送行，我不去怎么能行？到时候我给医生解释，他要处理我接受。"

两个人来到政协主席周文魁家门前，李寸心停下了步子，对梨花说："我想上周主席家坐坐，不知道他们家有人没有？"

梨花惊诧地看着李寸心，因为她知道，李寸心从来不到别人家串门。

李寸心见她迟疑不动，便说："那我过去看看。"

梨花说："还是我去敲门吧！看看他们家有人没有。"

梨花按响了门铃，片刻里面就有了应声："谁啊？"

"是我，赵书记家的梨花。"

门开了，周文魁的妻子吴敏惊异地问梨花："梨花？有事吗？"

梨花回头对李寸心说："阿姨，有人。"

吴敏见李寸心站在门外，更加惊异了："他李阿姨，你怎么来了？快，进来坐。"

李寸心来到门前说："我在家里闷得很，出来散步，走到你们家门前了，就想过来坐坐。"

吴敏说："请进请进，你可是请都请不来的稀客，快进来坐。"

李寸心对梨花说："我跟你周婶坐一会儿，你先回去吧！一会儿我自己就回去了。"

梨花说："那不行，赵叔叔说了，让我寸步不离地看好你。"

李寸心说："你赵叔叔的意思是我出大院的时候你要跟着我，我在大院里，就在你周婶家坐着，怕什么？你先回去吧，我跟你周婶说会儿话。"

吴敏也说："你这个梨花真是的，你阿姨在我这你还有什么不放心的？"

梨花只好对李寸心说："那要有什么事你打电话叫我，我回去把住院要带的东西收拾好。"说完，迟疑不决地走了。

2

公安局刑警队，广林子跟一帮警察围着一台笔记本电脑着急："给赵吉乐打电话了没有？让他赶快过来呀！"

一个警察说："打过了，他马上就到。"

正说着，赵吉乐急匆匆地来了。广林子马上说："认认，这是不是你

247

舅舅的那台电脑。"

赵吉乐翻来覆去地看了又看:"好像是,又好像不是。"

广林子气得骂他:"什么屁话,还不如叫你舅舅直接来呢!对了,让你把你舅舅带来,你怎么没带来?"

"我没找着他。"

"怎么能找不着他,他不是在你们家住吗?"

"是在我们家住,我听梨花说昨天晚上他回来一趟也不知道拿了点儿啥东西就走了,一晚上没回来,我打电话找他,他的手机没开。没他也没关系,把电脑打开看看里面的内容不就知道是不是他的了。"

"还是赵吉乐聪明,我们怎么就没想到呢,你打开看看吧。"

赵吉乐开机,屏幕上出现要求输入开机密码的字样。

广林子讽道:"看啊!打开看啊!你以为就你聪明,我们都是笨蛋吗?"

赵吉乐不吭声,皱着眉头想着什么,然后开始试着往里面输密码。

3

鼠目开着车来到第一律师事务所,急匆匆地上楼找陈律师。陈律师的女助手告诉他,陈律师今天出庭,下午才能回来。鼠目无奈,只好撤退。下了楼坐进车里,鼠目拿出手机要拨,才发现手机没电自动关机了,气得把手机扔到边座上,开车急匆匆地回家拿电池。

昨天晚上鼠目回到赵宽家之后,赵宽跟李寸心、赵吉乐都不在,只有梨花一个人守着电视打瞌睡。鼠目问了梨花才知道,赵宽跟李寸心出席国家项目评审组的告别宴会去了。至于赵吉乐,那更是忙得脚打后脑勺,白天晚上见不着面,都是案子上的事,他不说别人也不能问。鼠目在家里待了一阵儿之后,实在气闷,心神不定,给张大美打了无数个电话,手指头都快拨肿了,家里电话没人接,手机也不开机。鼠目在家里实在待不住，就跑到一家网吧，在网上泡了半夜，后半夜实在困乏了，不敢回赵宽家，跑回自己的家睡了。

这阵儿他真的有些发毛了，他实在想不通张大美怎么好好的就会没了踪影。这时候他的手机响了，他急忙接通，电话是陈律师挂过来的，他以为张大美有了下落："找到人了？在哪儿？"

陈律师说："没有啊，我也急着找她，让她在起诉状上签字呢，这人跑到哪儿去了？对了，她的公司在什么地方你知不知道？会不会在公司呢？"

"我倒听说过她有一个公司，可是具体叫什么名字，在什么地方我也不知道。"

"这好办，到工商局一查就都知道了。"

"她是你的当事人，这件事情应该你去办。"

"我办也行，得明天了，今天我没时间。"

鼠目叹了一口气："你们这些当律师的呀，就是比一般人借口多，算了吧，我也不指望你，我自己去。"

"不是我找借口，我真的有事，很重要的事。"

"什么事还能比当事人丢了重要？"

"你别说，我还真就是为了张大美这件事。那天我到孙国强那里去的时候，他对我说，张大美有精神病……"

鼠目马上急了："去他妈的，胡说八道，那天送张大美上医院是我跟他一块儿去的，医生说得很明白，过去她有点忧郁症，突然受到强烈刺激就有些幻觉臆想，就有点像梦游，过去了好好休息就没事了，哪有什么精神病？"

陈律师说："你别说了，我看张大美也不像有精神病的样子，可是法院不会认我们，如果孙国强真提出来，张大美有精神病，没有民事行为能力，法院就不可能受理她的离婚案，所以这件事情还真的有点麻烦。"

鼠目也不是法盲，陈律师一说他就知道这真是一个挺重要也挺现实的

问题,而且,他相信如果张大美向法院起诉,孙国强肯定会说张大美有精神病。于是,鼠目便问陈律师:"要真是那么样该怎么办?"

"法院也不会认他的说法,哦,他说谁是精神病谁就是精神病?没那么容易。法院认的是具有法律效力的证据。现在的问题是,我们双方都得拿出证据来,张大美需要拿的是证明自己精神正常的权威诊断证明,孙国强也得拿出能够证明张大美确实有精神病的权威证明。"

"那没问题,张大美随便到哪个医院都能开出这个证明来,她本来就没有精神病嘛。"

"那你没想想,孙国强随便到哪个医院不也同样能打出来证明张大美确实有精神病的证明吗?"

鼠目想到了孙国强常务副市长的身份,不能不承认陈律师说得有道理:"那你说我们该怎么办?"

陈律师说:"这正是我要去办的事情,这件事情不能指望海阳市的医院。孙国强出面了,哪个医院能不按照他的意思办?甚至可能还会抢着帮他办呢!我现在就到省里跑一趟,先跟省精神治疗康复中心的专家取得联系,事先打好招呼,到时候我们就委托他们给张大美作精神鉴定。有省级医疗机构医学权威的鉴定,海阳市任何医院的鉴定都得拿下。在我们律师行里,这就叫比大,你请区一级的,我就请市一级的,你请市一级的,我就请省一级的,看看谁的分量大,法院就认这个。"

鼠目问:"你在省康复中心有没有关系?"

"没有关系就不能建立关系吗?这就是我现在就要跑一趟的原因,未雨绸缪。打官司就像下棋,走一步看几步才行。我们干这一行的,跟做生意没啥区别,靠的就是关系,特别要跟法官有关系。什么时候我说不定还要动用你姐夫呢!所以现在我也得跟你搞好关系。好了,不多说了,我得赶紧走了,你的任务就是尽快把我那位当事人找到,如果真需要作医学鉴定,还得她亲自跑一趟。"

"那好吧,你忙你的,我跑我的,我现在就到工商局去。不过你可别打我姐夫的主意,这种案子你想他敢出面吗?"

"不管怎么样,走一步是一步吧!唉,代理费没几个,说不定这一个案子就把我的招牌彻底砸了。好了,没别的事我挂了,该走了,你抓紧找人啊!"

鼠目顶了他一句:"说不定经过这个案子,你就成了名冠全省、扬名全国的大律师了呢!"说完,挂了电话,开车朝工商局驶去。

4

李寸心在周文魁家里跟吴敏聊天。吴敏关切地问她:"他李姨,身体恢复得还好吧?"

"好了,基本上没什么问题了。你今天怎么没上班?"

吴敏满面愁容:"哪有心上班,唉,说不成。"

"是不是孩子不省心?"

吴敏警惕地看看李寸心,李寸心的眼神充满关切和善意。吴敏叹息了一声:"唉,家家都有难唱曲啊!就说我们家吧,按说应该没有什么让人作难的事了。可是就是润发这孩子太让人糟心。"

李寸心问:"润发多大了?比我们家吉乐小吧?"

"可能比你们家吉乐小三四岁吧,属猴的。"

"我们家吉乐属龙,比你们家润发大三岁。"

"他哪能跟你们家吉乐比,吉乐那孩子多好,大学毕业,又在公安局工作,对人有礼貌。我们家润发初中都没毕业就死活不上学了,为了给他找个工作我们没少花力气,可是他一样也干不好,不是让人家炒了,就是自己不干了。整天就那么晃荡来晃荡去,还不学好,唉,愁死人了。"

"孩子嘛,慢慢就会懂事了,对了,他在不在家?"

"在,不在家他能上哪儿去?这阵儿还没起来呢!唉,这几天他也

不知道犯什么毛病了，一天到晚没有一句人话，整天躲在自己的屋里不出来，谁也不知道他心里想啥呢，再这样下去这孩子就彻底废了。"

说曹操曹操就到，两个人正在说润发，润发懒洋洋地从楼上下来，一眼看到李寸心，扭头就跑。

吴敏叫喊："润发，你李姨来了你跑什么？也不知道打个招呼，这孩子真是的，你看看他这个样子，是不是一块废料？"

"你也别这么想，在我们跟前润发还是个孩子，不是废料。你别急，咱们大家一块努力，润发还是会有前途的。"

李寸心这话让吴敏感动、舒心，因为这话迎合了一个当母亲的对儿子的期望，尽管这个儿子很不成器，他也终究是自己的儿子。吴敏的心理上有了一种依托感、亲近感，她实在忍不住了，润发吸毒这件事憋在她的心里无人可以倾诉，就像一块无法消化的石头梗在胸腔，让她实在承受不了，此时此刻，李寸心在她心目中就成了最可以信赖、可以倾诉的人。她做了一个吸毒的手势说："润发还能有什么前途？沾上这个的人能有什么前途？"

李寸心一点儿也没有惊讶："俗话说，只有不能治的病，没有不能戒的瘾，只要方法得当、肯下决心，就一定能戒掉。"

吴敏见李寸心听到润发吸毒并没有惊讶，她自己反倒惊讶了："你知道润发吸毒的事？"

"听说过，所以我今天抽空过来看看，能不能帮你做点什么。"

"现在我们家老周对他已经彻底失望了，心思都放在了他前妻的大儿子身上，经常往外跑，我知道，他很多时间都是跟他大儿子在一起。我也没办法，自己生的这个东西不争气。唉，有时候我都恨不得把他杀了，然后我也跟着一死了之。"

"你怎么能这么想？吸毒固然是严重的毛病，可那也终究不过是个毛病，现在有戒毒所，想办法动员他戒了不就成了，怎么能想到死呢？这个世界上还有什么能比生命更珍贵？生命可是无法重复的。只要润发能把毒戒了,他还小得很呢,还能做很多事情,只要人在就啥都好说,事在人为嘛。"

吴敏的眼泪涌了出来:"唉,这件事情全都怪我。刚开始我不知道他沾上那东西了,只是觉得他花钱太厉害,我就这一个儿子,也知道他没什么本事,自己挣不来钱,想着只要他不在外面学坏,手大一点儿也还是可以容忍的。后来他花钱就开始多得吓人了,我问他把钱都花到什么地方去了,他不说,我就开始控制他花钱,可是已经没办法控制了,不给钱就像要他的命一样,跟我寻死觅活的,我也没办法。后来我逐渐感到情形不对,可是已经晚了,他已经陷进去了。我不敢跟老周说,怕他知道了说不准会把润发怎么样,也想过送他去戒毒所,润发坚决不去,我也怕老周知道,又怕大院里的邻居知道了笑话我们。不管怎么说老周也是市领导,传出去说政协主席的儿子抽大烟,老周还怎么工作?没办法,我只能顺着他,希望他迟早能有醒悟的一天。我哪里知道,人一沾上那东西就别想能自己醒悟过来。说句话你别笑话,我们家现在别说存款了,就是每个月的工资都不够花。前段时间老周的前妻来给他大儿子要学费,我也不是油盐不进的浑人,这种事情是老周应尽的义务,我不会阻挡。可是我们家确实没钱啊!这话又不能说,说出去了谁会相信?白白惹人笑话。老周也为难,他好像也知道我的难处,并不追着问我要钱,后来我才知道,他也知道润发吸毒的事,跟我一样也是束手无策。唉,那几天我们真是度日如年啊!他前妻不知道怎么回事儿,这段时间再没来闹腾,要是接着闹下去我可就真的活不成了。"

李寸心到处找面巾纸,想让她擦擦泪水,可是他们家却没有面巾纸,便问:"你们家面巾纸放在哪儿了?"

吴敏含着眼泪苦笑:"我们家还能用面巾纸吗?别看那东西便宜,那也是要花钱的。我们家都是用毛巾擦脸。"

李寸心的心颤抖了,她真有点不敢相信,在常委大院里,周文魁这个正市级领导家里的生活竟然会窘迫到这种程度。她劝慰吴敏:"想开一

点,再难的事情总会有个终了的时候,人活在这个世上谁能不经历三灾六难?现在最重要的就是赶紧送润发戒毒,戒了毒才好接着处理别的问题。"

吴敏愁眉苦脸地说:"过去我们怕送他戒毒让人家知道了笑话,他自己也不愿意去,现在想送他去我们也没钱了,我问过了,戒毒也是要花钱的。"

李寸心斩钉截铁地说:"只要润发戒毒,多少钱我来出。"

吴敏连忙谢绝:"这不行,这怎么行?"

"有什么不行的?人重要还是钱重要?你已经错过一次了,不能再错了。孩子重要还是面子重要?当时你要是不顾面子,把孩子送到戒毒所去,也许就不会是今天这个样子了。这样吧,需要多少钱我拿,算我借给你的。"

吴敏不知道该说什么才好,只能一个劲儿说:"这、这……"

突然间,润发从楼梯上冲了下来,扑到李寸心跟前就地跪倒,抓起李寸心的手用力朝自己脸上打:"李阿姨,你打死我这个畜生吧!我是猪狗不如的畜生,再不然你把我送到公安局,让他们一枪把我毙了吧!我真的不想再活了,李阿姨,求求你,打死我吧……"

吴敏蒙了,呆呆地僵在那里,失去了行动和思考的能力,乱麻一样的头脑里隐隐约约有一个念头让她呆若木鸡:润发出大事了。

李寸心没有蒙,学者的思维方式让她立刻冷静地意识到,自己能够而且应该挽救一个单纯却又被污染了的灵魂。她没有挣脱润发的手,随着他的力道任由拿着自己的手在他的脸上、头上拍打着。她的另一只手,在润发的头顶轻柔的抚摸着,这一刻,她觉得自己抚摸的是吉乐,吉乐小的时候她经常这样爱抚他,吉乐长大以后,开始拒绝这种充满女性意味的爱抚,她有时候还为此而感到过失落,似乎儿子长大了也就离她越来越远了。今天,她又重新感觉到了母亲爱抚自己儿子的那份柔情。爱抚着润发那长着浓密头发的脑袋,李寸心喃喃地劝慰着他:"孩子,没事,没事,一切都会好起来的……"

润发跪坐在地上号啕大哭起来。

5

　　市公安局刑警队，赵吉乐输入了几次密码之后，电脑打开了，文件开始正常运行。广林子很高兴："行啊！赵吉乐还有这么一手，快看看这是不是你舅舅的电脑。"

　　赵吉乐却又把电脑关上了："这算什么，太简单了，我舅舅那个人健忘，他怕自己的密码忘掉，所有需要建立密码的地方只用三组数字，一组是他的生日，一组是他的车牌号，还有一组是身份证后面的尾数，然后在每组数字前面再缀上他名字的汉语拼音字头，这我知道，算不上什么本事。"

　　广林子说："你关上干吗？再看看里面都有什么，确定一下。"

　　"没错，肯定是他的电脑，不然怎么能用他的常用的密码打开呢？人家电脑里的东西就跟日记一样，属于个人隐私，我们不能看。"

　　广林子还有些不放心："你能确定？"

　　"我以我的生命担保，没问题，肯定是他的。"

　　广林子马上下令："小刘，把电脑拿去作技术鉴定，吉乐，跟我去突审买主。"

　　买主是一个中年人，戴着眼镜，看上去挺文雅，坐在刑警队的滞留室里惴惴不安，见到广林子他们进来，就连忙站了起来。

　　广林子说："你坐下吧，别紧张，实事求是地把笔记本电脑的来路说清楚。"

　　买主战战兢兢地坐了下来："这个电脑是我买的，真的，我从来没偷过东西，我是有正当职业的合法公民。"

　　"但愿如此。你就详细说说，从哪儿买的，多少钱，时间、地点、过程一样样说清楚。"

　　买主回想："前天，大概四五点钟的时候，当时我也没看表，感觉就

是那个时间。我下班回家，刚刚从公共汽车上下来，就有一个人凑过来问我要不要笔记本电脑，我随口问了问价钱，他说只要一千五百块就卖。我一听这么便宜，怕有什么问题，就说不买，可是他却缠着我非让我看看货再说。我只好停下来，他从怀里把笔记本电脑掏出来，我一看还挺新的，不像我想象中的那么旧，就认真看了一下，原装进口名牌，这种东西我在电子城看到过，最便宜的也得一万多块。我有一个朋友是专门倒腾二手电脑的，我当时想，把这台电脑贱价买下来，然后直接倒给他，翻个番是没问题的。我就又跟他讲了讲价钱，最后还价还到了一千块钱，我就买了。"

广林子说："蒙谁呢？到菜市场买几个土豆都得挑挑拣拣的，一千多块钱的东西，你看也不看就买？你缺弦呀？"

"我看了啊，专门打开看了一下，没什么问题啊！"

"密码都打不开你看什么看？"

"我当时也问他了，他说密码是他哥设置的，他也不知道，送到修电脑的那儿就能打开了，就因为这才跟他把价格降到了一千块。"

"嗯，"广林子说，"你再给我详细说说卖电脑那个人的长相、年龄、口音、穿着打扮等情况。还有，你给我压几个指纹。"

买主乖乖地按照广林子说的让警察取了指纹，然后接着往下说："我也觉得这台电脑买得太便宜了，当时也不放心，反复追问他电脑是哪儿来的，他说是他哥的，他哥死了，这是他哥留下来的，急着卖了准备让他交学费的。"

"你说说他的长相。"赵吉乐追问。

"个头跟你差不多，没你壮，偏瘦。穿着夹克衫，也说不上有什么特别的地方。对了，脸色不太好，黄黄的，还有点发青。"

赵吉乐看看广林子，广林子知道他的意思，朝他点点头。赵吉乐问："你要是再见到他能认识他吗？"

买主想了想后连连点头："能认识，肯定能认识。"

广林子看看赵吉乐，赵吉乐点点头，广林子说："这样吧，你跟我们去认个人，看看是不是给你卖电脑的。"

买主连忙答应："好的，现在就去吗？"

广林子说："急什么？你以为人家就在那儿等着让你认啊？"

广林子拉着赵吉乐出了滞留室，对他说："催催小刘，看看检验出来了没。"

"哪有那么快？"

"现在都用电脑了，快得很，催催。"

赵吉乐便打电话催小刘，电话刚刚拨通，小刘就从外面走了进来。

广林子急忙问小刘："怎么样？"

小刘摇摇头："现场遗留的指纹跟这家伙的对不上，看来这家伙说的是真话，转手买来的，是不是把他放了？"

广林子说："放了？哪有那么好的事儿，收买赃物也是违法的。现在还不能放，得让他为我们破案贡献一份力量。"

小刘问广林子："那下面怎么办？"

"让赵吉乐去办，吉乐，怎么办你该知道吧？"

赵吉乐说："知道。"

广林子又说："这件事情一定要高度谨慎。局长最怕闹这种事，先别声张，摸清他的情况，然后再打电话过来，我领着这家伙去认人。他妈的，要是有办法弄到那小子的指纹、脚印就好了，对比一下就什么都明白了。当官的家里人就是难办。"

赵吉乐说："队长，别一篙打翻一船人，我这个当官家里的人，整天还不是被您老呼来喝去的，夹着尾巴乖乖给您抬轿子。"

"你是好孩子，行了，好孩子，快去办事吧！局长可说了，这个案子破了给我们记功呢。"

"我不求记功，只求破案。好了，我走了。"说着，赵吉乐边朝外奔去。

广林子追着嘱咐："谨慎一些，别让人察觉出什么反过来找我们的麻烦。"

赵吉乐已经走到了门口，回头说了声："我办事您放心吧！"

6

鼠目来到工商局,工商局大厅里非常热闹,鼠目凑到一个窗口询问:"请问我要查一个公司,应该找谁?"

里面的工作人员不耐烦地指指他后面说:"那不是电脑吗?到电脑查。"

鼠目回过头来,果然见大厅里并排摆了几台触摸式电脑,有一些人用手指不停地对着电脑屏幕捅来抹去,动作姿势就好像流氓在调戏妇女。鼠目凑过去看了看,果然在电脑上有一些已设好的程式显示在那里,有注册登记程序示意图、公司法规制度查询、公司法人查询等。鼠目就在公司法人查询那一栏捅了一指头,里面出现了"按照公司名称查询"、"按照公司负责人姓名查询"两个选择,鼠目也不知道张大美的公司是什么名称,就在"按照公司负责人姓名查询"那一栏输入了"张大美"三个字。电脑立刻显示出了公司的基本资料,公司的名字叫"大美工贸有限责任公司",注册资金五百万元,公司经营场所为自有,公司地址在"紫苑路三号五栋"。鼠目明白了,张大美的公司登记的办公地点就是她家。看来张大美的公司实际上也不过就是一个大皮包,实在难以想象,她真的会把客户带到常委大院里去谈生意,真不知道过去她那几百万是怎么挣来的。

查了半天等于没查,鼠目大失所望,沮丧地从工商局出来,又给张大美打电话,却仍然没有打通,只好闷闷不乐地驾着车在街上盲目地转悠着散心。

7

润发仍然跪在地上,正在向李寸心和他母亲忏悔:"李阿姨,我实在对不起你,那天我真是昏头了,当时只是害怕,脑子里乱哄哄的像是灌满了开水,我、我、我那是作死啊!"

吴敏泪流满面,她知道儿子这一回可是犯了大事,闹不好后半辈子就彻底交代了。此时又气又怕,恨不得咬这个不争气的儿子一口,一个劲用手指头杵润发的脑袋:"你、你、你真是作死啊……怎么那么丧良心的缺德事都敢做啊!"边骂边哭。

李寸心竭力想把润发拉起来:"来,润发听阿姨的话,起来说。"

润发执拗地跪在地上,李寸心身体衰弱,哪能拉得动一个二十来岁的小伙子,只好罢手。

吴敏也在一旁说:"就让那个畜生跪着。"

润发接着说:"李阿姨,你真是好人,出了那件事以后没有向公安局告发我,你越是这样我越难受。我把你家的电脑卖了以后,本来打算逃跑,可是实在忍不住毒瘾,就又把钱买了毒品。像我这种人,身上没有钱,跑出去也只有死路一条,说不定死得更惨。我只好又回来了,心想,这件事情警察很快就能查清楚,在警察抓我之前,最后这一段日子好赖也在家里过,我知道我是不孝的坏蛋、人渣,把我爸我妈坑苦了,可是,最后我能在家里陪他们几天也算是我的一点心意,除这以外,我也不能再为他们做什么了。后来我知道你没事了,我既高兴又害怕,高兴的是你活着,我的罪恶就小一些;害怕的是你只要一说话,警察马上就可以抓我。这几天我……我……活得真难,有时候想还不如一死了之,我真的想走这一步,你看看,这是我写给我妈我爸的遗书。"说着,润发把一张揉得皱皱巴巴的纸给了李寸心。

李寸心接过来展开一看,上面歪歪扭扭地写着几行字:爸爸、妈妈,对不起,我走了,永远走了,我做了罪该万死的坏事,李阿姨是我害死的,我后悔了,可是也来不及了。你们不要想我,就当没有生过我,我下一辈子再尽孝吧!润发绝笔。

李寸心把这张纸递给了吴敏,吴敏看过之后号啕大哭起来。

"我太没出息了,想死又怕疼,总想找一种不疼的办法死,结果就拖下来了。李阿姨,你不恨我吧?我想你肯定不恨我,而是希望我能学好,因为你刚才跟我妈说的话我都听到了。"

李寸心说:"阿姨怎么会恨你呢?不会的,阿姨从来没恨过你,阿姨确实是希望你能学好,不然阿姨今天为什么专门来找你呢?阿姨问你一句话,你老老实实告诉阿姨,你沾上吸毒的坏毛病有多长时间了?"

"大概有三年了。我那时候刚刚让单位开除了,心里憋闷得很,就到迪厅去散心,认识了几个朋友,跟他们一起抽烟喝酒,也不知道他们是给我的酒里还是烟里混上了料,很快我就上瘾了。"

"那你今后准备怎么办?"

"李阿姨,你是好人,我现在最服的就是你,你让我干吗我就干吗。"

"我让你自首,尽快自首,这样就能减轻对你的刑罚。公安局肯定会很快破案的,所以你要赶在公安局前面投案自首。然后,到戒毒所戒毒,刚才阿姨已经说了,你爸爸妈妈经济上有困难,阿姨给你出钱。"

"我听你的,李阿姨,你太仗义了,你就是以德报怨的恩人。"

吴敏催促润发:"润发,你阿姨说得对,你知道你阿姨为什么不告诉公安局是你作的案?就是为了给你留个投案自首、争取宽大处理的机会,给你留个戒掉毒瘾重新做人的机会啊!我听你爸爸说了,这几天公安局对案子抓得特别紧,用不了几天就能追到你这儿,等到公安局破了案,抓你的时候你再投案自首也来不及了。"

李寸心站起身:"润发,记住了,到了公安局实事求是,积极配合公安局工作,争取立功,该帮你的我一定会帮你。走,现在就走,李阿姨陪你去。"

吴敏说："润发，走，妈妈跟李阿姨一起陪你去。"

润发突然朝李寸心磕了两个头，然后起身搀扶着李寸心朝外走，吴敏紧紧跟在身后。外面，天气晴朗，阳光明媚，三个人相互搀扶着朝他们心中的希望走去。

8

孙国强穿着风衣，风衣的领子竖了起来，还戴了一副墨镜，用衣领和墨镜遮挡着半张面孔，鬼鬼祟祟地来到一幢居民楼前，然后匆匆忙忙地上楼，在一家住户门前掏出钥匙开门进去了。屋内一个年轻女人从卫生间出来，猛然被他吓了一跳："啊呀妈呀，你这是干吗？当特务了？"

孙国强摘下墨镜，脱掉风衣，一屁股坐到了客厅的沙发上，长吁一口气："他妈的，每次到你这儿来一趟就跟地下党接头似的。"

"你别糟蹋地下党了，你应该说就跟特务接头似的。"边说边给他张罗饮品，"喝什么？饮料、红酒、茶水？"

"茶水。"

"你这个人就是麻烦，没什么偏要什么，好吧，我去烧水吧。"

孙国强一把将她拉到自己腿上坐下："算了吧，我不渴，孩子呢？"

"送托儿所了。"

孙国强把她从腿上卸下来，站起来说："你一天也没什么事，就那么一个孩子还要往托儿所推，你一个人在家这么糗着烦不？"

"我还不是为了你，你以为我这样好受啊？真应了那句话，傻老婆等野汉子，也不知道你什么时候回来。你的事情办得怎么样了？"

"我把她送到疯人院去了。"

"那你进家门了没有？"

"进了，我的家我凭什么不能进？我待一会儿拿了东西就走。"

"我什么时候跟你搬过去？"

"你要干吗？这儿住着不是挺好的吗？"

"再好也没常委大院好，门口武警站岗，出来进去多威风。"

"现在哪儿还有什么武警站岗，再过几天就跟普通居民小区一个样了。你没那个耍威风的福气。"

女人钻进他的怀里撒娇："不管嘛，我是你的老婆，你是我的老公，孩子是你的儿子，难道你让我们娘儿俩永远就这样低人一等吗？"

孙国强搂着她解释道："现在还不到时候，虽然她进了疯人院，可是我们还是有法律关系的，现在你要是住进常委大院，我马上就会身败名裂，到时候你就啥也别想了。所以你现在还得忍耐、等待。"

女人在他身上扭来扭去，撒痴作娇："你说的我不是不懂，可就是心里难受，整天除了吃喝睡以外就是一件事情：等你。这样的日子什么时候才能熬到头啊！还有，我们娘儿俩今后的生活你还得想办法，靠你的工资能让我们娘儿俩过上好日子吗？"

孙国强像摆弄宠物一样摆弄着女人，用好话应付着："这还用你担心？我这个常务副市长难道是白当的？多少人追在我的屁股后面巴结我，我根本用不着理他们。最近环城公路周边绿化、人行道铺设、上下水管线，还有广告位置、公交车站牌等，活儿多得是，随便放出去一项钱还不是哗哗地往兜里流，这种事你还操什么心。收入我让他们直接送到你这儿来，你可管好了。"

"你不怕出事吗？"

"去他妈的，已经出事了，张大美那个娘儿们想要我的命，这件事情瞒得了一时瞒不了一世，迟早也是麻烦，你也得有个准备，弄得差不多了就得想后路了。"

"你是说出国？"

"你不是早就想出吗？"

"你要是早按照我说的做,现在还用得着手忙脚乱吗?"

"早干这事说不定早就进去了,这也是被逼的。现在最重要的就是你千万不能出事,老老实实待着,收钱的时候啥话别说,也别想着进常委大院当官太太了。"

"好亲亲,能出国谁还稀罕进那个破大院,你放心吧,我保证乖乖地听你的话,做你的好老婆。"边说边在孙国强的脸上、嘴上连连吻出一串胖人放屁的声响,"好老公,来,我给你好好地松弛松弛。"说着,女人跟孙国强相拥着进了卧室。

9

赵吉乐急匆匆地回到大院,把车停在自家门口,进门先问梨花:"我妈呢?你们什么时候回医院?"

"阿姨到政协周伯伯家去了。"

赵吉乐惊愕:"什么,她到周文魁家去了?她从来不串门啊!"

"是啊!我也觉得奇怪。可能是刚好走到他们家门前了,阿姨想进去坐坐吧。"

"那你怎么回来了?你的任务忘了?"

"我没忘,阿姨不让我在那儿等她,非让我回来。"

"这里面有事,我得过去看。"

梨花有些着忙:"那我也去。"

"你别去了,在家等着就行了,要是我跟我妈走两岔,回家还有你在,你就告诉我妈让她别走,等我。"

赵吉乐急匆匆来到了周文魁家,正要叫门,想了想掏出手机给广林子拨电话:"队长吗?我妈到周文魁家串门来了,我过来找她,如果有机会我把那小子的痕迹采集上行不?"

"能采到当然好了，可是千万不要被对方察觉了。"

"我不是说过了吗？我办事你放心好了，我会小心的，免得局座难做人，我懂。"

"不过也没啥，你真的弄出点啥事来，局座也不会怎么样。我担心的是让那小子察觉了撒丫子。"

"那就好办了，真是他有我盯着他也跑不了，不是他他也不会跑。好了，没别的指示我就动身了。"

"动吧，及时来电话，我带人过去认人。"

赵吉乐收起电话，来到门前按响了门铃。

10

鼠目开着车在外面漫无目的地瞎转了很久，不知道该到哪里去找张大美。他想到了报案，可是张大美从法律上来说是有丈夫的，报失踪也轮不到他，即便他到公安机关报了案，人家也不会受理，而且肯定会立刻传到孙国强耳朵里。鼠目束手无策，只好开车回了紫苑路三号大院。停好车，鼠目又有些不甘心，再一次来到了张大美家门前，再一次敲响了孙国强家的门，仍然没人应答。他又往张大美家里打电话，还是没有人接。鼠目不由就开始胡思乱想，张大美会不会又犯病了，就像那天晚上一样，不知道又跑到什么地方跟人家述说衷肠去了。也可能糊里糊涂让别人给领走了，鼠目知道，她处于那种状态的时候，恍恍惚惚，理智的判断能力处于封冻期，念头都集中在她的主观臆想上，如果这个时候碰到人贩子，凭她的成色和质量，肯定能卖个好价钱。也有可能她处于那种精神状态下，在极为低潮的情绪支配下，忽然萌生了轻生的念头，这完全有可能，上一次她幻想杀孙国强，这一回难道她不会幻想杀自己吗？鼠目胡思乱想，越想越害怕，现在唯一的办法只好找孙国强问问了，于是他硬着头皮给孙国强拨电话。

孙国强接了电话，鼠目先向人家问好，然后然后自我介绍："我是《海洋日报》的记者李寸光，笔名鼠目的那个，跟您见过面的。"

孙国强的声音冷得像块冰："嗯，什么事？"

鼠目明知不太可能得到答案，还是不得不问一声："我想问您一声，您知道您爱人到哪儿去了吗"

孙国强的话说得很难听："她不是一直跟你混在一起吗？"

鼠目压下心头的火气，告诉他说："请您别误会，我找她有点事，到处也找不到，这才向您问问，您知道就告诉我，不知道也没必要说那种话。"

"你没有权力要求我做什么，我告诉你一声，算是打个招呼，张大美一直跟你混在一起，如果她有什么问题，你必须承担全部责任。"

鼠目也来气了，顶了一句："该我承担的责任我不会逃避，该你承担的责任你也逃脱不了。"说完就挂了电话，喃喃骂了一句："真他妈不是东西。"

骂归骂，人找不到还是让他心急如焚，只好又给陈律师打电话，企盼张大美有什么事情找陈律师，陈律师能够知道她的下落。陈律师告诉他，他也没有张大美的任何消息，并且说已经跟省精神康复中心的专家会面，专家同意为张大美作精神鉴定。

鼠目说："人都失踪了，还做什么鉴定。"

陈律师宽慰他道："没关系啦，她那么大个人，还能飞到天上去？可能去办什么急事，手机也可能没电了，也可能忘带了，可能性太多了。"

鼠目差点说出"也可能遇害了"，又怕这话太不吉利，就没说出来："那好吧，等你回来再商量个办法找她。"

11

赵吉乐敲门没人应声，又往周文魁家里打电话也没人接听，这才开始着急起来，恨不得破门而入。他围着屋子转了两圈，扒着一层的窗户朝里面窥视，也没有发现任何情况，只好来到大院门口向门卫老头儿打听："请问老伯，你看没看见一个女的，四十多岁，从这儿出去？"

看门的老头儿倒挺明白："你是问赵书记的爱人吧？"

"对呀，你怎么一下就猜着了。"

"你是赵书记的儿子嘛，你问的肯定就是赵书记的爱人啊！"

"你认识我啊？"

"我在这儿看大门，常来常往的人不认识怎么能行。你是问你母亲吧？政协周主席的爱人还有他儿子搀着她出去了。"

赵吉乐顿时急了："你看清楚是他们母子俩搀着她吗？知不知道他们上哪儿去了？"

老头儿茫然地摇摇头："人家没说，咱也不能问，不知道。"

赵吉乐蒙了，他实在想不通，周文魁的老婆、儿子会"搀"他母亲上哪儿去。

"你没见他们朝哪个方向走了？"

"没有，从我这儿只能看到大门跟前这一块儿，他们朝哪个方向走了，我真不知道。"

赵吉乐知道再问也问不出什么名堂，匆匆向看门老头儿告辞，然后给广林子打电话："队长，出事了……"

广林子一下就急眼了："出什么事了？快说啊！"

"周文魁家里没人，听看大门的老头儿说，我妈让周文魁老婆还有他儿子搀走了，现在下落不明。"

"赶紧找啊！会不会他们把你妈挟持了？你先到可能去的地方找找，我马上给局长汇报。完了，这下可出大事了。"

广林子挂了电话，赵吉乐让他说得也大为紧张，马上骑着摩托车，风驰电掣地朝外面奔去，其实到什么地方才可能找到他妈，他自己也不知道。

有不同看法是正常的

1

赵宽办公室，秘书进来对赵宽说："机关事务局的李局长来了。"

赵宽放下手头的文件："哦，让他进来。"

李局长进来了，赵宽起身让座："你老李是无事不登三宝殿，有什么事说吧。"

李局长在沙发上坐下之后，试探着对赵宽说："赵书记，你忙不忙？我想向您汇报一下常委大院的问题。"

"正好我也要找你呢！你跟紫苑路街道办事处联系过了没有？"

"联系过了，他们建议在三号大院成立一个居民委员会，直接归紫苑路办事处领导，而不是像原来那样归紫苑街居民委员会管。"

"这是为什么？紫苑街居委会不愿意管我们？"

"也有这方面的原因，过去名义上紫苑路三号大院归紫苑街居委会，实际上紫苑街居委会根本没有管过，人家也没法管，大院里住的都是现任和前任的市领导，进门的时候又要报名又要登记，谁也不愿意去。"

"唉，人家这是惹不起躲得起，人民群众对我们这些当领导的还是有距离感和隔膜感啊！"

李局长说："也不完全是这方面的原因，现在的居委会跟过去已经不同了，完全实行民主选举、自我管理，服务的职能突出了，管理的职能弱化了。所以，根据紫苑路三号大院住户、人数以及其他方面的因素综合考虑，由紫苑路三号大院成立一个民主选举、自我管理，由街道办事处直接指导工作的居民委员会，既可以充分体现大院住户们的意愿，也能更好地发挥居民委员会的作用。不然，机关事务管理局一退出来，大院很多事情就没人管了。下一步如果再把大院管理推向市场，实行商品化运营模式，大院的精神文明建设、治安管理等都得有基层组织负责。另外，住户跟物业公司发生矛盾冲突，居民委员会还能出面协调，根据紫苑路三号大院的实际情况，还不太适合马上成立业主委员会，即便成立了业主委员会，业主委员会的职能主要是维护业主的权利和利益，对居民没有管理、服务职能。所以我觉得街道办事处的意见还是很有道理的。"

赵宽同意："那好，你们就根据接待办事处的意见，搞一个大院管理配套改革方案，成立大院居民委员会可以作为改革的一项重要内容。"

"可是，赵书记，我有些话不知道该怎么讲……"

"说，什么话都可以讲，如果对我觉得有话不好讲，就证明我这个书记不合格。"

李局长咧嘴笑笑："我不是那个意思。好吧，既然书记这么说了，我也就原原本本地说了。"

"说，言者无罪，闻者足戒。"

"关于大院的管理改革，我最近听到了一些风言风语，尤其是你们家出了那件事以后，有些同志对大院的改革有些不同看法。"

"有不同看法是正常的，什么事情都一致通过才不正常。说来听听，有什么不同意见？说不定人家说的还是很有道理呢！"

"有的同志说，你们家发生的案子，就是因为撤了武警，还说，如果再改下去，说不定还要出什么问题。"

"这种说法我也听到了，还有什么说法？"

"还有的人说，对紫苑路三号大院的管理是多年来形成的模式，也是成熟的模式，大院里住的都是领导干部，如果不能确保领导干部的安全，发生问题造成政治影响也不好。"

赵宽摇摇头："这么说听着好像有道理，可是不见得就真是道理。我们不能光想着确保领导干部的安全，我们首先应该想的是群众的安全。当然，领导的安全也有更大的政治影响问题，但是不能靠武警站岗来解决问题。再说，我们家的案子，现在还没有结论，我敢肯定的事，跟武警撤岗没有关系。即便武警继续还在替我们看大门，发生的案子也得公安机关来侦破。"

李局长解释："这个案子刚好发生在武警撤岗之后，所以人家会这么讲。"

"像我们这一级干部，如果全国都派武警来站岗，那得多少武警才够用？我自认为还没有让武警战士站岗的资格，也没有让武警站岗保卫的必要。其实，武警战士给我们在大门口站岗，象征意义大于实际意义，象征什么呢？象征这个大院里住着不同于普通老百姓的特殊人群。这件事人民群众有意见，认为我们是特权阶层，出入那个大院，你注意看一下附近经过的老百姓的眼神，就能知道什么是侧目而视了。党中央一再强调我们要立党为公，执政为民，以人为本，全心全意为人民服务。我们利用手中的权力，让纳税人供养的武警战士给自己看家护院，人民群众能信任我们这些深居高墙大院之内的干部是人民公仆吗？"

"赵书记您的意思是……"

"对大院管理的改革要坚定不移地推进，人民群众能花钱买服务、买治安，我们为什么不能？别的居民区都有街道办事处、居民委员会管理，紫苑路三号大院为什么就不能纳入基层政权组织的管理范围？难道就这样永远让你们机关事务管理局为大院的住户提供无偿服务，让紫苑路三号大院永远成为基层政权组织的盲点，永远成为社会主义精神文明建设的空白吗？"

李局长点头："赵书记的指示我知道了，有了赵书记您的明确态度，我们就有信心了，工作也就有了方向。"

"这不是我个人的指示,这是常委会定的原则,我们应该按照常委会确定的改革思路坚定不移地走下去,不能三心二意,不能听风就是雨,稍微听到一点儿不同意见就乱了阵脚。"

正在这时,赵宽的电话急促地响了起来,赵宽接听电话之后,脸色马上就变了:"什么?绑架了?不可能。"

来电话的是公安局林局长:"这是刑警队的初步判断。她是跟犯罪嫌疑人走的,我们担心是犯罪嫌疑人绑架了她。我们立刻安排大规模的搜索排查,我们还想找周主席询问一些情况……"

赵宽问道:"你们这仅仅是担心嘛,还没有确凿的证据证明,这个时候一定要冷静,千万不能闹得满城风雨,造成不必要的惊慌和影响。现在,一定不要找周主席,如果真的有什么事,周主席可能知道吗?如果没有什么事,这不是平白给周主席增加思想负担吗?你们冷静地分析一下,如果真的像你们所说的犯罪嫌疑人绑架了我爱人,可是她是跟周主席爱人在一起啊!周主席的儿子总不会连他自己的母亲一起绑架了吧?还有,到现在为止,对周主席的儿子你们还只是怀疑,而没有确凿的证据嘛。这样吧,你们等着,我马上过去,在我到达之前,什么措施都不要采取。"

放下电话,赵宽对李局长说:"有点急事,我得出去一下。"

李局长关心地问:"是不是你爱人又出什么事了?需要我们做些什么吗?"

赵宽边走边说:"谢谢你了,需要你们做的就是尽快把大院管理改革方案拿出来,改革方案还要征求大院住户的意见,在广泛听取他们意见的基础上不断完善,尽快开始实施。"

出了门,赵宽对秘书说:"打电话要车,我去公安局。"

2

公安局林局长办公室,广林子还有另外几个干部模样的警察局促不安地或站或立,林局长绕着自己的办公桌不停地转着圈子,愁眉苦脸,念念有词,他这时候已经完全乱了方寸。

广林子问:"林局长,赵书记怎么说?"

林局长说:"让我们冷静,在他到来之前不能采取任何措施。我的天啊!这怎么能让人冷静?你们都是窝囊废,特别是你,"林局长开始指着广林子的鼻子撒气,"你这个刑警队长是怎么当的?案子发了以后,为什么不对受害人采取保护措施?整天到处乱窜,像个没头苍蝇似的,明明知道那个周什么东西……"

"周润发。"

"对,那个什么周润发有重大犯罪嫌疑,为什么不采取控制措施?为什么拖着不正面接触采样?"

"这、这……这是您林局长让我们慎重、慎重、再慎重,谨慎、谨慎、再谨慎的啊!如果不是您让我们谨慎、慎重,上一回他们在大树上交易毒品的时候我们就把他们拘捕了……"

缉毒处处长插嘴:"是啊!要是那一回就拘捕他,也就不会有后来赵书记家的失窃案了。"

林局长烦躁不安地说:"事后诸葛亮,当时你们都干吗去了?回家给孩子喂奶去了?你们现在说的这话连马后炮的水平都不够,也就能算个马后屁。告诉你们,如果赵书记爱人出了问题,我这个局长是没脸干了,可是,在我下台以前,我一个个先把你们都收拾了。"

情况确实够严重的,也够公安局丢脸的。市委书记家里发生了盗窃案,书记夫人险些被害死,案子还没破,现在犯罪嫌疑人又把书记夫人绑架了,说出去真是警察的奇耻大辱。林局长本身又是那种见了领导头晕、腿

271

软、舌头短的人，处于这种危机状态，他更是六神无主，只能向部下发火了。好在他的部下也都知道林局长是个没什么大本事的好人，这种情况下谁也不敢，也不会跟他计较，所以广林子跟缉毒处长挨了一顿呲儿之后，谁也不敢再吭声，静静等着赵宽到来。

一个警察提醒林局长："赵书记可能马上就到了，是不是到外面迎一迎？"

林局长这才想到，不能像上级接见下级一样在办公室等着领导大驾光临，连忙说："对对对，都出去迎迎，谁也不准乱说乱动，没有问到谁谁也不准插嘴，记住了没有？"

大家参差不齐地说了声："记住了。"然后就拥着林局长到公安局大门口迎接赵书记。

公安局门口停了一辆出租车，林局长一见就大光其火："怎么回事？出租车怎么也乱停？堵到大门口像什么样子？"

站岗的武警见局长光火，正要跑过去驱赶，车上的乘客已经下来了，两女一男，林局长他们一看都呆了，来人正是失踪了的李寸心跟吴敏母子。一伙人连忙扑了上去，就像失散多年的儿子见到了娘，反倒弄得李寸心三人莫名其妙，尤其是润发，见到这个阵势，不知道发生了什么事情，吓得紧紧拉住了李寸心的胳膊。

3

赵宽坐在车上风驰电掣地朝公安局奔去，这时候电话响了，赵宽接通之后林局长声音发颤、激动不已地报告："赵书记，没事了，没事了，人找到了，不对，是他们找到我们了。"

赵宽紧绷的心顿时也松了下来，口气温和地对林局长说："老林，别急，慢慢说，怎么回事？"

"是这么回事，您爱人说服了周主席的儿子跟爱人，到公安局主动投案自首来了，刚才是我们误会了，是我们误会了。"

"那刚才你们的消息是怎么得到的？"

林局长解释："刑警队长派赵吉乐回常委大院里想办法拿到周主席儿子的足迹或者指纹样本，赵吉乐回家看见您爱人不在，听你们家保姆说是到周主席家去了，他就追到了周主席家，结果周主席家里没人，他又到门房打听，才知道您爱人跟周主席的爱人还有孩子一起走了。赵吉乐马上向队里作了汇报，队里怀疑您爱人让周主席的儿子绑架了，马上向我汇报，我找了几个同志一块商量研究，越分析越觉得绑架的可能性很大，我们当时也是抱着朝最坏处着想、向最好的结果努力这个态度才闹出了一场虚惊，主要责任在我。"

"没关系，你们的处理方式没有错嘛，主要是情况没有搞清楚，只能朝最坏处想了，说实话，我刚才跟你们一样也已经作了最坏的打算。谢谢你们啊！给你们添麻烦了。"

林局长感动了，一个劲儿说："我们的工作没做好，书记还表扬我们，实在不敢当，不敢当啊！"

"那我就不去了，我这边的事情还挺多，那边的事情你们处理吧！对了，事情办完了让赵吉乐尽快送她妈妈回医院啊！拜托了。"

放下电话，赵宽长长舒了一口气，吩咐司机："掉头，回市委。"

4

公安局林局长办公室，李寸心、吴敏正在跟林局长谈话。面对这两位市领导的夫人，林局长显得有些拘谨："你们放心，我们一定会依法办事的。"

吴敏问："润发是投案自首，肯定会减轻罪行吧？"

"这是我们党的一贯政策,也是法律量刑的重要依据,你们尽可以放心。如果他能积极配合我们破案,还可以戴罪立功,立功受奖呢!"

李寸心说:"林局长,据我知道,润发吸毒是被迫的,是在他自己不知情的情况下被人下套勾引的,我觉得现在最重要的是帮助他戒毒,能不能一边审他的案子,一边送他去戒毒啊?不赶快把毒瘾戒了这孩子一辈子就完了。"

"这没问题,我们可以一边审查一边把他送到专门为在押人员设立的戒毒所去。"

"这就好,这我就放心了。还有,他到我们家也没偷什么东西,他偷东西也是让毒瘾给害的,希望你们在审查的时候,充分考虑这些因素。"

"我们会考虑的,你们放心吧,我们公安局既要破案,也要救人,对润发的处理一定会公正,会依法办事的。"

吴敏不放心:"这孩子自从染上毒瘾以后,身体越来越差,我听说在里面天天喝面糊糊,他怎么受得了啊!"说着说着哭了起来。

林局长哈哈笑了:"你这是听谁说的?等有时间我派人陪你到看守所看看去,山珍海味不敢吹,吃饱喝足有营养我们还是能做得到的,这方面你一定要放心。"

李寸心起身说:"那好,许多事情就拜托林局长了,我们就不再打扰你了。"

吴敏言犹未尽,支支吾吾的还要说什么,李寸心拉了她说:"好了,走吧,润发这样的孩子交给林局长他们好好调理调理只有好处没有坏处,你就放心吧!再说还有吉乐在这儿照应,肯定吃不了什么大亏。"

正说着,赵吉乐推门而入:"老妈,你要急死我啊!害得我满大街找妈,有什么事你倒是事先给我说一声啊!"

李寸心爱怜地替他拍拍身上的灰尘:"你这个孩子,我跟你吴阿姨在一起还能出什么事?还当警察呢!这么点儿事就乱了方寸,怎么抓坏人?有些事情能说,有些事情不能说,有些事情现在能说,有些事情以后才能说，我要是事先告诉了你，润发能算投案自首吗？好了，没事了，我们也该走了，你们都很忙，不打扰你们了。"

林局长吩咐："吉乐，把你妈她们送回家，用我的车。"说完，亲自把他们送到楼下，然后急匆匆地跑到刑警队看审讯情况去了。

5

赵宽家，鼠目坐在客厅的沙发正在劝慰梨花："没事的，阿姨又不是小孩子，还能出什么事？你等等，我打电话帮你找。"

梨花哭咧咧地述说："我陪阿姨到的他们家，阿姨让我回来，我看一切都是好好的，就回来了。我真后悔，我就不应该听她的，我要是不回来，起码现在他们在哪儿我能知道啊！"

"你别哭啊！你一哭把我的神经都哭乱了，我现在就打电话。"说着，鼠目就给赵吉乐拨电话："吉乐吗，你妈到底是怎么回事？有消息了吗？"

赵吉乐在电话那头说："每一回你都是马后炮，我妈找不着的时候你跑哪儿去了？好了，没事了，我妈帮助我们破案呢，现在我们已经进大院了。"

鼠目放下电话对梨花说："看看，怎么样，我说没事就没事嘛，你阿姨帮你吉乐哥哥破案去了。"

梨花一下有了精神："阿姨帮助舅舅破案去了？坏人抓到了吗？"

"哎哟，我刚才怎么忘记问了，没事，他们马上就回来了，等回来再问。"

正说着，赵吉乐陪着李寸心回家了，鼠目跟梨花急忙迎上前去，鼠目问："姐啊！你什么时候调到公安局刑警队去了？听吉乐说你帮他们破案去了。"

275

"你听他胡说八道,我陪周主席的儿子到公安局投案自首去了。"

"你是说偷咱们家的是那小子?"

"他自己承认的。"

赵吉乐插话:"不会吧,你那天肯定看见他了,我们队长跟局长在医院里问你的时候你没说真话,替他隐瞒了。妈,作假证是违法的你懂不懂?你耽误了我们破案,给我们的工作造成了多大的麻烦,你怎么能这样呢?"

李寸心辩解:"我没替他隐瞒什么,也不是想干扰你们破案,你们现在不是把案子破了吗?"

"这不一样,你这是纵容犯罪,犯了罪就应该受到法律的制裁,这可不是人情世故能取代得了的。"

"你以为你妈就是为了人情世故吗?你妈当时确实没看到是谁。"

"老妈,别忘了儿子是公安大学本科毕业,又有三年实践工作经验的刑警,虽然我没有你的学问大,职称高,可是起码的逻辑思维能力还是有的。如果你当时没有看到他,前天为什么坚持要出院,今天怎么忽然想起来到他们家去找他?你可是从来不串门的啊!由此我就可以断定,你必然知道犯罪嫌疑人是谁,所以有意地包庇他,隐瞒了真相。妈,你可是犯了包庇罪了。"

"你的法律白学了,我亲自带着他投案自首,你说算什么罪?"

赵吉乐没话可说了,支支吾吾地说:"反正你这种对公安机关不配合的态度是不对的。"

"那你说说,我应该怎么配合?"

"你当时就应该如实向我们报告,让犯罪嫌疑人及时受到法律的制裁。"

"让犯罪嫌疑人得到法律制裁没有错,但是还有比法律更重要、更高的东西。"

"法律就是最高的。没听说吗?王子犯法与庶民同罪,还能有比法律更高的?什么叫依法治国,就是说法律是所有人都必须遵循的行为规范……"

鼠目听到这里插嘴:"外甥,你错了,法律只是规范人们行为的最低标准,就像在地上画了一道线,谁也不能越过,越过了就是违法。而社会的伦理道德才是高于法律的行为准则,虽然道德规范对人们的行为没有强制性,却具有对人行为的高层次约束力。就像空气,看不见摸不着,却时时刻刻影响着人的一切生命活动。"

赵吉乐不耐烦地说:"我说的是对待犯罪嫌疑人不能宽容放纵,而不是说怎么让润发那样的坏家伙学雷锋。"

李寸心反对:"我不同意你这样说润发,润发自己就是犯罪分子的受害者。他不是已经投案自首了吗?"

赵吉乐提醒道:"妈,你可别忘了,他差点把你给杀害了。告诉你吧,我绝对饶不了这小子。"

鼠目说:"这不是你饶得了饶不了的问题,这得由法律做主。"

李寸心说:"我刚才说了,有比法律层次更高的东西,现在我再说,还有比法律惩处更有价值的东西。"

"我的老妈啊!你该不是发高烧了吧?判刑就是最严重的惩罚了,还有比判刑更严重的吗?"

"我不是说更严重,我是说更有价值。"

鼠目补充道:"你妈的意思是说,拯救一个灵魂比毁灭一条生命更有价值。"

"对,你舅舅说得非常对,你就是得向你舅舅学。"

赵吉乐耸耸肩膀:"那没办法了,你们老李家人两个,我们老赵家人只有我一个,当然我说不过你们了,等我们老赵家那一口人回来……"

"什么老赵家、老李家的,怎么回事?"赵宽从外面进来接嘴。

"没什么事儿,我妈说拯救一个人的灵魂比毁灭一条生命更有价值。"

"没错啊,这话说得好啊!"

李寸心笑了:"你看看,你们老赵家另一口人回来了,还是没人支

持你。"

赵宽对李寸心说:"我也不支持你,我只有半个小时的时间,你跟我走,马上回医院。梨花,给你阿姨收拾东西,送她回医院。"

鼠目这才想起来:"对啊!姐,你不是住院呢吗?怎么跑回来带着什么人投案去了?"

赵吉乐说:"你整天像丢了魂似的,哪里还顾得上你姐姐。妈,我送你。"

鼠目说:"我也去,反正这阵儿我没事。"

于是,一家人陪着李寸心到医院去了。

6

公安局林局长办公室,广林子正在跟缉毒处处长和林局长商量案子。

广林子说:"周润发交代得非常彻底,把他作案的前后经过详细交代了,情况跟我们分析的完全一致,可是……"

林局长问:"怎么了?"

"他也承认了当时怕李寸心认出他,一时惊惶用被子捂住了李寸心的头部,可是,李寸心自己不承认,她说周润发只是把被子扔到了她的头上,为的是不让她看见他,她并没有感觉到周润发有杀害她的企图,局长你看这件事该怎么认定?"

林局长为难了,挠挠脑袋,拍拍额头。广林子跟缉毒处处长对视一眼,微微一笑。林局长看到了,也微微一笑对他们说:"这件事情该怎么定,你们商量个具体意见,报到我这里来。我的要求只有一条:依法办事,实事求是。"

广林子说:"那我们就很难认定他故意杀人,如果我们坚持认定他是故意杀人,把材料移交给检察院,李寸心否认了,检察院肯定会给我们退卷，我们就很被动。"

"我刚才已经说了，这件事情由你们决定，我只看你们的结案报告，这件事情我不跟你们讨论了。"

广林子叹息一声："赵吉乐这个妈啊，人是个好人，可就是太麻烦，好像有意跟我们作对。"

林局长说："以小人之心度君子之腹。人家跟你们作对，你们怎么没抓住案犯，倒让人家给送过来了？人家那是高尚，故意替周润发开脱，希望能给他一条生路。这都看不出来，刑警队队长白当了。"

广林子说："局长说得对，我也知道是这么回事儿，我也敬佩她，可是我们的案子怎么办？"

"我刚才不是已经教你了吗？依法办事，实事求是。如果你还听不明白，我就再告诉你两句：以事实为依据，以法律为准绳，重证据不轻信口供。"

缉毒处处长提醒局长："局长，这是三句话，超额了。"

林局长瞪了他一眼："就你会数数？我这三句话中间只有逗号没有句号。"

缉毒处处长问："那就是一句话，还有一句呢？"

"做好犯罪嫌疑人的工作，争取立功赎罪。"

缉毒处处长说："我就等您这句话呢！他们刑警队那一块的事基本上就这个样了，该把人交给我们了。"

林局长看广林子，广林子说："这没什么问题，可是当着局长的面把话说清楚，只要人一交给你们，你们就得承担全部责任，不能出任何问题，出了任何问题我们刑警队概不负责。"

"这你放心，而且我现在就当着局长的面表态，我们的事了了之后，军功章有我们的一半，也有你们的一半。"

林局长对缉毒处处长说："军功章的梦你先做着，现在的关键是你们的具体行动方案，说出来我听听。"

广林子说:"没我什么事我先走了。"

林局长说:"你觉得没你什么事吗?你想走就走,我也不拦你,那一半军功章你也就别想了。"

广林子只好又回来坐下:"我还是听听吧。"

"这才像个好态度,我们公安工作,什么时候也不能忘了无私协作、紧密配合,缉毒处这个案子刚开始就是你们捞住的,我不会忘了你们的功劳,可是你们也不能半途而废,给人家缉毒处一交了之,显得好像赌气似的,是不是嫌我把这个案子交给缉毒处了?"

广林子无辜地辩解:"好我的局长啊!我也没说啥呀?这个案子的线索不管是谁捞着的,本身就是人家缉毒处的事,该移交就移交,这是工作分工,我能有什么意见?好好好,我哪儿也不去了,洗耳恭听还不行吗?"

林局长对缉毒处处长点点头:"你说。"

缉毒处处长对广林子笑笑,开始说:"根据刑警队转过来的审讯记录,周润发交代,毒贩子曾经要求利用他们家的特殊环境,把他们家当做联络据点,进行毒品交易。"

林局长问:"那他们进行交易了没有?"

"没有,刚开始他为了能买到便宜一点儿的毒品就答应了,实际上人家一点儿也没便宜卖给他,他一生气就又毁约了。"

林局长说:"这帮毒贩子也能想得出来,竟然要把常委大院政协主席的家变成毒品交易的窝点,不是想象力特别丰富,就是狗胆特别包天。"

广林子插话道:"如果他们弄成了,这还真是一个高招,谁能想到常委大院政协主席家里是贩毒的窝点呢?"

"后来呢?"林局长问缉毒处处长。

"没有后来啊!后来他就犯事了,蒙了,不知道该怎么办了,投案自首了。"

"我问的是毒贩子那边的情况。"

"那边的情况都在我们的掌控中,根据这段时间的监控跟踪来看,他接触的都是基层的毒品零售商，至于这些人是从哪儿接手毒品的，我们还没有捞到线索。虽然他们狗胆特别包天，行动却也特别隐秘，但我们到现在还没动他们，就是想摸清他们的货源。"

广林子说："你掌握领导精神特别够快，局长刚刚说了一句狗胆特别包天你就马上活学活用、现炒现卖地用上了，你还是直接说你们要干吗，我们能干吗，这些大家都知道的事就别啰唆了，算我特别求你了。"

缉毒处处长瞅他一眼，轻咳一声接着自己的话头往下说："我们的计划是，动员周润发跟毒贩子联系，答应他们的条件，我们密切监控，争取弄清楚他们的货源，然后连锅端。"

林局长问广林子："你看呢？"

"好啊！当然好了。"

"嘴上说好，脸上的表情说不好，怎么？有什么问题？"

"第一个问题，周润发能答应吗？第二个问题，周主席能答应吗？第三个问题，常委大院的住户能答应吗？第四个问题，怎么监控？"

林局长把球踢给了缉毒处处长："你来回答这些问题。"

缉毒处处长说："周润发已经答应了，而且态度非常积极，他也知道，这是立功赎罪的机会。周主席那边做做工作估计也不会有什么问题，终究这对他的孩子是有好处的嘛。常委大院的住户我们不准备打扰，严格保密，所以不存在他们答应不答应的问题。监控嘛，为了方便工作，还得你们刑警队大力支持啊！"

广林子说："想要赵吉乐？临时用一下可以，长期不行。"

林局长说："这件事情不讨论了，不管长期还是临时，赵吉乐都抽出来担任一线行动小组组长。这件事情就这么定了，如果周主席那边有什么问题，我亲自去做工作。"

广林子嘟囔了一句："明明知道老周同志不会拒绝，这个工作我去做就成。"

林局长说："你嘟囔什么？大声点说出来。"

"我说只要你出面，肯定没问题。"

林局长瞪了他一眼，郑重其事地对缉毒处处长说："你这就去安排，搞个详细的计划出来，计划拿给我看看。这件事情一定要严格保密，泄漏出去，后果不堪设想。广林子回去了也不要给你队里的人说，直接让赵吉乐到缉毒处报到就行了。好了，就这样，你们可以走了。"

广林子跟缉毒处处长从局长办公室出来，广林子嘿嘿发笑，缉毒处处长问他："笑什么？笑我吗？"

"哪敢，我是笑局长呢！狗胆特别包天，这句话他老人家怎么想出来的？乍一听不怎么样，仔细想想，还真是那么回事儿。名言，名言啊！"

"你以为局长是白当的？你什么时候也能说出这种话来，离局长的位置也就不远了。"

"哥们儿，开玩笑归开玩笑，正经话我还得跟你说，在那个大院里撒网风险指数一百，千万谨慎，不要偷鸡不成反而蚀了大米。"

"所以要你支持啊！我把方案搞出来，你百忙中特别抽点时间看看，跟我一起商量商量。"

"这特别没有问题，需要我做什么你直接打招呼就行。"

7

政协主席周文魁家，周文魁坐在沙发上闷闷地抽烟，吴敏坐在一旁默默垂泪。周文魁掐灭了烟蒂，叹息一声："我上一辈子作了什么孽，生了这么一个孽种，什么事情坏他做什么，到了这个份儿上，哭有什么用？该死的娃娃球朝天，听天由命吧！"

吴敏说："不管怎么说，润发也是投案自首的，公安局林局长说了，这就是宽大处理的条件。"

"再宽大也得判他个半辈子，等到出来也就成废人了。还有他那个吸毒的毛病，即便不死也活不旺。唉，没办法啊！也是我这一辈子的现世报。"

吴敏可怜巴巴地求他："公安局林局长说了，可以马上送他到戒毒所强制戒毒。你能不能亲自出面找赵书记谈谈，让他手下留情，请他爱人帮着说说话，尽量宽容一些。"

"我哪里还有脸见人家？再说了，人家李寸心已经仁至义尽了，人家要不是顾着给他留条命，当初给公安局报告了，他连投案自首的机会都没有。你说说那个畜生，沾了吸毒的毛病也就罢了，大不了家里让你给抽个精光，谁让我养了这么个儿子，我认了。可是，你怎么能做那种伤天害理的事情？做了这种事情谁也救不了他，我也不想救他。"

吴敏哭咧咧地说："我感激李寸心，我这辈子还不了下辈子还，当牛做马我毫无怨言，可是无论如何也得想办法让润发判得轻一点啊！你还有个儿子，我可就这一个儿子啊，他这一辈子完了，我还能活吗？"

周文魁又开始点烟："我哪怕有一百个儿子，润发也是我的亲骨肉，我心里不难受吗？可是我有什么办法？国法无情啊！"

正在这时，电话响了，来电话的是公安局林局长，周文魁接了电话说："好好好，我在家，我等你，我等你。"扔下电话，马上吩咐吴敏："快，把家里最好的茶叶拿出来泡上，公安局林局长来了。"

吴敏一下蹦了起来："林局长来了？他来有什么事？"

"没说有什么事，来了就知道了。"

"会不会是润发的事？"

"这还用问，公安局长找我这个政协主席干吗？"

"那你可一定要好好给林局长说说，帮帮润发。"

"你快去泡茶吧，该说的我自然会说，先听听人家说什么，到时候你别乱插嘴。"

说话间，林局长到了，周文魁殷勤地把他让进家里，吴敏双手捧着茶杯给林局长奉茶，过分的殷勤倒让林局长不好意思，接过茶来喝了一口把嘴烫了，只好把茶杯放到了茶几上。坐定之后周文魁先检讨："实在对不起，我家那个畜生做出了那种事，给你们带来了那么大的麻烦，还请你多多原谅。"

林局长说："我今天来就是向周主席汇报一下这件事情。"

"不敢这么说，可不敢这么说，犯了法就得依法承办，我们做家长的也有责任，管教不严，我正准备向市委作检讨呢！"

"其实，你们家润发本身也是受害者，他吸毒完全是在自己不知情的情况下，被人家引诱上瘾的，他自己也没有参与贩卖，只是买来抽的。所以，这方面他的问题还不严重。"

"唉，我教子无方啊！没想到他胆敢闹出那种事情来，死有余辜，死有余辜啊！"

吴敏听到周文魁这么说，连忙插嘴："对不起啊林局长，我们家老周这是说气话呢！你可别当真啊！"

"我知道，没关系，能理解，谁家出了这种事情都是非常难过的。现在的问题是，光生气没有用，还得想办法让孩子尽量减轻刑罚。"

周文魁这才说："你说，林局长你说，该我们做什么，我们绝对没有二话。"

吴敏也紧张地盯着林局长，看他能拿出什么好办法来："林局长你说，卖房子、卖地我们都没有怨言，只要能减轻润发的罪过。"

周文魁瞪了她一眼："你别插嘴，卖房子还行，卖地你哪有地？听林局长说。"

林局长说："关于他到赵书记偷盗的问题，润发交代得很彻底，态度很好。但是赵书记的爱人不承认润发有意要伤害她，只是说润发看到她之后，很紧张，抓了棉被扔到了她头上，然后就跑了。我们心里都明白，这跟事实不符，跟我们侦查勘验的现场情况也不符，跟她的抢救诊断也不符，她是什么意思你们心里明白就成了，好人啊！"

周文魁说："赵书记爱人的意思我们都明白，她是为了减轻润发的罪过，给他留一条重新做人的路。我们感激他一辈子。"

吴敏插话说："下辈子让我给她做牛做马我都没有意见。"

周文魁急着听林局长的下文，对吴敏插嘴很不高兴，瞪了她一眼："这辈子的事情还顾不过来呢，哪顾得上下辈子，净说那没用的废话，听林局长的。"

林局长接着说："所以嘛，你们也要体谅赵书记爱人的苦心，润发现在已经投案自首了，这就是量刑的时候可以从轻处理的条件，如果能让他戴罪立功，那就更好，量刑的时候还可以从宽处理。"

"你说，需要我们做什么。"

"据润发交代，毒贩子曾经跟他商量过，冒充他的同学朋友，到你们家交易毒品，他们的设想是，这里是常委大院，你们家又是政协主席的家，做那种事情最安全。"

吴敏又插话："想得美，我们可不跟他们干那种事情，想把我们家变成毒品交易市场，门儿都没有。"

周文魁皱了眉头骂她："你怎么回事？我再说一遍，听林局长的好不好。"

吴敏委屈地闭了嘴。

林局长连忙说："没关系，想说什么就说什么，该说什么就说什么。"

吴敏连忙说："我没啥说的，听林局长的。"

林局长就接着往下说："如果我说，就让那些毒贩子在你们家开设一个交易场所，你们会同意吗？"

吴敏愣了："你是说让他们在我家买卖毒品？这怎么行。"

周文魁却马上明白了林局长的意思，立刻表态："没问题，一切听你的安排，只要能给润发一个赎罪的机会，怎么样我都没意见。"

林局长笑笑，对吴敏解释："是这样的……"

周文魁着急，打断了他的话说："你别给她解释，这件事情我做主了，这是给润发一个立功赎罪的机会，你说吧，我们该怎么办？"

"我们准备把润发放出来，让他继续跟毒贩子接触，也同意提供你家作为他们的交易场所，你们有什么意见？"

周文魁说："没意见，没意见，一切听林局长的安排。"

吴敏这时候总算明白了林局长的意思，连忙表态："对，没意见，全听林局长的。"

林局长说："是这样，到时候你们就假装啥也不知道，这件事情对谁也别说，一定要严格保密，不然会对你们还有润发造成严重的威胁。我们安排赵书记的儿子住到你们家来，就说是你们的外甥或者侄儿，一方面保护你们的安全，一方面监控毒贩子的动向。刚开始来的人肯定是我们已经掌控的那几个虾兵蟹将，我们这么做的目的是要找到我们市毒品的供货来源。所以这件事情要有一些耐心，不是一天两天就能完事的。"

周文魁两口子忙不迭地应承："没问题，没问题，装傻谁不会。"

林局长说："光装傻还不行，你们就从思想上认定他们就是润发的同学朋友，该怎么照应就怎么照应，需要背你们的事他自会背你们的，你们千万不要太积极主动，我们不需要你们做任何事情，就是保持你们正常的生活秩序就行了。"

周文魁说："这没问题，一切都没问题。"

"还有一件事情，得你们配合。"

"没问题，你说。"

"我们可以给润发办理一个取保候审手续，这是法定程序。得你们两位出面担保，如果润发在这期间，发生逃逸，法律就得追究你们的责任了。"

吴敏抢先表态："我担保，我担保，如果他跑了，拿我是问。"

周文魁也说："这是应该的，法律程序嘛，我跟我爱人两个人共同担保。"

林局长起身告辞："那好，这件事情就这么定了，我们安排好了就开始实施，如果润发配合得好，能协助公安机关彻底破获贩毒集团，这可是重大立功表现，量刑的时候一定会对他非常有利的。"

周文魁这才想起来："哎呀，实在对不起，你还没吃饭吧？你看看，都到吃饭时间了,我们两口子没心吃,也没准备,太不好意思了。"

"我能理解,谁家里遇到这种事情还有心吃饭呢?不过还是得注意身体,该吃还得吃,该喝还得喝,不能把身体弄坏了,你还得帮我们抓毒贩子呢!"

周文魁起身送客:"不好意思,实在不好意思。唉,教子无方,教子无方啊!"

"周主席不用送了,你别忘了,还有一句话叫'浪子回头金不换'啊!"

周文魁说:"但愿如此吧,通过这件事,我想润发怎么也得接受点教训。好了,您走好,我不远送了。"

林局长坐上车走了,周文魁呆呆地盯着汽车驶离的方向,在门灯的映照下,身形佝偻,明显的老了许多。

8

钱向阳家跟周文魁家相比另是一番热闹景象,一家人围坐在桌前边吃边聊,其乐融融。陶仁贤对钱向阳说:"哎,你刚才说,赵书记爱人又出事了,出啥事了?"

"其实也不是她出事了,市公安局大惊小怪,打电话到处报告,说李寸心让犯罪嫌疑人绑架了。闹得一惊一乍的,把赵书记吓坏了,结果啥事没有,人家李寸心是领着周文魁家那个周润发投案自首去了。"

"什么?咳咳咳……"陶仁贤让一口饭呛着了。

"激动啥,至于吗?"

陶仁贤咳完了说:"这么说,犯案的真是周文魁家的小子?真是伤天害理,毙了他。"

"你看看,跟人家李寸心比,你就差得太远了。人家李寸心是为了

救人，你是要毙人。"

陶仁贤说："这么说来，李寸心那天还是看到这小子了，没告诉公安局的人。"

钱明搭茬儿："我觉得这样做也不对，支持配合公安机关的调查，是每一个公民的义务。"

钱向阳说："我觉得李寸心这个人真值得佩服。你说的那些她哪能不懂，她这是为了救他一命，给他留个改过自新的机会。"

"对，我觉得你爸爸说得对，别说李寸心没怎么样，就是李寸心真的完了，能保下一条命就是一条命嘛，这就叫佛心。"

钱明说："照你这么说，杀人犯都不能枪毙了，枪毙了就是没佛心了，刚才你不还嚷嚷着要把人家毙了吗？"

"我那是说气话，还是你爸爸说得对，给他留个改过自新的机会。"

钱向阳说："赶快吃，吃过了到医院看人去。"

陶仁贤赶紧扒拉饭："该去，应该去。"

钱向阳说："你这个人啊！也不急在这一会儿，慢慢吃，别噎着。"

钱明说："没想到这件事情还真是这个大院里的家贼干的，看来这个大院也不是世外桃源。"

丽娜也搭茬儿："就是，那天晚上你们还记得吧？吓死我了，现在一路过那棵大树，我的腿肚子就发软。"

钱向阳说："这一点老赵说得也许有道理。"

陶仁贤连忙问："赵书记又说什么了？"

"他说，我们这个大院表面上看戒备森严，武警站着岗，实际上是社会主义精神文明建设的空白，基层政权建设的死角，大院里的治安、政治宣传等方面都没人管，放任自流了。所以要对大院的管理进行改革，慢慢推向社会，走向市场，请物业公司来服务，组织居民委员会来管理。"

陶仁贤同意："这倒也是，这个大院真得改革一下了，让物业公司来服务,大门口站岗的也有了,大院里巡逻的也有了,打扫卫生的有了,搞绿化的也有了,再在院墙上装上监控设备,看谁还敢爬到大树上干坏事。再把居委会成立起来,把大院里的人都管好,定时政治学习,对周文魁家那样的坏东西开展帮教工作,随时掌握大院里的动向,也不会出这么多破烂事儿。"

钱明说:"我的妈啊!你以为这是在搞社会主义大院呢?都什么年代了,还让人家定时政治学习,开展什么帮教活动,这都哪儿跟哪儿啊?"

丽娜也说:"妈,你知不知道,物业公司是要收钱的,不像机关事务管理局,白给你服务。"

"这我还不知道?收就收呗,反正也不是光收咱们家的,别人交我就交,别人不交我也不交。"

钱向阳说:"什么话,你得带头交,这是支持改革。"

陶仁贤今天心情特好,根本不跟钱向阳计较,哈哈一笑:"好好好,咱带头交,谁让咱是市长家呢!"

"懂得这点是一大进步。"

"我从来就懂,现在更懂了。"

钱明问:"为什么现在更懂了?"

"有学习榜样!"

钱向阳忍着笑调侃:"是啊!有我在你身边,你就会天天进步的。"

"我呸,给你个脸就上鼻梁了,我是向人家赵书记的爱人学习,那是什么人?那是有佛心的人啊!"

钱明说:"妈,人家是共产党员,不讲那一套的。"

陶仁贤振振有词:"共产党和佛爷一样,都是让人做好事,不做坏事,所以信佛跟信共产党是一回事,都得做好事。"

钱向阳说:"这倒是个新理论,我还没研究过,好了,把你的新理论先放一放,我们赶快到医院去看看李寸心。"

"我刷了碗就走。"

丽娜说:"妈,你跟我爸走吧,我收拾,你别管了。"

陶仁贤说:"是不是该拿点东西?我翻翻看,家里还有什么东西没有。"

钱向阳说:"再别当转运站了,出去看看,买点水果什么的就行了。"

钱明提议:"现在看病人流行送花,你们买一束花就行了。"

陶仁贤说:"你这一说倒提醒我了,我们家那盆白玉兰开得正旺,不如把那盆花给她送去。对,就这么办,送一盆花。"

钱向阳苦笑:"你真会过,那能省几个钱?好了,不管送什么,赶快走吧!"

陶仁贤跑上楼端下来一盆花,认认真真地把花盆擦洗得干干净净,然后命令钱明:"去,找一个大塑料袋,再找一些花绳子过来。"

钱明哭笑不得:"老妈哎,我到哪儿去给你找?我一个礼拜能回来几次,我哪知道你那些宝贝都藏在什么地方。"

"养你真没用,我自己拿。"片刻,陶仁贤找来一个非常漂亮的塑料袋,又拿来一段不知道谁给他家送礼用过的彩带,用塑料袋把那盆玉兰花套上,然后上面又扎上了专门用来包装礼品的彩带,最后把花放进一个硬提篮里,那盆花立刻就变了样子,看上去真像是花店里刚刚买来的鲜花花篮。

钱明说:"老妈,你还真行啊,一眨眼就把赵书记打发了。你这些装备都是哪儿来的?"

陶仁贤得意扬扬:"过日子嘛,啥都有用得上的时候,平时别人拿来的东西,我们用了或者吃了,这些花花绿绿的包装袋、彩带我就都留着没扔,这不,用上了吧。来,钱市长提着。"

钱向阳摇摇头,无奈地提起了陶仁贤现搞的花篮,跟在她后面出门上医院看望李寸心去了。

9

医院,赵宽一家人陪着李寸心,李寸心已经从抢救室搬进了病房。

电话响了,赵吉乐接起电话:"是,好,我马上过去。"接听之后,对李寸心说:"妈,我们队里有急事,我得马上去一趟。"

"你去吧,我这儿没事,有你爸爸和你舅舅他们在就行了。妈嘱咐你一句话,对润发不要耍态度,虽然他犯了错误,可是在妈眼里他跟你一样都是孩子,更不要欺负人家。"

"妈你就放心吧,你以为我是在大街上打群架的野小子啊?我是警察,我也就是在家里说说气话,我们有纪律,不会把他怎么样,该怎么样得法律决定,我也没权力对他怎么样。"

这时候,鼠目的电话也响了。

赵吉乐说:"爸,我走了,你跟梨花在这儿陪着我妈,我舅舅指望不上,你看,勾魂的电话又来了。"说完,急匆匆地走了。

鼠目正在专心听电话,没心思答理赵吉乐:"嗯,到现在没联系上人,那就说明这个人真的是非正常失踪。好好好,我们见面再谈,江滨茶楼,好,不见不散。"

挂断电话,鼠目对李寸心说:"姐,我有点急事,得马上去一下,这有我姐夫跟梨花就成了,有什么事打电话叫我。"

李寸心苦笑:"你们都忙,忙去吧,我在这儿用不着人守着,没什么事。"

鼠目对赵宽说:"姐夫,你在这儿看着,我得走了,急事,不去不行,你可别走了,你要走得先给我打电话,等我回来换你你再走。"

"你走你的吧!我全权代表。"

鼠目也急匆匆地跑了。

鼠目刚走,赵宽的电话也响了,李寸心苦笑:"你也有事了,走吧。"

梨花，看来只有我们俩没事了。"

赵宽接电话，嗯嗯啊啊地答应过后，挂断电话，抱歉地看着李寸心："还真让你说着了，省委召开电话会议，要求必须参加。"

"那你就快去啊！还啰唆什么，这有梨花就行了，陪我说说话，不然连梨花都用不着。"

这时候，陶仁贤提着自制花篮推门而入，大惊小怪地说："赵书记，你怎么还在这儿待着呢？老钱跟我来看李阿姨，刚走到半道上就接到通知，说省委开什么电话会议，不能请假，这不，我就自己来了。"

"我也是刚刚接到通知，正要走呢。"又对李寸心说："这不，陪你说话的人来了，我走了。"

陶仁贤说："你走你走，放心走，今天晚上我这儿陪她了。"

赵宽也不跟她客气，说了声："那就谢谢你了。"然后急匆匆地跑了。

李寸心苦笑着对陶仁贤说："送我来的时候，一家人五六口，热热闹闹活像赶大集去，这不，把我安顿下了，一个个就都跑了。"

"他们忙，这是好事，如果不忙了就麻烦了，下岗工人不就是想忙也没地方忙吗？没关系，我在这儿跟你聊天，聊一晚上也没问题，我这个人就是话多，一天到晚就怕没人跟我说话。"

"陶阿姨是个热心人，这全大院的人都知道。"

陶仁贤对梨花吩咐："快，帮阿姨把花摆上，这是白玉兰，讲究的就是高雅、文明、温柔，品性跟你阿姨像透了。"

李寸心说："都是邻居，老赵跟老钱又是同事，你来看看就行了，花这钱干吗？我在花店见过这个品种的白玉兰，一盆要上千块呢！"

陶仁贤愣了："什么？一盆要上千块？"

"是啊，你买的自己怎么不知道？"

陶仁贤连忙解释："这不是买的，是我亲手种的，一般人想看我都不让他看，只有你李阿姨配得上它。"

"那就太谢谢你了。"

10

江滨茶楼，夜幕降临，江面上倒映着两岸的灯光，鼠目没有上楼，在大堤上焦急地来回踱步。陈近南律师匆匆走上大堤，鼠目看到便急忙迎了过去："怎么才到？"

"路上碰到车祸，两辆出租车擦了一下，司机打起来了，路都堵了也没人管。"

"好了好了，先坐下来润润嗓子再说吧。"

于是两个人上茶楼，找了个座位坐下，服务员见到鼠目来了，就忙着去叫经理。

鼠目问陈律师："你这两天事情办得怎么样？"

"我的事情没问题啊！都说好了，只要对方提出来，我们就可以委托省里的专家作鉴定，权威性肯定比市里的大，法院到时候肯定得采信我们的鉴定。不过这也就是有备无患而已，我想堂堂的孙副市长也不至于为了不离婚，非得说他老婆是精神病吧？"

"现在说什么病都没有意义了，人都找不到了，还用得着编什么借口吗？"

"刚开始你找她我还觉得你是小题大做，现在我也觉得情况不对了，她即便有什么急事不在这里，也不会根本不跟我们联系啊！你估计会出什么事？"

鼠目猜测："会不会是孙国强干了什么？"

"那不会，不同意离婚就不同意，不可能因为这点事杀人灭口吧？"

"离婚的背景你不清楚，如果孙国强为此杀人灭口我一点儿也不会奇怪。"

陈律师愕然："真有那么严重？他不会连我这个代理人也杀了吧？"

"那要看你知道多少。"

陈律师赶紧说:"除了离婚,剩下什么我可都不知道,老天爷作证。"

"你看你那点出息,我都不怕你怕什么?"

"你跟我不一样,你有那么一个姐夫撑着半拉天,你是皇上的小舅子你怕啥?"

"胡说八道什么,谁是皇上?"

"你姐夫赵宽啊!在咱们海阳市这块地面上,他不就是皇上吗?"

"你再说我可真跟你急了了啊!跟你商量正经事呢,你净胡扯什么。"

这时候,茶楼经理带着一个服务员过来跟鼠目打招呼:"李记者来了。"服务员带着茶叶茶具,这是给他们准备的。

鼠目站起来跟他握了握手,介绍陈律师:"这位是第一律师事务所的主任律师陈近南,这位是江滨茶楼的陈经理,我的朋友。"

陈律师掏出名片递过去:"陈近南,第一律师事务所的律师,不是主任,随时愿意为你们提供法律服务。"

茶楼陈经理掏出名片递过去:"欢迎光临,多多指导。"吩咐身后的服务员:"给这两位先生沏茶。"然后拉过鼠目:"李记者,我跟你说件事。"

鼠目对陈律师打了个招呼,跟茶楼经理来到一旁:"什么事,这么神神秘秘的。"

"我前两天在这儿碰到了一桩怪事,得跟你说说。"

"说啊,什么事?"

"你前几天带来的那个女人是谁啊?"

鼠目警觉地问:"你问这干吗?"

"我前两天在这儿又看见她了,你猜她跟谁在一起?跟孙副市长。"

鼠目大为吃惊:"什么?他们不是闹离婚呢吗?怎么又凑到一起来了。"

"哦,他们是两口子啊?"说完,茶楼经理嘿嘿地笑。

"你笑什么?"

"李记者好本事,连孙副市长的老婆都敢泡。"

鼠目老脸微红："别胡说，我们是朋友。后来怎么了？"

"后来就出了怪事了，他们两人下楼之后好像吵起来了。后来又扭打起来，我跟下去看，没想到精神病院的车开来，把那个女的捆到担架上抓走了。"

鼠目大急："什么？这是真的？"

"我亲眼看到的还会有假？这到底是怎么回事？那个女的，孙副市长的老婆真的是精神病吗？"

鼠目已经顾不上回答他的问题，扭头跑回茶座，拉了陈律师就走。

陈律师懵懵懂懂地问："干吗？你要干吗？"

"真出大事了，你想象不到的大事，快走，快走。"

两个人下来楼，坐到了鼠目的车上，鼠目才说："不好了，张大美让孙国强给弄到精神病院去了。"

"什么？张大美犯病了？"

"她能犯什么病？她根本就没有精神病，你还没明白？"

"你是说孙国强采用这种办法阻止她起诉？这有点儿太离谱了。"

"不光是阻止她起诉，这后面的原因复杂着呢！"

"那你急匆匆拽着我干吗去？解救张大美？"

"对啊！难道眼看着张大美让孙国强给关在精神病院里迫害吗？"

"你看看现在几点了，精神病院还有能管得了事的人？再说了，我们算什么？人家怎么可能让我们把她带出来？万一精神病院是孙国强的黑窝子，那不连我们都得当成精神病给抓起来。"

"难道我们就这样束手无策，眼睁睁看着张大美让孙国强关在精神病院里受苦？闲话少说，你去还是不去？你可是张大美委托的法律代理人。"

陈律师只好同意："你这么急，那就先看看去吧，走一步说一步吧！"

鼠目立刻起步，汽车像疯了一样朝康复医院扑去。

别让求你办事的人反咬一口

1

陶仁贤今天没有上班,昨天夜里她一直陪着李寸心说话,直到李寸心累了、睡了之后才回来。她从李寸心的病房出来之后,经过医生的值班室,便闯了进去,自报家门说她是钱市长夫人,钱市长很关心李寸心教授的病情,没有时间过来,让她看望李寸心的时候顺便问问。医生告诉她,李寸心的病情已经到了晚期,如果没有扩散还能考虑做肝移植手术,现在已经晚了,只能化疗维持,能维持多久谁也不敢下结论。陶仁贤是那种胸无城府的热心人,向医生打听李寸心的病情纯粹是出于对李寸心的关心,外加一点点好奇。听到李寸心的病情已经恶化,她的胸腔里装的好像不是心脏,而是秤砣,似乎病情恶化的不是李寸心而是她自己。回到家里,她躺在床上怎么也睡不着。

钱向阳让她翻来覆去地干扰,从睡梦中惊醒,问她怎么了,她便把李寸心的病情告诉了钱向阳:"唉,说实话,过去这大院里我就佩服李寸心一个,现在就更佩服她了,对想杀自己的人都能那么宽容大度,都能佛心度人,这样的人怎么就得不到好报呢?天杀的老天爷真是不长眼,难怪人家都说,好人命不长,坏人祸千年。你说,你是市长,有没有什么办法救她一命?"

钱向阳叹了一口气:"我能有什么办法,别说我只是一个小小的海阳市市长,就算我是联合国秘书长,碰到这种事也是老母鸡学打鸣,能想不能办的事。你也别想了，用唯心主义的话来说，就是命运，谁也没办法的事儿。好了，你看看几点了，明天还上不上班了？"

陶仁贤在钱向阳的胳膊上狠狠拧了一把："没心没肺的家伙，一点同情心都没有，难怪你能当市长。"

钱向阳困倦已极，让她拧得没了睡意，气恼地骂她："神经病，你还让不让人家睡觉了？"

"我还有一件你想不到的事情没告诉你，你听不听？"

"我不听了，我要睡觉，你先攒着，明天再说吧！"

陶仁贤哪里是能攒得住话的人，扒拉着钱向阳告诉他："你知道我今天送给李寸心的那盆花值多少钱？"

"自己养的值什么钱，睡觉，你觉得值多少钱就值多少钱。"

"值一千多块，这是李寸心告诉我的，她说她很喜欢白玉兰，到花店专门问过，我送过去的那一盆，那个品种，要一千三四百块呢！"

"真的？她不会是在逗你吧？"

"李寸心是会拿别人开玩笑的人吗？真话。"

"后悔了吧？难怪今天晚上睡不着，谁叫你是猪八戒吃人参果，夯货一个呢？好了，送了就送了，别后悔了，等我有时间让他们想办法再给你弄一盆就行了。"

"你也太小看我了，对李寸心那样的人，我会舍不得一盆花吗？刚好，她喜欢，我送去了，也算我尽了一点心。"

"既然这么想，那就睡吧，别折腾人了。明天一大早我还得上班呢！"

"明天我可得休息一天，今天回来太晚了。"

于是，今天陶仁贤就可以理直气壮地不去上班了。尽管阳光明媚，她又可以不上班，可是她的心情却因李寸心的病情而压抑、郁闷。钱向阳上班的时候，她还在补觉，起来了之后，也懒得像往日那样梳妆打扮，草草梳洗之后，站在窗户跟前朝外面眺望，看着窗外生机盎然的花草树木和阳光下熠熠生辉的建筑，这位性格外向、热情爽朗、自我感觉良好，从来不知人间苦难为何物的市长夫人，联想到生命即将走到尽头的李寸心，胸中居然泛起了人生苦短、譬如朝露的感慨和惆怅。然而，哀伤和忧郁的心情并没有在她心里留存多久，大院里曲延小径上走过的几个人很快就转移了她的注意力，她连外衣都顾不上穿，踢里嗵咙地朝楼下跑，因为，她看到了周文魁的儿子周润发，还有赵宽的儿子赵吉乐。

2

鼠目一大早就爬了起来，匆匆忙忙地洗过脸，吃了一个面包，开着车去接陈律师。他跟陈律师约好，今天无论如何要想办法把张大美从精神病院里救出来。昨天晚上他跟陈律师跑到康复医院之后，死缠烂打想见张大美一面，人家当然不会让他们见。医生告诉他们，凡是关进了重症监护室的人，外人一律不得探视，探视必须得到亲属的同意，还得经过主治医生的批准。他们问了问张大美的情况，值班医生什么也不说，职业道德规范和医院管理制度都要求他们不能向外人透露病人的病情。鼠目又问，如果病人是被人有意陷害的，根本没有病，那怎么办。医生两只眼睛瞪得像铜铃："那怎么可能？不会吧？这种情况我们医院从来没有碰到过。"

陈律师拿出了自己的工作证，郑重其事地告诉值班医生："我是张大美的法律代理人，我有确凿的证据证明张大美精神正常，她是因为要跟她丈夫离婚而给陷害的，你们这种做法是助纣为虐，是要承担法律责任的。"

医生倒也不是糊涂人，嘿嘿一笑说："这你跟我说不着，我没有陷害她，诊断也不是我出的，你还是找我们院长吧！这个病人是他亲自收进来的。"随后，任由他们怎么软磨硬泡，人家就是不让他们探视张大美，他们也不可能硬闯进去，只好无功而返。

鼠目开车来到第一律师事务所，懒得上楼，就在车里给陈近南打电话，叫他赶紧下来。陈律师急匆匆地夹着他的大皮包跑下来，边走嘴里边嚼着油条，手里还拎了一袋豆奶，稀里呼噜地把豆奶喝干，塑料袋扔到车外面，才钻进车里。

鼠目说："你也真能抓紧时间，见缝插针，你就不能早起来一会儿。"

"我起得够早了，我这也是没办法，得把张大美的材料整理一下，说不定今天要用呢！"

鼠目发动汽车，把车驶上了街道："人弄不出来，啥材料也没用。"

"这不就去弄吗？孙国强这家伙也真够毒的，要不是我亲自参与了这件事情，我真不敢相信，他竟然能对自己的妻子下这样的毒手。不就是离个婚吗？至于把人家置于死地吗？"

"你真的认为孙国强仅仅是因为张大美要跟他离婚而迫害她吗？"

陈律师乜斜了鼠目一眼："你肯定知道内情，我看你跟张大美的关系非同寻常啊！"

"内情倒是知道一些，可是我跟张大美说来你可能不会相信，认识不到一个月。"

"一见钟情，几分钟就能定终身，一个月的时间绰绰有余。"

"你小子可别胡说，这是什么时候？别让人家抓了我们的帽子，说我是第三者插足，说张大美是喜新厌旧。"

"男儿有泪不轻弹，只是未到关情处。丈夫有情非难堪，情到深处泪阑珊。你看看你这几天急得那个样儿，要是说你跟张大美就像我跟张大美的关系一样，打死我我也不相信。"

"现在有很多事情我没法给你说，因为我对张大美有承诺，在她自己没作决定前，我绝对不向任何人提起，如果把张大美救出来了，我估计孙国强的死期也就到了，所以事情远比你能想象到的更加复杂。"

"有那么严重吗？怎么说孙国强也是党的领导干部，不是黑社会的老大，难道他还能把我们也给灭了？"

"保护自己是人的本能，为了保护自己，谁也难说他能做出什么事情来。你怕不怕？如果怕了，现在退出还来得及。"

"现在退出已经晚了,如果我没在孙国强跟前露过面,现在退出还不至于怎么样,我已经正式在他面前露过面了,还把张大美让我转达的威胁恐吓他的话都说了,孙国强如果真的玩邪的,下一个目标就是我。早知道事情这么复杂,问题这么严重,我他妈好好的待着干吗要接手这个破事儿。我算是上了你的贼船了,不但是贼船,还是一条漏水的贼船。"

鼠目嘿嘿笑道:"你也别太紧张了,孙国强大概不会知道他的事情我都掌握了,如果这一回我们败到他的手里,我倒没什么关系,他把我也不能怎么样,你可就惨了,起码今后第一律师事务所的日子就别想好过了。"

"唉,有你这样的人吗?把我拉上贼船,反过来又嘲弄耍笑我,你什么意思?"

"我的意思是,你现在已经没有退路了,只有跟我还有张大美同舟共济,一往无前,彻底把孙国强摆平才有好日子过。还有一个道理,风险越大的买卖获利越高,如果你这一回在法庭上把孙国强放翻了,你陈大律师的名声将会怎么样?那可就不是海阳市、省里的问题了,你陈大律师就是全国的著名律师了。"

"让你这么一说我倒真的应该全力以赴了,就为了你说的,能成为全国闻名的陈律师,也得在你这个贼船上任凭风吹浪打了。"

"这就对了,不敢驶顶风船,就别想钓大鱼,破釜沉舟,哥们陪你风里雨里走一遭。"

"这话说反了吧?是哥们儿陪你风里雨里走一遭。"

"不管谁陪谁,反正我们现在已经在一条船上,也别说什么贼船不贼船的,我们是正义的,法律和道义都在我们这一边。实在不行,我也得拉下老脸找一下我们家的那位海阳市第一大官僚,让他出面主持公道,我想我们还不至于也让孙国强关到精神病院去。"

"露馅儿了,露馅儿了吧?还敢说跟张大美是一般关系?据我所知,你历来对跟你姐夫的亲戚关系回避、避讳,也从来没有为任何事情端出过这种关系,现在怎么了?为了张大美连基本原则也放弃了?"

"你大错特错了,我这是为了你,如果你因为这个案子真的受到孙国强的迫害,我又没有能力拯救你,我怎么办?眼睁睁看着你让我拉上贼船,束手无策,懊悔终生?我只能扔下这张老脸,为了你拼命一搏了。"

陈律师嘿嘿一笑:"好好好,不管你是为了谁,就凭你能编出这么一套让人感动的话来,我也得陪你把这场官司打到底。"

说话间已经到了康复医院,鼠目把车停好,两个人从车上下来,抖擞精神,向医院办公楼走去。

3

紫苑路三号大院里,赵吉乐和那个曾经在赵宽家里蹲守的缉毒警察跟在润发身边送他回家。陶仁贤急三火四地冲到了润发跟赵吉乐面前,惊诧不已地问道:"这小子怎么放出来了?没事了?"

赵吉乐回答:"不是没事了,是取保候审。"

陶仁贤又指着润发的鼻子质问:"你这个人怎么那么狠?李寸心多好的人,你怎么就能下狠心害她?还取保候审呢!这么严重的罪行怎么能轻轻松松就放了出来?不行,我不服。"

润发让她一顿连珠炮轰得面红耳赤,脸上没了瘾君子的憔悴和蜡黄,倒好像已经戒毒成功,恢复了身体健康。他此时此刻不敢跟陶仁贤计较,低了头一个劲儿往赵吉乐身后躲。缉毒警察惊诧不已,不知道这个女人是怎么回事,只好在一旁旁观。

赵吉乐无奈地拦在陶仁贤和润发之间,劝阻道:"陶阿姨,取保候审是符合法律程序的,润发有病,回到家里是为了治病的,犯了国法有国法处置,你就别为难他了。"

陶仁贤不满地对赵吉乐说:"你这个孩子怎么一点儿是非观念都没有?这是什么人?是你的害母仇人啊!如果你妈不是福大命大造化大,现在早躺到骨灰盒里了，你还帮着他说话。肯定是他爹周文魁走后门把他放出来了，王子犯法与庶民同罪，凭什么政协主席的儿子犯了法就可以放出来？这不行，徇私枉法，我非得告你们去。"

"陶阿姨，你就别管这件事了，他犯没犯法，你说了不算，我说了也不算，公安局说了还是不算，得由法院判决，所以他现在还只是犯罪嫌疑人，身体不好，又有毒瘾，这你是知道的，取保候审也是没办法的事。并不是说他没事了，彻底释放了。"

陶仁贤仍然喋喋不休："不管是什么说法，反正我就觉得这么做不对，毛主席说了，不平则鸣，我这一回就鸣定了。"

赵吉乐哭笑不得："好了好了，陶阿姨，您鸣吧！我可还得执行公务呢！我得去办手续。"然后对润发下命令："愣着干吗？走啊！"

润发看了陶仁贤一眼，正要走，陶仁贤拦住人家："别走，我还有话要说。润发，你也别恨我，不是阿姨生气，是你做事情太歹毒了。你李阿姨多好的人？你怎么就能下得了手？你看看，你把人家害了，人家还包庇你。为什么？不就是希望给你留一条活路，希望你能改正学好吗？你给我说，你今后学不学好？"

润发低着头说："我学好，一定学好。不然就对不起李阿姨。"

"你再说，你今后还吸不吸毒了？"

"我已经开始戒毒了，今后我再也不吸了，我再吸毒就天打五雷轰。"

陶仁贤这才满意了："嗯，你今后学好了，也不枉你李阿姨救你一场。"

赵吉乐看陶仁贤告一段落了，急忙领着润发往回走。

缉毒警察问赵吉乐："这老娘儿们谁啊？说话这么大气。"

"钱市长的老婆。"

警察吐吐舌头："真够劲儿，看不出来，我还以为她是居委会帮教小组的组长呢。"

4

康复医院，鼠目和陈律师来到了院长办公室，秘书把他们堵住了："请问你们二位找谁？"

鼠目掏出记者证："我是《海阳日报》的记者，找你们院长。"

陈律师掏出自己的律师证："我是第一律师事务所的律师，找你们院长。"

"我们院长很忙，我给你们通报一下，看看他有没有时间，可能没时间分别接见你们两位。"

鼠目说："我们两位还真得一起接见，我们找你们院长是同一件事。"

秘书迷惑不解："你们俩是一回事？哦，那好，请你们等等。"

鼠目扯了陈律师一把："我们不用等了，跟你一起去，今天不管你们院长有多忙，也得先把我们的事情办了再说。"

秘书还没来得及堵截他们，鼠目跟陈律师已经拨开秘书推开了院长办公室的门。院长见到闯入的两个人，大为惊愕，正要张口质问，鼠目抢先自我介绍："我是海阳日报社的记者李寸光，笔名鼠目，这位是第一律师事务所的陈近南律师。"

院长挺不高兴，瞪了一眼没能把住关口，此时惴惴不安地跟在他们后面的秘书，然后质问他们："不管你们是做什么的，也不管你们来找我有什么事情，都得懂礼貌，不敲门就往里面闯像话吗？"

鼠目说："如果你们家人好端端的让人家给关到疯人院里来了，你可能也顾不上什么礼貌不礼貌了。"

院长问："你这是什么意思？"

陈律师怕鼠目把关系闹僵了，下面的话不好说，下面的事情不好做，就插进来解释："是这样，我们今天来找院长先生，是想问问我的当事人张大美女士的情况。"

院长一听到"张大美"三个字,马上警觉起来,盯着他们俩上上下下看了一阵儿,那眼神既有点像警察遇见了罪犯,又有点像罪犯碰上了警察:"你们是张大美的什么人?"

陈律师把自己跟张大美签订的代理合同书副本递了过去:"我是张大美的合法代理人,她全权委托我处理她的法律事宜。"

鼠目说:"我是张大美的朋友。"

院长仔仔细细地看着陈律师递过去的合同书,然后慢条斯理地问道:"你们有什么事情?"

鼠目说:"我们就这样站着说吗?看来院长对礼貌问题也不太讲究。"在鼠目心目中,张大美明明是一个好端端的人,竟然能被关进精神病院,如果这位院长跟孙国强没有特殊关系,那是不可能的。所以,鼠目对这位院长本能就有了仇视心理,言谈吐语也非常不客气。

陈律师相对就冷静多了,律师的职业让他养成了以证据来求结果的思维习惯,所以在没有充分的证据之前,他不会像鼠目那样感性化地对待院长。看到鼠目咄咄逼人、寸步不让,就连忙出来打圆场,再一次自我介绍:"院长,我姓陈,陈近南,第一律师事务所的律师。"说着,把自己的名片递了过去。

院长让他们俩一个红脸一个白脸冷热交替地弄得有些不知所措,接过陈律师的名片草草看了一眼装进口袋,对他们说:"请坐吧!有什么事情慢慢说。"然后就动手给他们沏茶倒水。

鼠目跟陈律师坐下来之后,陈律师捅了鼠目一下子,悄声说:"我们不是来打架的。"

鼠目没吱声。陈律师对院长说:"据我们了解,我的当事人张大美女士,让你们采取强制手段关进了精神病院,你们对此有什么解释?"

"噢,我们这里是有一个叫张大美的病人,病情比较重,处于狂躁期,有暴力倾向的病人,我们是可以采取强制措施的,你是律师,你应该知道,这是法律允许的。"

鼠目问:"如果这个人根本就不是你所说的精神病人呢?"

"这也有可能,但是这个结论得在诊断之后,现在还不能下结论。"

陈律师说:"既然没有结论,你们怎么就把人家关起来了?你们这是先关人后诊断,我们完全可以追究你们的非法拘禁罪。"

鼠目阴冷地说:"我不是律师,不懂法律,可是我却知道,任何人也没有权力在大街上随便见到一个人说他是精神病,就采取强制手段剥夺人家的自由。如果这样,今后院长你还是最好别出门,我也组织一帮人,见到你就说是精神病,把你绑起来,关到下水道里,你同意我们这么办吗?"

院长这阵儿也冷静了下来,摆出内行不跟外行计较的样子说:"你们对这件事情可能有误解。我们绝对不会,也不敢随便说人家是精神病患者就把人家关起来的,我们也懂那是违法的。对于张大美,这里面有一点特殊情况。这个常识你们应该知道,那就是,所有精神病患者都不会承认自己有精神病。"

陈律师点点头:"是啊!这跟张大美有什么关系呢?"

"所以,对于精神病人就有一个直系亲属监护问题。也就是说,精神病人的亲属,可以代诉病情,并且提出强制入院治疗要求。"

陈律师说:"但是,对病人的诊断却是你们的责任和义务,你们已经对病人采取强制措施了,如果经过诊断这个人并非精神病人,你们仅仅是凭病人家属的一面之词就强行将人家关押到你们的医院里,你们照样要承担法律责任的。"

"对精神病人进行医学鉴定是一个很复杂的过程,在最终结果出来之前,我们只能采取强制措施,避免病人对社会和他自己造成危害。"

鼠目问院长:"你看过日本电影《追捕》吗?"

"看过,好多年以前的事了,你问这个干什么?"

"杜秋明明是正常人,犯罪集团为了灭口,就把他送到精神病院,强迫服用一种摧残大脑的药物,企图把他变成白痴,这样既可以避免杀人灭口带来的后患,也能避免他揭穿事实真相。我想,你们该不会扮演《追捕》

电影里的精神病院的角色吧？"

院长愤怒了："你这是什么话？我可以明确地告诉你，是张大美他爱人亲自到我们医院来替她求医的，而且，在这之前，张大美确实有在我们医院诊治精神系统疾病的记录，我们做的一切都是严格根据精神病诊治程序和相关医疗规定办的，都是有据可查的。你们不管是她的朋友还是她的律师，都没有权力干预这件事情。如果我们有什么违法行为，请司法部门来好了。"

陈律师说："那好，我们先不谈这件事情，我以当事人授权律师的身份，要求跟我的当事人会面。"

"对不起，我们这里不是监狱看守所，张大美也不是犯罪嫌疑人，不存在律师取证的问题。她是我们的病人，我们是医院，所以我们不可能让你们探视，即便你们要探视她，也得经过病人家属的同意。"

鼠目说："你说你们这里不是监狱，确实不是监狱，是黑社会的地下关押所，你们已经犯了非法拘禁罪，如果你们不马上放人，你们将要承担一切后果。"

"对不起，这些话你对我们说不着，张大美是有丈夫的人，她的丈夫是她唯一的合法监护人，如果我们有什么地方触犯了法律，请你们通过司法部门来找我们，律师和记者，都没有执法权。"

话说到这儿，已经没话可说了，陈律师只好发出了最后通牒："那好，我们将向法院申请真正的精神病专家来对张大美进行精神鉴定，并保留对你们非法行为的追诉权。"

"请便，我还忙，没时间陪你们了。"

陈律师拉了鼠目撤退，话却说给院长听："走吧，只要他们承认张大美在这儿就好，黑社会在共产党领导下的社会主义国家没有生存空间。"

院长也不答理他们，叫秘书进来送客。

下了楼，鼠目还不甘心，对陈律师说："这又不是监狱，我们硬闯一闯他们也把我们怎么不了。起码让张大美知道，我们在外面营救她呢！"

陈律师耸耸肩膀："你敢闯我奉陪就是了。"

于是两个人打听了重症监护区的位置，一往无前地朝重症监护区走去。

5

孙国强办公室，孙国强正在接电话，电话是康复医院的院长打过来的："孙副市长，有个重要情况我想应该通知你一下，你接听电话方便吗？"

"我在办公室，电话没问题，你说吧！"

院长报告："今天有两个人到医院里来找您爱人张大美。"

"两个什么人？"

"一个是《海阳日报》的记者，一个是第一律师事务所的律师，姓陈。"

"我知道了，你让他们见面了吗？"

"那怎么可能？这方面医院有严格规定，重症病人就是亲属也得经过院方同意才能会见。"

"这就好，这就好。他们还说别的没有？"

"他们的态度很强硬，要求我们让张大美出院，说张大美根本就没有精神病，我们是非法拘禁，那个律师还要到法院申请对张大美作精神病医学鉴定呢！"

"你别理会他们，他们没有这个权利，还有，如果他们再到医院找你，你根本没必要见他们，有什么问题让他们直接来找我。"

"好好好。"

孙国强嘱咐："我爱人的病就拜托你们了，有任何问题，都要先跟我联系，不然出了什么问题我可是要找你院长说话啊！"

"这您放心，我担心的是，如果您爱人的病没有你说的那么严重，那我们医院就非常被动了。"

"这是我家里的事情，外人插手你别理他。即便我爱人没有我说的那

么严重,她的精神有问题是肯定的嘛,精神方面的问题,你能断定她下一步会做出什么事情来吗?好了,这件事情你度量着处理,我是全部交代给你了,你可是要对我负责啊!"

"好好好,这您放心,只是如果他们真的申请法院对您爱人进行精神病医学鉴定的话,我们接受不接受呢?"

孙国强吩咐:"你们不要接受他们的任何事,只管往我身上推就行了。在海阳,我不相信就凭一个小律师、一个小记者还能搅起多大的风浪来。"

"那好,那我们就放心了。"

孙国强询问:"张大美的治疗开始了没有?"

"我们已经开始对她进行药物治疗,每天服用大剂量的镇静剂,但是这种药是有副作用的,正常人长期服用会对大脑产生过量抑制作用,如果形成惯性依赖,大脑今后对外界事物的反应很难产生兴奋点……"

孙国强打断了他:"张大美不是不属于正常人吗?该怎么治就怎么治,别有什么顾虑,我是她的合法监护人,你们的治疗方案我不是已经签字了吗?出了问题,有什么后遗症,都由我来负责。"

"好吧,我们一定按照孙副市长的指示办。"

"我现在不是副市长,只是病人家属,有什么事情必须经过病人家属的同意,所以,你有什么事情直接找我,我的手机号码你有吧?"

"有有有,您的手机、住宅电话上一次都给我了。孙副市长再没别的事,我就不打扰您了。"

"没事了,谢谢你了。"

6

康复医院,鼠目跟陈律师打听到了重症监护区,来到院墙外面,院墙挺高,鼠目问陈律师:"你敢不敢爬上去?"

"高我不怕,从小上房揭瓦,那是童子功练出来的。可是我怕狗,里面会不会养着几只大狼狗啊?我小的时候让狗咬过,屁股上现在还有一块疤,不信你看……"说着半开玩笑地撅起了屁股。

"算了吧,臭屁股还好意思让人看。这样,我爬上去,你给我垫一下就成。"

"你真的要翻墙头了?里面的情况一点都不了解,如果真有狗,那你可就惨了。我可是让狗咬过的人,一直到现在,我一看见狗,哪怕是小姐太太养的哈巴狗,腿就发软,夹不住尿。"

"看你那点出息,还当律师呢!来,你垫着我,我先上去侦察一下。"

陈律师委屈地蹲下身子:"你就穿着大皮鞋往我肩膀头上踩啊?"

鼠目脱掉鞋,踩在他的肩膀上攀到墙上朝里面看,陈律师别过脸:"呸,你多长时间没洗脚?熏死我了。"

鼠目上半截身子探出墙头,悄声说:"我天天洗脚,可能是袜子没换,鞋垫也不经常换,有点味道,对不起了啊!我看这里不像养狗了,如果养狗我们这么折腾,狗早就嚷嚷起来了。"

陈律师竭尽全力地支撑着他,嘴里唠唠叨叨:"这你可不懂,汪汪的狗不咬人,咬人的狗不汪汪。沉默寡言的狗是最可怕的,不吭不哈见了你吭哧就是一嘴,不咬下一块肉来不松口,你还是谨慎一些,人没救出来,自己倒得了狂犬病那可就得不偿失了。狂犬病是不是也算精神病的一种?如果也算精神病,刚好可以留下来给张大美做伴了。"

鼠目来了个引体向上,坐到了墙头上:"行了,别唠叨了,这儿也不是监狱,我们进去了也不犯法,你把皮鞋递给我,我进去。"

陈律师把他的皮鞋扔给他,鼠目只接住了一只,另一只飞进了院墙。

陈律师道歉:"对不起,没扔好。"

"没事,我下去再穿。你记住了,如果我让他们赶出来了,咱们就不说啥了,其他事回去以后再说,如果他们把我扣下了,你马上报警,对了,我外甥叫赵吉乐,在市刑警队,就找他来救我。"

陈律师提醒:"你可要考虑好了,现在悬崖勒马还来得及,一失足可成千古恨啊!"

"没事,我已经想好了,你就在外面等我,如果我一个小时之内没消息,你就报警。"说完,扑通一声就跳了下去。

陈律师在外面摇头叹息:"生命诚可贵,爱情价更高,若为婚外恋,两者皆可抛啊!"

7

周文魁家,赵吉乐正在安排润发:"你一定要跟过去一样,脑子里把现在的事情全都抛开。该怎么讲价钱就怎么讲,如果他们提出来到你们家交易,你不要马上答应,先吊吊他们,跟他们谈谈条件。"

润发问:"怎么谈?"

"这你应该比我有经验啊!你就说给你的货价格要低,至于低到什么程度,你自己把握。"

"我有点儿害怕,你会保护我吧?"

"你怕什么,大白天他们不会把你怎么样的,就是晚上他们也不会把你怎么样,你还像过去一样,别想现在的事儿。你过去怕他们吗?"

"过去没有什么怕的,就是跟他们买料嘛,有钱就给货,没钱他们也不会给,现在不知道怎么回事,有些怕了。"

"你这人倒挺有意思,干坏事不怕,干好事就怕了。没事,我能保证你的安全,还有别的人呢,你看不见,人家暗地里保护你。你就把现在的一切都扔到脑袋后面,就当你急着买料,他们跟你提什么要求,该答应的就答应,装傻,只要给你好处就行,记住了没有?"

润发点头:"记住了。"

"那好,我们走吧!你自己走你的,别管我,也别找我,就算看见我也别答理我。"

吴敏从楼下上来："你们这就要走啊？吃点东西再去吧。"

赵吉乐说："不吃了，润发你还吃点不？"

润发说："我不吃了，不饿。"

赵吉乐向吴敏保证道："吴阿姨你放心吧！我向你保证，没有危险，现在接触的都是下面的小喽啰，就是倒卖散货的，没事。"

润发也说："妈你就别管了，我没事，我们走吧。"

润发跟赵吉乐出门，吴敏跟在后面看着他们离去，满脸的惊惶不安。周文魁从楼上下来，吴敏问："你上班去呀？"

"他们走了？你别担心了，没事，有公安局保护着，出不了什么事。对了，家里还有钱没有？"

"小钱有，大钱没有了。"

周文魁叹息："唉，在外人眼里咱们家可能是要啥有啥，住着好房子，坐着好车子，银行里有票子，可是谁能相信，我们家现在是寅吃卯粮。"

吴敏问："你要钱干吗？要是用得不多，我给你凑一凑，可能还能凑个两三千块。"

"凑什么，到这个时候我也不瞒你了，前段日子她来闹着给孩子要学费，你是知道的。"

"我知道啊！怎么了？"

"润发是我的儿子，他也是我的儿子，手心手背都是肉啊！"

"我不是不理解，可是家里确实没钱，你也知道，并不是我不通人性，有钱不让你给啊！"

"我不是埋怨你，当时我一来怕她老来闹，影响实在不好，连个安生日子都没法过，二来也想到大儿子确实需要学费，没办法，就从老文那个王八蛋手里借了些钱。"

吴敏问："你说的是那个包工头老文？借了多少？"

"四万。我想干脆一次把学费都给他们，省得她今后再来闹事，就

311

一次借了四万。"

吴敏惊讶:"我的天,四万啊!拿什么还啊?"

"当时老文说得挺好,有了就还,没有了他也不急着要,就是一辈子不还也可以。"

"那怎么行?世上哪有那么好的事儿,肯定他让你帮他办什么事情。"

周文魁肯定:"当时我也料到了,可是事情逼到头上了,再说,我想即便他求我办什么事,能办的我帮帮他的忙也没啥,不能办的说明白也就行了。"

"是不是他最近追着你要钱了?"

"那倒没有。"

吴敏松了一口气:"那你急着用钱干吗?"

"比要钱更麻烦,他连着几天追着我让我把新政协大楼的工程交给他。"

"那你就给他嘛,反正谁干也是干。"

周文魁摇摇头:"你傻啊?新政协大楼是市里的工程,有规划局和城建局管,虽然是政协大楼,我们也根本不能插手。再说了,即便是我们自己管,市里规定所有市政工程都要公开招标,还有一系列的监督、制约程序。就老文那个施工队,连个三级资质都没有,修条马路都抹不平,根本就没有投标资格,他想要工程,到手了也是转包。赵宽上任以来对这方面抓得极其严格,凡是没有通过公开招标的工程,主管领导不管有没有经济问题,一律就地撤职。凡是取得工程的施工单位,一旦查出有转包行为,不但立刻终止施工合同,还要永远赶出海阳市基建工程市场。这些情况老文不是不知道,他追着我要政协大楼的工程,就是因为借给了我四万块钱,觉得我欠他的人情,让我在这方面给他帮忙。"

吴敏问:"那你怎么办?还他钱,咱家没有那么多啊!"

"算了,这事你别管了,我想别的办法,现在只能拆东墙补西墙了。"

吴敏嘱咐道:"那你还得抓紧点,别让他反过来咬你一口。"

"我怕的就是这个,看来,党政干部真不能跟这些私营老板有任何交道，他们跟党政干部交往，没有一个不是想拉人下水，从中牟利的。"

"我看着老文那个人还是挺忠厚老实的。"

"商场、官场，这两个行当里哪有老实人？老实人进了这两个行当，那就是两个字：找死。"

"你说得也太绝对了，你现在心情不好，还是得赶紧想办法，别真的让那个老文咬一口。实在不行就退让一步，帮他想想办法。"

周文魁还是摇头："即使我想帮他，也帮不了。盖的是政协大楼，大楼施工和政协根本就没关系，政协只管大楼盖好了往里头搬，你说我怎么帮他？我总不能跑到规划局、城建局要求政协大楼必须让老文他们那个施工队盖吧？即便我厚了脸皮找人家，人家也根本不会听，好一些觉得我老糊涂了，弄不好马上告诉纪委查我。算了，还是我自己想办法吧！有什么办法，摊上这个混账儿子，只能自认倒霉了。这世上天天死人，这个孽种咋就不死。"

母亲护犊子是本能，到了这个份儿上，吴敏听到周文魁诅咒润发还是难以接受："你也别咒他了，如果他的毒瘾戒不了，肯定也活不久。都怪我跟润发不争气，给你招来这么大的麻烦，我现在也没别的办法了，我用我的后半辈子给你还债，我给你当牛作马。我也只能做到这一步了，如果你还不解恨，那我就跟润发一起死，把地方给你空出来，反正你老婆儿子都是现成的，接回来好好过你们的日子。"说着哭了起来。

周文魁宽慰道："唉，我这不也是恨铁不成钢嘛！冷静下来想想，也不能全怪润发，如果我们知道他吸毒之后，不是顾面子，光想着别让外人知道，一味顺从他，而是下决心送他去戒毒，戒不了就不放他出来，如今四万块钱对于我们家来说，应该不是什么难题。你也别跟着着急了，这件事情我有办法，我先给赵书记打个招呼，实事求是地把情况向他说清楚，万一人家搞我们，起码书记心里有数。"

吴敏问："赵书记能相信你吗？"

"现在的问题不是赵书记能相信我不能，而是我们能不能相信赵书记的问题,你觉得赵宽这个人可信吗?"

"可信,这没得说。"

周文魁说:"退一步说,我还给老文打了借条,钱我也没直接经手,一手钱一手借条,都是让我的秘书办的。再退一步说,老文只是缠着我帮他要工程,倒也没拿这件事情说事儿,我这是防他一手,万一他拿这件事情要挟我,我也不至于太被动。"

"家里还能凑几千块钱,你先拿去还账,能还多少是多少,也证明我们不是受贿,是借钱。"

周文魁拒绝:"家里一点儿钱都不留不行,万一润发要进戒毒所,也得花钱,总不能真让人家李寸心掏钱给我们家儿子戒毒吧?好了,你好好的帮润发把他的事情办好,别的事情就别管了,我这就去找赵书记。"

周文魁走了,吴敏一个人坐在家里,呆呆的,脸上愁云密布,她这个时候才知道,什么叫祸不单行。

8

鼠目鬼鬼祟祟地在精神病院的重症监护区潜行,陈律师说得对,这里终究是医院而不是监狱,所以并没有事先想象的那么戒备森严,也没有陈律师最惧怕的恶狗。鼠目来到关着重症病人的房间跟前,为了防止病人发生意外,重症病人的病房都是平房,窗口都钉着铁条,鼠目透过窗口一间间的巡视过去,突然一个窗口冒出一个女人,对着他嘿嘿一笑,大声喊叫:"动物园又来了一只,公的,动物园又来了一只,公的……"

鼠目让她吓了一跳,女病人朝他笑眯眯地说:"我是母的,我是母的。"

鼠目哭笑不得,连忙离开这个窗口朝下一个窗口摸了过去,他从窗口探出脑袋,里面的病人也刚好朝外面呆望,两个人来了个面对面,里面的人对着他龇牙咧嘴,鼠目还没明白过来,一口唾液就吐到了他的脸上。

接着那个人就开始捶胸顿足，嘴里发出嘿咻嘿咻的声音。鼠目抹去脸上的唾液，满脸都是那个疯子的口臭味，又惊又气，反过来也朝那疯子吐了一口，疯子反应却非常敏捷，一闪身就躲过了，根本就没吐到人家。鼠目无奈地朝疯子做了个鬼脸，离开了这个窗口，继续朝下一个窗口摸了过去。

这个窗口里面的房间非常安静，鼠目接受了教训，不敢贸然露头，先对着里面轻声呼喊："张大美，张大美，你在里面吗？"

里面没有应声，鼠目才慢慢探出脑袋朝里面窥测，里面的床上绑着一个病人，病人的嘴里还塞着一条毛巾，看样子这是一个狂躁的病号，正在受到医院的强制诊治。这个病人是仰面躺着的，身上盖着厚厚的棉被，从鼠目这个角度看不清楚性别长相，鼠目的心狂跳起来，他担心这个人就是张大美。他试着喊了两声："张大美，张大美。"那个人听到喊声，扭过头来嘴里呜噜呜噜地吼叫着挣扎起来，鼠目看清，那是一个蓬头垢面的壮汉，并不是他心目中受苦受难的张大美，这才放下心来。正要再继续探索，却听到身后有人厉声质问："站住，你是干吗的？"

鼠目知道自己被看管人员发现了，只好直起身子回过头来，一个穿着白大褂手里拿着电棍的医生站在距他两米处，警惕地看着他。鼠目连忙挤出一脸笑容解释道："我是来看病号的，找不着。"

医生疑惑地问："你是怎么进来的？"

"哦，是你们院长打了招呼让我进来的。"

"我们院长打了招呼让你进来的？我怎么不知道？门卫也没给我说啊！"

鼠目一看一听就知道，这个医生并不是个明白人，对他临时瞎编的胡话竟然也半信半疑，就放开胆子蒙他："你看看，这是我的记者证，这是我的采访证，我刚才找你们院长想采访一下你们医院对精神病人开展爱心关怀方面的事情，本来你们院长要亲自陪我来，结果临时有事没来成，对了，好像是孙副市长临时找他有什么事情，他说孙副市长的爱人也在这里治疗，让我先过来等他，他向孙副市长汇报一下他爱人的治疗情况马上就过来。"

医生接过他的记者证认真地看了看，然后还给他，说："哦，那你到我们办公室等吧！病区不允许随便进来，这里有一些病人有攻击性，很危险。"

"没关系，我不会跟他们接触的，我就是隔着窗户看看，等院长来了他带我参观，你忙你的去吧！"

医生并没有离开，仍然跟着他，不过脸上已经没有了警惕。鼠目也顾不上再跟他啰唆，抓紧时间寻找张大美。

鼠目跟医生对话的声音传到了张大美的耳朵里，张大美来到窗户跟前，果然看到鼠目正在东张西望地四处踅摸，便对他喊："李寸光，鼠目，我在这里。"

鼠目听到张大美的喊声连忙循声跑了过去，终于在一个装着铁栅栏的窗口后面看到了张大美。张大美穿了一身病号服，面色苍白，精神委靡，见到鼠目热泪盈眶，激动不已，连声问道："你怎么知道我在这里的？你是来接我出去的吗？"

鼠目扑过去，双手从铁栅栏的空隙伸进去握住了张大美的手："我一直在到处找你，好不容易才知道他把你关进了这里，你放心，我一定会救你出去的。"

张大美咬牙切齿地说："我一定要让他下地狱，你赶快救我出去，我现在就跟你走。"

鼠目问："他们没有虐待你吧？给你什么药你可千万别吃，还记得日本电影《追捕》上的横怒敬二吗？你要是吃了他们的药，弄不好就变成白痴了。"

"我知道，他们不敢对我怎么样，给我的药我也根本没吃。"

"哦，这我就放心了。"

张大美催促："你带我出去呀！"

鼠目为难了，他知道现在想把张大美带出去是不太可能的，可是见到张大美一脸的急切和企盼，只要硬着头皮试一试了。于是，鼠目悄声对张大美说:"这里根本不让人进来,我是翻墙进来的。刚才那个拿电棍的医生问我,我蒙他说是他们院长同意我进来采访的,我再蒙他一回,看看他能不能相信我。你啥也别说,也别着急,我先试试看。"

张大美听话地点点头,话也不敢说了,似乎她一说话鼠目的计划就会失败似的。鼠目回过身来对跟在身后不远处的医生说:"这位医生,你们怎么把我的朋友也关进来了?这是孙副市长的夫人啊!她根本没病,你们这样做是不对的。"

医生懵懵懂懂:"我也不太清楚,我不是医生,我是护士,主要负责这里的安全和服务工作,病人都是医生管的。"

鼠目惊愕:"你不是男的吗?男的怎么会有护士,我还是头一次见到男护士呢!既然这样,你把门打开,我进去跟我的朋友坐一会儿,等你们院长来了我再让他放人。"

男护士说:"这有什么奇怪的,男女都一样嘛,精神病院里男护士多了。"

"好好好,不管你是干吗的,你先把门打开好不好?"

"这不行,我可没这个权力,开门必须得医生下医嘱才行。你不是说院长马上就过来吗?那就等院长来了再说吧!不然我现在就打电话请示一下院长。"

鼠目连忙谢绝:"那就不用了,我还是等等吧!"

他这么一说,男护士顿时警惕起来,狠狠盯了他一眼,转身回到了值班室,开始拨打电话。

鼠目对张大美说:"看来不行了,这家伙表面上看着挺傻,其实还是非常奸猾的,一句话没说好就让他怀疑了。不行我就报警,让警察出面处理这件事情。"

张大美已经在这里憋了几天,急不可待地要恢复自由,立刻同意:"那就报警,就说他们非法拘押我。"

于是鼠目就开始给"110"拨打电话:"喂,'110'吗?我是《海阳日报》的记者李寸光,我报案,康复医院非法拘押了一名正常人,污蔑

317

人家是精神病患者，剥夺了人家的人身自由，我现在就在现场，在康复医院重症监护区，好好，请你们马上过来解救。"

拨过电话，鼠目便开始安慰张大美："没事了，我们既然都已经知道了，孙国强就别想一手遮天，陈律师跟我一起来的，他怕里面有狗，在外面等着接应我，你放心，我就是豁出这一百来斤，也得把你从这个鬼地方救出去。"

张大美泪流满面，哽咽着说不出话来，只是紧紧地握着鼠目的手，仿佛溺水的人紧紧抓住一截漂浮的木头。

9

赵宽办公室，周文魁敲门进来。赵宽急忙起身迎接，吩咐秘书泡茶招待。周文魁坐定之后，赵宽问他："润发回去了？还好吧？"

周文魁老脸微红，不好意思地说："回来了，这个畜生，简直猪狗不如，唉，说实话，我这是硬着头皮见你，我这张老脸真的没地方搁啊！"

赵宽哈哈一笑："别这样，润发说到底还是个孩子。我听公安局的同志说了，吸毒的人其实很可怜，毒瘾犯了的时候，浑身上下都的细胞就像钻进了蚂蚁，又疼又痒还没抓没挠，简直比上酷刑还难受。到了那种时候，人还能顾得上别的？说到底，润发也是受害者。"

"赵书记能这么宽容，我非常感谢。"

"对这件事情如果没有正确的态度和认识，我就不配当这个书记。"

"赵书记，我还有一件事情要向你汇报一下。"

"别跟我这么客气，有什么事你就说。"

周文魁吭哧了两声，赵宽催他："说啊！都是一个班子里的同事，有什么话不好说的。"

周文魁这才字斟句酌地说："赵书记，我可能有点麻烦事。"

赵宽惊讶地问："你有麻烦事？你老周除了年轻的时候，意志不坚定了一回，其余时间都是勤勤恳恳、忠实厚道，你能有什么麻烦事？"

"赵书记，你别拿我开玩笑了，真的，我可能有麻烦。"

"真的？说出来，我看能有多大的麻烦。"

周文魁叹息一声说道："说到根子上，这件事情跟我年轻时候意志不坚定那一回还真有关系。你还记得我的前妻前段时间找我闹，给大儿子上大学要学费的事吧？"

"记得，后来不是说解决了吗？怎么又出问题了？"

周文魁回答："当时我想，这笔钱本身也该我出，干脆一次凑够了给她，既显得我不是那种薄情寡义之人，也省得以后她再来找麻烦。可是，说出来不怕你笑话，我们家别说一次拿几万块钱了，就是拿几千块钱也得东挪西凑。钱都干吗了？除了正常花销，都让润发抽了。这也怪我们，发现他吸毒以后，觉得政协主席的儿子抽大烟，在大院里传出去非得让人家笑话死，所以不敢强制他戒毒，怕动静闹大了大院里的邻居们知道，只能盖着捂着，顺从他。那种事就是个无底洞啊！我当时也有一种逃避现实的心理，眼不见心不烦，每个月工资一分不少交给吴敏之后，就啥也不管了。吴敏哪能控制得住润发，刚开始润发还伸手向她要，后来就开始半要半抢。我的工资虽然不低，可也终究是工薪阶层，挣那几个钱哪儿经得起这么折腾。所以啊！没办法之下，我就跟一个朋友借了四万块钱。"

赵宽敏感地追问："这个朋友是干什么的？"

"一个施工队的包工头。"

"哦，我明白了，他要挟你了？"

"现在还没有，不过趋势不太好，最近他老缠着我要政协大楼的工程，你知道，这件事情不归我管，就算是归我管我也没办法，他那个施工队资质太差，根本不可能承担这样的工程。我现在担心的是，如果我执意不肯帮他这方面的忙，他会不会拿我向他借钱的事儿要挟我。"

"你有没有证据能够证明确实是借他钱？"

"有啊，我给他打了借条，又是通过我的秘书办的，当时我就留了点心眼儿，怕以后说不清楚。如果不是怕以后说不清楚，这种事情我哪儿好意思让秘书出面帮我办。"

"你这个心眼儿留得好。"赵宽起身给周文魁的茶杯蓄满水，接着说："老周啊！你今天给我说的这些，让我想了很多事情。"

周文魁连忙请教："赵书记您说，我听着呢！"

赵宽说："首先应该肯定的是，你周主席确实是个好同志，为了区区几万块钱为难到这个程度，充分证明你老周是个为人正派、为官清廉的好同志。另外，紫苑路三号大院这段时间暴露出来的问题，向我们敲响了警钟，我们一定要管好自己的后院。我们的后院没有生活在真空里，也没有百毒不侵的免疫力，如果没有坚强的基层政权组织，没有纳入社会主义精神文明建设的范围里面，不构筑适应社会主义市场经济的管理模式，一旦出现问题，影响和危害都是很严重的。所以啊，我们应该认真吸取教训，彻底改变大院的管理模式，不能再用计划经济条件下政府包办的方式、官本位思想主导下的福利模式来管我们那个大院了。"

周文魁点头："赵书记你的意思我明白，常委对大院管理的改革思路我也都了解，我完全支持常委会的意见。我们这些领导干部，说到底不就是政府的公务员，人民的勤务员嘛。我们有稳定的工资收入，工资也不算低了，如果再像过去那样，门口有武警免费站岗、公共设施维护、大院卫生绿化、家里上下水电路维修都让机关事务管理局免费提供服务，用三个代表的思想和执政为民、立党为公的原则衡量，这样做法确实不妥。况且，我们作为政府公务员，本身并不创造价值，我们是用自己的服务来取得纳税人的报酬，既然有了报酬，再在工资收入之外谋取超出普通劳动者的好处，本质上也是一种腐败行为。"

赵宽赞同道："你说得对，像我们这一级干部，没有涉及国家利益的特殊价值，也没有关系到国家安全的特别因素，所以不应该享受特殊的安全保卫和生活服务待遇。这仅仅是问题的一个方面，另一个方面就是，我们的家属如果长期生活在这种特权环境里,对他们的思想教育、作风培养,对孩子们形成正确的人生观念没有好处。"

周文魁羞赧地摇摇脑袋:"这方面我的教训是最深的了,我一定牢牢记取这次教训。你这么一说我也想到了,如果我们的大院早早就跟别的家属区一样,在居委会的管理和组织下,建立了完善的思想帮教小组、政治宣传员和治安联防体系,可能我们家润发也不会变成这个样子。"

赵宽说:"润发的事情不仅仅是他个人的问题,也并不仅仅是你老周教育孩子的问题,大院长期以来由于特殊的地位,实际上形成了基层组织建设的空白、社会主义精神文明建设的真空状态,思想政治教育放任自流,行之有效的群防群治体系没有了。同时,官本位体制形成的管理模式造就了特权意识,所有这些对润发的事情都有责任。所以啊,我还得请你这位政协主席理解我,支持我。最近机关事务管理局和紫苑路街道办事处联合搞的三号大院管理改革方案就要完成了,到时候还要发到大院每一户征求意见。根据他们的改革方案,大院以后有些服务项目要自己埋单了,机关事务管理局也要逐步退出大院的管理。可能有些同志会有意见,我们市委、市政府以及人大、政协、纪检五套班子的领导同志首先要统一认识,旗帜鲜明地支持改革,投身改革,才能保证改革的路子走得顺畅一些,也才能尽快见到改革的成果。"

周文魁同意:"这没问题,我不是当着圣人念孔子,当着和尚念佛经。我是真心实意支持赞成改革的,我们家润发的教训实在太深刻了,刻骨铭心啊!"

"那好,我先谢谢你了。"

"我刚才说的那件事情,算我事先给书记打过招呼了,如果万一……"

赵宽打断了他:"这件事情我知道了,有困难大家想办法,不要太着急了。还有,你这只是自己揣测的,也不一定人家就真的是要拿这件事情要挟你。如果真的是那样,就不要客气,把他的施工队列入黑名单,彻

底赶出海阳市。你说的这个人的公司叫什么名字?"

"叫东方建筑工程公司。"

赵宽把这家公司的名称记了下来,然后说:"东方建筑工程公司,牌子亮得挺大啊!如果他敢用这件事情要挟你,我就让孙国强把这家公司列入黑名单,彻底取消他们今后在海阳市承包任何工程的资格,让他看看正大光明厉害还是歪门邪道厉害。改革开放以来,我们的干部队伍中,有多少人就是倒在了这些包工头、私企老板的黄金枪口下面。当然,干部队伍中少数人自身身虚体弱,对金钱、美色和各种物质利益的诱惑失去了免疫力,这是主观原因。但是,不能否认的是,许多包工头和私企老板确实成了我们干部队伍的黑色推手。过去,我们重视惩处腐败干部,对清除干部队伍的腐蚀剂、催化剂力度不够,今后,我们不但要从法律上加强对行贿者的惩处,还要采取市场手段,让那些靠拉拢腐蚀干部谋取利益的人失去市场的入场券,并且要在新闻媒体上公布他们的信用等级,让他们为自己的行为付出他们无法承受的代价。"

周文魁补充道:"我完全同意书记的意见,还有一条,今后应该在政商分离方面做一些深入细致的工作,国家公务人员应该严禁跟商人发生直接的私人性质的交往,比如,今后凡是商家的开业典礼之类的事情,应该严禁政府公务人员参与,政府公务人员严禁参加商家的应酬活动。我们政协也准备在这方面做些工作,向人大、政府提出议案,就这方面立一些规矩。"

"好啊,这很好啊!反腐倡廉不光是党和政府的责任,如果我们的政协和人大也能积极做这方面的工作,那我们就形成了反腐倡廉的全方位机制,好,老周你这个提议我举双手赞成。"

周文魁起身告辞:"赵书记,我今天跟你谈过之后,这心里敞亮多了,你忙,我不打扰你了。"

周文魁走后,赵宽按呼唤铃叫进秘书,吩咐道:"你到机关工会问一下,职工互助基金一次最多可以借多少钱?利息多少?还有,现在基金还有没有钱。"

秘书回答:"这不用问,我知道,最多可以借一万块,时间是一年,利息按银行存款利息的百分之五十计算。钱多着呢!没人借。"

"你怎么知道得这么清楚?"

"你忘了,我是机关工会的群工委员啊!"

"这么优惠的条件怎么会没人借钱呢?"

秘书解释:"好面子呗,借这里的钱,得公示,以便对基金的使用和去向进行监督。这样一来,谁借了钱,大家都知道了,就谁也不好意思借了。所以啊,我们正在酝酿修改这个条款,应该照顾别人的隐私,借多少钱、为什么借属于个人隐私,过去我们的做法不妥,也违背了互助基金扶危解困的初衷。"

"那就好,我跟你商量个事情,以我跟你的名义,每人借一万块钱,你看行不行?"

秘书困惑地问:"赵书记,你要跟我向互助基金借钱?你要真的有急用,我还有存款,我先给你拿,堂堂书记从基金借钱,让人家笑话。"

赵宽解释:"给你说实话,我不是没有钱,可是我家的存款我不敢动啊!李存心随时做手术可能要花一大笔钱,虽然她有公费医疗,可是相当多的药费、保健费是自费的,她那种病到底要花多少谁也不敢说,所以家里那点存款我不敢动。现在政协周主席遇上难题了,我想帮他,却又能力有限,只能想这个办法了,我让你跟我两个人的名义借,不是真的让你借钱,而是为了能多借一些,你借的一万块钱咱们俩私下算账,算是我向你借的。"

秘书叹道:"周主席又怎么了?唉,市领导里头就他们家事多。"

"别这么说,家家都有难唱曲,谁家的锅底都是黑的,只不过别人家的事情我们不知道而已,周主席家的事情我们知道了就不能不帮。你说,这件事情你愿意帮不?不愿意我就另想办法了。"

"书记都伸出援助之手了,我还能袖手旁观?帮,一定帮。不过这

样帮更好一些，我家里有闲钱，孩子还小，我们两口子都是公务员，收入用不了，我直接借给他两万块钱算了。你是市委书记，我是你的秘书，我们俩同时向基金会借钱，肯定得成大新闻，人家要是当面打听，我们也不好解释，我们能说是为了帮周主席吗？一说人家肯定又要追问周主席怎么了，我们说还是不说？如果人家不问，自己捉摸，那问题就更大了，指不定能编出什么美好的传说或者花里胡哨的谣言呢！"

赵宽拍拍脑袋："对，还是旁观者清，我光着急了，没想那么多。你说得有道理，如果我们俩出面借钱，你们再一公告，是会引起不必要的揣测和议论。那好，如果你真有闲钱，那就先拿出来就救急，算我借的。"

"你看你书记说的话，什么借不借的，急用就先拿去用呗！放着也是放着。"

赵宽坚持说道："借就是借，其实最终还是得周主席还，我只不过转一下手，也算做个担保人而已，借条还是我给你打，然后再让老周给我打借条，咱们按照正规程序操作。还有，既然要保密就好好保密，你可别到处向人家吹牛，说你是我的债权人，到时候让人家说，老赵混到这个程度了，开始向自己的秘书揩油了。"

秘书嘿嘿一笑说："赵书记，看来你今天心情挺好啊！"

"当你发现自己的同事确实是一个好同事的时候，你的心情也会不错。"

"那能不能给我透露一下，周主席又遇上什么事了？"

赵宽故作严肃，语带双关地说："隐私，个人隐私，你别想以债权人的身份从我这里打听你不应该知道的事情啊！"

秘书吐吐舌头："好好好，我不打听了，那我现在就去拿钱了。"

"好好，快去，钱拿来了我给你打借条，咱们也是一手钱一手借条。"

秘书笑笑急匆匆地走了。

赵宽无奈地摇头苦笑："老周啊老周，也不怪秘书说你，你这个家伙家里的事情是有点太多了。"

10

和平大街,赵吉乐像个闲汉混混,朝巷子里头走去,润发晃晃悠悠地远远跟着,另外一个缉毒警察远远地跟着润发。赵吉乐看到那个擦皮鞋的没有摆摊,就直接从巷子穿了出去,然后在巷子口蹲了下来。润发走到擦皮鞋摆摊的位置,就地蹲下,在那里等候着。缉毒警察则在巷道口买了一张报纸浏览。润发蹲了一会儿有点捱不住了,起身朝巷子口走去,经过赵吉乐身边的时候,悄声问:"人没出来,怎么办?"

赵吉乐问:"过去你来的时候他每一次都在吗?"

"也有的时候不在,不在我就到处转转,然后再回过身来找他。"

"那就跟过去一样,别急,转一圈再回去看看。"

润发"嗯"了一声,就到街上转悠起来。

果然,不一会儿,擦皮鞋的出现了,赵吉乐示意不远处的润发:"出来了。"

润发倒也懂事,二话不说就朝巷子里擦皮鞋的走了过去。

来到擦皮鞋的跟前,润发坐到了凳子上,把脚跷得高高的:"咳,擦皮鞋。"

擦皮鞋的把他的脚扒拉下来:"去去去,该干吗干吗去,别在这儿捣乱。"

"捣什么乱?你不是擦皮鞋的吗?擦啊!"

擦皮鞋的只好应付差事地胡乱给他擦起来。

润发说:"这就对了,干吗像干吗的。这几天一直在吗?"

"在啊!你呢?"

"让局子给弄进去几天。"

擦皮鞋的一哆嗦,停下手问:"什么?你进局子了?"

"是啊,他妈的,他们怀疑我偷东西了。"

"我看你小子也是迟早的事儿。"

"去他妈的,谁能把我怎么样?用不着我说话,他们就老老实实把我送回来了。"

"那倒是,你跟我们不一样,你爹是大官嘛。"

"带料了没有?"

擦皮鞋的警惕地东张西望,然后看看润发,摇摇头:"没有。"

润发失望地叹了口气,喃喃骂道:"他妈的,白来一趟。"

擦皮鞋的掏出烟,递给他一支:"先抽根这个,别的事再说。"

润发点燃香烟,贪婪地吸食着。

擦皮鞋的看着他,问:"怎么样?觉得料足吗?"

润发点头:"还凑合。"

擦皮鞋的试探着问:"公安局没发现你好这个?"

"知道了又能怎么着?你说他们知道了又能把我怎么着?"

擦皮鞋的点点头,再次说:"对对对,我又忘了,你跟我们不一样。"

润发得意扬扬:"知道了就再别问这些废话了,你既然没料,那我也不找你了,我到迪厅看看去。"

"你上那儿干吗?那也没料,最多能弄几颗摇头丸晃脑袋,那不是你这种人用的。"

润发作势起身:"算了,不跟你浪费时间了,不是我不照顾你的生意,是你没料啊!我到迪厅里去,我就不相信有钱还能买不着东西。"

擦皮鞋的连忙扯住他:"告诉你吧,迪厅那种地方,料也是从我们这边进,你从他们那儿拿还得过一水,好了,这个价,拿不拿?"

润发跳了起来:"你们他妈的真把那玩意儿当黄金了?才几天没见怎么又抬起来了。"

"上次华哥跟你商量的事儿,你答应了又变卦,华哥说了,今后你要货,价钱一律提一成。"

"要是我答应了呢?"

"那就一律降两成。"

润发做出迟疑不决的样子，擦皮鞋的又掏出一支烟递了过去："你小子真转不过弯来，如果你答应了，你家今后就是场子，按规矩要提一成的，加上价钱上让的两成就是三成，如果你做得好，今后还可以倒倒手，慢慢就成了供货的了，你想想，供货的还能少了料用吗？"

润发做出颇为心动的样子："可是，可是我怕万一露了，把我爸我妈牵涉进去，那就全毁了。"

"哪能呢，你爸你妈天天上班，只要不让他们知道，你家在那个大院里，你爸又是政协主席，谁敢找你们家的麻烦？万无一失，万无一失啊！再不然华哥为什么偏偏要到你们家呢？他把事情给老板报告了，老板高兴得要命，一个劲儿夸奖他有脑子，你这边又变卦了，华哥被憋得一连几天不敢在老板面前露面。"

"老板是谁啊？"

"你真笨还是装的？我们的货都是从哪儿来的？都是从老板那里，你要是跟老板搭上了，今后还愁没料用吗？"

"老板你认识不？"

"我要是能认识老板还用得着在这儿干这个？你要是答应了，今天我请客，白送你一个包。"

"那咱们可得说话算话，今后我的料一律七折。"

擦皮鞋的大为兴奋，连连点头："这是老板发了话的，还能有假，没问题。"

"看在我们哥们儿一场的分儿上，就这样定吧！不过你给华哥说一声，可一定不能把我爸我妈牵涉进去了。"

擦皮鞋的掏出一个小纸包塞给润发："没得说，把你妈你爸牵涉进去不就等于把华哥跟老板都牵涉进去了吗？他们比你还小心，放心吧！给，这是哥们奉送的。"

润发装作极为兴奋的样子把纸包小心翼翼塞进皮鞋里，然后说："再给一根烟,今天的烟里料足,抽着美得很。"

擦皮鞋的马上又给他掏了一根烟,然后说:"你小子啊!今天要是再不来真把我给愁死了,华哥不敢给老板回话,天天骂我,就差把我逼死了。这下好了,华哥在老板面前有了面子,我在华哥面前也有了面子,你小子可不敢再变卦啊!"

"不会了,不信你现在就带我去找华哥,我当面给他说。"

"那倒不用了,你先回去吧!这一两天我就跟你联系,给我留个电话。"

润发写了他们家的电话号码:"这是我们家的,不对外公开,你小子别拿着乱拨,还有,电话上说事的时候小心点儿,我可不知道家里的电话有没有监控。"

"不会,政协主席家的电话谁敢监控。"

"如果是我妈接的电话,你就说是我过去的同学,大学毕业了,回来找我玩。"

"我这个样儿哪像大学毕业的,换个名堂。"

"笨蛋,电话上又看不见你这副德行,我妈喜欢我跟那些上了大学的同学交往,她认识的那几个都不怎么样,过去是跟我混的,来了电话我妈不给找人。"

"好好好,我就冒充一回大学生。"

润发又嘱咐:"你给华哥说一声,如果他们要上我们家,一定要打扮得齐整些,别让人家一看就不是好人。"

"这你就别操心了,华哥那派头,西装革履一穿,眼镜一架,怎么看也像大学教授。"

"好了,再给我卖一包,我今天带钱来了。"

"好说,就按说好的七折价。"

两个人交款交货,完事后润发也不再说话,起身就走。

擦皮鞋的说:"这两天别到处瞎跑,等着我的电话啊!"

润发答应着，起身离去。来到巷子口，缉毒警察摘下耳朵上的监听器，对润发竖了竖大拇指，润发得意地一笑，拦住了一辆出租车。一上车，润发愣了，赵吉乐已经在汽车上等他了。

11

康复医院重症监护区的外面，陈律师坐卧不宁，在门口转来转去，一时拿出手机，一时又把手机放回兜里，鼠目进去已经快一个小时了，按照他们的约定，如果鼠目一个小时之内不出来，他就应该给警察打电话。时间马上就要到了，陈律师下了决心，拿起手机开始拨号。正在这时候，两辆警车鸣着警笛风驰电掣地开了过来，直接开到重症监护区停了下来，四五个警察从车跳下来就拼命地敲门。

陈律师有些蒙，自言自语："现在报警真先进啊！我这电话还没拨，警察就已经到场了。"随即他便明白，这些警察并不是跟他有什么心灵感应，而是另外接到了报警电话，想到这儿，他便急忙凑了过去。

一个警察见他往跟前凑，便问："你干吗？"

陈律师急忙掏出自己的律师证："我是第一律师事务所的律师，我的一个朋友让他们关到这里边了，我正要打电话报警，你们就来了。"

警察也是个糊涂警察，反问他："哦，刚才是你打电话报警的？"

陈律师含糊其辞地答应："是啊！是啊！我正想打电话来着。"

这个时候，有人把门打开了，警察们一哄而入，陈律师也随后跟了进去，警察光顾着看院子里面的情形，也就没有顾得上答理他。

看门的惶惶然地问："怎么了？你们这是要干吗？"

"我们接到报警，你们这里非法拘禁，到底怎么回事？"

陈律师马上明白，鼠目在里面报了警，连忙说："对，他们非法拘禁了一个叫张大美的女人，在里面，你们搜一下就知道了。"

警察推开看大门的，冲进了院子。

里面，鼠目还在跟那个男护士计较："我就不走，警察来了我再走。"

"那我就向院长报告了。"

"你报告啊！院长跟我很熟悉，你不打电话他也会来。"

鼠目的意思是想用话蒙住这个男护士，阻止他打电话，拖延时间，等警察来了再说。男护士却是个脑子转动不灵活的人，根本不明白鼠目话里的味道，顺着自己的思路跑回值班室给院长打电话。这个时候警察们已经冲了进来，鼠目连忙迎了上去："警察同志，你们看，这就是他们非法拘押的人。"

警察问："他们看管的人呢？"

鼠目胡诌："他们看警察来了，就跑了，咱们先把门打开吧！"

警察里头也有明白的，带队的警察问鼠目："你是干吗的？"

"我是《海阳日报》的记者，到这里采访，偶然发现他们非法拘禁的。"

警察来到张大美的窗口，问道："这个女人就是他们非法拘禁的人吗？"

鼠目连连点头："对对对，就是她，她是我朋友，很熟悉的朋友。"

警察问张大美："你认识他吗？"

张大美也连连点头："认识，他叫李寸光，是《海阳日报》的记者，我的朋友，我没有精神病，他们把我关到这儿是非法的。"

带队的警察就下令："把门砸开。"

其他警察正要动手，院长带着几个医生和保安冲了进来，见状堵住了警察，对警察非常不客气地说："你们干什么？我是这里的院长，有什么事情对我说。"

"有人举报你们非法拘禁了这位女士，我们现在要解救她出去，有什么问题你到局里说。"

"你们太不像话了，这里是医院，你们这是扰乱我们的医疗秩序，你们赶快离开，什么非法拘禁？这是我们的病人。"

张大美说:"我没有病,是他们硬把我抓来的,快放我出去。"

带队的警察说:"听到了吗?砸门。"

院长指挥部下:"你拦住他们。"他带来的医生和保安就围了过来,拦住了警察。院长又对带队的警察说:"你问问这里的每一个人,他们都说自己没有病,如果他们承认自己有病那倒说明他们的病好了。还有,这是孙副市长的夫人,是孙副市长亲自送来治疗的,你如果敢把她带走,一切后果由你负责,我这就给孙副市长打电话,让他直接对你说。"说着就急匆匆地给孙国强打电话。

警察见他这个样子,也就不敢再动手,鼠目催促:"你们应该先救人啊!不管是谁的夫人,都应该救人啊!"

院长瞪着他说:"你怎么进来的?你不是已经走了吗?怎么还在这里。"

这时候,电话接通了,院长连忙给孙国强汇报:"孙副市长,昨天上午来的那个记者在我们不知道的情况下跑到了重症监护区,还报了警,说我们对张大美非法拘禁,现在警察都来了,要把人带走呢!"

孙国强说:"你别答理他们,把电话给带队的警察。"

院长便把电话交给了带队的警察:"给,这是孙副市长的电话,你直接跟他说。"

带队的警察惴惴不安地接过了电话:"喂……"

他刚刚"喂"了一声,孙国强就开始怒气冲冲地斥责他:"你们要干什么?跑到人家医院里闹什么?是不是要让我请你们局长到医院接你们?"

带队的警察慌了手脚,长这么大,他还是头一次跟孙国强这么大的官直接对话,尽管中间隔着空间距离,谁也看不见谁,他却仍然感受到了高级领导无法抵御的威权气势,他的声音开始颤抖:"对不起,孙、孙、孙副市长,我们是接到报警之后赶过来的,情况还不太清楚,您有什么指示?"

孙国强冷冷地说:"我没有指示,我只有请求,我爱人精神有病,我送她到康复医院治疗,希望你们不要打扰她,更不要破坏人家医院的医疗

秩序。"

带队的警察只有连连点头："是，是，是……"就好像正在面对面接受副市长的指示和教诲。

孙国强对警察说："你们不要参与这种事情，人家医院也是一级组织，不是个体户，更不是黑社会，为什么不能事先跟人家医院取得联系呢？好了，你把电话交给院长，我跟院长说，怎么办你听院长的。"

带队的警察赶紧把电话交给了院长，孙国强对院长说："你们怎么搞的？不是说管理非常严密吗？怎么让闲杂人员进去了？"

"我刚才问过门卫了，他们不是从大门进来的，可能是从围墙翻越进来的。"

"这是非法侵入啊！你给警察说一下，让警察把他们领走。"院长正要对警察传达孙国强的指示，孙国强却说："算了，算了，不要让警察掺和了，把他们赶走，今后注意加强管理。"

院长说："不过，我看他们不会善罢甘休，这件事情还得请孙副市长处置一下，不然对我们的工作会有很大的干扰。"

"这件事情我来处理，你们把自己该做的事情做好，俗话说，篱笆扎得紧，野狗不能进嘛。"

院长连连答应着。挂断电话，院长对警察们说："好了，没事了，你们都看到了，是这两个人瞎胡闹，你们回去吧！剩下的事情我们自己处理。"

警察到了这会儿巴不得离开这个是非之地，一听院长的话，马上收队，二话不说就撤退了。

张大美一看警察撤离了，知道想出去没戏了，马上爆发起来："你们这些坏蛋，放我出去，我没有病，我没有病，李寸光，你要带我出去，你要带我出去啊！"

鼠目也急了，拉着张大美的手说："你放心，我一定会把你带出去的，我保证……"其实他心里也知道，这是不可能的了，起码现在不可能。医院的保安和医生们过来,院长看到孙国强对鼠目他们两个人也没有显示特别的强硬,心里就有些没底,不晓得这两个人到底是什么背景,一时倒也不敢贸然采取措施,不厌其烦地对鼠目他们说:"你们走吧,别等我们采取强制措施,其实我们现在就可以追究你们的非法侵入罪,你们好赖也都是有文化、有身份的人,如果有什么问题应该懂得通过正当途径解决,我们这里是医院,又不是国民党监狱,更不是黑社会的地下看守所,我们也是要对病人负责的,这一次我们就不追究你们了,请你们马上离开,不要干扰我们正常的医疗秩序。"

鼠目对院长说:"我再跟你说一遍,她没有病,很正常,这件事情背后有不可告人的背景,如果你坚持你们的错误,就等于给为虎作伥。"

"有没有病得由我们诊断,你说说看,你说她没有病,你有什么证据来证明她没有病?"

陈律师说:"你要求我们举证是错误的,根据我们跟你们的关系,这件事情适用于举证倒置,应该由你们医院拿出她确实有精神病的证据来,而不是我们。"

院长摆手:"行了,这不是在法庭上,如果到法庭上,该我们举证我们自然会拿出证据来的。好了,别啰唆了,你们赶紧离开,不然我们就要采取强制措施了。"

张大美紧紧拉着鼠目的手不放松,泪流滚滚地恳求:"我真的没病,是孙国强陷害我,你们一定要救我出去啊!"

到了这个时候,鼠目也是柔肠寸断,泪水涟涟,忘乎所以,紧紧拉着张大美的手就是不放,一边安慰张大美,一边还跟院长计较:"那你们把我也关起来好了,我也有精神病。"

陈律师见到他们俩这副样子,劝也不是不劝也不是,只好在一旁呆望。

院长对鼠目说:"诊断精神病有一个重要的表征,越是声称自己有精神病的人,就越不是精神病,真正的精神病人,绝对不会承认自己有精神病。再说了,我们这里是医院,没有病你想住我们还不收呢!"

鼠目说:"你这是什么逻辑?告诉你,你们不放人我就不走。"

院长懒得再跟他啰唆,对保安和医生挥挥手,保安和医生便冲过来连拖带推。鼠目挣扎着,人家索性把他抬了起来,这些人经常对付精神病患者,对人采取强制措施动作熟练,配合默契,轻轻松松就把鼠目弄到了重症监护区门前。陈律师知道自己如果反抗也是徒劳,只好跟在后面老老实实地往外走。后面,张大美撕心裂肺的叫喊声传了过来:"我没有病,我没有病,你们要救我出去啊……"

鼠目被扔出了重症监护区,铁门关闭了,鼠目跟陈律师呆呆地望着沉重的铁门沮丧到了极点,鼠目发誓一样地对陈律师说:"我一定要把她救出来,一定要让孙国强受到惩罚。"

"这我相信,但是还是必须按照我说的办,在法律的框架内解决这个问题,今天的结果已经证明了,只有依靠法律才是唯一、彻底的解决问题的途径。"

"法律?等到法律解决这个问题,张大美早就让他们折磨成真正的精神病了,还有,警察是不是执法的?我们叫来了,顶什么用?屁用都没有。"

陈律师劝他:"好了,我们还是赶紧回去想办法吧!在这儿再怎么叫唤也于事无补。"

鼠目仍然愤愤不平,却也没有什么更好的办法,只好跟着陈律师离开了重症监护区。

有什么想法、看法，闷在心里

1

紫苑路三号大院的入口处张贴了一张公告，出来进去的人都要驻足看上一阵儿，慢慢公告前面就聚拢了一堆人。公告的题目是《紫苑路三号院管理改革方案（征求意见稿）》。看公告的人都沉默着，这也是住在这个大院里的人们长期磨炼出来的功夫，有什么想法、看法，闷在心里，决不当众表达出来。当然也有例外，比如市长钱向阳的老婆陶仁贤，她在大院里算是个异类，心直口快，口无遮拦，按照一般标准，她是个很不适合给领导干部当老婆的女人，而她却当得有滋有味，且自我感觉良好。此时，她抱着那条小狗也站在公告栏前面，其实她已经看过三遍了，她在这里，只不过是不断向新加入进来阅读公告的人介绍自己的看法："嗯，说得有道理，现在是什么年代？就是改革的年代嘛，这么改一改也好，再这样下去我们都成了没人管的野人了。我支持改革，你呢？你呢……"

让她追问的人有的笑而不答，有的漠然冷对，也有的哈哈一笑说："我跟你一样。"

陶仁贤未能得到她期望的回应，便有些意兴阑珊，从人群里钻出来，把小狗放到地上："自己走走，老让人抱着，累死人了。"无辜的小狗抬头看看她，眼神迷离恍惚，不明白这个主人要干什么，明明是她要抱着它，这阵儿却像是它张口闹着让她抱了似的。小狗愣怔了片刻，扭头跑到草地上撒欢去了。陶仁贤一转眼看到了孙国强，马上迎了过去，热情洋溢地跟人

家打招呼:"孙副市长,今天没出去啊?大礼拜是该好好休息一下。"

孙国强不想跟她聊天,哼哼哈哈地应付着。陶仁贤却是个对别人反应并不敏感的人,或者说她自我感觉过于良好,对别人的反应习惯性忽略,所以她追着问:"孙副市长,最近好长时间没有见到你爱人了,她干吗去了?出差了?"

孙国强含糊其辞地说:"嗯,有点儿事不在家。"

陶仁贤自以为幽默地说:"丈夫丈夫,一丈之外就不是夫了,她老不在家,对你放任自流,那可就有点儿太大意了。"

孙国强原地踱来踱去,正在等车,对于这位喋喋不休的市长夫人真是有点儿无可奈何,蓦然想到这位市长夫人有一张漏勺嘴,是最好的传话筒,便压抑下对她的厌烦,做愁眉苦脸状对她说:"她最近身体不好。"他知道,只要他说出这一句话,陶仁贤肯定会刨根问底,那样他就可以以被动的方式说出想主动告诉她让她当义务宣传员的话来,肯定比主动告诉她效果要好得多,可信度也高得多。果然,陶仁贤立刻满脸关切,急不可待地问他:"怎么了?是不是挣钱挣得太猛,人给累垮了?唉,钱那个东西多少是个够?家有千贯万贯,不如一条好汉,病得重吗?住院了没有?"

"陶大姐你就爱开玩笑,她能挣什么钱?真能挣钱的人保险累不坏,累坏的都是挣不来钱还老想着挣钱的人。张大美的病跟挣钱没关系。"

"那到底是什么病啊?你看你这个人,说个话吞吞吐吐的,我看你上电视讲话的时候,滔滔不绝、振振有词,谁能想到一下了电视就不成了。"

孙国强也让她逗笑了:"陶大姐你真有意思,电视又不是楼梯,什么上来下去的。告诉你吧,在电视上讲话都是事先准备好了的,你们家钱市长也是一样,没准备好谁敢到电视上胡说八道去。"

"你快告诉我,你爱人到底怎么了?得了什么病?说不定我还能找到偏方把她治好呢!"

孙国强这才长长叹息了一声,指指脑袋说:"她是这儿的毛病,精神有问题,住院了。"

陶仁贤惊讶了："什么？她是精神病？"

孙国强哭丧着脸说："是啊！谁能想得到。过去她长期患有忧郁症，我们谁也没在意，最近一段时间突然变得非常严重。也怪我，光顾着忙工作，对她关心不够，结果病情越来越严重，医生诊断说她已经转化成精神分裂症了，就是你刚才说的精神病。"

陶仁贤问："是吗？那种病能治好吗？"

"医生说了，只能缓解症状，彻底去根不太可能。你还记得那天晚上，她说把我杀了，把警察折腾来一院子，那就是精神病发作了。"

"她现在住院我能不能看看她去……"

孙国强的车来了，孙国强就要上车，陶仁贤扯着他的衣袖追问："我去看看她行不行？"

孙国强边往车里钻边说："医生不让探视，你去了她也不认识你，弄不好还得打你、挠你，好了，我替她谢谢你了，我今天还得到环城公路的工地上看看去，你忙吧！"上了车孙国强对司机说："快开车。"

汽车开走了，陶仁贤站在原地怅然若失，嘴里喃喃念叨着："好好个人怎么就疯了呢？好好个人怎么就疯了呢？"

旁边过来一个人跟她打招呼："他陶阿姨，散步啊！"

陶仁贤回过神来，马上就着人家开始表达同情："你知道吗？孙副市长的爱人疯了，唉，真可怜，孙副市长也太辛苦了，老婆疯了待在医院里，大礼拜双休日，别人都休息了，他还得往工地跑，公而忘私，真是好干部啊！"

那人惊讶地问："你说什么？孙副市长的爱人疯了？怎么可能。"

陶仁贤马上开始详细介绍过程："这是孙副市长亲口说的，你还记得那天晚上警察跑到他们家折腾的事吧？那就是张大美犯病了，说她把孙副市长给杀了，才把警察招来了。孙副市长说了，过去她长期有忧郁症，这方面我懂，忧郁症不小心就会变成精神病的……"

这时候又有一些人围拢过来听，听众数量的增加，令陶仁贤更加兴致勃勃，滔滔不绝地开讲，宛若一个生意很好的街头卖艺者。

2

鼠目决心要动用赵吉乐了,尽管陈律师已经开始到法院申请对张大美进行精神鉴定,但是鼠目对他玩儿的那一套不抱多大希望,甚至有些蔑视:"你算了吧!孙国强一个电话就什么问题都解决了。你没听老百姓说吗?法院大楼高又高,见了领导就弯腰;法院大院宽又大,见了领导就害怕。其实孙国强也是多余,张大美要离婚,他只要给院长打个电话,你去立案人家连受理都不会受理。"

陈律师是吃法律饭的,如果跟鼠目一样的思想认识,那就连挣饭吃的平台都没了,所以坚持依法办事,要以张大美法律代理人的身份,申请法院对张大美进行精神鉴定。鼠目就不再寄希望于陈律师,决心自己采取行动,动用赵吉乐。理由有三条:其一,赵吉乐是科班出身的警察,擒拿格斗、侦查反侦查都有一手,这对突击解救人质非常有用;其二,对张大美跟孙国强的事情赵吉乐多多少少有所了解,激发他的正义感,可以争取他的理解和同情;其三,办这种事情必须是绝对可靠、绝对可信的人,眼下只有赵吉乐具备这个条件,尽管这个外甥有时候对他这个舅舅缺乏晚辈对长辈应有的尊敬,可是他也绝对不会坏鼠目的事。因此,赵吉乐现在成了鼠目心目中最为理想的同谋人选。

现在的问题是找到赵吉乐,虽然都在一个屋檐下面生活,可是正应了那句话:用不着的时候觉得绊脚,想用的时候找不着。赵吉乐搬到周文魁家,给周文魁当了假外甥,对润发实施监控,对周文魁家实施保护,鼠目却一点儿也不知情。他给赵吉乐打了几次电话,赵吉乐都给按掉了,根本不接。过去这种情况鼠目也经常碰到,如果赵吉乐正在执行一些特殊任务,除了局内人的电话,局外人的电话一般都不接。鼠目由此断定,赵吉乐又在执行什么特殊任务,如果他单枪匹马去突袭康复医院营救张大美,他自忖没那个能力,所以只好守株待兔在家里等赵吉乐。他想,再有任务，赵吉乐也不能不回家，起码他得换衣服。梨花几乎一天二十四小时在医院陪伴照顾李寸心，赵宽下班后就到医院陪李寸心，直到睡觉的时候才回家，现在鼠目反客为主，反而成了赵家的主人。

在家里等了两天，赵吉乐踪影全无，鼠目实在闷得受不了了，就到外面散步，不由自主地就来到了张大美家外面，想到张大美此刻还在精神病院受苦，而自己却无力拯救她于水火之中，惆怅和郁闷涌塞在胸腔里，也更加急于找到赵吉乐，便开始给赵吉乐打电话，电话通了，赵吉乐却按掉不接，鼠目无奈地收起手机，一转脸却看到陶仁贤快步走了过来："唉，老鼠兄弟，老鼠兄弟……"看到她鼠目便想拔腿逃跑，这个时候，这个心情，他没心思陪陶仁贤聊天。而陶仁贤却是个不太在意别人感受和情绪，只关注自己主观感觉的人，一路叫喊着"老鼠兄弟"追了过来。鼠目无奈地停下步子，哭笑不得地纠正她："老鼠姐姐，你这么老鼠兄弟、老鼠兄弟地喊，人家还以为我们在演动画片呢！"

陶仁贤振振有词："咳，你倒是不吃亏，我叫你老鼠兄弟你反过来就叫我老鼠姐姐，哎，我不叫你老鼠兄弟叫什么？你的笔名不是就叫老鼠吗？"

"我的笔名是鼠目，不是老鼠。"

"鼠目长在什么地方？不就是长在老鼠身上吗？那么计较干吗？"

鼠目苦笑，只好默认，反过来问她："老鼠姐姐，你不上班在大院里转悠啥呢？"

"你不知道啊？咱们大院要搞管理体制改革，组织居民委员会，要从大院里抽几个人帮助街道办事处和机关事务管理局搞筹备，我是专门从单位借过来搞筹备的，不是吹牛，我还是你姐夫赵书记亲自提名的，不然我才不干呢！"

"那好啊！我也觉得你当居委会主任最合适了，到时候我投你一票。"

陶仁贤倒非常明白："少来，卖空头人情是不？你的户口不在我们大院，没有选举权。"

"没有选举权也没关系，我可以帮你宣传，制造舆论，反正我支持你。

好了，你忙吧！我该走了，我还有事呢！"

陶仁贤一把抓住他："不许走，我还有要紧话告诉你呢！"

鼠目挣扎："我真的有事，改日我到你们家听你详细说。"

"是孙副市长家的事，你听说了吗？"

鼠目停下了步子："孙副市长家怎么了？"

"孙副市长的爱人疯了，让他给送到精神病院去了。"

鼠目本能地反驳："胡说八道，那是他陷害人家，张大美你又不是没见到，好好个人怎么可能疯了呢？你这是听谁说的？"

"我可不是随便传闲话的人。告诉你吧！这可是孙国强亲自告诉我的，不然我哪敢给人家造谣。"

"嘿，我的老鼠姐姐，你也不想想，人家为什么告诉你？不就是要借你这张嘴造舆论吗？不然他瞒都来不及，哪有家里人得了精神病满大街吆喝的？好了，老鼠姐姐，你别再给人家当义务宣传员了，到时候张大美回来了，知道你到处说人家是疯子，不找你算账？"

"嘿，听你这么一说还真有点儿问题，你肯定知道内幕，对了，我听孙国强说，那天晚上张大美犯病了，说她杀了孙国强，是不是对你说的？"

"是啊！那只是气话，我当时当真了，就报了案，其实人家根本就没有疯，跟疯是两回事儿。"

"是吗？到底怎么回事，你给我说说。"

鼠目也想通过陶仁贤来消除孙国强造成的影响，便对陶仁贤说了起来："过去我跟张大美不认识，那天晚上碰到了张大美，张大美情绪很不好，跟我聊了起来，说她回家发现枕头上有别的女人的头发，一气之下恨不得把她老公杀了。我问她杀了没有，她顺口说杀了，我吓坏了，就报了案……"

鼠目在不违背基本事实的基础上，运用记者对同一事实改头换面来证明不同观点的本事，把张大美描述成了一个无辜的受害者，一个精神健全却又忍受非人精神折磨的受难者。果然，陶仁贤义愤填膺，咬牙切齿地咒骂孙国强："这个人面兽心的东西，怎么敢把脏女人带到家里来？我要是张大美，就不光那么想，我就真的杀了他。哎，照你说孙国强就是因为这件事情，把张大美弄进精神病院的？"

"这是事情的起因，真正的原因是，张大美要跟他离婚，孙国强不离，张大美就请了律师到法院起诉，孙国强哪敢离婚，一离婚这些破事不就全都露馅儿了？所以就干脆把她送进精神病院，这样法院就不会判离了，而且张大美说啥也都不会有人相信了，谁会相信一个疯子的话呢？"

陶仁贤听得张大了嘴，恍然大悟："真的？我说孙国强怎么突然对我说起了他家里的事情，原来是这么回事。这个浑蛋，把我当傻子耍，让我给他制造舆论。嗨，我的天啊！这个人真毒啊！"

"好了，我给你说的这些话你可千万别给别人说，即便给你贴心的人说，也别说是从我这知道的，这是人家的家务事，我只不过偶然知道了一些，如果把我牵扯进去，我可不承认啊！"

"你看你吓得，我陶仁贤向来是一人做事一人当，不会狗扯羊皮没反正的，你放心吧，一来我不会乱说，二来即便我说了，也绝对不会牵扯你，你相信我把这些话给我说了，我再把你给卖了，那我成什么人了。要是那样，你今后见了我，就给我脸上吐唾沫。"

"那就好，我就是相信你老鼠姐姐是个女中丈夫，才对你说的，也是不愿意让你稀里糊涂给人家当枪使。好了，我还有事，我先走了，等有时间我再详细跟你聊。"

陶仁贤扑哧笑了，鼠目愕然问她："你笑什么？"

"我叫你老鼠兄弟，你就叫我老鼠姐姐，多好玩儿。"

"好好好，叫啥都行，别人听了以为我跟你过家家玩儿呢！"

鼠目急匆匆走了，陶仁贤一转眼看到了大院里的邻居，马上凑过去开始宣传："你们知道孙副市长的老婆到底怎么回事吗？人家根本就没有疯……"

3

周文魁家,电话响了,吴敏接了电话,听到是找润发的,就叫润发下来接电话。赵吉乐跟润发一同从楼上下来,润发接电话,赵吉乐急忙示意另一个负责监听电话的警察打开监听。擦皮鞋的约润发见面,润发看赵吉乐,赵吉乐点点头,润发就说:"好,什么时间,到哪儿?"

对方告诉他就是现在,他们就在大院外面,让他出来接他们。赵吉乐又对润发点点头,润发就答应了。赵吉乐对润发吩咐:"你去接他们,我们有人在一旁监控,你放心好了,别想我们,该怎么样就怎么样,自然一些。"

吴敏担心地说:"不会出什么事吧?"

赵吉乐安慰她:"没事,我保证没事,他们来了肯定说是润发的同学、朋友,你就当他们是同学、朋友,他们要是在客厅坐,你招呼一声就上楼,如果他们要上楼,你就在客厅待着,不要管他们说什么。"然后又对那个监听的警察说:"这帮家伙也够油条了,大白天,说来就来,如果我们事先没有准备,还真得让他们闹个措手不及呢!"

润发问:"我还要换件衣服不?"

"换啥衣服,又不是相亲,该干吗干吗,越随便越好。"

"那你呢?"

"我不能跟你去,你只管去就成了,我尽量不露面,万一我露面了,你就把我叫哥,告诉他们说我是你表哥,投奔你爸来找工作的。"

"好,那走吧!"

"你走你的。"

润发就出门向大院外面走去,赵吉乐远远跟在他的后面,缉毒警察早一步来到了大院门口,蹲在大院门口的马路牙子上吸烟,默默注视着来来往往的行人。润发出了大门,才走了几步就在马路边上看到了擦皮鞋的和华哥,这俩人真的按照润发的提示装扮了一番,华哥西装革履,还在鼻梁上架了一副眼镜，擦皮鞋的也换了行头，穿了一件休闲衫，皮鞋擦得锃亮，头发梳得油光水滑，苍蝇落上去都得摔跟头。润发暗暗好笑，摇摇晃晃地过去招呼道："华哥，你亲自来了？"

华哥也不跟他啰唆，直截了当地说："走吧！到你家串串门。"

润发问擦皮鞋的："条件你都跟他说了吗？"

华哥说："说了，不就是七折、提成这些事吗？小事一桩，你如果照应得好，还能有好处，你是不是还要让我给你写个承诺书啊？"

润发笑笑说："华哥开玩笑呢！你就是写了承诺书也没用，这种事情哪敢见官？江湖上嘛，人言为信，说出来的话就是合同书。"

华哥说："你还挺明白啊？你们家怎么样？你爹妈不会起疑心吧？"

"我爸整天上班瞎忙，我妈也得上班，今天休大礼拜，我妈在家，我爸又不知道跑哪儿去了，平常家里就我一个人。对了，最近我姑的孩子来了，算是我的表哥吧！想在海阳市找个工作，农村来的，傻乎乎啥也不明白。"

华哥点头："走吧，去看看。"

于是在润发的带领下，擦皮鞋的跟华哥一起进了大院，朝润发家走去。

4

鼠目回到家里，继续孜孜不倦地给赵吉乐打电话，赵吉乐索性关机，鼠目再也无法忍耐，直接把电话打到了刑警队找赵吉乐，刑警队说赵吉乐在外面执行任务，不好联络，鼠目说："我是他舅舅，他如果跟你们联系，请你们告诉他我有急事找他，让他赶紧跟我联系。"

刚刚放下电话，电话就响了，鼠目以为是赵吉乐，抓起电话忙不迭地接通："喂，吉乐吗？"

"什么吉乐，我是陈近南，你有时间吗？"

"我现在除了时间就啥也没有了。"

"那好,你尽快到我这儿来一趟,或者我到你那儿去。"

"我得在家里等我那个外甥回来商量事,还是麻烦你过来一趟吧!"

陈律师无奈,只好说:"那好,你等着我,对了,进大门麻烦不?"

"不麻烦,登记一下,通报一下就行了。"

"这还不麻烦?跟探监差不多了,用不用带单位介绍信?"

"我到大门口接你。"

"这还差不多。"

放下电话,鼠目便到大门口等陈律师,顺便遛遛弯儿,活动活动筋骨。等了一根烟的工夫,陈律师赶到了,鼠目急忙迎了过去:"什么事情把大律师急成这样?"

陈律师只说了三个字:"他妈的。"

鼠目拉着他:"走,到家里说去,有什么苦水到家里吐个痛快。"

两个人便回到了赵宽家。陈律师东张西望,对鼠目请示:"我长这么大可是头一次到这么大官员的家里视察,能不能上楼看看?"

"这不过就是个家嘛,跟普通老百姓的家庭相比,房子大一点儿,跟大款暴发户相比,房子旧一点儿,本质上没什么区别,你要是想看就随便看,别偷东西就行。"

陈律师骂了一声:"胡说八道,我除了人别的啥也不偷,你要是怕我偷东西,就跟在我后面监督。"

鼠目正在给他沏茶倒水,打趣道:"你这个人除了风流,再没别的缺点,偷东西不会,偷人我这儿也没人可供你偷,看看快点儿下来,说正事。"

陈律师倒也不客气,管自上楼四处视察起来,过了一阵儿下来,鼠目问他:"怎么样,什么感觉?"

陈律师:"三个字:脏乱差。难以想象市委书记那么大的官儿,家里竟然这副德行,这么好的房子真可惜了。"

鼠目解释:"你喝口水。平常也不是这样,现在我们家是非常时期,我姐姐病得挺重，一直住院。梨花，就是我们家的保姆，一直在医院里陪我姐姐，就剩下我们三个男人，而且是三个懒惰的男人，能维持到这个程度不错了。你说，什么事情把你急成那个样子？"

陈律师叹息了一声："不幸让你言中，我到法院去了，申请对张大美进行医学鉴定，法庭说他们商量一下，今天正式答复我，由于张大美一直没能亲自到庭，所以至今连离婚案都没立案，申请对张大美进行精神鉴定也就无从谈起。"

"怎么连离婚都没立案呢？"

"我已经把诉状交给法庭了，过去法庭接受了诉状，程序上没有什么问题就算立案了，这一回人家说了，离婚案必须当事人亲自到庭提交诉状，才能正式立案。"

"法律是怎么规定的？"

"法律没有这方面的具体规定，离婚属于一般性的民事案件，立案程序上没有什么特别的要求啊！我是全权代理，张大美可以不必去，起码申请立案的时候可以不去，开庭的时候离婚案她倒是必须亲自到庭的。"

鼠目想了想说："这也没啥奇怪的，即便没有孙国强的干扰和影响，法院对这种案子也不可能随随便便，开玩笑，市委常委、常务副市长离婚，谁敢判？能不能离婚倒是后话，现在的问题是，张大美怎么办？就那么扔在疯人院里？"

陈律师提议："法院不承认我们立案，我们到法院申请司法鉴定就没有道理，人家肯定不会答理我们。现在还有一个办法，那就是到公安局报案。"

鼠目马上否决了他的意见："胡扯，这是不可能的，我那天把公安局都叫到疯人院去了，警察接了孙国强一个电话就吓跑了。再说了，疯人院的院长跟孙国强是一伙的，他一口咬定张大美是精神病，谁说也没用啊！"

"那怎么办？你有什么办法？"

"你说我如果到里边把张大美弄出来，会不会出什么问题？我是说算

不算犯法？"

陈律师回答："应该不犯法吧！疯人院说到底不过就是医院，又不是监狱，到监狱里把关的人接出来是劫狱，到疯人院接病人法律上没有不允许啊！现在的关键问题是你能不能把她接出来，不把她接出来，她这个人就毁了。疯人院那种地方，疯子进去是治病，好人进去就是找病。没有她亲自出面，后面的事情就没法办了。"

"你这是教唆怂恿我深入虎穴啊！"

"太夸张了吧？不过就是一个精神病院嘛！又没有荷枪实弹的武装警察站岗，不就是没经过他们同意接个人出来吗？即便发现了也不能把你怎么样。"

鼠目沉吟不语，陈律师知道他已经跃跃欲试了，便起身告辞。鼠目急着想招儿解救张大美，知道这种忙陈律师帮不上，也就没心思留他闲聊天，只好顺水推舟地送客。

5

赵吉乐急匆匆地抢先回到了周文魁家，把监听器材等物品收拾了起来，又在自己的脑袋上抓了两把，把头发弄得乱糟糟的，人马上就变得土气了许多，活像刚刚进城的农民工。赵吉乐刚刚收拾好，润发就带着擦皮鞋的跟华哥来到了家里。赵吉乐见他们进来也不打招呼，盯着电视节目呵呵地笑，好像看得很开心。华哥瞪了他一眼，润发说："这就是我表哥，农村人，刚刚进城，别理他，走，上我屋去。"

这时候，吴敏从楼上迎了下来，见到润发领了两个人，愣住了。润发介绍："这是我妈，这是我的同学，小柳、小李。"

华哥大大方方地叫了一声："阿姨，你好。"

吴敏忙不迭地回应："好好，你们好。"

"妈,我的这两个同学可都是大学毕业的,最近要帮我联系工作,你给他们沏点儿水,我们到我屋去聊天。"

吴敏只能连连答应,有几分手忙脚乱地下楼去了。

华哥疑惑地问:"你妈怎么回事?紧张什么?"

"我从来没有带朋友、同学到家里来过,你们今天来得突然,她也有些蒙,不是紧张。"

"噢,那就好,我们到你屋里看看。"

三个人便上楼来到了润发的屋子。赵吉乐在楼下看电视,吴敏过来偷偷地问:"这两个人就是?"

"可能是,也可能不是。阿姨,你别紧张,润发说是他的同学你就当是他的同学,客气点儿,别让人觉得你紧张不安。没关系,他们不会在这儿、在这个时间干出格的事情。"

"那好,那好,我去给他们沏茶。"

赵吉乐嘱咐:"一会儿茶沏好了,你就大声叫我送茶,我不去,恋着看电视,你就上去,然后当他们的面抱怨我几句,这样就自然了。"

吴敏答应了,沏好茶果然大声唤赵吉乐:"吉乐,把茶水给润发的同学送上去。"

赵吉乐:"俺不去,让他自己下来端,凭什么让俺伺候他。"

吴敏见赵吉乐装得像模像样的,忍不住扑哧一笑,紧张情绪大为缓解,唠唠叨叨地上去送茶了:"这孩子,自己的表弟来朋友了,送趟水有什么,还低看你了是怎么的,真是的,现在连农村孩子都这个样子,真没辙了……"

来到楼上,吴敏笑容满面地把水放到桌上,然后对润发说:"你的同学、朋友难得来一次,你好好招待,中午就在家吃。"又对擦皮鞋的和华哥说:"我们家润发从小就不爱学习,要是他也能像你们一样上个大学,哪怕是最差的大学,我都烧高香了,找工作也不至于高不成低不就这么为难了。"

润发不耐烦："行了妈,让我们自己聊会儿吧!"

吴敏连忙退了出来："好好好,你们聊,你们聊啊!"

吴敏一退出来,华哥便起身："走,参观参观高干住宅去。"

润发满心不愿意,可是还得陪着他从房间出来,一边走一边讲解："这是我爸我妈的房间,这是客房,现在我表哥住着,这是书房,这间房子闲着,这间房子也是闲着的,放杂物的。"

华哥的姿态活像买房的客户："到底是高干住房,够大,不过装修和摆设都太一般了,我们用着还不错。"

擦皮鞋的在一旁敲边鼓："那是,闲房子多,视野又开阔,门口还有把大门的,安全着呢!"

回到房间,华哥喝了两口水,对润发说："没问题,就按我们商量好的办,到时候我跟你联系,事情顺当说不定老板一高兴,会跟你见一面,只要跟老板见面,就算是公司的员工了,能拿固定提成呢!"

润发装作极为高兴的样子："真的?那太好了,有料用,还能挣钱,我保证没问题。"

几个人说说叨叨地往下走,楼下赵吉乐把腿搭在沙发扶手上歪着身子看电视,见他们下来也置之不理。华哥瞪了他一眼,显然对他的冷漠和傲慢非常不满。润发推着华哥往外走："别理他,农村人没教养,我爸下班回来他都不知道起来打个招呼,还想让我爸帮他找工作呢!我妈说了,不管他,让他耗上几天没意思就自己回去了。"

这几个人刚出去,赵吉乐掏出手机正要拨,手机却先响了,赵吉乐看了看是刑警队的电话,只好接："喂,谁啊?我忙着呢!"

对方说："你舅舅打电话到处找你,说是有急事,把电话都打到刑警队了,你快跟他联系一下。"

"他没啥正经事,我知道了,你别管了,我有急事,不多说了,挂了啊!"说着挂断电话,又急忙给外面的缉毒警察打电话："目标出去了,注意贴上。"缉毒警察回答已经知道了,赵吉乐才挂了电话。吴敏从另外一间屋子出来,赵吉乐连忙坐正不好意思地说:"吴阿姨,我有点放肆,别笑话我啊!"

"没关系,没关系,你随便。刚才这两个人就是毒贩子?"

"都是小喽啰,大街上转悠的,我们早就掌握他们了,不稀罕动他们。"

"我怎么看也不像啊,一个个文质彬彬的,怎么会是干那种事情的?"

"那你看我像不像警察?"

吴敏这才认真看了看他,赵吉乐穿着旧衬衣,衬衣下襟搭在裤腰外面,头发也让他揉搓得乱蓬蓬活像一堆茅草,吴敏忍不住笑了:"不像警察,像刚刚进城的农民工。"

"这就对了,走在大街上,人人都像模像样的,可是谁知道谁是干吗的?"

吴敏点头:"这倒也是。哎,你说吴阿姨今天表现得怎么样?合格不?"

"太合格了,恰到好处,吴阿姨你能当演员。今后他们再来,你根本用不着管他们,最好根本别想他们是干吗的,就当是润发的同学,客气点亲切点儿都成,千万别太靠近他们,免得他们发现什么。"

吴敏问:"那你说我是去上班呢,还是在家帮润发?"

"你上班啊!一切照常,你放心,有我们在,润发绝对吃不着亏。"

"哦,阿姨放心你们,阿姨不是想帮你们嘛。"

"你啥也别帮,就是最好的帮忙。"正说着,赵吉乐的手机响了,看看号码,是自己家里的,就接通了:"喂,啥事?"

电话那头的鼠目说:"哎哟我的好外甥,你还活着呢?我上天入地的找你,你干吗去了?为什么不接我的电话?"

"我有工作,忙着呢!哪像你那么舒服,自由自在。说吧!你找我干吗?"

"你现在在哪儿?我过去找你。"

"我在外地呢,你就在电话上说。"

"我的天啊!这可怎么办?都要出人命了,这个时候你跑到外地干吗

去了？"

"什么事？你就电话上说嘛。"

"说什么？你在外地我说了也没用，不说了，听天由命吧！"说着，鼠目挂掉了电话。

他挂了电话，赵吉乐反而心神不定了，他知道，鼠目不是那种不知道轻重的人，这么急着找他，肯定是有非常重要的事情，起码是他认为非常重要的事情，想到这里，连忙起身向吴敏告辞："吴阿姨，我回去一趟，一会儿润发回来了，你给我来个电话。"说着，急急忙忙地出门朝自己家里奔去。

6

鼠目通过电话，知道指望不上赵吉乐帮忙，便下了决心，自己独闯精神病院解救张大美。想到精神病院重症监护室坚固的铁门、铁锁、铁窗，他就开始准备工具，从赵吉乐家的储藏室里掏出钳子、螺丝刀、榔头等往一个包里装。赵吉乐推门进来，看到他像老鼠搬家一样弄了一摊子杂事，奇怪地问："你这是干吗？要入户盗窃啊！"

鼠目让他吓了一跳，回过头来惊问："你不是到外地去了吗？"

"相对于我家那不就是外地嘛！你火燎毛似的找我干吗？行星要撞地球了？"

鼠目问："你还记得我给你说过的张大美的事吗？"

"记得啊！你不是说要调查吗？有什么重大发现吗？"

"发现个屁，张大美让孙国强给关到精神病院去了。"

赵吉乐惊讶："张大美成精神病了？"

"什么精神病，如果有精神病关到精神病院不就正常了吗？问题是她没精神病啊！"

赵吉乐不信："没精神病怎么可能关到精神病院？精神病院又不是孙国强家开的，即便是他们家开的，也不能想关谁就关谁啊！"

"你还是刑警呢！脑袋瓜子一点儿都不转弯，我们不是到精神病院给张大美看过病吗？就是那天晚上张大美犯癔症的时候，你还记得吧？"

"这一辈子都忘不了，她说她把孙国强杀了，害得我们兴师动众、丢人现眼。"

"孙国强跟精神病院的院长勾结起来，硬说张大美疯了，把她关进了精神病院天天强迫她吃镇静剂，想把她给弄成白痴。"

"真的啊？那可太黑了。孙国强肯定是怕张大美把他的老底给掀开。"

"张大美要跟他离婚，如果他不离，张大美就要在法庭上提出证据证明他包二奶有私生子，这样一来势必要牵涉到别的问题，所以孙国强也就对她下了黑手。唉哟哟，我去看过了，张大美真惨啊！让人家给关在小屋子里面，窗户、门上都是铁条，还强迫她吃药，这样下去好人也得给逼疯了。"

赵吉乐啧啧有声："孙国强这孙子真敢这么干？我都不敢相信，到法院告他啊！"

"没用，张大美的律师出面找了法院，让法院对张大美进行精神医学鉴定，法院驳回了，因为没有张大美亲自出面或者亲笔签字，根本就不可能办。"

赵吉乐又出主意："那报案啊！按非法绑架报案。"

"我们把'110'都叫去了，孙国强一顿臭骂就把警察都骂走了。警察也没办法，人家是夫妻，当大官的丈夫跟医院都说她有病，警察也不能单凭我们一两句话就强行从精神病院把人带走啊！"

赵吉乐听了，说："让你这么一说，这件事情还真有点麻烦。是啊！既然法律上孙国强是张大美的丈夫，他们是夫妻，这种事情外人包括法律还真不好插手干预。关键是精神病院禽蛋，他们怎么能那么不负责任，随随便便就把人家弄进去了？可是，好像他们也算不上犯法。"

"所以我才急着找你商量。"

"你跟我商量？你该不会是让我带着刑警队的人，到精神病院强行把张大美弄出来吧？"

"如果你真能那么干，当然最好。"

"你觉得我有那个权力吗？我要是那么干，可能我就也得被送进精神病院了。"

鼠目撺掇："其实也用不了几个人，你一个，再加我一个，就足够了。"

"舅舅，你是不是应该清醒一些了？我是警察，不是大街上的混混儿，更不是黑道上的打手，我看你脑子短路了。"

鼠目振振有词："正因为我知道你是警察，我才跟你商量这件事情，警察是干什么的？不就是打击犯罪、除暴安良、维护法律、保护人民群众的吗？你眼睁睁看着犯罪行为却无动于衷，还好意思说自己是警察呢！"

赵吉乐解释："人家是不是犯罪，那得由法律来决定，你说了不算，我说了也不算。"

"法律都定了的事情还用得着你们警察吗？你就说一句话，管不管？"

"倒是应该管，可是我不能管，这件事情得你管，我要不是警察我就跟你去。"

鼠目骂道："空肚子放屁，没劲又没味。算了，你不管拉倒，我也不指望你了。"

"怎么，你要独自出马，英雄救美啊？就凭你这一副小身板儿，人没救出来自己也让人家给当成疯子关进去。"

"他们不敢关我。第一，他们不是公安局派出所，没有关我的权力。第二，他们那里不是监狱，我进去也不违法，就是你们警察来了也不能把我怎么样。第三，精神病院终究不是黑社会的黑窝子，他们也不能把我怎么样。"

"嗬，你想得倒挺明白啊！看样子已经酝酿成熟了，你准备怎么办？"

鼠目摇头："你不去就算了，别问那么多。其实我就是对那个大铁门，还有房间的小铁门发憷，到处都是铁的，大锁头跟拳头似的，没有专门的工具真的弄不开。如果我去了，动静闹大了惊动了他们，下一次再想救她就困难了。"

赵吉乐摆弄着他找出来的钳子、扳手和螺丝刀那些工具，呵呵笑着说："不知道的人看到你这些东西还以为你要入室行窃呢！"

"我要是有个帮手，花点工夫，撬开门还是有可能的。"

赵吉乐劝道："你还是不要干，你刚才说的根本站不住脚，你那属于非法侵入，人家可以告你的。而且，张大美跟你非亲非故，没有任何法律关系，人家的老公送人家进去治病，你却非要给弄出来，到时候你也说不清道不明，人家还是可以告你。这件事情还是要通过正常的法律途径来办。"

"你说我脑子短路，我看你的脑子装的不是脑浆是糨糊。我刚才不是对你说过了吗？法律渠道根本走不通，人家张大美有委托律师，律师出面都没办成。等到法律渠道走通了，张大美早就变成横怒敬二了，孙国强不正好可以为所欲为逃脱法律的制裁了吗？"

赵吉乐疑惑地问："横怒敬二是谁？"

"笨蛋，日本电影《追捕》里的，就是让人家给关进精神病院吃药，吃成傻子白痴的。"

"那是日本电影，我们海阳市的康复医院还不至于那么干，即便他们想那么干，可能也没有那么高的科技手段吧！"

鼠目愤怒了："这你个人怎么一点正义感和同情心都没有？是药三分毒，那些镇静剂是给病人吃的，好人天天吃怎么受得了？算了，我也不跟你多说了，你不帮忙我自己去。告诉你，一个警察如果连起码的正义感和同情心都没有，不管他是哪家公安大学毕业的，都不配当警察。"

赵吉乐愣住了，鼠目虽然是他的舅舅，却极少对他发火，两个人的关系更近似于朋友、哥们儿。小的时候，鼠目还是他打架斗殴的后台、支柱，赵吉乐打架吃亏了，鼠目便出手帮忙。看着鼠目气恼的样子，赵吉

乐瞪目而视,半晌才说:"是不是有什么别的因素?你不至于为了一个不相干的人对我这样吧?"

"怎么是不相干的人?即便是不相干的人,难道就不能见义勇为、拔刀相助吗?"

赵吉乐叹息了一声:"舅舅啊!别的话也不说了,没办法,我是警察,一切都得按照规矩办事……"

鼠目摆摆手:"滚蛋吧!好好当你的白痴警察去,我的事不靠你。"

"你让我把话说完嘛,你要是再这种态度,我真的不管了。我是说,我不能去,我是警察,要按照规矩办事,可是我可以让别人跟你去,帮你这个忙。你不就是想偷偷溜进去,把大铁门的锁打开,然后把张大美偷出来吗?我找个开锁专家陪你走一趟,不过万一让人家抓住了,你可千万别把我供出来。"

鼠目一下子蹦了起来:"我就说嘛,我们家吉乐绝对不是那种胆小怕事、见死不救的人。要是他把你供出来怎么办?"

"他不会,到时候他肯定会说是你花钱雇他的,你也统一口径说是花钱雇他的。他有开锁的特殊行业执照,吃的就是这碗饭。行了啊!废话少说,我给他打电话,看看他有没有时间,有没有兴趣。"

赵吉乐给他的朋友打电话,鼠目在一旁专注地听着,满脸的渴望和期待。

赵吉乐对电话那头的开锁师傅说:"师傅吗?有个事求你。不是我,是我舅舅,晚上想到康复医院串门,好好好,那就这么说定了,不见不散。"说了这么几句,赵吉乐就收了电话,然后对鼠目说:"说好了,他跟你约好晚上在江滨茶楼见面,见面后他直接跟你走,需要做什么你直接告诉他就行了。"

鼠目半信半疑地问:"这人行吗?我听你也没跟他说什么啊!"

"你别担心了,你不就要找个帮你撬门开锁的吗?即便我跟你去了,也开不了门锁,我没学那个专业。"

鼠目追问:"那个人长什么样?多大岁数?姓什么叫啥?"

"咋的,要给人家介绍女朋友啊?"

"不是,我今天晚上去了总得能认出来他呀!我到江滨茶楼总不能对着所有喝茶的人吆喝:'谁是赵吉乐的朋友?晚上跟我上精神病院撬锁去。'"

"这些你都别管,只管去,去了人家保准能认得出你来。你也别管人家姓什么叫什么,你就跟我一样把他叫师傅就行了。"

鼠目不放心道:"我怎么觉得你们办事有点大忽悠劲儿,这么重要的事情,就这么三言两语把我打发了?"

"你以为还要开三天大会讨论研究啊?不就是让他跟你去一趟,把需要开的门开了,把需要领出来的人领出来吗?行了,你别寻思了,记住,晚饭后,江滨茶楼迎门的座位,三十来岁,平头,个子跟我差不多,反正你去了人家就能认得出来。"

鼠目又问:"对他的信任度能达到多少?"

"没什么信任不信任的,你要干吗告诉他,他能干的就帮你,不能干会明白说出来,别的废话也用不着说,估计你们也没多少聊天的机会。行了,没别的事我走了,我还忙着呢!"

鼠目看看表:"我也走,到医院看你妈去,你去不去?"

"我抽空再去,今天没时间了。"

"有没有什么事情让我带过去?"

"没什么事儿。告诉我妈我好着呢!就是工作忙,过两天我一定抽时间去看她。"

"那好,我到医院去,然后直接从医院到江滨茶楼。"边说着,鼠目边收拾他找出来的那些工具。

赵吉乐说:"你啥也别带了,人家用不着你那些东西,万一让人家抓住了还是证据。"

鼠目就把那些工器具一股脑儿地扔回了储藏室,然后跟赵吉乐一先一后地出了门。赵吉乐朝大门口走,鼠目开车追上他问:"上哪儿去?我送你。"

赵吉乐摆摆手:"我有车,马上就过来,你走你的吧!"

鼠目开车朝医院奔去,赵吉乐见他走了,扭身回了周文魁家。

7

钱向阳乘车驶进大院,一眼看到赵宽站在大院里面的公告栏跟前看公告,便让司机停车:"停停,我就在这儿下。你回去吧!明天早上提前半个小时过来接我。"

钱向阳下车,来到赵宽背后问道:"书记看什么呢?这么专心。"

赵宽回头对钱向阳说:"看看大院管理的改革征求意见公告。"

"看完了没有?看完了我跟你说两句话。"

"看完不看完,市长有话也得先听市长的,就在这儿说还是边走边说?"

钱向阳拉了赵宽,沿着小道边走边说:"赵书记,你是不是一直在打我们家陶仁贤的主意?"

"难听,什么叫我打你们家陶仁贤的主意,这话让别人听去了,还以为我这个书记跟你这个市长怎么了呢!"

"嘿嘿,我不是那个意思,我的意思是说,你是不是想把我们家陶仁贤调到大院居委会来?"

"我哪会那么霸道,人家居委会的干部是民主选举产生的,不是市委市政府任命的。"

"你别跟我弯弯绕儿了,你是不是要让陶仁贤当居委会主任?"

赵宽哈哈大笑:"你呀你,如果把我作为居民大院的普通市民,你征求我的意见,我可以告诉你,我会给你们家陶仁贤投一票的。如果你把我当市委书记问，我就只好告诉你，我绝对不会干预大院居委会的民主选举。"

钱向阳说："好你个书记，人家都说你待人诚恳，诚实可信，对我你可就不这样了。你刚才说的话虽然弯弯绕绕，可是我也听明白了，你就是想要把我们家陶仁贤推出去，难怪我们家陶仁贤这两天风风火火、意气风发、动力十足，就好像屁股底下装上了原子弹，就是你给鼓捣的。"

赵宽解释："这跟我没关系，人家街道办事处组建居民委员会筹备小组，肯定要从大院里挑选几个有人缘、有积极性、人品好又热情公益事业的人来筹备，你也不想想，我怎么可能直接给街道办事处下命令，让钱市长老婆当筹备组成员呢！"

"什么？陶仁贤那个人，整天破马张飞，嘴就像个漏勺，好事精，哪儿有热闹往哪儿钻，跟这个吵架，跟那个找事，你还说她有人缘、人品好，你对她的评价是不是水分太大了。难怪人家都说，老婆是别人的好，孩子是自己的好。"

赵宽哈哈大笑："你这个老钱啊！真有你的，啥话都敢说。我说你的认识才有偏差呢！不识庐山真面目，只缘身在此山中。人跟人的距离太近了，关系太密切了，往往习惯了从微观角度观察，缺乏宏观上的整体把握，就像观赏油画，要有一定的距离，才能领略画作的整体，如果爬到跟前，凑得太近，看到的只会是一团粗糙的颜色而已。这样吧，咱们俩谁对谁错，让群众来打分，如果你们家陶仁贤这次选上居委会主任了，就证明我是正确的，如果你们家陶仁贤落选了，就证明我看问题片面，你是正确的，好不好？"

钱向阳点头："好，那我们就赌一把。"

赵宽也点头："好，君子一言，驷马难追。你同意陶仁贤参选居委会主任，就不能反悔啊！"

钱向阳猛然醒悟："我找你就是想告诉你我反对陶仁贤参选，怎么绕来绕去让你又绕进去了。你这个书记啊！欺负我老钱老实。"

赵宽哈哈大笑。

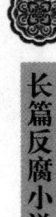

8

入夜，鼠目来到江滨茶楼，刚刚上楼，便有一个三十来岁，留平头，精干健壮的人过来招呼："您就是李记者吧？"

鼠目知道此人便是赵吉乐介绍的那位"师傅"，连忙说："对，我就是李寸光，吉乐都告诉你了？"

那人点点头："都告诉我了。"

鼠目张口想问人家姓名，想到赵吉乐嘱咐过不让他问，可是见面不问人家姓名，又显得别扭，便直截了当地说："吉乐不让我打听你的姓名，让我管你叫师傅就行了，我也就不打听了。这是我的名片，今后你如果有什么事情需要我，尽管打电话，我能办到的一定会尽力而为。"说着，把自己的名片递了过去。

师傅看看鼠目，嘿嘿一笑："赵吉乐就是爱故弄玄虚，我的名字有什么可保密的。我就是修锁头的，公安局有时候开锁，或者'110'联动需要帮没带钥匙的人家开锁，就派我去，我就是这么认识赵吉乐的。"

鼠目见人家还是没说自己叫什么，也就没有再问，客气道："我们坐下慢慢说。"

"不坐了，这种地方卖的就是座位钱，一坐下就得花钱。我们走吧！有什么事情边走边说。"

鼠目见他不是那种拖泥带水、虚头巴脑的人，也就不跟他客气，从茶楼下来，直接带他上了车，到了车上才对他说："我有一个朋友，让人诬陷说是精神病，关到精神病院去了，没办法，我不能见死不救，今天晚上就得把她弄出来，可是精神病院的大锁头太结实了，没个能工巧匠还真就开不了门，所以……"

师傅打断了他："没问题，走吧！我管开锁，别的我不管，要是人家追究起来，我就说是你花了一百块钱雇来的。"

鼠目见他如此干脆，愣了一愣，转念一想也就明白了，既然人家来了，就说明人家根本就不在乎你是为了什么，或者说人家根本不需要知道你要干什么，鼠目忍不住问了一句："你真的什么都不想知道就跟我跑这一趟？"

"不是赵吉乐让我跟你去的吗？"

"是啊！"

"这就够了，肯定不是坏事。"

鼠目不好再说什么了，他扪心自问，有没有一个像师傅信任赵吉乐那样信任自己的朋友，一时半会儿在心里还真翻腾不出来一个，不由暗叫惭愧。

两个人很快来到了康复医院，鼠目把车停在了停车场里，然后领着师傅来到了重症监护区，这里他已经来过两次，可以算熟门熟路了。大门是从里面锁上的，即便师傅有天大的本事也没办法开门，鼠目只好示意两个人要翻墙。师傅倒也不客气，按了按鼠目的肩膀，鼠目明白，人家是让他蹲下做人梯，只好蹲了下来。师傅可不像他那么讲究，穿着大皮鞋就踩到了他的肩膀上，皮鞋底子硬邦邦的，硌得鼠目肩膀生疼，鼠目只好咧着嘴咬着牙忍了，然后挺身而起，把师傅举上去。师傅身手麻利，轻轻一跃就蹿到了墙头上，鼠目以为他上去之后会返身下来拉自己一把，正要伸胳膊，人家却已经跳到了墙里面，鼠目暗暗叫苦，想不到这位师傅是个脑袋缺弦的主儿，急得在外面悄声怒骂："你自己进去有什么用？笨蛋，你又不认识人，难道仗着你会开锁，把所有的精神病人都一齐放出来吗……"

人家已经跳进去了，鼠目又不敢喊叫，急得在外面捶胸顿足恨不得把高高的院墙扒一个窟窿钻进去。正在着急，却见大门悄无声息地裂开一道缝隙，师傅从缝隙里露出半个脑袋朝他招手，鼠目这才明白，人家是先跳进去给他开门去了，便急忙从门缝挤了进去。师傅待他进来以后，又认认真真地把大门的锁链搭好，把拳头大小的铁锁挂好，然后才示意他带路去找张大美。鼠目心里暗想，这个师傅办事倒是光屁股坐板凳，有板有眼，看来还真是个老手，对今晚的行动又有了几分成功的把握。

鼠目做贼一样蹑手蹑脚地摸索着寻找关押张大美的病房，师傅毫无声息地悄悄跟在他的后面。院子里冷清极了，偶尔能听到病人的号叫声，活像旷野暗夜里孤独的野兽在嘶喊。院子里虽然有照明的灯光，但是灯光暗淡，影影绰绰的树荫、屋影活像一张庞大的不规则的暗黑色地毯遮盖了院落的大部分区域。病房大都没有开灯，大概医院认为精神病人不需要灯光，所以就节省了电费这笔开支。院子里静谧、黑暗，但是却也没有鼠目想象中的那种恐怖、紧张和戒备森严的气氛，到底是医院，管理上终究没有监狱那么严格。鼠目这两天一天到晚就在琢磨营救张大美的事儿，重症监护区的房屋布局在他脑子里翻来覆去不知道摆设了多少回，所以到了这里之后，鼠目就像回到自家客厅一样熟门熟路，没经过什么周折就找到了张大美的病房。越是靠近张大美的病房，鼠目的心情就越是紧张，腿软气短喉咙发干。

来到张大美病房的窗户跟前，鼠目探出脑袋透过窗户朝里面窥视，里面没有开灯，而且有窗帘遮住，什么也看不见。鼠目壮着胆轻轻敲了敲窗户，窗帘立刻拉开，窗户后面露出了一张苍白的脸，正是鼠目日思夜想的张大美。张大美看到他也是大吃一惊，半张着嘴差点儿没喊叫出来，鼠目急忙竖起一根手指头，"嘘"了一声，又做了个手势告诉她他们马上过去，然后就拽了师傅绕到房子前面。房门果然用大铁锁锁着，师傅也不说话，从腰里掏出一串乱七八糟像牙签似的大小不一的工具，七捅八捅几下子铁锁就应声而开。鼠目迫不及待地冲进房间，张大美迎面扑上紧紧抱住了他："快，快带我出去，求求你了，快带我出去。"

鼠目抚慰着她："我一定带你出去，我现在就带你出去，你受苦了，没事吧？"

"我没事，你还好吧？"

"还有什么要带的东西没有？一块儿带出去。"

张大美摇摇头："没有，衣服和随身带的包都让他们给没收了，就留下这一身病号服还有这一双拖鞋。不要了，啥也不要了，只要能出去。"

师傅在一旁提醒他们："走吧！有什么话出去再说。"

鼠目也顾不上向张大美介绍这位师傅，二话不说拉了张大美就朝外面走。师傅没有马上跟着他们走，折身进到屋里也不知道鼓捣了一阵儿什么，出门来又把门锁原封不动地锁好后，从地上捡了一根草梗儿通过锁眼儿里塞了进去。

鼠目好奇地问师傅："你这是干什么？"

师傅露出白森森的牙齿嘿嘿一笑："我把她的被子弄得鼓起来，再给锁头里增加点零件，明天他们要想见这位女同志可就得花点工夫了。"

撤退的时候一路顺畅，没有遇到任何阻挡，鼠目他们就顺顺当当地来到了大门口。世界上很多事情就是这样，事先想得非常复杂、困难的事情，办起来往往却非常简单、顺利；而有些事前觉得非常简单、容易的事情，办起来却又非常困难、复杂。在考虑营救张大美的计划时，鼠目设想这几乎是无法完成的任务，而真正实施起来，根本没有他所想象的那么困难，真正能算作难题的就是开锁，这个难题解决了，其他问题也就迎刃而解了。

大门的锁本来就已经开了，只不过是虚挂在那里，师傅过去把门锁打开，三个人顺利地从大门出来，鼠目跟张大美不约而同地长长舒了一口气。鼠目这才想到，如果刚才不是师傅事先开了大门，这阵儿多了一个张大美，如果再想翻墙头出去，难度就大了。三个人坐进车里，鼠目把车开得风驰电掣，经过江滨的时候，师傅招呼他停车："好了，我该下了。"

鼠目说："我把你送到家吧！"

"不用，我住得不远，走几步就到了。"

鼠目连忙下车："师傅，实在是谢谢你了，吉乐不让我问你的姓名，我也不好问，就这么分手了又觉得心里不忍，今后有什么事情你尽管找我，我一定会全力以赴。"

师傅咧嘴笑笑："那是赵吉乐故弄玄虚，我的名字有什么可保密的？我就是一个手艺人，这是我的名片，今后有这方面的业务找我就行了。"说着，递过来一张名片。

鼠目接过来就着车灯看看，上面写着：刘伟，开锁、修锁、刻字。然后就是联系电话、传呼等。鼠目连忙说："今后有这方面的业务我一定找你，过两天我抽时间请你吃饭。"

刘伟连连答应着，匆匆忙忙地消失在夜色中。

回到车上，张大美问："这个人是谁？"

"一个朋友，专门帮我营救你的。"

"那你也不说清楚，我得好好谢人家。"

"要谢今后有的是机会，现在最重要的问题是，你打算怎么办。"

"我得先藏起来，下一步怎么办再说。"

"藏起来倒不困难，我的房子是现成的，你还是先住到那里去。问题是你这一身打扮可能不好过日子。"

"我现在除了身上这一套病号服就再也没有什么了，严格地说，这身病号服也不是我的，是人家医院的。"

"旧的不去新的不来嘛，需要什么一个字：买。我负责采办。"

"女人需要用的东西哪是你能办得了的？"

"我们家附近有一家昼夜超市，现在还没下班，你赶紧先去买一些需用的东西，正式隐藏起来之后，就不能随便露面了。"

张大美到了这个时候也就只能听从鼠目的安排了，于是点头同意，鼠目兴高采烈地驾车朝他家驶去。

9

孙国强得知张大美夜间离奇失踪的消息时，已经是第二天上午十点多钟了。电话是院长亲自打过来的。

孙国强难以置信："她一个女人怎么可能从你们那里跑出去？"

院长也觉得莫名其妙："我们也感到有些不可思议，门是从外面锁着的，早上护士查房的时候，门锁打不开了，但是门锁却是好好的，后来才发现，门锁被人用草梗塞死了。可以肯定一点的是，张大美是由外面的人领走的，因为大门的门锁开了。"

孙国强："门锁是撬开的？那得多大动静，你们的人怎么一点都没有警觉。"

院长："门锁不是撬开的，是用钥匙打开的。"

孙国强："外面的人怎么可能有你们门锁的钥匙？"

院长："这就难说了……孙副市长，我们是不是应该报警？"

孙国强忍不住骂了一声："扯淡，报什么警？你要让警察干什么？帮你找病人还是帮我找老婆？说出去也不怕人家笑话，病人从你们医院跑了，今后谁还敢再到你们医院治病？"

院长："那您说怎么办？"

孙国强："算了，我自己想办法找，这件事情你们不要到处乱说，注意保密，影响你们医院的声誉可别怪我。"其实孙国强说这些话的时候心里已经非常明白，能把张大美从精神病院重症监护区弄出去的，除了鼠目没有别人。挂断电话孙国强觉得腿发软，喉头发干，他知道，大事不好，张大美从精神病院脱逃，意味着一场巨大的危机已经变成现实，这场危机有可能让他遭受到灭顶之灾。他在沙发上坐了一阵儿，然后拨通了赵宽的电话："赵书记吗？你好，我是孙国强啊，我有重要的事情要向你汇报，好好好，我马上过去。"

10

清晨，鼠目来到新闻小区的自家楼下，犹豫片刻，还是先给楼上打了个电话："你起来了？早饭吃了没有？没吃我给你带上来。"

张大美告诉他已经吃过了，鼠目就说："那好，我马上上来。"

鼠目进门后先问张大美："昨天晚上休息得怎么样？"

"还好，我让你联系陈律师，你联系了没有？"

"我还没有。"

"怎么了？"

"还没想好怎么给他说,也没想好跟他会面的方式、地点。"

张大美再次问:"怎么了?"

鼠目解释:"我如果直接告诉他我把你从精神病院偷出来了,他会怎么想?另外,你现在藏在我这儿,如果让他过来面谈,他就知道了你的下落,万一把口风露出去,让孙国强知道了,他带着精神病院的医生硬来绑架你,又是麻烦。如果跟他约在另外的地点会面,你就得出去,我也怕再发生别的问题。"

"你这个人不是挺果断的吗?怎么现在变得瞻前顾后、婆婆妈妈的,我总不能在这儿藏一辈子吧?"

鼠目长叹一声:"我承认我想得有些多了,可能这就是关心则乱、牵肠挂肚吧!你也应该知道,如果再出现什么事情,不但你承受不了,我也承受不了了,所以我不能不尽量想得多一些。"

张大美默默无言,起身给鼠目沏了一杯茶,双手捧着放到了鼠目的面前。此时无声胜有声,张大美的心情通过这默默无言的动作表达得淋漓尽致。鼠目有些痴,能言善辩的他此时此刻也不知道该说什么才能准确地表达自己的心情,只好保持缄默。片刻,鼠目啜了一口茶水打破沉默说:"我们还是先通过电话跟陈律师联系一下,看看他怎么说。"

张大美点头:"也好,我直接跟他说。"

鼠目便用手机打通了陈律师的电话,听到陈律师接了电话,也不说话,直接将电话交给张大美。

听到张大美的声音,陈律师大吃一惊:"你不是在精神病院吗?什么时候出来的?"

"刚刚出来不久,我想问你一下的是,我委托你的事情办得怎么样了?"

"还有几个手续需要你亲自签字,另外还有一个重要情况,就是你丈夫孙国强提出,说你的精神有问题,没有独立民事能力,所以……"

"那是他胡说八道,你不应该相信。"

"不是我相信不相信的问题,而是要让法庭相信你的精神没有问题,这就需要我们申请精神鉴定,这件事情我已经给李记者说过了,他没告诉你吗?"

张大美看了鼠目一眼,含糊其辞地说:"他可能还没顾得上说。"

陈律师这才进一步解释:"如果孙国强正式提出你的精神有问题,我相信他能够拿到这方面的证据,甚至已经拿到了这方面的证据,那法院就不可能受理你跟他的离婚诉讼。所以,我们也必须用证据来反驳的他主张,我已经跟省精神病康复中心的专家联系好了,由他们对你进行一次精神科鉴定,你愿不愿意作这样的鉴定呢?"

张大美想了想说:"好好的人谁愿意作这种鉴定,不过这也是没办法的事情,只好去作了。"

"那就好,我马上安排,现在我们要做的第一件事情就是作这个鉴定,然后马上到法院要求立案,这样法院也就没有理由再拖延不立案了。"

张大美点点头,好像陈律师隔着电话线能看到她似的:"那好吧,我等你的电话。"

挂断电话,张大美对鼠目说:"奇怪,他怎么没问我在什么地方?"

"因为他知道你肯定跟我在一起,所以也就没必要问了。"

张大美又说:"他也没问我怎么突然出院了。"

"那也是因为他知道肯定是我把你弄出来的。"

张大美问道:"你跟他关系很近吗?怎么他什么都知道。"

"我跟他很熟,但并不是很近,他知道的都是显而易见的事情,稍有生活常识和推理能力的人用不着耗费多大工夫就能知道。"

张大美又问:"你估计孙国强下一步还会做出什么事来?"

"如果孙国强正在准备对你杀人灭口,我也不会惊讶。"

"你估计得还不够充分,应该把你也加入到他杀人灭口的对象里,你怕不怕?"

"我怕什么?我要是怕就不会到精神病院去偷你了。"

张大美微微一笑:"我知道你不会害怕,也知道你会为我做什么,可是你知道我会为你做什么吗?"

鼠目惶惶然："不敢想你会为我做什么，也不会去想你会为我做什么，我主要想的是能为你做什么。"

张大美过来坐到他的身边，随即又依偎到了鼠目的怀里，对着鼠目的耳朵轻声说："我现在唯一能做到的就是把我自己送给你。"

鼠目轻轻搂住了她，双手不含一点欲望地抚摸着张大美光柔的肌肤："我要的是你的一生，懂吗？我也会把我的一切都送给你的，只要你愿意接受。"

张大美在他的怀里微微颔首，鼠目感到有滚热的液体沾染在他的手上，他知道，那是张大美的泪。

11

和孙国强的谈话让赵宽尴尬、震惊。送走孙国强之后，愤怒的情绪夹杂着无奈让赵宽坐卧不宁。他实在想不透鼠目到底要干什么。这个问题他问过孙国强，孙国强的回答让他难堪："这个问题好像应该由您的内弟回答。"

根据孙国强的说法，他妻子张大美有精神病，而鼠目利用人家精神不健全，经常去勾引、骚扰人家。后来孙国强把他妻子送进了精神病院医治，鼠目竟然半夜三更潜入精神病院重症监护区，把人家的妻子张大美给诱拐了，至今下落不明。不管怎么说，也不管鼠目出于什么目的，赵宽认为这都是无法容忍的卑劣行为。现在让他最感到为难的是，作为姐夫，他对鼠目的影响是有限的，而且这种问题也不适合他这个当姐夫的出面，最好由李寸心出面跟鼠目谈谈。可是，李寸心的病情非常严重，别说让她出面找李寸光谈了，连这件事情都不能让她知道。孙国强作为班子成员，郑重其事的找赵宽谈这件事情，等于把这件事情上升到了政治层面，具有私事公办的性质，从一定意义上说，赵宽能不能处理好这件事情，已经成了关系到领导班子团结和分裂的大问题。赵宽踌躇良久，还是决定要干预这件事情，情势也摆在那里，他不干预也不行了。于是他拨通了鼠目的电话，口气严肃地约定晚上在家里跟鼠目见面，有重要事情相谈。鼠目问他到底有什么事情，电话上能不能谈，赵宽斩钉截铁地说："不行，必须面谈，你也必须按时回家。"

鼠目虽然对赵宽并不是那么唯命是从，甚至在许多事情上往往还有些逆反，但是作为姐夫、市委书记、他父亲的学生，赵宽用这种不容置喙的口气对他发布命令实属罕见，他倒也不敢用以往那种半真半假、玩世不恭的态度应付，只好服从命令，郑重承诺下班以后回家聆听赵宽的教诲。放下电话，鼠目立刻想到，赵宽这么着急着找他，八成是跟张大美一事有关，只是还不清楚赵宽对这件事情的了解有多深，抱了什么态度，具体要跟他谈什么。于是安顿好张大美之后，鼠目如约回到了紫苑路三号大院。

家里冰锅冷灶，梨花一直在医院照顾李寸心，家里自然也就没人做饭，赵宽的脸跟家里的锅一样冰冷，端坐在客厅的沙发上等着鼠目。鼠目进来的时候他还有意无意地看了看手表，鼠目想尽量把气氛搞得轻松一些，就涎皮赖脸地打趣："书记，你这是准备开常委会啊！"

赵宽冷着脸说："寸光，今天你别当我是书记，也别当我是姐夫，就当我是一个同事、朋友，一个你父亲教出来的学长。另外，你说话也别用那种嘻嘻哈哈的方式，我不喜欢。"

鼠目只好自我解嘲："没办法，你是家里的老大，一切都按你说的办，你在我面前身份太多了，用哪一个身份我都得听你的。对了，你吃饭了没有？我也没吃，不行叫两份外卖我们边吃边谈。"

赵宽拒绝："还是谈完了再吃吧，这件事情不说清楚，什么东西我也吃不下。"

鼠目问："啥事那么严重？"

赵宽反问："你最近在忙什么？"

"没忙什么，一切正常啊！"

赵宽出其不意地问他："正常吗？我看未必。你把人家孙国强副市长

367

的老婆藏到哪儿去了?"

鼠目万万没想到赵宽会这么直截了当,老脸微红却还硬着头皮抵赖:"什么?孙国强的老婆我怎么知道到哪儿去了。"

"行了,别说那些没用的,人家找我要人来了,我相信这件事情孙国强不会无的放矢,更不会没有确凿证据就贸然去找我。"

鼠目舌头变短了,他知道自己遇到了一道坎儿,要想迈过这道坎儿,就必须如实把事情的来龙去脉向赵宽说清楚。赵宽可不会像孙国强那样拿他没办法,到时候国法家规一起上,他鼠目如果不把张大美交出来,赵宽既可以动用司法、行政手段处置他,也可以运用道德、伦理来逼迫他,他如果冥顽不灵,肯定会闹得灰头土脸、焦头烂额,在这个家里也会永远抬不起头。最要命的是,最终张大美也肯定保不住。可是,他又没有做好如实向赵宽汇报这件事情的准备,因为他把握不准如果如实汇报了,赵宽将会作出什么样的反应,更难以预料赵宽一旦知晓这件事情的底细,这件事情将会朝什么方向发展,结果会是什么。无法预知结果的事情总会让人产生本能的畏惧感而踌躇不前,所以,鼠目在赵宽直截了当的攻势面前,本能的反应就是矢口否认:"没有,姐夫书记,我怎么能把人家的老婆藏起来呢?况且还是市委常委、常务副市长的老婆,我哪有那个本事,这简直是天方夜谭嘛。"

赵宽见鼠目不承认,又说:"那好,我现在就把孙副市长请过来,你当面跟他说清楚。我告诉你,人过留名,雁过留声,要想人不知,除非己莫为。你想想,半夜三更跑到精神病院诱拐人家的病人,你能不留痕迹吗?我们放着公安局、刑警队是干吗的?人家早就把你们的痕迹都取到了,就连监控录像的资料都清清楚楚,现在人家就是看在我的面子上,也不愿意把事情闹得太大,让大家都难以下台,给你一个改过自新的机会,不然人家早就直接抓你了。"

鼠目蒙了,他当然想不到这位身为市委书记的姐夫会用这种办法蒙他,而且赵宽说得合情合理,凭孙国强的声势,老婆丢了,动用公安局刑警队开展侦查那是太正常不过的事情了,拿到他夜闯精神病院的充分证据也不是什么特别困难的事情。

赵宽接着说:"寸光啊!你身上虽然有些小毛病,比方说有时候玩世不恭,有时候做事任性,可是我从来没有对你的人品产生过怀疑。我一直认为你是一个正直的人,一个有很强道德约束力的人。现在我开始对自己的看法产生怀疑了。你应该对我解释清楚,你到底要干什么?总不至于是第三者插足,利用人家孙国强爱人有精神病,诱拐蒙骗人家吧?如果那样,你就太卑劣了,你还有什么脸见你的姐姐,还有什么资格当记者?"

赵宽的话刺激得鼠目暴跳如雷:"你怎么那么相信孙国强的一派胡言?张大美根本就没有精神病,那是孙国强迫害人家。我也根本没有诱拐任何人,我是把张大美从孙国强设置的陷阱里拯救出来。"

赵宽冷冷地说:"你承认这件事情是你做的了?你别忘了,张大美是孙国强副市长的合法妻子,你跟她是什么关系?单凭这一点,你到任何时候、任何场合都无法解释清楚。我现在就问你,你到底要干什么?你知道你这么做的后果有多严重吗?现在你面前的路只有一条,那就是立刻把张大美交还给孙副市长,并且向人家诚心诚意地道歉,争取人家的宽容和谅解。"

鼠目让赵宽连蒙带逼,此时除了原原本本地把事情的来龙去脉向赵宽说清楚之外,已经没有退路了,只好横下心来破釜沉舟:"姐夫,你别说那些难听的话了,你要是真对这件事情感兴趣,那我就从头到尾告诉你,你要有充分的思想准备,听到这件事情的真相之后,血压不要升高,心脏不要乱跳,关键是你要还给我一个说法。"

赵宽愣了片刻,然后郑重其事地说:"你说吧!我倒要看看有什么事情能让我血压升高、心跳加速。"

"你还记得吧?那天晚上,张大美说她把孙国强杀了,然后我就报了案,刑警队赶到咱们大院,结果啥事情也没有……"接下来,鼠目就把整个事情的原委一五一十地对赵宽原原本本地说了一遍。

赵宽听得目瞪口呆,愣了半会儿才问了一句:"你说的这一切都是真的?"

"当然是真的，我不是作家，是记者，真实是我的生命。"

赵宽长出一口气："你说的这件事情太大了，我真不愿意相信它是真的。"

"世界上的事情十之八九都不会按照人的主观愿望发生发展，这是没办法的事情。"

"是啊！是很无奈，可是也得面对，这件事情你不要再向任何人说了，到我这儿为止。"

"要不是你逼我，连你我都不会说。"

"为什么？"

"说不清为什么，就是不想告诉你，起码不想由我来告诉你。现在我已经告诉你了，你准备怎么办？"

"这没有疑问，党纪国法在那儿摆着呢，不管是谁，犯到哪一条就按哪一条处理嘛，这种事情父子兄弟都包不了。"

"这我就放心了。"

"你放心什么？张大美怎么办？难道你就这么把她藏起来？"

"我尊重她的意见，眼下最急迫的任务就是证明她不是精神病。"

赵宽叹息一声："唉，真像毛主席他老人家说的，天要下雨，娘要嫁人。太多的事情不以人的主观意志为转移了。"

"那就顺其自然。"

"也不能放弃主观努力，这才是积极的世界观。好了，要饭吧！你要我埋单。"

"叫外卖，什么要饭，哪有要饭的还埋单的。"

"不管什么叫法，也不管天下不下雨、娘嫁不嫁人，饭都得吃。你叫饭，我上去打两个电话。"说完，赵宽上楼去了。

鼠目心里有些忐忑不安，他知道，自己把海阳市的天捅了个不大不小的窟窿，至于这个窟窿会漏下多大的雨来，他一点儿把握也没有。

团结的结果是各得其所

1

周文魁家，赵吉乐在客厅守着电视跟润发。电话响了，赵吉乐示意润发去接。来电话的是华哥，华哥问道："这两天方便不方便？老板要约你见见面。"

赵吉乐在一旁监听，连忙对润发点头示意让他答应。

润发说："那就见呗！什么地方？"

"还用问，到你家嘛。"

"行啊！不过你得给老板说明白我的条件。"

"什么条件不条件的，不就是让你几个钱的事吗？算个屁事，老板来了，你表现好一点儿，老板一高兴，好处大着呢！"

"那行，老板什么时候过来？要不要我准备什么？"

"啥也不用准备，老板说来就来，你等着我的消息就成了。"

"好吧。"

华哥也不多说，挂断了电话。

赵吉乐连忙向局里汇报："二号报告，目标通知，近期老板要出面和润发见面。"

缉毒处王处长回答："知道了，密切监视，有情况随时报告。"

赵吉乐放下电话，对润发交代："别紧张也别害怕，这几天哪儿也别去，就等着他们的消息。"

371

2

孙国强找赵宽谈了鼠目跟张大美的问题,那是他一时冲动做出的举动。冷静下来,他感到自己的做法有些愚蠢。这种事情并不是公务,作为一个常务副市长,找赵宽谈这种事情,有点像受了欺负的孩子找对方的家长讨公道,这让他觉得屈辱。他知道,指望赵宽让鼠目老老实实地把张大美交出来,那是不现实的。当然,找赵宽也不是没有任何作用,起码可以让赵宽心里有个印象,张大美是精神病,即便今后张大美说出了什么惊世骇俗的话来,他也可以用疯子的胡言乱语来搪塞过去。另外,他有意无意地暗示鼠目对张大美有不可告人的企图,也可以起到搅浑水的作用,把张大美的离婚说成鼠目——市委书记的小舅子第三者插足的结果,必要时也许可以以此来堵住赵宽的嘴。

孙国强并不弱智,他心里明白,他做的这一切不过都是瞒得了一时瞒不了一世的小伎俩,而且他到现在为止还不知道张大美对鼠目到底说过些什么,如果鼠目掌握了他的底细,赵宽跟鼠目谈这件事情的时候,鼠目难免会把他的底细在赵宽面前彻底掀开,那样的话,后果不堪设想。想到这里,孙国强浑身燥热,心惊胆战,恨不得马上把张大美抓到手里弄个明白,她到底给鼠目说过些什么。

他犹豫片刻之后,开始拨打手机,电话接通之后,孙国强跟对方说话:"杜斌吗?最近忙什么呢?"

杜斌说:"没忙什么,孙哥有事吗?"

"没事就不能给你打电话了?"

"哪里,接到孙哥的电话不胜荣幸。孙哥是忙人,没事恐怕不会想到我啊!"

孙国强勉强笑了笑,看了看办公室的门,办公室的门关得很严,他还是不放心,过去把门打开,朝外面窥探了一下,见走廊里静悄悄的没有一个人，才回到屋里把门关严实，接着往下说："还真有点事情，唉，挺麻烦。"

"在海阳这块地面上还有让孙哥觉得麻烦的事儿？"

孙国强犹豫片刻，还是说了出来："家务事，说出来都让人笑话。"

"到底是什么事？你说，需要我做什么一句话。"

"我老婆有精神病,犯了两次了,没办法,我只好把她送到医院去了。"

"什么？嫂子得精神病了？不可能吧，她那么精明能干怎么可能得精神病？"

"我也不相信啊！可是事实就是事实。前段时间，她半夜三更跑出去给人家说她把我给杀了，结果人家就报案了，警察来了一大帮，闹得满城风雨沸沸扬扬，后来才知道她是精神病犯了。"

"我也听说了，没好意思当面问你。那现在呢？治得怎么样了？"

"什么治得怎么样了，人都找不着了。"

"什么？人找不着了？向医院要人啊！好好地住在他们那里，人没了，他们不负责任还行。"

"这不怪医院，她是让人给拐跑了。"

"谁那么大胆敢拐孙哥的老婆？是不是不知道内情。"

"人家清楚得很，专门拐她的。"

"谁这么大胆子？干死他。"

孙国强问："《海阳日报》有个记者叫李寸光，笔名叫鼠目的你知道不？"

"好像有点儿印象，怎么了？他干的？"

"是啊。"

"这还不好办，交给我了，我整死他。"

"你别胡来，这人有背景，闹出事来我都护不了你。"

"什么人有这么大阵势，能让孙哥顾忌他。"

"他是赵宽的小舅子。"

"原来如此,赵宽的官是比孙哥大,难怪孙哥为难。不过,我可不管他这一套,官再大也跟我没关系。你说,怎么整?大不了让他永远消失。"

"现在还不到那个地步,你要做的事其实也很简单,就是顺藤摸瓜,查清楚我老婆到底让他给藏到什么地方去了。"

杜斌咯咯咯地笑了起来:"孙哥,你这官当得也够憋屈,老婆让人家拐跑了,就这么忍气吞声的?这可不像你孙哥的作为。"

"事情不像你想的那么简单,这后面到底水有多深我也摸不透,所以我才让你别胡来。"

杜斌问:"顺藤摸瓜找到嫂子倒是不难,关键是找到以后怎么办?"

"找到以后你马上通知我,我知道你手底下有人,办这点儿事没问题,可是你绝对不能胡来,人找到了告诉我,别乱来。"

"知道了,你放心吧!这两天我就能给你信儿。"

孙国强嘱咐:"那就好,你自己也小心一些,别干违法的事情,现在情形跟过去不一样了,真的犯了事,我也很难出面帮你。"

杜斌保证道:"我知道,孙哥你放心,我干的都是合法的买卖,即便出了什么事也不会牵扯你孙哥的。"

"那就好,那就好,没别的事我挂了,这件事情别乱说。"

"我知道,有什么事你只管吩咐,孙哥的事就是我的事。"

孙国强挂了电话,长出一口气,摇摇头,耸耸肩膀,回到办公桌前批阅文件,那表情腻歪得活像一个根本不懂英语的人面对一本英文书刊。

3

鼠目驾驶着汽车从省城回海阳,车上坐着陈律师和张大美。一路上他们的话很少,气氛有点儿压抑。好好的一个人,非得花钱请人来证明自己是个没有精神病的正常人,这放在谁的身上也不是一件值得高兴的事情。

所以，张大美一路上都被沮丧、无奈、郁闷的情绪垄断，没情没绪、沉默寡言。鼠目违背了对张大美的承诺，迫于形势，把孙国强的事情原原本本告诉了赵宽，接下来事情将会朝哪个方向发展，张大美在这件事情里将会得到什么结果，都是鼠目无法控制也无法预料的。所以，一路上他忐忑不安、忧心忡忡，找了几个话头都没能扯得起来，只好保持缄默，不再硬找话头了。陈律师拿到了证明张大美是个正常人的权威证明，有了万事大吉的轻松感，也不知道头一天晚上干什么去了，好像一夜没睡，上了车放倒座位就倒头大睡，洪亮的鼾声伴随着发动机的轰鸣，让汽车成了过去的国有企业的生产车间，过去的国有企业很多生产车间的工人都习惯开着机器睡大觉。

进了海阳地界之后，张大美让鼠目把收音机打开，收音机的波段刚好在新闻台，一个普通话标准到了冰冷僵硬程度的播音员正在告诉人们，海阳市环城路工程已经全线贯通，目前附属设施如绿化带、人行道、上下水、地下通道、人行立交桥等项目全线开工，市委常委、常务副市长孙国强亲临开工典礼现场，作重要指示云云。张大美坐在后座上，够不着收音机，烦躁地指示鼠目："别听他们瞎胡扯，换个节目，不然就听听音乐。"

鼠目连忙打开了CD机，车内回响起了流行歌曲《两只蝴蝶》，略显油滑的腔调唱出的爱情旋律表达着现代感情的肤浅和善变，张大美长叹一声，叹息中的幽怨和惆怅让鼠目有点儿惊心动魄。

陈律师突然冒出来一句话："人光看见蝴蝶美丽的翅膀，就忘了它昨天还是毛毛虫，长了翅膀的毛毛虫还是毛毛虫。"说完又发出了鼾声。

鼠目追问他："你到底是睡着了还是醒着呢？"

陈律师说："半睡半醒。"

鼠目说："我说呢！如果你清醒或者你睡着了，都说不出这么有哲理的话来。你还是趁半睡半醒的时候好好考虑一下案子吧！"

陈律师嘟嘟囔囔地说："有了这份鉴定报告，孙国强这只蝴蝶的翅膀就快被摘掉了。"

4

周文魁家，电话响，华哥来的，告诉润发老板已经驾到，就在大院门外，让润发出来迎一下。赵吉乐示意润发可以照办，润发就放下电话出来迎接。

所谓的老板就是杜斌，华哥在他面前毕恭毕敬。

"这是老板。"华哥给润发介绍。

润发也做出极为恭敬的样子招呼："老板好，我叫周润发。"

杜斌和蔼可亲，上下打量了润发一眼，嘿嘿一笑："你爸你妈真逗，给你起了大明星的名字，倒省事了，啥也不用干你就是明星。"

润发解释："不是我爸我妈起的，是我自己改的。"

"那就是你有创意，好，这样的孩子我喜欢。"

"老板请到家里坐吧！"

"好，来就是到你家做客的，你好好干，到时候亏待不了你。"

润发领着他们进了大院，来到自家门前。进了门，赵吉乐半躺在沙发上看电视，对来的人爱答不理的。华哥连忙给杜斌解释："这是他们家亲戚，农村来的，不懂规矩。"

杜斌说："没关系，没关系。"

润发对赵吉乐下指令："你去烧点儿水，给我们泡一壶茶来。"

赵吉乐乜斜了他们一眼，做出非常不乐意的样子，最终还是抬起身子去给他们泡茶了。到了厨房，赵吉乐马上给局里通消息："目标已经出现，现在就在周家。"

缉毒处王处长非常兴奋，立刻指示："你放下周润发，如果对方离开，你立刻盯住，随时跟我联系，我现在就派人接应。"

赵吉乐报告完了，水也烧开了，就泡了一壶茶端了过去，客厅却没有人了，赵吉乐有些紧张，连忙跑到楼上察看，华哥跟杜斌正在润发房间鬼鬼祟祟地商量事情。润发见到赵吉乐，故意做出非常不高兴的样子质问："你干吗？乱跑什么？"

赵吉乐说："你不是让俺泡茶吗？茶泡好了人又跑了，下次俺不伺候你们这一份。"说完就下楼了。

杜斌问润发："你这个亲戚是什么人？挺倔啊！"

润发回答："是我表哥，虽然是农村人，在家里也是独苗一根，又有我爸护着他，就有点儿不知道自己姓啥了。今天还好，可能是看老板有身份，平时让他给我干点儿啥，门儿都没有。"

杜斌让润发捧得高兴，对华哥说："润发兄弟人不错，今后也少不了麻烦人家，生意上的事多照顾照顾，有时候手头紧了，也别太计较。"

华哥对润发说："老板多够意思，听明白了没有？"

润发连忙说："听明白了，谢谢大哥。"

杜斌哈哈一笑："好，今后就叫大哥，别老板老板的，叫大哥比叫老板亲近。我们走了，以后没事也不跟你联系，有事跟你联系的时候你尽量办就是了。"

润发连连答应，把杜斌跟华哥送到了楼下，赵吉乐却不在客厅。杜斌跟华哥出了大门，赵吉乐早已经更换了装束，等在了外面，远远跟在了他们身后。杜斌跟华哥叫了一台出租车，赵吉乐左右看看，没有出租车驶来，正在着急，一台破旧的夏利停在了他跟前，赵吉乐一看，驾车的正是缉毒处的警察，连忙钻进车里，警察二话不说就跟上了前面的出租车。

赵吉乐对缉毒警察说："你倒挺明白。"

缉毒警察说："我接到通知就赶了过来，正好碰上周主席的小子送他们出来，就没露面，在街对面等着。"

"这回弄得好真能抓一把大鱼，到时候你们缉毒处就该好好牛一把了。"

"我们处长说了，这一回如果能把海阳市的毒窝子端了，论功劳你是头一份。"

"真的？你们处长还真够义气。"

这时候，缉毒警察猛然刹车："他们下车了，怎么办？"

"什么怎么办？我也下车，你找个地方把车停好，然后过来跟我会合，有什么事我也好有个帮手。"

"我过来就是给你当帮手的。"

不远处，华哥跟杜斌在街角一处卖冷饮的小摊儿跟前停了下来，然后坐了下来，要了冰啤酒慢慢享受起来。赵吉乐从车上下来，看了看华哥跟杜斌，心里暗暗奇怪，他绝对不相信华哥跟杜斌会专门到这儿的街边小摊上喝啤酒消遣，他们肯定有事。赵吉乐左顾右盼，忽然觉得有些诧异，因为这里正是鼠目居住的小区。

华哥跟杜斌非常有耐心，赵吉乐也只好耐下心来盯着他们，不远处，配合赵吉乐的缉毒警察蹲在马路边上抽烟。过了许久，鼠目的桑塔纳停在了楼下，鼠目跟张大美从车上下来。杜斌跟华哥死死地盯着鼠目跟张大美，等鼠目跟张大美上楼之后，就拿出手机拨打起来。

5

市长钱向阳如约来到赵宽的办公室，赵宽请他坐下之后，打开办公室的门朝走廊里窥探了一番，然后关严办公室的门。钱向阳愣怔怔地看着赵宽，忐忑不安地问："怎么了？在你的办公室里还怕有人偷听吗？什么事这么鬼鬼祟祟的，闹得我心里发毛。"

赵宽坐到了钱向阳的旁边，悄声说道："确实有点事情，很严重，我跟你商量一下。"

钱向阳真的有些紧张了，本能地压低了声音问："什么事情？你快说。"

"最近我接到举报，市里某领导到香港考察期间私自跑到澳门赌博，输掉了几百万，用驻港办事处的资金堵了缺口……"

钱市长震惊，腾地站起身："真的？谁？"

"你别急，听我把话说完。是不是真的还得经过调查，所以我也不好现在就把人家的名字端出来，还请你这位大市长谅解。后来，这位领导用自己家的资金把驻港办事处的窟窿堵上了……"

钱向阳再次震惊："不可能吧！谁家能有几百万？我敢断定这堵缺口的钱也不是好来的。"

"据说这些钱倒是有正当的出处，是他老婆办公司做生意这么多年挣下的，可笑的是，这位领导骗他老婆说微软公司要在咱们海阳市办分公司，让他老婆投资，用这种办法把他老婆的钱骗出来堵了窟窿。"

钱向阳一下明白过来："我知道了，孙国强，咱们领导班子里，只有他老婆能有这么多钱。"

"你老钱真敏感，既然你猜到了，我也就不瞒你了，现在这件事情仅仅是传闻，到底是怎么回事儿，还得调查，结论产生于调查研究之后。还是那句老话，既要对党和国家负责，也要对干部本人负责。这件事情我们不知道就不说了，既然知道了，就不能不查。有，该怎么处理就怎么处理；没有，还人家一个清白。"

"这对，没问题。"

"孙副市长是省管干部，我们没有权力对他开展立案调查，可是仅仅凭举报就向省上汇报又有些草率，所以我想我们还是做一些工作，我想听听你的意见。"

钱向阳点头："你考虑得很有道理，我同意你的意见，慎重一些，先不急于向省上报告，别弄得满城风雨，到时候什么问题也没有我们就非常被动。但是我们也不能置之不理，如果真的有问题，我们到时候也难逃知情不报、管理失察的责任。我看这样，先查核一下孙国强的出境记录，然后组织人对香港办事处的财务开展审计，如果真有此事，他们的财务账面上不可能反映不出来。"

赵宽提议："为了避免麻烦，给调查工作创造一个顺畅的环境，我建

议近期就把香港办事处的臧主任调回来，另外安排个职务，这样对香港办事处开展审计就合情合理，也可以避免干扰。"

"这好办，后天的市长办公会议上我提出来，如果有人反对，我就推到你那儿，你表态支持我的意见就妥了。你看把他调回来安排个啥职务呢？派谁过去接替他？"

"政府副秘书长怎么样？在前面再加上'常务'两个字，这样他就不会有太大的抵触，好赖算是提升了半级，估计他会顺顺溜溜地回来就职。派去的人最好是懂得财务、为人正直、工作负责的人。"

"书记推荐个人吧！"

"这个人还得政府那边出，市委这边出就不顺了。"

钱向阳想了想说："那就派财政局刘副局长过去，这个人还不错。"

赵宽点头："可以，去之前你跟我都找他谈谈，让他感觉到市委市政府对香港办事处的审计工作非常重视，却又不能把话说得太明白，孙国强的事情更不能跟他透漏半句，否则会影响他的主观判断，如果他再把审计当成案子办，容易出现问题。"

"好说，就这么定了。唉，但愿孙国强能好自为之，没有这些事儿，不然，他这后半辈子就完了。"

"根据我掌握的情况，这件事情可能很难善了，八成是真的。"

"是吗？如果我们市的常务副市长真的出彩了，我们脸上可就都无光了。"

"天要下雨，娘要嫁人，谁也没办法。党纪国法谁都懂，硬要那么干，只能自求多福。这种事情跟工作有失误不同，工作有了失误我们还可以以集体决策、承担领导责任来帮他分担一些。这种腐败问题，别人不会替他埋单，你老钱跟我老赵只能自己把脸擦干净，准备向上级作检讨吧！"

钱向阳叹道："唉，谁的任上出了这种人、这种事都够倒霉的。"

赵宽嘱咐："这件事情现在只限于你我两个人知道，别的我就不多说了。"

"我明白，书记你放心，不会从我这儿漏风的。"

"那就好，那就好，不是我不放心，而是因为这件事情太重大了，让人心里颤颤悠悠的，老钱你别多心啊！"

"不会，那哪儿会，你今天找我商量这些事情不就是对我老钱的信任吗？后天的市长办公会议你是不是也参加一下？"

"我不参加，一切正常进行，你提出的人选如果有争议，我表态支持，咱俩口径一致估计不会有人硬着头皮跟咱俩对着干。"

"这倒是。还有别的事吗？"

"没有了，这件事情如果有什么进展，我们随时通气。"

"那好，没别的事我就去安排一下，事先跟财政局刘副局长透透口风。"

"这是必要的。"

"那我就去办了。"说完，钱向阳又想起一件事："对了，我们家陶仁贤的事情你还是高抬贵手，我真怕她热情太高把事情干砸了，咱们那个大院跟别的地方不一样，市长老婆还是尽量少掺和好一些。"

"又来了，又来了，你对你们家陶仁贤没有偏见，我还是那句话，我不会以书记的身份去干预影响什么，在大院里我也只是个普通居民，你这位市长总不该剥夺我的民主权利吧？"

钱向阳无奈，哈哈一笑："看来你是一定要把我们家陶仁贤推到磨道里当驴使唤了。"

"不敢，那还得看大家拥护不拥护她，大家拥护，你跟我也没必要强行干预，你也可以行使你的民主权利，投反对票嘛。"

"那我就投反对票。好了，这都是小事，我也不拿这件事情麻烦你书记了，我走了，还是那句老话，该干吗干吗去。"

钱向阳走了，赵宽摇头叹息。作为市委书记，班子成员中有人发生这种问题，丢脸不说，政治压力也足以让他摇头叹息了。

6

孙国强坐在车上,手机响了,孙国强接通,来电话的是杜斌,杜斌报告:"孙哥,找到人了,真的跟那个记者在一起。"

孙国强看看司机,说:"哦,你确定吗?"

"确定,我手下报告了以后,我又亲自盯的,我亲眼看见他们一起上楼了。"

"好,我知道了,改日我再跟你联系。"

放下电话,孙国强的脸扭曲成了一块炸过火了的油饼。

7

赵吉乐还在跟踪华哥跟杜斌,杜斌收起电话,对华哥吩咐了一些什么,便上了一台出租车自行离去,而华哥却继续留在原处。赵吉乐吩咐缉毒警察:"你跟上他,再让局里派一两个人协助你,我得在这儿看着这小子,看看他们要玩儿什么花样。"

缉毒警察匆匆忙忙地说了声:"那好,你小心点,我通知局里派个人过来支援你。"然后就驾车跟上了老板的出租车。

赵吉乐掏出手机给鼠目打电话:"你在干吗?怎么把张大美弄到你这儿来了?想金屋藏娇是不?"

鼠目懵然:"你怎么知道?你在哪里?"

"我就在你们家楼下,偶然碰上的。"

"你别胡说啊!这也是没办法的办法,你该干吗干吗去,别在这儿多事。"

"我倒是想该干吗干吗,也根本不想管你的事,可是有人在管你的事,算了,不跟你多说了,你自己小心吧!"这时,赵吉乐看到华哥正在转移，连忙挂断了电话。华哥却没有走远，在近处来回溜达着。赵吉乐骂了一声："他妈的，老子还以为你要溜呢！"

8

鼠目住宅内，张大美问他："谁的电话？有事吗？"

"我外甥，没什么事。"

"今天我们已经到法院正式立案了，你估计孙国强接到诉讼通知书之后会怎么对付我？"

鼠目分析："把你送进精神病院那种事情他都办了，下一步往好里说，可能会应诉，不过可能性不大，因为，同意离婚或者拒绝离婚对他来说都是无法做到的事情；往坏里想，面对这种局面，我想除了杀人灭口他也再干不出别的事了。"

张大美不信："不会吧，你真的相信孙国强会下那种毒手？"

鼠目解释："不是我挑拨你们，你们也用不着我挑拨，我实话实说，孙国强现在做任何事情我都不会惊讶。所以，我还是奉劝你小心一些，没事别到外面去，需要什么给我打电话，我给你买回来。这是我家附近一些餐馆的名单和电话，饿了就让他们送外卖上来，这家西安小吃的肉夹馍，这家乐乐餐厅的蛋卷儿套餐都还不错，值得一试，过去我常叫他们送外卖上来。总之，一直到法院开庭之前，一定不能让孙国强知道你的下落。"

"开庭还得十来天，我就整天躲在房子里？这跟蹲监狱有什么区别？"

"跟蹲监狱大有不同啊！蹲监狱完全没有自由，这里有充分的自由；蹲监狱除了犯人没人陪你，我没事就过来陪你；蹲监狱人家给你什么你就得吃什么，在这里想吃什么就吃什么，太不一样了。退一万步说，即便是蹲监狱，你也得忍过这十来天，蹲十来天监狱也算不了什么。"

张大美叹息："唉，只好这样了。"

"你先休息一会儿，我出去办点事儿。"

"你忙你的吧，别因为我的事耽误了你的事。"

"我现在最重要的事就是跟你的事。"

张大美嘻嘻一笑："又夸张了，你是不是该到医院看看你姐姐去了？"

鼠目拍了一巴掌脑门儿："对了，你不说我倒忘了，该死，我真得到医院看看姐姐去了，你赶紧休息吧！对了，晚饭想吃什么？我给你带回来。"

张大美："你快去吧，我现在什么也不想吃，想吃了我打电话叫外卖。"

鼠目拉开门，鬼鬼祟祟地朝外面窥探了一番，好像门外就隐藏着什么危险似的，然后才动作夸张地蹑手蹑脚的离去。张大美送他出门，看到他故意作出的这副样子，忍不住笑了。

9

鼠目下楼来到外面，东张西望地找赵吉乐，赵吉乐早就看到了他，连忙躲了起来，他怕跟鼠目接头说话让华哥发现。鼠目东张西望了半会儿，没有找到赵吉乐，嘟嘟囔囔地说："这小子，还说就在我家楼下，又忽悠我了。"然后钻进自己的车离去。

华哥看到鼠目离开，连忙打电话请示："老板，男的走了，女的没出来。"

杜斌吩咐："别管男的，就盯住了女的。"

华哥答应了一声，挂断电话，找到街边一家卖烤肉的摊子，要了啤酒、烤肉，开始进食。赵吉乐也饿了，却不能像他这样随意吃喝，气哼哼地骂："狗日的，你自在不了几天了，到时候老子也在你面前吃肉喝酒，好好馋馋你。"

10

市长办公会议,钱向阳对到会的副市长们扫视一圈,又对到会的秘书长吩咐:"都到齐了吗?"够资格参加市长办公会议的人是有数的,除了市长、副市长之外,就是各局的局长或者副局长,凡是会小学一年级算数的人都能够数得过来。钱向阳这么问仅仅是一种习惯,一种领导者需要下级随时回应自己的需要。秘书长又把到会的人员扫视了一遍之后,才郑重其事地回答:"都到齐了。"

钱向阳"嗯"了一声后宣布开会。

市长办公会议原则上是每周一上午召开,主要任务是通报、总结上一周的市政工作,掌握市政工作的进度和存在的问题。安排、部署下一周的市政工作,对市政工作存在的问题提出应对方案、解决办法。有时候也会根据工作要求和市政工作的需要,临时决定一些市长职权范围内的人事变动。如果临时有比市长办公会议更重要的活动冲突,那就顺延半天或者一天,但是每周这个会议是必开不可的。如果市长不在,就由常务副市长主持,如果常务副市长也不在,就由排名老三的副市长主持召开,依此类推。这个规矩到底是从哪一届政府开始实行的已经无据可考,但是实践证明市长办公会议对掌握市政动态、推动各项工作、及时处理解决问题的促进效果很好,就一直延续下来,而且会议越来越规范,越来越受到重视,越来越具有权威性,议题也越来越宽泛。

钱向阳跟赵宽商量驻港办事处人事变动问题的时候充满信心,并没觉得这件事情会有什么难度。回到家里回过神来想想,才感到要在会议上提出这件事情并不像他想象得那么轻松容易。首先,要有一个正当的理由,这样才不会引起孙国强的警惕,也才会顺利过关。难度就在于这个正当理由并不是餐桌上可以顺手拈来的牙签,要找到一个正当理由还真需要动一番脑筋。于是钱向阳就躺在床上开动脑筋,拼命要找到一个能让自己相信也能让其他副市长相信的合情合理的理由来。钱向阳躺在床上动脑筋,翻来覆去睡不着觉，就干扰了同床之人陶仁贤。陶仁贤用她特有的方式提出抗议，那就是用屁股用力蹾床，高级席梦思在她丰满肥大的臀部的作用下如同在狂风巨浪里颠簸的一叶扁舟，几乎要把瘦小的钱向阳从床上弹到地上。

陶仁贤最近公务繁忙，在赵宽的授意下，经过机关事务局的指点，紫苑路街道办事处出面把陶仁贤借到了紫苑路三号大院居民委员会筹备组。于是陶仁贤兴致勃勃地带着原单位的薪水开始了组建紫苑路三号院居民委员会的宏伟工程。这项工作其实是非常麻烦的，要向广大居民作深入细致的宣传，采取事先协商的方式跟居民们一起酝酿居委会构成人员候选名单、拟定居委会工作章程，跟上级主管部门沟通候选人员名单，和居委会候选人谈话做工作，制定居委会工作人员岗位责任制，选择确定居委会办公地点，购买配备居委会办公桌椅、办公用品，筹备居委会选举大会等。三号大院居民的特点就是事不关己、高高挂起，就是事关自己也往往不愿意抛头露面，遇到出力跑腿的事情，更是谁也不愿意支付体力和智力。这也难怪，大院里住的都是领导干部和他们的家属，习惯了指挥别人、让别人为自己提供服务，也习惯了让别人无微不至地安排自己的一切，现在要让他们自己管理自己，行使自己的民主权利，他们反而不习惯了，就像让惯坏了的孩子干家务活儿，不会干，也不愿意干。

居委会筹备小组有三个专职成员，还有三个兼职成员。专职成员除了陶仁贤之外，还有一个机关事务管理局的干部和一个紫苑街街道办事处的干部，这两个干部对三号大院的住户们有一种疏离感、畏惧感，办起事来畏首畏尾、缩手缩脚，尤其是挨门挨户宣传动员的时候，他们连敲领导家的大门都不敢，更别说面对现任领导、前任领导和他们的家人做宣传鼓动工作了。于是他们全靠陶仁贤一个人喋喋不休、口沫横飞地对这些邻居畅谈组建居民委员会的必要性和重要性，对大院的管理模式进行改革的可行性和必然性，动员人家积极参与大院管理的改革和组建居民委员会的工作。另一方面，兼职成员各有各的工作，各有各的事情，也各有各的麻烦需要处理，所以虽然挂了个名，对居委会的筹备工作却没有任何实质性的贡献。

这样一来，陶仁贤就非常繁忙，也非常劳累，过去千方百计找说话的机会，现在天天时时喋喋不休说得口干舌燥，不得不随时随地提着一瓶矿泉水润喉。腿脚也跑得又酸又疼，好不容易有了坐下休息的机会便觉得是莫大的享受。尽管劳累奔波，可是她却在这繁忙中品尝到了精神的充实感和自我的价值感，因而乐此不疲。倒霉的就是钱向阳，陶仁贤有时候在外面工作不顺心了，或者太累了，就难免拿他撒火，今天晚上就是例子，他为了更换驻香港办事处主任的问题辗转难眠，影响了急需睡眠的陶仁贤，陶仁贤便在床上制造地震来回应他。

"你干吗？"钱向阳让她制造的地震打断了思路，有些恼火。

陶仁贤反问："你干吗？好好的不睡觉折腾什么？"

"是我折腾还是你折腾？"

"当然是你折腾，人家白天忙得脚打后脑勺，累得腰酸腿疼，你翻来覆去的折腾啥？让不让人睡觉了？"

"你活该，谁请你忙了？你以为自己真能当上那个居委会主任啊？我断定你得落选，也就是赵宽眼神不好，看着你行，可惜居委会主任不是任命的，是选出来的，赵宽也只是一票。"

陶仁贤愤怒了，腾地从床上坐了起来，把拳头当了鼓槌，把床铺当了大鼓，嗵嗵敲打着床铺，活像为自己的话伴奏："你以为我就那么看重那么一个小小的居委会主任吗？你庸俗、浅薄，白跟你过了半辈子了，想当初我陶仁贤……"

历史的经验告诉钱向阳，如果放任她这么信口开河地说下去，陶仁贤必然会把历史的、现实的、过去的、未来的种种想象和事实编织成一条滔滔不绝的语言河流，并且把他淹没在这条河流中，让他像遭遇洪水的难民一样受尽磨难。于是他赶紧打断了陶仁贤的话头："好了，你别委屈了，人人都有烦心事儿，我现在烦着呢！你就别给我添乱了好吗？"

陶仁贤撇撇嘴："堂堂大市长还会有什么烦心事儿？是不是在外面做了什么见不得人的事让人家抓住狐狸尾巴了。"

钱向阳故意做出恼火的样子:"胡说八道什么?我是那种人吗?"

陶仁贤嘿嘿一笑:"我看你也不是那种人,凭你这副长相,即便人家跟你凑热闹,那也是看上你这个市长的职位了,对你这个人我断定没有哪个女人能觉得顺眼。我当初就是睁眼瞎,不然我怎么会嫁给你?"

钱向阳无奈道:"你睡吧!明天还得继续为三号院的居民服务呢!我去抽支烟。"

陶仁贤惊讶:"你心里还真的有事啊?现在当官的哪有几个为公家的事情半夜睡不着觉的,老实交代,你在外面干啥了?"

"我在外面能干啥?真的是工作上的事,你别烦我,我去寻思寻思。"

陶仁贤躺到了枕头上,却没有睡觉,对钱向阳说:"你说说,啥事,我帮不了你的忙,起码可以听你诉说,遇到事情说出来总比憋在心里好受。"

钱向阳乜斜她一眼:"给你说?然后你明天再满世界宣传去。"

陶仁贤撇撇嘴:"你也真够有意思的,你仔细想想,凡是你工作上的事情我什么时候往外说过?"

钱向阳嘿嘿冷笑:"那是因为我从来不告诉你。"

陶仁贤负气地翻过身去,不再答理钱向阳,决心就此进入睡乡,为明天的辛劳和繁忙储存体力。

钱向阳来到外面,抽了一支烟,其实他并不真的抽烟,真的抽烟是要把烟深深地吸入肺中,让尼古丁和烟焦油毁灭部分肺原细胞之后,再缓缓吐出。钱向阳仅仅是把烟唑上一口,然后就原封不动地吐出来,俗称"过堂烟"。这种抽烟的动作和方式类似于幼童吃奶,据科学家研究,用这种方式抽烟的人其实是童稚心理再现,不断重温吸食母乳的乐趣而已。抽过烟,仍然没有想出合情合理调回驻香港办事处主任、把财政局副局长派去代理驻港办事处主任的理由,钱向阳真的有些发愁了。他确实有些担心自己的提议过不了关,那是很伤面子的事情。

钱向阳回到卧室躺到床上仍然无法入眠,又不敢翻来覆去地干扰陶仁贤,只好硬邦邦地挺着,活像一条经过冷冻的带鱼。

陶仁贤忽然翻过身来，充满同情地柔声问道："看来你确实遇到难题了，到底是怎么回事吗？"

钱向阳叹息了一声，事先为自己不得不透露本市的重大情报而愧疚了一下，然后犹豫不决、吞吞吐吐地说："我们准备把香港办事处的臧主任调回来，明天会上就要讨论这件事情。"

陶仁贤问出了一个在市长办公会上很可能与会人员都会问道的问题："为什么？他不是干得好好的吗？"

不能不承认这位驻香港办事处的主任是个很能干，或者说很适合在官场上混的人。也不知道他用什么鬼办法，把市领导们包括他们的家属糊弄得团团转。据说省领导对他也非常满意，甚至想把他调到省驻港办事处去，仅仅是因为省驻港办事处的级别是副厅级，市驻港办事处是副处级，如果平调，市驻港办事处主任到省驻港办事处只能当个副手，市驻港办事处主任当然不会愿意，"宁当鸡头不做牛尾"，这是从政者的座右铭。而一下要把一个副处级提拔成为副厅级，在现在的干部管理机制下，要找到令人心服口服的理由实在麻烦，而且省驻港办事处的主任也不是等闲之辈，动用自己掌握的一切资源发动了一场阻击战，把这件事情阻止了。

陶仁贤的一句问话进一步提醒钱向阳，调这位驻港办事处主任回来，确实并不像他跟赵宽想象的那么容易。他试着把陶仁贤当成参加市长办公会议的同僚，找理由回答这个问题："工作需要嘛。"

"里面肯定有事儿，哪来那么多工作需要，都是借口。"

钱向阳叹息了一声："是啊！如果连你都不相信，这个借口可能更糊弄不住别的领导，人家即便嘴上不问出来，内心里也会不住地问。"

"你就是因为这件事烦啊？真没必要。赵书记知道吗？"

"赵宽不知道我能随便办这种事情吗？准确地说，这就是他的主意。"

"既然是他的主意，那就让他去说嘛。"

"废话，他要是能去说，还用得着我出面吗？问题是他不能出面说这件事，只能由我出面说。"

陶仁贤责骂道:"凭什么他当导演你当傀儡?你就稀屎软蛋,只会在家里在我面前耍威风。"

钱向阳对陶仁贤的指责并不在意,因为他知道这并不是真事儿,赵宽既不是导演,他自己也不是傀儡。他之所以对赵宽百依百顺、积极配合,真正的原因他曾经给陶仁贤说过:赵宽如果提任省委副书记,他能不能顺利地接任市委书记,赵宽是关键的环节。按照年龄,如果在这个时候他能够再提一级,等于搭上了末班车,如果漏了这班车,那他就再也没有提升的希望了。多年的从政经验让他懂得,组织上最讨厌的事情就是领导班子党政不和,遇到这种问题,往往是同时调离,谁也别想提升,结果就是两败俱伤。而那些哥俩好式的领导班子,不管是真好还是假装的,只要能让上级认为这个领导班子团结,肯定能够加分,结果往往也是各得其所、皆大欢喜,这正是钱向阳追求的结果。所以,现在他最担心的就是赵宽在即将提拔之前,不要对自己有任何的负面看法,不要对自己有任何的意见,更不要把自己归到对立面去,如果发生那种事情,最终吃亏的还是钱向阳自己。

钱向阳对陶仁贤说:"有些事情不能给你说,这件事情赵宽也是没办法只能这么做,我在这件事情上只能配合他、支持他,其实配合他、支持他就是配合我自己、支持我自己,这个道理你应该懂。"

陶仁贤忍不住问:"什么事那么神秘?"看到钱向阳做出了宁死不屈、打死我也不说的表情,陶仁贤知道这是他万万不可说出的秘密,跟他在一个枕头上睡了半辈子,这点见解陶仁贤还是有的,那就是:真的需要保密的事情,这位钱向阳绝对不会告诉她。每到这种时候,尽管陶仁贤是一个极富好奇心的女人,却也不得不放弃这份好奇,就像一个荷包羞涩的人彻底放弃对豪华轿车的梦想。她再一次倒在枕头上准备入睡,同时对钱向阳提供了进入梦乡之前的最后一个意见:"这有什么犯难的,现在你们吃吃喝喝、迎来送往的事越来越多,把那个臧主任调回来专门管这种事情,充分发挥他的作用,大大提高接待规格,理由还不够充分啊?再说,直接把赵宽端出来,就说是你跟他已经商量定了的事情,那些副手谁还会再放个屁。"

陶仁贤入睡前的一句话让钱向阳茅塞顿开,他跟赵宽本来商量好的是,如果大家有不同意见,他可以往赵宽那里推,当着赵宽的面他没有多想,一口答应了。过后却又觉得这样不妥,如果在会上大家提出异议,他这个市长还要靠书记的支持才能决定市长职权范围内的事情,作为市长显得无能、窝囊,很没面子。这正是让他踌躇难决、彻夜难眠的深层次原因。陶仁贤说得有道理,既然是他跟赵宽共同确定的事情,在会上干脆对他跟赵宽原来商量确定的程序作一点小小的技术性修正,不再把赵宽当做二线作战的预备队,直接让他参战,就说这是他们两个人已经商量确定的事情,很难想象,市委书记和市长共同决定的事情,有哪个副手有勇气、有理由提出不同意见。而且这样做还有一个很好的附加价值,可以让所有人感觉到,海阳市的书记、市长精诚团结,合作愉快,这正是上级最愿意看到的局面,也是钱向阳能不能顺利搭上末班车的重要加分因素。

市长办公会上,照例讨论了一些目前市政建设正在进行或者准备进行的工作之后,钱向阳按照陶仁贤的主意提出了调整驻香港办事处人选的意见,他说,现在政府工作中迎来送往的接待任务越来越繁重,政府的公关工作已经成为极为重要的工作手段。为了搞好政府公关工作,更好地迎来送往接待上下左右用得上的人士,为海阳市的发展和进步创造更加良好的内外部环境,他跟书记赵宽商量后决定,把这方面有特长的驻香港办事处主任调回来,担任市政府常务秘书长分管接待工作,让市财政局刘副局长赴港暂时代理驻港办事处主任的工作。果然让陶仁贤说中了,理由正当,又经过他和书记共同商量决定,别人谁也不好再说什么,会议一致通过了这个人事调动案。钱向阳看到提议顺利通过,顿时松了一口气,心里暗想,老婆陶仁贤这个主意倒还不馊,一开始就把书记端出来,省了好多口舌。

升迁不全是好事

1

钱向阳自认为事情做得非常巧妙，也非常顺利。他却忽略了一点：做贼心虚。孙国强如今就像惊弓之鸟，任何一点风吹草动都会让他心惊胆战。他表面上对这件人事调动案毫不介意，内心却有点大祸临头的感觉，而且这个感觉有以下理由支撑：如果真的仅仅是因为工作需要，赵宽一般情况下不会以这种非常主动的姿态介入这种人事调动，当然，这种事情肯定要取得他的认可，但是钱市长却没有必要在会议上特别强调这一点。联想到张大美跟鼠目的关系，再联想到鼠目和赵宽的关系，如果张大美已经把他的事情告诉了鼠目，这个可能性是现实存在的，孙国强便不寒而栗。会议一结束，他马上给驻港办事处臧主任打电话，通报了情况之后，他问道："这件事情你怎么想？"

臧主任说出来的话差点没把他气死："感谢组织上对我的信任，我一定好好干，不辜负组织上对我的信任。什么时候报到？"驻港办事处主任是副处级，政府常务秘书长是正处级，这次调任的性质属于提升。再说，驻香港办事处实际上是个接待处，远离决策中心，而政府常务秘书长是重要岗位，已经进入了决策圈，难怪这位臧主任听到这个消息后会欢欣鼓舞、跃跃欲试。

孙国强不得不提醒他："你先别高兴，那件事你忘了？"

臧主任问："哪件事？"

孙国强恼火了，忍不住就想骂人，转念想想，现在绝对不是骂人的时候，尤其当这个光会溜须拍马、奉迎讨好上司的蠢货臧主任正兴致勃勃的时候，如果这个时候把他骂惊了，说不准会做出什么事情来。他只好捺着性子提醒他："上次挪用款子的事你忘了？"

臧主任满不在乎地说："没事，我已经处理好了，你放心吧！再说了，钱我们马上就堵上了，就算是计算银行利息也没几个钱，怕什么。"

孙国强追问："我上一次让你把账目烧了，你烧了没有？"

臧主任迟疑了一下，然后说："烧了，烧了，你放心吧！"

尽管臧主任明确说他已经把账烧了，孙国强却不敢相信，而且也觉得如果臧主任直接把账目给毁了，没有任何正当理由的话，会造成更多的麻烦，因此他又追问道："你是怎么毁的？"

臧主任又犹豫了片刻才说："就是按照你说的方法，假装失火给烧了。"

"真的烧掉了？"

臧主任这一次没有迟疑，斩钉截铁地说："烧了，肯定烧了，没问题。"

孙国强不得不相信他，因为他没有办法在这个时候核实他说的是不是真话。孙国强叮嘱他："你别高兴得太早了，提拔你、重用你不一定是好事儿，多想想，人家凭什么提拔你。"

臧主任问道："不是孙副市长提议的吗？我以为是您老人家关怀爱护我呢！"

孙国强冷冷地说："是赵老大跟钱老二提议的，你感谢他们吧！回来以后说话办事小心点儿，如果把那件事情露了，你跟我都别想活得痛快。"

听到孙国强这么说，臧主任回答的口气也就有些冷冷的："放心吧孙副市长，不为你着想我也得为我自己着想，我懂，挪用公款数额巨大是要判刑的。"

"你知道就好，好自为之吧！"扔下电话，孙国强觉得心里凉飕飕的，他实在对这位臧主任没有太大的把握。这时候，有人轻轻敲门，孙国强一听动静就知道是秘书，有些不耐烦地说："进来。"秘书上半截儿

进来了，下半截儿留在门外，有几分怯生生地请示："孙副市长，法院的人要找你。"

孙国强一时没有明白过来："什么法院？法院的人找我干吗？"

"他说是来送诉状的。"

孙国强这才明白，八成人家是来送张大美的离婚诉讼受理通知书的。孙国强吩咐秘书："让他进来。"

送达通知书的人是一个小老头儿，这让孙国强大为吃惊，根据这个小老头儿的相貌估计，他的年纪应该早已过了退休界限。小老头儿恭恭敬敬地双手递过来一个印着"海阳市中心区法院"字样的大信封，然后掏出一张送达通知书请孙国强在回执单上签字。孙国强在送达回执上签了字，小老头儿说了声谢谢，转身就走，孙国强叫住了他："你是法院的吗？"

小老头儿咧嘴笑笑："过去是，现在不是了，退休了。"

孙国强又问："退休了怎么还干这个？"

小老头儿又咧嘴笑笑："也不干这个，院长说这个案子特殊，别人送不放心，专门把我从家里叫来让我跑一趟。"

孙国强明白了，这是法院特殊照顾他，为的是不让这个案子闹得沸沸扬扬、满城风雨。送走了法院专派的小老头儿，孙国强居然感到了一丝凄然，一座地级城市的常务副市长，让老婆闹得惶惶不可终日，其影响不言而喻，很可能对今后的仕途跋涉画上了休止符，处理不当，甚至可能为他的一生画一个大大的休止符。孙国强如今对"后院起火"这个词组有了现实的切身体会。他也知道，后院起火，不能指望消防队，因为消防车没法开进后院。要想灭掉后院的火，最彻底的办法就是把后院彻底拆了。

2

公安局，林局长办公室，缉毒处王处长、刑警队广林子正在研究案情。

王处长汇报，根据可靠情报，境外大毒枭近期和本市的那个代号老板的人联系密切，虽然联络的具体内容还不清楚，但是可以肯定的一点是，这位老板就是境外毒枭向本市输入毒品的关键人物，而且，最可喜的是，这位老板的一举一动已经纳入了公安机关的视线。

听到这个消息，林局长、广林子都开始不由自主地亢奋起来。毋庸讳言，如果能够成功破获这个贩毒团伙，做到人赃俱获，立功受奖自不待言，而且这个案子也肯定会作为成功的案例载入海阳市公安局的史册。

林局长问："根据你们掌握的情况，最近期间这位老板跟其他毒贩子有什么新的动向没有？"

王处长回答："奇怪的是，他们好像对《海阳日报》的那个李记者，就是赵吉乐的舅舅非常感兴趣，每天都有一两个马仔在李记者家门前晃悠，很明显是在跟踪监视。"

林局长又问："你们对他们的意图有什么看法？"

"我们现在也搞不清他们的意图，可以肯定的就是，这位李记者跟他们并不是一伙，也没有任何联系。"

"会不会有别的什么事？"

"不好说，我们唯一能做到的就是牢牢地、死死地盯住他们，同时动用一切可以动用的侦察手段来搞清他们的意图。"

"监听设备上了没有？"

"昨天已经上了，可是老板非常狡猾，用的手机不是用他的名字登记的，而且经常变换手机，也不知道这家伙有多少部手机。"

广林子提醒道："一部手机就够了，多买几张卡就行，这是常识。"

王处长说："我知道。但换卡麻烦，根据他的通话情况来看，这家伙有好几台手机，不会像你这种穷光蛋，一部手机用到死。"

"你有几部手机？"

"一部啊！问这干吗？"

"哦，我还以为你已经不是穷光蛋了呢！"

林局长说:"别扯这些没用的,把主要力量抽调到老板这边,另外,抓紧搞清楚老板的真实身份,一定要把他盯死了,还是那句老话,不见兔子不撒鹰,不能惊了他。"

这时候,王处长的电话响了,王处长接听之后向林局长汇报:"赵吉乐来的电话,老板通知润发,这两天要在他们家会个朋友。"

林局长问:"对方没说来的是什么人?"

王处长回答:"对方可能不会对润发那么信任,也不会那么多嘴吧!"他的口气里带有一股揶揄味道,局长听出来了,上司对有功的或者即将立功的下级一般会格外宽容,林局长就是这样,他微微一笑,表扬了王处长一句:"还是王处长聪明,对情况摸得透彻,好了,没别的事该干吗都干吗去吧!别守在我这儿,我又不是毒贩子。"

3

孙国强又穿上了他的风衣,戴着那副墨镜,竖起风衣领子,来到了那个金屋藏娇的居民小区。他掏出钥匙打开门径直蹓了进去。年轻女人一身住家轻装,见到孙国强有些惊讶:"哎哟,美国特务现在来得越来越勤了。"

孙国强烦躁:"干吗?嫌我来了?那好,我走。"

女人急忙扑上去贴到他身上撒娇:"老公,好老公,人家盼都盼不到你,好不容易等你来了,跟你开个玩笑你就给人摔脸子,别这样好不好?"说着帮孙国强脱下了风衣,嘻嬉笑着:"你为啥每次来都这副打扮?就不能换换样儿?"

"不这样咋办?海阳市有几个人不认识我?要是让人看见我到你这儿来,还不得成大新闻?要是放在国外,你这儿就成了新闻媒体的热门追踪目标。"

女人伺候孙国强坐下来，然后依偎到他的怀里："你们的事怎么样了？"

孙国强叹息一声："他妈的，越来越麻烦了，那个娘儿们跑了，一跑出来就把我起诉了。"

"你不是说她有精神病，有精神病法院不能受理吗？"

"他妈的，她背后有人支招，到省精神病康复中心请专家作了个鉴定，证明她精神正常，法院就没办法不受理她的案子了。"

"哈哈，她背后也有人啊？你们两口子真行，互相戴绿帽子，乌鸦落在猪身上，谁也别笑话谁黑，这一下扯平了。"

孙国强恼怒："放屁，胡说八道。"

女人咯咯笑着："又生气了，你现在火气越来越大了，看来混得确实挺艰难，干脆一走了之。"

孙国强问："走，往哪走？钱呢？"

女人回答："那个东方建筑公司的文老板，最近一段时间分几次送过来三张卡，我到银行转成定期存了，一共有五十来万。再加上原来的，现在我们已经是百万富翁了，到哪儿都能过得舒舒服服。"

孙国强撇撇嘴："就这几个钱你还百万富翁呢！臭狗屁，在国内还算个钱，一出了国门，要是换成美元、欧元，最多也就是十来万，别说买房子买车了，光吃饭过一年就得饿肚子。除非是跑到越南、柬埔寨去。"

"上越南、柬埔寨干吗？上那种地方还不如就在国内待着呢！"

"真能上那种地方待得住就不错了，那种地方跟国内都有引渡协议，到时候人家一抓一个准。只能往西方国家跑，可是西方国家费用又太高，我们眼下这几个钱连路费都不够。"

"你也是的，想当初仗着家里有钱，还想装正经、假廉洁地往上爬呢！现在可好，到用钱的时候两手空空，傻眼了吧？怎么办？"

"慌什么？挣呗！我孙国强过去是没那个心思，一心一意干事业，现在只要想挣钱，没有挣不来的。"

女人冷笑："呵呵，还挣钱呢！后院都起火了，不等你把钱挣到手，火就把你烧死了。"

"说什么呢？把我烧死了你能得什么好？那些送来的钱人家到时候都得没收，你别以为我出事了钱就都成你的了。"

"我不是那个意思，我是说你要是抓钱就得抓紧时间，不然万一那边把你给举报了，你不就玩儿完了，想挣钱都没机会了。"

孙国强恶狠狠地说："没那么容易，也别把我看得太薄了，后院起火怕什么？起火了就灭火嘛。"

"怎么灭？除非你把她也给灭了，来个死无对证。"

孙国强瞪了她一眼："难怪人家说蝎子尾上针，毒不过妇人心，你真够毒的。"

女人连忙辩白："我又不是真让你干什么，我只是举个例子、说个道理。"

"灭就灭，你以为我不敢，正好，我也让你看看，如果将来有一天你跟她一样对付我，会落个什么下场。"

女人看着他狰狞的面孔，浑身上下泛起了一层鸡皮疙瘩。

4

政协主席周文魁家，杜斌突然而至，闹得润发和赵吉乐措手不及。赵吉乐觉得奇怪的是，这一回老板竟然是一个人单独前来的。

杜斌问润发："这两天没什么事吧？"

润发让他问得有些发蒙："没什么事啊！怎么了？"

杜斌微微一笑："没什么，随便问问。我让华子给你送点儿料过来，他给你了吗？"

"给了给了，谢谢老板大哥。"

"不用谢，没事儿，小意思。"

润发问："老板今天来有什么事吗？"

"没什么事,过来看看你不行吗?"

"行,随时欢迎老板光临。吉乐,给老板泡茶。"

赵吉乐做出满心不愿意的样子:"到你们家俺都成用人了。"

"白吃白住不干活,还得别人伺候,有你这样的用人吗?"

赵吉乐起身自己去泡茶,杜斌却说:"不用了,我还有事马上就走。你爸你妈呢?"

"我爸我妈都得上班,老板放心,就算他们在家他们也不管我的事,只要我不往外跑,我的朋友来多少他们都不干预。"

赵吉乐端着茶壶过来,杜斌的手机响了,对方跟杜斌说话,杜斌说:"孙哥,我这几天事很多,要用人,那个娘儿们到底怎么办,你尽快给个话,一天二十四小时三班倒占了我三个人,还都是得力的人。"

对方说了些什么,杜斌看了赵吉乐跟润发一眼,赵吉乐装作农村人进城迷电视的样子,眼睛死死地盯着电视机,不时还随着电视内容的变化而出现生动的表情。润发也装作傻愣愣的样子看着杜斌打电话。两个人实际上都竖直了耳朵拼命想听清楚对方说了些什么。

杜斌显然认为赵吉乐跟润发的表现正常,所以说话也就更加放心了:"你是说还要继续盯着?我的孙哥啊!到底要怎么样你快点决定,我这边最近事情确实多,需要人手啊!"

对方又说了些什么,杜斌无可奈何:"那好吧!当然得听你孙哥的了。"放下电话,杜斌对赵吉乐说:"小子,想不想找活儿干?"

赵吉乐马上说:"俺进城就是要找活干的,只要能挣钱,干啥都行。"

"干啥都行?走私、贩毒、抢劫、杀人你干吗?"

赵吉乐做出畏缩的样子:"俺爹说了,有毒的不能吃,犯法的不能干,老板说的这几样都是犯法的,俺可不敢干。"

杜斌哈哈大笑:"你爹说得对,那些事是不能干,干了也千万不能让人家抓住。来,站起来让我看看。"

赵吉乐依言站立起来,杜斌像牲口贩子挑牲口一样在赵吉乐身上捏捏

揣揣："小伙子不错，够壮实，磨炼磨炼干啥都是一把好手，嗯，不错。你要是想挣钱我给你安排点儿活儿，干不干？"

赵吉乐问："干啥？只要不是你刚才说的那几样就成啊！"

"那就好，过两天我让华子，就是你们叫华哥的那个过来领你，你就跟着他，他让你干啥你就干啥，每个月给你一千块钱。"

赵吉乐一下蹦了起来："老板，一个月给俺多少钱？"

杜斌愣了："一千啊！嫌少吗？刚开始都是这个价，过一段时间干得好了还能加。"

赵吉乐做出激动异常的样子："好啊！干啊！一千块，俺们村里一家人半年也弄不上一千块钱啊！"

"那就好，我让华子来领你。"

赵吉乐做出感恩戴德的样子说："谢谢老板，俺爸说，吃水不忘挖井人，俺一定不忘老板对俺的关照。"

"好说好说，你好好干，今后一定能在城里混出个人样来。"

杜斌说着就朝外走，润发和赵吉乐连忙一路送行。送走杜斌，润发哈哈大笑，赵吉乐说："笑什么？难得见你这么高兴。"

润发说："赵哥，我叫你赵哥行吧？"

"当然行了。"

"赵哥，你真行，装得太像了，一口一个俺爸，你能当演员。"

"这你就不懂了，我们公安大学有一门选修课，就是刑侦表演，这门课好玩得很，我考了优秀。"

润发向往地说："唉，我这一辈子要是能像你一样当个警察，让我干吗都成。"

"好啊！等这件事情完了，你把赌瘾彻底戒了，可以考警校，毕业了再报考警察，有什么不可以的？"

"真的行？"

赵吉乐鼓励道："有什么不行的？只要你有决心，保证行。我看了，这段时间你的表现也不错,如果上刑侦表演课,即便不能像我一样拿优秀,及格是没问题的。好了,你先回去,我打个电话。"

润发回家了,赵吉乐拨通王处长的电话汇报:"刚才老板突然到润发家里来了,没说什么事,就是看看,还说要雇我当马仔呢!一个月给我一千块,过两天就让华哥来领我。"

王处长说:"这件事情我得向局长汇报一下,由局长决定。最近他们可能有大行动,现在正在踩点子摸底,你一定要密切关注。"

赵吉乐继续汇报:"还有一件事,老板用电话跟一个叫孙哥的人联系,好像那个人身份比他还高,老板挺听他的,他让老板办什么事儿,老板人手不够,要求他尽快解决,他没答应,老板只好顺应他,不知道这个孙哥跟老板到底是什么关系,会不会是他的上线?他说要雇我当马仔,可能跟这个孙哥占用了他的人手有关系。"

王处长说:"这个情况非常重要,我马上向局长汇报,你随时听我的通知。"

赵吉乐挂了电话,朝润发家里走去。

5

公安局,林局长办公室,王处长急匆匆地推门而入,广林子正在跟林局长谈话,林局长瞪了王处长一眼:"干吗?你的部下进你的办公室也是这个样子吗?"

王处长有点尴尬:"我有点急事,心里一着急就没敲门,局长有事我过一会儿再来。"

林局长说:"你既然来了就进来,我跟广林子的事情不背你,我是说你缺少大将风度,遇到再急的事情也不能惊慌失措,忙乱能做到忙而不乱才行,这一点你还真不如广林子。说吧!有什么紧急情况让你慌成那个样子？"

王处长冲广林子做了个鬼脸儿，广林子昂着坑洼不平的麻脸故意做出得意扬扬的样儿，王处长说："刚才接到赵吉乐的电话，老板突然闯到周主席家，却又没说有什么事儿，可能是去看看情况。但是这里面有一个重要信息，他跟一个称为孙哥的人打电话，好像那个孙哥安排他干什么，占用了他的人手，他要求把人手抽回来，孙哥不答应。由于人手不够，他就要拉赵吉乐给他当马仔，赵吉乐初步答应了。"

林局长看看广林子，广林子点点头，林局长说："那就让赵吉乐顺水推舟，能进入他们团伙正是我们求之不得的事儿，但是一定要百倍提高警惕，千万不能出任何危险，不然我们的麻烦就大了。"

王处长说："这方面我考虑了，赵吉乐刚去也就是当个马仔，没进入核心圈，不会有太大的危险。再说了，赵吉乐那小子贼着呢！肯定吃不了亏。我要说的关键还不在这里，关键是经过通信追踪，你们猜猜那个孙哥是谁？"

林局长和广林子异口同声追问："是谁？"

"刚开始我跟赵吉乐判断可能是老板的同行，甚至就是他的上家。刚才我到通讯跟踪台查了一下，吓我一大跳……"

林局长说："行了，别啰唆了，快说，是谁？"

"是孙副市长。"

林局长和广林子再一次异口同声发问："哪个孙副市长？"

"孙国强副市长。"

林局长和广林子第三次异口同声地说："我的天啊！事情闹大了。"

王处长又补充了一句："电话是从孙国强副市长的办公室打过来的，我们没有监听，但是信号追踪不会错，老板又把这个人称为孙哥，所以可以断定就是孙副市长。"

林局长蹙眉抽脸，好像牙疼，离开宝座在办公室转了起来，片刻作出了决定："这件事情要严格保密，因为这件事情本身说明不了任何问题，但是也不能掉以轻心，到我这里为止，在我没有下达命令之前，你们不能有任何措施，更不能随意对孙副市长采取侦查手段，这是命令。"

王处长和广林子一起立正回答："是。"

林局长又对王处长说："你刚才进来的时候我正在跟广林子商量，现在看来这个案子不是一般性的贩毒案，涉及的问题有深度，所以我想成立一个专案指挥部，我当组长，你们俩当副组长，把缉毒处跟刑警队的警力集中起来。刚才广林子还跟我讨价还价，不想直接参与这个案子，说是你们缉毒处的事儿，我明白他的想法，他是怕你们说他看案子有了突破插进来争功。王处长，你不是这种小肚鸡肠的人吧？"

王处长说："他自己小肚鸡肠，我历来是破案为重，分工不分家，主张精诚团结，一心破案。"

林局长对广林子说："我说嘛，人家王处长根本就不是那样的人。你啊！这一方面就是不如人家王处长。"

广林子百口莫辩，苦笑着说："好好好，算我小肚鸡肠，我无条件执行命令行了吧？"

林局长说："那就定了，从现在起专案指挥小组正式成立，缉毒处、刑警队的警力由专案组统一调度。眼下最主要的就是让赵吉乐跟那个华哥去跑龙套，随时就近掌握他们的情况，周主席家里另外派一个比较精干的人过去。"

6

钱向阳办公室，钱向阳正在跟即将到香港赴任的代理驻港办事处主任、市财政局刘副局长谈话："刘副局长，市里决定让你接替臧主任的工作，你有什么想法，有什么困难吗？"

刘副局长回答："别的倒没啥，就是我这个人不善于迎来送往应酬，对

那边的情况也不熟悉，怕给工作造成负面影响。"

"你没想想市政府那么多干部，为什么偏偏派你去？"

"想过，没想出来。"

钱向阳走到办公室门口，拉开门朝走廊窥探了一番，然后把办公室的门关严实，这才回到自己的座位上。他这副样子让刘副局长紧张起来："钱市长，有事啊？"

"这件事情我只跟你一个人说，你谁也不能说，连你老婆都不准说。"

刘副局长连连点头："你放心，我别的优点不突出，好在就是一个字：嘴严。"

"数都数不清还当财政局副局长呢！'嘴严'是两个字。闲话不说了，你知道这一次对你的任命是经过我跟赵书记商量研究，反复斟酌从市政府干部里专门挑选了你吗？"

"谢谢领导对我的信任。"

"不光是信任，还有责任，你这一次去，别的事情可以往后放放，我们给你时间慢慢熟悉情况、熟悉业务。但是有一件事情必须刻不容缓地去做，而且一定要做得扎实、准确。"

刘副局长问："什么事？"

钱向阳郑重其事地说出了两个字：审计。他的表情再配上说话的口气，让"审计"两个字显得格外沉重。

刘副局长不解："审计应该从审计局派人啊？怎么让我去？"

钱向阳反问："你是不是不懂审计业务？"

一般的人都怕领导认为他不懂，从政的人更怕领导觉得他不懂，而且刘副局长作为财政局副局长确实不是不懂，于是连忙表白："财政局也有审计业务，业务上我懂，没问题。我只不过觉得如果要审计，有审计局，用不着我们插手。"

"既然你懂，就由你审计，先审计最近两年的，老账扔着别管，这件事情一定要保密，跟老臧交接工作的时候一句也不能露，等他走了以后立刻开始,有什么问题直接跟我或者赵书记联系,除了我跟赵书记之外,任何人都不准说。"

刘副局长提议:"我就怕一个人进度会慢,时间会拖,能不能再配一两个人?"

钱向阳摇头:"不能配人,就你亲自干,夜以继日,不能拖。而且要准确,不能含糊。尤其要注意名堂不清的资金往来。"

刘副局长连连点头:"我知道了,您放心吧钱市长。"

"那就好,我也不多说了,你去做准备,尽快动身。"

7

张大美认真地看着起诉材料,陈律师在一旁和鼠目闲聊。

鼠目悄声对陈律师说:"她说这几天觉得有点不对劲,好像背后老有人盯着。"

"是吗?怎么会,藏到这儿的除了你、我、她三个人以外,没别人知道啊!"

"也可能是她多疑,"说完,鼠目又放低声音补充了一句,"这就叫惊弓之鸟。"

虽然他声音很低,张大美仍然听到了,转身在他脑袋上轻轻拍了一巴掌:"谁是惊弓之鸟?你才是呢!"

鼠目说:"惊弓之鸟怎么了?得看是什么鸟,你属于高档的惊弓之鸟,比如孔雀、凤凰之类,绝对不是麻雀、乌鸦之类。"

张大美娇嗔地骂他:"油嘴滑舌,鸡和鸭子一锅煮,能看明白的就是一张嘴。"

陈律师问张大美:"诉状没什么问题吧?"

"已经都立案了,诉状已经交上去了,现在有没有问题也不重要

了吧？"

"还是有必要认真看看的，有什么新的证据、诉求在庭审的时候还可以提出来。"

"开过庭之后，看看他的态度再说，如果他还坚持不离，我再向法庭提供新的证据，这些证据提出来问题就严重了，他也明白，我估计用不着提供他就会同意我的要求。"

"但愿那样，如果能那样，事情也就简单了。"

鼠目插话道："恐怕未必，我的看法跟你们不一样，这件事情善了的可能性基本上不存在。"

张大美问："他除了应诉还能有什么办法？继续诬蔑我有精神病？"

陈律师说："那已经没用了，我已经把省精神病诊治中心的鉴定报告交给法院了。"

鼠目问："你不怕他杀人灭口吗？"

陈律师哈哈大笑："你这是警匪电视剧看多了吧？要杀也用不着闹成现在这个样子再杀，早杀了不是更省事。"

张大美看着陈律师说："说什么呢？你是不是觉得我应该早点儿死？"

"我绝对不是那个意思，我是说，如果孙国强像他说的要杀你灭口的话，不会拖到现在，现在事情已经闹得沸沸扬扬了，如果这个时候你出了事，那他就是第一嫌疑人。那种事情他绝对不会干，风险太大，而且很可能要把命赔上。"

鼠目说："行了，你不会说话就别乱说，刚才说的话我听着也别扭。"

陈律师说："话说到这儿我倒想起来了，刚才你不是说张大美老觉得背后有人盯着吗？会不会是孙国强真派了什么人盯上来了？如果那样你们还真得万分小心。我可是相信直觉，尤其是女人的直觉。"

鼠目说漏了嘴："没事，我现在是二十四小时监护。"

陈律师看了看张大美，张大美脸红了，陈律师也就没有再追问，说："先就这样了，等着开庭吧。最近没什么事我就不过来了，省得他们通过我摸到这儿来。"

鼠目送陈律师下楼,陈律师坏坏地笑着:"你小子现在是破屋藏娇啊!孤男寡女整天待在一起,如果让孙国强抓住把柄,你们说不清道不明,想要离婚难度就大了。"

"我们是清白的,张大美不是那种人,我也不是那种人。"

"我相信,就是不知道别人会不会相信。"

"别人爱信不信,我不在乎。"

8

省委主管干部和人事的吴副书记办公室,秘书带着孙国强进来,吴副书记过去跟他握手,孙国强说:"真不好意思,打搅吴书记了。"

"跟我客套什么,有什么事情就说,你是无事不登三宝殿,说明一下,我这儿可不是什么三宝殿,你随时可以来。"

秘书问:"吴书记,还有什么事吗?"

"没事了,你忙你的去吧!"

秘书退了出去,吴书记说:"坐呀,我这儿有今年的新茶,来,尝尝。"说着,亲自动手给孙国强沏茶。

孙国强受宠若惊,连忙接手:"我自己来,不敢劳书记大驾。"

"还是我来吧,你是客人。"沏好茶,坐定,吴副书记问:"你匆匆忙忙跑过来有什么大事呀?"

"挺长时间了没见吴副书记,今天抽空专门来看看您,也没什么大事儿。对了,我最近碰到了一幅字,据说是吴道子的手笔,我也看不出真假,吴副书记是内行专家,专门带过来请吴副书记鉴定一下。"

吴副书记果然来了兴趣,有几分急不可耐:"是吗?吴道子的真迹市面上可是非常少见啊!拿出来看看,鉴定不敢说,看看而已,看看而已。"

孙国强从随身带来的大提包里掏出一幅卷轴，打开了摊在吴副书记单人床一样大小的写字台上。吴副书记果然是内行，一看眼睛顿时亮了："我不敢说是专家，但是我敢肯定，这确实是真迹，你从哪儿淘弄来的？花了多少钱？"

"说了您也许不相信，一分钱没花。"

"开玩笑，这幅字至少得十五万。"

"这是我前段时间回老家，从家里的废书堆里碰上的。"

吴副书记半信半疑："你老家怎么会有这东西？"

"我曾祖父当过清政府的巡抚，老家的故纸堆里时不时地还能淘弄出这些东西来，后来我们家没落了，直系大都是农民，对这些不懂，也没兴趣，只有我有时间了回去还翻腾翻腾这些东西。"

吴副书记叹道："你曾祖官不小啊！相当于现在的省长吧？权力比省长还大，现在的省长不管军队，巡抚可是军政一手抓啊！让你这么一说，这幅字就更没问题了，你得好好保管，值钱着呢！"吴副书记说这些话的时候，眼睛一直没有离开过那幅字，显然已经着迷了。

"吴书记您这是取笑我了，我是学工科的，对这些字呀、画呀的东西不感兴趣，我留这种东西就像猪八戒吃人参果，暴殄天物。今天把它带来了，如果是真的，您就留下，如果是假的，我再带回去。"

吴副书记大惊："你这是干什么？我可不敢留下来，这是你们家的传家之宝啊！好了，能亲眼看到这幅字，饱饱眼福就够了，字你还是带回去，好好保管起来。人参果就是人参果，不会因为猪八戒不懂得品尝就不是人参果了。"

"吴书记，您怎么跟我见外起来了？过去有句话，宝剑赠壮士，红粉馈佳人，我现在再加一句：好字送专家。这幅字我是无论如何不带回去了，您总不能让我出不去你的门吧？"

吴副书记想了想，眼珠转了转说："这样也好，这么好的东西放在你那儿藏在深闺人未识也确实有点儿可惜，先放在我这儿吧！由我处理。"

孙国强顿时亢奋起来，好像不是他给吴副书记送字画，而是吴副书记把一幅吴道子的真迹送给了他:"没问题,没问题,既然是奉送给吴书记的,怎么处理就是吴书记的事了。"

吴书记接下来问他:"最近还好吧?听说你们的环城路全线通车了。"

孙国强叹息了一声:"唉,工作倒还顺利,苦点、累点都没什么,做领导的嘛,工作干得再多也是应该的。"

"哦,看来情绪不佳啊,工作倒还顺利,那就是说别的方面不顺利了?"

孙国强又叹息了一声:"唉,说出来怕吴书记笑话。"

"怎么了?有什么事情还能让我笑话你?"

孙国强愁眉苦脸地说:"唉,后院起火了。"

"怎么回事,你的问题还是她的问题?"

"我能有什么问题?说来也不能算她的问题。如果硬要追究的话,可能还是我的问题,工作太忙了,对她关心照顾不够。"

"工作再忙,也不能忽略了家人,当领导最怕的就是后院起火,我能帮你做什么吗?"

"谢谢吴书记,清官难断家务事,该死的娃娃球朝天,没办法了,实在不行就离了。"

吴副书记大惊:"怎么会闹到这种程度?当领导干部的离婚可是大忌,你可要慎重。"

"不是我要离,是人家要离。"

按照吴书记的思维定势,当官的家属一般不会主动跟当官的离婚,因为当官的优势、好处太多了,一般女人舍不得放弃。当官的离婚大都是当官的一方提出来,然后经过艰难的讨价还价,最终闹得两败俱伤,婚离了,人也精疲力竭,再也鼓不起继续进步的干劲了。所以听了孙国强的话之后吴书记惊讶地问:"怎么回事?人家要甩你?"

孙国强解释:"我爱人精神上有点毛病,前段时间还闹出一桩笑话,她犯病了,对别人说把我杀了,那个人就报了案,结果公安局的人半夜三更跑到我家折腾,闹的大院里鸡犬不宁,正闹着我回来了,你想想当时的情景，真是荒唐又可笑。"

"精神上有问题那就抓紧治嘛。"

"是啊，我也是这么想的，她精神有问题，我把她送到精神病院治疗，那个人把她从精神病院强行带走藏了起来。也不知道对她做了些什么，她就到法院提出跟我离婚，现在这事情闹得满城风雨、沸沸扬扬，我都没办法开展工作了。"

吴副书记勃然大怒："这怎么可以？什么人这么嚣张？要追究他的法律责任。对一个精神不健全的人搞这种名堂就是变相绑架嘛。"

"是《海阳日报》的一个记者，叫李寸光，笔名鼠目。"

"哦，这个人我有印象，报纸上经常有他的文章，这种人怎么能当记者？道德败坏，品质恶劣。"

"吴书记可能还不知道李寸光的背景吧？"

"他有什么背景？"

"他是赵书记的小舅子。"

吴副书记惊讶："什么？他是赵宽的小舅子？这都是什么事嘛，乱套了。你找过赵宽没有？"

"我曾经向赵书记谈过这件事情，过后也就不了了之了。我也能够理解，终究不过只是姐夫和小舅子的关系，有些事情可能赵书记也为难。我今天本来不想说这件事情，吴书记既然问到了，我也只好说了。家丑啊！如果干部调整，请吴书记考虑我的实际情况，给我换换地方，换换环境也许能好一些，海阳市我再待下去比较困难啊！"

吴副书记安抚道："这件事情你别着急，我直接找赵宽，首先得让他出面把你爱人找到要出来，这叫什么事儿，把人家老婆藏起来，还有没有王法了？现在不是旧社会，容不得高衙内横行霸道，什么东西，这就是明目张胆地强抢良家妇女。你爱人长得是不是挺好看？"

"我老婆长得年轻，年轻的时候是我们学校的校花。"

"我估计就是这样，你别因为这事着急上火，掉换岗位也不是一句话的事儿，在这个时候更不能掉换，如果你现在走了，那成什么事了？应该挺直腰杆跟他斗，我说的跟他斗可不是指赵宽同志，领导班子的团结一定要维护，我说的是他那个小舅子，叫鼠目的那个家伙。这件事情确实太离谱了，简直不可思议。"

孙国强见好就收，起身告辞。他已经达到了拜访吴副书记的目的，那就是制造舆论。他也知道这位吴副书记并不能对他有什么实质性的帮助，更不可能彻底解脱他目前的困境，但是他相信，这位吴副书记起码会找赵宽的麻烦，起码在省委主要领导的大脑中焊接了这样一个印象：赵宽的小舅子第三者插足，破坏孙国强的家庭，把有可能危及他政治生命的违法犯罪大曝光转化成为一场桃色事件引起的闹剧，从而为自己涂抹一层斑驳陆离让人眼花缭乱的保护色。

送走了孙国强，吴副书记拿起电话拨通之后开始跟赵宽对话："赵宽同志啊！有一件事我得占用你一点儿时间，跟你好好探讨一下……"

9

赵宽下班，坐进车里对司机说："到医院。"如今，每天下班后到医院已经成了他固定的功课，据医生讲，李寸心的病由于拖得太久，癌细胞扩散，做肝移植手术已经不可能了，现在只能采取保守治疗，后一句话医生没说出来，赵宽却听出来了，那就是：能拖多久拖多久。

连续不断的化疗，李寸心身体极为虚弱，每天都要注射大量的抗菌素，因为她的身体已经几乎没有了免疫力。赵宽来到医院，按照规矩穿上了消毒衣，戴上了口罩，这不是怕他受到传染，而是怕他把外面的病菌带进病房传染李寸心。

赵宽对梨花说："你出去走走，我在这儿陪你阿姨。"

梨花整天在医院陪着李寸心，确实需要换换新鲜空气，也确实需要散

散心。当然,赵宽希望的是能跟李寸心单独在一起多待一会儿,现在,能够跟李寸心单独相处的每一分钟对他都非常珍贵,他跟李寸心还能相聚的时间就像掌心的沙子,每时每刻都在变得越来越少。

李寸心面色苍白,问赵宽:"吉乐他们还好吧?"

"整天忙着破案,很难见到人影,听公安局的领导说他干得不错。"

"前两天寸光来了,我问他最近在做什么,他含含糊糊的也没说明白。"

赵宽苦笑:"寸光啊!现在成了名人了。"

李寸心不放心地问:"怎么了?出什么事了?"

赵宽回答:"过去我对寸光有些事情的做法确实不太赞同,现在倒觉得他还真是个人物,正义感挺强的,人也机敏。忙什么我也不太清楚,不过你放心,就像你说过的,吉乐也罢,寸光也罢,本质都很好,善良、富有正义感,绝对不会做不好的事情。"

"不对,你从来没有这么评价过寸光,他肯定有什么事,你瞒着我。"

"你想他能有什么事?有事我也不会瞒着你。"

其实赵宽现在因为鼠目的事情已经非常被动了。省委吴副书记跟他通了电话,直截了当地就把鼠目跟张大美的事情端了出来,明确指示他立刻干预此事,让鼠目把张大美交还给孙国强。赵宽当时非常难堪,一来他万万没想到孙国强居然能找到省委主要领导谈这件事情,而省委主要领导竟然直截了当地找他兴师问罪;二来他明明知道根本不是那么回事,却又不好把事情的原委告诉吴副书记,因为他们展开的初步调查还没结果;三来他自己心里也没底,到底孙国强说的是真话还是鼠目说的是真话,结论只能等到调查结果之后。现在最难的就是,并没有任何孙国强违法犯罪的证据,没有证据就不能对孙国强立案侦查,不立案侦查又很难取得证据,这就像一个怪圈,套在他这个市委书记的头上。他只好对吴副书记含糊其辞,说自己对这件事情还不了解、不清楚、不明白,但是一定会高度重视,加强对家人亲属的管理,如果真像孙国强说的那样,他一定严肃对待,妥善处理。

电话里,吴副书记还说:"赵书记,这种事情普通老百姓家里可以出,现在社会开放了，道德尺度放宽了，婚外恋、第三者插足已经不稀罕了，甚至可以说成了时髦。但是，论公你们是同一个领导班子的成员，你还是班长；论私你们又是一个院子的邻居，发生这种事情简直成了笑话。你那个小舅子也是，兔子还不吃窝边草呢！他怎么能这么干？你想想，市委书记的小舅子破坏市委常委、常务副市长的家庭，传出去不是成了特大丑闻？你们这个班子还怎么开展工作？"

对于吴副书记自以为是、偏听偏信的指责，赵宽在现阶段只能忍气吞声，连连检讨自己对小舅子管理不善，一定要查清楚事情的原委，如果真是那样，一定采取措施予以处理。采取什么措施，怎么处理他没有说，吴副书记也没有追问，其实他们心里都清楚，即便这是真的，社会已经开放到了这种程度，人们的道德宽容度已经宽泛到了这个程度，对鼠目和张大美谁也没办法。赵宽过去大大的希望孙国强没有那些鼠目指控的违法犯罪事实，现在，反过来希望鼠目没有说谎。

李寸心看着赵宽阴晴不定的表情，更不放心了，追问道："寸光最近到底在干些什么？"

"你这个当姐姐的都不清楚，我怎么能清楚？你又不是不知道，他的事情从来不向我汇报。有一点你放心，他已经四十大几的人了，还能做什么不该做的事情？他有他的事情，人家早就独立了，你这个当姐姐的还有什么不放心的？"说完，赵宽把话题引开了："这几天感觉怎么样？"

"还好，没什么感觉。你放心吧！我一时半会儿还走不了。北京那方面有什么消息没有？"

赵宽一时没反应过来："北京？北京怎么回事？"

"我是问国家评审组的正式文件到了没有？"

"还没有，我让他们打听了一下，没什么问题，就是这几天的事儿。"

"按照时间算，应该差不多了。"

这时候，赵宽的电话响了，市公安局林局长来的电话，说有重要事情要向赵宽当面汇报。赵宽说："我在医院呢！是你过来还是我过去？"

林局长连忙说:"当然是我过去,哪能劳驾书记往我们这儿跑呢?"

"你能不能先给我露露口风,关于哪方面的事情?"

林局长悄声说:"这件事情牵涉孙副市长,所以我得当面向你汇报。"

赵宽大惊:"孙副市长?他有什么事情能让你们公安局管?"

"事情现在还很难说,我现在就过去吧!"

赵宽想了一下,对林局长说:"这里谈话不方便,还是我过去吧!你派个车过来接我一下,我的司机放回家吃饭了。"

放下电话,赵宽抱歉地对李寸心说:"对不起,不能陪你了,有点儿急事。"

李寸心有气无力地挥挥手:"去吧!我没事儿。"

赵宽出门,却见梨花在外面走廊坐着,奇怪地问:"让你到街上溜溜散散心,你怎么没去?"

"我不想去,再说了,赵叔叔随时都可能有事,你一走阿姨身边没人怎么行?"

赵宽忍不住爱抚地拍了拍梨花的脑袋:"好孩子,真是懂事的好孩子。我有点儿事,你赶快去照顾你阿姨,今天晚上我在这儿陪她,你回家休息休息。"

10

赵宽远远就看到林局长在公安局大门口背着手兜圈子,赵宽对司机说:"你们局长太客气了。"

司机说:"我走的时候他就在大门口等着,总不至于一直在这儿等着吧?"

看到接赵宽的车回来了,林局长连忙迎了上来,赵宽下车对林局长说:"你老林也太客气了。"

林局长面容严峻,惴惴不安,也不顾上对书记说什么客气话,直截了当地说:"情况很严重,孙……"

赵宽拦住了他:"有什么大不了的事情,走,到你办公室再说。"

于是林局长领着赵宽回到了自己的办公室,关上门便对赵宽汇报:"情况是这样的,我们对老板的通信实行了监控,结果发现他跟孙副市长的联络挺密切的。"

赵宽问:"老板是谁?"

"赵吉乐没给你说?老板是海阳市贩毒网络的总头目,最近我们的工作有了突破性的进展,对他采取了全方位的监控措施……"

"我插一句,你们是不是对孙副市长也采取措施了?"

"那倒没有,对孙副市长采取措施得经过市委和省厅的批准。"

赵宽严肃地对林局长说:"办案我支持,但是一定不能违反政策,一定要严格按照组织程序办事,严格按照法律程序办事。"

"赵书记您放心,这方面我们不会有漏洞的。"

"那就好,你说吧!到底是怎么回事?"

"我们对老板的通信进行了监控,根据信号追踪,发现他跟孙副市长往来通话比较密切,因为我们没有对孙副市长的电话监控,所以他们的具体通话内容我们不清楚。但是,作为一个市委常委、常务副市长,跟大贩毒头子会有联系,很不正常。"

赵宽问:"这个老板到底是什么人?我是指他的公开身份。"

"经过调查,这位老板是我市的居民,真实姓名叫杜斌,户口、身份证都是本市的,改革开放以后曾经长时间到南方做生意,现在在我市开办了一家贸易公司……"

赵宽笑了:"这家伙倒是名副其实,杜斌的谐音不就是毒品嘛!"

"名字是挺好笑的,事情却一点儿也不好笑,现在又牵涉到孙副市长,就更不好笑了,我们压力大啊!"

"你别诉苦了,直接说,要怎么办?"

"我们不敢肯定孙副市长跟这个毒品贩子是什么关系,正因为不敢肯

定，所以我们必须搞清楚，他们到底是什么关系，所以我们需要采取一些措施。"

"什么措施？"

"对孙副市长实行监控、监听。"

赵宽摇头："这不行，绝对不行。你们公安局对我们现任的市委领导动用侦查手段，这不是本末倒置了吗？而且也超过了我们的权限，这件事情我不同意，准确地说是我不能做主。"

林局长提醒道："如果万一孙副市长真的跟杜斌有涉及毒品买卖的关系，甚至就是毒品犯的上司，那问题可就严重了。"

"这是你的推测，你们公安局是靠推测办案的吗？我们要证据。"

林局长犯愁了："没有侦查手段，怎么能拿到证据？"

"这就看你的本事了，不过我可以承诺的是，你把这件事情的来龙去脉搞一个报告，实事求是，完全客观，不加任何评论和推测，交给我，我要向上级汇报也得有凭有据，不能空口说白话。"

林局长明白赵宽这事要向省委领导汇报，马上说："我马上搞。"

赵宽嘱咐："你亲自搞，不要让任何人参与，搞好以后盖上你们的公章，直接交给我。"

林局长询问："我们这边是不是也应该向省厅报告一下？"

"省厅对你们有业务指导权力，也有监督管理职责，该不该向他们报告，什么时候报告，你根据你们的办案进程自己决定。"

"那好吧！但是我们还是得加强对孙副市长监护。也有这种可能，就是孙副市长根本不知道老板杜斌的真实身份，他们是因为别的事认识的。"

"但愿如此，即便如此，孙副市长作为一个领导干部，跟毒品贩子勾勾扯扯，在政治上也是非常严重的错误，不符合一个党员领导干部的身份。这些都是后话了，现在的问题是，你抓紧把报告拿出来，最近我要到省上去一趟，赶在我走之前一定要交给我。"

"这没问题，晚上我加个班，明天一大早就亲自给您送去。"

赵宽换了话题："最近赵吉乐在忙什么？他母亲住院，问起他了。"

林局长拍了脑袋一下:"实在对不起,太忙我把这件事情都忘了,应该让赵吉乐抽时间到医院看看去。不过最近他可能还是抽不出时间来。"

赵宽问:"他们刑警队也有大案子吗?"

"我们把缉毒处和刑警队的部分人员组织起来,组成了一个专案组,赵吉乐是这个专案组的重要成员,说到这儿我倒想起来了,赵吉乐让那个老板看上了,要雇他做马仔。"

赵宽愣了:"他怎么也跟那个杜斌搅到一起了?"

"不是。是这么回事儿,周主席的儿子不是吸毒吗?跟毒品贩子有关系,我们就通过他来对毒品贩子展开侦查。你怎么也想不到,杜斌看中了他们家,要把他们家作为交易场所。"

赵宽深深吸了一口气:"我的老天,这帮家伙倒真有魄力,也真有胆识,如果把堂堂海阳市政协主席的家当成毒品交易的窝点,那可就成了天下的大笑话了。"

"是啊,不但是笑话,也会格外隐蔽,难以侦破。好在这件事情从一开始就在我们的掌握之中,所以他们不可能得逞。我们正好利用他们,顺水推舟让周主席配合我们,这样才把那个老板钓出水面的。"

"哦,可是这跟赵吉乐有什么关系?他不是在刑警队吗?"

林局长解释:"考虑到赵吉乐就在大院里住着,对大院的情况熟悉,缉毒处点名要借他,派他到周主席家里冒充周主席从乡下来找工作的亲戚,对周主席的儿子实行监护。"

赵宽哈哈大笑起来:"赵吉乐那个德行,能装像吗?要是我一眼看去他就露底了。"

林局长也笑了笑:"赵吉乐真行,不但装得非常像,还取得了老板的信任,老板看上他了,说他是农村人,老实厚道,体格健壮,答应每个月付给他一千块钱的工资,让他跟着手下当马仔,干好了还给他加工钱呢!"

赵宽问:"你们同意了?"

"我们的初步意见是批准赵吉乐干,赵书记,你不知道,过去我们

要想在贩毒团伙内部安个可靠能干的眼线有多困难，现在人家主动找上门来了，正是我们求之不得的啊！当然，如果赵书记不同意，我们就放弃了。"

"你林局长这么说，我敢不同意吗？危险性大不大？"

"难说，不过话说回来，当警察，本身就是个高风险的职业……"

赵宽打断了他："好了好了，你别说了，我没意见，只求你嘱咐他一声，一定要注意安全，千万不能掉以轻心，更不能冒险争功。"

"这你放心，赵吉乐应付他们应该没问题，况且我们还有相应的保护措施。我们的原则是，干警的安全第一，如果有危险，随时都可以撤出来，大不了案子破得不那么圆满，反正现在他们的贩毒网络已经都在我们的控制下，对我市的危害已经很有限了。"

"那就好，那就好，我没什么意见，刚才说的事情你抓紧办，还有什么事情没有？"

"没有了。"

"那我就走了，还得赶回医院陪老伴去。"

林局长往外面送赵宽，边走边问："赵书记，您爱人的病好一些了吗？"

赵宽叹息一声："唉，现在保守治疗，已经没有动手术的可能了。"

林局长也叹息一声："唉，赵书记你也要多保重啊！这一段时间忙完了，我给赵吉乐放假，让他好好陪陪她母亲。"

"没关系，他好好干工作，工作能干出成绩来，就是对他妈妈最大的安慰。"

赵宽上车了，车子徐徐开走，林局长神色庄重地朝驶去的车子举手敬礼，目送车子拐过街角才慢慢放下手，步履沉重地朝局里走去。

一顿饭就是一层关系

1

钱向阳办公室,钱向阳正在接电话,秘书进来,钱向阳示意让他在外面等,秘书识趣地退了出去。钱向阳对着话筒接着说:"你确定吗?"

对方是新派驻香港办事处的主任:"这是百分之百确切无疑的事情。"

钱向阳又确定了一遍:"你是说有四百五十万元的往来款,去向是澳门达宏国际贸易公司,过了一个月,又有同等数量的款子打了进来?同等数量的款子是从哪里打过来的?是从海阳市一家公司打过去的?肯定吗?"

"肯定,这怎么能有错。"

钱向阳又说:"你能不能再查一下,打到澳门达宏国际贸易公司的钱是怎么回事?海阳这家公司具体名称叫什么?"

"我问过会计了,会计说也不太清楚,臧主任让他怎么打他就怎么打了。打过来钱的海阳那家公司叫东方建筑工程公司。"

"能不能追一下澳门达宏公司又把钱打到哪儿去了?"

"没办法,银行不给查,说是如果查必须得香港司法机关,比如警察、法院或者廉政公署拿着有效的法律文书才行。"

"好了,你把所有资料尽快给我寄回来……算了,你干脆专门回来一趟,把资料和账目都带上,直接给市委汇报一下。"

放下电话,钱向阳牙疼似的抽了一口气:"我的老天爷啊!孙国强你小子真敢干啊!看样子老赵这一回算是把你的狐狸尾巴抓住了。"接着

又拿起电话，拨通之后说："赵书记吗？我是钱向阳啊！香港那边有情况了，你等等，我马上过去当面向你汇报。不是客气，汇报就是汇报，你是班长嘛！哈哈哈，你也别客气。"

2

省委办公大楼，赵宽的车缓缓停在楼前，赵宽下车，进了办公大楼，直奔省委吴副书记的办公室。显然两人事先已经约好了，吴书记正在等着他："这么快？我估计还得半个多小时呢！"

"路上畅通无阻，我又让司机开得快了一些。"

秘书进来给赵宽泡茶，赵宽跟吴书记寒暄了几句天气啊、交通状况大为改善啊之类的闲话。茶泡好了，不等吴副书记示意，秘书识趣地退了出去。

赵宽先从皮包里掏出一张纸递给了吴副书记："请吴副书记过目，这是我们市公安局整理的材料。"

吴副书记看了一遍，脸色非常严峻："这是什么意思？"

"公安局要求对孙副市长展开侦查，这件事情我做不了主，得省委决定。"

"这也仅仅是猜测和推断，就凭几个不知道内容的通话就对我们的高级干部动用侦查手段，是不是有些过于草率了？你的意见呢？"

"我同意吴副书记的意见，如果单凭这几个电话依据确实不足。"

吴副书记敏感地问："听你的意思还有别的事儿？"

"不好意思啊老领导，这别的事情还是牵涉我那个小舅子。"

"你跟他谈了吗？让他别扯淡，如果有老婆，就跟老婆好好过日子，如果没老婆，你就帮他好好介绍一个，怎么就打上人家孙副市长老婆的主意了？"

赵宽苦笑："事出有因，说实话，这件事情我比你知道得早，孙国强同志找过我，我也找我那个不省事的小舅子谈过了，结果人家说的根本不是那么一回事，你如果有兴趣，我就从头汇报。"

"你赵宽可从来不是个爱开玩笑的人，尤其是在这种重大问题上，看来这里边确实有故事，你讲我听，如果好听，晚上我做东。"

赵宽再一次苦笑："我敢保证，你听完之后绝对笑不出来。"接着便把鼠目怎么跟张大美认识，又怎么通过张大美的呓语知道了孙国强的秘密，一直到孙国强把张大美弄进了精神病院，他又给救了出来完整地讲述了一遍。

吴副书记脸色严峻："真的？这可就太恶劣了。不过我现在难以判断你跟孙国强，准确地说应该是你小舅子跟孙国强两个人到底谁说得更接近事实。"

"是啊，这种事情说出来真是让人难以置信。我今天来就是为这件事情，这些材料请吴副书记过目。"说着又从提包里掏出一叠材料递给了吴副书记。

吴副书记翻看着材料，看过了，严肃地对赵宽说："你们怎么对孙国强同志擅自展开调查？可不敢用工作权力处理个人恩怨，这要犯大错误的。"

赵宽解释："根据干部管理权限，我们没有权力对孙国强同志进行调查，没有经过省委批准我们怎么会那么做呢？我们对驻香港办事处的账目进行了审计，发现他们接待费用严重超支，费用列支不规范，账目比较混乱。当然，这都不是什么严重问题，真正引起我们注意的是，有一笔四百五十万元的往来款，既没有注明用途，也没有任何说明，先是从驻港办事处打给了澳门达宏国际贸易公司，过了大约一个月，又有同样数额的一笔款子从海阳东方建筑工程公司打给了驻港办事处平账，而东方建筑工程公司只不过是一个包工队，根本不可能有那么大一笔的现金金额。经过对海阳市东方工程公司账目往来的追踪，他们承认，这笔款是孙国强副市长通过他们公司的账号走的款。从时间上推算，这正是孙国强同志从香港回来之后发生的事情。因此，基本上可以断定，张大美，也就是孙国强爱人说的事情是真的。"

吴副书记目瞪口呆，片刻才说："事情闹大了，已经超过了我的职权范围，我得跟书记通通气，看看他怎么说。"说着便给省委书记打电话。

放下电话，吴副书记对赵宽耸耸肩膀："走吧！书记亲自召见，你再从头到尾把故事给书记讲一遍。"

3

孙国强乘车回家，路上司机告诉他："孙副市长，听说从香港回来的臧主任被双规了。"

孙国强大惊："你听谁说的？我怎么不知道？"

"他们都在议论这件事情，你是市委常委又是常务副市长，不可能不知道吧？"

孙国强的脸色极为阴沉，吩咐司机："先不回家，回市政府。"

司机掉转车头，回到政府大院，孙国强急匆匆地从车上下来："你等着，我一会儿要用车。"

钱向阳正在下楼，孙国强跟他走了个顶头碰，钱向阳主动问道："大家都下班了，你怎么才上班？"

孙国强一把拉住他："我刚才走的时候看见你还没走，我这是专门回来找你的。"

"什么事？"

"到我办公室说还是到你办公室说？"

"离我办公室近，就到我办公室说吧！"

两个人来到钱向阳的办公室，孙国强生硬地问："我怎么听说臧主任让人双规了？我怎么不知道。"

"我也不知道,这不才听你说的。不可能吧?谣传,肯定是谣传。"

孙国强认真端详着钱向阳的脸,想判断出他这是在装模作样,还是真的不知内情。

钱向阳反问:"你听谁说的?市政府堂堂代理常务副秘书长让人家双规了,我这个市长都不知道,你说这可能吗?"

孙国强也开始怀疑消息的确切性了,支支吾吾地说:"我也是无意中听别人这么说的。"

"你找我就是问这件事啊?还有没有别的事?"

"没有别的事了,我就是有点儿生气,如果这是真的,那就太不像话了,拿我们政府这边不当人。"

钱向阳把他往办公室外面推:"行了行了,别道听途说了,好好的刚提拔怎么会双规呢?没别的事就下班回家吃饭。你老婆最近怎么样?我听陶仁贤说你老婆得了精神病?怎么回事?是刚刚得的,还是旧病复发?"

孙国强勉强搪塞:"老病,原来不知道,现在犯了。"

"那你吃饭问题怎么解决?不行今天晚上跟我回家凑合一顿,我们家陶仁贤的手艺太差,只能让你凑合。"

孙国强心里有事,哪有心思到他们家混饭,就是没心事的时候也从来没到他们家吃过饭。住在三号大院里的人,如果谁到谁家吃饭,就无异于告诉别人他们的关系不一般,这是官场的大忌,即便真的关系不一般,也不能让别人看出来,除非是有意让别人知道,就像钱向阳就特别希望别人知道他跟赵宽的关系很好。

孙国强当然推辞了:"不了,我还有应酬,你快回去吧!回去晚了陶仁贤又该有意见了。"

钱向阳当然不是真心实意地叫他到家里吃饭,充其量只不过是客气一下。见到他推辞,便也顺水推舟:"好好好,你去应酬,我回家给老伴交差。"

两个人分手之后,钱向阳掏出手机拨通之后说:"赵书记吗?那位同志坐不住了,不知道从谁那儿听说省纪委联合调查组找臧主任谈话,还以为是双规了，急匆匆地来找我，我说我啥也不知道，应付过去了。"

孙国强离开钱向阳之后马上也掏出手机拨打电话，电话接通了，他松了一口气："老臧吗？"

"是啊，孙副市长啊？有什么指示？"

孙国强松了一口气："没什么指示，你最近怎么样？怎么到处都传说你让双规了。"

"没有啊！双规我干吗？这肯定又是谁见我提拔了造谣诽谤，朝我身上泼污水。"

"你真的没事吗？我可听说有人找你了。"

"哦，那是省上一个什么联合工作组，找我问了问香港办事处的账目，我给他们解释了一下。"

孙国强又紧张起来："什么工作组？哪笔账？"

"好像是审计部门吧！他们就是问了一下那笔账的往来情况。"

"哪笔账？"

"就是那笔四百五十万的往来款。"

"你不是把账都毁了吗？怎么会发现的？"

"没问题，确实毁了，我亲自安排会计毁的，毁了以后我还看了看灰烬，没问题。"

"会计是当你的面毁的吗？"

"那倒没有。没问题，我安排的事他不敢不做，而且事后我还看了一下，确实是烧毁了。"

孙国强骂道："笨蛋，你让人家诓了。会计法上规定，擅自销毁账目是要追究刑事责任的，香港的法律规定更严格，哪个会计没有关系到自家利益会冒坐牢的风险听你的？你不亲自盯着他，他肯定不会那么顺从地把账毁了。即便是把账面上的账毁了，电脑里人家不会留底子？"

"不会吧？那个会计我平时对他不薄，他对我也基本上是言听计从的啊！"

"一般的事请人家会听你这个主任的,可是这是牵涉人家身家性命的大事,人家能那么听你的?你真是个笨蛋。"

没想到老臧反而不高兴了:"孙副市长,你别老骂人好不好?说老实话,这件事情都是你招惹出来的,我在那边干了这么多年,除了招待费用超支比较多,别的原则问题还真没什么。退一万步说,即便追究我这方面的问题,接待费用再大也不是我自己吃了,我也吃不了那么多,都是省、市领导和他们的关系户,我想他们也不能拿这些事在我身上做什么文章。你那件事情我保证不对任何人说,可是你也不能这么不尊重别人的人格,动不动骂人,我是什么?我是国家干部,是市政府的正处级常务副秘书长,不是你孙副市长的家奴。说实话,当时要不是我冒着风险把你从赌场里捞出来,你现在怎么样你自己应该明白。别人都是笨蛋,就你聪明,你聪明怎么让人家赌场给扣住了?"

孙国强踢到了铁板上,这位过去对他毕恭毕敬的臧主任现在居然敢正面顶撞他,俗话说"墙倒众人推",他现在还没倒人家就已经开始推了,这让他气愤难耐,对着电话怒骂:"我说你是笨蛋还是表扬你,其实你连笨蛋的档次都够不上,你就是一头蠢猪。你也不想一想,你动用公款缴赌资,如果查出来了,你不进监狱谁进监狱?如果我没事,你出点儿事我还可以替你挡一挡,如果我也跟着出事了,你唯一的出路就是下半辈子剃秃头……"

孙国强还在唠唠叨叨地数叨臧主任,臧主任竟然把电话挂了。孙国强一时难以接受这个现实,他愣愣地看着电话,觉得这简直就是噩梦。那个平时见了他只会点头哈腰、溜须拍马的臧主任,现在也竟敢对他这个堂堂的市委常委、常务副市长出言不逊,甚至挂断电话,这让他实在难以忍受,如果老臧此时出现在孙国强面前,孙国强很可能一口咬死他。官当的时间长了,性格往往会在不知不觉间异化。孙国强作为海阳市主要领导,整日看到的都是奉迎讨好的笑脸,说出的话大都属于"指示",供别人毕恭毕敬地执行,训斥别人,别人也只能逆来顺受。长此以往,他便渐渐习惯了这种环境,以为别人对自己点头哈腰、逆来顺受,自己对别人颐指逸使、傲慢自大就是自然规律、社会秩序,一旦这种异化的尊严受到侵犯,就会像面临自然规律崩溃、社会秩序紊乱一样无法接受,如同地下的蝼蛄适应了黑暗,一旦暴露到阳光下面便会惊慌失措、头昏脑涨。孙国强现在就头昏脑涨、惊慌失措了。慌乱、气恼过后,他感到了深深的恐惧,他有了大难临头的预感。他抓起电话拨通了之后,对方刚刚叫了一声"孙哥",孙国强就下达了指令:"灭了她,马上灭了她。"

杜斌惊讶了:"什么?你真的要这么干?她可是你老婆啊!"

孙国强咬牙切齿:"老婆要是翻脸了比仇人更狠毒,她活我就得死,你明白了吗?"

杜斌叹了口气:"行了,孙哥,我知道,你要不是被逼到了那个份儿上也不会这么做。你放心吧!不就是一个老娘儿们吗?这一两天就让她消失得无影无踪。"

孙国强又问:"你最近在干什么?"

"没干什么,瞎忙,做生意。"

"做什么生意?"

"什么生意赚钱就做什么啊!好了,这件事情你就交给我了。放心吧!谁让你是我孙哥呢?"

孙国强许诺道:"今后做生意有什么事尽管来找我。"

杜斌:"想明白了孙哥?你尽管放心,一般的事儿不会麻烦你。"

孙国强又重复:"好说,今后有什么事尽管来找我。"

"好喽,今后我就躲在孙哥这棵大树下面乘凉了。"

4

赵宽在阅读一份工作简报,简报的内容是市政建设的重要工程环城路附属设施的发包结果,一个中标单位引起了他的注意,这家单位就是东方建筑工程公司。大学教授出身的赵宽有一个记忆力特好的大脑，他马上想起，这家公司正是上一次政协周文魁主席打招呼的那家公司。他拨通了周文魁的电话，直截了当地问："老周啊！东方工程建筑公司老板的那件事情了了没有？"

"早就了了，谢谢书记帮忙，我心里头的大石头总算落地了。"

赵宽又问："那家公司的实力到底怎么样？"

"不怎么样，如果实力好，我也不会不帮忙的，我明明知道他们就是一支小包工队，怎么敢帮他们揽什么正经活儿。"

"这一回环城路的附属工程他们中标了。"

周文魁惊讶："不可能吧？据我了解，他们连投标资格都没有啊！"

"这是真的，也可能他们的企业突然发起来了。"

周文魁笑了："也不是没那个可能性，老文这家伙买彩票突然中了个大奖，把奖金都投入到公司里了。"

"我不跟你开玩笑，真的中标了。"

"你赵书记可得明察秋毫啊！这件事情跟我毫无关系。"

"我要是不明察秋毫就不会找你直接问这件事情了。好了，不多说了，孩子最近怎么样？"

周文魁答道："还不错，公安局也不知道给他弄了一些什么药，说是能够戒毒，效果还不错，再加上整天跟你们家的赵吉乐在一起，精神状态很好。我真是谢天谢地，如果这孩子真能把赌瘾彻底戒了，我后半辈子可就能活得舒心一些了。"

"我们的责任就是让每一个好人后半辈子都能活得舒心，这正是我们党的宗旨嘛！"

"我不跟你说大道理，说大道理我也说不过你书记，我要说的就是，李寸心永远是我们家的大恩人。"

"也不能这么说，街里邻居的，这不都是应该的嘛！好了，不打扰你了，我就是问问东方公司的情况。"放下电话，赵宽又给钱向阳打电话：

"钱市长啊！你前两天告诉我，给香港办事处转过去四百多万的那家公司是不是我们市的东方建筑工程公司？"

"是啊，没错，怎么了？"

"昨天的工作简报你看了没有？这家公司在环城公路的附属设施工程上中标了，但是据我了解，这家公司连参加投标的资质都没有。"

"是吗？简报我还没顾上看呢！"

"那你就好好看看，有什么想法咱们再交流。"

"还有什么交流的？立刻布置有关单位对这家公司展开调查啊！"

赵宽问："以什么名义？"

"对中标单位的资质进行复查嘛，合情合理。"

赵宽同意："好啊！复查人选你钱市长把关。"

"用不着我把关，把这个情况通报给省纪委联合调查组，让他们统一安排。"

"好吧，我没意见。"

5

赵吉乐跟在华哥后面，华哥的态度挺牛气："小子，你还真有门道，一下就攀上了老板这棵大树，今后有你混的日子。"

赵吉乐说："咋了？你不服？你以为俺是农村人就看不起俺是不是？告诉你，俺可是正经八百的高中毕业生。"

华哥呵呵乐了："高中生，屈才了啊！我们干的这一行文化程度要求不高，只要幼儿园毕业就行了。"

赵吉乐做出倔哼哼的样子说："你看不起我。"

"不敢不敢，你是老板亲自选的人才，我哪敢看不起你。"

这时候电话响了，华哥掏出电话接听："哦，老板，是我。我的妈呀！

真这么干?"

杜斌在电话那头说:"怎么了?你没干过吗?"

"你老板定了我没二话,干!"

杜斌问:"需不需要帮手?"

"要是光是那个女的就不用帮手了,可是那个男的,当记者的那个,整天围在她身边,有点儿碍手碍脚的。"

"尽量找他不再跟前的时候动手,实在不行就一起处理掉,让那个吉乐帮你。"

华哥看着赵吉乐,缺乏信心地说:"那小子傻乎乎的,干这种事情不太在行,也可能根本就不敢干,我觉得这小子干这种事情可能靠不住。"

"我知道,捆着他一起干,把他的手弄脏了,以后就好支派了。还有,你给我牢牢记住,能干就干,如果风险太大就别干,绝对不能因为这件事情影响了大事。"

华哥看了看赵吉乐,对杜斌说:"明白,我会掌握的,没问题啦!"

赵吉乐见他挂断了电话,就问:"谁来的电话?干吗?"

"老板,让我们干活儿去。"

"干什么活儿?"

"到时候你就知道了,让你干吗就干吗,别啰唆,不然就回老家种地去。"说着,华哥招手拦住了一台出租车。赵吉乐跟在他后面钻进出租车,华哥吩咐司机:"新闻小区。"

赵吉乐立刻想到了,他们是要去找张大美,因为他舅舅鼠目就住在新闻小区,而张大美现在就躲在他舅舅鼠目的家里。

6

鼠目这段时间忠心耿耿地充当保镖的角色,在潜意识里他甚至渴望能有一个机会，一个英雄救美的机会。但是，日子在平平淡淡的状态下如同缓缓流淌的河水波澜不惊，昨天的河水跟今天的河水虽然不是同一拨，但却没有什么不同。渐渐鼠目就没了随时随地准备英雄救美的意识，他现在等待的目标跟张大美一样，就是法院开庭。其间，他不时到医院看望姐姐李寸心，每次离开的时候，一定要对张大美千叮咛万嘱咐，千言万语只有一句话：他不在，她绝对不能离开这套房子。这种话重复次数太多，张大美嘲弄他是花了大钱在电视里做广告的客户，天天翻来覆去总是那一套，从来不想想会不会给观众的耳朵和眼睛造成感官疲劳。张大美虽然嘲弄他，对他的叮嘱却非常认真地遵守，因为事实已经证明，孙国强绝对属于那种什么事情都能干得出来的角色，她面临的危险是现实的。但是，河水一样平缓流淌的日子也像河水能够泡软一切硬质材料一样，逐渐泡软了她的警惕。过了一阵子，在鼠目离开的时候，她也会一个人出去在附近溜达一阵儿，终究她是一个活生生的人，一个享受惯了自由自在生活的肢体健全、头脑正常的人，这样的人整日把自己关在那几十平方米的水泥建筑里，无异于让野生的羚羊自己把自己关进笼子，唯一的结果就是让自己像缺水的小葱一样迅速蔫掉。所以，今天鼠目又到医院看望李寸心的时候，张大美看到已经到了傍晚他还没有回来，就出来想在附近找一碗牛肉面吃，顺便也遛遛腿、散散心。

最近李寸心的病情越来越不好，鼠目到医院陪伴李寸心的时间也越来越多、越来越长。他知道，能够陪伴李寸心的时间已经不多了，想充分利用这段时间来陪伴她，用有限的相聚来充填可以预见的永远的分别。已经快到吃饭时间了，鼠目仍然没有回来，张大美肚子有些饿了，却又不愿意打电话麻烦鼠目。她知道，如果她给鼠目打电话，鼠目一定会立刻赶回来给她张罗吃的。她不想鼠目为了她而减少已经十分有限的可以陪伴姐姐的时间，那份人情太重了，她承担不起。张大美下楼来，东张西望了一阵儿，没有发现任何可疑的迹象，于是沿着拥挤的街道朝牛肉面馆走去。

7

鼠目从医院回来，打开家门，连声呼叫张大美，没人回答。鼠目在房间里搜索了一遍，屋子并不大，两室一厅，根本藏不住人，况且张大美也不是有心思跟他玩藏猫猫的人。他很快就断定，张大美出去了。好在张大美还算顾虑到他的那份担忧，在客厅的茶几上留了一张纸条，告诉他到外面散散步，顺便吃饭，然后就回来。鼠目自己也没吃饭，他知道张大美挺喜欢吃附近一家面馆的牛肉面，估计她又去吃了，便急匆匆下楼去找张大美。

8

赵吉乐跟华哥见到张大美从楼里出来，华哥便拉着他跟了上去，赵吉乐深怕张大美认出他来，磨磨蹭蹭地跟在后面，一个劲儿问华哥："我们干啥哩？"

"跟上那个女人。"

赵吉乐装傻："跟人家干啥哩？你认得人家？是不是看人家长得漂亮想要耍流氓呢？"

华哥神态狰狞："哪来那么多话？跟着走就行了，一会儿我让干吗你就干吗，要是不听我就废了你。"

赵吉乐耸耸肩膀，嘟囔道："还不知道谁废谁呢！"

华哥问："你嘟囔什么呢？"

"俺爹说了，出门在外三辈低，俺不跟你一般见识，你要是真的要废俺也别怪俺不客气。"

华哥不怒反乐："什么？你要跟我不客气？就凭你？"

"俺是老板招来的。"

"老板招来的怎么样？老板让你跟着我，听我的，你就得跟着我，听我的，不听我就废了你。"

"俺再说一遍，你要是敢废俺，俺到时候也不会对你客气。"

华哥讽刺道："你小子真是个农民，小心眼儿，不懂规矩。你先说说，你怎么对我不客气？"

"不客气就是不客气嘛，俺爹说了，人家敬你一尺，你就要敬人家一丈，人家要是骑到你头上拉屎，你也不能怂包，把他从脖子上揪下来，打倒在地往他脸上尿尿，就是这，你要是废我，俺就也废了你。"

"别一口一个'俺爹说'，'俺爹'是干吗的？"

"俺咋知道你爹是干吗的？"

"呸，我是说你爹，不是说我爹。"

"俺爹是老师。"

"难怪你一口一个俺爹，原来你爹还是当老师的啊！"

"俺爹是教武术的老师，专门教娃娃打坏人的。"

华哥觉得跟赵吉乐这个农民聊天倒也是一种乐子，所以一直半真半假地逗他，听到他说他爹是教武术的老师，连忙问："你爹是教武术的，你会不会？"

"会一点儿，打不过俺爹。"

"那你觉得能不能打得过我？"

赵吉乐上上下下端详了他一阵儿，笑着说："你不经打，俺撒尿的时候，一只手扶着鸡鸡，一只手就能把你的稀屎打出来。"

华哥伸手往他脑袋上拍过去："说什么呢？到华哥面前吹起来了。"

赵吉乐脑袋一歪就躲过了他的巴掌，顺手一捞扭住了他的胳膊，把他的胳膊扭到了背后，华哥疼得龇牙咧嘴，连连叫嚷："放手，快放手，我知道你会两下子了，快放手……"

赵吉乐说："俺把你往前头一推，再用脚把你一勾，你肯定得摔个狗吃屎，信不信？俺爹说，这叫顺水推舟。"

"别他妈推了，我知道你有两下子了，快放手，耽误事了。"

赵吉乐放开手问他："耽误什么事了？"

华哥问："人呢？"

赵吉乐装傻："什么人？"

"刚才那个女的。"

"你要是再耍流氓，俺就不跟你了。"

华哥显然对赵吉乐有了新的认识，尽管跟丢了张大美，却也不敢像过去那样对赵吉乐盛气凌人地训斥辱骂，说话的口气客气了许多："哥们儿，老板让我们跟那个娘儿们，你以为我闲的没事干啊？"

"跟那个娘儿们干吗？"

"做了她。"

赵吉乐大惊："做了她？怎么做？为啥？"

"哥们儿，知道干我们这行什么人死得最快吗？"

"什么人？"

"爱问为什么的人。"

"哦，那俺就不问了。"

赵吉乐不问了，华哥却忍不住说了出来："做了她就是把她给杀了，你敢不敢？"

"那俺可不干，杀人偿命，那是犯法的。"

"现在你已经知道了，就由不得你了，即便你不干，到时候也是你干的，犯事了肯定得拿你顶缸去。"

赵吉乐问："啥是顶缸？"

"就是说人是你杀的，让你当替罪羊，吃枪子儿。"

"你们是坏人嘛，俺可不敢跟你们干了。"

华哥骂道："笨蛋，我怎么说你才能明白？想挣钱不？想挣大钱不？想挣钱就得冒险，现在有钱的人有几个不是从这条路上走过来的？刚开始时冒险，干发了，干大了，就成了成功的企业家了。像你这样，胆小怕事，一辈子只配在农村盯老牛屁股。你猜猜，如果我们干了这一票，你能拿多少钱？"

"多少？"

"两万。"

赵吉乐做出大惊失色的样子："什么？两万？俺不信，你诓俺。"

"信不信由你，干了，两万块钱拿到手，想干吗干吗；不干，你就进监狱吃枪子儿，这是规矩。"

赵吉乐做出犹豫不决的样子，华哥进一步给他做思想工作："这是头一回，也用不着你动手，看在你一个农村人出来混也不容易的份儿上，老哥我代劳了，叫你不过就是为了有一个帮手。"

"只要别让俺干那种事，别的就好说，在老家我连只鸡都没杀过。"

"他妈的现在啥也干不成了。"

"怎么又干不成了？"

"人都没了怎么干？"

正说着，鼠目从街道那一头急匆匆东张西望地走了过来，华哥扯了一把赵吉乐："好了，看到没有？跟上这小子。"

"怎么又跟他了？不跟那个女的了？"

华哥解释道："这个男的是那个女的情人，俩人整天鬼混在一起，形影不离，我估摸着，就是因为这事人家才要灭那个女的。看那个女的长相和气派，肯定也是哪个有势力人物的老婆或者情人。"

"你是说连他也一起做掉？"

"没说要做他，不过他们一会儿肯定要会在一起，再等一等，等天黑了就好动手了，如果他们会在一起了，这小子要是碍事你就想个办法把他闹住，实在不行就连他一起做了。"

赵吉乐问："为什么要做他们？他们得罪谁了？"

"又开始问了，我实话告诉你，我也不知道他们得罪谁了，我要是知道也就用不着跟你在大街上混了。"

"你就靠杀人挣钱啊？俺不干。"

"怎么又缩头了？告诉你，我们挣钱的路子多着呢！这只是偶尔为之，'偶尔'懂不懂？"

"这我懂，我是高中毕业呢！就是说不常干，有时候干一下。"

两个人边说边走，远远跟在鼠目身后，这时候，张大美从一家牛肉面馆里走了出来，鼠目迎了过去。在这同时，从张大美身后一辆摩托车飞驶而来，就在摩托车即将撞到张大美的时刻，鼠目毫不犹豫地挺身扑了过去……

9

自从把张大美从精神病院营救出来之后，鼠目一直保持着高度的警觉状态。尤其是现在电视台热衷于播放的所谓的反腐片、警匪片、缉毒片，都少不了血淋淋的杀人灭口情节，这对他也有不小的影响，他觉得孙国强随时随地都有可能对张大美实施灭口，甚至包括他自己也在孙国强的谋杀名单上。无论从感情上还是从道义上，他都自觉地充当起了张大美保镖的角色。他自己并不知道，无形之中，他已经进入了角色，这种惊弓之鸟、漏网之鱼式的角色定位让他的神经随时随地处于紧绷状态，放眼望去，满大街的人，除了六十岁以上的老太太和十来岁的小孩子，好像谁都有可能是孙国强派出来的杀手。就是待在医院里陪护他姐姐李寸心的时候，他也时不时地流露出心神不定、忧心忡忡的样子，以至于李寸心多次问他是不是又找到了女朋友而且再一次失恋了。

今天张大美违反了他的保安规定，擅自出来，让他有了一种宿命式的惊慌，因为张大美极少在他没有陪伴的时候一个人出来，今天却突然一个人出去了，很可能就是冥冥之中命运之手在导演一出悲剧。这就是鼠目出

门去找张大美时的想法。当他走近那家牛肉面馆,并且看见张大美从里面安然出来的时候,紧绷的神经总算松懈下来。张大美也看到了他,并且朝他粲然一笑,路灯映照出的笑脸就像加了柔光镜的美术照片,柔和的笑容像徐徐的春风,洁白的牙齿像闪亮的贝壳,那一刹那,鼠目感到张大美就像梦境中的幻影。就在这个时候,张大美身后一辆摩托车疾驶着朝张大美冲了过来,鼠目立刻想到了两个字:谋杀!用交通事故制造谋杀,这是电影、电视剧里经常用到的情节。鼠目来不及多想,奋不顾身地朝驾驶着摩托车的杀手扑了过去,跟杀手一起滚跌在地上,摩托车失去了驭手,东倒西歪地朝前蹿了一段,在大街上引起了一阵惊慌的叫喊和奔逃之后,钻进了一家卖成人保健品的商店,撞烂了柜台,然后跟柜台里的保险套、壮阳药和仿真淫具一起躺倒在地上。看店的老板娘惊呆了,半晌认出了这台摩托车,愕然自语:"人没回来车怎么自己跑回来了?"

鼠目彻底昏迷之前,看到这个世界的最后景象就是张大美泪流满面的粉脸,还有从张大美身后探出来的赵吉乐,一时间他有些蒙,怀疑自己是不是在梦境里,因为他想不通,赵吉乐怎么会在这个时候出现在自己的面前,由赵吉乐的警察身份又想到了那个杀手,他费力地扭过头去,看到杀手跟他一样倒在地上,便竭尽全力对赵吉乐说了一声:"抓住他,杀手。"然后,整个世界就像演出结束的舞台,拉上了厚厚的大幕,他昏了过去。

赵吉乐用手试了试鼠目的鼻息,又试了试他的颈部脉搏,呼吸和心跳都正常,便放下了心,然后转身去看那个杀手。杀手没有按规定佩戴防护头盔,摔得满头满脸都是血,不过还没有昏迷,躺在地上哼哼唧唧地呻吟,已经爬不起来了。赵吉乐看了一眼华哥,华哥让热闹混乱的景象闹蒙了,更不明白发生了什么,挤在人群中东看看、西瞧瞧,根本没有注意到他。赵吉乐便连忙退出来,走到街角先打了"110"报警电话,又打了"120"急救电话,这两个地方都告诉他,已经有人打过电话了,警察和急救车都已经出发。果然,警车跟急救车呼啸着先后而至,赵吉乐躲在一边,看着急救车把鼠目和杀手一起拉走,警车把张大美也接走了之后,才给广林子打电话，汇报了刚才发生的事情，让广林子派人把那个杀手控制起来。

打完电话，赵吉乐回到街上，华哥正在东张西望地找他，见了他就问："你他妈的跑哪儿去了？"

"俺撒尿去了。"

华哥撇撇嘴："你也真行，这么点儿事就把你的尿吓出来了。"

赵吉乐辩解道："你不尿尿？尿尿就是吓得？"

"走吧！今天就到这儿。找个地方吃点儿饭去。"

"吃牛肉面吧！俺请客。"

"啊！我呸！吃一碗牛肉面也好意思说'请客'两个字，好好干，挣了大钱华哥我请你吃海鲜。"

"那俺就谢谢华哥了，今天不干了？"

"干个屁，你没见那小子为了救那个女的命都不要了，多亏我们没有耍二百五，不然这会儿说不定也跟骑摩托那小子一样落到警察手里了。"

赵吉乐问："骑摩托那小子是不是派来灭那个女人的？"

华哥茫然道："不知道啊！按说不会啊！既然已经把活儿派给我们了，老板不会再派别人了，这种事情不能派重了人，容易闹出乱子，老板应该明白啊？怎么回事我也说不清。"

赵吉乐提醒道："那你还不赶紧打个电话给老板说一声。"

"对，你不提醒我倒忘了。"说着，华哥就给老板打电话，打完电话，对赵吉乐说："老板说了，除了我们他没派别人。会不会还有别人要对这个女的下手？这个女人到真是个人物，这么多人围着她转悠。"

10

公安局，林局长脸色严峻，对广林子和王处长说："事情怎么闹成了这个样子，越来越乱了。据赵吉乐报告，老板的手下那个叫华哥的马仔，盯上了孙副市长的老婆，说是要杀她。结果又有人开着摩托车制造交通事故谋杀她，多亏他舅舅挺身而出，才没酿成重大伤亡事故。不过赵吉乐他舅舅伤得不轻，经过抢救刚刚清醒过来。他舅舅一口咬定骑摩托车的人是杀手，你们调查的情况怎么样？"

广林子汇报："我们已经对那个骑摩托车的人进行了初步调查，那个人是那条街上成人用品商店的老板，刚刚从批发商那里进了一批过期减价的伟哥，兴冲冲地跑回来送货。身份证件齐全，所说情况属实，错误就是没有按照规定佩戴摩托车安全头盔，在限速二十五公里的街上以四十公里的速度驾车行驶，初步可以排除有意谋杀的嫌疑。"

林局长问："这么说这并不是一起谋杀案件了？"

广林子回答："初步调查可以排除。还有，经过交通支队对现场进行调查，按照四十公里的时速，那个人在靠近张大美的时候很难采取避让措施避免交通事故，所以，赵吉乐他舅舅勉强还算是见义勇为，救了张大美一命。不过，采取措施不当，救了张大美，却伤了他自己和摩托车驾驶员，正确的做法应该是及时把张大美推开就行了。"

"赵书记这个小舅子也算是一个人物，他怎么老是和这件事情纠缠不清。算了，不说这些了，在那种情况下，本能就是救人，谁也难以保证能够冷静地想那么多。"说完，林局长又问："张大美说什么没有？"

"没说什么，也说不出什么。"

"你没问她有没有人可能要伤害她？"

"我问过了，她说不知道。不过赵吉乐的舅舅倒说了，他说孙副市长要谋杀张大美。"

林局长不信："胡说八道，这怎么可能？"

一直没说话的王处长插了一句："我可听说了，张大美正在跟孙副市长闹离婚呢！孙副市长不同意离婚，还把他老婆关进了精神病院，后来他老婆从精神病院跑了出来。还有人说可能赵吉乐他舅舅把张大美挂上了，所以张大美才跟孙副市长闹离婚，反正说啥的都有。"

林局长问:"你怎么知道的?"

广林子抢答:"我也听说了,不过这都是传言,今天闹离婚,过两天说不定又睡到一张床上了,两口子的事儿,谁也说不清楚。"

林局长牙疼似的吸溜了一口气说:"可不要牵扯到什么桃色事件争风吃醋里头去。如果是男女作风方面的事情,把我们公安局搅进去那可就被动了。我现在想不明白的是,根据赵吉乐的报告,那个毒贩子老板为什么在这件事情上要插一杠子呢?还有,前段时间你们监听到那个老板跟孙副市长联系密切,这一切到底是怎么回事,难道孙副市长真的跟毒贩子有什么关系?这可是大事儿,马虎不得。你们有什么看法?"

广林子跟王处长面面相觑,谁也不敢轻易发表见解,林局长有些着急:"你们干吗?两个人挤眉弄眼的糊弄我吗?说啊!"

王处长迟疑不决地说:"这件事情目前没有进一步的证据说明问题,关键是孙副市长那一级的干部我们没有调查权,要立案调查就得有证据,可是不开展调查又从哪儿弄证据呢?这就是我们为难的地方,也是我们没办法对这件事情说话的原因。"

广林子提议:"我看不行就麻烦您一下,接见一次市委赵书记,把情况给书记汇报一下,看看书记怎么说。"

"胡说八道,我怎么能接见赵书记?应该是赵书记接见我。好了,不说了,你们把目前的情况汇总一下,搞个书面材料出来,看来我还真得接见一下……都是你搅的,什么接见,是约见一下赵书记了。"

"没事儿,反正赵宽也听不见,接见和约见没什么本质区别,都是见面的意思。"

林局长提出意见:"根据赵吉乐的报告,毒贩子要对张大美下手。不管是什么原因,要加强这方面的防卫。我的意见是,你们刑警队安排一下,对张大美实施二十四小时监护,说不定到时候张大美还是我们的重要证人呢!"

广林子点头:"是,我马上安排。"

11

紫苑路三号大院，下班时间，市委书记赵宽的车跟市长钱向阳的车一前一后进了大院，钱向阳从车上下来，叫住了也刚刚从车上下来的赵宽："哎，听说李寸光出事了，怎么回事？"

赵宽回答："荒唐事。人家骑摩托车速度快了点儿，李寸光就以为人家要制造交通事故谋害张大美，扑过去把人家从车上拖了下来。摩托车正跑着，他那么一拖两个人摔得都不轻，好在都没有什么生命危险，过两天就出院了。"

钱向阳不解道："李寸光怎么跟孙国强老婆勾扯到一起去了？现在外面风言风语说啥的都有，孙国强也委屈得要命，跑到省纪委工作组那里大吐苦水，说你小舅子第三者插足，破坏他的家庭。你可得给李寸光那小子说说，世界上好姑娘有的是，干吗非得找那么个二茬子货？"

赵宽解释："守着你老钱我也不说假话，这件事情孙国强早就找过我了，还找到了省委吴副书记那里，连吴副书记都干预了。我也跟李寸光谈过了，李寸光这才把他跟张大美认识的经过以及孙国强干的那些事告诉了我。他跟张大美是不是真有感情上的纠葛，他现在还没承认，也许有，也许没有。不管有没有，人家终究是四十多岁的人了，别说我仅仅是个姐夫，就算我是他娘老子，现在的孩子有几个听娘老子话的？"

钱向阳呵呵笑着说："我听别人说过，二道茶味更浓、二手货更好用、二重婚更甜蜜，你没看周文魁那个老家伙，守着二老婆和那个抽大烟的儿子整天昏头涨脑的，傻乐呵。"

"你这点儿可跟你们家陶仁贤太像了，什么大老婆、二老婆的，多难听。好好地说李寸光跟孙国强，你又把人家周主席揪出来戏耍了一通。"

"我找你的事儿跟周主席有关，这才想起说他两句。"

"周主席又怎么了？"

"经过调查，东方建筑工程公司果然有问题，根本就没有施工资质，可是他们却拿到了政府工程的招标项目。我亲自通知市建委取消他们的中标资格，他们急了，老板亲自到市建委做工作，还搬出了市领导，你猜他搬出来的是谁？"

赵宽已经猜出来这家老板搬出来的是谁了，却不说破，故意问钱向阳："谁啊？"

"周文魁，周主席。"

赵宽哈哈大笑："我就知道他会搬出周主席来的，可是这是假的，周主席根本不可能当他们的后台老板，他们的资质问题正是周主席告诉我的。"

"是吗？他们这是什么意思？"

赵宽解释道："这家公司的老板确实认识周主席，但是周主席跟他们没有那份交情，他们不过是想借周主席的名头来对市建委施加压力，其实真正的靠山他们是不会轻易往外露的。"

"我也是这么想，我估计他们的真正靠山就是那位通过他们公司的账户转账的同志。"

"有道理。你们发了取消中标通知书之后他们还有什么反应？"

"暂时还没有。省纪委那边有什么新情况没有？"

赵宽说："省纪委那边进展顺利，几条线索汇集起来，情况远比你我想象的要严重得多。孙国强到澳门赌博用公款还赌债，后来又用他老婆的资金补窟窿的问题，基本已经能够定案了。你派去的那个刘局长还真不错，在省纪委的支持下，取得了香港廉政公署的支持，顺藤摸瓜，沿着那四百多万的走向查到了最终款项的落脚地点，正是一家澳门赌场，现在那个臧主任已经因为挪用公款被双规了。"

钱向阳叹道："看来孙国强混到头了。唉，平心而论，这个人还真是挺有工作能力的，年龄又是班子里最小的，年轻有为、前途远大啊！这一

下全完了。我现在越来越担心了,如果这样下去,孙国强这条线挖得越深,暴露出来的问题也就越严重。"

赵宽严肃地说:"问题比你想象的还要严重,刚才公安局的林局长告诉我,他们最近在侦破一起贩毒大案,监控毒贩子电话的时候,发现这个毒枭居然跟我们的孙副市长也有密切联系,而这个大毒枭又命令他的部下对张大美下手,这里面到底有什么文章,眼下还说不清,我已经向省纪委联合调查组汇报了,他们非常重视,决定让公安局的同志也参与联合调查组的工作,现在林局长也是联合调查组的成员了。"

钱向阳倒吸一口凉气:"我的天啊!后院这把火可烧大发了。"

赵宽说:"想来想去,这把火还真是从我们的后院烧起来的,再深究一下,后院为什么会起火呢?不就是防范意识不强、防范措施不得力吗?所以啊,管好我们的后院,最好的办法就是加强党的基层组织建设和政府的基层政权建设,把我们的后院牢牢置于党组织和人民群众的监管之下,这也正是我们对大院管理模式进行改革的重要原因。这项工作你老钱可得支持啊!"

"我怎么能不支持呢?你不就是想让我们家陶仁贤当居委会主任吗?我跟你签订君子协定,只要她能选上,我绝对不拉后腿。"

"好,我要的就是这句话。当然,我也尊重你的民主权利,你个人可以投反对票,但是不能动用市长的资源,不能利用丈夫的权威干预。"

"市长的资源有书记的资源大吗?更别说什么丈夫的权威了。我们家陶仁贤根本就没有权威概念,对我的权威麻木不仁,我们家讲究的是老婆权威。"

赵宽哈哈大笑着说:"这就对了,老婆管得严,外面没麻烦。"

"说到老婆我倒想起来了,最近李寸心的情况怎么样?好一些没有?"

提到李寸心,赵宽的心情沉重起来:"唉,情况很不乐观啊!已经错过了动手术的机会,现在进行保守治疗。对了,我回来就是给她拿几件换洗衣裳,马上还要到医院去呢!"

钱向阳提议："不行就转院吧！"

"转院的危险性更大。医院说了，现在她最怕的就是感染，因为她现在已经基本上没有免疫力了，全靠抗生素维持，如果转院很可能会感染，一旦感染她根本没有任何抵抗力，所以转院也已经没有必要了。"

钱向阳摇头叹息："好人啊！既是好老师，又是好专家，更是好妻子、好母亲，老天爷太不公平了。好了，不耽误你的时间了，有什么事随时打招呼，我，还有我们家陶仁贤，能帮什么忙一定全力以赴。"

赵宽连声说着谢谢，回家去给李寸心取换洗衣裳去了。

钱向阳看着赵宽的背影，突然发现赵宽的背已经有些佝偻，步履也显得沉重、无力，情不自禁地喊了一声："赵书记！"

赵宽回过头来："有事吗？"

"没什么事，你自己也要多保重啊！"

赵宽感激地点点头，转身走了。钱向阳也转身向自己的家走去。

前任干得好，
你也得干好

1

鼠目头上裹着绷带、身上挂着吊瓶躺在病床上，张大美在一旁照顾他。他已经清醒过来，张大美俯身过去凑近他的耳朵问："还疼不疼？"

"不疼，一点儿都不疼。"

"摔成那样哪有不疼的？你这个人啊！也太冒失了。"

"我能眼看着那个杀手在我眼前把你撞死吗？"

张大美扑哧一声笑了："别再一口一个杀手了，公安局已经查清了，人家根本不是杀手。"

"即便不是有意谋杀你，如果当时我不阻挡她，也得把你撞进医院里来。"

张大美感动了，眼圈发红："一个男人为了救他心爱的女人挺身而出，置生死于不顾，这种事情我过去以为只不过是在小说、电影里的情景，没想到今天发生到了我的身上，我这一辈子活得值了。"说着俯身下去，把脸贴到了鼠目的脸上，悄声说："我一定要嫁给你，我一定要给你生个孩子。"

鼠目高兴了，尽管脑袋包得像颗粽子，还是抓紧时机在张大美脸上吻着："好，我们共同努力，等我出院咱们就结婚。"

张大美起身嗔道："又说胡话了，那头还没了结，怎么结婚？"

"很快就会了结的，即便你了结不了，共产党也会了结此事的，我不相信他那种贪官污吏能长久。"

正说着,病房外面冲进来一个女人,扑到鼠目跟前就要抓挠他:"你赔我老公,凭什么把我老公摔成那样,赔我老公,你个王八蛋。"

张大美极忙拦住那个女人:"你干吗你,这是病房,请你出去。"

那个女人跟张大美撕扯起来:"我老公招他惹他了,他凭什么把我老公摔成那样,你让开,我让他赔我老公。"

几个医生护士听到吵闹声冲了进来,医生严肃地训斥道:"干什么?你老公活着呢!赔什么赔?有什么问题等病好了再说,打架还是打官司随你,不准在医院闹。"

女人不敢跟医生闹,委屈地诉说:"我老公好好地做生意,招谁惹谁了,一下子摔成那样,医药费、误工费、疗养费、精神损失费谁来出?"

医生说:"这种事情要找法院,不准在医院闹,你要是再闹,扰乱医疗秩序,我们就请你们都出院,到外面爱怎么闹怎么闹去,你老公现在就出院,出了什么事情我们一概不负责任。"

女人显然怕医生真的把她老公从医院赶出去,不再大呼小叫地哭闹了,几个护士趁机连劝带拖地把她请出了病房。

人都走了,张大美犯愁了:"这可怎么办?看样子出院以后还有一场官司等着你呢!"

鼠目无所谓道:"打就打呗!这样的生活才丰富多彩。你放心,交警已经有结论了,她老公违章超速驾驶,危及你的生命安全,我是见义勇为避免了一场交通事故,虽然属于行为过当,但是不承担任何责任,打官司他也没理。"

"那个人也够倒霉,碰上你了。"

"他倒霉也是自找的,不值得同情。开个破摩托车就在大街上耀武扬威,横冲直撞,要是开个小轿车,满大街的人不都得让他撞死。话说回来,我住院期间,你就在这好好陪我,还是那句话:不要单独出去。"

"我总得出去吃饭吧?还得给你买饭吧?"

鼠目叹息一声："唉，我姐姐的病情况不好，梨花得陪她，不然可以让梨花每天给我们送饭，也就省得你为吃饭冒生命危险了。"

"又夸张了，哪有那么严重，我看八成是你庸人自扰、杞人忧天，凶杀片看多了。"

2

赵吉乐在医院大门口的马路牙子上蹲着，过了一阵儿，华哥从医院里头出来，对赵吉乐说："他妈的，有警察。"

赵吉乐装傻："什么警察？"

"警察把病房护起来了，听说这个男的是大官的亲戚，到底不一样，住个院也有警察保护。"

"既然有警察就算了吧！别啥也没干成先把自己送进去了。"

"算不算了你说跟我说都不算，这得老板说了算。"

正说着，张大美提着一个保温饭盒从医院里出来，华哥正要跟过去，却见两个便衣警察跟在张大美身后。张大美没有察觉，华哥和赵吉乐却看得一清二楚。赵吉乐根本不敢靠近，怕警察跟自己打招呼露底，华哥也失望了，叹了一口气说："看样子警察是专门保护这个女人的，不行了，这事闹不成了，我给老板说一声，看看他怎么说。"说着就给老板打电话。通过电话，华哥兴奋地对赵吉乐说："没问题了，撤退，老板说既然公安盯上了就暂时别动，不能种了别人家的地荒了自己家的田，让我们回去办正事。"

赵吉乐问："办什么正事？"

"我们吃什么就干什么，这就是正事。好了，别啰唆了，赶紧走，客户要到了。"说着，华哥急匆匆地拦了一辆出租车。赵吉乐跟着他上了车，华哥吩咐司机："常委大院。"

3

孙国强办公室，文老板推门而入，秘书慌乱不堪地跟在后面阻拦："哎，你不能进去，不能……"

孙国强见状吩咐秘书："让他进来，你忙你的去。"然后问文老板："你这是干吗？把市政府当成你家后院了。"

文老板有几分气急败坏："我的孙市长呀……"

孙国强冷冷地提醒他："是孙副市长。"

"您当市长是迟迟早早的事儿。"

孙国强哼了一声："狗屁，交上你这样的人，进局子是迟迟早早的事儿。说吧，又有什么事？"

文老板愁眉苦脸："孙市长，我这是没办法了才斗胆闯宫啊！"

"怎么回事？说啊！"

"我们中标取消了。"

"我知道。"

"您知道啊？知道也不帮我们说说话，您老人家放个屁比我们说一千句、一万句话都顶用啊！"

孙国强解释："能说话我还能不说吗？这一回不能说话了，这是赵宽亲自干预的。"

文老板不解道："是吗？他为啥要跟我过不去？我没招他惹他啊！"

"这不是你招没招他惹没惹他的事，你碰到枪口上了，算你倒霉。"

文老板快哭了："那我怎么办？您也不是不知道，为了能拿到这项工程，我老文就差倾家荡产了，现在您让我怎么办嘛！"

"你真是个农民，眼光短浅。这项工程虽然没有拿到，可是你把关系建起来了，关系是什么？关系就是资产啊！来日方长，现在城市建设项目就跟酒席上的下酒菜一样，一道接一道，将来还怕没你干的活儿？就怕

447

你老文忙不过来。"

"孙市长，您真是寒冬腊月富人看着穷人打哆嗦，自家暖和了就不知道别人冷啊！不错，我就是农民，将来是什么样子我不知道，我知道的就是我眼下就过不去了。"

孙国强问："有什么过不去的？"

文老板说："我们农民出来混社会跟你们当官的不一样啊！你们每天只要开开会，看看报纸喝口茶，兜里的钱就没处花。我们那几个钱都是一颗汗水摔八瓣，一分一厘挣出来的，容易吗？我出来整整十三年了，人能吃的苦都吃过了，人能受的罪都受过了，死熬硬扛才拉起了这么一个施工队，施工队拉起来容易找活儿难啊！找不到活儿就只有死路一条。你知道我这一次投出去多少钱吗？一百五十多万啊！里头有一半是东挪西凑借的，如果您孙市长不拉我一把，我老文就死定了。"

孙国强安抚道："好好好，你先别急，我再想办法从别的地方给你弄点活儿先干着，好赖先把你的人养活住，以后再说以后的事儿。"

文老板定定地看着孙国强，问道："什么活儿？"

孙国强敷衍道："回头我想想，找市建委的人问问。"

"孙市长，明人不说暗话，您老人家也别跟我藏猫猫玩儿了，我可听说了，上面现在正在查您呢！万一有个啥事儿，您说话还能算数吗？"

孙国强故作镇定地强辩："你这是什么意思？查我什么？我有什么好查的？我孙国强走得正行得端，身正不怕影子斜，脚正不怕路不平，你听谁说的？"

文老板讥讽地笑笑："孙副市长，我对您是明人不说暗话，您也别开戏园子说相声，只用大白话应付人。别人不了解您，我还不了解您吗？"

孙国强恼羞成怒了："你这是什么意思？不错，你是低三下四地给别人送过钱，送过礼，可是那跟我有什么关系？我从你手里拿过一分钱吗？你如果这样跟我说话，那我只好说请你出去。"

"您说得没错，我是没直接给您送过什么，可是我也不是疯子傻子，我的钱也不是刮大风吹来的,我凭什么要给那个娘儿们低三下四地送钱?还不是看在你的面子上吗?他要不是您的女人,说实话,睡她一夜也不过就是三五百块的事儿,我值得给她几十万吗?再说了,就算您不认账,那个女人跟您没任何关系,您总从我的账上走过款吧?您可能还不知道,这件事省纪委已经派人来查了,我还在替您挡着,硬着头皮说账本已经毁了,如果我实在过不下去了,我也只好把账本交出来,起码换个宽大处理。"

孙国强慌了:"你说什么?省纪委找你了?"

"是啊!您还不知道吧?不过您放心,只要您能让我过得去,我也绝对不会坑您害您,坑了您、害了您,对我任何好处都没有。"

孙国强问:"那你要怎么样?"

"我敢怎么样?我只想活下去,这就看孙市长的能量了,现在我的命就抓在孙市长的手里,您让我活,我就能滋润地活着,您不让我活,我立马就得死。"

孙国强是聪明人,他听懂了,文老板这是在说反话,这句话如果倒过来听就是:现在你的命就抓在我手里,我让你活你就能滋润地活着,我不让你活,你立马就得死。他的眼珠子都气红了,恨不得现在就把文老板一把掐死。然而他终究是一个有理智的人,他知道即便他真有那个本事一把将文老板掐死,他也逃不脱那颗抵命的枪子儿。况且凭体力,他也不见得能对付得了这位农民工出身的老板。他铁青着脸说:"你走吧,你的事我马上办,不过你要牢牢地记住,我孙国强如果有三长两短,你文老板可就真的死定了。"

文老板马上恢复了一贯的恭敬,点头哈腰地表白:"谢谢孙市长,谢谢孙市长,我保证一定会按孙市长的指示办,泰山压顶不弯腰,刀架在脖子上也不说,这个道理我懂。您误会了,我绝对不敢威胁恐吓孙市长,我也是逼得没办法,来向您求情的。"

孙国强已经看透了这位过去对他毕恭毕敬的文老板,只盼望他马上变成一只蟑螂,那样他就可以一脚踩扁他:"行了,你去做准备吧!三天以内如果建委不恢复你的中标资格,我就把中山路道路整修工程交给你,怎么样?"

中山路道路整修工程也是一块肥肉,但是因为工程量没有环城路附属工程那么大,所以并没有引起大的建筑施工队伍的重视,市里也就没有公开发包。文老板听到孙国强这么说,嘴乐得咧成了瓢,脸上露出了红光,更加客气恭敬了:"那就太谢谢孙市长了,孙市长简直就是我的再生父母啊!我保证把这项工程干得漂漂亮亮的,到时候也绝对不会忘了孙市长……"

孙国强厌烦地打断了他:"好了,你回去做准备吧!这两天我就给你消息。"

文老板乐滋滋地告别了孙国强,哼着小调从市政府大楼出来,正要爬上他那辆新买的旧皇冠,从车旁边过来三个人围住了他,其中一个年长点的人问道:"请问你是东方建筑工程公司的文老板吗?"

文老板正处在精神亢奋状态,满不在意地随口回答:"对啊!没错,什么事?"

那人说:"请你跟我们走一趟。"

"干吗?我还忙着呢!你们是干啥的?"

"我们是省纪委联合调查组,找你了解情况,希望你能配合我们的调查。"

文老板自认为多多少少还懂得一点法律,到了这个时候还想给人家上法律课:"我不去,你们没有权力抓我,我不是党员,纪委管不着我,你们要抓我,拿逮捕证过来。"

另一个人冷笑着说:"你倒挺懂啊!别忘了,我们是联合调查组,什么叫联合?就是纪委、检察院、公安局一起办案。给你看看,这是公安局的拘传证,你签个字就跟我们走吧!"

文老板没招了,他明白这一关是度不过去了,只好在拘传证上签了字,老老实实地被那几个人押着爬上了停在他车旁边的那辆吉普车。

楼上,孙国强透过窗户看到了这一幕,他呆住了,过了一阵儿回过神来，浑身的骨头就像是被抽掉了，瘫坐在沙发上，嘴里喃喃自语着："完了，全完了。"瘫坐了一阵儿，他打起精神开始打电话，电话通了，他气急败坏地问："事情办得怎么样了？"

杜斌回答："孙哥，对不起，那个娘儿们让公安局给罩起来了，不容易下手，等过了这一段时间，公安松神了我再办，现在办风险太大了。"

"什么？公安怎么插手了？是不是你们露馅儿了？"

"我现在也弄不清公安怎么会把她罩起来了，我还以为是看在你的面子上呢！不过孙哥你放心，这件事情包在我身上，我这两天有点儿大事要办，忙完了马上就办好不好？"

"你可别泡我啊！这件事情关系到我的身家性命，你一定要抓紧。"

杜斌保证道："没问题，你放心，我把这单活儿做完了马上就办。"

放下电话，孙国强长叹一声，他知道，对方也只是在敷衍他，终究他跟对方没有过命的交情，人家答应他帮忙做这种事情，看重的就是他这张常务副市长的牌子，而且一旦给他办了这桩事情，今后他就等于卖给了人家。如今倒也好，这件事情没办成，今后他也就不会被杜斌那种人裹胁了，如果他还有今后的话。这一刹那，他的心灵深处涌上了深深的悲哀，他知道自己的路走到尽头了。

4

紫苑路三号大院，陶仁贤正在往告示栏上贴告示，标题是"关于选举居委会主任及办事机构的通知"。路过的人纷纷围拢过来观看，陶仁贤贴好告示，回过头来见人挺多，立刻来了精神，开始现场动员："各位邻居，下个星期我们大院的居民委员会就要成立了，这可是关系到我们每个居民切身利益的大事，也是我们每个居民行使民主权利的大事，今后我们大院能不能建造起和谐的文明社区，能不能让每一个居民过上安宁、安静、安全的生活，就靠我们自己了。"

一个女人问道："陶大姐，成立居委会以后，是不是家里有啥事就可以找居委会了？"

"那当然，居委会就是为居民服务的嘛，不然要居委会干吗？"

一个干部模样的人问道："他陶阿姨，离退休人员居委会管不管？"

"你又没离休也没退休，身强力壮的急着问这事干吗？你啊，不看报不学习，所以啥都不知道。今后凡是离退休人员，人事关系、组织关系一律转到社区居委会，转过来以后，要正常参加组织活动，参加政治学习，我们还要组织各种各样的文化体育活动呢！"

那人不好意思地笑笑说："你说对了，我现在一般不看报，只看电视，我这是为我爸爸问的。"

"哦，我说嘛，你怎么突然关心起老干部来了。你放心，除了居委会，老干部都是党和国家的宝贵财富，还有老干局管，双重管理，双重保护，回家告诉你爸爸，让他就放心吧！"

一个家属模样的人问陶仁贤："他陶阿姨，如果我选你当居委会主任，你当不当？"

陶仁贤乐呵呵地说："有群众拥护我就干，为什么不干？"

那人便说："那我就选你了，你这个人热心肠，没有市长太太的架子，我就选你了。"

众人纷纷起哄："对，就选陶大姐，就选陶阿姨……"

众人半真半假的拥戴在某种程度上就是对陶仁贤工作和为人的肯定，陶仁贤激动得红光满面，宣示般地说："只要大家信任我，我就一定干好，全心全意为人民服务，把咱们大院建成文明社区。"

钱明从人群中挤出来对陶仁贤说："老妈，你还是先把咱们家建设成文明家庭再说吧！你看看都几点了，还做不做饭了？让我们回来饿肚子，还文明社区呢！文明社区能让居民饿肚子吗？"

众人闻言哈哈大笑，陶仁贤嘻嘻哈哈地自我解嘲："我这个人啊！脑子不够用,儿子、媳妇、孙子今天回来吃饭,早就定桌了,结果跟你们一唠起来就忘了。好了好了,不说了,我得建设文明家庭去了。"说着从人群中挤了出去。

5

周文魁家,赵吉乐进来告诉润发:"老板一会儿过来,这一次可能要办真事,你说话小心点儿,眼睛放亮点儿,千万不能出事。"

润发问:"老板什么时候来?这一次是不是正式交易了?"

"很可能,一会儿如果他们开始交易,你就躲出去,如果躲不出去,你就找个借口上楼藏起来。"

"那就剩你一个人怎么办?"

"我没问题,你把自己顾好藏好就行了。万一动起手来,可别误伤了你,你伤了,我们即便把毒贩一网打尽,也评不上功,拿不上奖。"

润发连忙点头应承:"好,到时候我趁别人不注意就藏起来。"

正说着,电话响了,赵吉乐接听:"好好好,我马上出来迎。"放下电话,又急匆匆地对润发说:"老板来了,我们去接。"

两个人便出门来到大院的门口,等了一会儿就见驶来一辆出租车,杜斌提着一个沉甸甸的编织袋从出租车上下来,见他们二人已经等在大门口,非常满意,点点头:"不错。"说着,从兜里掏出两个红包,给赵吉乐和润发每人发了一个。赵吉乐装作傻乎乎的样子,忙不迭地打开红包数了数,一千块,又做出极为兴奋的样子:"这么多啊!谢谢老板,在俺们老家,半年也挣不了这么多。"

润发配合他演出:"德行,真是农民,也不怕老板笑话。"

杜斌呵呵笑着说:"不笑话,不笑话,这才是真情流露。人活在世上啊,最重要的就是要知恩图报。"

赵吉乐做出非常感激的殷勤样儿："俺给老板提东西，润发，你前面带路。"

润发瞪了赵吉乐一眼，嘟囔了一声："德行，指挥谁啊？"说是说，还是领头朝前走去。杜斌把编织袋交给赵吉乐，赵吉乐掂了掂，编织袋的分量不轻，心里明白，里头装的是人民币，八成是要交易了。

杜斌边走边说："今天要办正事，你们两个多加小心，千万不能出事，事情办完了还有奖励。"

赵吉乐跟润发异口同声地说："没问题，没问题。"润发还补充了一句："我爸我妈都上班去了，家里没别人，想干吗都成。"

赵吉乐装殷勤打听情报："老板，你让俺跟华哥办的那件事，俺们都准备好了，怎么又撤退了？"

杜斌呵呵笑道："你呀，实诚人。那种事又不是我们自家的事儿，朋友托的，能办则办，不能办也千万不能勉强。其实，我根本不会真的帮他办，那是要冒大风险的，办了我们的买卖还做不做了？就这样最好，他既欠了我们的人情，我们又没有风险。"

"俺当时还真有点怕呢！公安局的整天盯着那个女的，万一让他们抓去了，可就是死罪啊！"

"我能冒那个险吗？我们有自己的生意，让警察盯在后面的日子没法过，除了电影、电视胡编出来的事，谁敢随便杀人？做做样子让他领情就行了。"

赵吉乐从老板的口气中判断，孙国强跟他并没有猜想中的上下线关系，仅仅是朋友之交，至于这种朋友关系是怎么建立起来的，那就不得而知了。反正这也不在他的侦查范围，当下也不再多说，陪着老板来到润发家里。进了门，老板直接上楼，透过窗户朝外面窥测着。正是上班时间，大院里非常清静，偶尔有不知谁家的保姆提着从市场买来的菜从树木草坪之间的小路上走过。老板放心地点点头："很好，确实没问题。"然后掏出手机拨打电话："你那边怎么样？好好好，可以带他们过来了。"

过了一阵儿,电话又响了,老板接听之后吩咐赵吉乐:"华哥来了,你出去接一下,小心一点儿。"

赵吉乐知道是送货的毒贩子来了,连忙出门迎接,抓紧时机把事先拟好的短信发了出去:"老板已到,即将交易。"那边马上就发回了信息:"按原定方案办。"

赵吉乐知道局里已经部署妥当,便放心大胆地来到大门外等着接人。片刻又是一辆出租车停到了大门外边,华哥陪着两个人从车上下来,其中一个体格壮硕的汉子手里提着一个编织袋子,另一个人是个秃子,看样子是头儿。

赵吉乐迎上前去:"华哥,老板让俺过来接你们。咦,你们怎么都坐出租车,连台轿车都没有啊?"

华哥嘲弄道:"笨蛋,电视剧看多了吧?干这行哪有坐自己的车出来的,出租车最可靠。别废话,你在前面带路。"那两个人也不跟赵吉乐打招呼,冷眼看着他,赵吉乐也不跟他们说啥,领着他们朝润发家里走去。

路上那个秃子嘟囔了一句:"你们老板真鬼,安排到这里接货,倒是别出心裁啊!"

华哥说:"我们老板说了,这就叫利用灯下黑。"

秃子反复念叨着"灯下黑"三个字,然后说:"好,真好,好办法。"

一行人进了润发家,杜斌迎上前跟秃头握了握手,两个人也不废话,分别坐到了沙发上,其他人都没坐,在他们身边站着。秃头对他的手下示意,他的手下便放下手中的编织袋子,在里头摸索了半会儿,掏出一个塑料袋,里面装着白粉,扔给了华哥。华哥扯开袋子的一角,用手指头沾了一点粉末放在舌尖上品了品,又放在桌面上用打火机烤了一下,闻了闻味道,朝杜斌点点头,告诉杜斌货没问题。

秃头这才说话:"货没问题,钱呢?"

杜斌朝赵吉乐点头示意,赵吉乐装出懵头懵脑的样子:"老板,干吗?"

老板苦笑,只好说:"把袋子解开。"

赵吉乐装作笨手笨脚，翻来覆去地摆弄着编织袋，就是解不开系袋口的绳子。秃头有些着急，问杜斌："在哪儿找来这么个笨蛋？"

华哥看不下眼了，过来推开赵吉乐抢过编织袋骂道："笨蛋，农民，这么点儿事都办不好。"

赵吉乐总算找着机会了，反过来狠狠推了华哥一把骂道："你娘的，你才是笨蛋，农民怎么了？就该受你欺负吗？今天当着外人的面还欺负俺，俺肏你八辈子奶奶。"

华哥让赵吉乐骂愣了，随即怒火攻心，狠狠地抽了赵吉乐一巴掌："滚开，别碍手碍脚的，笨蛋，等事情办完了再跟你算账。"

赵吉乐扑过去一把扭住了华哥，连踢带打嘴里还一个劲儿骂着："你娘的，你动手打人哩！俺长这么大还没谁敢打过俺，今天俺不让你这个杂种活了……"

华哥哪能对付得了赵吉乐，其他的人也都让这突如其来的打斗闹蒙了，不知道该怎么办。华哥挣脱了赵吉乐的追打，跑到一边对杜斌说："老板，这小子疯了。"

杜斌让他们闹得非常尴尬，根本没有余暇来思考到底发生了什么，只好制止赵吉乐："干吗？住手，别闹了，丢人败兴。"

赵吉乐却还不依不饶，真像一个脾气倔犟的农村人受了欺负，抓起桌上的烟灰缸狠狠朝华哥砸了过去："你娘的，俺今天毁了你。"烟灰缸砸得不准，从华哥脑袋旁边飞过，砸烂了窗户玻璃，飞出了窗外。

杜斌勃然大怒："你要干吗？再闹老子废了你。"

杜斌的话音刚落，润发家的大门和窗户同时被猛然撞开，穿着防弹衣戴着头盔的警察蜂拥而入，黑洞洞的枪口对准了室内的每一个人。严肃的枪口和紧绷的面孔告诉这帮毒贩子，这个时候谁敢有任何动作，唯一的结局就是被枪弹钻成筛子。广林子、王处长紧跟在警察后面也冲了进来，警察动作熟练地将室内的毒贩子们按倒、搜身、戴手铐，这帮家伙身上除了手枪，居然还有几颗手雷。

秃头被警察按倒在地，脑袋几乎贴到了地板上，挣扎着扭过头狰狞地对老板说："好你个浑蛋，跟老子玩儿这套把戏，老子死了变成鬼也饶不了你。"

杜斌见对方误认为自己跟警察串通设套，急得脸红脖子粗要辩解，警察却一把卡住了他的脖子，他什么话也说不出来，憋得面红耳赤。谁都知道，在这种情况下，让他们相互猜疑，有利于提取口供。赵吉乐抓紧时机又点了一把火，对杜斌说："老板，谢谢你了，没你的帮助我们真办不了这么顺利。"

杜斌狠狠瞪了他一眼，无奈地垂下了脑袋。广林子用脚拨拉了一下杜斌，对王处长说："这小子先借我用一用。"

王处长问："干吗？"

"眼下最紧要的是，我得弄清楚，到底是谁、为什么命令这小子谋杀张大美。"

赵吉乐见广林子脑门子上鼓了一个大包，大包上还渗出了血，脸颊上有一道刮痕，也渗出了血，担心地问："队长，你负伤了，赶紧包一包吧！"

广林子气冲冲地骂他："没事，死不了。你们怎么商量的？什么办法不好，非得用这种摔东西砸玻璃的老套子发信号。我刚刚摸到窗台下面，你的烟灰缸就飞出来了，看看，脑袋让你砸了不说，脸也让玻璃划破了，差点没破了我的相。"

王处长插了一嘴："你的那张脸还用得着别人给你破相吗？"

王处长这么一说，赵吉乐捧腹大笑，其他警察也都笑了起来。

6

孙国强躲在办公室里收拾东西，他明白，到了这个份儿上，除了出逃已经再没有出路了。这时候，有人敲门，孙国强置之不理，外面有人

问话："他在不在？"

秘书回答："在啊！我亲眼见孙副市长进了办公室，一直没有出来。"

便有人下达命令："把门撬开。"立刻就有人开始撞门。

孙国强知道大势已去，无可奈何，只好过去开了门，一群人堵在门口。孙国强强自镇定，冷然问道："你们干吗？"

一个中年干部自我介绍："我们是省纪委联合调查组，现在对你宣布省委、省纪委的决定。"

"有话进来说吧。"

一群人跟了进来，中年干部打开手中的公文包，掏出一页纸宣布："根据省纪委联合调查组的调查，现任海阳市委常委、常务副市长孙国强，涉嫌参与境外赌博、挪用公款支付赌债、收受东方建筑工程公司巨额贿赂、雇凶杀人灭口，经省委常委会、省纪委常委会议讨论决定，从即日起指定孙国强在规定的时间、规定的地点交代问题。现在请跟我们走吧！"

孙国强本能地伸出了双手，中年干部微微一笑："这是双规，不是逮捕，用不着戴手铐。"

孙国强叹息一声："戴手铐也是迟早的事。"说完，顺从地跟着省纪委联合调查组离开了办公室。

7

润发一家三口提着营养保健品、捧着鲜花到医院看望李寸心。下了车，周文魁再一次叮嘱润发："润发啊！你这一次立了大功，法院只判你两年徒刑还是监外执行，你知道为什么吗？"

"我知道，全靠李阿姨保了我，不然我立了功也得判刑。"

"知道就好，知恩图报，这是做人的根本。你现在报答李阿姨最好的方式就是到戒毒所去把毒瘾彻底戒了，一会儿你给李阿姨说一声，明天你就要进戒毒所了,该说什么你都知道吧?"

润发乖乖地点头答应:"我对李阿姨说,请她放心,我一定会重新做人,我还要好好学习,考警校,像吉乐哥一样,当一个好警察。"

吴敏说:"好孩子,你李阿姨说了,你本质上是好的,只要下决心学好,今后日子还长着呢!别忘了对你李阿姨说谢谢。还有,给你李阿姨说,让她好好保养身体,等你从戒毒所出来了再来看她。"

三口人上楼来到李寸心的病房外面,看到的情景让他们大惊失色。赵宽、赵吉乐、鼠目、张大美还有李寸心的学生们都守候在外面。医生护士出来进去的忙成一团。

周文魁来到赵宽身边问道:"怎么了?"

"情况不好,病危通知书已经下了,正在抢救。"

周文魁握了握赵宽的手,叹息了一声,在赵宽身旁坐了下来。

吴敏双手合十在一旁开始祷告:"老天爷啊!你不能太狠心了,千万不能就这样让好人走了啊!无论如何让我们再跟她见一面吧……"

主治医生从病房出来,赵宽他们急忙迎了过去,医生无奈地摇摇头:"对不起赵书记,我们已经尽力了,但是……"

赵宽茫然若失,瘫倒在椅子上,赵吉乐跟鼠目冲进病房,润发也扑进病房,跪在地上大哭起来。病床上的李寸心已经永远闭上了双眼,神色平静、安详,好像正在睡乡之中。

几天后,墓园,天上阴云滚滚,云后的阳光用神奇的笔触在云层的边缘勾画出了复杂多变的金黄线条,然后又把金灿灿的光辉泼洒在林木葱茏的山坡上,景色生动而肃穆。赵宽、赵吉乐、鼠目、张大美还有李寸心的学生、同事站在李寸心的墓前,向李寸心的墓鞠躬致敬。还有许多赵宽的同事、大院的居民也来向李寸心告别。吴敏跪坐在李寸心的墓前述说着:"李大姐,润发进了戒毒所,今天不能来送你,他让我替他向你告别,他说了,你对他的大恩大德他只有下辈子偿还了,这辈子他一定要记住你的话,彻底戒掉毒瘾,重新做人,还要考警校,像他吉乐哥哥一样,做一个好警察……"说完后，把随身带来的水果、糕点恭恭敬敬地摆放在了李寸心的墓前。

8

紫苑路三号大院，正在召开居民大会，赵宽、钱向阳、周文魁等一些市领导都参加了会议，却没有像往常那样坐在主席台上，而是坐在台下的普通群众席。台上只有前来主持选举工作的街道办事处干部，看到赵宽、钱向阳、周文魁等市领导都坐在台下，街道办事的干部惴惴不安，起身邀请他们上主席台就座，赵宽摆摆手推辞："我们都是三号大院的普通居民，今天这个会你们是主角，我们是配角。"

街道办事处的干部见他们执意不肯到主席台就座，只好作罢，对居民们说："各位居民同志们，今天市委、市政府、市人大、市政协、市委纪委的赵宽书记、钱向阳市长、周文魁主席等市领导都以普通居民的身份来参加我们这个大会，让我们以热烈的掌声欢迎他们。"居民们以热烈的掌声表达着对赵宽这些市领导这种做法的赞赏。街道办事处的干部接着宣布："现在我们举行无记名投票，我们实行的是差额选举，候选人一共五人，选举出三人担任居民委员会委员，然后再从这三人里选举一名居民委员会主任。如果对以上候选人不满意，有自己想要推选的人，可以在选票留出的空格处填写你要选举的人的名字。下面我们以举手表决的形式先选出监票、验票工作人员。我来提名好不好？同意的话就鼓掌通过……"接着就宣读了几个人的名字，检票验票只是一次性的工作人员，谁也不会对这种性质的工作人员公开表示反对，于是统统鼓掌通过。选出来的监票、验票人员走上台，从街道办事处的干部手里拿过选票开始给居民们发选票。拿到选票的人就开始填写，写好了就到主席台前的投票箱投票。整个投票过程秩序井然，气氛热烈，有的人嘻嘻哈哈，相互打听着对方选了谁。

有的人态度严肃认真，好像不是在选一个小小的居委会主任，而是在选中华人民共和国主席。赵宽和钱向阳这些市领导也都填好了选票，并且在投票箱里投下了自己庄严的一票。

投票结束，街道办事处干部宣布："紫苑路三号大院享有选举资格的居民人数是三百四十六人，实到二百三十二人，超过半数，选举有效。下面请计票人员开始计票。"

计票人员便在一张小黑板前面画正字统计票数。最终统计结果出来了，街道办事处的干部大声宣布："陶仁贤得票二百零五票，当选为紫苑路三号大院居民委员会主任！下面请新当选的居民委员会主任陶仁贤同志讲话，大家欢迎！"

台下响起了热烈的掌声，陶仁贤居然扭捏起来，一个劲儿朝后面躲，但是最终还是被人们推到了台上，她脸红脖子粗地说："我不会讲话，只能表个态，既然大伙信任我，支持我，我今后一定全心全意为居民同志们服好务，争取一年内把我们的大院建设成全市最好的社会主义大院。"

钱向阳听得直皱眉头，对赵宽嘟囔道："什么年头了，怎么社会主义大院又上台了，现在讲的是社会主义文明社区。"

台下也有人喊："现在不讲社会主义大院了，讲的是社会主义文明社区。"

陶仁贤眼睛一翻说："把土豆叫洋芋，把地瓜叫红薯，社会主义大院和社会主义社区都是一回事，用现在时令话说，不管叫什么，都得权为民所用，情为民所系，利为民所谋，立党为公，执政为民嘛。"

小小的居民委员会主任用这种话来自诩，多少显得夸张、滑稽，台上台下哈哈大笑，赵宽对钱向阳说："怎么样？你们家陶仁贤思想还真能与时俱进吧？"

钱向阳无奈道："昨天晚上背了半夜，结果就记住了这么几句，用在这里文不对题。一个小小的居委会主任，还权为民所用、情为民所系、利为民所谋，立党为公、执政为民呢！嘿，都是受你蛊惑，让我们陶仁贤当众出丑。"

赵宽说:"我倒觉得没什么不对的,这种话是一种精神,一种原则,谁规定居民委员会主任就不能用这种精神来指导自己的工作,不能用这个原则来指导自己行为?好,说得好,我得为你们家陶仁贤鼓掌呐喊一下。"说着就带头鼓掌起来,有了书记带头,其他人也相跟着鼓起掌来,顿时掌声响成了一片。

9

夜已深了,陶仁贤躺在沙发上哼哼唧唧,钱向阳过来问道:"干吗呢?从吃过晚饭到现在就没动过窝,哼哼唧唧像老母鸡孵蛋似的。"

陶仁贤说:"真累啊!你以为像你当市长那么舒服,对了,你现在是书记了,出门屁股冒烟,进屋看报聊天,讲话有人鼓掌,吃饭有人埋单。我呢?过去整天像个老妈子,现在整天就像收电费水费的,走东家串西家,过去想串门没地方去,现在串门串得人头疼心烦。昨天我们组织选举业主委员会,他们还要选我当业主委员会的主任,看来是不把我累死、累垮他们不甘心啊!"

陶仁贤嘴上抱怨,实际上却是劳动得到人们认可后的满足和炫耀。钱向阳知道她这个人的毛病,故意说:"你又要当业主委员会的主任了?"

"没有,我推辞了,两回事儿,我说规定居委会主任不能兼任业主委员会主任的职务。"

"没有这个规定吧?"

"我现编的,找个借口。"

钱向阳劝道:"实在太累了干脆辞职算了。"

陶仁贤摇头:"那可不行,才干了几个月就辞职,别人不说,让赵书记知道了还不得笑话我?在你眼里我是臭狗屎,在赵书记眼里我可是女强人啊!俗话说女人为了爱人打扮,男人为了知己自杀。"

"什么破话,那叫女为悦己者容,士为知己者死。"

"意思是一样的,我说的是白话文。对了,说到赵书记,他到省上以后怎么从来就没有回海阳来过?你见过他没有?什么时候让他回来看看,咱们紫苑路三号大院现在可是旧貌变新颜,已经申请文明社区了。

钱向阳说:"赵书记新上任,光是熟悉情况就得有个过程,整天忙得脚打后脑勺,哪有时间回来旧地重游啊?再说了,李寸心就是在这里去世的,回到这里他的心情能好吗?前段时间到省上开会本来想跟他见个面,结果他到山区调研去了,也没见上。唉,人这个东西啊就是怪,原来天天盼着赵书记提拔,给我空位置,赵书记真的走了,心里还真有些空落落的。"

"有什么空的?人家能干好你也能干好。"

钱向阳感慨:"拍拍胸脯想,我要干过赵宽难啊!一来他打的底子起点太高,二来我的助手也抵不过他当时的人员配置啊!现在的市长能比得上我那个时候吗?"

"我常听说现在提职升官既要跑又要送,人家都说又跑又送、提拔重用,光跑不送、原地不动,不跑不送、要你没用。也没见你跟赵宽跑,更没见你们送,你们怎么都提拔了?是不是跑也跑了、送也送了我不知道?"

"胡说八道,那种现象也有,终究是少数,一颗耗子屎坏了一锅汤,一把耗子屎坏了全国的汤,别人不说,你看我是那种人吗?"

"我敢说赵宽绝对不是那种人,你钱向阳嘛,难说。"

"胡说八道,我更不是那样的人。"

陶仁贤嘿嘿地笑:"别人不知道我还不知道?你看你当初急得火上房、猴烧腚的样儿,生怕赵宽提拔了轮不着你,一个劲儿地讨好、顺从、巴结人家赵宽,还不是为了让人家在关键的时候帮你说句话。现在轮上了又整天愁眉苦脸,好像全国人民都对不起你,干吗?不就当了个破书记吗?我又不是没见过,人家赵宽当书记怎么就没像你这么作难。难怪老百姓说,赵宽提拔了,老钱接班了,孙子判刑了,海阳快完了。"

钱向阳愤怒了:"胡说八道,胡说八道。你说说,赵宽该不该提拔?

我该不该接班？孙国强那小子该不该判刑？"

"别发火嘛！都该。可是你别那么使劲儿装出一副忧国忧民的架势好不好？要装在外面装装就行了，回家就别装了，你长得本来就不上等级，再整天驴脸倒挂，真让人受不了。说实话，自从你当了书记，我天天半夜醒了不敢睁眼睛看你……"

"为什么？"

"看你那副样儿我就以为小鬼找我商量工作来了。"

"你别胡说八道了，该干吗干吗去，你以为一把手好当啊？矛盾的焦点，众目睽睽，干好了是班子的功劳，干坏了是你的无能，全海阳市一百多万人的分量，还不够重啊？你以为我是装出来的啊？"

陶仁贤劝道："压力实在大就辞了，回家养老不也挺好吗？"

"辞了？好不容易干上了怎么能辞了？我还想让海阳市在我手里再上两个台阶呢！"

"犯贱！爱干就好好干，别老拉个脸，你那张脸拉下来比旧鞋底子都难看。还上两个台阶呢！就凭你那张脸，不下两个台阶就够好的了。"

钱向阳龇牙咧嘴："我也觉得市委那些干部见了我老是躲着走，原来是因为我的脸不好看啊！这样是不是好一些？"

陶仁贤从沙发上坐起来："这样啊？市委那些干部见了你可能跑得更快，还以为你要咬人呢！"

钱向阳摇头叹息："难怪人家说，老公都是别人的好，孩子都是自己的好。"

"睡觉吧！不管谁的好，都得跟自己身边的过日子，我可累屁了，明天还得挨家挨户地征求对收物业费标准的意见呢！来，市委书记，拉我一把。"

钱向阳刚刚拉起陶仁贤，桌上的红色电话突然响了起来，这是专门为上级领导开设的专线电话，钱向阳急忙去接电话，一松手，陶仁贤跌坐在沙发上："好你个钱向阳，你想摔死我啊！"

钱向阳却已经顾不上搭理她，接听电话："哦，赵书记啊！好久不见了，还好吗?"

赵宽说:"还好,刚到任时间不长,还处在学习消化阶段,怎么样?你还挺好吧?"

"你这一走可把我闪了一下,工作千头万绪,不知从何抓起,你得经常回来指导关怀海阳啊!"

"你老钱是海阳的老人了,对海阳的情况熟悉,对海阳的发展有很好的想法,你这一届班子肯定会比我这一届干得好。"

"谢谢赵书记的信任和支持,我们会尽力而为的。对了,最近赵吉乐到省城看望过你吗?公安局报上来提拔他当了刑警队副队长,你知道了吧?"

"我打电话正是想问问你这件事,该不会是你老钱的行政干预吧?"

钱向阳连忙说:"我以党性和人格向你保证,绝对没有。其实人家早就要提拔赵吉乐,就是你在海阳市当书记压着。这一次他们破的那个贩毒案,受到了公安部的嘉奖啊!杜斌一抓,基本上断了我们海阳市的毒源,他们队长,就是那个叫广林子的,提任副局长了,临走时大力举荐赵吉乐,我了解过情况,完全符合干部提拔任命程序,也经过了公示,没有任何不正常的因素。"

赵宽又说:"老钱啊!我们这些当领导的孩子,在同辈人里有别人比不上的资源优势,这已经违背了社会公平法则。如果我们再有意无意地强化他们这种与生俱来的资源优势,作为领导干部对人民群众没有说服力,作为国家公务员就缺乏公信力,对孩子自身也没有什么好处,我就担心你们这些老同事、老朋友看在我的面子上,给他提供他没有资格享用的东西。"

"赵书记,你别担心了,赵吉乐是好样的,有责任心,业务能力也强,又是科班出身,当个刑警队副队长绰绰有余嘛!告诉你,他这个副队长实际上就是队长,他们刑警队没有队长,他负全责。好了,你就别担心这些事情了,孩子已经大了,人家自己蹚出来的路你就不要说三道四了。这方面你应该向我学习,对孩子的发展根本就别问,只要是正当的,又有那个本事拿得下来的,就别管他。我们家钱明现在是他们单位的副总,我既不支持,也不干预,也许别人会说,他靠了我这张老脸,实际上没有靠,我问心无愧就行了。怎么了?领导干部的孩子就不能进步、发展了?领导干部的孩子全都到大街上给人擦皮鞋才算是社会公平吗?荒谬嘛。"

赵宽解释:"老钱啊!我没别的意思,你可别误会啊!我就是担心我不在跟前你们这些叔叔伯伯把赵吉乐给惯坏了。"

"我的人生经验,好孩子再惯也坏不了,坏孩子不惯也照样坏。"

赵宽哈哈大笑:"你这是在宣传主观唯心主义啊!好了,不说这事了,最近还好吧?听说你们制定了海阳市五年发展战略,很有气势,很有内容,预祝你们成功啊!"

"书记,我们是在你奠定的基础上竭尽全力往前迈步啊!很难,可是我们有信心在省委省政府的领导下,争取在交棒前像你一样给下一任留下一个良好的发展基础。"

"你老钱怎么跟我说起客气话了?我们可是一个班子的伙计啊!成绩是你我和大家伙的。好了,太晚了,不打扰你了,代问你们家陶主任好啊!"

他们对话的时候,陶仁贤在一旁急不可待地打手势、做动作,钱向阳看看她对赵宽说:"刚才我们家陶仁贤还念叨你呢!说你是伯乐她是良马,过几天大院就要挂文明大院的牌子了,她请你抽时间回来看看呢!"

赵宽说:"我就说嘛,陶仁贤干这个工作最合适,一定能干好,我有机会回海阳一定到大院看看那些老邻居去。"

10

半年以后。

紫苑路三号大院的门口站着身穿制服的保安,门口的柱子上挂着"文明小区"的金字招牌。大院的草坪上增加了一些运动器械,还有一排宣传栏。草坪的运动器械上有老人、孩子在锻炼、玩耍,宣传栏前面有人在张贴新的宣传内容，大院的气氛显得和谐、温馨，没有了过去那种冷冰冰的寂寞。张大美家门外，一辆大卡车装满了家具物品。鼠目陪着张大美从屋内走出，两个人背着、提着大包小裹，搬家公司的人急忙上前接应，鼠目谢绝了他们的帮助："没事，这些东西我们自己来。"然后两个人把手中的物品塞进了鼠目那辆桑塔纳轿车，接着两个人也钻进了汽车。

汽车开出了紫苑路三号大院，后面跟着那台搬家公司的大卡车，张大美回头久久望着紫苑路三号大院。

鼠目问张大美："是不是有些留恋？"

张大美回答："在这里我有最美好的记忆，也有最痛苦的经历，现在回想起来真像是一场梦啊！"

鼠目又问："你今后还会不会回到这里来看看？"

"我永远也不会再来了。你呢？"

"我可能也不会再来了，姐姐在这里永远离开了我，姐夫又调到省里工作，房子也交了，我还回来干什么？想想有时候心里也挺难受，我在海阳市现在只有赵吉乐一个亲人了……"

"我算什么？"

"你算我的妻子啊！俗称老婆，难道这还有什么疑问吗？"

"妻子不算亲人吗？"

鼠目摇头："妻子当然不是亲人。"

张大美非常不快："那你说妻子到底算什么？"

"老祖宗早就说过了，夫妻一体，夫妻一体是什么意思？就是说夫妻就是一个人，所以嘛，今后你就是我，我就是你了。除此之外，有血缘关系的就是亲人，没有血缘关系的就是同事、朋友、路人。"

"哼，油嘴滑舌，总是有理。"

两个人正说着，鼠目的手机响了，总编来电话："寸光吗？你承诺的那篇独家报道我什么时候才能拜读啊？"

鼠目看了一眼张大美，尴尬地咳嗽一声："对不起主编，这件事情看

来行不通了。"

"干吗？这半年多时间你就没怎么干正经事，像样的、有分量的报道一篇也没有，我一直忍耐着，就等你向我吹嘘过的这篇轰动性的独家报道呢！泡我吗？你泡我可就别怪我也泡你了。"

鼠目开始求饶："我的主编大人，我泡谁也不敢泡你老人家啊！这篇报道真的没法写了，我对我妻子有个承诺，那就是从今往后绝对不提这个话题。实在对不起，你老人家打我一顿吧！"

"什么？你妻子？你什么时候结婚了？"

"正在结呢！程序还没走完。"

"什么？你敢背着我们结婚？你还想不想在报社混了？你不声不响偷偷摸摸地结婚了，今后还进不进报社的大门了？看不起我们是不是？"

鼠目再次求饶："我的主编大人，结婚乃人生大事，谁不愿意搞得热热闹闹、风风光光？可是不行啊！我妻子严格要求，一切从简，响应中央号召，不大操大办。"

主编问："你刚才说正在结呢，什么意思？"

鼠目解释："我们的程序分三步。第一步，搬家；第二步，出发，新马泰半月游；第三步，回来给大家发喜糖。现在才进行到第一步，明天就是第二步，半个月以后就是第三步了。"

"不管你现在进行到第几步了，我都要插上一步，今天晚上在家哪儿也别去，报社同人要闹新房，哪一步都可以省略，闹洞房这一步是绝对不能省略的。"

鼠目可怜巴巴地看张大美，张大美接过电话："你好，主编，我是李寸光的妻子，谢谢您的关怀，今天晚上我们在家等候大伙儿，谢谢了。"

放下电话，张大美对鼠目说："都是一个单位的同志，人家这么热心证明你人缘还不错，不好拒绝的。"

"好我的老婆啊！你这么实心眼儿也不知道过去生意是怎么做的。你知道他们怎么闹洞房吗？他们这是包藏祸心啊！什么叫闹洞房？一共十二道程序三十六个节目。比方说吧,人家到时候要修电视,你让不让人家修?"

张大美愣了:"修电视?好好的电视修什么?"

"你就是电视,人家要把你当电视修,修电视先要干什么?"

"干什么?"

"先要揭电视机罩子,你的罩子能让人家揭吗?"

"什么乱七八糟的,我哪有什么罩子?"

鼠目揪揪她的衣裳:"这就是你的罩子啊!"

"什么?要脱我衣服啊?"

"这还只是一个小项目,还有开汽车、装口袋……"

张大美不解道:"开汽车是怎么回事?"

"开汽车就是让我脸对脸坐在你腿上,我当司机你当车,然后挂挡、鸣笛、起步。挂挡倒还好说,就是手拉着手,你跟着我的手动弹就行了,按喇叭就不太好了,我按你鼻子一下你就得学汽车喇叭那样'滴滴滴'地叫唤,还要向左转向右转,左转向就得按你左边的胸脯,右转向就得按你右边的胸脯,当那么多人的面你能让我按吗?"

张大美连连啐道:"怎么那么流氓?你们报社可都是文化人啊?"

"文化人歪点子坏主意更多,如果人家让我装口袋,那可就牵涉到你的裤子了……"

张大美连连摇头:"我不听了,我不听了,你怎么不早提醒我一声?这可怎么办?"

"谁让你那么大包大揽地答应他们呢?不过你要真的想过关,我也不是那种可以随便让人家拿我老婆取乐的人。"

"你有办法?快说,快说啊!"

"晚上你一定要热情洋溢,热情招待每一个人,他们开始把你往洞房里拥的时候,你就突然晕倒,昏迷不醒,我就告诉他们说你有低血糖,然后就草草收兵了。"

张大美啐了他一口:"我还以为你真有什么高明的主意呢,闹了半天

就是让你老婆装晕的熊招啊！"

鼠目又提议："还有一招，逃跑。"

"这不行，已经答应人家了，你们单位的同事高高兴兴地上门来了，我们却来个避而不见，太对不起人了。我看还是抓紧准备一下，东西搬完了，抓紧时间去买些喜糖啊、瓜子啊、饮料啊之类的，好好招待一下人家，万一他们真的开始折腾我了，我就按你说的，犯病。"

听到她说"犯病"两个字，鼠目嘿嘿笑起了起来："还犯病啊？"

张大美乜斜他一眼："这次犯的是低血糖。"

正在这时，一辆警车从后面追了上来，车上的高音喇叭喊道："前面那辆桑塔纳，靠边停车，前面那辆桑塔纳，靠边停车。"

鼠目回头瞥了一眼，喃喃骂道："神经病，什么年代了还敢耀武扬威，小心老子投诉你，老子就是不停，有本事你就来撞我。"

张大美劝道："你停下来看看是怎么回事再说嘛。"

鼠目只好把车靠在边上停了下来。后面搬家公司的车也只好跟在他后面停了下来。

警车堵到了鼠目的车前边，车上却不见有人下来，鼠目疑惑不解："干什么呢？"摇下车窗对着警车喊："嘿，干吗？神经病啊？我投诉你。"

警车的门打开了，却不见有人露面，从车里艰难地挤出一对庞大无比的熊猫来，熊猫的身上挂着一副对联，上联是：日本偷袭珍珠港，美人受惊（精）；下联是：美人两颗原子弹，日德（得）投降；横批是：二次大战。鼠目马上明白了是谁在搞鬼，叫骂着冲下车来："赵吉乐你这个小兔崽子想造反啊……"

熊猫身后露出一张脸来，不是赵吉乐，是一位鼠目不认识的警察，笑哈哈地把这对熊猫推到鼠目怀里："报告，俺们队长有紧急任务不能亲自来向舅舅、舅妈贺喜，特委托我转交他的礼物，请查收。"

对不认识的人，鼠目当然不好跟人家计较，傻乎乎地抱着熊猫嘴里连连说着"谢谢"。警察给他敬了个礼然后回身上车，警车启动了，从车窗后面却露出了赵吉乐的鬼脸儿,鼠目这才明白自己中了缓兵之计,抱着那对大熊猫追了过去:"赵吉乐你小子耍我哈……"

赵吉乐通过警车的高音喇叭对鼠目喊:"舅舅、舅妈,我现在有急事,等我回来了晚上再麻烦你们给我表演节目啊!"

鼠目回到车上嘿嘿嬉笑,张大美问他:"笑什么?"

"赵吉乐这帮警察也真够能琢磨的,你看看这副对联。"

张大美这才认真看了看那副对联,笑骂道:"呸,真流氓,快扯下来扔了。"

鼠目叹息了一声:"这还不算什么,麻烦在后面呢!这帮警察闹起洞房比我们报社更残酷,外甥闹舅舅比起同事更放肆。"

"没关系,老办法,装晕,低血糖。"

图书在版编目（CIP）数据

后院 ／ 高和著. —北京：线装书局， 2012.11
ISBN 978-7-5120-0747-5

Ⅰ．①后… Ⅱ．①高… Ⅲ．①都市小说－中国－当代 Ⅳ．①I247.5

中国版本图书馆CIP数据核字(2012)第264075号

后院

著　　者：	高　和
责任编辑：	杜　语　孙嘉镇
排版设计：	李　萌
出版发行：	线装书局
地　　址：	北京市西城区鼓楼西大街41号（100009）
电　　话：	010-64045283　64041012
网　　址：	www.xzhbc.com
经　　销：	新华书店
印　　制：	北京慧美印刷有限公司
开　　本：	787mm×1092mm　1/16
印　　张：	30
字　　数：	401千字
版　　次：	2013年3月北京第1版　2013年3月第1次印刷
印　　数：	10000册
定　　价：	39.80元